BRUMA ROJA

BRUMA ROJA

Lucía G. Sobrado

Papel certificado por el Forest Stewardship Council®

Penguin
Random House
Grupo Editorial

Primera edición: febrero de 2023

© 2023, Lucía G. Sobrado
Autora representada por Editabundo, Agencia Literaria, S. L.
© 2023, A. Wildes, por las ilustraciones de interior
© 2023, Penguin Random House Grupo Editorial, S. A. U.
Travessera de Gràcia, 47-49. 08021 Barcelona

Printed in Spain — Impreso en España

ISBN: 978-84-666-7487-4
Depósito legal: B-22.381-2022

Compuesto en Llibresimes

Impreso en Liberdúplex
Sant Llorenç d'Hortons (Barcelona)

BS 7 4 8 7 4

*Para quienes creen no encajar
por culpa de cómo los han tratado los demás.*

Sigue siendo tú, con tus supuestas bestias y todo.

Prólogo

Dentro de mí habita una bestia. De largos colmillos afilados que me desgarran las entrañas desde dentro cada vez que pienso en ello; una bestia que engulle mi corazón y lo oscurece con las sombras de sus fauces. Una cuyo hálito cálido empapa mis pesadillas y las condensa hasta convertirlas en la humedad de su propio aliento. Y esa bestia que mora en mi interior aúlla con tanta fuerza que su gruñido rebota en las paredes de mi mente y reverbera en el eco de mi pasado.

Con el abrazo de la luna, las sombras se desdibujan y sus contornos se confunden, unas con otras mezcladas al amparo de la oscuridad. Es entonces cuando la bestia calla y duerme, cuando encuentro la paz que me mantiene al límite de la cordura. Sin embargo, domar a una bestia a la luz del sol, cuando las formas pasan a ser nítidas y la realidad se convierte en algo palpable, tangible, ineludible, cuando ver lo que te rodea es tan sencillo como parpadear, requiere de una voluntad que hace tiempo que yace muerta a mis pies. Es entonces cuando reina la bestia, indomable e incontrolable, con la fuerza de mil garras.

Dentro de mí habita una bestia. Una que me consume poco a poco. Una que acabará conmigo.

Dentro de mí habita una bestia que muchos conocen como Roja.

1

La nieve espesa dificulta mi camino, el calor de mi cuerpo se escapa con cada bocanada de aire y se condensa en mis pestañas, húmedas a causa de mi propio vaho y congeladas por el frío gélido que envuelve la oscuridad de los bosques. Mis pisadas hacen un sonido hueco sobre la nieve a medida que mis botas de cuero la atraviesan, anclándome al suelo y ralentizando mi paso.

Me calo bien la caperuza, para ocultar el rostro de la nieve incipiente que llora desde el cielo, y sigo adelante, con la ropa acartonada por el viento húmedo que lame la tela. Un escalofrío me recorre el cuerpo agarrotado y me atraviesa los músculos como si de un puñal de hielo se tratase. Se me escapa un quejido que se ve ahogado por el crujir de las botas.

A lo lejos veo la primera columna de humo, el refulgir de los hogares encendidos en el interior de las casuchas de la capital. En cuanto llego a la linde de la ciudad, me sacudo la nieve de los hombros, que cae como una segunda piel tras de mí, y me adentro en las calles adoquinadas y resbaladizas a causa de la escarcha.

Aprieto los dientes con fuerza cuando casi me caigo y me estabilizo con un movimiento de brazos.

—Maldita sea... —mascullo.

Siento la presión creciendo en mi pecho, la incipiente sensación de que no tendría que haber abandonado mi choza, de que esto no es lo correcto ni propio de mí. Pero la bestia duerme ahora y es el momento de dar un paso adelante.

Ubico la taberna de Los Siete Cabritillos de un vistazo, desde donde me llega el barullo de una multitud hablando. Las sombras se dibujan sobre el pavimento desde las ventanas alumbradas con candiles. Me asomo con cuidado al cristal empañado y miro a través de la rendija que dejan las cortinas cerradas para evitar que los vean desde fuera. El interior está atestado, ni siquiera hay taburetes libres, gente apiñada frente a la enorme chimenea que cubre casi una pared entera, con unas peligrosas llamas naranjas que lamen la piedra negra. Uno de los ciudadanos está hablando para el resto, con una jarra de madera en la mano y subido a un banco. Todos le prestan atención, sin despegar los ojos de él. Quizá sea el momento.

Cojo aire con fuerza y lo retengo un instante en los pulmones, aunque no aguanto demasiado a causa del frío que siento por dentro. Muevo las manos varias veces, para despertar los dedos entumecidos, y abro la puerta de la taberna, que chirría con sus bisagras oxidadas. El silencio se hace amo y señor del interior del local en cuanto los parroquianos me reconocen, con mi caperuza roja calada hasta los ojos, sin necesidad de verme la cara para saber quién soy.

No digo nada ni saludo, a pesar de no haber sido invitada a esta reunión clandestina; simplemente me adentro en el calor de la taberna y cierro tras de mí antes de acercarme a la barra. Un sinfín de ojos, entre curiosos y asustados, me siguen en mi corto recorrido. En cuanto doy un par de pasos, un vecino se levanta de su taburete para alejarse de mí y cederme el sitio. La camarera, una de los septillizos que regentan el local así como zonas de pastoreo, se acerca con cuidado.

—Ponme una cerveza de jengibre —le digo antes de darle ocasión a que se le quiebre la voz al preguntarme qué quiero.

Ella asiente, con manos temblorosas, y desaparece para preparar la bebida. Clavo la vista en la madera añeja de la barra y aguardo, siendo del todo consciente de que el silencio sigue reinando y de que todos están pendientes de mí. Sin embargo, sin un buen trago no voy a ser capaz de soportar todo esto. Oigo algunas toses, un par de murmullos y cuchicheos al fondo, justo en el lado contrario, pero todos me temen lo suficiente como para pronunciar algo.

Dejo los guantes de cuero sobre la superficie, bien cerca de mí para no molestar a nadie más con mi presencia, y me froto los dedos con vehemencia para hacer que entren en calor. Tengo las yemas amoratadas, al igual que, casi con total seguridad, la punta de la nariz. La tabernera deja la jarra de madera frente a mí y la veo tragar saliva sin siquiera terminar de alzar la cabeza.

—Son cinco reales de cobre.

Extiende la palma y espera, paciente, mientras rebusco en mi bolsa. Pago sin mediar palabra y sin poder deshacerme de la sensación tan pegajosa de que sobro, de que nadie me quiere aquí y de que no estoy hecha para mezclarme con la civilización.

Me llevo la jarra a los labios y le doy un trago largo, reprimiendo el estremecimiento que me recorre el cuerpo con la bebida caliente. La vuelvo a apoyar sobre la mesa, con demasiada fuerza, y clavo la vista en los nudos de la madera. Por toda la magia, ¿es que también esperan que hable yo?

Estoy a punto de girarme hacia ellos, a encararlos y a pasar por todo esto cuanto antes, cuando la puerta de la taberna se abre con ímpetu y rebota contra la pared. El gélido aliento de la noche se cuela en el interior, mece las llamas de las velas y del hogar y crea mucha más expectación que mi propia entrada.

—¡Cierra, hombre! —lo reprende otro de los septillizos pasados unos segundos en los que quien ha llegado se queda en el umbral. Observándome.

Siento su mirada clavada en la nuca y, a juzgar por lo tenso que se vuelve el silencio, acallando incluso los cuchicheos de mi llegada, sé perfectamente quién es. Me crispo al instante, oculta al amparo de mi querida caperuza, y cualquier tentación de iniciar la conversación de una vez por todas desaparece de un plumazo. Oigo la puerta cerrarse, sus botas sobre la madera vieja y el crujir del cuero al quitarse los guantes. Por suerte para todos, se aleja de mí, y la tensión de mis músculos se diluye con cada pisada en dirección contraria.

El discurso esperanzador revive pasados unos segundos de silencio, animado por el hombre vivaracho que hablaba sobre el banco al entrar. Menciona el estado de precariedad en el que vivimos, lo complicado que está siendo sobreponerse a la maldición, los estragos de la magia sobre nosotros y bla, bla, bla. Doy otro trago, uno bien largo para mentalizarme de la conversación que, casi seguro, voy a tener que afrontar y vuelvo a apoyar la jarra sobre la mesa.

Suspiro con resignación y me giro sobre el taburete, con la espalda erguida para mantener mi reputación. En cuanto me doy la vuelta, me veo atraída hacia sus iris ambarinos enmarcados por esas cejas tupidas (una de ellas atravesada por una larga cicatriz que le pasa por encima del ojo y otra con dos pequeños cortes que le dividen el vello). Sigo con el escrutinio hacia sus gruesos labios apretados en una delgada línea. Ahora tiene más pendientes, uno de ellos un aro de oro en la parte superior del arco de la oreja derecha. Lleva la capa de pelaje negro algo abierta, para librarse del calor sofocante de la taberna y que sus armas (una espada corta con pomo de cabeza de lobo de ojos rojos y otra larga) queden visibles; en medio del pecho, sobre la camisa blanca, brilla una piedra azul atada con una cuerda al cuello, a modo de colgante.

Está recostado contra la pared de piedra, al lado del hogar, con los hombros empapados de nieve que se derrite al estar junto al fuego. Tiene los brazos cruzados sobre el pecho y el peso de su cuerpo repartido sobre una única pierna, con la otra apoyada contra la piedra en una postura indiferente; sin embargo, la dureza de su rostro insinúa todo lo contrario. No aparta los ojos de mí y yo hago lo mismo hasta que me llaman.

—Roja, ¿nos vas a ayudar?

—¿Qué gano yo a cambio?

—Librarte de la maldición —dice una chica bajita, de timbre muy agudo, con un ligero temblor en la voz. No la localizo en un primer vistazo, pero tampoco me importa demasiado.

—Vivo muy bien con ella.

—No es lo que dicen... —interviene *él* con una risa entre dientes que me pone de mal humor y cuyo tono, rasgado y grave, tan inconfundible, me eriza la piel.

—¿Quién lo dice? ¿Tú? —le escupo con ira mal contenida sin apartar la vista de él.

Enarca la ceja con la cicatriz y, acto seguido, la tensión vuelve a respirarse en el ambiente. Sin embargo, me obligo a coger aire para tranquilizarme, porque soy muy consciente del motivo de su presencia en la taberna. Para mi sorpresa, no responde y lo deja estar.

—Trabajo por dinero —digo pasados unos segundos de silencio—. Mis servicios no son baratos.

—Llegará un día en el que la maldición te afecte a ti también —interviene otro de los septillizos mientras se afana en limpiar una jarra—. Te afectará *de verdad*.

Aprieto los dedos alrededor de la jarra y hago una mueca ante su comentario. Ya me afecta *de verdad*, solo que no quiero que ellos lo sepan. No me conviene que esta situación sirva como precedente para conceder más favores, necesito mi remuneración a cambio, por mucho que ahora yo sea la primera interesada en acabar con todo esto.

Los rostros de los habitantes que me rodean mutan de la estupefacción al enfado, pasando por la incredulidad y el temor. Un cuadro en todo su esplendor. Escondo el rostro detrás del fondo de la jarra y la apuro hasta el final; ya no podré volver a usarla como escudo.

—No eres tan intocable como crees ser. —Esta vez, la que habla es una señora de pelo gris y gafas redondas que me estudia con severidad—. Y si no aceptas, en algún momento te arrepentirás de no haberte arriesgado a sacrificar algo por el bien de los demás.

Al sentir de nuevo la garra atenazante de la culpabilidad, el rostro se me crispa de una forma tan evidente que a la señora se le quiebra la voz al final del discurso. No tengo que decir nada para que ella sepa, a la perfección, que se ha acabado su turno de palabra.

«No lo mires, no lo mires, no lo mires...», me digo para intentar no reavivar la llama del enfado. Pero lo hago. Y cuando mis ojos se encuentran con los suyos, descubro una sonrisa ladeada de satisfacción que se me clava en el pecho con la curva que perfilan sus labios sobre su rostro.

«Calma, Roja. Has venido por voluntad propia, recuérdalo».

Cojo aire en dos tiempos y lo suelto en cinco.

—Últimamente me siento generosa —comienzo, a sabiendas de que, si no cedo, no llegaremos a ninguna parte—: acepto el encargo por tres tinajas de reales.

—¡¿Tres tinajas?! —repite un hombre borracho al otro lado de la taberna.

—Tres tinajas. Si os parece demasiado, siempre podéis encargaros de *ella* vosotros mismos.

—Yo de vosotros aceptaría —dice *él*, con sus ojos amarillos clavados en mí—. Es mejor tratar con las víboras cuando están tranquilas.

Sus palabras se me clavan en lo más profundo, pero tampoco puedo rebatirlas, porque es la reputación que me he granjeado.

—Más de uno habéis contratado mis servicios con anterioridad, sabéis de sobra que mi tarifa habitual es más elevada. —Me levanto y dejo la jarra sobre la barra para volver a ponerme los guantes, dispuesta a marcharme—. Aunque si os sigue pareciendo un precio injusto, a pesar de que me jugaré el pellejo, podéis pedírselo a otra persona.

Me recoloco la capucha sobre la cabeza y doy un paso hacia la puerta, mirándolo de refilón.

—¡Espera! —dice la misma vocecilla chillona del principio.

Esta vez sí la localizo: una chiquilla de larga melena rubia trenzada sobre un hombro, de cuerpo menudo y estatura bastante reducida. Con rostro delicado, mejillas sonrosadas y penetrantes ojos verdes, se sube sobre un taburete para hablar con los ciudadanos. Si no me equivoco, es la muchacha que trabaja en el boticario.

—Tres tinajas no es un precio tan exagerado. Con que cada uno aportara un real de oro, tendríamos suficiente como para pagar sus servicios.

Los vecinos asienten ante su comentario, pronunciado con más valor de lo que cabría esperar de un cuerpo tan pequeño. Se escuchan murmullos de acierto, suspiros de alivio, pero en lo que más me fijo es en la respiración pausada de Lobo y en su mirada de superioridad, como si con ella intentase atravesarme el alma. Una lástima que no tenga de eso.

—Lo haremos entonces —conviene el hombre rechoncho

tras un rato de discusión—. Te pagaremos cuando hayas finalizado el encargo.

Chasqueo la lengua y hago una mueca.

—Ni hablar. La mitad ahora y el resto al terminar.

Si creen que me voy a embarcar en una misión suicida sin ver un solo real de oro por adelantado, están chalados.

Los cuchicheos vuelven a alzarse entre el gentío y los labios de Lobo se estiran en otra media sonrisa autosuficiente. Está disfrutando con todo este circo, lo que no comprendo es por qué. Cuando quiero darme cuenta, la chiquilla está haciendo una colecta entre los presentes, cuenta lo que ha recaudado y me entrega un saco raído.

—Creo que con esto será suficiente —dice con sus diminutos ojos verdes clavados en mí. A pesar de que intenta demostrar entereza, no me pasa desapercibido que le tiembla la mano que sostiene el dinero.

Recojo el pago, sopeso su peso sobre la palma y lo anudo a mi cinto.

—Hay algo más —digo entonces. Aquí es cuando todo se puede ir al traste—. No voy a hacerlo sola, necesito compañía.

El silencio vuelve a reinar, como si se hubiese hecho con el aliento de cada pulmón de los aquí reunidos. Algunos rehúyen mi mirada, otros se fijan en sus seres queridos. Nadie quiere llevar a cabo esta misión, por eso han aceptado mi ayuda, pero hasta yo soy lo suficientemente consciente de la magnitud del encargo, no puedo exponerme a todo sola, mucho menos a *ella*.

—Iré contigo —dice la muchacha frente a mí, con la trenza rubia ahora cayendo sobre su espalda y las manos apretadas en puños.

—¿Tú? —pregunto con una ceja enarcada. Reprimo la risotada incrédula por respeto, porque casi con total seguridad será la única voluntaria que encuentre, pero ella es lo mismo que nada.

—Sí, yo.

—Está bien... —me resigno a decir—. ¿Alguien más?

Ni un alma se atreve a dar un paso al frente, nadie más tiene el coraje o es tan estúpido como para embarcarse en esto. Eso me hace observar a la chiquilla que espera junto a mí con otros ojos. ¿Qué se le habrá pasado por la cabeza para ofrecerse voluntaria? Ni lo sé ni me importa.

—Muy bien. Esperad noticias mías, aunque no pronto.

Me doy la vuelta con ímpetu, bastante incómoda con toda la interacción social de estos últimos minutos, y abro la puerta con fuerza. El frío lame mis mejillas y me revuelve los cabellos incluso por debajo de la caperuza.

—Te espero mañana en la plaza, con la última luz del día. No llegues tarde.

La chica asiente, con los hombros más relajados al poner distancia entre las dos, y me encaro a la oscuridad de la noche.

—Allí estaremos —dice Lobo entonces, con esa voz grave que no desaparece ni en mis mejores pesadillas.

2

El camino de vuelta hasta la choza se hace más pesado incluso que el de la ida. Luchar cuesta arriba contra la nieve que me llega hasta por encima de los tobillos me cuesta más de una caída. El olor a leña quemada en el interior del bosque guía mis pasos en medio de la penumbra más absoluta, rota únicamente por el farolillo que llevo en el cinto. Oigo mi respiración acelerada escapando de mi cuerpo y me froto los brazos para mantener el frío a raya. Un pie por delante del otro, eso es lo que importa.

Cuando veo el fulgor amarillo que se cuela por entre las contraventanas de la choza, a lo lejos, vuelvo a respirar con alivio. Ha sido otro trayecto más en el que no he tenido que sacar las armas, en el que el bosque me ha acogido en su seno sin intentar arrastrarme fuera de él, y debo dar gracias por ello.

Llego a la cabaña con la nariz y las pestañas congeladas y las rodillas, así como las palmas, enrojecidas a causa de frenar las caídas. Pateo el suelo un par de veces y me limpio los hombros y la capucha para deshacerme del máximo de nieve posible; después, me meto en la choza con la necesidad de entrar en calor arañándome la poca piel que llevo al descubierto.

El interior me abraza y me envuelve con cariño, y suspiro de puro gusto. Me dejo caer en uno de los amplios butacones frente a la chimenea y me froto las manos ya desnudas para calentarlas cuanto antes. Solo se oye el dulce crepitar de la madera en combustión y eso me traslada a un lugar en el que no existe nada de lo que me rodea, a uno que perdimos hace tanto tiempo que ni siquiera recuerdo cuánto ha pasado.

Acabo de volver de la reunión y ya me arrepiento de haber ido. Pero o lo hacía mientras la bestia dormitaba, o nunca. La culpa de la maldición cada día pesa más sobre mis hombros. Si tan solo hubiese aceptado la petición de las princesas antes, si las hubiese librado de sus tratos con el Hada Madrina entonces...

Sé que no me puedo achacar toda la responsabilidad, que las princesas fueron quienes pactaron con *ella* para librarse de sus respectivos hechizos. Pero ¿acaso no pensaron que toda magia conlleva un precio antes de nada? ¿Que conseguir príncipes, despertares y demás lindeces no iba a salirles gratis? Por supuesto que no. Y cuando el Hada Madrina apareció para reclamar el precio por su ayuda, se negaron a pagarlo.

—¿Cómo vamos a darle a nuestros primogénitos? —me preguntó Cenicienta entre lágrimas cuando me convocaron en el Palacio de Cristal.

Las tres tenían que ofrecer a sus hijos como pago por los hechizos, y ninguna estuvo dispuesta a ceder a la hora de la verdad. Cuando estás en un apuro y te ofrecen una salida a cambio de lo que sea, es muy sencillo aceptar sin pensar en las consecuencias. Más si eres una princesa jovencita y alocada a quien el futuro le queda demasiado lejano y solo le interesa el presente.

La vida les fue bien gracias a los favores del Hada Madrina, y cuando llegó el momento de engendrar herederos, años después, todas se habían olvidado de los tratos en los que habían cedido a sus primogénitos antes incluso de que estos nacieran.

De haber sabido todo lo que acarrearía mi negativa a ayudarlas entonces, de que nos enfrentaríamos a la bruma y al maleficio, habría tomado otra decisión.

«Con el sol una apariencia, con la luna otra. Esa será la norma hasta recordar la verdadera forma». Pensar en las primeras palabras que oí al despertar después de la maldición me hace estremecerme; esas que oímos justo antes de descubrir que el embrujo había dividido nuestro ser en dos y que una densa bruma había borrado nuestros recuerdos. ¿Por qué nos borró la memoria? Nadie lo sabe. Es uno de esos misterios que nadie se ha atrevido a resolver. En parte creo que fue una medida para ocultar la suplantación de las princesas, pero tengo la sensación de que esa mujer oculta secretos demasiado grandes.

Me sobreviene un escalofrío más intenso al rememorar uno de los míos, el del día que, cuando me acerqué a las inmediaciones del Palacio de Cristal en una caza, recobré un pedazo de mi memoria perdida y me quebré. Aquella fue la primera vez que recordé y es algo que no olvidaré jamás: el dolor que sentí entonces al rememorar la reunión con las princesas como si la estuviese viviendo en el momento; ese dolor que aún me atenaza los huesos cuando pienso en ello, en cómo mi mente consiguió despejar una parte de la bruma que inunda nuestra memoria a causa del embrujo. Recordé la conversación con las princesas de golpe, cómo me negué a ayudarlas. Y desde ese día la culpa no ha dejado de crecer más y más.

Porque mi negativa provocó que se instaurara la tiranía. Porque mi negativa resucitó la conciencia de las villanas e hizo que acabaran en los cuerpos de las princesas. Cenicienta, Blancanieves y Aurora han desaparecido, y ahora vivimos bajo el yugo de Lady Tremaine, Regina y Maléfica, las súbditas leales del Hada Madrina.

Y la única que parece recordarlo todo, de dónde venimos y

por qué estamos aquí, soy yo. Gracias al desconocimiento de los demás, a que nadie me recrimina mi negativa a haberlas ayudado entonces, he conseguido esquivar la culpa hasta el momento. Pero me he mantenido al margen demasiado tiempo y ahora, ver a la abuelita tan mal...

Sacudo la cabeza, dispuesta a continuar con lo que he empezado. Me levanto por fin y dejo la caperuza roja en el perchero, las botas raídas bajo él y el cinto con el candil y el dinero sobre la mesa vieja del salón. Me acerco a la fresquera y saco un poco de queso y pan duro, que rebano con esfuerzo, para llevarme algo al estómago después de las dos caminatas que me he pegado en una sola noche. Lo mastico con lentitud, sin perder detalle del chisporroteo de la leña, como si fuese la nana más interesante del mundo, pero ni con esas consigo que los párpados me pesen lo mínimo como para dormir.

Termino de comer, echo un par de leños más al hogar y entro en el dormitorio. En la enorme cama de matrimonio que preside la habitación, la abuelita descansa con una respiración pausada. Me acerco a ella para arroparla hasta el cuello y murmura algo en sueños. Me siento sobre el estrecho camastro que hay en la pared contraria y me permito estirar un poco los músculos antes de cambiar las ropas de cuero por cómodas piezas de lana. Me deleito con su cuerpo tranquilo, sumido en un sueño profundo que me provoca cierta envidia, así que me levanto y vuelvo al salón.

En la amplitud de la sala, tan solo iluminada por la chimenea, me pregunto por primera vez dónde me he metido realmente. ¿Quién soy yo para aceptar una empresa como esta? ¿Acaso me creo el Príncipe Azul?

Tengo que dar con un modo de deshacer la maldición y acabar con *ella* de una vez por todas, aunque pensarlo es mucho más sencillo que lograrlo. Suspiro, resignada, pues no hay nada que pueda hacer ya, y me enfrento a la enorme estantería que ocupa la pared del fondo. Observo el montón de libros que he ido acumulando todos estos años como cazarrecompensas, los cuadros dispersos que pinté hace tantos años y que adornan las baldas y la talla del lobo sentado, que no recuerdo de dónde salió.

Paso las yemas por los lomos maltrechos y repaso con la vista los títulos, la mayoría borrados por el paso de los años y el uso. Hay algunos que directamente compré así, otros que he usado hasta la saciedad y otros que ni siquiera he llegado a abrir nunca porque no sé de dónde salen; supongo que son herencia de mis padres, aunque no los recuerde.

No sé por dónde empezar, así que me limito a sacar un libro tras otro, a ojearlos para ver si la información aparece ante mí por arte de magia. Me esfuerzo en mantener la paciencia mientras la noche se desdibuja dejando paso al día, sentada en la mesa del salón estudiando los tomos. Releo por encima algunos libros de historia, que narran la toma de poder y los años de desgracia. Nada que no sepa ya.

Con cada hora que transcurre, mi humor se amarga un poco más, el ceño se frunce y la bilis me trepa hasta la garganta, donde suele residir de forma habitual. Todo esto es un despropósito, un sinsentido y una soberana estupidez. ¿Qué pinto yo ayudando a esa gente? No se merecen nada más que mi desprecio.

Sin poder remediarlo, el rostro duro de Lobo se materializa en mi mente, nítido como si lo tuviese delante ahora mismo. Veo con total claridad la cicatriz que le cruza la ceja y el pómulo, la carne de distinta tonalidad a su tez oscura ahí donde la piel se ha regenerado. Sus ojos amarillos escondidos entre el follaje del bosque, observándome, al acecho.

Doy un manotazo sobre la mesa de madera, que hace retumbar la jarra de cerámica de la que me estaba sirviendo vino especiado, y me levanto con ímpetu. La silla se arrastra sobre el suelo con un chirrido y abro los postigos de la ventana de par en par para asomarme al exterior, sin importarme que la nieve que se precipita desde el cielo me acaricie las mejillas con su tacto gélido. El viento se enreda en mis tirabuzones y su aullido se cuela en cada centímetro de la cabaña, acallando el crepitar de la madera en la chimenea.

—¡Ven a por mí! —le grito a la nada—. ¡No te escondas!

Sé que está ahí. Lo siento dentro de mí. Es como un tirón que me arrastra hacia él de forma irrefrenable. Una y otra vez. Una y otra vez.

Recorro la vista por la linde del bosque, entre los matorrales y altos árboles cubiertos por la nieve, retorcidos de una forma que sugiere que en cualquier momento sus ramas se quebrarán con estruendo. Pero no veo nada. Busco el brillo ambarino de esos ojos animales que tan bien conozco, esos que veo incluso con los párpados cerrados, en el centro de mi mente. Aprieto la madera del alféizar con fuerza, con la respiración cortada, atenta a cualquier ruido, por nimio que sea, que me confirme mis sospechas. El sol ya emite sus primeros rayos sobre la tierra y arranca unos destellos brillantes a la nieve que cegarían a cualquiera. Sin embargo, no permito que eso me impida seguir con el escrutinio. ¿Por qué tiene que venir? ¿Por qué no me deja en paz?

Lo sabes muy bien.

La voz de la bestia dentro de mí retumba contra cada milímetro de mis huesos. Estaba tardando en despertar.

Con el amargor clavado en la garganta, vuelvo a cerrar la ventana y me giro hacia las pilas de libros que hay por todas partes, amontonados en columnas desde el suelo, desparramados sobre la mesa, las estanterías ahora vacías por haber perdido a sus habitantes...

La rabia me invade y lo pago con los libros. Los pateo, golpeo y lanzo contra la pared sin ser capaz de contener los gruñidos de frustración e impotencia. Con la respiración acelerada, los dedos llenos de cortes a causa del papel y enfrentándome a una estancia que parece haber luchado contra un vendaval, me quedo plantada en mitad de la sala, con el fuego ya casi extinto, hasta recobrar el aliento.

Por esto ayudas a esa gente.

Suelto otro bufido disconforme y me dejo caer sobre el sillón, con los ojos apretados con fuerza para sumirme de nuevo en la oscuridad y conseguir que la bestia vuelva a su letargo, pero sé perfectamente que es inútil: cada vez que cierro los párpados, vuelvo a ver su rostro de facciones duras como si lo tuviera a una caricia de distancia.

¿Eso querrías? ¿Acariciarlo?

Es imposible estar tranquila conmigo misma durante el día, así que ignoro sus comentarios al mismo tiempo que trago saliva para serenarme un poco. De nada sirve dejarme llevar por estos arrebatos de ira provocados por la bestia, porque así no desaparecerá todo lo que tengo dentro, por mucho que quiera.

—¿Niña?

La voz débil de la abuelita me pone en alerta y me levanto de golpe. De varias zancadas amplias, me planto en el dormitorio, donde la abuelita se ha recostado sobre la cama, tapada por las mantas hasta la cintura. Me recibe con su sonrisa afable, esa que le arruga el rostro aún más y hace que hasta los ojos le desaparezcan entre los pliegues de la piel.

—Buenos días, corazón.

—Buenos días, abuela —respondo mientras me siento en el borde de la cama.

—¿Lo tienes ya todo listo?

Suspiro con resignación y encierro la mano de la anciana

entre las mías para darle un beso largo en el dorso. Ella me acaricia la mejilla después, con delicadeza y cariño, sin que esa sonrisa sempiterna se desdibuje de sus comisuras.

—Sí, abuela.

Le devuelvo la sonrisa aunque por dentro esté rabiando de pena.

—No te olvides de devolverle los frascos a tu madre.

El corazón se me encoge más si cabe y asiento, con un nudo en la garganta que me impide pronunciar palabra alguna.

—Llévale también un tarro de la mermelada que preparé ayer, que me ha quedado muy rica.

Ayer la abuela no salió de la cama, igual que antes de ayer y el día anterior. Lleva sin levantarse, salvo para ir al baño o cocinarse algo cuando yo no estoy, tanto tiempo que apenas lo recuerdo, como todo lo relacionado con las agujas del reloj, que se desdibujan en nuestras mentes hasta formar una nebulosa de recuerdos apelotonados e informes.

Ella, sin embargo, ni siquiera es consciente de este detalle; sigue anclada en la vida real y funcional, sin recordar el estado en el que vivimos desde hace años, olvidando el día anterior y reviviendo lo mismo una y otra vez. Aún cree que todas las mañanas hago el camino entre la casa de mi madre, al otro lado del bosque, y su cabaña, con mi caperuza roja sobre la cabeza y la cestita de mimbre en la mano. Aún cree que tengo diez años.

Ella es como un péndulo, que va y viene entre épocas pasadas. Es todo lo contrario a los demás, a lo que sufrimos el resto, sin ser capaces de recuperar esos fragmentos del pasado robados. Ella lo que no tiene es presente y, para mi desgracia, cada vez estoy más convencida de que tampoco le queda mucho futuro.

—Le llevaré lo que tú me digas, abuelita.

—Buena chica...

Vuelve a sonreír y a acariciarme la mejilla.

—¿Necesitas algo más antes de que me vaya?

—No, corazón, vete tranquila. Yo me quedo aquí haciendo punto.

Se inclina sobre la mesita de noche y saca sus agujas y una madeja de lana, donde lleva años intentando hacer una bufanda de puntos saltados, apretujados, sueltos y reliados. No es más que un gurruño de lana que se empeña en estirar.

—Cuando la acabe, será para ti. Creo que te favorecerá mucho, resaltará esos ojos que tu madre te dio.

Me pellizca la mejilla y me contagia la sonrisa. A pesar de que apenas recuerdo nada de mi madre, tengo la sensación de echarla de menos.

Llevas la muerte en la sangre. Te sigue allá donde vayas.

Aprieto los dientes con fuerza y me controlo para que la sonrisa no desaparezca y preocupe a la abuela por culpa del maldito comentario de la bestia. Sin añadir nada más, me levanto y camino hacia la puerta.

—Entonces me voy ya. Volveré al anochecer.

—Cuídate del lobo.

El corazón me da un vuelco al escucharla, aunque es lo mismo que pronuncia cada mañana.

Él tendría que haberse cuidado de ti.

—Y no te olvides la caperuza.

—Sí, abuela, nunca la olvido.

3

No voy a salir de casa, eso lo tengo muy claro, no mientras siga siendo de día y la bestia esté despierta, pero la abuelita no tiene por qué saberlo. Así que cierro la puerta tras de mí y me recuesto contra ella, con un suspiro entre los labios. Por inercia miro hacia mi derecha, a la puerta cerrada que parece observarme a su vez. No sé bien por qué, pero camino hasta ella y la abro despacio, con los chirridos de unas bisagras muy oxidadas como sinfonía. El interior está lleno de polvo y de sábanas viejas ocultando lo que hace tanto tiempo que no quiero ni ver.

Paseo entre el desorden amontonado y acaricio las diferentes telas. Me detengo frente al mueble junto a la venta y, de un tirón, lo destapo. El polvo me hace toser y apartar la cabeza.

Podrías limpiar aquí de vez en cuando.

«¿Para qué? Es mejor que todo esto esté aquí encerrado. Ya no me identifico con ello».

Paso los dedos sobre el caballete con un lienzo a medio terminar, una puesta de sol en un acantilado con una figura masculina sentada de espaldas. Suspiro con resignación y lo vuelvo a tapar, a sabiendas de que nunca lo terminaré. Cuando me doy la vuelta, me encuentro con el cuadro que siempre me ha generado cierta angustia. Es un paisaje espléndido, una estampa idílica de una noche estrellada en la cima del mundo, con todo Fabel a los pies. Y me revuelve algo por dentro porque sé que es mío, me lo confirman los trazos gruesos tan característicos, pero no tengo recuerdo de haber presenciado semejante maravilla. Y eso no hace más que recordarme que estoy incompleta, que se nos ha arrebatado demasiado, y que es probable que me arrebaten algo más.

Con un cabeceo, aparto esa idea de la mente y me obligo a no pensar en la abuelita según abandono lo que en un pasado fue mi estudio de arte. Al otro lado de la puerta me espera el caos de libros que yo misma he provocado. Si la luna reinase en el firmamento, sé que me habría sentido mal por el destrozo ocasionado, las innumerables páginas arrancadas de sus lomos, dobladas o rotas sin más; los libros abiertos en formas dolorosas; los lomos rajados... Sin embargo, durante el día todo me da igual. Me basta y me sobra con no sucumbir a los impulsos de la bestia que llevo dentro.

Me agacho y empiezo a recoger los libros, a cerrarlos sin demasiado cuidado de no doblar más páginas y a estirar el papel con poca delicadeza, todo sea dicho. Los voy apilando de nuevo sobre la mesa de cualquier forma. Lo único que me interesa es poder volver a caminar por la cabaña sin matarme por tropezar con un libro. Aunque sigo teniendo esos ojos amarillos clavados en la parte trasera de mi mente, como si estuviesen estudiando cada una de mis decisiones, me centro en los movimientos mecánicos de recoger los tomos.

Tendrías que salir ahí fuera y acabar lo que empezaste.

«No te escucho».

Te ahorrarías otro problema. Dejarías de presentir que te ronda.

«No lo sabes».

Cierro otro libro y empiezo un montón nuevo, porque el anterior está a punto de caerse otra vez.

¿Qué pierdes por intentarlo?

«No es tan sencillo matar alimañas».

La última vez no fue tan complicado.

«Casi me costó la vida».

Casi.

«Con eso me basta como para no querer volver a enfrentarme a un lobo».

Me alegra que tu propia seguridad sea lo único que te impida abrirle la garganta en canal.

Su risotada reverbera en mi interior y me hace estremecer. ¿De verdad lo único que me impide arrebatar otra vida es mi propia seguridad? ¿Acaso no me queda ni una pizca de conciencia?

Siento la bilis trepando por mi garganta y la contengo centrándome de nuevo en la tarea que tengo entre manos. Cojo un libro por una de sus tapas y tiro hacia mí, arrastrándolo por el suelo, para cerrarlo de nuevo. Alargo el brazo y tengo otro. Al menos ya se ve el suelo por donde piso.

¿Él también te sentirá?

«No lo sé».

Podrías preguntarle.

«No quiero hablar con él».

Vas a tener que hacerlo. Se ha unido a tu causa.

Se burla de mí con cómo pronuncia esa palabra, lo sé, pero no voy a caer en su juego. Al menos de momento, porque la bestia siempre tiene el tablero dominado.

«No quiero saber nada de él».

¿No quieres? ¿O no te conviene?

«Es lo mismo».

¿Tú crees?

Dejo una nueva pila de libros sobre la mesa y me dispongo a

colocarlos en la estantería, poco a poco, para que no se me caigan de nuevo y tenga que volver a empezar.

Si queréis acabar con ella, *vais a tener que hablar. Y mucho.*

«No creo que él esté dispuesto a hablar conmigo».

¿Y qué crees que hace en la linde de tu casa?

«Puede haber venido a cazar».

A cazarte.

—¡Cállate ya! —suelto en voz alta.

El silencio se instaura a mi alrededor y siento alivio en el pecho, aunque sé que no va a durar demasiado. Los minutos pasan lentos, a su ritmo pegajoso de siempre, y el día se va desdibujando entre las nubes que adornan el cielo. Como lo indispensable para matar el hambre, le preparo a la abuela la comida y la cena, así como algunas conservas nuevas, para cuando me haya marchado, y sigo con la tediosa labor. Ya he llenado dos estanterías cuando vuelvo a la mesa para encargarme de las últimas pilas de libros.

No, ese no.

Detengo la mano a poca distancia del libro que iba a coger y me quedo muy quieta, con un escalofrío recorriéndome el cuerpo. Raras son las ocasiones en las que la bestia decide ayudarme en lo más mínimo. Deslizo la palma hacia la derecha, encima de la enorme pila de libros, y paro de nuevo, a la espera de alguna señal. Paso las yemas por el relieve de los lomos, despacio, atenta a cualquier señal.

Ese.

Siento un chispazo en la punta de los dedos en cuanto mi piel entra en contacto con el cuero viejo del libro, pero sé que no es más que fruto de mi imaginación, eso o que la bestia está jugando conmigo. Apenas se distingue el título de lo gastado que está, pero, grabado en relieve dorado, leo el apellido del autor: Perrault. Ni siquiera recuerdo de dónde ha salido este tomo, aunque, claro, mi vida está más llena de lagunas que de periodos de lucidez.

—¿Y qué hago yo con esto? —le pregunto a la bestia.

Aguardo unos segundos, con el ejemplar entre las manos, expectante.

«Ahora que tienes que hablar, ¿no lo haces?».

Abro el libro por cualquier lado y hojeo las páginas, pasándolas de un lado a otro, sin saber bien qué quiere decirme con esto. Tengo la sensación de haberlo leído infinidad de veces en un pasado remoto y demasiado enturbiado por la bruma, con sus cuentos y leyendas que no hacen más que desvirtuar la realidad, pero no recuerdo haberlo leído.

De todos modos, no creo que una fábula me pueda ayudar a la hora de enfrentarme a la déspota que nos tiene atrapados en su maldición. A decir verdad, dudo mucho que pueda encontrar respuestas entre las páginas amarillentas de ningún libro. ¿Quién se atrevería a publicar una sola palabra en contra del Hada Madrina? Habría que estar loco, mucho más que yo, para hacerlo. Han espolvoreado a otros por mucho menos.

Lanzo el libro sobre la mesa de mala gana, sin demasiadas fuerzas a causa del hastío, resbala sobre la superficie y acaba cayendo de nuevo al suelo, al otro lado de la madera. Cuando lo hace, oigo el papel rasgarse y suspiro. No me preocupa demasiado, ese libro está tan roto que sigue siendo un milagro que el lomo se mantenga unido, pero estoy cansada de agacharme y levantarme una y otra vez para nada.

Cruzo el salón y lo recojo; sin embargo, cuando lo hago, una de las guardas se despega de la tapa y deja caer un papel doblado en cuatro veces que se desliza sobre el suelo. Me quedo helada un segundo, como si estuviese enfrentándome al depredador más fiero.

«¿De dónde ha salido eso?».

Del libro, ¿no lo ves?

La ignoro de nuevo y me agacho para recogerlo. Olvidado ya el libro sobre la mesa, lo desdoblo con cuidado, para que la delicada hoja no se rasgue y me prive de su contenido. El papel es tan fino que casi veo a través de él, la tinta con la que escribieron está corrida y desdibujada en algunas partes, e incluso hay manchas de algún líquido. Esto lo escondieron aquí hace mucho, y se aseguraron de que nadie pudiera encontrarlo.

Está escrito en runas arcanas, un dialecto que se perdió en el olvido en cuanto *ella* ascendió al poder y nos lo borró de la memoria a todos. No entiendo nada. Le doy la vuelta, lo examino por delante y por detrás, a contraluz, en la oscuridad y cerca del fuego, por si el calor me revelase algo nuevo. Lo extiendo sobre una superficie de color claro para distinguir mejor los caracteres borrosos que conforman el texto.

Repaso las líneas, una a una, pronunciando las palabras en mi cabeza aunque sin saber su significado, luchando contra la neblina que me enturbia la mente y que me impide ir más atrás en mis recuerdos.

Me cuesta horrores, la lengua se me traba demasiadas veces y a punto estoy de perder la paciencia y lanzar el maldito papel a la chimenea. Por suerte, el sol está prácticamente en su punto más bajo ya y la bestia está entrando en letargo; por desgracia, esa bestia, quien podría ayudarme y quien me ha traído hasta aquí, está entrando en ese letargo.

—Vamos... —murmuro con los puños apretados a cada lado del papel—. Ka... Katti... Kattius...

Eso es.

Sus palabras me provocan un vuelco en el corazón, no solo por lo inesperado de su comentario, sino porque rara vez conseguimos ponernos de acuerdo en algo como para que me aliente a seguir.

—Bu... But...

Chasqueo la lengua al mismo tiempo que aprieto los ojos con fuerza. Me duele la cabeza, siento las incipientes agujas de la jaqueca arañándome la base del cráneo, pero no puedo parar. No tengo tiempo de parar, aunque ni siquiera sé si esto me llevará a alguna parte.

—Kattius... Buttes... ¡Kattius Buttes! —grito con euforia.

Muy bien, ronronea la bestia dentro de mí, provocándome un cosquilleo placentero que se pierde en la nuca.

«¿Y ahora qué? ¿Qué significa?».

No lo sé.

«¿Cómo que no lo sabes?», pregunto, incrédula, mientras me desparramo sobre el sillón masajeándome las sienes.

No. Lo. Sé.

Su voz suena pastosa, lenta, arrastrada. Sé que va a marcharse y, por una vez desde que la tengo dentro, no quiero que lo haga.

Solo sé lo que tú sabes.

«Yo no sabía lo del libro».

O no lo recuerdas.

Los últimos rayos de sol se cuelan por las rendijas de la ventana y me indican que es hora de marcharme. Voy a llegar tarde, lo sé incluso antes de preparar víveres, ponerme la ropa de ante, calzarme las botas de cuero y protegerme con la caperuza. Lo sé cuando, de un último vistazo a la puerta cerrada del dormitorio de la abuelita, me despido de ella con palabras no pronunciadas. Lo sé muy bien, pero también sé que no tengo ninguna prisa por acercarme un poco más a mi propia muerte.

4

Aunque en este trayecto no tengo que enfrentarme a la pesadilla de la nevada azotándome el rostro, llego casi una hora tarde. Me maldigo por lo estúpida que he sido dejándome llevar por la rabia y la ira de la bestia y descargándolo contra los libros, pero más aún por haberme tomado la molestia de ordenarlo todo.

Sin embargo, me aferro a la esperanza de que podamos sacar algo en claro de todo esto. Las palabras «Kattius Buttes» resuenan en mi mente durante todo el viaje. Les doy vueltas y más vueltas, descompongo las palabras en sílabas e intento rememorar sus significados, aunque es en vano. Ya es una suerte que consiga leer los caracteres; no obstante, traducirlos es harina de otro costal.

Entro en la plaza casi patinando a causa del hielo que lo cubre todo y los veo ahí, junto a la fuente central, arrebujados en sus ropajes y con la vista clavada en el suelo. A pesar de que me sorprende ver a la chiquilla aquí, más lo hace encontrarla acompañada de Lobo. Siento una sacudida en el estómago cuando sus ojos me encuentran entre las sombras de la noche.

—Llegas tarde —suelta, sin ápice alguno de emoción. No sé si está enfadado, molesto o si tan solo es un apunte porque en realidad le da exactamente igual.

—Siento el retraso —me excuso más para la chica que para él. De hecho, ni siquiera le dedico más de un vistazo rápido.

—Tranquila, dicen que el frío es bueno para el cutis, ¿no? —comenta con una risa tímida e incómoda a partes iguales, acompañada de una sonrisa que le queda macabra en el rostro.

Es como si intentase aliviar la tensión que se respira en el ambiente solo por el simple hecho de habernos juntado Lobo y yo en el mismo espacio. Pero no se le da bien.

—Será mejor que busquemos cobijo —digo con un mohín hacia Lobo—, hay algo que tenemos que hablar.

—¿Vamos a Los Siete Cabritillos? —sugiere la chica.

—No, demasiada gente —responde él—. Mejor a la posada.

Sin darnos opción a reprochar, encamina la marcha hacia el oeste, con pasos firmes a pesar de que la muchacha y yo tenemos que medir muy bien dónde ponemos los pies para no resbalar y abrirnos la cabeza contra los adoquines. Llegamos a Los Tres Oseznos y nos adentramos en el calor que proporcionan sus paredes. Lobo se acerca al posadero y le pide una habitación.

—¿Solo una? —inquiere el enorme hombre de espesa barba castaña.

Nos mira a los tres de forma alternativa, primero a mí, que por instinto me escondo bajo la caperuza, luego a la chiquilla que no aparenta tener más de dieciséis años y, por último, a él, aunque al joven le dedica una mirada un tanto reprobatoria.

—Sí, solo una. ¿Algún problema?

Lobo deja unos reales de plata sobre la recepción con fuerza y los arrastra hacia él. El hombre traga saliva y nos lanza un vistazo fugaz, como debatiéndose entre si es buena idea ofrecernos una habitación o no.

Al final, accede y guarda las monedas bajo la superficie.

—Segunda planta, tercera habitación a la derecha —dice mientras rasga el cálamo sobre un papel.

Sin mediar palabra, los tres subimos las escaleras de piedra que quedan a la izquierda, en el lado contrario al comedor, y encontramos la habitación. El interior es austero, con una cama de matrimonio estrecha contra una pared, una tinaja con agua enfrente, el hogar encendido y un baúl desvencijado.

—Sois conscientes de que no vamos a pasar la noche aquí, ¿no? —digo en cuanto nos encerramos en el dormitorio.

—Bueno, es evidente que los tres no cabemos en esa cama —bromea la chica con una risilla nerviosa.

—¿Quién dice que no? —Los labios de Lobo se estiran en una sonrisa pícara que la hace enrojecer y a mí me provoca un estúpido vuelco en el corazón. Acto seguido, los ojos de Lobo se encuentran con los míos y la sonrisa desaparece para dejar paso a la seriedad.

—No pretenderás que hagamos frente al frío y a la noche sin tener ni siquiera un plan —continúa la chica, haciendo caso omiso de su insinuación.

—¿Y qué te hace pensar que no lo tengo?

La falta de confianza me enerva de una forma desconocida, porque yo no soy así de arisca cuando la bestia está dormida. No obstante, rara vez tengo que tratar con otras personas en mis encargos como cazarrecompensas, así que lo de tener que dar explicaciones no es mi fuerte, mucho menos que me cuestionen.

—¿Lo tienes? —inquiere Lobo, sin mirarme, mientras alimenta el fuego de la chimenea con un par de troncos.

Estoy a punto de responder, pero entonces cierro la boca de nuevo porque soy consciente de que es cierto que no lo tengo. Por primera vez en años, no estoy preparada para lo que me espera. Ahora entiendo la desconfianza de la chica y me siento muy boba. Noto las mejillas encenderse por el rubor y aprieto los puños con fuerza. El silencio se instaura entre nosotros, roto por el incipiente crepitar de las llamas devorando madera nueva.

Lobo permanece quieto, acuclillado frente a la lumbre con las palmas extendidas para calentarlas, mimetizado con las sombras a su espalda gracias a la gruesa capa de pelaje negro que lleva. La muchacha, por el contrario, deambula por la estancia con evidente nerviosismo.

—¿Cómo vamos a acabar con ella, a romper el maleficio? Todo esto es una misión suicida —farfulla jugueteando con la trenza rubia, como si se estuviera arrepintiendo.

Es curioso que esté así de desquiciada cuando ella misma fue la que se presentó voluntaria para todo esto. ¿Dónde creía estar metiéndose?

—Con magia —dice Lobo, como si esa respuesta fuese la más sencilla del mundo, con la vista clavada en el baileteo del fuego.

—Si quedara un ápice de magia de libre uso, ¿no crees que alguien le habría plantado cara ya? —se queja la joven, derrotada sobre el colchón de paja. Lobo hace un ruido con la garganta y no sé si pretende darle la razón o quitársela—. Nadie soportaría su maldición de buen grado teniendo la posibilidad de acabar con ella.

No es que yo haya tenido la posibilidad de acabar con el embrujo en ningún momento de mi existencia, pero sí que es cierto que me he resignado a sufrirla, así que entiendo que haya mucha gente en mi misma situación, más aún si son portadores arcanos.

En cuanto el Hada Madrina se hizo con el control de los reinos, los portadores arcanos, los practicantes de magia, fueron los primeros en desaparecer; se esfumaron como si nunca hubieran existido, se desvanecieron incluso de los recuerdos de los habitantes. Sabemos que la magia existe porque ella misma hace alarde de sus dones y las leyes antihechicería sugieren que hay quienes practican este arte oscuro, pero ninguno recordamos quiénes fueron. Por eso aún sé leer runas arcanas, aunque soy incapaz de identificar qué significan esos caracteres, traducirlos a nuestra lengua común.

Meto la mano en el interior de la pernera de cuero y acaricio el papel con cuidado de no romperlo. Lobo y la chica, de la cual no recuerdo el nombre, siguen discutiendo sobre la posibilidad de usar la magia para acabar con un ser que no es que la domine, sino que está conformado por ese poder. A decir verdad, ella habla mucho más que él. Con un valor que no sabía que poseía, la muchacha se ha acercado al joven y está debatiendo junto a él, disfrutando también del calor del hogar.

Doy un par de pasos hacia atrás y me recuesto contra el pie de la cama. Despacio, saco el papelito y lo desdoblo con cuidado. Lo contemplo unos instantes, releyendo lo único que he sacado medio en claro gracias a la bestia. Repaso las formas agresivas de las runas en mi mente, intentando dotarlas de algún significado en vano.

—¿Qué es esto?

Lobo me arrebata el papel de entre los dedos y lo estudia, con el ceño fruncido y los labios apretados. Ni siquiera me he dado cuenta de que se habían callado, mucho menos de que se ha acercado a mí. Parpadeo varias veces para salir del trance de las runas arcanas y también frunzo el ceño. Me incorporo de nuevo y alzo el mentón para intentar reducir la distancia entre nuestras miradas, ya que me saca una cabeza, y cuando estoy a punto de hablar, él me interrumpe:

—¿De dónde lo has sacado?

La muchacha se acerca y nos estudia con sus enormes ojos verdes, con curiosidad por distinguir las formas del papel que sostiene él entre sus enormes manazas.

—De un libro.

—¿Qué libro?

—Uno. —Se muerde el labio inferior y resopla, frustrado, sin apartar los ojos de los míos—. De mi biblioteca personal. No sé cómo lo conseguí ni cuándo, no tengo recuerdo de ello, pero ahí estaba.

—¿Has tenido esto en tu poder todo este tiempo y no se te ha ocurrido investigar?

Tengo la desagradable sensación de que me está riñendo y mi primer impulso es excusarme, justificarme ante él; en parte es una sensación provocada por la diferencia de estatura y tamaño, pero no me dejo amedrentar, por muy de noche que sea.

—Y si ha sido así, ¿qué, eh? A ver si ahora resulta que soy la encargada de salvar el mundo.

—Te has ofrecido para eso, ¿no? —pregunta la chica con cierto temor.

Lobo alza las cejas, inquisitivo, y aguarda la respuesta, sin moverse lo más mínimo.

—Bueno, no es que me haya ofrecido, precisamente. En Poveste llevaban semanas cuchicheando y dejándome caer insinuaciones de que debería encargarme de la situación. Así que casi que me habéis obligado entre todos.

—Hemos pagado por tus servicios, y no ha sido poco —dice con amargor en la voz.

—¿Qué otra opción tenía?

—Dejar que cuchichearan y no intervenir —responde Lobo.

Nuestros ojos vuelven a encontrarse y una chispa estalla entre los dos.

Aunque es cierto que últimamente he actuado por motivación propia, lo que estos dos mequetrefes no saben es que no me queda otra opción. La abuela cada vez vuelve menos de esos momentos de regresión en los que cree que sigo siendo una chiquilla, la estoy perdiendo a pasos agigantados, y la verdad es que no puedo perder a nadie más. Como es obvio, no les digo eso.

—Aunque, claro —continúa Lobo—, las urracas acuden al oro como las moscas a la mierda. No era de extrañar que acabaras aceptando tarde o temprano.

Su comentario me enfurece más de lo que me gustaría admitir, y me obligo a apretar los puños con fuerza.

—Tienes suerte de que sea de noche... —mascullo.

—¿O qué?

La amenaza está ahí, palpable, tangible; pronunciada con una sonrisa socarrona que deja a la vista una dentadura perfecta. Demasiado hemos durado sin enzarzarnos, todo sea dicho.

—Chicos, no importa. Dejadlo estar.

La muchacha, con su menudo cuerpo, se interpone entre ambos, en el reducido espacio que había entre Lobo y yo dada la tensión del momento. Apoya las palmas en el pecho de él y lo empuja hacia atrás, ya que él tiene la capacidad de apartarse al no estar acorralado contra la cama.

—Devuélvemelo —digo entonces, cuando ha vuelto junto a la chimenea a examinar el papel.

—¿Crees que Gato sabrá algo? —murmura él, haciendo caso omiso a mi petición.

«¿Gato?».

De repente, algo dentro de mi cabeza se resquebraja y se hace añicos, se rompe en mil pedazos y rebota contra las paredes de mi mente. Las esquirlas de los recuerdos se me clavan en la piel y, durante un segundo, me quedo sin oxígeno. Mis pulmones pesan como la piedra y me doblo hacia delante para coger una enorme bocanada de aire que entra en torrente en mi organismo.

—¿Estás bien? —pregunta la chica, colocándome la palma en la espalda.

Doy un respingo ante su contacto y aparta la mano, atemorizada.

Las lágrimas se me acumulan en los ojos de forma involuntaria y me las seco de dos manotazos rápidos. Cuando levanto la vista de nuevo, Lobo me observa con los brazos cruzados sobre el pecho y una media sonrisa lobuna en los labios.

—Ha recordado —responde a modo de explicación.

5

Pasado un tiempo indeterminado que no sé medir, en el que lo único que se oye es el crepitar de la madera, me vuelvo a incorporar, con el aliento recobrado y la mente hecha un barullo de pensamientos incesantes que me abruman incluso aunque la bestia está dormida.

—¿Has...? ¿Has recordado? —pregunta la chica con los ojos vidriosos por las lágrimas de emoción.

—No... No exactamente —balbuceo con la vista clavada en Lobo, que sigue observándome como si fuera un manjar con el que deleitarse.

Como si supiera lo que está pasando, en realidad.

—¿Entonces?

—Kattius Buttes... Se trata de aquel al que llaman Maese Gato, ¿verdad?

Lobo hace una mueca y asiente despacio. En mi mente, envuelto en una bruma densa y oscura, veo unos ojos velados por el tiempo, de iris blancos y pupilas grises, unas arrugas que enmarcan unos párpados rasgados... Pero no lo comprendo.

Gato forma parte de las leyendas, de los cuentos que se relatan a los niños para evitar futuras fechorías. Es de esos personajes que todo el mundo conoce y que nadie ha visto. Una leyenda de la pillería y el descaro. Y, sin embargo, de repente tengo clavada en la mente la mirada de alguien que, extrañamente, me resulta familiar y que, al mismo tiempo, no termino de ubicar en el tiempo ni el espacio.

Es como el regusto amargo que se queda en el paladar cuando el último gajo de una mandarina sabe mal y estropea todo lo anterior. Trago saliva para intentar pasar el mal trago antes de volver a hablar.

—¿Por qué sabes leer runas arcanas? —le pregunto.

Él hace un mohín con los labios y se da la vuelta para enfrentarse a las llamas antes de hablar.

—Porque yo también recordé algo —responde con cierta tirantez.

—¿Cómo?

Chasquea la lengua y ladea la cabeza, como sopesando la pregunta.

—No es de tu incumbencia.

—¿Que no es de mi incumbencia? —espeto con estupefacción y rabia a partes iguales—. Claro que es de mi incumbencia, me voy a dejar la piel con todo esto, y recordar bien podría suponer la diferencia entre la vida y la muerte. Así que créeme cuando te digo que sí que me incumbe saber cómo recobrar la memoria más rápido.

—No eres la única que se va a dejar la *piel* —pronuncia con rabia— en esto.

—¡Pues entonces ayúdanos! —le implora la muchacha, al borde del llanto.

—No puedo.

Su voz tranquila y monocorde, como si todo esto le importase bien poco, termina por sacarme de mis casillas, así que recorro la distancia que nos separa de tres zancadas, le doy la vuelta con brusquedad y lo acorralo contra la pared.

Antes de que me haya dado cuenta, el puñal de mi cinto está acariciando sutilmente la piel bajo su nuez. Él alza una ceja, mirándome desde arriba, incapaz de moverse por la amenaza incipiente del filo contra su cuello, pero sin perder los estribos. Sus comisuras se estiran en otra de sus tantas sonrisas ladeadas y aprieto más el metal contra la carne. Sisea, aunque sin mutar el gesto de satisfacción. Doy gracias a quien quiera que controle los astros por que sea de noche y consiga mantener a raya la violencia para no abrirle el cuello en canal ahora mismo.

—Empieza a hablar.

—Roja... —balbucea la chiquilla detrás de mí.

Lobo se pasa la lengua por el labio, deleitándose con el momento, saboreando los segundos. Cuando suelta el aire por la nariz, en una risa de superioridad que no le conviene lo más mínimo, aprieto más el arma y un fino hilo de sangre perla su tez oscura.

Es entonces cuando lo noto. Un pinchazo en el costado, frío, abriéndose paso en mi carne. Apenas lo percibo unos segundos, lo suficiente como para dejar que la razón se imponga sobre la ira y lanzar un vistazo fugaz hacia la quemazón que he sentido. No sé qué me sorprende más, si ver su daga contra mis costillas o el hecho de que Lobo supiese que iba a atacarlo y estuviese preparado.

—Empate, querida —susurra con lentitud, paladeando esa última palabra.

Nuestros rostros están tan cerca que su aliento me acaricia las mejillas. Aprieto los dientes con rabia, pero no aflojo el agarre.

—No lo creo. Me pregunto cuántas fuerzas te quedarán después de que te raje la garganta. ¿Las suficientes como para clavarme tu puñal? Lo dudo mucho.

—Parece que has olvidado que cuando le cortas la cabeza a un lobo, esta aún puede morder.

—¡Ya basta, por favor!

No sé cómo, pero la muchacha vuelve a interponerse entre los dos, abriéndose paso entre nuestros cuerpos, pegados por la rabia, con esfuerzo y empujones.

—¿Va a ser así todo el tiempo? —pregunta cuando nos hemos separado y Lobo ha guardado su arma. Yo, sin embargo, jugueteo con la daga de filo rojo entre los dedos.

—Con la luz del sol será peor —responde él, lanzándome una mirada furtiva antes de volver a contemplar las llamas.

Nos quedamos en silencio un instante a causa de la veracidad de sus palabras. ¿A qué tendrán que enfrentarse ellos cuando el astro rey domine el cielo? A decir verdad, no sé qué afligirá a Lobo, mucho menos a esta muchacha, y bien podrían ser tormentos para completar la misión. Sin embargo, sin tener siquiera un plan, ¿qué más da qué los torture a la luz del sol?

—¿Qué más pone en el papel? —le pregunto, sin reducir la distancia entre nosotros por prudencia.

Saca la hoja de uno de los bolsillos y la extiende frente a las llamas. Después de unos segundos, resopla.

—Poca cosa, aunque tampoco lo entiendo todo, solo algunos fragmentos.

—¿No decías que habías recordado?

—Sí, pero recordar no me otorga unos conocimientos que antes no poseía. En su día aprendí ciertas cosas; es como un diccionario a medias: conozco el significado de algunas palabras, pero no de otras.

—¿Y qué entiendes de ahí? —pregunta la joven.

Él vuelve a clavar la vista en el papel, sopesa las palabras un instante y, entonces, vuelve a hablar.

—Algo de que es el guardián de las leyendas. También entiendo la palabra «proscrito», aunque también podría significar «exilio», no lo tengo claro.

«Claro...».

—Déjame leerlo de nuevo —le pido al recordar algo.

La muchacha hace de intermediaria y me devuelve el papel con algo de temor, no sé si por él o por mí, aunque lo más probable es que sea por estar entre los dos.

Estudio el papel cerca del candil prendido y me concentro en los caracteres que se dibujan en mi mente. Resulta doloroso, como si me arrancaran las palabras de la piel tatuada, pero me sobrepongo al dolor de cabeza que empieza a latirme en las sienes para intentar descifrar algo.

Aunque cuando lo leí las veinte primeras veces no sabía lo que ponía, he memorizado las formas de las letras impresas sobre el papel y tengo la sensación de que hay dos palabras más que ahora conozco, a pesar de que no las ubique a la primera, y que he recordado gracias al último comentario de Lobo. Me cuesta demasiado esfuerzo encontrarlas, y para cuando lo hago, tengo a mis dos compañeros expectantes.

—Es aquí. —Señalo el papel con el dedo enguantado—. ¿Reconoces estos caracteres?

Me acerco a él para mostrarle el papel, pero primero nos medimos mutuamente. ¿Estamos dispuestos a enterrar el hacha de guerra durante unos segundos? Parece que sí, porque extiende la mano hacia mí para que le devuelva la hoja.

—¿Esto?

Asiento y aguardo junto a él, disfrutando del calor de las llamas contra el ante de mi ropa. La muchacha se coloca al otro lado, para observar el papel maltratado por el uso de estas últimas horas, aunque para ello tiene que ponerse de puntillas.

Aprovecho la ocasión para mirar de reojo a Lobo, para mirarlo de verdad, sin tener que hacerlo a través de las rendijas que dejan las vendas de la ira, y me doy cuenta de que está mucho más fuerte que hace unos años, aunque no sé cuántos exactamente. Lleva el pelo negro más largo, en una media melenita despeinada, y la barba rasposa de varios días le da un aspecto mucho más maduro. Sin embargo, si hay algo que los años no han cambiado en él son sus increíbles ojos amarillos, únicos y magnéticos; unos perfectos para embelesar a las presas.

—No, solo entiendo lo que te he dicho. ¿Tú sí?

Me devuelve el papel y lo estudio de nuevo. Le señalo las runas que yo sí he comprendido y nos miramos un instante antes de volver a clavar la vista en la nota, incómodos.

—Aquí creo que pone «agua clara».

—¿Agua clara? —pregunta la chica.

—Sí, agua clara.

—¿Y qué querrá decir? —Sus preguntas estúpidas empiezan a sacarme de quicio.

—Pues no lo sé, suficiente que le he encontrado significado a esas runas —espeto.

Nos quedamos callados un momento, probablemente por la rudeza de mi respuesta, aunque dudo mucho que a Lobo le haya importado lo más mínimo. ¿Cuándo le ha importado algo o alguien más allá de él mismo? A mí, por otra parte, sí me molesta mi propia bordería. No me gusta ser así con la gente, pero me sale de forma natural.

—Hace demasiado tiempo que el nombre de Maese Gato pasó un poco al olvido, aunque no a *ese* olvido —dice Lobo—. Quizás vaya siendo hora de sacarlo del agujero en el que se metió.

—¿De qué nos puede servir un maleante como ese desgraciado?

—Pues, para empezar, según tu papelito, lo mismo no es tan desgraciado como todos creemos.

—Decía algo de guardián de las leyendas, ¿no? —interviene la chica con un deje tembloroso. Los dos asentimos en silencio—. Puede que él sepa cómo derrotar al Hada Madrina.

—¿No crees que, de ser así, lo habría hecho ya? —comenta Lobo, sin dedicarle una mirada siquiera, como si la muchacha no mereciera ni ese esfuerzo.

—Bueno, no si resulta ser tan desgraciado como las malas lenguas dicen. Al final, todas las leyendas están imbuidas en una parte de verdad y de muchas mentiras. No perdemos nada por averiguar cuánto de ambas hay en lo que se rumorea.

Ahora la miramos de verdad, como si hasta este momento no hubiese sido más que un pajarillo molesto que revoloteaba a nuestro alrededor sin aportar nada.

El rubor trepa a sus mejillas con rapidez y se revuelve en el sitio, incómoda por la atención tan clara que está recibiendo. Supongo que por eso extiende, con ímpetu, el brazo frente a nosotros y dice:

—Por cierto, creo que no he llegado a presentarme: todos me llaman Pulgarcita.

6

La noche se está dilatando en exceso y, al mismo tiempo, sucediéndose con demasiada premura. Los minutos se me escapan entre los dedos y seguimos anclados en la misma habitación de la posada, tan pequeña que empiezo a agobiarme por el reducido espacio del que disponemos.

Después de las presentaciones formales —un momento demasiado escueto—, hemos retomado la investigación —si es que se le puede llamar así— de la misteriosa nota. Lo único que hemos sacado medio en claro, o queremos creer que puede ser así, es que debemos encontrar a ese dichoso Gato e intentar que arroje algo de luz sobre la empresa que nos acomete. Sin embargo, dar con su paradero es otro cantar. Lo poco que he podido entender del mensaje cifrado tampoco es que sirva de gran ayuda, pero no tenemos más pistas.

—Podría ser esto de aquí —dice Lobo señalando un punto en el mapa.

—No lo creo —comento con hastío—. Esa zona es muy pantanosa, el terreno es fangoso e inviable para construir un techo bajo el que cobijarse. Si realmente está en el exilio, no creo que lo haga para contemplar las estrellas.

Se rasca la barba incipiente, sin apartar los ojos ni un segundo del papel extendido sobre el suelo, en un gesto pensativo. Por más vueltas que le dé, no consigo dar con una ubicación que pueda estar relacionada con «agua clara» y que sea viable para esconderse y vivir al mismo tiempo. Debe ser un lugar recóndito, de difícil acceso pero con suministro de agua. Y a no ser que esté bajo tierra, no se me ocurre dónde puede estar esa localización.

Pulgarcita deambula por el estrecho espacio entre el camastro, la pared y nosotros, acariciándose el mentón con aire distraído y el ceño fruncido. Desde que nos hemos puesto a estudiar el mapa no ha pronunciado ni una sola palabra.

—¿Y aquí?

—Los rápidos están en terreno montañoso, poco frondoso y con suelo de roca. Sería difícil sobrevivir sobre una tierra que no se puede cultivar.

Resopla, exasperado, y se levanta para encarar de nuevo el fuego.

—Podrías hacer algo más que echar por tierra todas mis ideas —murmura, apoyado sobre el faldón de la chimenea.

—Tumbar tus ideas ya es hacer algo —respondo con una media sonrisa en los labios. Me lanza una mirada un tanto furibunda que habría dejado lívido a cualquiera, a mí no—. No me mires así, es verdad. Con mis negativas evitamos perder el tiempo investigando zonas que *claramente* no son las adecuadas.

Arquea una ceja y me dedica una sonrisa ladina al pillar el chiste inintencionado. Sacudo la cabeza y frunzo el ceño para centrarme de nuevo en el plano, porque no me conviene lo más mínimo dejar que el odio entre nosotros se diluya.

—¿Y no conoces ningún lugar que te haga sospechar que sea ese? —pregunta pasados unos segundos—. Has viajado por media Fabel, de algo habrá servido más allá de para llenarte los bolsillos.

A pesar de que ahora sea a mí a quien le divierta su pulla,

pongo los ojos en blanco y clavo la vista en el papiro tatuado con la geografía de los reinos. He estado en todas partes, en el Principado de Cristal, en el Bosque Encantado, en la Comarca del Espino... He recorrido los Tres Reinos de punta a punta y, sin embargo, no consigo recordar ningún enclave.

Con el paso de los días, el maleficio arranca de nuestra memoria pedazos de nuestra vida, de nuestra existencia actual. Y a pesar de tener la certeza de que he visitado todos estos lugares, no recuerdo con exactitud sus orografías, las curvas de los ríos ni los peligros de sus tierras. Solo conozco en profundidad Poveste y sus alrededores, las zonas más cercanas a la capital del Principado de Cristal.

Sé identificar en el mapa los accidentes geográficos y recuerdo haber estado en ellos; sin embargo, también sé que los mapas no recogen cada punto del relieve de nuestros reinos y que hay un millar de ubicaciones que bien podrían ser la guarida de Gato y que no van a salir representadas en él. Eso es lo que realmente me está torturando.

El maleficio se instala como una bruma densa en nuestras mentes, como un humo viciado que enturbia nuestros pensamientos e impide oxigenarlos. Y enfrentarse a eso es más tedioso que intentar dar con otra solución.

—No... No lo recuerdo —reconozco al fin.

Ante esa respuesta, algo muy repetido por todos, no tiene nada más que añadir. A pesar de que haya ciertas situaciones que pueden llegar a desbloquear recuerdos, dudo mucho que pueda volver a sucederme ahora para dar con el sitio adecuado.

—Hay un lugar... —murmura Pulgarcita, con voz cohibida. De forma automática, los dos la miramos, expectantes por que al fin haya decidido intervenir. Carraspea para aclararse la garganta y armarse de valor mientras juguetea con los dedos con nerviosismo—. Existe un lugar que podría cuadrar con esa descripción.

Los tres nos quedamos en silencio, sopesando sus palabras.

—¿Y por qué no lo has dicho antes? —digo sin miramientos.

—A lo mejor no lo recordaba —la defiende él, con gesto serio y mirada dura.

Puede que me haya pasado un poco, pero siento a la bestia inquieta dentro de mí, como desperezándose a sabiendas de que el ascenso del sol está cada vez más cerca, y me veo arrastrada por sus impulsos. Aprieto los labios y le dedico un cabeceo un tanto cómplice que espero que comprenda y la inste a hablar.

—No, no es eso... —titubea. Se lleva las manos al pecho, inspira hondo y se acuclilla frente al mapa—. Hay un lugar del que nadie conoce su existencia y que encajaría a la perfección con lo de «aguas claras». Es una planicie en cuyo centro hay un enorme lago de agua resplandeciente.

—¿Dónde se encuentra? —pregunto con premura, con los ojos clavados en la tinta sobre el papel, porque por aquí cerca no hay nada que corresponda a esa descripción.

—Antes de contároslo..., debéis prometerme que nunca hablaréis de este lugar con nadie más.

Lobo y yo compartimos una mirada rápida, fruto de la incomprensión, y luego volvemos a observarla, yo con algo de curiosidad.

—Es... Es un lugar muy especial. Para mí y para mucha gente.

—Entonces no es que no lo recordaras —suelto con algo de acritud—, sino que no nos consideras de confianza como para compartir la información con nosotros.

—¿Y te extraña? —pregunta Lobo con sorna—. Solo hay que mirarnos para darse cuenta de que no somos los más fiables de Fabel.

—Habla por ti. A mí me han pedido que resuelva todo este problema. —Con el ego un tanto herido, señalo el espacio que nos rodea.

—Ya, pero tampoco teníamos otra opción... —balbucea ella. Tiene las mejillas teñidas por la vergüenza, se frota las manos con nerviosismo y no es capaz de sostenerme la mirada ni un instante—. A ver, bueno, entiéndeme. De un tiempo a esta parte, las princesas están actuando con demasiada crudeza. —Siento una punzada de culpabilidad que reprimo como puedo—. Todos estamos sufriendo los estragos de su tiranía, y tú eras la única que seguía con su vida previa a la maldición, con todos tus chanchullos y encargos. Y, además... —Traga saliva y me mira de reojo, pero decide que es mejor clavar la vista en Lobo antes que en mí—. No eres lo suficientemente importante como para llamar la atención de *ella*.

«Auch».

Lobo contiene una risa a medias y se gira de nuevo hacia el fuego, para que no le vea la sonrisa satisfecha que le nace de los labios. Aprieto los dientes con fuerza hasta que me da la sensación de que los oigo rechinar y cierro los puños.

—¿Y bien? ¿Dónde está? —pregunto, señalando el mapa.

Nos mira de hito en hito y él parece volver a interesarse por la conversación. Se acuclilla frente al papel antes de decir:

—Prometemos no desvelar el secreto.

No tengo interés alguno en esa tierra misteriosa, así que termino por asentir, lo que provoca que la muchacha se incline sobre el mapa y señale un punto al noroeste de Poveste, no demasiado lejos, diría que a un día de camino a buen ritmo.

—Es la Hondonada de las Hadas —explica con temor—. Es el hábitat de las hadas, donde nacen y se refugian para vivir al margen de los mortales. Las aguas allí son tan cristalinas que parecen espejos que reflejan almas.

—¿Has estado alguna vez? —Asiente con mirada esquiva para responderme—. ¿Sabrías guiarnos desde aquí?

Duda un instante y no sé bien si se debate entre su conocimiento del terreno como para conducirnos a la Hondonada o si se está replanteando la idea de haber compartido la información con nosotros.

—Puedo guiarnos —concluye.

—Pues andando.

Enrollo el papel sobre el suelo y me levanto para guardarlo en el morral.

—Espera, ¿ahora? —pregunta ella, incrédula.

—Claro.

Los dos me observan con estupefacción y durante un momento no comprendo nada.

—Tenemos que aprovechar el tiempo al máximo.

—Y también tenemos que dormir, comer para coger fuerzas y descansar —suelta Lobo, como si fuese la mayor obviedad del mundo.

Entonces lo comprendo. La única que no duerme soy yo. Termino por suspirar y coger aire lentamente para calmarme, porque lo de depender de otros para hacer lo que quiero me está sentando peor de lo que habría imaginado.

—Está bien...

Pulgarcita respira con alivio y Lobo camina hasta la puerta.

—¿A dónde vas? —pregunta ella.

—A por algo con lo que llenarnos las tripas.

Sale de la habitación sin esperar respuesta y nos quedamos las dos a solas, en completo silencio. A juzgar por cómo me mira, sé que está incómoda conmigo, y me sorprende que no le suceda en tanta medida estando con él. No me ha pasado desapercibido que, en las horas que llevamos aquí, siempre ha intentado estar más cerca de Lobo que de mí, como si el verdadero peligro fuese yo y no él, un chulo venido a más de lo más irritante.

7

Aprovecho la ocasión para refrescarme un poco con el agua de
la jarra que hay en la habitación. Me lavo la cara, me froto la nuca
para despegar los mechones adheridos a ella por el sudor de
permanecer junto a la chimenea y me aseo las axilas. Después,
vuelvo junto a las llamas para secarme las manos.

Pulgarcita hace lo mismo y, cuando termina, saca un vestido
de lana de su zurrón, de tela blanca y punto prieto, que desliza
sobre su cuerpo para prepararse para dormir. ¿Quién emprende
un viaje como este y se trae un camisón? Nunca entenderé las
prioridades de algunas personas. Guarda la ropa que llevaba con
cuidado, doblándolo todo bien para aprovechar al máximo el
poco espacio que le aporta su macuto, y se sienta sobre la cama
a volver a trenzarse el pelo con delicadeza.

Me acerco a la ventana, donde observo la luna creciente en
lo alto del firmamento. Aún quedan un par de horas de noche,
tiempo que aprovecharán para dormir y recobrar algo de fuerzas.
Cierro los ojos y dejo que la luz me acaricie las mejillas. He
olvidado qué se siente al dormir y que tu consciencia se desva-
nezca de tu cuerpo, ese momento placentero en el que desaparecen todas tus preocupaciones y tu cerebro desconecta por
completo de la realidad que lo rodea. Lo más parecido que he

sentido alguna vez es cuando me adentro en la morada de la bestia, y solo de recordarlo me echo a temblar. Ya no sé qué es dormir y solo espero poder volver a recuperar sensaciones en lugar de perder la vida con esta misión que a cada momento me parece más absurda.

—Cierra ahí, que entra frío —se queja Lobo cuando regresa al dormitorio.

Adiós a la paz momentánea. En cuanto él está cerca, la presión del pecho aumenta y los músculos se me agarrotan en anticipación a una disputa que nunca sabemos cuándo va a terminar de estallar.

Con un suspiro, cierro la ventana y me giro para verlo colocar tres cuencos de sopa humeante en la diminuta mesa que sostiene la palangana de agua para asearnos.

—Esto es todo lo que hay. La cocina ya hace rato que cerró y no son más que las sobras.

Le tiende un cuenco a Pulgarcita, que acepta con una sonrisa en los labios y utiliza el calor del recipiente para calentarse las manos.

—Gracias, Lobo.

Él responde con un movimiento de cabeza y me acerca otro. Miro al cuenco y luego a él, a esos iris amarillos que tan bien conozco por verlos cada vez que cierro los ojos, y niego.

—No lo quiero.

Porque no quiero nada que tenga que ver con él.

—Tú misma.

Vuelve a colocar el cuenco donde estaba, cruza el espacio libre de la habitación y se sienta junto a la chimenea, con la espalda contra la piedra fría, a comerse su sopa a sorbos. Él hace más ruido que ella y, por un instante, me planteo si lo estará haciendo a propósito, si será su forma de desquiciarme y torturarme a partes iguales, de probar hasta dónde llega mi paciencia. Ella come con medida, sentada sobre la cama, balanceando los pies que le cuelgan sobre el colchón, tan bajita que no llega al suelo.

Sin saber bien qué hacer, me quito la caperuza, la enrollo y me siento al otro lado de la chimenea, bien lejos de Lobo. Coloco la tela bajo la nuca y cruzo los brazos sobre el pecho. Aunque no pueda dormir, mi cuerpo necesita descansar un poco, aliviar el entumecimiento de los músculos y despejar la mente. Sin embargo, tenerlo tan cerca no ayuda a mantener ciertos pensamientos a raya, como lo mucho que me molesta que sus dedos tamborileen sobre la cerámica del cuenco. Me muerdo el labio para no pronunciar palabra y me concentro en la nada más absoluta que pretendo que me rodee.

—¿Vais a dormir en el suelo? —pregunta la chica con cautela. Yo me limito a permanecer con los ojos cerrados, sin ganas de mantener conversación con nadie.

—No te preocupes, estamos bien aquí —responde él por los dos.

—Vale, buenas noches —murmura un tanto cohibida.

Oigo el cuenco sobre la madera, el suelo crujir bajo su peso al moverse por la estancia y la cama chirriar de nuevo. Mantas arrastradas sobre su cuerpo y, al fin, silencio.

Los minutos pasan lentos, lo distingo en el color de la luz que se cuela por la ventana, cada vez más oscura y carente de brillo, cuando abro los ojos de vez en cuando, deseando que las horas pasen y nos pongamos en marcha por fin.

Pulgarcita hace rato que se ha dormido, me lo sugiere su respiración pausada y débil. Lobo, no obstante, creo que sigue despierto. Su respiración no ha variado de ritmo en ningún momento, aunque tampoco ha hablado ni hecho nada. Permanece con los ojos cerrados, con la cabeza apoyada contra la piedra y semblante tranquilo, salvo por la pequeña arruga que tiene entre ceja y ceja.

—¿No puedes dormir? —pregunta en un susurro que me sobresalta.

—No... —respondo en un hilo de voz—. No exactamente.

Veo su nuez descender al tragar saliva y cabecea en señal de asentimiento. Sé que no va a insistir, pero ahora es mi turno de preguntar.

—¿Tú tampoco?

Niega sutilmente antes de volver a hablar.

—Para lo que queda de noche, casi que prefiero aguantar o me despertaré incluso peor.

Me sorprende la quietud que nos rodea, lo tranquilos que estamos para cómo solemos reaccionar el uno en presencia del otro. Quizá sea por la certeza de que estamos a punto de traspasar el punto de no retorno; quizá sea por la incertidumbre de no saber cuántos días más viviremos, porque lo único que tengo claro es que, como llegue a oídos del Hada Madrina, estamos muertos. Hay tantas posibilidades para explicar esta tregua momentánea que me abruma solo pensarlo.

Sin añadir nada, suspira y se despega de la pared para incorporarse y ponerse en pie de nuevo. Lo miro con curiosidad, atenta a sus movimientos por lo que pueda pasar.

—¿Te importaría concederme algo de privacidad? —dice con voz ronca.

Frunzo el ceño, fruto de la incomprensión, y entreabro los labios para protestar, pero entonces tira de los cordeles de su peto y me doy cuenta de que lo que está haciendo es desnudarse. Giro la cabeza hacia la ventana y escucho el cuero abriéndose, cayendo sobre la madera. Después, el algodón pasando por encima de su cabeza. Por el rabillo del ojo veo la camisa sobre el peto, junto a la gruesa capa de pelaje. Ladeo la cabeza un poco más, hacia él esta vez, y lo veo de espaldas a mí, inclinado un poco hacia delante para pelearse con los cordones del pantalón de ante. Sus músculos resaltan bajo las luces y sombras de las llamas de la chimenea, cincelan su cuerpo de una forma mágica, casi hipnótica. Paseo la vista desde su cuello desnudo, por sus hombros fuertes, su espalda trabajada y ancha y más abajo, donde se estrecha hasta encontrarse con su trasero. De repente, tengo mucha sed y por más que trago saliva, la sensación no desaparece. Entreabro los labios, con la respiración un tanto acelerada y las mejillas encendidas. Sé cómo está reaccionando mi cuerpo y, sin embargo, no lo puedo controlar.

¿Por qué no te levantas y pasas las yemas sobre su piel?

Sacudo la cabeza y vuelvo a clavar la vista en el cielo al otro lado de la ventana, que empieza a tornarse rosado con la llegada de un nuevo día. Para mi desgracia, el comentario no me ha repugnado, aunque debería haber sido así.

Míralo, lo estás deseando.

Me repito una y otra vez que no soy yo la que se siente atraída hacia él, sino la bestia que mora en mi interior y que se está despertando demasiado pronto. Ella es la que está activando mi instinto más primario y haciendo que olvide la aversión que siento por él, dejándose llevar por un impulso lujurioso y carnal que en poco me va a beneficiar.

Sabes que lo deseas, que te mueres de ganas de sentir su cuerpo entre tus manos y dejar que el odio que os une se transforme en pasión descontrolada.

«Para».

Sentir lo bien que encajan vuestros cuerpos. Su lengua sobre tu cuello.

«Basta».

Está ahí, a un par de pasos de distancia. Y sabes que él no se va a resistir, porque Lobo es así. Pasional y libertino. Justo lo que te hace falta.

«Me niego».

¿Quién sabe? A lo mejor así dejarías de verlo cada vez que cierras los ojos.

Como si nunca me hubiera planteado esa hipótesis, muevo la cabeza con premura hacia él, valorando la posibilidad de que acostarme con él suponga perderlo de vista dentro de mi mente. Sin embargo, lo que veo ante mí me deja la sangre gélida en las venas.

Trago saliva, recojo las piernas con cuidado y apoyo los pies sobre el suelo para incorporarme muy despacio, con la palma extendida hacia delante en un gesto tranquilizador. El animal me devuelve la mirada, con esos ojos amarillos que reconocería incluso en la noche más oscura. Es de pelaje negro, hocico largo y orejas atentas, que se mueven con cada pequeño ruido que generan mis pies sobre la madera.

De forma involuntaria, llevo la mano a la empuñadura de una de mis dos dagas y me aferro a ella con fuerza. La criatura no pierde detalle de mis movimientos, pero permanece quieta en el sitio, erguida sobre las cuatro patas. Es sumamente enorme, tan alta como un poni, y de patas fuertes. No me pasan desapercibidas las garras negras sobre la madera.

Siento la orden de desenvainar el acero rojo, el impulso que nace de mis entrañas, y tengo que refrenarlo con la mano contraria, que agarra mi muñeca para quedarme quieta. Tengo las piernas agarrotadas, la mandíbula apretada y mis manos luchando entre sí, sin apenas mostrar movimiento, para sacar el arma y no hacerlo al mismo tiempo; todo mi cuerpo es tensión absoluta.

El lobo ante mí, sin embargo, con la misma lentitud con la que yo me he levantado, agacha la cabeza, sin dejar de mirarme, y la introduce por el agujero del hatillo que ha creado con la capa de pelaje, donde Lobo ha guardado sus pertenencias, para colgarse el macuto sobre el lomo. Entonces, se sienta y mira hacia la cama.

«¿Es... Lobo?».

¿Quién si no?

Sigo teniendo la garganta seca, aunque esta vez es por un motivo muy diferente, y no me atrevo a separar los ojos del animal frente a mí. La mano que se agarra a la empuñadura tira con fuerza y me veo obligada a contrarrestarla. Siento el sudor perlarme la frente poco a poco.

Vamos, mátalo.

«No me ha hecho nada».

Es un animal. Cuando lo haga, será demasiado tarde para ti.

Un instante de silencio. Mal que me pese, sopeso la idea.

Él vuelve a mirarme y, de nuevo, hacia la cama. Trago saliva, con el corazón encogido en un puño y los dedos apretando la empuñadura de plata, y giro la cabeza hacia la cama un poco, lo suficiente como para ver lo que sea que me esté señalando. La chica no está, tan solo queda un revoltijo de sábanas y su zurrón sobre el colchón.

Mátalo.

La respiración se me acelera al instante, alerta por la presencia de otra bestia muy distinta a la mía frente a mí. Algo dentro de mí tira hacia él, me atrae y me empuja a desenfundar el arma, a clavar el acero en su pelaje y rasgarlo hasta que la sangre mane a borbotones y su vida se extinga entre mis manos, caliente y pegajosa.

Salivo solo de pensarlo y trago de nuevo para aliviar la sequedad de la garganta. Mi visión se enturbia un momento a causa de la tensión, de la presión que late en mis oídos, y los bordes de lo que veo se vuelven negruzcos y difuminados.

Mátalo. No sería el primer lobo al que te enfrentas.

Siento la mano temblarme con más fuerza sobre la empuñadura, la respiración alterada, y, cuando quiero darme cuenta, el silbido del acero contra la vaina rompe el silencio.

¡Mátalo!

El lobo vuelve a mirarme, con los labios retraídos para mostrarme los colmillos, y gruñe, un sonido gutural y profundo que hace que me vibren los huesos. Se inclina hacia delante, alerta ante la amenaza que supongo. De repente, una vocecilla extremadamente aguda dice:

—Buenos días, chicos, ¿habéis dormido bien?

Él mira en dirección al sonido molesto en un acto reflejo.

¡Ahora! ¡Hazlo!

Sin embargo, mi parte más racional tira de mi consciencia y dirijo la vista a la cama para comprobar si hay alguna otra posible amenaza que haya atraído la atención del animal. Entonces veo a la chiquilla, apenas más grande que un dedo de alto, erguida sobre el piecero de madera de la cama, con su vestido de lana diminuto y la trenza perfectamente peinada sobre un hombro.

—¿Pulgarcita?

La chica asiente. Lobo camina hacia ella y agacha la cabeza hasta quedar a su altura. La joven lo toma como una invitación y salta sobre su pelaje para acomodarse entre las orejas, sentada como si estar encima de un lobo fuese lo más natural del mundo.

—Sí. Ahora ya sabéis cuál es mi maldición.

Durante el día se hace diminuta. Y el otro se convierte en animal. ¿Con qué clase de compañeros de aventura me he ido a topar? Y, lo más importante, si los dos cambian de apariencia física, lo que me sugiere que no son los únicos, ¿por qué yo no?

8

Que al maldito lobo le resulte tan sencillo caminar sobre la nieve me pone de muy mal humor.

Voy por detrás de ellos, con los brazos cruzados sobre el pecho, para intentar mantener un poco más el calor del cuerpo, y la capucha bien calada sobre la cabeza. A pesar de todo, no consigo que los dientes no me castañeteen, generando lo que a mí me resulta un estruendo que me cabrea aún más.

Lanzo un rápido vistazo al cielo, completamente despejado y azul, y maldigo por que no haya ni una mísera nube gris que haga que el frío se mantenga un tanto a raya.

Sentada entre las orejas del animal y envuelta en un montón de telas, Pulgarcita gira la cabeza hacia atrás, mirando por encima del hombro, y me dedica una sonrisa cortés. Acto seguido, se inclina hacia la oreja del lobo y le susurra algo. Él no demuestra de forma alguna haberla entendido, pero algo me dice que sí. Aún no sé cómo conseguí no arrancarle el pellejo en plena posada.

Qué bien habría sido sentir su sangre entre las manos. Cálida, espesa...

Me llevo las palmas a los oídos de forma automática, como si eso fuese a evitar que escuchara una voz que nace de mi interior.

Estás a tiempo de enmendar el error. En cuanto bajes la guardia, te clavará las fauces en el gaznate. Te arrancará la garganta de un bocado y terminará lo que empezó.

Inspiro con fuerza y dejo que el aire gélido penetre en mis pulmones con rapidez, para sentir el millar de agujas que se clavan en mis órganos y acallar a la bestia unos preciosos segundos. No puedo permitir que me arrastre a su terreno con tanta facilidad.

Peleo contra la nieve con cada zancada e ignoro por completo esa voz tan molesta. Me duelen los muslos y las pantorrillas de abrirme camino constantemente, y el abdomen por contraerlo a causa del frío. Estoy exhausta, agotada, y tan solo llevamos medio día de camino. Si Pulgarcita está en lo cierto, hasta mañana no llegaremos a la Hondonada, pero no voy a poder seguir así.

Lobo tiene su propio pelaje, la anatomía acelerada del animal le permite protegerse del frío, y Pulgarcita se resguarda del clima envuelta en sus pertenencias de tamaño normal. Pero yo solo tengo cuero y ante para protegerme y, todo sea dicho, no es el mejor tipo de tela para soportar estas temperaturas durante periodos prolongados.

Podrías hacerte un abrigo con su piel.

Un escalofrío me recorre el cuerpo y no sé si es fruto del desconcierto o de que mi cuerpo empieza a sufrir los estragos de la hipotermia.

Uno cálido, que te abrace con ese pelo tan tupido y oscuro.

—Cállate ya, por favor —mascullo entre dientes.

Pulgarcita se gira hacia mí y las orejas de Lobo se mueven en mi dirección, atento a cualquier ruido.

—¿Decías algo? —pregunta ella con curiosidad.

—Nada —espeto con fuerza para evitar que me tiemble la voz.

La chiquilla me mira un instante demasiado largo y vuelve a inclinarse sobre la oreja del animal.

—Como vuelva a decirle otro secretito, me la cargo de un pisotón... —murmuro para mí misma en un tono lo suficientemente bajo como para que no me oiga.

Bueno, si primero te deshaces de ella, no habrá testigos cuando acabes con él.

Otro temblor. Para cuando me quiero dar cuenta del motivo, veo que tengo la mano en el puñal y la capa retirada sobre un hombro para darme amplitud de movimientos. Me agarro esa muñeca con fuerza y tiro de mí misma para apartar la palma de la empuñadura y volver a cubrirme con la tela.

De momento, van dos veces en las que pierdo el control de mi cuerpo y consigo refrenarlo justo a tiempo: esta mañana y ahora. Nunca me había tenido que enfrentar de forma tan directa a lo que vive dentro de mí, de una manera tan voraz e impulsiva, y me aterra lo más grande. Siento un nudo constante en las entrañas, tengo miedo de mí misma más que de cualquier criatura que nos podamos cruzar por el camino. Y lo peor de todo es la anticipación de saber que en cualquier momento perderé el control, que a la luz del día la bestia tiene casi pleno poder sobre mí y es mucho más fuerte de lo que yo seré jamás. Si aún no lo he matado —o no lo he intentado— es porque la bestia, en el fondo y por algún motivo que desconozco, no quiere hacerlo. ¿Cómo no imaginé lo duro que sería tenerlo a mi lado a cada instante?

Sí lo imaginaste, solo que no quisiste verlo porque en tu fuero interno tú también quieres acabar con él.

«Ahora mismo no tengo motivos para hacerlo».

Él tampoco los tuvo para atacarte en su momento, ¿verdad?

«Y se llevó una bonita cicatriz de regalo».

Lástima que entonces yo no estuviera en plenas facultades.

«Yo lo catalogaría como un alivio».

¿Por qué? ¿Tanto te pesa matar bestias?

«Él no es una bestia. Tú sí».

¿Y qué me dices de la loba?

Me quedo plantada en el sitio, con las piernas enterradas en nieve hasta las rodillas, anclada, y un sudor frío me recorre la espalda por completo. Me abrazo con más fuerza, los ojos se me secan a causa del frío y la falta de parpadeo.

«¿Y si era como él? ¿Y si no era *solo* una loba?».

Lo miro con temor, con la garganta seca por puro pavor, y tiemblo sin poder remediarlo.

Mejor ella que tú.

Mis compañeros se detienen un par de pasos por delante de mí y me miran, el lobo con esos ojos amarillos que me atraviesan de un lado a otro. Hasta la bestia calla.

Aprieto los párpados con fuerza para intentar deshacerme de la sensación pegajosa que se instala sobre mi piel, pero eso solo provoca que en el centro de mi mente se materialicen unos iris color ámbar y brillantes.

¿Y si esos ojos que veo no son los de Lobo, fruto del recuerdo vívido de sus pupilas clavadas sobre las mías cuando estuvo a punto de matarme?

Otro estremecimiento que hace que las rodillas se me doblen un poco.

—Necesito descansar —consigo decir con fuerza, aunque por dentro esté hecha añicos por el temor.

El animal vuelve la vista al frente y camina hacia la derecha, alejándose del supuesto camino que, enterrado en toda esta nieve, estamos siguiendo. Se adentra en el bosque, donde la escasa calidez del sol no llega a abrirse paso entre las tupidas ramas.

Me abrazo con fuerza, sorbo por la nariz y aprieto los dientes para mantener el castañeteo a raya. Esto no es sostenible, no contaba con tener que subir más al norte todavía; en realidad, no contaba con nada. Salí de la cabaña de la abuelita completamente a ciegas y con lo más abrigado que tengo en el armario —aunque tampoco es que pueda elegir entre muchas prendas—, y ni siquiera con esto es suficiente. Esta situación no hace más que recordarme que todos los días tendremos que viajar durante el día, porque si hace este frío bajo el abrigo del sol, no quiero ni imaginarme cómo será deambular por los bosques bajo el manto negro de la noche.

Antes de que pueda darme cuenta, el animal se ha detenido frente a la entrada de una cueva y se ha acercado demasiado a mí. Por puro instinto, me aferro a la empuñadura de una daga hasta que siento el relieve del metal clavado en la palma. Todos mis músculos se tensan al instante, la respiración se me acelera y tengo que luchar contra mi propio cuerpo.

Lo tienes a un tajo de distancia. Acaba con esto de una vez por todas.

«Ojalá pudiera acabar contigo con la misma facilidad».

Si fuese fácil, no sería divertido.

Me llega el hedor a perro mojado que emana de él a causa del pelaje húmedo por la nieve y eso me enerva aún más. Una estocada imprevista, eso es lo que me haría falta para apartarlo de mi vista para siempre. Tan solo un corte, preciso y certero, en el cuello, donde la carne es más blanda, llegar a los tendones y seccionarlos para...

El animal agacha la cabeza y Pulgarcita se pone en pie entre sus orejas.

—¿Te importaría cogerme un momento?

Me quedo estupefacta y todos mis pensamientos asesinos desaparecen de un plumazo. Con cuidado, y movimientos torpes, todo sea dicho, cojo el montón de telas que envuelven a la chiquilla y aguardo con las palmas extendidas y Pulgarcita sentada sobre ellas mientras el animal desaparece en el interior de la gruta.

—Va a ver si es segura —me explica.

—¿Cómo...? —pregunto con cautela, sin entender bien qué está pasando.

—Entiendo a los animales —dice con cierto rubor en las mejillas, aunque no sé si es por vergüenza o por el frío cortante.

—¿A todos? ¿Incluso a él?

—Claro, ¿por qué no iba a hacerlo?

—Porque no es... un animal común.

—Sí que lo es, solo que no todo el tiempo.

Nos quedamos en silencio y esperamos a que el lobo vuelva a salir. Cuando lo hace, agacha la cabeza de nuevo para que coloque a la chica en el sitio donde estaba y se adentra en la gruta.

—Dice que no hay peligro.

Peligro más allá de ti.

Trago saliva, pero no los sigo inmediatamente. Antes de entrar en lo que será nuestro refugio las próximas horas, parto algunas ramas de los árboles más secos para preparar una hoguera, tarea que me resulta mucho más ardua de lo habitual a causa de unos dedos entumecidos por el frío.

En cuanto termino de recoger las suficientes para encender un fuego, entro. Lobo está tumbado en el suelo, con la cabeza apoyada sobre las patas delanteras, al lado de su hatillo conformado por su propia capa de pelaje negro y Pulgarcita recostada contra su costado.

Ambos me observan llegar, ella con una sonrisa amplia en los labios y él con ojos escrutadores. No digo nada, simplemente me centro en la tarea de entrar en calor lo antes posible y esto, a diferencia de lo anterior, no me cuesta demasiado trabajo. Emito un jadeo de placer en cuanto el fuego empieza a lamer las ramas y el crepitar de las llamas se hace eco en el interior de la gruta.

—Lobo dice que, si estás cansada, podemos quedarnos aquí hasta mañana, descansar lo que queda de día y la noche y partir con el nuevo alba.

Lo miro con furia. No necesito que se compadezca de mí, que me tenga pena. Ni lo necesito ni se lo pienso permitir.

Si lo despellejaras, no te mostraría compasión.

—Estoy bien. En cuanto entre un poco en calor, continuamos hasta que anochezca.

Sin atreverme a mirarlos por si la bestia se apodera de mí de nuevo, meto la mano en mi zurrón y saco un trozo de pan y queso que, a causa del frío, se han quedado más duros que una piedra. Los coloco sobre un paño de tela y los acerco al fuego para que se atemperen y poder hincarles el diente aunque sea.

Pulgarcita se encarama a su morral, que es el cuádruple de grande que ella en comparación, y se pierde dentro de la tela para rebuscar algo. Con el paso lento de los minutos, mi cuerpo va entrando en calor poco a poco y los músculos se me desentumecen, aunque más despacio de lo que me gustaría para retomar la marcha. Me froto las manos ahora desnudas frente a las llamas y doy unos cuantos bocados a mi comida.

—Qué complicado es comer siendo tan pequeña —la oigo quejarse desde dentro de las telas, para intentar aliviar la tensión.

Podría ofrecerle algunas migajas de mi propio alimento, pero apenas puedo moverme por la rigidez del frío. Calentar el cuerpo y el estómago es lo único que me preocupa ahora.

Pasado un rato en el que aún sigo temblando de vez en cuando, oigo las garras del animal arrastrarse sobre la piedra del suelo y me pongo en alerta, aguzo el oído, aunque finjo tranquilidad sin perder detalle de lo que me rodea. Lo miro por el rabillo del ojo, medio oculta por las sombras de la capucha, atenta a sus movimientos. Se pone en pie, agacha el hocico y, con las fauces, agarra el macuto que montó con su capa. Da dos pasos hasta mí, manteniendo un poco las distancias y lo deja caer a mi lado.

—Dice que te cubras con su capa —me explica la chica con esfuerzo mientras sale del macuto.

Aprieto los dientes con fuerza y la bilis me trepa rauda por la garganta.

Fíjate, si pareces débil y desvalida. Qué vergüenza.

Molesta por la piedad mostrada por el animal, me levanto con ímpetu, guardo mis cosas en el zurrón y pateo la diminuta hoguera para extinguir el fuego. No es lo más inteligente que podría haber hecho, porque existe la posibilidad de prender mis botas en llamas, pero lo último que quiero ahora mismo es que sientan lástima por mí.

Sigue mostrándote así de débil, te convertirás en presa fácil en menos de lo que canta un gallo. ¿Por qué no sigues poniéndole las cosas fáciles y dejas que acabe con tu miseria?

«Déjame en paz».

Paz tendrás cuando acabe contigo por considerarte un corderito.

—Nos vamos —espeto ya desde la entrada de la cueva.

Me adentro en el mar de nieve sin saber siquiera si me siguen o no, pero no me importa. Encontrar la ruta de vuelta al camino es sencillo, ya que nuestras huellas marcan el sendero, así que continúo por el rumbo fijado y no hago más que rezar para que lleguemos pronto a la Hondonada. Aunque eso no me va a librar de un viaje mucho más largo.

9

La oscuridad empieza a caer sobre nosotros sin clemencia alguna, así como la nieve que nos fustiga la poca piel al descubierto a causa del gélido viento. Justo antes de que el crepúsculo dé pie a la noche, nos desviamos del sendero para avanzar junto a la falda rocosa de la montaña que nos ha dado algo de cobijo las últimas horas, con la esperanza de encontrar una abertura en la piedra.

El animal va por delante, a paso apresurado para dar con un refugio cuanto antes. Yo lo sigo como buenamente puedo, abrazada a mí misma con fuerza para mantener el frío a raya, a pesar de que me castañetean los dientes, no siento los dedos de los pies ni de las manos y me duelen la nariz y los ojos.

La frondosidad de los árboles nos aleja de los últimos rayos del sol, haciendo que la noche se adelante aunque el astro rey aún no nos haya abandonado del todo. El lobo se pierde entre la maleza, casi al trote, y yo me limito a seguir poniendo un pie por delante del otro, con esfuerzo y casi jadeando.

«Deberíamos haber descansado más tiempo».

Aguardo unos segundos en silencio dentro de mi propia conciencia, a la espera de que la bestia responda a mi pulla, a que me insulte y me desprecie para encender esa chispa que me mueve, pero ni rastro de ella. Si bien la luna aún no reina en el firmamento, estoy tan agotada que esa voz interna se ha retirado al letargo antes de tiempo. ¿Será señal de que mi malestar es mayor de lo que imaginaba? Suspiro casi exhalando un último aliento, el vaho se concentra en nubecillas frente a mi rostro y asciende hasta deshacerse en la oscuridad.

Entonces, un aullido.

Mi cuerpo se tensa por instinto y reprimo el dolor de los músculos agarrotados por el frío, apretados ante la amenaza. Jadeo al sentir un latigazo en el hombro por la tensión, pero eso no me impide aferrarme a una de las dagas como si mi vida dependiera de eso, que bien podría ser así. Apoyo la palma libre en la piedra, que me deja la mano gélida casi al instante incluso con guante de por medio; sin embargo, apenas veo, así que debe servirme como referencia para ubicarme en el espacio.

«¿Dónde estarán esos dos?».

Sigo avanzando, casi trastabillando, con la daga de filo rojo levantada frente a mí. Las siluetas de los árboles se desdibujan ante mis ojos a una velocidad que no esperaba. Levanto la cabeza y compruebo, para mi desgracia, que el lento avanzar del sol no se ha movido prácticamente nada. No es la creciente oscuridad natural la que me impide ver, sino mi propio cuerpo.

—¿Roja? ¿Dónde estás?

Me encuentro al borde de la inconsciencia porque oigo a una mujer, que creo que es mi madre, llamarme, como cuando jugábamos al escondite en la linde del bosque de nuestra vieja cabaña. Su voz suena amable, dulce, modulada por la tirantez de sus comisuras alargadas en una sonrisa. Sin embargo, está pronunciando un nombre que no es el mío.

—¡Roja!

No quiero que me regañe, tan solo ha sido un rasguño, podría haber sido peor...

Estás delirando.

Las entrañas se me constriñen al escuchar esa voz gutural dentro de mi cuerpo, retumbando en las paredes de mi mente.

No, prefiero escuchar a mamá, abrazarme al recuerdo falso de la caricia de sus arrullos contra mis oídos. La dulce nana que me cantaba cada noche al acostarnos, entre ella y padre, arropada por sus brazos y al calor de un hogar feliz. Siento su mano en mi mejilla, cálida, de dedos largos y ásperos.

Alzo un poco la cabeza para buscar sus ojos, su sonrisa de labios carnosos, las mejillas teñidas de rosa a causa del frío. Sin embargo, los iris que me devuelven la mirada no son como los de mis recuerdos falsos, sino como un trigal extenso en pleno verano; el cabello, arremolinado por el viento, del negro de la noche. Entonces, con un parpadeo, sus iris cambian al blanco impoluto y sus párpados se alargan hasta quedar rasgados. ¿Acaso ya no recuerdo cómo era mi madre?

Nunca la has recordado. Despierta.

Siento sus brazos rodearme la cintura, compartir el peso de mi propio cuerpo sobre el suyo y que tira de mí con ahínco, susurrándome palabras de aliento al oído, como cuando tenía una pesadilla y hacía que estas desaparecieran con sus caricias. Dejo caer la cabeza hacia su hombro y la apoyo ahí, justo en el hueco que deja su cuello. Entonces me llega una fragancia intensa a madreselva y jazmín que me embriaga y me hace sentir como en casa.

«Haz que duerma, mamá. Haz que duerma por fin».

Te vas a quedar sola, Roja. No puedes dormirte.

Mi alrededor se vuelve más oscuro, oigo el eco de nuestras pisadas reverberando contra... ¿piedra? Abro los ojos de nuevo, pesados y resecos, y parpadeo con fuerza. Veo a un hombre, de espaldas, mientras se pelea con una camisa para ponérsela con rapidez. Veo sus labios moverse, hablar, pero no oigo nada. Sus ojos amarillos, ¿cómo no iba a reconocerlos?

«Como los de papá...».

Sus brazos fuertes me rodean el cuerpo y tiran de mí hacia arriba, con fuerza, como elevándome en una nube que me va a transportar hasta el séptimo sueño. Apoyo la mejilla sobre su pecho y me deleito con el latido enérgico de su corazón. Ese que tantas veces escuché justo antes de dormirme. Ese en el que me mecía en las noches de tormenta. Su pecho retumba y sé que está hablando, pero a mí se me asemeja al ronroneo de un felino, tranquilizador, que sana el alma.

Bajamos. Estamos bajando. Mi cuerpo se apoya contra una superficie fría, que me hiela los huesos a una velocidad vertiginosa. Me recuestan, pero yo no quiero separarme de él, así que me agarro a su camisa con fuerza. Los labios se me mueven, los siento entumecidos, aunque no sé qué digo. Sus dedos rodean mi muñeca y me alejan de él; un tirón en el pecho que me hace encogerme sobre mí misma hasta aovillarme en el suelo.

«No me dejes, por favor».

Me veo sumida en medio de la negrura más absoluta, en una nebulosa de oscuridad etérea: la guarida de la bestia. He entrado muy pocas veces en ese lugar recóndito dentro de mi mente, que le pertenece a ella y solo a ella, porque siempre me arrastra consigo, me impide salir para jugar un rato más, me araña y me asfixia para que no me marche. Su morada es un lugar lúgubre que me engulle y succiona mi cordura, un hueco denso en el que se recluye cuando la luna reina en el cielo, así que las veces que he tenido que entrar por pura necesidad, apenas he conseguido salir. Pero sé que he llegado ahí cuando me veo a mí misma flotando en medio de la nada.

Un estremecimiento me sacude el cuerpo y busco la salida, porque no me gusta estar aquí, siempre me retiene en contra de mi voluntad, juega conmigo y me engulle. No obstante, lo que se dibuja en mi mente es tan cálido y reconfortante que me dejo abrazar por este espacio.

«Siempre estaré contigo». La voz de mis recuerdos es grave, familiar, como la de mi padre..., pero ¿es él realmente?

Tus recuerdos...

Siento la cabeza palpitarme con fuerza, una presión incesante que me arranca un jadeo. Solo quiero desaparecer, dejarme arrastrar por el cálido abrazo de la oscuridad que me rodea.

Tus recuerdos no están muertos, Roja.

Percibo esas palabras con la intensidad de un cuchillo candente atravesándome el corazón y abro los ojos de golpe.

Con mucho esfuerzo, me incorporo sobre los codos y levanto el tronco, con la respiración acelerada y los ojos anegados de lágrimas. Estamos en completa penumbra, en el interior de una cueva angosta y con la hoguera casi extinta. Pulgarcita duerme tranquila a un lado, con la trenza deshecha y encogida sobre sí misma para hacer frente al frío incipiente que se cala en los huesos. Agacho la mirada y descubro que estoy cubierta con una capa de pelaje negro, densa, suave, tupida. Paso las yemas por encima, aún aturdida y castigada por los recuerdos y la morada de la bestia. ¿O han sido pesadillas? No, yo no duermo, no sueño y, mucho menos, tengo pesadillas.

Entonces oigo una respiración débil a mi derecha y un escalofrío se pierde en mi nuca.

«Siempre estaré contigo».

Esa voz que reverbera en mi mente, una incorpórea que no consigo ubicar por culpa de la bruma y que tampoco pertenece a la bestia.

Miro de reojo en dirección al sonido, con la garganta constreñida por un nudo y la respiración contenida por la anticipación. Lobo descansa plácidamente a mi vera, con sus piernas rozando las mías y el brazo extendido hacia mí, dejando el hueco justo para que un cuerpo se acurruque junto a él.

Siento la bilis ascendiendo con tanta rapidez que apenas tengo tiempo de levantarme y dar dos pasos para vomitar, aunque no sé el qué, porque desconozco cuántas horas han pasado desde que nos detuvimos a comer. Toso y me deshago de mis propias babas mientras mantengo las lágrimas a raya.

«¿He dormido con *él*?».

Me siento sucia, la piel me arde y me paso las manos por los brazos para tratar de deshacerme de la sensación de repudio que me araña el cuerpo. Lanzo un vistazo rápido hacia mi espalda, conteniendo las nuevas arcadas que intentan sacudirme el cuerpo. Lobo y Pulgarcita se han despertado, seguro que por el estruendo del vómito rebotando contra las paredes.

Mis ojos se encuentran con los suyos en un instante fugaz, lo suficiente como para hacerme perder el control de mi propio cuerpo y volver a vomitar.

Siento una palma frotándome la espalda. Doy un respingo ante el contacto y me alejo, arisca.

—Sigues helada, Roja —dice Pulgarcita a mi lado, con dolor en el rostro por mi brusquedad.

Tengo la respiración acelerada, el pulso desbocado, y me debato entre los ojos de la muchacha y el semblante impasible de Lobo, sentado aún en el suelo, con las rodillas flexionadas contra el pecho y los brazos apoyados sobre ellas en aire indiferente.

—¿Qué ha pasado? —pregunto, mordaz.

—Ven, descansa un poco más primero...

Extiende la palma hacia donde he estado tendida segundos antes, junto a él, y creo que podría vomitar de nuevo, pero ya no me sale nada.

—¡Que qué ha pasado!

Mi grito retumba contra las paredes y me devuelve mi propia ingratitud en forma de martilleo contra los oídos. He de reconocer que me duele oírme así, porque esto es en lo que la bestia me ha convertido incluso por las noches.

—Te desmayaste —responde él.

—¿Que me...?

La voz se me quiebra y me obligo a tragar saliva, aunque el sabor amargo de la bilis hace que se me revuelva el estómago aún más.

—Sí. Estabas helada, como...

Ella calla y entrelaza los dedos frente a su cuerpo, como si no se atreviera a decir nada más.

—Como muerta —completa Lobo—. Te morías, Roja. De frío.

Sacudo la cabeza con fuerza y niego.

—No lo entiendo... —balbuceo.

«Despiértate, joder. Tengo preguntas», le espeto a la bestia que habita en mi interior. Pero no hay respuesta. Si ellos siguen en su forma humana, yo sigo también dividida por la maldición.

Nunca he sentido un frío tan atroz, siempre he conseguido mantenerlo a raya. Mi piel, por lo general, está más caliente que la media, por eso mis ropajes no están preparados para la condenada hipotermia, porque nunca me ha hecho falta.

—No lo entiendo...

Me froto las manos y me sorprende lo gélido de mis dedos, aún amoratados en las puntas. Me llevo la palma a la nariz y la sensación es la misma, incluso me duele el contacto. Los brazos, el cuello, el pecho... Todo mi cuerpo está frío.

—Te estás muriendo... —susurra él, aunque su voz suena como un grito en mi mente.

Levanto la cabeza con fuerza y me enfrento a su mirada pétrea, impasible, como si no le importase lo más mínimo lo que acaba de decirme; como si le diese exactamente igual estar anunciando mi muerte. Pero no puede ser cierto. Me niego a creerlo.

Pulgarcita aviva las brasas de la hoguera con más ramas y saca de su zurrón algo de comida para calentarla sobre unas piedras dispuestas a modo de sartén.

—Es sorprendente que no lo hayas notado hasta ahora... —murmura con la vista clavada en el creciente danzar de las llamas frente a ella—. Por eso era tan imperante dar con una solución, Roja. Por eso te necesitábamos. Los Tres Reinos se mueren. Y nosotros con ellos.

10

Descubrir que tuvieron que cuidar de mí toda la noche no ha servido más que para aumentar mi mal humor y sumirnos en un silencio tenso durante el resto del camino. La escueta explicación que han tenido tiempo a darme antes de volver a transformarse por la salida del sol no ha saciado mi curiosidad, mucho menos ha calmado mis preocupaciones. Aunque me ofrecieron la oportunidad de descansar un día entero, lo último que quiero, si de verdad me estoy muriendo, es malgastar las horas que me quedan con descansos absurdos que no me aportarán nada.

La incertidumbre de si la muerte me acecha o no es motivación suficiente para sentir las fuerzas renovadas un día más. El frío parece haberme abandonado, al menos de momento, aunque también he de decir que según avanzamos hacia nuestro próximo destino, el sol brilla con más fuerza y la temperatura asciende paulatinamente, algo un tanto absurdo teniendo en cuenta que viajamos hacia el norte.

«No puedo estar muriéndome, ¿verdad?», le pregunto a la bestia.

Muriéndonos, querrás decir.

Callo y pongo los ojos en blanco.

No lo sé...

Esa respuesta me deja más gélida que la noche de ayer, fría y yerma por dentro. Ella siempre lo sabe todo, no hay nada que la bestia desconozca. Trago saliva y me concentro en el entorno, ahora pincelado por nieve aquí y allá en lugar de enterrarnos las piernas hasta las rodillas.

No sé qué nos pasa, Roja. Lo que sí sé es que anoche me perdí antes de lo habitual y me costó volver a ti para evitar que tú también te perdieras.

«Y aun así lo hice».

No.

«Caí en la inconsciencia».

Viniste conmigo, no te perdiste. Estuviste justo donde quería que estuvieras.

«¿Dónde?».

En el remanso seguro de tus recuerdos.

«Mis... ¿recuerdos?».

Conseguí que navegaras en ellos anoche.

«¿Y por qué no me acuerdo?».

Porque no te aferraste a ellos con la suficiente fuerza. Has despertado con tanta brusquedad que todo lo que logré ha desaparecido en la bruma de la maldición. Otra vez.

Aprieto los labios y frunzo el ceño, con un regusto amargo en el cielo del paladar.

«Pero si conseguiste que ahondara en mis recuerdos..., ¿no significa eso que soy más fuerte que nunca?, ¿que no me estoy muriendo?».

O que te estás rindiendo al embrujo y navegas por unas aguas demasiado profundas. Como la abuelita.

Otro estremecimiento y acelero el paso.

No sé qué está pasando ni por qué ahora, pero lo que sí sé es que todo se siente extraño. ¿Tú no tienes esa sensación?

Me paso las palmas por los brazos para frotarlos y noto el frío de mi propia piel atravesando la ropa. Sí, tengo esa misma sensación, solo que desconozco desde hace cuánto tiempo.

—Anoche deliraste.

La voz de Pulgarcita a mi izquierda me sobresalta, pero lo hace más aún encontrarme con el cuerpo del animal, que me llega casi por el pecho, caminando junto a mí. No me he dado cuenta de cuándo me han alcanzado. Lo que antes habría achacado a un descuido estúpido por mi parte, que me habría llevado a fustigarme por mi incompetencia más profunda, ahora lo percibo como que no estoy en plenas facultades, como que me estoy apagando. Y esa sensación me aterra.

—¿Ah, sí? —digo, fingiendo desinterés.

Ella asiente, diminuta en la cabeza del imponente lobo.

—Llamabas a alguien. A un hombre.

Incómoda, clavo la vista en el frente.

—Supongo que a mi padre.

—¿Te acuerdas de él?

Niego con los labios apretados y hago una mueca antes de volver a hablar:

—No, pero quiero pensar que tuve uno.

Sigue por ahí, sí...

—O al menos, esa es la sensación que tengo —continúo.

—Yo creo... —Mira hacia abajo, recelosa, y luego a mí—. Yo creo que no lo llamabas a él.

Enarco una ceja, en parte por incomprensión y en parte molesta por su intromisión.

—A ver, no me malinterpretes —balbucea con congoja y una sonrisa nerviosa en los labios—, si dices que era tu padre, seguro que es así. Pero... No parecías estar manteniendo una conversación padre hija.

—¿Qué dije?

Pulgarcita duda y se revuelve en su envoltorio de telas. Su indecisión me pone de los nervios y me desespera.

Seguro que si la amenazas con la suela de tu bota, habla más rápido.

«No creas que no me tienta».

—Habla.

—Le suplicabas que no te dejara —escupe, como si le quemara en la garganta—. Al quedarnos a solas, cuando Lobo salió a por leña, te revolviste más. Y gritaste un nombre.

—¿Un nombre?

—Sí... Axel.

Frunzo el ceño y hago memoria, aunque si no he reaccionado al instante, no voy a rememorarlo, porque la maldición tiene secuestrado ese recuerdo.

—¿No te suena de nada?

Niego.

Pulgarcita calla y mira al animal con las cejas tan juntas que parecen una sola.

—Axel, ¿por? —le dice, obviamente respondiendo a una pregunta que él ha formulado.

Entonces, el lobo se detiene en seco, sacude la cabeza con brusquedad y la chiquilla sale volando por los aires. Por instinto, la agarro al vuelo sin demasiado cuidado y la sostengo en la palma mientras se recompone entre gemidos doloridos. Sin embargo, mi atención está fija por completo en el lobo, que se revuelve sobre sí mismo con violencia. Enseña los colmillos de forma amenazadora y clava las patas sobre la tierra húmeda, dejando surcos con cada movimiento brusco que lo hace convulsionar de un lado a otro. Me aferro a las dagas como si mi vida dependiera de ello, y bien podría ser así.

Entonces, el animal clava sus ojos amarillos en mí y algo en mi interior se remueve. Se me seca la garganta. Los latidos del corazón me retumban fuertes contra los oídos, muy vivos. No me estoy muriendo, no.

Y si alguien tiene que morir hoy, que sea él.

Con un movimiento ágil, me quito a Pulgarcita de encima y la dejo caer a un lado, sobre mi zurrón, que supongo que le habrá amortiguado el golpe. Cuando me quiero dar cuenta, el lobo ha saltado sobre mí y me aprisiona entre sus zarpas contra el suelo. Un gemido se me escapa de entre los labios por la embestida brutal, que me ha dejado sin aliento un segundo, pero no lo suficiente como para no poder defenderme más.

Con ambas manos, me protejo de las dentelladas agarrándole las fauces con fuerza, resistiéndome a su fiereza animal. Me está ganando terreno, sus colmillos están cada vez más cerca de mi gaznate, pero aguanto como puedo.

De reojo localizo una daga, que ha salido despedida con el placaje, a poca distancia de mí. Oigo a Pulgarcita gritándonos, pero no entiendo lo que dice. No puedo desconcentrarme y desviar la atención de mi supervivencia.

Su aliento cálido, pegajoso, me acaricia la piel, y el nudo del estómago se me constriñe. La saliva escapa lenta de su boca y acaba en mi mejilla, lo que me repugna. No aguantaré mucho más. Vuelvo a mirar el cuchillo y me planteo la posibilidad de cesar en mi empuje, pero en cuanto lo haga, sus colmillos encontrarán mi carne. Se revuelve sobre mí, me veo obligada a cambiar la posición de las manos para evitar que siga bajando hasta mi cuello, y mis dedos se encuentran con sus dientes de forma brutal. Jadeo y un grito gutural escapa de mi garganta al sentir el dolor recorriendo mi sistema nervioso.

«¿Dónde cojones estás cuando te necesito?».

Las manos me tiemblan, mi propia sangre cae a gotas sobre mis mejillas, densa y caliente en contraposición con lo gélido de mi piel.

¿Es que la bestia me ha abandonado? Estamos a plena luz del día y me ha dejado justo cuando de verdad puede servirme de ayuda, escondida en algún lugar recóndito de mi mente. Necesito de su fuerza para enfrentarme a este monstruo. Tengo que quitármelo de encima como sea.

En el reducido espacio que deja el cuerpo del animal sobre el mío consigo levantar la rodilla con ímpetu. Emite un quejido lastimero que palidece bajo el gruñido que nace de sus entrañas y que me reclama. Veo la sed de sangre en sus ojos, tatuada en unas pupilas más dilatadas de lo habitual. Vuelvo a levantar la pierna para clavarle la rodilla en la unión de una pata trasera con el tronco. Ni se inmuta.

Suéltalo.

—¡¿Qué?!

Parte de la fuerza se me escapa con esa pregunta y sus fauces descienden aún más. Me veo obligada a girar la cabeza hacia un lado para ampliar el espacio entre su hocico y mi rostro. El corazón me bombea tan fuerte que creo que me va a estallar en el pecho. Los músculos de mis brazos se quejan y toda yo tiemblo.

Suéltalo.

«No voy a dejar que me mate. Soy más fuerte que él».

Lo eres. Por eso, suéltalo.

La respiración agitada me sobreoxigena el cerebro, es eso. No hay otra explicación. Miro de reojo hacia arriba, a esos ojos amarillos desorbitados, a los labios del animal retraídos para dejar a la vista los colmillos teñidos de escarlata a causa de la sangre de mis dedos maltratados.

¡Ya!

Cojo aire con fuerza, hiperventilando, cierro los ojos y dejo de ejercer resistencia.

Percibo un destello de luz a través de los párpados cerrados y siento su cuerpo sobre el mío, pesado, muy pesado. Me constriñe las costillas, impidiéndome respirar durante unos segundos. La sensación sobre mis manos cambia: donde antes había habido saliva, dientes y pelaje, ahora percibo carne blanda y cálida, sin pelo. Abro los ojos y encuentro a Lobo, en su forma humana, sobre mí, completamente inerte. Clavo la vista en el cielo y compruebo, con extrañeza, que estamos a plena luz del día.

«Ahora puedo matarlo si quiero», me sorprendo pensando. Y es lo que me piden las entrañas.

Me lo quito de encima con repulsión absoluta y lo dejo caer a un lado. Me revuelvo sobre la tierra húmeda, los dedos con heridas abiertas se me embarran y escuecen, la caperuza roja ondea con cada movimiento, y llego hasta la daga. Nunca su empuñadura con relieve me había resultado tan calmante, a pesar del dolor que me sobreviene al cerrar la mano y que las heridas se encuentren con el arma. Ya no escucho a Pulgarcita, desde hace un rato, a decir verdad, tan solo oigo los latidos de mi corazón desbocado.

Con un movimiento ágil, me coloco a horcajadas sobre él, ignorando por completo que esté desnudo bajo mi cuerpo. Lo único que veo es su garganta palpitante, las venas del cuello hinchadas por el esfuerzo y marcando una línea perfecta por la que rebanarle el pescuezo de una vez por todas.

Me inclino sobre su rostro, a la misma distancia que me ha tenido él unos segundos antes, y repaso sus facciones saboreando el premio que me he ganado: los pendientes de las orejas, la cicatriz de la ceja a la mejilla, los gruesos labios entreabiertos, la nariz ligeramente torcida y la cabellera negra revuelta. Emite un gemido al sentir todo el peso de mi cuerpo sobre su pecho cuando me dejo llevar para colocar el filo contra su cuello al descubierto. Está consciente, lo sé, solo que... ¿qué? ¿Qué le pasa?

«¿Qué estoy haciendo?».

Aguardo unos segundos, a la espera de una réplica a mi pregunta, aunque no llega.

«¿Qué hace en forma humana?».

Un silencio que me engulle y me pone nerviosa.

«¿Por qué me has dicho que lo soltara?».

«¿Por qué se ha librado de la maldición?».

La respiración se me acelera más si cabe, mi corazón parece muerto dentro de mi pecho, como si hubiese dejado un hueco vacío en mi interior. No entiendo nada. Mi mano, más temblorosa de lo que la he visto nunca, se mueve por sí sola y aprieta el metal contra su garganta. No consigo detenerla. No sé si quiero detenerla. Un hilo de sangre roja, oscura, caliente, desciende sobre su clavícula y al suelo. El olor férreo me inunda las fosas nasales por completo y cierro los ojos con placer. Me paso la lengua por los labios y me muerdo el inferior. Siento la mano apretando más, ajena a mí por completo, pero no oigo susurros sibilinos que me insten a hacerlo. ¿Acaso soy yo? Me aterro y siento placer con mis actos.

Sigo sin comprender cómo hemos llegado hasta aquí, cómo hemos acabado así y, al mismo tiempo, cómo hemos conseguido retrasar este momento tantísimo tiempo.

Me deleito con la sensación que me transmite el metal hasta la palma, cómo el filo se hunde en su carne con lentitud y precisión. Él emite otro gemido que me confirma que es consciente de que voy a arrebatarle la vida sin prisa alguna. Sin embargo, no se defiende lo más mínimo.

Miro al cielo y muevo la hoja hacia la derecha para abrir, de una vez por todas y con una calma que me provoca un escalofrío placentero, la carne blanda de su gaznate. Una sensación muy parecida al éxtasis me invade con una fuerza torrencial y hace que me tiemblen los dedos con un cosquilleo calmado, distinto al que ha movido mi extremidad hace unos segundos. La satisfacción empieza a tirar de mis comisuras en una sonrisa y un calor profundo me reconforta por dentro, desde las entrañas hasta el bajo vientre. Vuelve a jadear bajo mi cuerpo, me muerdo el labio inferior y se me escapa un gemido de placer puro.

—Bri, no lo hagas —suplica, con voz ronca y estrangulada.

Me detengo en seco.

Algo dentro de mí me revuelve las entrañas con una extraña sensación de reconocimiento.

Dejo de respirar, dejo de moverme. Dejo de ser. Con suma lentitud, bajo la cabeza hacia él para mirarlo, a esos ojos amarillos enmarcados por unas cejas caídas que me imploran que me detenga. Entreabro los labios, falta de aliento; la visión se me empaña y la garganta se me seca. La euforia deja paso a una congoja que hace que me tiemblen los dedos y que el dolor de mis propias heridas vuelva a invadirme, desaparecida de golpe la euforia.

—¿Cómo me...?

—Bri.

Siento un chispazo en cada centímetro de mi cuerpo en contacto con el suyo y me levanto de golpe, como si esa electricidad me hubiera activado. Entonces lo veo, el tatuaje que cruza su pecho de lado a lado, las distintas fases de la luna grabadas sobre su piel en tinta negra. Tatuaje idéntico al que me recorre la columna vertebral.

Me falta el aire. Miro en derredor y entonces soy un poco más consciente de lo que está pasando. Pulgarcita también está en su forma humana, medio tapada por las telas de su zurrón para ocultar su desnudez. El mundo me da vueltas a una velocidad de vértigo, todo a mi alrededor se revuelve y se tambalea. No, la que se tambalea soy yo. Vuelvo a mirar a Lobo, tumbado sobre la tierra húmeda con las manos en el cuello para detener la hemorragia. Sin embargo, lo único que realmente puedo ver es el tatuaje de su pecho, esas lunas que cambian de estado una a una hasta completar un ciclo completo.

Me derrumbo sobre el trasero y me arrastro sobre la tierra hacia atrás. No puedo respirar. Me llevo la mano al cuello, como si así fuese a conseguir que mis pulmones volviesen a funcionar, y doy con algo. Paso las yemas por el relieve de lo que me rodea la garganta, áspero, cuarteado, como una... enredadera seca; una planta que aprieta cada vez más y más, dejando surcos en mi piel inmaculada y abriéndose paso en mi carne, justo como acabo de hacer yo con él. Entonces soy consciente de que no me he arrastrado yo, sino que me han arrastrado hacia atrás.

Miro a Pulgarcita y la encuentro rodeada de varias esferas de luz que flotan alrededor de su cabeza. Mengua de tamaño, va disminuyendo hasta hacerse pequeñita de nuevo. Vuelvo la vista a Lobo, con los ojos anegados de lágrimas, sin respirar desde hace unos segundos, y descubro que ha vuelto a su forma animal. Está tumbado de costado, gimiendo de forma lastimera. Pero me provoca de todo menos lástima.

«Ahí se ahogue con su propia sangre», es lo último que pienso antes de que la negrura me engulla.

Bien hecho, pequeña. Bien hecho.

11

Siento la lengua pastosa dentro de la boca seca, la garganta me arde y cada bocanada de aire que tomo es como si me raspara el gaznate. Los párpados me pesan demasiado. Quiero abrirlos, pero, al mismo tiempo, la oscuridad que me engulle, tan negra como mi alma, me reconforta de un modo que no sabría explicar. Aquí, dentro de mi conciencia, todo está en paz, todo está tranquilo, en una calma profunda que nunca había sentido. Es un remanso seguro. Abro los ojos de repente, con ímpetu y el corazón desbocado dentro del pecho. No debería haber calma en mi interior. ¿Me estoy muriendo?

Me llevo las manos a la garganta ante la dificultad para respirar y un tintineo metálico frena mis movimientos. Descubro que estoy encadenada a la pared con el tirón de los grilletes de hierro sobre mi piel.

Tardo unos segundos en ubicarme. Tan solo veo piedra negra y más piedra. Al fondo creo que se abre en lo que parece un pasillo angosto, o eso distingo gracias al fulgor de alguna antorcha, pero nada más. Siento una presión en el pecho que me arrebata el poco oxígeno que logro introducir en los pulmones.

«¿Qué está pasando?».

Espero y espero lo que me parece una eternidad, aunque no obtengo respuesta.

«¿Me estás castigando por algo?».

No sería la primera vez que la bestia desaparece cuando debería acompañarme solo por el mero placer de torturarme mentalmente y hacerme llegar a los límites de la demencia. Sin embargo, algo dentro de mí, un retortijón en las entrañas, me dice que no es este el caso. Quiero pensar que en el exterior el mundo duerme, que la luna reina en el firmamento y por eso la bestia está en letargo, aunque ni mi convicción más profunda va a aliviar la sensación de desasosiego que me invade.

Me incorporo como buenamente puedo, aunque la cadena no me da demasiada libertad de movimiento. Las piernas se quejan, entumecidas por pasar demasiado tiempo en una postura incómoda, y a punto estoy de caerme de nuevo. Me levanto arrastrándome por la pared y me giro para quedar de cara al enganche sujeto a la piedra maciza. Me observo las manos, las heridas de los dedos causadas por los colmillos de Lobo tratadas, y se me revuelve el estómago. Con la necesidad de librarme de las ataduras, tiro de la cadena varias veces, en vano, y suelto un resoplido resignado cuando los grilletes dejan marcas enrojecidas sobre mis muñecas.

Apoyo la frente contra la superficie fría que me encadena y me centro en calmar la respiración. El aire que entra arde como lava bajando por mi garganta, lo que podría significar que me han estrangulado demasiado o que he estado gritando. Al mover la cabeza de un lado a otro, la piel del cuello se queja con la tirantez, así que me quedo con la primera opción, lo que hace que me hierva la sangre.

Sin saber muy bien el motivo, profiero un alarido de frustración que me sale del centro del pecho y que reverbera contra las paredes de la gruta hasta perderse más allá de la luz titilante de la antorcha.

—Gritar no te va a servir de nada.

La voz grave a mi espalda me sobresalta y el corazón me golpea el pecho con fuerza.

—Joder, casi me da un infarto.

—Al menos así sabrías qué es morirse.

Miro en su dirección y entrecierro los ojos para distinguir una figura grande sentada en el suelo, recostada contra la pared de piedra con una rodilla cerca del pecho y un brazo apoyado en ella, en un gesto distendido. Se me eriza la piel y me veo obligada a tragar saliva.

—Creí... —Carraspeo para ocultar el temblor de mi voz—. Creí que estarías muerto.

—No se te ve muy preocupada, que digamos.

Lobo pronuncia esas palabras con una sonrisa en los labios, lo sé por el modo en el que se modula su voz.

—Hombre, pues no, las cosas como son. Solo me defendí.

—Traspasaste los límites de la autodefensa en cuanto me transformé en humano y decidiste rebanarme el pescuezo.

Esta vez soy yo la que sonríe de medio lado, divertida por el endurecimiento de su timbre.

—No puedes culparme por dejarme llevar por el fragor del momento.

—No, claro que no, las bestias no son capaces de razonar cuando lo único que ven es el rojo de la sangre.

«Auch».

Nos invade un silencio bastante tenso e incómodo que no pienso romper. Una parte muy pequeña de mí me dice que me disculpe, que no ha estado bien matarlo, o casi matarlo. Pero no he podido remediarlo. Me atacó. Y yo solo reclamé mi lugar por encima de él. Conmigo no se juega.

—Vamos, escúpelo —dice de repente. Me quedo callada, sin saber a qué se refiere—. ¿No me vas a preguntar por qué me volví humano en pleno día?

—La verdad es que no me interesa lo más mínimo.

Vuelvo a forcejear con las cadenas para mostrar indiferencia, aunque la realidad es que sí que necesito saber qué pasó para terminar de comprenderlo todo y hacerme una idea de dónde estamos.

Suelta una risotada seca y, de nuevo, silencio. Entonces se mueve. Sus pisadas resuenan contra la piedra en mi dirección. Se acerca. Y no va acompañado del sonido metálico de una cadena arrastrándose o de los eslabones entrechocando entre sí. Me tenso de forma automática y vuelvo a tirar de los grilletes.

—Vamos... —murmuro.

Huelo la amenaza a varios pasos de distancia, mezclada con el aroma de la sangre reseca. Está cerca. De nuevo, hago fuerza para deshacerme de las ataduras que me anclan a la pared. No tengo nada con lo que defenderme, ni siquiera tengo espacio que poner entre nosotros. Estoy a su merced. Y él lo sabe, porque camina despacio hacia mí, hasta quedar a tan poca distancia que, a pesar de la oscuridad, entreveo las facciones de su rostro, compungido, con cejas fruncidas y aletas de la nariz hinchadas.

Desvío la mirada un instante hasta el cuello, donde una costra bermellón lo cubre de lado a lado, y de nuevo a sus ojos amarillos. Siento su cuerpo cerca del mío y retrocedo. Se me acelera la respiración frente a la incipiente amenaza. Me saca una cabeza, así que levanto el mentón para enfrentarme a su mirada según se acerca, sin permitir que me amedrente.

Mi espalda se encuentra con la pared, dura, igual que su pecho, que termina de acorralarme. Levanta un brazo. Luego el otro. Y los coloca a ambos lados de mi cabeza, sin dejar opción a escapatoria ninguna. Su rostro está tan cerca del mío que huelo la sangre con intensidad, mezclada con esa fragancia a flores; su aliento me llega en respiraciones cálidas, empalagosas, que me hacen contener la respiración. Si tan solo no estuviera encadenada...

Baja una palma despacio, sin desviar ni un segundo sus ojos de los míos, como si pretendiese verme el alma a través de ellos. Sus nudillos me rozan la mejilla y me estremezco de forma involuntaria. El estómago se me constriñe en un nudo y me centro en esos ojos que creo conocer tan bien para no mostrarme débil. Porque, por mucho que intente decirme lo contrario, siento el miedo clavado en el núcleo de los huesos.

Sin mediar palabra, sigue bajando por mi mentón, en un gesto meditado. Entonces sus yemas se encuentran con mi cuello en una caricia sutil y delicada que me eriza la piel. Y me maldigo por ello.

La carne fresca de mi cuello me juega una mala pasada y el dolor palpitante se alivia con el calor de su mano sobre ella. Tiro de las cadenas, los eslabones entrechocan con violencia, y él sonríe con satisfacción. Me tiene a su merced. Sus dedos se enroscan en mi cuello, encajan a la perfección. Otro escalofrío. Sus manos son ásperas, trabajadas, y, sin embargo, me reconforta el tacto sobre la piel magullada.

—Hazlo —espeto, mordiendo la palabra—. Acaba de una vez. Sé el cobarde que eres y deshazte de mí cuando no puedo oponer resistencia.

Da un último paso, que se me antojaba imposible, hacia mí, su pecho contra el mío. La respiración se me acelera aún más. Baja la cabeza. La otra mano sobre mi cuello. Levanto el mentón por inercia al sentir la presión de sus dedos preparados para estrangularme, porque yo también estoy lista. Me maldigo por no conseguir calmarme, por no ralentizar los latidos de mi corazón desbocado, que seguro que estará sintiendo en su propio pecho. No hace nada. No dice nada. Simplemente se queda ahí, con los dedos alrededor de mi cuello, mirándome con intensidad, con las cejas tocándose y respirando con violencia.

—Venga, pregúntame cómo es que estoy vivo. —No respondo—. Pregúntame cómo es que la implacable cazadora falló al atravesarme la carne. Pregúntame cómo es sentir que la vida se te derrame por una abertura.

Pasa el pulgar por donde tengo la carne más sensible a causa de las enredaderas y se me escapa un siseo que le muta el rostro en un gesto que no consigo descifrar.

—Pregúntame qué se siente al perder la cabeza por desbloquear un recuerdo y retomar la consciencia contigo, precisamente *contigo*, encima de mí, con un filo contra el pescuezo.

El corazón me da un vuelco. No me estaba atacando, sino que convulsionaba por el dolor de recuperar un trozo de su ser, como me sucedió a mí en la posada o frente al Palacio de Cristal.

—Pregúntame qué se siente al recordar mi nombre cuando antes yo no era más que un mote despreciable.

Aprieto los dientes con fuerza, los grilletes se me clavan en las muñecas hasta abrir heridas en mi piel. El olor de la sangre lo inunda todo.

—Pregúntame cómo es no poder dejar de ver tus ojos verdes en mi mente mientras mi cuerpo animal se retuerce por sí solo, sin poder controlarlo y sin ser capaz de apartar tu rostro de mis pensamientos.

«¿De qué habla?».

—Pregúntame todo eso y más, *Roja*.

Sus pulgares no han dejado de acariciarme y, a estas alturas, creo que hasta yo misma podría lanzarle una dentellada para intentar llegar a su pescuezo y acabar con lo que no pude en el bosque.

—¿Acaso no quieres saber qué nos une? —susurra esas palabras con los labios a unos milímetros de los míos, dueño absoluto del espacio que me rodea.

Y a pesar de tenerme a su merced, no, no quiero saberlo, porque no me importa. Es un ser miserable que intentó matarme cuando el embrujo cayó sobre todos nosotros, cuando más vulnerable era. Una bestia inmunda que solo ansía desgarrar carne.

—Hazlo —mascullo con rabia.

No sé en qué momento las lágrimas han acudido a mis ojos, pero escuecen dentro de la jaula de mis párpados. No permito que caiga ni una sola, pero él es consciente del brillo vidrioso que ahora emiten, porque esboza una sonrisa ladeada que me revuelve por dentro. Siento la caricia de sus pulgares en el mentón, duros, firmes, precisos. Otro tirón de la cadena y su sonrisa se ensancha hasta enseñar los dientes, con esos colmillos especialmente puntiagudos. Entonces hago lo único que se me ocurre: le escupo en la cara.

Contiene la respiración un segundo, con los ojos cerrados y el rostro relajado. Ahora sonrío yo, para que cuando vuelva a abrir los párpados sea lo primero que vea. Rompe el contacto con una de las manos, siento la garganta ligeramente liberada, y se limpia el escupitajo con el dorso.

Para mi sorpresa, sonríe con más amplitud que yo y, con suma rapidez, da una palmada contra la pared junto a mi rostro. Me sobresalto sin poder remediarlo y mis ojos se encuentran con los suyos, con el corazón acelerado. Su gesto ha cambiado de satisfacción a dolor supurante, a rabia contenida a duras penas. Me estudia con deleite, como quien saborea el momento justo antes de abalanzarse sobre la presa. Sé que está debatiéndose entre si matarme o no; yo estaría haciendo lo mismo en su lugar. Su palma vuelve a encajar en mi cuello, la piel fría por haber estado en contacto con la piedra. Sus pulgares me acarician la línea de la mandíbula, las manos listas para actuar. El corazón se me aprieta en un puño por la anticipación. Sus ojos se desvían hacia mis labios un instante y lo veo como una oportunidad.

Levanto la rodilla con ímpetu y la clavo justo en su entrepierna. Se separa de forma automática y se dobla por el dolor. Sin tener su cuerpo como apoyo, las piernas se me doblan y caigo al suelo con la respiración acelerada por la tensión del momento. Lo oigo sisear de dolor, aovillado en el suelo y meciéndose, emitiendo quejidos lastimeros.

—Ten por seguro que cuando no esté encadenada, acabaré contigo —escupo con odio.

—No te maté entonces... —dice entre gemidos— y no te he matado ahora.

No necesita decirme más para entender que me ha perdonado la vida dos veces. Una en un pasado que me resulta demasiado lejano y otra ahora, porque no tenía intención de estrangularme aunque podía.

La respiración de Lobo se calma poco a poco y sus quejidos van desapareciendo. Me quedo en el suelo, sentada contra la pared, sin perder detalle de cómo su cuerpo recupera el control sobre los nervios y se va incorporando. Busco el tatuaje en el pecho, pero estando en tanta oscuridad apenas distingo su silueta a un metro de mí.

La luz de la antorcha se hace más grande en el hueco del pasillo a medida que se acerca. Entrecierro los ojos para habituarlos al paulatino cambio de luminosidad y distingo a un hombre que camina hacia nosotros. A contraluz no lo reconozco. Se queda a unos dos metros de nosotros y juraría que nos observa de forma alternativa, como si la estampa le resultase divertida. Y así lo confirma su voz cuando dice entre risas:

—Deberíais dejar de intentar mataros de una vez.

—Díselo a ella.

Nuestros ojos se encuentran, o eso creo, porque la cabeza de Lobo gira en mi dirección y yo hago lo mismo hacia él.

—Pulgarcita me ha dicho que me estabais buscando.

Ahora lo miramos a él, yo con estupefacción absoluta.

—Soy aquel al que llaman Maese Gato. Un placer.

Hace una reverencia pomposa y se acerca a mí con lo que creo que es una llave. Al arrodillarse, descubro a un hombre de ojos rasgados y vacíos, empañados por una película opaca que no deja ver el color del que fueron sus iris en otra era. Entonces me sonríe, al mismo tiempo que los grilletes se sueltan de mis muñecas y me tiende la mano para ayudarme a levantarme.

—Mucho has tardado en venir a por mí.

Es el mismo hombre que vi en mi recuerdo.

12

En cualquier otro momento habría pensado que encender una chimenea dentro de un enorme roble hueco sería la más estúpida de las ideas. Sin embargo, ahora mismo soy incapaz de separarme del fuego más de un palmo. Después de no sé cuánto tiempo en el interior de una gruta y del segundo encontronazo del día con Lobo, tengo el cuerpo helado, me duelen los dedos por las heridas y el frío y lucho por evitar que me castañeen los dientes. Con cada nuevo temblor, la vocecita aguda de Pulgarcita se me clava en la mente diciéndome que me estoy muriendo, que este frío nunca antes lo había sentido y que llega mucho más profundo que los huesos, que va más allá y me cala hondo.

La salita en la que nos encontramos, de paredes de madera oscura y cuyos muebles parecen estar tallados en el interior del árbol, queda alumbrada únicamente por el fulgor de las llamas. Y el olor aquí dentro es dulce y empalagoso. Como el de un barril lleno de manzanas de caramelo que se te pegan a las fosas nasales y no te quieren abandonar. Eso mezclado, como es habitual, con el tufo a perro que desprende Lobo cuando está tan cabreado como ahora.

Lobo se mira las uñas, con aire distraído, como si fueran lo más interesante del mundo. Todo en su postura sugiere relajación: la mandíbula suelta, el tobillo izquierdo apoyado sobre la rodilla derecha, los hombros caídos... No obstante, el ritmo de su respiración —a bocanadas cortas y espaciadas— me indica que está en la más absoluta tensión. Y no me extraña. Estar tan cerca de él, tenerlo a un brazo de distancia, me quema más que el hielo que corre por mis venas. No hago más que fijarme en esa franja rosada que le cruza el cuello de un lado a otro, delgada e hipnótica, que para mi desgracia está curando demasiado rápido. Un escalofrío me recorre el cuerpo y me veo obligada a tragar saliva.

No puedo evitar sentirme fascinada por la dinámica que nos envuelve, esa que nos obliga a pactar treguas sin mediar palabra. Hace apenas media hora tenía mi garganta entre sus manos y temí por mi vida; no sé cuánto tiempo antes tuve la hoja de mi daga hundida en su carne..., y ahora aquí estamos, compartiendo espacio de forma pacífica. Una paz que sabemos que volverá a romperse en cualquier momento. Después de las escasas conversaciones que hemos mantenido en los últimos encontronazos, tengo un millar de preguntas que hacerle y sé que, en cuanto las formule, volveremos a chocar con la fuerza de las placas tectónicas hasta rompernos de nuevo. Otro temblor.

Entonces, la puerta de la pequeña estancia se abre de golpe y rebota contra la cáscara del tronco en el que estamos metidos. La figura me lanza un gurruño de tela roja y la cojo al vuelo. Sin poder evitarlo, las comisuras de los labios se me elevan en una sonrisa. Estiro la caperuza para colocármela sobre los hombros y refugiarme en el calor que me brinda el nuevo abrigo. No le doy las gracias, no siento que se lo merezca, porque tan solo me ha devuelto lo que me pertenece. Sin embargo...

—Me faltan las vainas y las dagas.

—Creo que nuestras anfitrionas estarán más cómodas si no te las devuelvo aún.

Maese Gato rodea el amplio escritorio y se sienta frente a nosotros. Extiende la palma hacia la silla libre al lado de Lobo y los tres la examinamos durante unos segundos demasiado largos. Al final, con un suspiro resignado, paso junto a Lobo y me siento, aunque muevo el mueble unos centímetros hacia la izquierda para separarme más de él. El hombre sonríe complacido y los ojos casi se le pierden entre las arrugas de la cara. Entonces clava la vista en mí y me doy cuenta de que esa película blanquecina que recubre sus ojos hace que no pueda verme, simplemente tiene las pupilas clavadas en un punto indefinido.

—¿Qué anfitrionas? —pregunto mientras cruzo los brazos sobre el pecho.

Lobo me mira de reojo y esboza una media sonrisa altiva, como si él ya conociera la respuesta y eso le otorgara algún tipo de superioridad sobre mí. No pienso caer en la trampa.

—¿No sabes dónde estamos?

Antes de negar, giro la cabeza un poco hacia la ventana que queda a mi izquierda. A pesar de que sigue siendo de noche, la luz clara de la luna y las estrellas, así como distintos faroles diminutos colocados aquí y allá, revelan un majestuoso paisaje frondoso, en las entrañas de un bosque profundo y denso, de árboles altos y gruesos, con copas tupidas y llenas de vida. Ni rastro de nieve por ningún lado. Y... los faroles se mueven. Uno pasa cerca de la ventana, dejando un rastro brillante tras de sí que se suspende en el aire unos segundos antes de precipitarse lentamente hacia el suelo. Cierro la boca cuando soy consciente de que la mandíbula se me ha desencajado por estar en presencia de... hadas.

—¿Estamos...? —balbuceo.

—Bienvenida a la Hondonada de las Hadas —dice Gato con una amplia sonrisa en la cara.

Me fijo aún más en las lucecitas que titilan en la penumbra de la noche, en cómo se mueven revoloteando de un lado a otro de forma grácil e hipnótica. Hadas... Nunca había estado en presencia de una, mucho menos de decenas, y hasta que Pulgarcita nos habló de este lugar, las creía extintas por la erradicación de todos los portadores arcanos.

De hecho, mi parte más racional pensaba que encontraríamos este lugar muerto y totalmente abandonado. Y aquí está, más lleno de vida de lo que cabría imaginar, tan mágico que casi duele.

Me llevo la mano al cuello por pura inercia y los fragmentos de los recuerdos empiezan a encajar muy poco a poco. Un fogonazo de luz perceptible incluso con los párpados cerrados; el cuerpo de Lobo cayendo sobre mí inerte, convertido en humano; Pulgarcita con un tamaño normal, en lugar del diminuto; y las enredaderas... Trago saliva. Las enredaderas que envolvían mi cuello, apretando hasta asfixiarme, aparecen de forma clara en mi mente.

—Necesito saber qué pasó... —gruño entre dientes, sin apartar la mirada de la hipnótica imagen al otro lado del cristal.

—Bueno, yo no estuve allí —comienza diciendo el hombre tras un carraspeo—, pero parece ser que os enzarzasteis en una pelea.

—Eso ya lo sé.

—Pulgarcita sabía que estabais cerca de aquí, así que habló con los árboles para hacernos llegar un mensaje y que las hadas acudieran en su ayuda.

—Se convirtió en humano —miro fijamente a Lobo— a plena luz del día. Cómo.

Omito que yo dejé de escuchar a la bestia durante unos gloriosos minutos, pero me desconcierta tanto o más incluso que la transformación física de mis acompañantes.

—Luz de luna embotellada —explica una vocecita aguda detrás de nosotros.

Me giro para ver quién habla y me topo con una figura diminuta que revolotea desde la puerta hasta la amplia mesa que nos separa. Es menuda, con unas alas picudas y transparentes que irradian luz propia; lleva la melena rubia recogida en un moño prieto, un vestido verde y unos zapatitos del mismo color adornados con unos pompones blancos.

Pone los brazos en jarras y me mira con un gesto desafiante que me turba. ¿Por qué tengo la sensación de que sabe quién soy?

—¿Hacéis magia? —interviene el chico.

Ella esboza una sonrisa socarrona y levanta el mentón en un gesto de autosuficiencia.

—No —responde Gato—. Me temo que ya nadie puede hacer magia libremente.

El hada aprieta los puños con fuerza y las mejillas se le tiñen de rojo con demasiada rapidez, aunque esa expresión altiva no desaparece de su rostro.

—Tenemos magia enfrascada, de los tiempos en los que las hadas mayores concedían deseos y podían realizar todo tipo de hechizos. Podemos replicar esos encantamientos a una escala diminuta y embotellarlos, pero nada más.

Si ni siquiera aquí queda un ápice de magia, ¿cómo diantres vamos a acabar con la tiranía del Hada Madrina? Esta misión se está volviendo suicida a pasos agigantados, y creo que me bajaré del barco en cualquier momento. Sí, tienen magia, las marcas alrededor de mi cuello demuestran que utilizaron la naturaleza en mi contra para asfixiarme, pero no podemos usar esos métodos con la dueña y señora de toda Fabel, con la reina de los pocos portadores arcanos que quedan. Los frascos de las hadas parecerían simples trucos de prestidigitador a su lado. Me froto la cara con hastío y vuelvo a mirar al hombre de ojos velados.

—¿Cómo es que seguís vivas? —pregunta Lobo—. Quiero decir... Por todos es sabido que se hizo una purga de portadores arcanos poco después de la pérdida de memoria. ¿Cómo os librasteis?

El hada le lanza un vistazo de soslayo y se alza en vuelo para revolotear frente a su cara.

—No es asunto tuyo. —Ella clava los ojos en mí y frunce el ceño—. Todo esto es culpa tuya —espeta de mala gana.

—¿Mía? —Me señalo con incredulidad—. Fue él quien me saltó a la yugular.

Lobo resopla y está a punto de defenderse cuando el hada vuelve al ataque.

—Por mí como si os abrís en canal mutuamente. No me refiero a eso, sino a la maldición.

«Ya estamos con tonterías». Ahora soy yo la que bufa al mismo tiempo que Gato intenta calmar a este diminuto ser de mejillas coloradas:

—Vamos, Campanilla, no seas así. Roja hizo lo mejor para ella.

«¡Gracias! Por fin alguien que me entiende».

«Espera, ¿qué?».

Me quedo más fría si cabe, tensa, con los dedos clavados en los reposabrazos del asiento. Esta gente parece saberlo... todo. ¿Cómo es eso posible? En aquella reunión, cuando las princesas me pidieron ayuda, solo estuvimos ellas y yo. Sin embargo, no tengo tiempo para seguir pensando, porque la tal Campanilla vuelve a la carga:

—¿Qué clase de rata de cloaca mira por su propio beneficio en detrimento del de sus seres queridos y vecinos? Porque no me creo que no tenga a nadie a quien le afecte toda esta mierda.

Para ser tan diminuta, tiene demasiado mal carácter. Y en cierto modo me divierte, así que el esfuerzo que tengo que hacer para ocultar la sonrisa, a pesar de que me está increpando cosas, es enorme.

—Una rata demasiado joven como para entender la magnitud de todo —me excuso, casi arrastrando las palabras—. Mirad, no sé si por aquel entonces podría haber hecho algo más o no. Lo que sí sé es que no habría vivido para contarlo, por mucho que existiese la remota posibilidad de haber evitado la maldición. Ahora tengo la esperanza de salir viva de todo esto.

—Puede que los aldeanos de cualquier pueblucho se traguen tu buena fe a cucharadas, pero a mí no me engañas. Estás salvando tu propio pellejo, nada más.

La severidad con la que la tal Campanilla me juzga me deja sin palabras.

—¿Qué habrías hecho tú por romper la deuda que las princesas contrajeron con el Hada Madrina? —La pregunta de Gato deja al hada boqueando en busca de una respuesta. Su rostro se enciende tanto que en cualquier momento podría salirle humo por las orejas—. Con la perspectiva del paso del tiempo es muy fácil juzgar los actos del pasado. Lo importante es que hay alguien, entre el Principado de Cristal, el Bosque Encantado y la Comarca del Espino, dispuesta a hacer algo. ¿Lo estás tú?

Campanilla se encara a Gato un instante y entonces revolotea por encima de nuestras cabezas y se detiene frente a la puerta.

—La reina Áine quiere verlos por la mañana.

El hombre asiente con sutileza, en un gesto apenas perceptible, y el hada se va sin añadir nada más. Lo miramos a él de nuevo, que tiene los dedos entrelazados frente a la cara en aire pensativo.

—Discúlpala, Roja. La situación en la Hondonada es... delicada.

—¿También les afecta la maldición? —pregunta Lobo con curiosidad.

—De un modo diferente —dice con un cabeceo—. Al no haber nadie que sepa que están vivas, nadie que crea en ellas ya, están desapareciendo poco a poco. Las hadas se están extinguiendo sin la necesidad de una maldición que las condene de forma directa, y tampoco pueden permitirse salir para que sepan de su existencia porque el Hada las aniquilaría. Por eso recurrieron a Pulgarcita y os han dejado quedaros aquí.

—¿Cómo que recurrieron a ella? —inquiero con incredulidad.

La simple idea de que alguien pueda depender de esa chiquilla para algo me deja anonadada, máxime si es toda una raza la que necesita recurrir a una cría para evitar su extinción.

—Así es. ¿Acaso no conocéis a vuestros compañeros de viaje?

Miro a Lobo de reojo, al que tampoco conozco, y aprieto los labios con fuerza. No me he molestado en descubrir nada de ellos porque pretendo librarme de toda esta situación cuanto antes. Es mejor no formar vínculos con gente que, casi con total seguridad, acabará muriendo tarde o temprano.

Vuelvo la vista a la ventana y, entre arbustos, distingo las aguas mansas de un lago que resplandece con luz propia.

—Nadie puede entrar aquí —deduzco entonces. Él ensancha su sonrisa aún más—. Por eso no hay nieve, por eso estábamos cerca sin llegar a ver todo esto, por eso no aparece en los mapas. Este lugar no existe para los Tres Reinos.

—Eres muy lista... —murmura con los ojos clavados en mí—. Y, aun así, has tardado demasiado en dar conmigo.

—Espera, espera, espera —interviene Lobo—. ¿Cómo es posible que el Hada Madrina no sepa dónde está todo esto si ella es un hada?

—Porque aquí no se puede entrar sin invitación. Por mucho que Madrina sepa dónde estamos, no es capaz de entrar en este plano porque nunca será invitada. Antes de la caída de la maldición, las hadas de la Hondonada lanzaron un contrahechizo tan potente que ahora están pagando su propio precio de la magia.

—¿Y Pulgarcita? ¿Por qué ella sí sabe de la existencia de todo esto?

—Porque soy medio hada.

Los dos nos giramos de nuevo para verla, con su larga trenza rubia adornada con diminutas flores y un vestido de lo más colorido que hace que su piel palidezca aún más en comparación.

—Mi madre era humana, pero mi padre no... —musita con rubor en las mejillas, como si revelar este hecho la avergonzara.

¿A mí qué más me dará que sea fruto de un monstruoso cruce de especies?

Vuelvo a centrarme en el hombre de sonrisa sempiterna, en su postura relajada y en lo mucho que me mira sin llegar a verme. Entonces caigo en la cuenta.

—Tú sabías que él estaba aquí —espeto hacia Pulgarcita—. Y no nos lo dijiste. Mencionaste la Hondonada como si nos estuvieras haciendo el mayor favor del universo, pero hicimos justo lo que querías.

Me levanto con ímpetu y la silla se arrastra tras de mí. Lobo se tensa y se aferra al reposabrazos de su asiento; Gato, por el contrario, se levanta al mismo tiempo que yo, con las palmas extendidas en un gesto conciliador.

—¡¿Qué más nos estás ocultando?!

Los ojos de Pulgarcita se vuelven vidriosos al instante y da dos pasos hacia atrás, como intentando poner distancia conmigo por el temor.

—Los secretos están a la orden del día —dice Lobo con voz tirante—, no deberías sorprenderte tanto.

—¿Acaso tú ocultas algo?

Nos miramos con tanta intensidad, con tanto odio contenido, que podríamos derretir el árbol por completo. Gato se interpone entre los dos y me dedica una sonrisa tranquilizadora con la que pretende calmarte.

—Yo le pedí a Pulgarcita que no te hablara de mí. Porque lo que nos une es demasiado complicado como para dejar que otros te lo cuenten.

Frunzo el ceño con incomprensión y estudio las facciones de este hombre que, a pesar de su apariencia pacifista, impone un respeto que pocos se han granjeado. Por alguna extraña sensación, todo su porte me resulta familiar.

—Explícate. Yo no te conozco de nada.

—No recuerdas conocerme. —Gato rodea el escritorio para volver a sentarse tras él—. Esa es la diferencia.

Siento un nudo en el estómago y me preparo para la dolorosa oleada a la que se va a enfrentar mi cuerpo por desbloquear un recuerdo, apretando puños y dientes con fuerza para intentar mantener el control y no acabar enzarzada en una nueva pelea con Lobo. Sin embargo, no sucede nada. Frunzo el ceño por la incomprensión y me enfrento a sus ojos. ¿Está sonriendo aún más? ¿Se estará riendo de mí?

—Creo que deberíais iros —suelto de mala gana hacia Pulgarcita y Lobo.

Si es cierto que compartimos un pasado juntos, no quiero que unos desconocidos se enteren al mismo tiempo que yo. Esos supuestos recuerdos me pertenecen, a mí y a nadie más, y yo decidiré quién es digno de conocerlos.

Pulgarcita sale con la misma premura con la que ha entrado; Lobo, no obstante, se toma un tiempo para levantarse, observarme desde arriba y luego al hombre. Se marcha sin decir nada. Mi rostro debe denotar sorpresa, porque Gato añade:

—Él ya lo sabe todo. Tuvimos tiempo para charlar antes de que despertaras. Dijo que quería estar presente para... vigilarte.

Pronuncia la última palabra con tacto pero sin perder la tirantez en sus comisuras. Aprieto los dientes con fuerza. Por eso que me han robado, por saber que Lobo ya ha oído lo que me tenga que contar, algo relacionado conmigo y que él ha descubierto antes que yo.

Tengo la creciente sensación de que este hombre está jugando conmigo, de que cada palabra que pronuncian esos labios tiene un doble sentido que no estoy entendiendo. Y eso me frustra.

—Ve al grano —escupo al mismo tiempo que me levanto, incapaz ya de permanecer sentada.

—Conocía a tu madre.

La garganta se me seca de repente y mi corazón se salta un latido. No quiero mirarlo, no voy a mirarlo, no dejaré que sepa que la mera mención de mis progenitores me afecta, así que clavo los ojos en el fuego sin ser capaz de parpadear siquiera. No recuerdo nada de ellos, al igual que no recuerdo nada concreto sobre mi vida antes del maleficio, y, sin embargo, siempre he tenido la sensación de que me los arrebataron de forma cruel. Como un sexto sentido que me dice que, detrás de toda la bruma del hechizo, hay un recuerdo doloroso que es mejor no desbloquear. Y temo que esta conversación me devuelva esa parte perdida de mi memoria. Aunque, al mismo tiempo, una pequeña parte de mí desee saberlo todo.

—Fuimos buenos amigos, a decir verdad. Sentí muchísimo...

—No quiero saberlo —lo interrumpo.

—El conocimiento es poder.

—No quiero *ese* poder.

Se me eriza la piel solo de pensar en las terroríficas pesadillas que sufre la abuelita en las que grita el nombre de una mujer, que he deducido que es el de mi madre, sin cesar. Siempre que despierta ya no se acuerda de lo que soñó, pero sé que se trata de ella y no creo estar lista para saberlo. De hecho, dudo mucho que llegue a estarlo alguna vez.

—Yo le regalé ese libro a tu madre hace años. Se lo regalé para ti.

Esta vez sí que lo miro y me sorprende encontrarlo con la vista clavada en la puerta, con las cejas caídas y una sonrisa amarga en los labios, como si los recuerdos fuesen demasiado dolorosos como para retenerlo todo dentro de sí mismo.

—Tras enterarme de lo que planeaba el Hada Madrina, quise advertirte, sacarte de Poveste y ponerte a salvo, aquí, conmigo. Pero no estabas en tu cabaña cuando llegué. Tu abuela me dijo que habías salido a cazar, que volverías pronto. Sin embargo, esperé y esperé y no llegabas. Entonces me di cuenta de que quedándome no iba a conseguir nada. Si los rumores eran ciertos, en un par de días caería el maleficio sobre nosotros, tiempo que necesitaba para regresar a la Hondonada y refugiarme de las consecuencias, que desconocía. Así que me marché.

—Pero dejaste la nota.

—Eres tan impaciente como tu madre... —Vuelvo a clavar los ojos en las llamas—. Aunque yo sí te conocí, cuando eras una niña, dudaba mucho que fueses consciente de quién era, así que te escribí un mensaje para que te reunieras conmigo aquí. Decidí guardarlo en el libro que le regalé a tu madre, ese que ella te leía cada noche antes de acostarte, porque sabía que tarde o temprano lo abrirías para sentirte más cerca de ella. Dejarlo a simple vista habría sido... peligroso.

Esta conversación empieza a resultarme violenta. Pero decido guardar silencio y escuchar lo que tenga que decir antes de marcharme y no volver a verlo nunca más. Se toma unos instantes para meditar las palabras antes de continuar:

—Sin embargo, no contaba con que el maleficio borrase la memoria de los afectados. Así que nunca llegaste a recordar que tu madre te leía ese libro de cuentos y no encontraste mi mensaje. Hasta hace poco. ¿Qué ha cambiado?

Mis ojos se encuentran con los suyos un instante de nuevo y regresan al fuego por incomodidad.

—Nada. —Callamos y, por algún extraño motivo, me veo obligada a añadir—: Me pidieron ayuda para acabar con todo esto y... acepté.

—Ya, pero ¿cómo encontraste la nota?

Trago saliva y la mano dominante me tiembla. El sol saldrá en unas horas y no sé qué tal irá la conversación con la bestia dominando parte de mi ser si esto se alarga hasta entonces.

—Tuve... un presentimiento —digo con cuidado, consciente de que no fui *yo* exactamente la que se dio cuenta.

Gato sopesa mis palabras unos segundos y, después, tan solo emite un ruidito de confirmación. Estoy tentada a preguntar algo que me lleva rondando desde que empezamos con todo esto, algo que no me deja la conciencia tranquila y que me genera una opresión en el pecho que me está costando disimular. Porque verme rodeada de dos personas como Lobo y Pulgarcita me hace cuestionarme en todo momento qué soy en realidad.

Con la bruma perdimos muchas cosas, entre ellas nuestros nombres, y ahora empiezo a ver un patrón en ciertas personas. Pulgarcita, Lobo, Gato... ¿Su maldición consistirá en convertirse en un felino? ¿Por qué yo no me convierto en ningún animal y simplemente soy «Roja»? ¿Por qué dentro de mí habita otro ser que intenta torturarme al mismo tiempo que me mantiene a flote un día más? ¿Por qué tengo que luchar conmigo misma a cada paso que doy bajo la luz del día? El maleficio se extiende como una telaraña pegajosa en el fondo de mi mente y sé que mis ojos viajan frenéticos delante de mí, fruto del desconcierto. Sin embargo, ¿estoy preparada para plantear ciertas preguntas que quizá no sepa afrontar?

Alzo la vista de nuevo hacia él y algo en su expresión termina por calmarme y centrarme en lo que verdaderamente importa, en querer formular una pregunta muy distinta y que he pensado en cuanto esa hada malhumorada ha hecho acto de presencia.

—¿Cómo diantres sabes que estoy involucrada en todo esto? ¿Cómo es que esa hada también parecía saberlo?

—Bueno, la respuesta a lo último es porque yo se lo conté. No me mires así, tuve que contarles absolutamente todo para que me dejaran cobijarme aquí. Con respecto a lo otro... Siempre te he seguido la pista, Roja, incluso cuando tu madre ya no estaba. Aunque tú no lo sepas, te conozco bien, sé de lo que eres capaz. Y yo fui el que les sugirió a las princesas que recurrieran a ti. Una pena que en aquel entonces aún no supieras la importancia de las decisiones que tomamos.

Siento un nudo que se constriñe en mi estómago y aprieto los puños con fuerza.

—Si lo sabes tú y todas estas hadas, ¿lo sabe también *ella*?

Gato chasquea la lengua y se mesa la barba de cabritillo, veteada por canas, antes de asentir con un cabeceo.

—Me temo que sí.

—Y si lo sabe, ¿por qué no ha acabado conmigo en todo este tiempo? Si ellas recurrieron a mí, podría suponerle una amenaza. De hecho, ahora mismo soy su amenaza.

Gato se toma unos segundos para pensar, con la vista clavada en sus manos entrelazadas frente a él.

—¿Por qué malgastar esfuerzos en matar a una mosca que no está incordiando? —Aprieto los dientes por la comparación y contengo la respiración para intentar calmar los nervios—. Mira, el Hada Madrina es un ser que se cree todopoderosa, no tiene rival en Fabel, y con la bruma instaurada en la mente de los aldeanos, no había nada que pudiera oponerse a su poder. La realidad es que ella sabe todo acerca de quienes no poseen magia. Y si se hizo con la consciencia de las princesas, debe saber que recurrieron a ti.

—Pero todo hechizo se rompe de algún modo. Siempre hay algo. Fueron unos míseros besos los que despertaron a Blancanieves y a Aurora de los maleficios de Maléfica y Regina. Aunque esto sea mil veces mayor, debe haber algo que disuelva la bruma.

—Me congratula ver que no has perdido tu genio. —Acompaña las palabras con una sonrisa velada que me exaspera. Cuanto antes acabemos con toda esta charleta, antes podremos enfrentarnos al verdadero problema—. Mi sospecha es que para hacerle frente a la magia se necesita más magia.

Suelto un bufido incrédulo y me dejo caer sobre la silla.

—No me digas... ¿Y de dónde voy a sacarla? Hace un instante hemos hablado de que ya no queda.

—Sí que queda, solo que quienes la practican son complicados de encontrar.

Su información capta mi atención y me inclino hacia delante, apoyando los codos sobre las rodillas.

—Te escucho.

—Los *djinn* son seres capaces de conceder tres deseos. —De la emoción, me quedo sentada al borde de la silla, a punto de saltar de ella—. Sin embargo, están ligados a una lámpara mágica que los mantiene aislados del mundo exterior. Si encontráis una lámpara y la frotáis, podréis pedirle casi cualquier cosa.

«Matar al Hada Madrina. Hacerme con su magia. Acabar con Lobo. Tres deseos. No necesito más».

Tentador cuando menos. Esta vez son las comisuras de mis labios las que se estiran en una sonrisa maliciosa. Quizá, por una vez, la suerte sí esté de mi parte.

13

Paso la noche en una alcoba del roble que Gato me cede para descansar. Aunque no haya podido pegar ojo, como es habitual, tampoco he salido de la habitación por respeto a las anfitrionas. Hasta que no hablemos con la reina, no sé cuáles son sus intenciones con nosotros, si nos prestarán ayuda o nos echarán a patadas, así que no he querido darme la oportunidad de salir del dormitorio para no meterme en más líos. La refriega con Lobo está demasiado fresca y, a estas alturas, cualquier ayuda es más que bienvenida. Lo último que quiero es cerrarme unas puertas que ni siquiera se han llegado a abrir.

Unas horas después del amanecer, cuando la vida se reanuda en la Hondonada, un hada centinela, ataviada con lo que parece una armadura de cuero, viene en mi busca. Para mi sorpresa, Lobo nos espera a los pies del árbol, junto a otra hada; ni rastro de Pulgarcita. Las centinelas nos conducen hacia lo que denominan el árbol madre: un haya descomunal, tan sumamente alta que apenas me alcanza la vista para distinguir su final entre tanto follaje. Sus raíces se alzan sobre la tierra, gruesas y fuertes, como caminos que las hadas utilizan para transportar recursos que nacen de este árbol que parece sustentar su vida. En más de una ocasión, a medida que nos adentramos entre las raíces, tenemos que agacharnos para no darnos con ellas en la cabeza.

En el corazón de las raíces hay un espacio claramente conformado para reunir a un millar de hadas, no a seres de nuestro tamaño, y la luz es tenue y titila con el brillar de las alas de las feéricas. En el centro, con un resplandor mucho más vibrante que el de las demás, se encuentra la que creo que es la reina Áine, ataviada con un vestido vaporoso cuyos bajos flotan alrededor de sus pies descalzos.

Me percato de que su tamaño es ligeramente mayor que el de las demás, sus alas son más picudas y están decoradas con un hermoso entramado de venas que destellan con el mismo color que el polvo que las hace volar. Sobre la cabeza, cuya melena rubio platino está recogida en un moño regio, se encuentra una corona conformada por flores diminutas que no había visto nunca.

Sus ojos, de un azul tan profundo que casi parece hielo, se clavan en los míos en cuanto nos sentamos en el centro para no darnos con la cabeza en el techo. La sensación aquí dentro es asfixiante, sobre todo para un lobo y para mí. Localizo a Pulgarcita, en su tamaño minúsculo, que se mueve por aquí como pez en el agua. No me pasa desapercibido que se reúne con otras hadas y que habla mucho con la tal Campanilla, pero que no pierde detalle ni de Lobo ni de mí.

—Gracias por presentaros ante mí —dice la reina Áine.

Como si hubiéramos tenido otra opción.

Reprimo la voz de la bestia para mantenerla al margen, ignorada, y controlar la situación. Por mucho que sea un ser diminuto, no deja de ser una portadora arcana, la reina de las feéricas de la Hondonada de las Hadas. Eso tiene que significar algo, ¿no?

Su voz no es aguda, como habría cabido de esperar en alguien de su tamaño (y tal y como le sucede a Pulgarcita), sino que tiene un deje regio y autoritario que me sugiere que no debemos ofenderla.

—Os hemos permitido entrar en nuestros dominios porque compartimos la causa noble de vuestra empresa. Es de suma importancia que lo recordéis.

Vaya, que quiere que nos marchemos cuanto antes. ¿Esa es toda la ayuda que nos van a brindar?

Entrelaza los dedos frente a sí, intentando transmitir calma y afabilidad, a pesar de que todo en su timbre denota tirantez.

«No quiere problemas».

Sin poder remediarlo, miro de reojo a Lobo, que observa a la reina con suma atención, con las orejas alertas ante cualquier estímulo.

—No obstante, agradeceríamos enormemente que esto no fuera sino un mero alto en el camino que os permita abasteceros y descansar antes de partir, nuevamente y a la mayor brevedad, hacia vuestro cometido.

¿Ves? Se le veía a la legua.

Me muerdo el labio por dentro para mantenerme callada y no meter la pata, aunque me tienta demasiado bajarle los humos un poco.

—Os concedemos un día de descanso. —Echo un vistazo por entre algunas de las raíces que conforman el techo para comprobar la altura del sol—. Transcurrido ese tiempo, os invitamos a que abandonéis nuestros dominios. Vuestra presencia aquí podría atraer atenciones no deseadas en estos momentos.

—¿No se supone que estamos protegidos por magia?

La pregunta escapa de mis labios sin querer y la bestia emite una risilla juguetona. Ha sido cosa suya, maldita sea.

Es evidente que a la reina no le agrada mi pregunta, porque se toma unos segundos en coger aire lentamente antes de responder.

—Cada ser desprende un olor particular, y vuestra mezcolanza de aromas no es el más habitual, que digamos. Al traspasar nuestras fronteras, vuestro rastro desapareció, pero cualquiera que pudiera estar siguiéndoos deduciría que un rastro no desaparece en la nada. No nos conviene que nadie descubra nuestro enclave, así que, cuando partáis, atravesaréis nuestras fronteras y marcharéis desde el punto por el que os introdujimos en nuestros dominios.

«¿Desde cuándo un rastro duraría tanto?».

No sabemos cómo de sensibles son los portadores arcanos. Y si, según dijo Gato, el Hada sabe de nuestra existencia y nos busca...

«Me sorprende que muestres empatía por su desconcierto».

Para nada. Tan solo aportaba explicaciones para una mente lenta como la tuya.

Aprieto los dientes y vuelvo a centrar mi atención en la reina.

—Según me informó Maese Gato anoche, vuestra intención es buscar la lámpara maravillosa para recurrir a los deseos de un *djinn*. —Asiento con la cabeza y sus ojos viajan entre Lobo y yo, escrutándonos a conciencia—. En ese caso, os concederé el polvo de hadas suficiente para que vuestro viaje sea raudo y sin incidentes. Todas estamos deseando que se acabe la tiranía, así que tomadlo por una ayuda en pos de la liberación.

Por lo menos ahí ha sido sincera.

«Sinceridad no le ha faltado de momento».

—Podéis marchar y descansar. Agradecería que no importunarais a mis compañeras con vuestra... *gran* presencia, si fuera posible.

¿Qué problema tiene con nuestro tamaño?

Sin darnos opción a despedida, la reina nos da la espalda y las hadas aquí reunidas se inclinan en una sentida reverencia. En cuanto ha desaparecido por un pasadizo construido en la tierra, las feéricas salen de la extraña estancia. Inclinada para no darme en la cabeza, hago lo mismo.

A pesar de la frondosidad del bosque, el sol se cuela por entre las ramas y crea un caleidoscopio de luces y sombras mágico. El lago, de aguas resplandecientes durante la noche, se torna cristalino durante el día.

La verdad es que no me importaría vivir aquí.

«Demasiada gente. Demasiadas miradas indiscretas».

Pero poder cargarte a tus vecinas de un pisotón es una ventaja. Seguro que con ellas no tendrías problemas, no como con esos remilgados de Poveste.

Hago una mueca al recordar lo poco cómoda que me siento entre las gentes de la ciudad y sacudo la cabeza.

«Mi lugar está en el bosque».

Estamos en el bosque.

«Sola».

Conmigo nunca estás sola.

La ignoro de forma deliberada y estudio el paisaje, sin saber bien qué hacer ahora con este tiempo libre que nos han concedido.

¿Por qué no investigamos un poco?

Sin perder detalle de nada, echo a andar.

Me percato de que la mayoría de los árboles están huecos, tallados con ventanitas y puertecillas, escaleras conformadas por hongos y adornados con flores aquí y allá. A pesar de que la naturaleza está moldeada a su antojo, sigue llena de vida, exuberante, sin sufrir los daños que construcciones de este estilo causarían en el exterior de la Hondonada.

Hay hadas por doquier, trabajando en distintas tareas. Unas se dedican al cuidado de plantas de todo tipo, no solo para su cultivo y abastecimiento, sino que me doy cuenta de que también participan en la polinización. Encuentro a otras reunidas en la copa de un árbol más bajo, junto a un nido de pájaros, rodeadas por polluelos un poquito desplumados, como si hubiesen salido del cascarón hace apenas semanas. Me detengo a observar qué hacen y, para mi sorpresa, descubro que intentan enseñarles a volar.

Me maravilla el nivel de integración que tienen las hadas con la naturaleza, cómo son, o se han convertido, en una más, dispuestas a hacer de su residencia un entorno mucho mejor y más sostenible.

Sigo caminando y me alejo del centro neurálgico de la Hondonada; poco a poco hay menos afluencia de hadas de un lado para otro. Llego hasta una zona con algo de pendiente que me conduce a una gruta tallada en la falda de una montaña. Me asomo al interior y compruebo que está vacía y que tampoco es demasiado profunda. Intento rodear la pequeña montaña, cuyo final no veo por los árboles, pero descubro que hay una especie de fuerza que me impide ir más allá.

A pesar de que por delante de mí veo árboles y más árboles, el bosque extendiéndose vasto y denso como es, no puedo dar un paso más allá del límite de estas piedras. Extiendo las palmas para hacer pasar las manos, pero es como si chocaran con un muro invisible que me impide traspasarlo.

Camino delimitando su perímetro y llego hasta lo que parece una extraña vivienda tallada en una colina tupida de verde césped. Tiene ventanitas circulares, con cristales y cortinas cerradas al otro lado. La puerta, circular también, parece robusta. Intento asomarme por cualquiera de las ventanas, pero todas están bien protegidas de miradas indiscretas. Me pregunto quién vivirá aquí, porque es una construcción en la que no tendría que agacharme apenas para estar dentro cómodamente, si acaso tendría que vigilar un poco la cabeza.

—¿Buscas algo?

La voz tras de mí me sobresalta y me hace dar un pequeño respingo. Me giro despacio y descubro a Pulgarcita subida a un escarabajo enorme que revolotea a la altura de mi cara. Viene acompañada de Campanilla.

—No, nada. Solo investigaba.

—Cotilleabas —matiza el hada, cruzándose de brazos.

Me limito a encogerme de hombros y a pasar junto a ellas sin hacerles mucho más caso. Cuando me he alejado un par de pasos, escucho un zumbido creciente y sé que me está siguiendo. Pongo los ojos en blanco antes incluso de que Pulgarcita me alcance de nuevo.

—Oye, Roja. —El insecto vuela demasiado cerca de mi oído y doy un manotazo al aire para alejarlo de mí.

A ver qué quiere ahora.

—¿Sí?

—Siento mucho haberos ocultado información —dice sin detenernos—. De verdad que no quería que sintieras que te miento. Pero no sabía si erais de fiar. Y Gato me pidió que, si al final terminabas apareciendo por la asamblea, no te dijera nada para que no desconfiaras. ¿Qué habrías pensado si me hubiera presentado ante ti y te hubiera dicho que un señor que no recuerdas de nada te está buscando? Además de todo el lío del Hada, claro.

Habla con voz atropellada, nerviosa, y sé que intenta ganarse mi perdón.

—La confianza es muy importante. Nos vamos a enfrentar a numerosos peligros, estoy convencida, y no quiero que esta... falta de información puntual te haga recelar de mí.

—Yo recelo de todo el mundo.

—Pero de mí no deberías.

Ahora sí me detengo.

—Ah, ¿no? No te conozco de nada, igual que tú tampoco a

mí. Eso ya es motivo suficiente como para desconfiar de cualquiera. Pero además le tengo que sumar que no solo intentaste ocultarnos este lugar, inexistente para el resto de los Tres Reinos, sino que había una persona, a la que no conozco de nada, que me quería aquí. Que dice saber de mí y de mi pasado. Tengo la sensación de que estoy siendo manejada como una marioneta. Ahora ni siquiera sé si creerme la información que Gato compartió conmigo anoche.

Termino de hablar con la respiración un tanto agitada.

No sabía que te importara tanto que te mintieran.

«No son solo las mentiras, es no saber dónde me estoy metiendo».

Pero eso tampoco lo sabías antes y, de momento, solo has encontrado ayudas.

Gruño de mala gana y retomo la marcha. Pulgarcita se me queda mirando con una cara de incomprensión digna de estudio.

—¿Qué más te dijo anoche?

—No te lo pienso decir.

—Venga, no seas tan rencorosa.

Ni siquiera me lo tomo como un insulto. Aunque la reina Áine ha comentado en la reunión que necesitamos encontrar un *djinn*, no quiero compartir con ellos qué deseos tengo en mente pedir en caso de que tengamos la suerte de dar con uno. A estas alturas ya no me sorprende que haya portadores arcanos desperdigados por toda Fabel, solo hay que ver dónde estoy, pero por mucho que los tres deseos sean como un oasis en medio del desierto, desconozco el alcance que puede tener recuperar un objeto tan preciado como podría ser una lámpara maravillosa. Y sé que no van a querer que formule esos deseos, sobre todo el relacionado con acabar con la existencia de Lobo.

Un nuevo revoloteo cerca de la oreja me hace dar otro manotazo.

—¡Eh! ¡Cuidado!

—Si no quieres que te espachurre, déjame en paz.

Me alejo de ella con largas zancadas que sé que al escarabajo le costará seguir y me dirijo hacia el lago.

«Dar un paseo ha sido mala idea».

¿Qué esperabas? Nunca te ha gustado estar rodeada de gente.

«No hace falta que me lo recuerdes».

Después de bañarme en el lago de aguas cristalinas y, para mi sorpresa, cálidas para asearme, me recluyo en la que parece ser la morada de Gato, en parte porque no me apetece encontrarme con Lobo, por mucho que en su estado animal no podamos hablar. Lo he visto un par de veces a lo largo del día y se me ha quedado mirando, con esos ojos amarillos fijos en cada uno de mis movimientos, y me ha hecho sentir incómoda. Comprendo que la rabia debe bullirle por dentro por mi intento de... asesinato de ayer, pero tampoco hace falta que me vigile.

Me trato las heridas, que para mi sorpresa están sanando bastante rápido y bien, y me dedico a matar el tiempo como se me ocurre: contando hadas a través de la ventana, cotilleando los libros de la habitación, jugando con el equilibrio de las dagas...

Aunque Gato intenta hablar conmigo en un par de ocasiones con el pretexto de que estoy en su casa, consigo deshacerme de él todas las veces. No me apetece hablar con nadie, suficiente interacción social estoy teniendo últimamente como para enfrentarme a conversaciones trascendentales que bien podrían convencerme de dar media vuelta y volver a Poveste. Con lo de anoche he tenido información nueva suficiente para una semana.

No hago más que pensar y pensar en todo lo que he descubierto hasta ahora, en lo rápido que está pasando el tiempo en estos días en contraposición a lo pegajoso y lento que era antes, como anclado, estático. Sin embargo, según va pasando el día, el calor en la habitación del interior del roble es más y más sofocante, así que cuando ya han pasado unas horas desde la caída de la noche y la Hondonada parece dormir, salgo de la habitación, después de comprobar que no hay ni rastro de Gato.

No sabía cuánto necesitaba salir del árbol hasta que me encuentro fuera y la caricia de la brisa de este paraje mágico me roza las mejillas. Aunque habría preferido que el perfume que mece el viento no fuera tan denso y espeso, que no se pegase a mi piel como si esta estuviese fabricada de azúcar derretido, porque eso hace que la sensación de agobio no se diluya del todo. No comprendo de dónde sale este olor, puesto que, por lo que he podido ver hoy, la mayoría de los árboles de la Hondonada están desprovistos de frutos, sus cultivos son en tierra.

Un poco más allá del roble, Lobo está sentado en la orilla de la laguna luminiscente. Lanza guijarros sobre la superficie, que rebotan cuatro, cinco y hasta seis veces hasta hundirse en el interior de las aguas.

Cruzo los brazos sobre el pecho y cambio el peso de una pierna a otra. Miro a mi alrededor, donde tantas hadas que no puedo contarlas siguen con su vida en esta extraña normalidad incluso aunque haya caído la noche. Los ventanucos de las viviendas brillan con intensidad con el titilar de las alas de las feéricas, que también revolotean por el bosque sin ocultar las miradas de desprecio que nos lanzan sin pudor, igual que esta mañana.

—He estado hablando con Gato de lo del *djinn* —dice Pulgarcita a mi derecha, provocándome un respingo. Parece que tiene un don para sobresaltarme.

—Ahora que nos has conducido hasta aquí, no tienes por qué

acompañarnos —comento en voz monocorde. Parece no tomarse demasiado a bien mis palabras, pero no me importa.

—Aunque era mi intención al principio..., ahora me siento comprometida con esta causa y seguiré hasta el final. Cueste lo que cueste.

La observo con una ceja enarcada, convencida de que no es realmente consciente de lo que significan esas palabras, y vuelvo a mirar hacia Lobo.

—Deberías hablar con él.

Aunque mi impulso es responderle un «métete en tus asuntos», me refreno a tiempo, porque sé que es una respuesta que habría dado la bestia, no yo. Y durante la noche, me pesa haber adoptado una personalidad tan hosca y desagradable por culpa del influjo de la bestia. A pesar de que sí que quiero que me deje tranquila, tampoco me ha hecho nada en este preciso momento como para responderle con una bordería. Y suficientemente amable está siendo conmigo ya después de lo antipática que he sido con ella hasta ahora.

Con un suspiro mal disimulado, clavo la vista en él, en su espalda medio encorvada, con los codos apoyados sobre las rodillas en aire relajado.

—No llegaremos muy lejos si no pactáis alguna especie de tregua —continúa con voz afable—. Una tregua de verdad. Mataos si es lo que queréis, pero hacedlo cuando hayamos acabado con el Hada Madrina. A lo mejor así conseguís recordar los motivos que os llevan a odiaros mutuamente.

No sé qué la habrá llevado a suponer algo así, porque sé bien por qué lo odio, no necesito recordar para saberlo. Mis motivos para odiarlo llegaron justo después de la pérdida de memoria, cuando estuvo a punto de matarme sin razón alguna.

Aún recuerdo aquella fatídica noche como si fuera ayer: la sangre del animal, espesa, caliente y pegajosa en mis dedos, la nieve perlada del bermellón más tétrico, un rastro de huellas furiosas y revueltas, mi daga perdida bajo el manto níveo. Su aliento contra mi cuello; su puñal contra mi gaznate; sus dientes apretados de rabia a un palmo de mi cara; su ceja, ojo y pómulo sangrando por el corte de mi daga. Y sus iris... Los iris amarillos más tristes que haya visto nunca. Y ni una sola explicación de por qué me atacó. Ni una sola palabra que me hiciera cambiar de opinión en todo este tiempo. Nada.

Y, sin embargo, la dichosa cría tiene razón. El discurso sobre la confianza me ha calado en cierto modo, por mucho que me cueste reconocerlo. No duraremos ni dos días si no llegamos a algún acuerdo, del tipo que sea, que nos permita avanzar con relativa calma. Suficientes problemas y peligros nos esperan como para tener que vigilar constantemente a quien, se supone, debería ayudarme. A ella... La miro de reojo. A ella puedo perdonarla.

Sin dilatar más el momento, decido enfrentarme a él, a su figura con los codos apoyados sobre las rodillas, sentado en una pose relajada y gesto taciturno.

Cada paso que doy hacia él es como una puñalada en el estómago. Pero las sensaciones que genera mi propio cuerpo son mucho más llevaderas que cualquier daño real que me pueda abrir en la carne por culpa de no soportar a Lobo.

—¿Nos requieren para algo? —pregunta él antes siquiera de llegar a detenerme a su lado.

—No que yo sepa.

Asiente con un gruñido y lanza otro guijarro sobre el agua. Me siento a una distancia prudencial y la piedra que yo tiro llega más lejos y da más botes que la suya, lo que me arranca una sonrisa que no me esfuerzo en esconder.

—¿Sabes? Siempre he sabido que los nombres encierran un gran poder, que cederlos a terceros supone condenarte —dice, jugueteando con la piedra del colgante, que ahora reconozco como cuarzo, que lleva al cuello.

Mi divertimento muta a la extrañeza más profunda y se manifiesta en un ceño fruncido y en la incomprensión de toda mi cara. Aprieto los dientes y aguardo a que continúe. Yo también lo sé, es una de las consecuencias de la bruma. El Hada Madrina nos tiene a su merced porque no sabemos quiénes somos y ni siquiera recordamos cómo nos llamamos. Pero saber mi nombre nunca ha sido algo que me preocupe, porque desde que despertamos en esta nueva realidad, siempre me he sentido identificada con ese alias que apareció de la nada.

—Pero nunca imaginé que recordarlo podría desencadenar tantísimo dentro de mí —prosigue con un suspiro. El silencio que se instaura entre nosotros es denso y pesado, aunque no me molesto en romperlo—. ¿Por qué sabías mi nombre?

—¿Qué?

Sus ojos se encuentran con los míos y siento un chispazo en las entrañas que me insta a apartar la vista, como si fuera una cría ruborizada, pero me niego a mostrarme así de patética.

—En la cueva, a solas con Pulgarcita. Dice que me llamaste por mi nombre.

—No sé de qué estás hablando —miento.

Las sombras de las pesadillas de esa noche se dibujan en mi mente, incorpóreas, como manchas borrosas de bordes difuminados que me quieren resultar familiares y, al mismo tiempo, no. Ante mi comentario, Lobo mira al frente, a las aguas luminiscentes que, poco a poco, van recobrando la calma.

—Cuando volví de buscar leña, estuviste hablando en sueños, balbuceando cosas sin sentido. O, al menos, no tenían mucho sentido para mí. Pero cuando anoche Pulgarcita repitió ese nombre en voz alta... Es mi nombre. —Clava sus ojos de nuevo en mí—. Mi verdadero nombre. Y lo había olvidado.

No había vuelto a caer en esa información hasta que lo ha mencionado. Recuerdo la pelea de anoche, el nombre exacto que pronunció Pulgarcita, la transformación y... ¿Cómo me llamó él? Noto un regusto amargo en el cielo del paladar, ese tan característico de tener la sensación de que se te olvida algo y no sabes el qué.

—Te llamas Axel —murmuro, sin demostrar demasiado interés.

Él cabecea en señal de asentimiento y recoge un par de piedras más en la mano, aunque no las lanza, tan solo juega con su peso.

—Y tú eres Brianna.

Me quedo completamente en blanco, con los labios entreabiertos y la vista fija en el perfil de su rostro. Bien podría estar mintiéndome, porque no ha generado en mí la oleada de recuerdos desbloqueados. Y eso me hace preguntarme por qué recuperar mi nombre no me resulta lo suficientemente importante como para despejar parte de la bruma; por qué con él sí funciona y conmigo no.

Repito ese nombre varias veces en mi mente y lo siento extraño, ajeno a mí; no me reconozco en él. Sin embargo, algo en mi interior, puede que mi instinto o la severidad de su voz al pronunciarlo, me sugiere que no está mintiendo.

—¿Cómo lo sabes? —inquiero.

Se queda tan quieto que, por un instante, pienso que no me ha oído. No obstante, deja las piedras junto a él, se sacude las manos y vuelve a apoyar los codos sobre las rodillas. Me mira de reojo antes de hablar, con cierta frialdad calculada.

—Al escuchar mi nombre..., recordé parte de mi identidad. Y casi como por puro magnetismo, tu nombre apareció en mi mente. Vibrante, fuerte y vívido.

El corazón me da un vuelco por la sorpresa y algo se me hincha en el pecho, aunque la sensación no dura demasiado. Mi instinto y mi curiosidad me piden que le pregunte qué recordó exactamente, qué piezas de su pasado encajaron en el puzle de la bruma, sobre todo porque tengo la sensación de que hay algo grande detrás, pero sé que no va a responder, así que me muerdo la lengua y miro al frente de nuevo.

—Gracias... —murmuro.

Me llevo la mano a los labios con rapidez y abro más los ojos.

Enfadada conmigo misma, me levanto, airada y dispuesta a marcharme, y suelto un pequeño bufido. No tiene sentido llegar a ninguna tregua. No cuando me odio de esta manera por decirle un simple «gracias» por revelarme una información que no me sirve de nada. ¿Cómo voy a superar esta presión del pecho cuando nos necesitemos mutuamente de verdad?, ¿cuando mi vida esté en sus manos o me vea obligada a salvarle el pellejo? Entonces él vuelve a hablar y me detengo:

—Te conozco, Roja. Más de lo que crees. —Trago saliva—. Anoche... —Sacude la cabeza, con los ojos cerrados, y deja escapar el aire en una bocanada temblorosa—. Da igual. Contigo es todo demasiado complicado.

—A ver si te crees que contigo es más fácil.

Él esboza una sonrisa sincera que me relaja un poco y, para qué mentir, me contagia. En el silencio que nos sobreviene, me armo de valor para preguntarle lo que llevo queriendo saber desde que nos encontramos por primera vez.

—¿Por qué intentaste matarme?

Frunce el ceño de nuevo y sus nervios se crispan. Lo sé por cómo aprieta los puños y los labios.

—¿No lo recuerdas?

Niego con la cabeza. Y, aunque no me ha visto, sé que no necesita confirmación verbal.

—Es lo único que me traje conmigo de la niebla porque es lo primero que vi nada más sobrevivir a la maldición.

Calla y traga saliva. Las manos le tiemblan e intenta ocultarlo como buenamente puede. Acto seguido, se levanta con ímpetu y yo me tenso, todo mi cuerpo reacciona en alerta y echo mano a una de mis dagas. Salvo porque no están ahí. Siento un agujero en el pecho y tengo la sensación de que me falta la extremidad, porque con armas tengo la certeza de vencerlo en combate, pero sin ellas...

Al pasar junto a mí, acerca su rostro tanto al mío que nuestros alientos se entremezclan y me embriaga su intensa fragancia a madreselva y jazmín. Las manos me tiemblan, el corazón me bombea con fuerza contra el pecho y algo dentro de mí me azuza a enzarzarme con él, a partirle la cara y dejarle otra preciosa cicatriz, a juego con la que le marqué en el lado izquierdo aquel día.

—¿Por qué lo hiciste? —pregunto, sosteniéndole la mirada. La voz no me tiembla lo más mínimo; de hecho, suena extraña en mis propios oídos. Como si no la hubiera pronunciado yo. Como si hubiese salido fruto de la ira más profunda y reprimida a duras penas.

—Porque te vi apuñalando a mi hermana.

Y entonces sí me descompongo en mil pedazos y mi ser se fragmenta tanto que preferiría que acabaran conmigo ahora mismo.

15

«Con el sol una apariencia, con la luna otra. Esa será la norma hasta recordar la verdadera forma». Esas palabras se dilatan en mi mente, como un eco extraño con una voz desconocida para mí; una letanía cuya cadencia me arranca un temblor.

Antes de abrir los ojos siquiera, percibo que la boca me sabe a nieve sucia y tengo las palmas mojadas por el frescor del musgo empapado por alguna tormenta de invierno. No recuerdo haber acabado en el suelo, no recuerdo ni siquiera qué hago en el bosque, ni cuándo he salido ni por qué. No recuerdo nada de lo que he hecho hasta ahora ni cómo he llegado aquí, aunque tengo la sensación de que no estaba sola hasta hace unos minutos, de que no me he adentrado en la espesura por mi cuenta. Es como si llevara una segunda piel sobre la mía propia que no soy capaz de quitarme.

Con el temor atenazándome la garganta, me incorporo sobre las rodillas, medio enterrada en la nieve, y me examino el cuerpo con premura. Tienen que haberme herido, es eso. Me llevo la mano a la nuca y me palpo el cráneo, metiendo los dedos entre la melena, para encontrar algún punto pegajoso y caliente que me corrobore que me han partido la cabeza. Pero no hay nada. Ni rastro de sangre.

Con el corazón acelerado y la garganta seca, sigo palpándome el cuerpo, el tórax, el abdomen, las piernas; los puntos vitales por los que la vida se me podría estar escapando a raudales y no darme cuenta a causa de la adrenalina. Nada. Estoy entera.

Suspiro con alivio y alzo la vista para contemplar la magnífica tonalidad de colores que ha adquirido el cielo con el atardecer.

No te levantes.

Me tenso y me sobresalto a partes iguales. Me levanto tan rápido que, al principio, un mareo incipiente se hace con mi visión. Manteniendo el equilibrio, me aferro al puñal de mi cinto como si la vida me fuera en ello.

—¡¿Quién anda ahí?!

Miro a mi alrededor y estudio el paisaje, blanco níveo que duele a la vista y, al mismo tiempo, me confunde por las sombras que van naciendo con la desaparición del sol. Estoy en medio de un claro.

No. Te. Muevas.

La voz, apenas un susurro cálido, me llega con tanta cercanía que miro hacia atrás, ignorando por completo lo que me ha dicho. La garganta se me seca aún más y los músculos se me agarrotan ante el temor de lo desconocido. Todo mi cuerpo está en alerta, preparado para defenderse.

Con un barrido rápido de la vista, estudio el entorno. No encuentro nada que haga saltar mis alarmas, nada extraño: las ardillas royendo su comida, un búho tempranero, el crujir del arroyo en su descenso. Sin embargo... A medio metro de mí hay nieve revuelta y un rastro de huellas que se pierden en la espesura. Sigo el recorrido con la mirada y ahí, a poca distancia y en la oscuridad, los veo: unos ojos amarillos que me resultan extrañamente familiares.

Antes de que pueda darme cuenta, ruedo por el suelo para evitar que el animal se abalance sobre mí. Localizo el arco entre el revoltijo de nieve, muy cerca de mí. Con la tensión palpitándome en la frente, aguardo, en posición amenazadora, sin perder detalle a la bestia: un lobo de una envergadura descomunal que me observa con atención. Su pelaje es tan blanco que, como lo pierda de vista un instante, se confundirá entre toda esta nieve. Doy gracias a que el sol aún se resista a marcharse, porque en plena noche me resultaría imposible enfrentarme a un animal como este.

Recoloca las patas sobre el suelo, creando agujeros sobre la nieve prensada. Un gruñido, gutural, que me colma los oídos y me provoca una sensación extraña.

No te amedrentes.

Estoy a punto de desconcentrarme para buscar la procedencia de la voz, pero en un último momento descarto esa idea y me centro en lo que importa. Si hay alguien en medio del bosque lo suficiente estúpido como para hablar en voz alta con semejante criatura presente, lo mínimo que se merece es la muerte.

«Espera, ¿qué?».

Y mi propio pensamiento, tan crudo como real, es lo que me distrae de verdad.

El animal, más inteligente de lo que podría haber predicho, lo entiende y aprovecha para lanzarse sobre mí, con las patas por delante. Por puro instinto, salto hacia mi izquierda y doy de bruces contra la nieve. Me revuelvo y resbalo a partes iguales mientras intento levantarme, desesperada por no darle la espalda a una bestia de este tamaño. Pero no puedo. Mi caperuza ha quedado atrapada bajo sus zarpas y me ahoga con mis propios movimientos. Con un tajo hábil de una de mis dagas, rasgo el cierre al cuello y me libero, lo que provoca que caiga de nuevo de bruces hacia delante a causa de la inercia.

El terror me corre por las venas y me empuja a coger el arco y a preparar la flecha en dirección a ella, pero apenas tengo tiempo de tensar la cuerda lo suficiente cuando el lobo está encima de mí. Siento sus garras abrirme la carne de los hombros, donde su cuerpo ha entrado en contacto con el mío.

Es como si me hubiera partido la espalda contra alguna piedra, y no sé qué me duele más, si los hombros o la columna. Pero entonces un nuevo dolor se abre paso en mi mente: el de mi brazo al interponerse entre mi cuello y las fauces del lobo. Sus colmillos se me clavan en la carne tras mi acto reflejo, que impide que me desgarre el gaznate por completo. Siseo de dolor, su baba, mezclada con mi propia sangre, chorrea sobre mi camisa, cae rauda por mi brazo, e incluso llego a sentirla en las mejillas, encendidas por el esfuerzo. El animal bien podría arrancarme la extremidad de cuajo ahora mismo, pero, por alguna extraña razón, no lo hace, sino que intenta apartarla con el hocico.

Tienes una mano libre. Aprovéchala.

Oigo el consejo rebotándome contra los tímpanos, muy dentro de mí, con eco en mi pecho y mi mente al mismo tiempo. Y no le dedico más de un segundo a pensarlo dos veces. A pesar de tener el cuerpo del animal sobre mí, con todo su peso aplastándome los huesos, encuentro un hueco entre su pelaje para aferrar bien la empuñadura rugosa de mi daga y, con un movimiento seco y potente, que hace que sus colmillos queden a un palmo de mis mejillas, clavo el acero en su costado.

El animal gime, un sonido agudo y penetrante que me hace apretar los dientes de lo molesto que es. Se aparta de mí. Tomo una bocanada amplia de aire, con el consecuente dolor en el pecho y la quemazón, y me arrastro sobre el trasero para poner distancia con el lobo. Tengo el brazo izquierdo inutilizado, pero no dejaré que eso evite que me enfrente al animal, que me mira con los labios retraídos, en gesto amenazador, y con la respiración acelerada. Me levanto como puedo y echo en falta mi daga, que se resbaló de entre mis manos con el movimiento del lobo ante el dolor. Está lejos, demasiado lejos, enterrada en la nieve salpicada de bermellón por todas partes.

Me observa, largo y tendido, y nos medimos. Las patas le tiemblan un solo segundo, y es cuando me doy cuenta del enorme charco de sangre que se forma bajo sus zarpas. Tiembla, de pura rabia y dolor; igual que yo.

Ya está. Ha terminado. Ahora arráncale la piel y llévatela como trofeo.

Esa voz me resulta familiar, como melosa y agradable, aunque tétrica al mismo tiempo. Un eco que reverbera contra mis huesos, en mi cráneo, y que siento pesado en el pecho.

Soy tú, Roja. No debes temerme. Tan solo acaba lo que has empezado.

Salivo por puro reflejo ante la tentadora idea de hacerme un nuevo abrigo con esa piel tan blanca, aunque limpiarle la sangre será un fastidio. ¿La habré estropeado asestándole ese tajo de cualquier manera?

Sacudo la cabeza para apartar la idea de la mente al mismo tiempo que las patas del lobo se doblan bajo su propio peso. Cae de lado, sobre su costado, y gime con amargura antes de proferir un aullido que retumba y se pierde en los confines del bosque. Su respiración se convierte en un resuello lastimero, aunque sus gruñidos no cesan en ningún momento.

Doy cinco pasos hacia delante, los que me separan de la daga, con el brazo izquierdo bamboleándose de cualquier forma en mi costado. No tengo fuerzas siquiera para moverlo, aunque menos ganas tengo de intentarlo.

Con tranquilidad, con el frenético tamborileo de mi corazón a modo de compás, adelanto un pie frente a otro. Uno, dos. Uno, dos. Sin perder de vista mi presa. Ese cuerpo caliente que se yergue sobre la nieve, su pelaje empapado y teñido de rojo ahí donde la mácula de su vida hace acto de presencia.

Me agacho, deleitándome con el momento a pesar del calor ardiente y sofocante que me sube desde la mano, por el brazo y hasta los dos hombros. Recojo la daga y la caperuza roja, que me ato de cualquier forma al cuello para no enfriarme sin perder de vista al animal. Con sus heridas como armadura, me dejo caer de rodillas junto a la bestia, que exhala sus alientos finales con ojos vidriosos y mirada perdida, fija en los últimos segundos de luz del día, y le clavo el puñal entre las costillas, atravesando pelaje y músculos.

Un único gemido agudo y, entonces, silencio.

Ninguna criatura del bosque se atreve a quebrar mi quietud. La sangre me bulle en una especie de éxtasis, en un frenesí que no había experimentado nunca. O eso creo. Siento un sabor penetrante en la boca a causa de la intensidad del olor que me rodea, ferroso, apetecible.

Bien hecho.

«¿Quién eres?», me atrevo a preguntar con la adrenalina fluyendo por mis venas. «¿Qué quieres de mí?».

Tu supervivencia. Tu supremacía. Te quiero a ti en todo tu esplendor. Y juntas seremos grandes. Llegaremos lejos. Igual que ahora.

Un apretón en las entrañas. Dulce y agrio al mismo tiempo. Tentador y horripilante.

La noche me envuelve en su manto y todo dentro de mí se calma. La euforia desaparece y se ve reemplazada por un sentimiento amargo, como de culpabilidad. Los ojos me escuecen por las lágrimas. Me miro las palmas, llenas de sangre al completo, sin un resquicio del color de mi piel pálida al descubierto. Espesa, caliente, pegajosa. Un aullido extraño, como si no estuviera proferido por un lobo como tal, me pone de nuevo en alerta.

Alzo la vista a tiempo de ver a un hombre de piel oscura y desnudo corriendo a toda velocidad hacia mí. En la oscuridad que nos rodea, lo único que me da tiempo a distinguir es el brillo furioso y con sed de venganza de sus ojos amarillos. Unos ojos que, por alguna extraña razón, mis entrañas me dicen que me son familiares.

Me da el tiempo justo a levantarme antes de que nuestros aceros se encuentren en una maraña de tajos y golpes que chisporrotean entre sí. Tal y como estoy, apenas alcanzo a detener sus embestidas. Gruño por el esfuerzo y por el dolor que me taladra el hueso del brazo, defendiéndome como puedo y lanzando cortes a diestro y siniestro. Él me ataca con la maestría que confiere poder usar todo el cuerpo en el combate. Yo solo puedo caminar hacia atrás, sin dejar de mover el brazo derecho, que también se queja por los zarpazos del hombro, y rezando para no tropezar con nada.

Sus ojos no pierden detalle de mí, me observan y estudian con odio, con el ceño fruncido por el esfuerzo. Un jadeo, un tajo ascendente hacia su izquierda que se abre paso en su carne. Suelta un alarido y vivimos unos segundos de tregua en los que se lleva la mano a la cara para descubrir, con horror, que le he cortado desde la mejilla hasta la ceja y que casi lo dejo sin ojo.

Entonces me embiste con tanta fuerza, ignorando por completo las armas o que me pueda defender con ellas, que no tengo tiempo a reaccionar. Un movimiento animal y propio de una bestia que se defiende con el cuerpo a riesgo de acabar mayormente herido. El golpe contra el árbol con el que se encuentra mi espalda me hace perder todo el aire de los pulmones.

Acerco la daga a su costado, donde sea, para clavarlo en la piel, pero atrapa mi muñeca con tanta maestría que casi creo que lo ha visto venir antes incluso que yo misma. Con una violencia brutal, me golpea la mano contra el tronco varias veces, para desarmarme, mientras que con el otro brazo me retiene contra el árbol, clavando el codo justo donde las zarpas del lobo se encontraron con mi hombro. Aguanto como puedo, apretando los dientes con tanta fuerza que me chirrían, pero la daga cae inerte a mis pies.

Sus manos encuentran mi cuello con presteza y no pierden el tiempo antes de apretar con fuerza. No hay forma de que el aire entre en mis pulmones, que me arden y gritan por una gota de oxígeno. Con el único brazo que tengo útil, le araño la piel, forcejeo contra sus manos, dejándole manchas de sangre por todos lados, y me revuelvo mientras la vida se me extingue. Tira de mí hacia arriba con una fuerza antinatural, casi levantándome del suelo hasta que me quedo de puntillas. Siento los ojos inyectados en fuego y lágrimas, me palpita la cabeza, las mejillas se me encienden y me muero. Me estoy muriendo. Lo sé. Apenas tengo fuerzas, no soy capaz de controlar el brazo, que de repente pesa demasiado. La vista se me emborrona y aparecen arañas negras en mi visión.

—Por favor, basta... —Las palabras se arrastran por mi boca hasta salir al exterior, pastosas, arañadas, extrañas y muertas, muy muertas. Pero encuentro fuerzas para añadir algo más—: No te he hecho nada.

¿Eso de sus ojos es un brillo de reconocimiento? No lo sé, porque los míos se vuelven hacia atrás y los párpados me caen. Entonces, justo al límite entre la inconsciencia y la muerte, el apriete desaparece. El oxígeno entra a raudales en mis pulmones, me quema, me abrasa, y no podría desearlo más. A falta de su agarre, caigo desplomada sobre las raíces nudosas, entre toses y un llanto descontrolado que no sé cuándo ha comenzado.

—Lárgate... —murmura con desprecio y rabia.

Ni siquiera puedo alzar la cabeza para mirarlo por el acceso de toses que me sobreviene.

—¡Que te largues!

Recojo la daga trastabillando y así, sin más, me voy corriendo como puedo, tropezando sobre la nieve y sin dedicarle más de dos pensamientos a que atrás dejo demasiadas cosas. Aunque, por fortuna, no me he dejado la vida.

16

Para cuando dejo de retorcerme y recobro el aliento, tirada en el suelo y llena de tierra, un grupo de hadas se ha congregado a mi alrededor, con una mezcla de rostros entre curiosos y preocupados. Me incorporo, con la mano en el corazón, y respiro en amplias bocanadas. La presión del pecho me supera, es como si, de repente, dentro de mí se hubiese instaurado una nueva carga que, ni mucho menos, necesitaba. Me pican los ojos de retener las lágrimas y me arde la garganta de los gritos que he proferido sin siquiera ser consciente de ello.

«Era su hermana...», me reconozco a mí misma con horror.

Me estremezco y una lágrima solitaria marca mi mejilla. Me la limpio de un manotazo e intento calmar la respiración.

«Era Olivia. Y yo la maté».

Se me escapa un jadeo y me llevo los dedos a los labios, como si hubiese pronunciado su nombre en voz alta en lugar de mi mente. Olivia. La hermana gemela de Lobo. Ahora recuerdo una parte: que ella me pidió que saliéramos a cazar algo, que le apetecía sentir la adrenalina de la cacería y que necesitaba desestresarse. Que nos escabullimos cuando empezaba a caer la noche para que yo practicase con el arco. Tiro a la ardilla, lo llamaba ella.

Otra lágrima que desciende por mi mejilla.

Y cuando desperté, después del maleficio, estaba sola, con la sensación de que fallaba algo, la nieve revuelta a mi lado, un camino de huellas que se adentraba en el bosque.

Era ella. Olivia. Quien era como una hermana para mí.

Me deshago en un sollozo involuntario y me abrazo las rodillas, incapaz de procesar realmente lo que acabo de recordar. Mi daga en el pelaje níveo de Olivia, tan hermoso, sedoso y largo... y tan manchado de sangre. Un escalofrío y las lágrimas se congelan en mis ojos. De repente soy incapaz de llorar, estoy tan bloqueada que ni siento ni padezco.

«¿Por qué me atacó?», me pregunto una y otra vez.

No, no me atacó. Se acercó a mí con prisa, sin mostrar colmillos, sin gruñir ni intentar parecer una amenaza. Pero yo estaba tan desubicada... Me sentía tan perdida que...

Tendría que haber imaginado que ninguna bestia real ataca porque sí, en eso somos los humanos los expertos. Y ella solo se sintió amenazada cuando le apunté con el arco. Incluso tras eso, su intención consiguiente fue inmovilizarme. Podría haberme arrancado la extremidad de cuajo y acabar conmigo... Y después de la primera dentellada, solo intentó apartarme el brazo con el hocico.

De nuevo un sollozo contenido a medias me sobreviene. Me siento tan estúpida.

«Mi Liv...».

Durante una décima de segundo me lamento por el hecho de que sea de noche, de que pueda sentir todo esto como lo haría cualquier humano y de que la bestia no esté aquí para bloquearlo todo y no dejarme ser débil.

Levanto la cabeza un momento al escuchar una rama crujir y frente a mí se extiende una palma, pequeña y de dedos largos y delicados. Alzo el mentón un poco, con la respiración casi más acelerada que antes, y me encuentro con el rostro amable de Pulgarcita.

—Venga, que te echo una mano.

Ante mi estupefacción y mi impasibilidad, Pulgarcita se toma la confianza de agarrarme del brazo y tirar de mí para levantarme, e incluso me ayuda a mantener el equilibrio con una fuerza que no pega nada con su diminuto cuerpo.

—No ha ido muy bien, ¿eh? —pregunta sin llegar a soltarme.

Mis ojos se encuentran con los suyos y debo de compungir la mayor expresión de desconcierto, porque ella esboza una sonrisa tímida y emite un pequeño suspiro.

—Lo de enterrar el hacha de guerra con Lobo. Por tu reacción, diría que no ha ido bien la cosa.

Niego con la cabeza, sin apartar la vista de mis manos, que siguen temblando, y me dejo conducir por Pulgarcita hacia no sé dónde. El pecho me pesa de una forma que no lo había hecho antes. Sí, la culpa por la maldición siempre ha estado ahí, como una quemadura disimulada por la cicatrización de la piel. Pero ¿esto? Esto es demasiado distinto.

—Lo que hice... —balbuceo entre lágrimas.

Ella niega y me chista para que no hable, como una madre que intenta acallar las pesadillas de un infante.

—Nuestros actos no siempre reflejan quiénes somos. A veces las circunstancias nos superan y nos llevan a actuar de formas impropias.

Tiene los ojos fijos en un punto hacia la derecha. Sigo la dirección de su mirada y entonces veo a la diminuta hada malhumorada, la tal Campanilla, apoyada en un escalón de hongo, observándonos con gesto de preocupación y labios apretados.

—Si necesitas entender quién eres, siempre puedes buscarte en las aguas de la Hondonada.

La estupefacción me mantiene mansa un instante y frunzo

el ceño con incomprensión. Con infinita paciencia, ella señala el lago luminiscente frente a nosotras, avanza un par de pasos y se inclina sobre sus aguas. Al cabo de unos segundos, sonríe.

—Refleja tu alma. Ven.

Me tiende la mano y, aunque no la acepto, doy dos pasos hacia ella y me inclino hacia delante. Primero me veo a mí, con las mejillas arreboladas y marcadas por surcos salados que se pierden en mi barbilla. Luego mis ojos brillan con un fulgor amarillento que me constriñe las entrañas y me hace dar otros dos pasos hacia atrás, sobresaltada.

¿Qué acabo de ver?

Tengo la sensación de que la sangre se me congela en las venas por lo que he presenciado. Mis ojos, de iris verdes, convertidos en amarillos en cuestión de un parpadeo. Siento un frío gélido en la nuca.

Cuando quiero darme cuenta, tengo el trasero sobre una roca y ella me estudia como si fuera un animal herido. Y entonces, de repente, me hierve la sangre, un mecanismo de autodefensa que he heredado de la bestia y que detesto, a pesar de que no lo pueda evitar. El genio me vuelve como en un bofetón y me siento patética. ¿Dejar que otros se compadezcan de mí? ¿Dejar que *Pulgarcita* se compadezca de mí? Repugnante.

Sé que está hablándome, aunque desconozco qué dice, porque he dejado de prestarle atención, pero me levanto de golpe de nuevo y paso junto a ella haciéndole caso omiso.

—Nos vamos —espeto.

Objeta algo y la ignoro de forma deliberada. A la mierda con el tiempo que nos concedió la reina Áine. Cuanto antes nos larguemos, antes pondremos fin a esta misión.

Encuentro a Lobo en la puerta del enorme roble que nos ha cobijado, hablando con Maese Gato y debatiendo encima de un mapa deteriorado. Evito mirarlo, porque ahora mismo no puedo, es superior a mí el asco que yo misma me provoco y no quiero verlo reflejado en sus ojos. Sin embargo, como me quede quieta mucho más tiempo, la culpa me va a corroer por dentro, y lo último que necesito ahora es convertirme en una pusilánime. Ya tendré tiempo de lamerme las heridas cuando salgamos de todo esto. Si es que salimos.

—Mis cosas —escupo sin contemplación.

Maese Gato se queda algo estupefacto y aguardo unos segundos en los que sé que Lobo me mira de reojo. Estoy convencida de que el motivo de que se estiren sus comisuras es que está a punto de decir algo, aunque no se lo permito.

—Ahórratelo, por lo que más quieras.

Mi comentario lo deja más sorprendido de lo que habría esperado, pero no le voy a prestar la menor atención. Ahora mismo lo único que me importa es que nos larguemos de aquí, encontrar al maldito *djinn* que mencionó Gato y que todo esto acabe de una vez por todas. Aunque me repito una y otra vez que la ley del más fuerte siempre se impone en la naturaleza —o eso me diría la bestia—, el nombre de Olivia se me clava en el pecho y sé que nunca me sacaré el frío de ese metal de los huesos.

17

En la vida imaginé que acabaría volando, mucho menos que se me daría medianamente decente. Lobo, por el contrario, ha tenido algún que otro percance durante el vuelo que me ha sacado carcajadas de felicidad pura, todo sea dicho. Se lo merece. ¿Por qué? No lo sé, pero se lo merece.

A pesar de sentir el resquemor del asesinato de Olivia por dentro, no puedo hacer que el odio que nos profesamos desaparezca de un plumazo, ni por mucho que sus razones para quererme muerta sean las mismas por las que yo misma quiero desaparecer.

Pulgarcita ha sido tan diligente que se ha prestado a llevarlo de la mano mientras sobrevolábamos los bosques de camino a la Cueva de las Maravillas. Hasta ahora creía que no nos serviría de nada alguien como ella, pero nos viene bien que la muchacha sea mestiza y sepa usar el polvo de hadas. Tal y como acordamos con la reina Áine, nos llevaron hasta la frontera de sus dominios para que dejáramos nuestro rastro por ahí antes de alzarnos en vuelo.

Según los breves cálculos que Lobo y Maese Gato pudieron hacer antes de marcharnos, no falta mucho para que lleguemos a las inmediaciones de la cueva. Sin embargo, noto el cansancio de haber pasado casi la noche entera volando calado en los huesos, porque el polvo nos proporciona algo más de rapidez, sí, la misma que habríamos conseguido yendo a caballo. Lástima que en la Hondonada no haya.

En este tiempo el paisaje ha ido cambiando tanto que todo apunta a que en unos minutos tendremos que aterrizar para no ser vistos. Ahora lo que hay bajo nuestros pies son dunas y dunas de arena negra que compiten en oscuridad con el firmamento desprovisto de estrellas a causa de las nubes.

—Hay que bajar ya —dice Pulgarcita, tirando del brazo de Lobo para que no se estampe contra el suelo.

Sin importarme la mirada furibunda que él me lanza, no puedo evitar reírme de nuevo de su patética técnica de vuelo, con cada extremidad por un lado de forma exagerada y batiendo los brazos como si fuera un pájaro desplumado. Solo había que pensar en cosas bonitas, ¿es que acaso no se le ocurre ninguna? El olor del miedo, sangre, muerte, destrucción. Vaya, lo típico con lo que fantasea cualquier chica.

Sin fuerzas para retenerlo más según descendemos, Pulgarcita suelta a Lobo con un gruñido. Él rueda sobre la arena con cierta elegancia, aunque no del todo, porque cuando se levanta tiene que sacarse arena hasta de los calzones. La chica y yo simplemente nos ponemos de pie sobre la duna.

—Según el mapa —dice Lobo mientras lo sacude al viento con cuidado—, debería estar a media hora de aquí andando hacia el sudoeste.

Con un simple asentimiento de cabeza por mi parte, echamos a andar en la dirección que nos ha indicado. Yo abro la marcha, seguida de Lobo y Pulgarcita a la zaga. Tengo la sensación de que en los escasos cuatro días que llevamos de viaje están haciendo muchas migas y, en cierto sentido, creo que me molesta. No puedo evitar mirar por encima del hombro y sentir un aguijonazo en algún rincón de mi ser al verlos charlando con tanta tranquilidad. Me llegan retazos de su conversación, pero no los suficientes como para entender de qué están hablando. Aunque me gustaría.

—Chicos, creo que deberíamos hacer una paradita rápida —comenta Pulgarcita.

Me detengo y los observo con los brazos cruzados sobre el pecho.

—¿Y ahora qué?

Lobo señala al cielo y me doy cuenta de que está clareando; ellos van a transformarse e imagino que necesitarán prepararse para el cambio. Dentro de lo que cabe, hasta me atrevería a decir que no salí *tan* mal parada con la maldición.

Aguardo a que se preparen para el cambio. Sin dejar de mirarme, Lobo se quita la camisa por la cabeza y deja al descubierto el perfecto torso de músculos fuertes y el pecho tatuado de un lado a otro con las fases de la luna. La garganta se me seca al verlo ahí y el estómago se me aprieta en un nudo.

—Eh. —Ambos me miran y esperan, él con la tela a medio guardar en su morral—. ¿Qué significa tu tatuaje?

Lobo baja la cabeza y coloca las yemas sobre la piel marcada con tinta con una expresión digna de estudio.

—Ahora no tenemos tiempo.

Sigue guardando prendas, primero las botas, luego los calcetines.

—Necesito saberlo.

La incertidumbre se cierra en mi pecho como una mano apretando mi corazón con fuerza. Necesito saber qué significa la marca que llevo en la espalda, que recorre mi columna vertebral con las mismas fases lunares que las suyas, dos calcos idénticos.

Está a punto de quitarse los pantalones cuando dice:

—Es la marca de mi clan. Ahora, si me disculpas, me gustaría tener algo de intimidad.

«¿Su clan?».

Espero unos segundos a que la bestia responda, a que arroje algo de luz sobre el galimatías que se está generando en mi mente.

A mí no me preguntes. Sé lo mismo que tú.

Cualquier silencio habría sido mejor respuesta.

18

Observamos el perfil de la Cueva de las Maravillas agazapados tras una duna negra durante horas. El efecto que el sol provoca sobre la arena, además de hacernos sudar como cerdos, es embelesador, casi hace que parezcan ríos de tinta que serpentean y crecen como montañas. Lo único que rompe la estampa idílica es la enorme y amenazadora cabeza de tigre, de fauces abiertas y colmillos como estalagmitas y estalactitas, que hace las veces de entrada a las profundidades de la tierra.

—Vale, ¿tenéis alguna idea ya? —pregunto, sin dejar de mirar el escenario.

Lobo, en su forma de animal, tumbado sobre la arena con las patas extendidas por delante, emite un pequeño gruñido al que Pulgarcita, sobre su cabeza, presta toda la atención.

Frente a la entrada hemos contado unos seis soldados, patrullando de un lado a otro. Para nuestra desgracia, los guardias no podían ser otros que los naipes del Castillo de Corazones, el reino del inframundo y, supongo, aliado con la tiranía del Hada Madrina. Esos malditos guardias son más escurridizos que un ratón; con que sople un poco el viento, los tendremos encima de nosotros arrastrados por la corriente. Sus lanzas acabadas en picas y rombos emiten destellos según se mueven alrededor de la entrada de la gruta.

—Dice que deberíamos seguir esperando hasta la noche.

Al anochecer no me tendrás contigo.

—No creo que sea lo más conveniente —comento con aire distraído—. Entrar creo que podría ser relativamente fácil, lo complicado siempre será salir sin que nos vean habiendo robado un tesoro.

Los labios del animal se elevan en una sonrisa lupina que me arranca un escalofrío. Cada vez que lo miro no puedo borrar de la mente la imagen de la loba blanca tendida sobre la nieve con el pelaje teñido de bermellón. Su hermana. Ahora, en cuanto cierro los ojos, en lugar de ver unos iris amarillos que me observan y me acechan desde lo más profundo de mi cráneo, veo esa imagen que me revuelve las entrañas durante la noche y me provoca satisfacción durante el día.

Me aburre tu patetismo.

«Cállate ya».

—No sé si quiero preguntar cómo sabes eso —dice Pulgarcita.

Lobo mueve la cabeza hacia un lado, como señalándome, y ella asiente en voz alta.

—¿Está hablando de mí? ¿Qué dice?

Me giro para encararlos, dejando el cuerpo de medio lado sobre la arena para seguir oculta por la curva de la duna.

—Bueno, que eres cazarrecompensas, que es normal que dispongas de tantas... estrategias.

«Cazarrecompensas» es lo más educado que podría haberte llamado.

Vuelvo a clavar la vista en la cueva y bufo.

—Estoy convencida de que lo has suavizado, pero sí, conozco muchas formas de colarme en lugares donde no me quieren.

—Alguien tiene que mediar para que no os arranquéis la cabeza de cuajo.

Sin poder evitarlo, su comentario me provoca una sonrisa que intento reprimir, aunque no lo consigo; la bestia, por su parte, se carcajea con una fuerza que me hace chirriar los dientes.

—Se acabó la espera. Este es el plan: rodeamos la cueva hasta llegar a la parte trasera de la cabeza, trepamos y esperamos justo arriba. —Señalo el punto exacto con el dedo, sin levantar demasiado la mano para que no nos vean—. Si no he contado mal, hay un intervalo de unos diez segundos en los que la boca del tigre se queda sin guardia mientras se hacen el relevo durante la patrulla. Si contamos con que son naipes y que girarse para mirar hacia atrás les cuesta un poco, podremos aprovechar ese tiempo para colarnos por su flanco ciego.

—¿Cómo sa...? —Cuando me giro para mirarlos, los dos me estudian con una estupefacción que hace que las yemas de mis dedos cosquilleen—. ¿Ya habías entrado antes?

—Pues...

Me quedo callada un instante, pensando. No recuerdo haber estado aquí, aunque mi instinto ha hablado por sí solo.

Sí, en algún momento hemos estado aquí. No sé por qué, pero hemos entrado y salido.

—Vosotros mismos lo habéis dicho: soy una cazarrecompensas. Sé que en algún momento de mi vida he estado aquí y mi subconsciente lo ha asimilado de forma natural.

Pulgarcita mira fijamente a Lobo y reprime una sonrisilla que me hace poner los ojos en blanco.

—¿Y ahora qué?

Tendrías que haberlo matado cuando pudiste.

Bufo como respuesta.

—Que... —Nos mira a Lobo y a mí de hito en hito—. Entonces te colarías muchas veces, ¿no?

Todos sabemos que no es eso lo que ha dicho, pero casi que prefiero ignorarlo, hacer como que no existe y ya.

—Supongo, no lo sé —digo, con un encogimiento de hombros.

Sin mediar más palabra, me incorporo lo suficiente como para poder caminar medio agazapada y damos un rodeo hasta llegar a la parte posterior de la cueva.

—Pregunta tonta...

—¡Chis! —Con ímpetu, me giro hacia ellos, que van siguiendo mis pasos, para lanzarle una mirada furibunda.

¿Es que no puede estar callada?

«Eso mismo me pregunto yo».

—Perdón, perdón... —susurra Pulgarcita con una sonrisa de disculpa—. ¿Por qué no excavamos una entrada?

Ni me molesto en volver a mirarla y sigo avanzando.

Sabía que no podía ser muy lista. Es una cría.

—¿Crees que si fuera tan fácil entrar por cualquier otro lado, habría tan poca vigilancia? La Cueva de las Maravillas se adentra en las profundidades del desierto, no es un castillo de arena que puedas hacer en la orilla de tu lago de la Hondonada.

La oigo balbucear un par de veces, pero luego se lo replantea y calla. Mejor así. Cuando he comprobado que tenemos vía libre, les hago un gesto con la mano para que avancen y empecemos a subir por la empinada ladera que conforma la cabeza del tigre. Según vamos ascendiendo, la pendiente es cada vez más y más pronunciada, hasta llegar al punto de casi tener que escalar, creando pequeñas avalanchas de arena negra con cada nuevo movimiento.

«Joder, nos van a pillar».

Miro por encima del hombro para comprobar cuánta arena se desprende según subimos y me fijo en Lobo, que avanza zigzagueando para intentar paliar mejor la inclinación de la cabeza. Rezando para que no vean los ríos de arena, seguimos trepando. Cuando estamos arriba, casi resollando por mi parte bajo este sol abrasador, me tumbo sobre la arena candente y repto hacia el borde para observar el tránsito de los guardias.

Los naipes deambulan de un lado a otro, en una marcha sincronizada de piernas esqueléticas, con las lanzas con cabezas de picas y de rombos alzadas en ristre y tarareando una cancioncilla estúpida. Y pegadiza.

Aguardamos y aguardamos, con surcos de sudor descendiéndome desde la frente y empapándome la espalda. Lobo jadea lo menos audible que puede, pero no es capaz de mantener la lengua dentro de la boca y Pulgarcita se abanica con la mano. Doy gracias por tener la caperuza para cubrirme un poco de la inclemencia del sol y que me dé algo de sombra.

Los guardias se cruzan por delante de las fauces abiertas y recorren el camino que sus compañeros estaban haciendo antes. Los otros dos, que acaban de llegar cada uno hasta lo que sería un cuarto de la circunferencia, reemprenden la marcha hacia la parte posterior. Es el momento.

Ni siquiera levanto la voz, ni les indico que es ahora o nunca, tan solo me pongo de cuclillas, justo en la parte superior derecha de la cabeza, y me dejo caer por los rasgos del tigre como si de una ladera se tratase. La suavidad de la arena densa del desierto amortigua el peso de mi caída y, sin molestarme en mirar atrás para comprobar si mis compañeros me siguen, me adentro en las fauces con la mayor rapidez que me permiten las piernas sobre esta trampa de terreno. Sin embargo, cuando me quiero dar cuenta, Lobo está a mi lado, con Pulgarcita en la cabeza, siguiéndome como la sombra que su pelaje oscuro le hace parecer.

Camino por la izquierda, con fe ciega en seguir el camino que mis pies quieran dictaminar, y descendemos pegados a la pared del túnel, que se va oscureciendo según nos introducimos en su interior. El calor se ve reemplazado casi al instante por un frío propio de las noches en el desierto, no a pleno día. Continuamos bajando y bajando por la pendiente resbaladiza que, si nos descuidamos, nos hará caer hasta lo más profundo del tigre de arena. Con según qué pisada, surcos y caminos de arena límpida se desprenden de su lugar y ruedan y caen generando un sonido que se asemeja al de los arroyos del bosque de Poveste; como la nieve cuajada separándose entre sí.

Apenas vemos a un par de palmos por delante de lo oscuro que se vuelve todo, así que ralentizo la marcha para afianzar cada nuevo paso. Es entonces cuando Lobo toma la delantera y abre el camino para que yo lo siga sin problemas. Y ese gesto me molesta tanto que me obligo a apretar los dientes para no gritar y delatar nuestra posición.

«Ya podrías ver tú tan bien como él».

Podría, pero no me apetece.

Debemos de estar llegando al final de la cuesta, porque las paredes empiezan a ser más abiertas, menos angostas y con aspecto de túnel, para pasar a ser una enorme sala abovedada tallada en el propio corazón del desierto. El techo es tan alto que apenas alcanzo a verlo en esta oscuridad, y en las paredes, que ahora son de la roca más maciza, hay candiles prendidos aquí y allá. No es necesario que haya demasiados, porque la ingente cantidad de oro guardada en el interior del tigre es tal que el propio barniz del metal hace de reflectante para las lámparas encendidas.

Lobo se detiene un momento, agazapado detrás de una montaña de monedas relucientes, y observa. Yo me veo obligada a tragar saliva un par de veces y a apartar la vista del tesoro, que parece llamarme con un cántico de sirenas. Hago un ligero gesto con la cabeza para señalar más adelante y comprobamos que en el interior hay más guardias. Era de esperar.

—Solo un diamante en bruto puede adentrarse en las profundidades de la Cueva de las Maravillas. ¿Acaso eres tú un diamante en bruto?

La voz retumba contra las paredes y se me clava en lo más profundo del pecho. Alerta y con una daga en ristre, aún agazapada tras las monedas, miro a mi alrededor para encontrar la procedencia de esa voz de ultratumba.

—¿Acaso eres tú un diamante en bruto?

Yo no he sido.

«Sé que no has sido tú. Por desgracia, te conozco demasiado bien».

Ni Lobo ni Pulgarcita se inmutan lo más mínimo y, a pesar de la enorme sensación de que todo a mi alrededor tiembla con sus palabras, ni las monedas tintinean ni se desprende polvo del techo rocoso.

«¿Me está hablando solo a mí?».

Por si fuera poco tener de por sí dos voces dentro de mi cabeza, la de la bestia y la mía propia, ahora resulta que tengo que aguantar una tercera.

Eso parece.

—¡¿Acaso eres tú un diamante en bruto?!

Responde.

—¡Sí, sí, lo soy! —digo con un tono a medio camino entre susurro y voz normal.

Lobo y Pulgarcita se giran hacia mí con tanto ímpetu que su gesto podría haber hecho caer varias columnas de monedas. Él me mira con el ceño fruncido, si es que un lobo puede fruncir el ceño; ella, con la típica cara de «¿estás loca?». Pero no son los únicos que se alertan, porque los dos naipes que estaban más cerca también miran en nuestra dirección.

Casi con el cuerpo pegado a la tierra, nos movemos hacia adelante, rodeando las torres y columnas de oro y tesoros que se acumulan por doquier para volver a escondernos en otro recodo.

—¿Pasa algo? —pregunta ella con preocupación.

—Una voz me ha hablado —susurro.

Y acto seguido me llevo las manos a los labios. ¿Por qué he dicho eso? No he tenido ni la más mínima intención de dar una explicación real y, sin embargo, ha salido de mi boca por sí sola. Pulgarcita me observa con los ojos muy abiertos, como barajando la posibilidad de que haya terminado de perder la cabeza, pero la forma en la que mueve el rabo Lobo es lo que realmente me molesta, de un lado a otro, como si estuviese contento.

—Sigamos, hay que encontrar la dichosa lámpara.

¿Acaso no sabes mantener la bocaza cerrada? Luego te quejas de Pulgarcita.

«Sabes perfectamente que mi intención no era responder».

Paso junto a ellos medio agazapada y sin prestarles mayor atención, aunque sin dejar de preguntarme una y otra vez qué está pasando, qué clase de embrujo o hechicería reina entre estas paredes que me hace alucinar con voces de ultratumba. Esquivamos a los primeros dos naipes que nos escucharon con bastante sencillez, gracias a la enorme cantidad de tesoros tras los que podemos escondernos.

—¿Ves algo? —oímos que pregunta una voz nasal detrás de nosotros.

—No, lo de siempre. Alguna piedra se habrá desprendido.

Seguimos avanzando sin saber muy bien hacia dónde, fijándonos en los cofres de madera que nos quedan cerca en busca de cualquier objeto que pueda parecerse mínimamente a una lámpara, aunque ni siquiera sabemos qué tipo de lámpara estamos buscando. ¿Será una especie de farol? ¿O tendremos que encontrar algo más parecido a las viejas lámparas de aceite?

Sea lo que sea, esquivar las ingentes cantidades de monedas que hay por doquier es, cuando menos, tedioso. Hay que mirar muy bien dónde pisamos y para mí, alguien con un tamaño de pie mayor que una pata, como la de Lobo, me resulta más cansado todavía. Ellos van bastante por delante de mí, olfateando y cuchicheando. No sé cuánto tiempo llevaremos aquí dentro, pero empiezo a notar las pantorrillas agarrotadas de tener que ir de puntillas y la espalda por ir medio encorvada, pero todo apunta a que no hemos visto ni una décima parte del interior de la gruta.

Según nos vamos adentrando, las riquezas cambian: rubíes, amatistas, jades...; esculturas, cubertería y cofres enjoyados. En cierto momento, incluso empiezo a salivar más de la cuenta al ser consciente de que me encuentro en mi paraíso ideal, rodeada de más objetos preciosos de los que podría requisar en toda una vida.

—Esto es ridículo, así no la encontraremos nunca —me quejo pasado un tiempo indeterminado.

—¿Se te ocurre mejor plan?

—No, la verdad es que no.

De nuevo una respuesta involuntaria que ni siquiera me ha dado tiempo a pensar. ¿Cuándo he reconocido yo que no tengo mejor plan? ¿Qué me está pasando?

No me gusta nada de esto.

«A mí tampoco».

Entonces Lobo levanta la pata un par de veces y apunta con el hocico hacia delante. En la lejanía, por encima de una enorme pila de monedas doradas, se ve una torre de piedra tan alta que a duras penas distingo el final. Y no se me ocurre mejor sitio para depositar un objeto valioso: en uno que se ve casi desde cualquier punto del interior de esta gruta y que a saber cuánta distancia hay que escalar para conseguirlo.

No podrían ponernos las cosas más fáciles, no.

—Está claro a quién le va a tocar subir, ¿verdad? —Los dos me miran como si acabase de decir la obviedad más evidente de la historia.

Resoplo de frustración y avanzamos hacia la torre esquivando a más naipes. Según nos acercamos al corazón de la gruta, las cartas se multiplican por doquier y a punto están de descubrirnos en varias ocasiones. Siento una gota de sudor bajando por la sien y sé que es por lo poco que me gusta toda esta situación. Cada vez veo menos posibilidades de salir de esta de una pieza, sobre todo teniendo en cuenta que el papel corta, y mucho.

Nos resguardamos tras un montón de alfombras tupidas y enrolladas, apiladas unas encima de otras, y observamos la inmensidad de la torre de piedra desde lo más cerca que nos permite el laberinto de tesoros.

—¿Y si te lanzo por los aires y la bajas? —pregunto sin dejar de mirar la punta de la torre, donde algo dorado parece destellar.

—¿Lo dices en serio?

—Por supuesto.

Y aunque he vuelto a responder de forma involuntaria, al menos esta vez mi respuesta ha coincidido con lo que quería decir.

—¿Y si fallas? —Chasqueo la lengua y me encojo de hombros.

—¿Daños colaterales?

—Gracias, Roja.

Aunque lo decía medio en serio medio en broma, cuando la miro y veo su gesto de decepción, algo se remueve en mis entrañas.

—Lo siento.

¿Perdona? ¿Qué has dicho?

No sé quién se queda más a cuadros por mi disculpa, si ella, Lobo o yo.

—¿Te encuentras bien?

—No, no entiendo nada. Será mejor que nos larguemos cuanto antes.

Mejor intercambiamos papeles. A partir de ahora yo hablo y tú solo existes, ¿de acuerdo?

A juzgar por la cara de Pulgarcita, creo que no ha sido una respuesta nada satisfactoria, pero empiezo a preocuparme. Preocuparme de verdad.

Los pasillos de oro para llegar a la torre de piedra son tan estrechos que, además de ir agazapados, me veo obligada a pasar entre ellos de lado y conteniendo la respiración, para no tocar ninguna moneda y que la cascada de tintineos que se desencadenaría nos revele.

De repente, un estruendo. Metal entrechocando. Los guardias en alerta.

Una cascada justo como esa.

Me giro y veo a Lobo medio enterrado en monedas que se caen y desparraman por el suelo de piedra. Tendría que haberles dicho que esperaran ahí; estaba claro que un animal de las dimensiones de Lobo no iba a llegar mucho más lejos. Pero a lo hecho, pecho.

Cuando desenfundo las dagas, Lobo ya ha saltado sobre un naipe y le ha desgarrado medio cuerpo de papel, que escupe a un lado antes de saltar a por el siguiente. Siento una pica (¿o es un rombo?) rasgando el aire cerca de mi rostro y mis músculos reaccionan por voluntad propia para esquivar la estocada de la lanza. Retrocedo un par de pasos y choco con una columna de monedas que cae con un estruendo y me golpea la piel. Duele, duele mucho, pero no dejo que eso me detenga.

Inútil.

—¡Intrusos!

La gruta se hace eco de nuestra intromisión entre tintineos delatores y gritos de guardia en guardia, alertando de nuestra presencia. Salto hacia delante para encadenar una estocada con una voltereta sobre el suelo y esquivar otra lanzada. Choco contra otra columna de oro, más monedas que me golpean. Se me clavan en la cabeza, en los huesos, me machacan los músculos, y a pesar de la lluvia de metal, sigo lanzando tajos para rasgar al naipe que se ha empeñado en ensartarme con su enorme lanza.

Pronto llegan más guardias de tréboles, diamantes y corazones y nos vemos rodeados. Lobo sigue lanzando dentelladas sin descanso ninguno, saltando por encima de las monedas a duras penas, donde cada vez está más y más enterrado. Vuelvo a centrarme en mis dos nuevos oponentes que... tumban otra columna de monedas sobre mí. Lo veo justo a tiempo para saltar hacia atrás, pero no tengo margen de maniobra para aterrizar como debería y me clavo las monedas por todas partes.

Entonces me doy cuenta: las monedas se reproducen, se multiplican por doquier. Por cada nueva moneda que entra en contacto conmigo, tres más ocupan su lugar.

Sal de aquí. Abandónalos.

Lobo sigue saltando, sin mantener las fauces cerradas más de un segundo. El papel de los naipes vuela por el interior de la gruta, pero hay tal cantidad de oro a sus pies que apenas consigue luchar contra la marea dorada. Y yo casi no puedo desenterrar el cuerpo de debajo del metal. Me ahogo, literalmente; poco a poco me voy viendo más y más enterrada en monedas. Y con cada nuevo pataleo, más monedas que me aprisionan los músculos, el cuerpo; que me constriñen los pulmones. Sigo agitando las piernas con todas mis fuerzas, que cada vez son menores, intentando nadar hacia la superficie del oro, pero estamos condenados.

—Ya son nuestros.

Una risotada.

Más braceos. Lobo aúlla. Luego un gemido agudo y lastimero que me pone la piel de gallina. Me veo enterrada por completo en monedas. El aire me empieza a faltar rápido y, entonces, sé que me desvanezco. Por segunda vez en el viaje.

19

Creo que he debido de perder la consciencia enterrada en oro, porque cuando vuelvo a abrir los ojos, nos encontramos en un lateral de la cueva, sentados sobre el suelo de piedra y, en mi caso, con las manos a la espalda, aprisionada por unos grilletes que se me clavan en las muñecas. Miro a mi alrededor y compruebo que estamos en una especie de hendidura excavada en la pared, como en un nicho anexado, sin posibilidad de escapar por la espalda. A mi derecha, Lobo lleva una cadena al cuello, los eslabones mimetizados entre el pelaje oscuro. Nos miramos un instante y creo que compartimos la misma expresión de desconcierto. Detrás de él, lo suficientemente lejos como para que ninguno lleguemos, se encuentran nuestras pertenencias.

En buena os habéis metido.

«Como si estuviese en esta situación de buen grado».

Forcejeo contra el metal, pero no cede lo más mínimo. Con esfuerzo, paso las piernas por debajo del trasero y me incorporo, pero el recorrido de la cadena que me ancla a la pared es corto y tan solo puedo quedarme de rodillas. Lobo me estudia y siento sus iris amarillos clavados en mí.

—¿Alguna idea de cómo salir de aquí? —pregunto en un susurro.

El animal niega con la cabeza y vuelve a mirar al frente, donde el destello del oro emite un fulgor divino contra la oscuridad de esta pequeña gruta dentro de la cueva. Espero unos segundos a que Pulgarcita oiga en su mente lo que el lobo le esté diciendo y lo interprete para mí. Y sigo esperando.

Miro a mi alrededor; no hay ni rastro de ella. La diminuta chica no está por ninguna parte.

¿Por qué se te ha acelerado el corazón? ¿Es que estás preocupada por esa mocosa?

«Solo me preocupo por mí misma».

Pero, en el fondo, tanto la bestia como yo sabemos que es mentira.

—¿Dónde está?

Tiro un poco más de las cadenas y pruebo a pasarme las manos por debajo del trasero, pero resulta imposible.

Lobo me mira y luego vuelve la vista al frente un par de veces.

—¿Sigue por ahí?

Asiente con la cabeza. A decir verdad no sé si eso me alivia o si complicará la situación. ¿Habrá acabado enterrada bajo el oro? ¿La habrá aplastado alguna moneda? Aunque la imagen de la chica siendo espachurrada por una pequeña moneda de oro me produce cierta gracia, no me gustaría perder una aliada tan pronto, cuando solo acabamos de empezar.

Por la entrada vemos deambular a varios naipes, que nos miran con suspicacia y comprueban que sigamos esposados.

«Haz algo. Sácanos de aquí».

La risa tosca que resuena en mi pecho me hace chirriar los dientes.

¿Y qué quieres que haga? Solo soy tú.

«Siempre me has ayudado. Seguro que se te ocurre algo que a mí no».

Siempre he sido más avispada que tú, en eso estamos de acuerdo, pero las dos estamos en la misma situación. No puedo derretir el hierro de los grilletes por arte de magia.

«Ojalá pudieras».

Rendida por no poder soltarme, me dejo caer y vuelvo a sentarme, con la vista clavada en las torres de oro pero sin ver nada realmente. ¿Cómo hemos acabado en esta situación? A mí no me pillan. Yo no me dejo atrapar. Sin embargo, él...

Echo un vistazo fugaz al animal, que descansa con la cabeza sobre las patas delanteras, y vuelvo a fijarme en el frente.

Pero hay algo que yo sí que veo.

Un aguijonazo en la sien me dice hacia dónde mirar. Y ahí está, más adelante, por el camino entre varias columnas de monedas: Pulgarcita, tan lejos que es diminuta como una hormiga, corriendo en dirección a nosotros. Una sonrisa de satisfacción me cruza el rostro un instante y vuelvo a disimular, aunque Lobo me ha visto y ahora tiene la vista clavada en el mismo punto que yo. La chica se detiene a recobrar el aliento, apoyada en una de las columnas de monedas, que ni se inmuta con el gesto. Vuelve a correr y se detiene en una encrucijada para comprobar si hay naipes a la vista.

Cuando ha decidido que es seguro continuar, echa a correr de nuevo y cruza el pasillo que pasa por delante de la gruta.

—¿Dónde estabas?

—Cuando Lobo empezó a luchar con los naipes —jadea entre susurros mientras me rodea a toda prisa—, salí volando por los aires. Me ha costado descubrir dónde estabais y llegar hasta aquí.

Se coloca detrás de mí, justo donde no la veo, y la oigo gemir mientras la cadena que me ancla a la pared tintinea.

—Es inútil que lo intentes.

—Permíteme dudarlo.

Entonces siento sus piececitos sobre la mano y que camina

sobre mi piel, una sensación que me genera un cosquilleo desagradable.

—No nos queda mucho tiempo —gruñe con esfuerzo.

—¿Tiempo?

—Han conseguido alertar al Hada Madrina y tiene que estar al caer. Además, dentro de muy poco no podré hacer esto.

Como le dé tiempo a llegar, estamos acabados.

«Lo sé».

Siento que Pulgarcita trastea con los grilletes, entre jadeos de esfuerzo, y me desconcierta no saber qué está haciendo. Lobo no pierde detalle de ella, sus pupilas recorriendo mis manos con interés. Entonces oigo un chasquido metálico y los grilletes caen abiertos sobre el suelo. Llevo las manos al frente y me froto las muñecas con estupefacción mientras me incorporo, dolorida por llevar tanto rato sin levantarme.

—¿Cómo lo has...?

—Con estas dos manitas —responde con una sonrisa de oreja a oreja y agitando las palmas en el aire, que tiene más enrojecidas de lo normal.

Tiene unas manos tan diminutas que ha podido colarlas por la cerradura y activar el mecanismo de cierre.

Pareces impresionada.

«Porque lo estoy. No daba ni medio real por ella, pero resulta que va a sernos útil después de todo».

Por el momento es la que más ha hecho por vosotros. Os llevó con las hadas, que os trajeron aquí, y ahora esto. Es más útil que tú.

El comentario de la bestia me provoca una punzada, aunque no dejo que me afecte demasiado.

—¿Cómo lo soltamos?

—Lo hará él solo —dice como si nada.

Acto seguido, el cuerpo del animal empieza a mutar de una

forma grotesca. Las patas traseras se alargan, el tronco mengua, el pelaje desaparece..., oigo chasquidos de hueso que me ponen la piel de gallina y respiraciones aceleradas con gruñidos contenidos. Poco a poco, el lobo se va convirtiendo en un joven de imponentes músculos, piel surcada por cicatrices y ojos amarillos fijos en los míos. El tatuaje sobre su perfecto torso al descubierto me roba el aliento un instante, y creo que seguirá haciéndolo hasta que descubra qué significa. Al haber estado rodeando un cuello del grosor de un caballo, la cadena cae con un estruendo sobre el suelo al deslizarse a través de su cuerpo.

—¿Te importa? —pregunta con retintín.

Entonces me doy cuenta de que está completamente desnudo, y que no tiene nada de lo que acomplejarse, todo sea dicho, y me ruborizo al instante.

Pulgarcita, cuyo vestido se adapta a ella en el cambio (y que ahora imagino que es gracias a la ayuda de las hadas), me lanza mi caperuza con tanto ímpetu que la cojo al vuelo por los pelos. El jaleo del exterior de esta diminuta gruta no tarda en hacer acto de presencia y manifestarse a través de unos guardias de papel y gesto furibundo. A ellos no les afecta la maldición porque no son de este reino.

Mientras Lobo se viste a toda prisa, doy gracias a que los naipes no sean famosos por su inteligencia, y me lanzo a por mi pernera y mis dagas, que empuño con fuerza en menos de cinco segundos. Paso junto al muchacho, sin detenerme a observar su desnudez, e intercepto la primera lanzada, que consigo despejar con un amplio movimiento circular. Mis dagas no tienen nada que hacer contra las lanzas, pero espero que nos den tiempo suficiente como para salir de esta airosos.

Me zafo de las embestidas de otros dos soldados y, cuando encuentro un hueco en la guardia del primero, le propino tal patada en lo que sería el pecho que trastabilla hacia atrás y choca con otro compañero, lo que provoca que caigan unos sobre otros como si fueran fichas de un dominó. Mi propio pensamiento me arranca una sonrisa. Cuando me quiero dar cuenta, un látigo de enredadera y espinas pasa demasiado cerca de mi cara y le cruza el semblante a un nuevo guardia que, a duras penas, pasaba por encima del primero. Sorprendida, miro detrás de mí para comprobar que es Pulgarcita la que empuña el arma.

«¿De dónde lo habrá sacado?».

Lobo se incorpora al combate con el destello de sus dos espadas por delante y lanza tajos con una maestría que me deja atónita. Por una décima de segundo me pregunto cómo he podido enfrentarme a él y salir airosa, porque ni yo misma sería capaz de hacer frente al torrente de violencia que cruza su rostro. Estamos en un espacio acotado, así que los guardias van entrando de poco en poco, agolpándose en la entrada según sus compañeros van cayendo al suelo.

El sudor me repta por la sien con una premura nada habitual en mí. Me siento cansada, exhausta, con los músculos resentidos, y mientras lanzo mis dagas en movimientos precisos, pienso en si será por la inminente muerte que parece acecharme.

—¿Por qué apuñalaste a mi hermana? —oigo de repente por encima de los gritos y gemidos de esfuerzo.

Su pregunta me pilla tan desprevenida que a punto están de ensartarme con una lanza de picas. Esquivo por los pelos y ahí está de nuevo Pulgarcita, rápida para cubrirme con su látigo verde. No pienso responder, no es el momento de hacerlo y, sin embargo, mis labios se mueven por sí solos.

—Porque me atacó.

Esquivo una lanzada agachándome y aprovecho el momento para barrer el suelo con la pierna y hacer caer a otro guardia.

«¿Por qué cojones estoy respondiendo contra mi voluntad y con la verdad?».

—¿Qué coño te pasa? —pregunto a voz en grito—. Ahora no es el momento.

—¡Ella no te atacó!

La espada con pomo de cabeza de animal de Lobo se clava en la garganta de un soldado y sale teñida de negro, como si en lugar de sangre tuvieran tinta dentro por ser naipes en su otra forma. Cuando nuestros ojos se encuentran un instante, tengo la sensación de que esa estocada iba para mí.

—¡Yo solo me defendí!

—Chicos, ya basta —interviene Pulgarcita, restallando el látigo antes de volver a lanzarlo.

—¡Ella fue a ver cómo estabas! ¡Lo sé!

—¿Qué?

Me desconcierta por completo y la lanza de mi oponente me rasga la piel del brazo. Grito de dolor, doy dos pasos atrás y me llevo la mano al brazo para comprobar la profundidad del corte. Preocupante, aunque no lo suficiente. Levanto de nuevo la vista y Lobo se ha ocupado ya de él. Hay tantos cadáveres en el suelo que empezamos a quedarnos atrapados en el interior de la pequeña cueva. Un segundo de paz en el que una nueva oleada de guardias se abre paso por encima de los cuerpos, momento que Lobo aprovecha para encararme. Tan cerca que su respiración agitada me abofetea las mejillas.

—Los lobos no somos agresivos —masculla entre dientes—. Mi hermana no era una loba agresiva. Lo sé.

—No sabía que era como tú. Creí... Creí que era un animal salvaje. Lo siento.

Me muerdo la lengua demasiado tarde y el sabor férreo de la sangre me invade la boca. Un chispazo de dolor, mezclado con comprensión, cruza sus ojos ambarinos y nos reincorporamos al combate como si no hubiésemos mantenido esta conversación. Escupo para despejarme de este sabor que tanto me aviva y que me hará perder la cordura, porque por mucho que la bestia duerma ahora, sigue dentro de mí, latiendo con cada palpitación de mi corazón. Necesito distraerme del rojo de la sangre, por eso empleo su misma táctica: si yo estoy obligada a responder con la verdad, ¿por qué él no?

—¿Qué significa el tatuaje? ¿Qué es el clan?

Por la falta de espacio, y la acumulación de cadáveres, la maniobrabilidad de las lanzas es escasa, así que sus armas se mueven lentas y torpes. Mis estocadas, sin embargo, son rápidas y mortales ahora que sus defensas son más parcas. Rebano cuellos de papel a una velocidad que me indica que estoy a punto de perder la razón, de sumirme en ese letargo rojo que tanto me extasía.

Pero su respuesta no llega. ¿Acaso él no sufre los mismos efectos que yo? Parece ignorarme por completo y por un segundo creo no haber pronunciado la pregunta, hasta que vuelve a hablar:

—No te has ganado saberlo.

El desconcierto se abre paso en mi mente y me genera unos nervios extraños que nacen en mi estómago. La emoción de la cacería empieza a saber agria, probablemente a causa del convencimiento de que no vamos a salir de esta.

Entonces, como si de un fogonazo se tratase, recuerdo a qué hemos venido aquí; cuál es el propósito de todo esto. Haciendo uso de mis dotes de pillería y picaresca, me escabullo entre los cuerpos de los soldados sin que sean capaces de atraparme, zafándome de sus agarres como una culebra. Me agacho, giro, ruedo sobre el suelo y estoy al otro lado de la barrera de cadáveres.

—¡Roja! —oigo que grita Lobo, probablemente porque piense que los estoy abandonando.

Corro con todas mis fuerzas, rezando para no tirar ninguna dichosa columna de monedas, por los laberínticos pasillos. Pero, como era de esperar en este avance frenético, choco de lleno con un montón de oro, que automáticamente empieza a multiplicarse. Escapo de la trampa dorada justo a tiempo de que las monedas empiecen a reproducirse tras de mí. Sigo hacia delante, sin mirar atrás, sin importarme lo que dejo en la gruta, y encaro la impresionante columna de piedra. Allí arriba destella una lámpara de aceite. Mi objetivo.

Tengo a los guardias pisándome los talones, así que, sin pensármelo dos veces, levanto el pie y empiezo el ascenso. Siento la espalda empapada, las manos me resbalan a causa de la mezcla de sudor y sangre y la camisa está tan negra por la tinta que se mimetiza con las sombras. No tengo tiempo de preguntarme si, entre tanto negro, también habrá rojo, de mi propia sangre, que no estaré viendo ni sintiendo por la adrenalina. Pero lo que sí me cruza la mente una y otra vez es lo muchísimo que me duele el brazo cada vez que lo levanto por encima de la cabeza para encaramarme a un saliente más arriba, en el tirón desgarrador que siento cuando el músculo se contrae para levantar el peso de mi cuerpo.

En mis oídos ya no resuena el eco del acero entrechocando ni el del látigo rasgando el aire, tan solo escucho el martilleo incesante de mi corazón, que me indica que en cualquier momento va a llegar mi límite. Lo retraso lo máximo que puedo, una y otra vez, y sigo trepando. Me obligo a mirar arriba, solo arriba, para no impresionarme por la altura y perder la única oportunidad que tenemos de salir de todo esto.

El final de la torre está ahí, a dos brazadas más, y exprimo mis últimas fuerzas para subir el tronco por encima de los brazos y arrastrarme por el estrecho círculo del suelo que conforma este extraño pedestal. Entonces la gruta tiembla por completo, del techo se desprende arenilla que me ensucia el pelo más de lo que lo tengo, y todo parece detenerse. Incluso los guardias, en la boca de la gruta excavada en la pared, se quedan estupefactos un momento. Lo que sugiere, a todas luces, que es la primera vez que viven esto.

Un frío gélido en la nuca me insta a no perder ni un solo segundo y, movida por mi instinto, froto la lámpara con tanta insistencia que me quema. Miro a lo lejos, a la inclinación en la abertura de la boca del tigre, apenas un puntito en la distancia, y me da la sensación de que ya está aquí. El aura se impregna de una sensación pegajosa, de un olor empalagoso y dulce que me hace saltar todas las alarmas: el mismo aroma de la Hondonada.

Cuando vuelvo a mirar la lámpara, un humo rojo sale por la boquilla y una imponente figura de brazos fornidos cruzados sobre un pecho ancho me mira desde arriba.

—¿Quién osa importu...?

—Deseo que nos saques a Pulgarcita, a Lobo y a mí de aquí y nos pongas a salvo.

Que la interrumpa la pilla totalmente por sorpresa, pero con un chasquido de dedos estamos fuera de la Cueva de las Maravillas.

20

Aterrizamos sobre un carromato que transporta paja y tinajas, y la dichosa cerámica se me clava al romperla con nuestro peso. Se me escapa un alarido de dolor al sentir el golpe en el brazo, y alrededor de nosotros se congrega un grupo de curiosos que nos observan entre cuchicheos. Pulgarcita baja del carro de un salto, seguida de Lobo, mientras se limpia la paja a manotazos. Me incorporo como buenamente puedo, sin dejar de apretarme el brazo izquierdo para detener la hemorragia que ahora me tiñe la extremidad y parte de la camisa.

Me miro por encima; doy más pena de la que he dado en mucho tiempo. Desde lo de Olivia, de hecho. Un escalofrío se pierde en mi nuca y me obliga a bajar de un salto que me hace rechinar los dientes.

—¿Dónde estamos? —pregunta la chiquilla.

El carromato está aparcado junto a una pared irregular de adobe, las personas que se agolpan a nuestro alrededor van ataviadas con ropajes desgastados, sucios y algunos mugrientos, pero de colores vivos y llamativos, con turbantes y velos cubriéndoles las cabelleras.

En cuanto doy un par de pasos hacia delante se apartan de mí, dejando un pasillo de tierra batida al descubierto. Camino hacia el otro extremo del callejón, con un rastro de gotitas de sangre tras de mí, y me asomo hacia la derecha, a otra calle igual de angosta, con varios ventanucos estrechos y apiñados que se abren en las paredes. Hay arcadas por doquier, mire donde mire los toldos de colores cubren las callejuelas, probablemente para proteger a los viandantes del sol. En los bajos, las puertas de madera tapiadas me sugieren que son establecimientos cerrados a estas horas.

Estamos en una ciudad tan distinta que no sabría ubicarla en el mapa.

—*Sial khariji* —dice una voz tras de mí.

No reconozco la lengua ni el timbre, pero cuando me doy la vuelta, veo a la imponente figura que nos ha sacado de la Cueva de las Maravillas: una mujer de pelo negro recogido en una coleta alta, tez oscura y ojos violetas, cuyos brazos servirían para partir las enormes cáscaras de una nuez fighu. Es tan alta que le saca una cabeza a Lobo y medio cuerpo a Pulgarcita, y aunque su porte impone solo con respirar, su voz es dulce y aterciopelada. Va ataviada con coloridos ropajes, dorados y rojos, y con joyería por todas partes: dos enormes brazaletes de oro le adornan ambos antebrazos y tiene las orejas plagadas de pendientes.

Ante sus palabras, los pocos espectadores que se habían congregado a nuestro alrededor se dispersan y el barullo se ve reemplazado por las chicharras que cantan por el tremendo calor seco que hace aquí. Pulgarcita ya está abanicándose y chorreando cuando vuelvo junto a ellos.

—¡Roja! ¡Tu brazo!

—¿Eres una *djinn*? —pregunto a la mujer, ignorando a Pulgarcita.

—¿Conocéis a otros seres que habiten en el interior de una lámpara?

Su sonrisa le ocupa casi toda la cara y le aparecen dos hoyuelos tímidos que nada pegan con su porte. Creo que mi silencio y la conmoción de todo lo vivido le sirve como respuesta, porque tras un suspiro exasperado añade:

—Sí, soy la genio de la lámpara maravillosa. Tahira, para los mortales. Y ahora vos sois mi ama.

Me señala con un gesto de la barbilla que me estremece por un momento. En la mano izquierda, apenas útil para cerrar los dedos en un puño, sostengo una lámpara de aceite llena de huellas de sangre. Mi sangre.

Pierdo las fuerzas de repente y las rodillas se me doblan y se clavan en la tierra dura. Para mi sorpresa, Lobo recorre el espacio que nos separa tan rápido que antes de ser consciente de ello lo tengo sujetándome por el brazo bueno. Alzo la cabeza hacia él y nuestros ojos conectan al instante. El corazón me da un vuelco y aparto la mirada, un tanto asqueada por necesitar su ayuda, a pesar de que sentir su mano alrededor de mi brazo me reconforte de un modo extraño.

—Mucho has aguantado —comenta Pulgarcita con preocupación.

Me separo del agarre de Lobo con cuidado de no hacerme daño, a pesar de que mi instinto sea zafarme de él, me arranco la manga de la camisa y tiro del cierre de la caperuza para dejarla en cualquier otra parte que no sea encima de mi cuerpo. Hace un calor asfixiante y el ambiente está impregnado del aroma de un sinfín de especias entremezclado con el olor dulce, uno que ahora asocio a la magia.

Me observo el brazo con horror y aprieto los dientes con fuerza. No es solo que la sangre lo cubra todo, dándole a mi extremidad un aspecto macabro, sino que, como no actuemos rápido, puede que acabe perdiendo el brazo. Pulgarcita me coge de la mano y estudia mi extremidad con una expresión que no augura nada bueno.

—Tenemos que cerrarte esa herida cuanto antes —dice tras chasquear la lengua.

—Ya me lo había imaginado.

Siseo de dolor cuando me venda con la manga arrancada.

—Lobo, por favor.

Con la mirada, le pide que me ayude a andar y yo me tenso al instante. Una cosa es que me evite una caída con unos reflejos sobrehumanos, pero otra muy distinta es que me lleve en brazos.

—No, puedo sola.

No obstante, cuando doy un paso más, la rodilla se me dobla y a punto estoy de acabar de nuevo en el suelo. La *djinn* silba por lo bajo y nos contempla de hito en hito, sin saber muy bien qué hacer.

—Por mucho que me guste ver que necesitas mi ayuda —comenta Lobo con retintín y una sonrisa ladeada—, ¿por qué no deseas que la *djinn* te cure y ya?

—Porque sus deseos son mucho más valiosos y solo nos quedan dos. No podemos desperdiciarlos con esto.

—Por una vez, haced el favor de tragaros vuestro estúpido orgullo. Tenemos problemas mucho más grandes que esto, y me gustaría cumplir con nuestro cometido.

Tanto Lobo como yo miramos a Pulgarcita con sorpresa. Es la primera vez que nos habla así, tanto por las formas como por lo que pronuncia, y me ha dejado atónita. Aunque no soy la única.

Con un suspiro resignado, y diversión en los ojos, Lobo se acerca a nosotras y se pasa mi brazo bueno por los hombros. Me estremezco cuando el lateral de mi cuerpo entra en contacto con el suyo, cuando su brazo me rodea la cintura con fuerza y encaja en mi cintura con maestría y precisión. Y, sin poder remediarlo, me pierdo un instante en esos ojos amarillos que ahora me recuerdan tanto a los de Olivia.

Él tira de mí como si no pesara nada y casi me conduce por la calle levitando, con el ceño fruncido y gesto serio ahora. ¿Acaso eso que percibo es preocupación? Imposible.

Camino como puedo, con el brazo inerte a un lado y reprimiendo las ganas de gimotear como un perro apaleado por culpa del dolor palpitante. Avanzamos por una de las callejuelas, bajo la atenta mirada de algunos curiosos que se han asomado al escuchar el jaleo, y siguiendo a Tahira hacia una posada que dice conocer.

Según serpenteamos por las calles de arena, me doy cuenta de que no reconozco nada de lo que nos rodea. No es que no identifique los callejones, que bien podría ser culpa de la bruma, sino que todo en esta ciudad me resulta irreconocible: los ropajes, la arquitectura, la iluminación... Es como si estuviéramos en el interior de una de esas leyendas de cuna, con cielos tan estrellados que parecen tejidos en el firmamento, edificios recargados (a pesar del mal estado en el que se encuentran), alfombras de colores vivos y espesas tendidas en los alféizares. Farolillos vidriados que adornan las esquinas y que, con un candil débil, iluminan los rincones. Y a pesar de estar en plena noche, todo tiene un intenso color sepia, mire donde mire.

Tahira se detiene en el umbral de una puerta abierta y nos hace un gesto para que nos adentremos en el local. Dentro el olor a cúrcuma, cayena y pimienta a punto está de hacerme estornudar. Aunque la noche ha caído hace poco, la posada está llena de gente sentada sobre enormes cojines mullidos frente a mesas bajas, en cuyos centros hay teteras de plata ribeteada y vasitos altos de distintos colores. El suelo está enmoquetado con una tupida alfombra roja y las paredes, llenas de ventanales alargados y estrechos, están forradas con la misma tela. Según nos acercamos a una de las mesas libres, el ambiente cambia a un intenso aroma a menta que me abre las vías al instante.

Atraemos todas las miradas allá donde vayamos, y no me extraña, teniendo en cuenta el aspecto tan lamentable que debemos presentar, sobre todo yo.

Lobo me deja sobre uno de los enormes cojines con delicadeza, aunque eso no evita que un gemido medio ahogado escape de entre mis labios. Me observo el brazo que, aunque gracias al vendaje improvisado sangra en menor medida, empieza a adquirir un tono nada natural. Tahira se ha ido y ha vuelto sin que me dé cuenta y cuando se acerca a mí, lo hace con una tinaja y un cuenco, que coloca sobre la mesa antes de darle un paño a Pulgarcita.

El contacto de la tela contra mi carne abierta es de todo menos satisfactorio. Según hace desaparecer la sangre de la piel soy consciente de la magnitud de la herida; de lo que puede costarme recuperar la movilidad del brazo. Y sin poder remediarlo, eso me hace pensar directamente en Olivia, en cómo sus garras se hundieron (ahora sin quererlo, lo sé) en la carne de mi hombro y la cantidad de semanas que tardé en recuperarme del encuentro. Un nudo se cierra en mi garganta de forma involuntaria y aprieto los dientes para apartar los sentimientos y centrarme en el dolor. Sin embargo, la quemazón del pecho es mucho más intensa que el que pueda abrirse paso en mi carne.

Cuando Pulgarcita ha terminado de limpiar la herida, Tahira desaparece para hablar con el mesonero, un señor de tupido bigote y cejas pobladas que no ha perdido detalle de nosotros desde que entramos. El hombre cruza una puerta tallada en la pared y, al cabo de unos segundos, sale una mujer de faldas largas y camisa con abdomen al descubierto. En las manos lleva un paño con lo que parece hilo y aguja. Esto sí que va a doler.

—Necesito un trago —digo más para mí que para los demás.

—Solo té —responde la muchacha con un acento marcado—. ¿Ayuda?

—No, estamos bien —espeto. La muchacha sonríe displicente, a pesar de mi tono, y se marcha junto a Tahira, que sigue hablando con el mesonero.

—No hacía falta ser tan escueta —me recrimina Pulgarcita.

Entonces clava la vista en la aguja, que está a demasiada poca distancia de mi piel abierta, y se toma unos segundos para respirar con calma.

—Lo has hecho antes, ¿verdad? —pregunto con cierto temor.

A Lobo, sentado justo frente a mí, se le escapa una risilla socarrona que le desaparece de la cara en cuanto lo fulmino con la mirada.

—Sí, es solo que... no hay suficiente luz. ¿Te importa acercar un farol?

Para mi sorpresa, acepta de buen grado. Maldita sea, eso debe de significar que la herida tiene peor pinta de lo que veo desde mi perspectiva. Coge un farol de una de las esquinas y lo acerca tanto a mí que la luz de las llamas crea contornos nuevos sobre mi piel abierta, dándole a todo un aspecto mucho más macabro.

—Mucho mejor.

Y sin darme un segundo a que me haga a la idea, la aguja me atraviesa la carne y se me escapa un siseo. Aunque habría esperado el deleite de Lobo por mi dolor, lo que obtengo es un silencio sepulcral y la mirada fija en mi hombro, que ha quedado al descubierto al arrancarme la manga de la camisa. Sin preverlo, sus dedos rozan mi piel desnuda y me obligo a tragar saliva. Hasta Pulgarcita se ha quedado quieta, con la aguja sostenida a punto de volver a clavarla en la carne. No digo nada cuando sus yemas delinean el contorno de las cicatrices de las garras que se clavaron en mis hombros hace tanto tiempo, unas marcas reconocibles para cualquier lobo. La garganta se me seca ante el calor que desprende su mano sobre mi extremidad, fría por la pérdida de sangre, y un escalofrío reprimido a medias me hace estremecer.

—¿Fue...? —La voz se le quiebra un instante y lo veo coger aire.

—Olivia.

Nuestros ojos se encuentran y siento chispas saltar de inmediato, unas que no había sentido hasta ahora o no recuerdo sentir. Nos quedamos atrapados el uno en los iris del otro, bebiéndonos mutuamente y diciéndonos tanto sin siquiera pronunciar palabra. Tan solo rompo el magnetismo de nuestras miradas cuando siento una nueva punzada en la piel. Tengo la tentación de disculparme, de hablar con él y sincerarme, pero la coraza que me envuelve y me protege de todo lo que estoy sintiendo últimamente por dentro me lo impide.

Pulgarcita sigue trabajando en silencio, sin perder detalle de dónde introduce la aguja y dando puntadas prietas que me arrancan siseos. Lobo, por su parte, pasea la vista entre mi hombro, mis facciones y la herida, cuyos pliegues, poco a poco, se van acercando.

Ojalá las heridas del corazón pudieran cerrarse con la misma facilidad que las de la carne, porque está claro que hemos llegado a un punto de no retorno en el que o bien nos sinceramos mutuamente, o la vida se nos escapará por los sentimientos.

Entonces, Tahira regresa con las manos llenas de vasos de colores, acompañada de la muchacha, que lleva una bandeja de plata con una enorme tetera y un cuenco con pastelitos. Con un suspiro sonoro, la *djinn* se deja caer en el cojín a mi izquierda justo cuando Pulgarcita termina.

—¿Y bien? ¿Cuál será vuestro segundo deseo?

Sus ojos chispean y se frota las manos con emoción.

—Creo... Creo que no lo tengo claro.

Porque en la Hondonada mi plan no tenía ninguna fisura: matar al Hada Madrina, hacerme con su magia y acabar con Lobo. Sin embargo, ahora me queda un deseo menos y empiezo a temer, sin evitar mirar a Lobo de soslayo, que mis prioridades estén cambiando demasiado rápido.

21

En la quietud de la habitación que el mesonero nos ha cedido por intervención de la *djinn*, el cansancio nos envuelve como un abrigo de pelaje tupido. Sin embargo, no podemos desaprovechar las horas de noche para hablar con tranquilidad. Pulgarcita, después de haberme aplicado una cataplasma que ha fabricado con algunas hierbas de la Hondonada, está haciendo un esfuerzo tremendo por mantener los párpados despegados. Y Lobo no deja de masajearse las extremidades junto a la ventana abierta.

Aunque me duela en mi orgullo, me han cedido el taburete bajo para que descanse un poco (después de negarme a tumbarme en el único camastro que tiene la habitación), y los demás se reparten por la habitación. Tahira está de pie, con los brazos cruzados sobre su amplio pecho, con la coleta negra sobre el hombro, a la espera de que le permita volver al interior de su lámpara. Aunque tampoco se la ve deseosa por ello.

Así que, para terminar de una vez por todas con esto, me decido por mi segundo deseo, sin importarme, por el momento, qué petición de las originales que tenía en mente tendrá que quedarse fuera: matar a Lobo o reclamar la magia del hada.

—Deseo que mates al Hada Madrina.

Los tres me miran con gestos confundidos. Luego Tahira sonríe y cambia el peso de una pierna a otra.

—Me gusta vuestro entusiasmo, pero pedir deseos no está exento de restricciones. —Me muestra una mano y empieza a enumerar con los dedos mientras dice—: No puedo matar a nadie, resucitar a los muertos ni hacer que alguien se enamore de otro alguien.

Cuando termina, sus dedos, enormes de repente, bailan frente a mis ojos para mostrarme un tres. De un manotazo agotado aparto su mano frente a mi cara.

—¿Entonces no nos sirves para nada?

La genio se lleva la palma al pecho y finge balbuceos.

—Eso ha dolido, mi ama. Aunque diría que sois la primera que me tacha de inútil. Solo son tres salvedades de nada. ¿Qué necesitáis que me haga infringir esas normas?

—Matar al Hada Madrina, ya te lo he dicho.

—Bueno, pero hay muchos medios para un mismo fin, ¿no es así? —Gira la cabeza hacia Pulgarcita para conseguir su apoyo.

—En eso tiene razón, algo se nos ocurrirá... —murmura la chica.

—Para empezar, tendríamos que saber dónde estamos —dice Lobo, jugueteando con el colgante.

Los tres miramos de nuevo a la *djinn*, a la espera de respuestas, y me pregunto si nos ayudará en esta empresa sin tener que recurrir a sus favores; si por cada respuesta a nuestras preguntas se consumirá uno de los deseos.

—En Nueva Agrabah, la Ciudad de las Mil Estrellas.

El silencio que nos sobreviene le resulta más que esclarecedor, porque chasquea los dedos y, por arte de magia, aparece un enorme mapa que extiende sobre la mesita de té. Acto seguido es como si me hubiera comido cuatro moras del tirón, la boca me sabe dulce y la siento pegajosa. Estoy segura: la magia tiene un aroma peculiar y que ya he olido en dos ocasiones, en la Hondonada, donde las portadoras arcanas almacenan magia en botes y usan a su antojo, y con la llegada del Hada Madrina a la Cueva de las Maravillas. La certeza de lo cerca que hemos estado de ella, de que todo se podría haber ido al traste, me golpea como una bofetada y me deja estupefacta unos segundos.

—¿Estás bien? —me pregunta Pulgarcita, quien nunca pierde detalle de nada.

—Sí.

El monosílabo no podría haber sido más cortante, pero eso me hace darme cuenta de que he mentido con total impunidad, de que de mis labios no ha salido la verdad más absoluta.

—¿Qué hechizo reina en la Cueva de las Maravillas?

Lobo y Tahira, que estaban manteniendo una conversación inclinados sobre el mapa, me miran sorprendidos por el cambio de tema tan brusco. La *djinn* vuelve a incorporarse y se mesa la barbilla, como buscando las palabras.

—Es una pregunta bastante imprecisa —dice tras un chasquido de lengua—. Pero imagino que os referís a lo del diamante en bruto, porque lo de las monedas no es más que un mero mecanismo de alerta del Hada Madrina.

El corazón me da un vuelco en el pecho al escucharla hablar. La voz en mi cabeza, esa que no era ni de la bestia ni mía, vuelve a resonar con gravedad: «¿Acaso eres tú un diamante en bruto?».

—¿Diamante en bruto? ¿Qué significa eso?

La *djinn* me mira de refilón antes de responder a la pregunta de Lobo:

—Solo un diamante en bruto, alguien puro de corazón, puede reclamar una lámpara maravillosa.

Pulgarcita me observa con los ojos como platos y Lobo espeta una carcajada tan sonora que me hace dar un respingo. Yo, por el contrario, me he quedado con una cara de incomprensión digna de plasmar en un cuadro.

—Espera, espera... ¿Ella? ¿Pura de corazón? Vamos, no me hagas reír.

—Técnicamente ya te has reído —responde Tahira encogiéndose de hombros.

—Ne... Necesito que me lo expliques.

La atención vuelve a recaer sobre mí y la *djinn* medita antes de hablar. Me da la sensación de que cada pregunta, cada petición, la hace intentar identificar si es un deseo encubierto o no.

—En la Cueva de las Maravillas, los diamantes no pueden mentir, no pueden urdir malicias en beneficio propio y puramente egoísta. No pueden ser malos como tal. Porque alguien que pueda ignorar la voz del tigre, de la cueva, nunca será capaz de formular bien los deseos. Por eso soy, bueno, era presa de la Cueva de las Maravillas, porque ningún ser con malicia puede doblegar a un *djinn*. Y cuando mi lámpara cayó en manos del Hada Madrina, me recluyó allí para mantenerme en un lugar que ella consideraba seguro. Nadie tan ambicioso y codicioso como para necesitar los deseos de un *djinn* conseguiría nunca hacerse con su poder dentro de esa cueva. Hasta que llegasteis vos.

De nuevo esa presión en el pecho, las entrañas constreñidas por la carga sobre mis hombros, cada vez más pesada. Tengo la sensación de que en cualquier momento me va a doblegar y a partirme en dos. Ojalá la bestia estuviera aquí. Ojalá tener su presencia dentro, despierta y bien alerta, para no dejarme sentir tan diminuta como ahora. Para decirme que no son más que mentiras, que soy un despojo, una ladrona, tramposa, asesina y un sinfín de calificativos más con los que me siento extrañamente cómoda. Pero ¿esto? Esto empieza a ser superior a mí.

—Mis motivos para reclamarte son puramente egoístas —digo

para defenderme, aunque no sé de qué si, para ellos, me están halagando.

—La cueva decidiría que no, que vuestros motivos más profundos no lo son.

—Solo quiero salvar a... —Intercambio una mirada fugaz con Lobo y trago saliva. He empezado a hablar de forma involuntaria, pero no por ninguna clase de conjuro, sino por los nervios que me mueven la lengua. A estas alturas ya da igual lo que pueda decir, supongo—. A mi abuela, el resto de los Tres Reinos me da igual; las princesas me dan igual. El maleficio la está matando y la frontera entre el día y la noche para ella está desdibujada. Se pasa el día viviendo en sus recuerdos del pasado.

Pulgarcita pone cara de pena y creo que está a punto de tocarme el brazo para consolarme, pero levanto la palma en un movimiento brusco que comprende a la primera.

—Es lo único que me sacó de la cama y me llevó a aceptar el encargo. Es más, ¡estoy cobrando por esto! No soy ningún diamante en bruto.

Me callo que la culpa por lo de las princesas también me estaba asfixiando, que realmente no solo me importa la abuelita, sino que no poder conciliar el sueño por las noches, vivir atormentada por mis propias pesadillas en vida empezaba a ser insostenible y me estaba volviendo loca.

—Por lo más sagrado, si hasta te he pedido que mates a otra persona...

La *djinn* vuelve a encogerse de hombros, como si eso fuera lo único que puede responder.

—Yo no mando sobre la cueva, es un ente vivo con capacidad de decisión propia. Sus motivos tendría.

Nos quedamos en silencio unos segundos en los que me siento incómoda en mi propia piel, sobre todo porque todas las miradas recaen sobre mí (unas más evidentes que otras). Yo, que me ofrecí a intentar resolver todo este entuerto por egoísmo simple y llanamente, ¿resulta que soy un diamante en bruto? ¿Alguien puro de corazón? Es imposible.

—Dices que estamos en Nueva Agrabah —comento para cambiar de tema—, pero no había oído hablar de este lugar nunca.

—La Ciudad de las Mil Estrellas solo aparece en el plano real al caer la noche —explica Tahira—. Como le estaba diciendo a...

—Axel —la interrumpe él.

Me quedo sin aliento un instante al escuchar de nuevo su nombre, ese que provocó que casi nos matáramos en la Hondonada. A diferencia de él, que ha vuelto a reclamar su nombre para presentarse ante desconocidos, yo me veo incapaz de asumir que me llamen de otra forma que no sea Roja. Brianna me suena extraño y desconocido, no lo relaciono conmigo, esa no soy yo. Aunque una parte de mí sí que haya vivido con ese nombre, ahora lo asocio con otra persona. O quizá sea porque tener una identidad, un nombre de verdad, me hace recordar que antes de todo esto yo tenía una vida muy diferente (o eso quiero creer) que compartía con Olivia, una persona real que no se pudo esconder tras un apodo.

—Como le decía a Axel —continúa la *djinn*—, Nueva Agrabah se encuentra al margen del reinado del Hada Madrina y de los Tres Reinos, cuenta con sus propias leyes y directrices y nunca se ha relacionado con el resto de Fabel.

—¿Quieres decir que aquí no existe maldición alguna? —pregunta Pulgarcita.

—No exactamente. La ciudad solo se materializa durante la noche, así que se podría decir que están regidos por esa magia. Pero no es un maleficio, sino su forma de vida.

—¿Y por eso no aparece en los mapas? —Lobo extiende el que traíamos nosotros y lo compara con el que ha invocado Tahira.

—Es evidente. Vuestros mapas solo muestran los enclaves de vuestros dominios. Lo que el Hada Madrina delimita: el Principado, el Bosque y la Comarca.

Con esfuerzo, me levanto y señalo los planos.

—En los nuestros no aparece la Hondonada tampoco. Y llegamos a la Cueva de las Maravillas gracias a las indicaciones de Maese Gato.

—¿Qué otros misterios nos oculta esa tirana? —Por una vez, la voz de Pulgarcita está teñida de odio, reflejo puro de lo que sentimos todos.

—Innumerables, y no los conozco todos.

Pasamos la siguiente media hora comparando los mapas y delimitando las fronteras de cada provincia, que en nuestro plano están demasiado desdibujadas. Durante ese tiempo, Tahira nos consigue una bandeja colmada de pastelitos y dulces, así como una tetera a rebosar. Le doy un par de reales de cobre, que ni siquiera sé si aquí tendrán valor alguno, a la muchacha que nos sirve el tentempié y se despide con una leve inclinación de cabeza.

Cuando mi cuerpo decide que no puede más, apenas un par de horas antes de que el alba se alce sobre el horizonte y la ciudad desaparezca de este plano, me dejo caer sobre la cama, chupándome la miel de los pastelitos tiernos de los dedos. Lobo aguanta junto a Tahira frente a la mesita de té, acuclillados, y Pulgarcita se ha hecho con el taburete acolchado.

En esta quietud tan extraña, en la que todos estamos tensos y agotados, me paro a pensar en que casi me he quedado sin brazo por nada. Lo que podría haber sido un oasis en mitad del desierto, nuestra esperanza de resolver el problema de forma sencilla, se ha convertido en una columna de humo que se ha deshecho entre nuestros dedos. Descubrir que ningún *djinn* puede arrebatar vida alguna me ha removido por dentro de una forma indescriptible. Dos deseos, dos muertes que necesitaba para alcanzar la calma, que desaparecen de un plumazo y me alejan de lo que quiero. Aunque...

—Entonces —comento mientras termino de tragar el último pastelito—, ¿podrías concederme poderes mágicos para igualar el combate?

Lobo frunce el ceño y Pulgarcita se atraganta con el té. Tahira niega con pesar y dice:

—Podría hacerlo, pero la experiencia me ha demostrado que no es el deseo más inteligente.

—Explícate.

—Cada tipo de magia tiene un sistema, un funcionamiento diferente. Yo solo conozco la esencia de la magia de la lámpara y... no querríais estar atada a eso. —Señala la lámpara junto a mí—. Como decía un buen amigo mío: «fenomenales poderes cósmicos y un espacio chiquitín para vivir».

Pronuncia eso último con una sonrisa tierna en los labios y gesticulando mucho con las manos, cuyos dedos desprenden polvillos chispeantes y rojizos.

—¿Por qué ibas a querer algo así? —pregunta Pulgarcita—. No creo que sacrificar la libertad por toda la eternidad sea un precio que merezca la pena pagar.

—No se me ocurre otra forma de hacerle frente sin morir en el intento. ¿Cómo vamos a aguantar un solo segundo contra ella si es de las últimas portadoras arcanas? Ella no está atada a las leyes de una lámpara de aceite. —Tahira hace una mueca ante mi comentario—. Puede hacer lo que quiera con nosotros, y todos estos años nos lo ha demostrado.

Me crispo al recordar una de las primeras sentencias por insubordinación a la «nueva» Cenicienta, en la que el condenado estaba vivo y, al segundo siguiente, tendido en el suelo, inerte. Como si la vida nunca hubiese tenido cabida en él.

—Es cierto que la magia solo se puede destruir con más magia —interviene Pulgarcita—, pero encadenarse a una lámpara no es la solución. Dices que quieres salvar a tu abuela. Incluso encontrando a alguien que aprovechase tus deseos en favor de la misión, ¿de qué serviría salvarla si no puedes estar con ella? Y si nuestro viaje acaba aquí, que así sea.

Su sentencia cae sobre nosotros como una losa pesada que me hace apretar los dientes y que Lobo, con mirada esquiva, se asome de nuevo por la ventana, la luna bañándole la piel morena. Todo esto ha sido una pérdida de tiempo, no tendría que haber salido de la casita del bosque. Tendría que haberme quedado esperando a que la muerte viniera a reclamarme y nada más, podría haber aprovechado este tiempo para pasarlo con la abuelita y disfrutar de ella todo lo que pudiera.

Cierro los puños con fuerza y me obligo a respirar hondo. Cuando estoy a punto de darme por vencida, Tahira chasquea la lengua:

—Existe algo... —El corazón me da un vuelco y la observo con los labios entreabiertos, ansiando que siga, que arroje un poco de luz sobre esto—. Hay tres objetos que, combinados entre sí, podrían daros una oportunidad. Sin embargo, desconozco su paradero exacto, así que, adelantándome a vuestras preguntas, no, no puedo invocarlos.

Resoplo con hastío y me paso la mano por la cara en un gesto brusco, lo que provoca que mi brazo se queje.

—No obstante, creo que dos se encuentran en sus palacios.

—¿Qué tienes en mente? —pregunta Lobo, con el cuerpo girado de nuevo hacia el interior de la habitación.

—La magia solo se puede destruir con magia. —La *djinn* mira a Pulgarcita para reafirmar lo que ella nos ha dicho antes—. Y que no pueda hacer que la conjuréis no significa que no podáis emplearla.

—Escúpelo ya, por lo que más quieras.

—Escondidos en toda Fabel hay un sinfín de objetos mágicos, vestigios de los portadores arcanos. Mi lámpara, sin ir más lejos. Y aunque un *djinn* no pueda interceder de forma activa en vuestra empresa, en vuestras provincias se esconden trazas mágicas que podríais aprovechar en vuestro beneficio.

—¿A qué te refieres?

—A que os hagáis con tres reliquias: los zapatos de cristal, el huso de la rueca y el veneno de la manzana. Si los combináis junto con un orbe de poder y creáis un nuevo elemento, podréis convocar al Hada llamándola por su apellido y aprovechar para atravesar con ella su coraza mágica.

22

Según nos explicó Tahira, cualquier portador arcano que no esté anclado a una lámpara maravillosa deberá responder a la llamada de su apellido si se pronuncia tres veces seguidas. Dijo que hay una magia muy poderosa en los nombres, por eso se rompe el maleficio al recuperarlo, pero más aún en los apellidos, porque son quienes dicen de dónde venimos, lo que nos liga a un conjunto y a un linaje en el tiempo. Una persona es quien es por sí misma, aunque también influye qué han hecho otros de su familia antes que ellos. Y debe de ser cierto, porque no sé cómo se apellida ninguna de las personas que me rodean estos días. Así que si descubrimos su apellido, podremos convocarla y usar el arma que ha sugerido que forjemos.

Después de contarnos que podemos unir los objetos mágicos a través de un orbe de poder, un elemento único que puede transformar las propiedades de la magia, se recluyó en su lámpara a la espera de que vuelva a caer la noche. Ahora, con el día brillando inclemente a través de la ventana, aprovechamos para descansar todo lo que no hemos podido en los últimos dos días. Lobo se ha acurrucado bajo la ventana, donde la leve brisa cálida que entra por ahí da algo de tregua al calor sofocante del desierto. Pulgarcita, después de cambiarme la cataplasma, duerme plácidamente a los pies de la cama. Y yo, con los ojos cerrados, no hago más que limpiarme el sudor de la cara constantemente.

Cuando mis músculos han descansado un poco, me dirijo a los baños que la doncella de nuestra alcoba nos indicó que podíamos utilizar.

Bajo a la primera planta y continúo descendiendo por las escaleras levantadas con adobe hasta llegar a una especie de catacumba fresca, aunque de aire un poco viciado. Según me adentro en el angosto pasillo, el ambiente se vuelve húmedo y empieza a oler un tanto a azufre.

Al final, las luces de varios farolillos lacados en amarillo, junto con los lucernarios de ocho puntas, dotan de luz a una estancia amplia y abovedada, con azulejos con patrones mosaicos azules y blancos. En el centro de la sala, una impresionante piscina tallada en el mismo suelo, de aguas turquesas que despiden vapores. Los baños.

Doy gracias por que no haya nadie y pueda disfrutar de algo de paz, aunque sea solo unos minutos. Me deshago de mis ropas, a estas alturas harapientas y roñosas, con cuidado de no mover demasiado el brazo izquierdo. La cataplasma que Pulgarcita me puso hace unas horas casi ha desaparecido y los bordes de la herida están menos rojos que cuando me cosió. Supongo que es buena señal.

Dejo la ropa a un lado, sin tener demasiado cuidado en doblarla, y me acerco a una de las varias tinajas que hay repartidas por la estancia, junto a palanganas de barro, para asearme antes de entrar en la piscina. El contacto del agua fresca contra el brazo herido reconforta y duele a partes iguales. A mis pies, el agua sucia de mi cuerpo se tiñe de rojo, pero el sistema de desagües hace que el líquido descienda hacia un sumidero y que se pierda para siempre.

Bajo por los escalones de barro cocido y siseo con el contacto del agua caliente contra mi piel exhausta. Casi se me escapa un jadeo de placer cuando muevo una pierna por delante de la otra hasta quedar totalmente cubierta. Me sumerjo y me echo el pelo hacia atrás. Doy un par de brazadas hasta el lado contrario de la piscina, no sin reprimir un gemido de dolor por culpa de la herida fresca, y coloco los brazos sobre el borde frío para mantenerme a flote, con la mejilla apoyada sobre las muñecas.

Lo único que oigo a mi alrededor es mi propia respiración y el agua en movimiento. Podría quedarme aquí para siempre.

Y, sin embargo, en cuestión de horas tendré que abandonar este remanso de paz para continuar con el encargo con mayor índice de mortalidad al que me he enfrentado desde que recuerdo. No sé muy bien cómo vamos a salir de esta, cuál será el próximo paso a dar, pero lo que sí que sé es que estamos bien jodidos.

Sí, ante nosotros se ha presentado una nueva posibilidad que podría otorgarnos la victoria, pero a esa victoria llegaremos enfrentándonos al ser que ha sumido a los Tres Reinos en el caos. Podremos crear un arma con las tres reliquias, pero para acercarnos a ella deberá darse una batalla campal que acabará con la vida de cientos de implicados. Si bien las vidas ajenas no me importan demasiado, enfrentarme a una guerra de semejante calibre me genera cierta congoja.

A pesar de no saber cómo de complicado será recuperar las reliquias ni cuánto tiempo nos llevará, la anticipación de lo que se viene me provoca desasosiego, porque la abuelita está sola, expuesta a cualquier peligro que pueda aparecer cuando sea. No puedo dejar que esto se alargue demasiado.

Sabes cuál es el mejor momento para desatar una guerra.

«Lo sé».

Y, sin embargo, esa seguridad no hace más que aumentar mi preocupación por la abuelita. Porque hay un día al mes en el que el maleficio es débil, en el que los límites de la maldición se desdibujan y se entremezclan. El hechizo rezaba «Con el sol una apariencia, con la luna otra» y el Hada no tuvo en cuenta que hay una noche al mes en la que no hay luna.

Tenemos que aprovechar la luna nueva para enfrentarnos a ella. Sin mí, estarás perdida.

Sé que es cierto, que la necesito para cumplir con todo esto, porque la noche de luna nueva es la única en la que la bestia está despierta por la falta de luna. Y es el único día del mes en el que me siento verdaderamente fuerte ante cualquier cosa. Pero al mismo tiempo, la idea de estirar este viaje hasta entonces me oprime el pecho, porque para la siguiente luna nueva faltan diecinueve días. Es demasiado tiempo.

Es la mejor baza.

«Pero antes tenemos que descubrir cómo se apellida. Y seguro que es muy recelosa con esa información».

Seguro que hay alguien que aún lo recuerda.

«Eso supone jugársela demasiado».

¿Acaso no nos la hemos estado jugando hasta ahora?

«Sí, pero...».

Si no te centras en la cuestión más cercana, no sobrevivirás para enfrentarte a la última. Primero el arma, luego cómo invocarla.

Hago un mohín y claudico.

Es todo tan incierto que ni siquiera con el efecto calmante de unas aguas cálidas consigo relajarme. Y, para colmo, cada vez que cierro los párpados, los iris de Olivia, brillantes y enmarcados por unas espesas cejas, me observan y me juzgan.

Deja de pensar en ella. Tienes problemas más importantes.

«Pero necesito saber más».

Créeme que no. No te hará ningún bien.

Tengo el regusto amargo de saber quién era, la certeza de haber compartido una parte muy grande de mi vida con ella, y al mismo tiempo no soy capaz de rememorarla, de materializar los momentos vividos juntas. Es como si me hubiesen arrancado una parte de mí que no sé definir. Estoy convencida de que fue como una hermana para mí, pero al mismo tiempo no tengo ningún recuerdo que me confirme esa sensación.

Olvídala y céntrate en lo importante.

«¿En qué? ¿En las mil maneras de morir que se presentan frente a nosotros?».

Por ejemplo.

Suelto un bufido a medias y cambio de posición para quedar mirando a las aguas turquesas.

Estabas dispuesta a vivir una vida de miseria. Incluso antes decías que habrías preferido vivir este tiempo con la abuelita y morir sin más. Si tan dispuesta estás a morir, ¿por qué no aceptas que qué más da cómo sea tu muerte mientras llegue luchando?

No estoy acostumbrada a que la bestia me sermonee, menos aún con palabras que, aunque duelan, son sinceras. Por lo general no hace más que remarcar lo evidente, mi patetismo e inutilidad, pero ¿esto?

«No te reconozco, querida».

Siempre he luchado por nuestra supervivencia. Y si eso significa convencerte de que alargues tu vida un día más, de que te enfrentes a ella cuando más nos conviene, arañaré tus entrañas todo lo que haga falta para que muevas el trasero.

«No, si ahora resulta que eres una hermanita de la caridad que se desvive por ayudar al prójimo».

Al prójimo no. A ti y a mí: a nosotras. Además, nos hace falta mucha ayuda, así que no desprecies la mía.

Se me escapa una risa entre dientes y chasqueo la lengua.

«Ayuda, dices...».

De repente, como salida de la nada, una idea nueva me hace enderezarme. Puesto que no puedo emplear los deseos de la *djinn* para los fines reales que quería, ¿y si usamos uno de esos deseos para conseguir una ayuda que suponga alguna diferencia en la balanza?

Salgo del agua con tanta rapidez que lo dejo todo perdido. Según voy abandonando los baños, me voy vistiendo con unas ropas que hieden a muerto y que se me pegan a la piel, marcando mis curvas por completo, pero no me importa, porque frente a mí se presenta una posibilidad, por muy remota que sea, y necesito ciertas respuestas.

Subo los escalones de dos en dos y llego a nuestros aposentos con la respiración entrecortada, jadeando. Pulgarcita pega un brinco diminuto sobre la cama, donde dormitaba con tranquilidad, al escuchar la puerta rebotar tras mi entrada. Lobo, por su parte, se tensa en cuanto me ve y se yergue sobre las cuatro patas, alerta. No me pasa desapercibida la mirada furtiva que lanza hacia mi pecho, donde estoy convencida de que la tela se pega más de la cuenta a mi piel, aunque no le presto mayor atención. Con un gesto de la mano, los tranquilizo, o eso intento.

Agarro la lámpara de aceite y la froto con rapidez, sin importarme demasiado el dolor punzante que me atraviesa el brazo con el movimiento y la quemazón en los dedos por la fricción. Las volutas de humo rojo que empiezan a llenar la estancia hacen que Lobo me observe con curiosidad. Aunque yo no lo entiendo, diría que sus ojos brillan con expectación.

—¿En qué puedo serviros, mi ama?

—Tú lo sabes todo de Fabel, ¿no es así?

—Todo lo que la historia me permite saber, sí.

Estoy a punto de pedirle que me lleve frente a la persona más poderosa de Nueva Agrabah, así que doy gracias a poder contenerme en el último segundo para no malgastar un deseo de forma estúpida.

Habría sido típico de ti.

«Cállate, que estás a punto de montarme un altar».

—¿Quién es la persona más influyente aquí?

Se ríe. Se ríe como respuesta. Y después me mira fijamente, con una mueca a medio camino entre la diversión y la incredulidad.

—¿Lo preguntáis en serio?

Mírala, parece un corderito perdido.

—¿En algún momento la has oído bromear?

Tahira mira a Pulgarcita y parece que va a decir algo, pero se lo replantea y vuelve a centrar la vista en mí.

—La sultana. Ella es la máxima autoridad.

—¿Y qué hay que hacer para poder hablar con ella?

La *djinn* entrecierra los ojos, como si no entendiese del todo por dónde voy.

—Solicitar una audiencia.

—Vale, necesito que me digas cómo llegar al palacio de la sultana.

Me acerco al pie de la cama y, conteniendo un gemido lastimero que me nace de las entrañas, me echo la capa roja sobre los hombros.

—N-no podéis entrar en el palacio así como así.

Chasqueo la lengua y esbozo una sonrisa socarrona mientras compruebo que lo llevo todo encima.

—Ponme a prueba. —Tahira balbucea algo más, aunque no le presto demasiada atención, porque ya estoy a punto de salir de la habitación.

Lobo mira a Pulgarcita y esta asiente. El animal mete la cabeza por el hatillo con sus pertenencias, da un par de pasos hasta el borde de la cama y ella salta sobre él.

—¿Entras en la lámpara o te vienes con nosotros? —le pregunto a la *djinn*, que se frota las manos en el centro de la estancia.

Coge aire lentamente, con la vista fija en algún punto indeterminado, y lo suelta en la misma cadencia, aunque esta vez sí que me mira.

—Iré con vosotros.

Caminar bajo el sol abrasador de Nueva Agrabah podría estar considerado como una de las mayores torturas que existen. El sudor me cae en surcos por la espalda y, cada dos por tres, tengo que secarme la frente y el bigote con el borde de la caperuza. De nada ha servido que me haya dado un baño.

Apestas.

«Te odio».

Un retortijón por dentro que me indica que la bestia está rumiando algo.

«Jugábamos a decir obviedades, ¿no?».

La risilla que suelta me araña los tímpanos y me provoca un escalofrío y una sonrisa divertida.

A pesar de que tiene toda la razón del mundo, me huelo la axila disimuladamente y arrugo la nariz por el hedor de la ropa. Sin poder remediarlo, miro a Lobo de reojo, quien tiene que estar sufriendo con mi pestazo gracias a su olfato desarrollado.

Atravesamos las calles de Nueva Agrabah en silencio, aunque rodeados por el bullicio de los mercados. Los puestecillos, protegidos de la inclemencia del sol con telas de todos los colores, venden mercancías y enseres que no recuerdo haber visto nunca. Un sinfín de especias de distintas tonalidades que enmascaran mi olor, vajillas de metal bruñido, sábanas tejidas con fibras vaporosas, ropajes exóticos y prácticos...

Y es justo frente a uno de estos últimos puestos donde nos detenemos.

—Para entrar en el palacio, hay que intentar llamar la atención lo menos posible —nos explicó Tahira cuando nos condujo al mercado—. Además, tampoco os vendría mal cambiar vuestras vestimentas, mi ama.

Señaló mis ropas destrozadas, manchadas de arena, polvo y, sobre todo, de sangre y tinta. Mucha de ambas.

Sí, somos un reclamo andante. Y probablemente no haya sido lo más inteligente que una muchacha ensangrentada, una chica diminuta, una mujer fornida y un lobo deambulen como si tal cosa por la ciudad. Si hasta parecemos un chiste malo.

Con cada nueva calle que hemos ido embocando, más ojos curiosos se han ido posando sobre nuestra pequeña comitiva. Y no solo dejamos ojos atrás, sino también murmullos. La gente cuchichea al vernos, se aparta de nosotros con muecas de asco o huye directamente, aterrada por los foráneos que deambulan por sus calles. Es toda una suerte que Tahira se conozca Nueva Agrabah como la palma de la mano, porque nos ha permitido esquivar a los guardias, que, de seguro, estarán tras nuestra pista.

La *djinn* habla con el comerciante que atiende el puesto de ropajes, quien nos mira de reojo con suspicacia. Sin embargo, no hay nada que una buena cantidad de dinero no pueda solucionar. Me sorprende que sea Tahira la que pague, una vez más, sin necesidad de solicitar un deseo a cambio. Su generosidad me hace fruncir el ceño y apretar los labios.

La djinn *está sudando.*

Entrecierro los ojos y veo una gota, diminuta, descendiendo por su sien y remarcando el duro perfil de su mentón.

Algo oculta.

«Lo sé».

Desde que mencioné el palacio, Tahira ha estado inusualmente seria y callada. Cualquier otra persona podría haberlo achacado a la tensión, a lo peligroso que resulta allanar la residencia de la mismísima sultana de Nueva Agrabah. Pero a mí hay algo en todo esto que no me huele bien. Y no soy yo, precisamente.

El mercader nos hace un gesto con la mano y desaparece por una puerta tallada en el adobe del edificio frente al que está el puestecillo de madera. Entramos en una sala con una única ventana estrecha que apenas deja entrar la luz, algo que se agradece. La temperatura aquí dentro es menor que la del exterior, lo que en un primer momento me hace temblar. Hay telas, de distintas tonalidades y patrones, de tamaños y estilos que jamás había visto, colgadas en las paredes. En una de ellas hay varios estantes de madera oscura llenos hasta arriba de prendas pulcramente dobladas, según Tahira a la espera de ser vendidas.

Me acerco a una de las estanterías y acaricio las telas, distintas al tacto entre sí, y me detengo en unas extremadamente suaves, que casi reflejan la poca luz del sol y brillan según las muevo. Resulta tan agradable que parece una caricia. Ni siquiera una pluma provoca esta sensación.

—Los ropajes de seda se reservan para las altas esferas. No podéis vestir eso, mi ama.

¿Quién se cree que es?

Que me diga que no puedo hacer algo me crispa más de lo que me gusta admitir y no soy capaz de reprimir que una arruga aparezca en mi entrecejo.

—No queremos llamar la atención, ¿no es así? —Pulgarcita asiente mientras se tumba sobre lo que Tahira ha denominado como seda y suelta un suspiro placentero—. En ese caso es mejor que vistáis de lino.

Señala hacia la derecha, a una estantería llena de ropajes de tonalidades claras y de tela rugosa, comparada con la anterior. Lobo aparece junto a mí y olisquea las prendas antes de mirarme. No sé qué me querrá decir y, a decir verdad, tampoco me importa demasiado.

Agarro la vestimenta que me pilla más a mano y la extiendo frente a mí. Una falda. La dejo en la estantería de cualquier manera y pruebo con otra tela, aunque el resultado es el mismo.

—Los ropajes de hombre son estos. —La *djinn* desdobla unos pantalones bombachos color crema de cinturilla alta—. Aunque no os aconsejo vestir estas prendas si no queréis llamar la atención.

¿Vas a dejar que decida por ti?

«Créeme que me gusta tan poco como a ti. Pero ella conoce estas tierras y debemos pasar desapercibidos. Lo último que necesitamos ahora es que el Hada Madrina nos acabe encontrando incluso aquí».

De mala gana, cojo la falda larga que había desechado y me la pongo por encima de los pantalones. Tahira me acerca un saco de arpillera y, con un bufido, me saco los pantalones por debajo de la falda.

—Las botas también.

Tendrías que arrearle un puñetazo.

«Con mi suerte, me parto la mano, y suficiente tengo con el brazo».

De dos patadas, las botas acaban en el suelo y la *djinn* las recoge y las guarda en el saco.

—Ni hablar —escupo cuando me enseña la «camisa»—. Si esto apenas cubre mis pechos.

De no ser porque es un animal, juraría que Lobo ha soltado algo parecido a una risa. Eso no impide que lo fulmine con la mirada.

—¿Se ha reído de verdad? —le pregunto a Pulgarcita.

Ella levanta las manos en gesto conciliador y niega con la cabeza, mordiéndose el labio inferior. Enarco una ceja y siento las orejas ardiendo. Estudio la diminuta prenda que Tahira sostiene frente a mí y me armo de valor. Con un resoplido, le arrebato la tela, lo que provoca que me vibre el brazo y mi cuerpo se queje por dentro. Me desabrocho la caperuza y, sin importarme lo más mínimo quién mira y quién no, me quito la camisa ensangrentada, reprimiendo un siseo de dolor, y se la lanzo a Tahira a la cara. Me enfundo en la diminuta tela, que se ciñe a mi piel y se amolda a mis curvas, y la estiro por la parte inferior para intentar que cubra parte de mi abdomen. Pero no tengo esa suerte. Se queda ahí, justo debajo de la curva de mis pechos, sobresaliendo la franja de tela justa para que la prenda no se me suba y me convierta en una exhibicionista.

Mientras rumio mi disconformidad por dentro, Tahira me coloca una especie de manto fino sobre el hombro derecho, me hace recogerlo con ese brazo y lo pasa por detrás de mí para anudarlo en el lado contrario desde el que cae, en mi cintura. Así, la espalda queda cubierta por la tela. Me concedo unos segundos para contemplarme y descubro que, mal que me pese, esto no es tan horrible. Es fresco, ligero y me otorga más amplitud de movimiento de lo que podría haber imaginado en un primer momento.

Deberías introducir más faldas en tu armario.

Suelto un bufido divertido entre dientes y sacudo la cabeza. Cuando vuelvo a alzar la vista, me encuentro con los ojos de Lobo fijos en mí. A pesar de que es consciente de que lo he pillado observándome mientras me desnudaba, eso no hace que aparte la mirada. La garganta se me seca de repente y centro la atención en Tahira, que comenta en voz alta que va a guardar ropajes para cuando Lobo y Pulgarcita muten, mientras me coloco mi cinto (aunque desentone, se mire como se mire) y me anudo las armas en distintas partes del cuerpo.

Según salimos del fresco local, no consigo quitarme la sensación de que me siento observada.

23

Empieza a atardecer cuando por fin llegamos a las inmediaciones del palacio. Lo que se alza frente a nosotros, imperturbable e imponente, es una de las construcciones más magníficas que he visto nunca. Tanto que cada vez que levanto la mirada soy incapaz de mantener la boca cerrada y me esfuerzo sobremanera en retener cada detalle de lo que perciben mis ojos, por si en un futuro me veo con ánimos de volver a plasmarlo sobre un lienzo en blanco.

Una vez dejados atrás los exuberantes jardines frontales, decorados con estanques alargados y rectangulares y fuentes esculpidas, el palacio de la sultana queda separado de la ciudad por un alto baluarte cuadrado, al que se accede por una escalinata de mármol veteado en oro. Ni siquiera el molesto chasquido de las garras de Lobo sobre el suelo me distrae de la maravillosa edificación blanca, que destaca más si cabe por el contraste con las arenas negras del desierto.

A pesar de que la tendencia arquitectónica de la construcción invita a la rectitud, también predominan las formas curvas con arcos decorados con patrones de celosías. En el cuerpo del edificio se encuentra la puerta principal, que parece tallada en la mismísima piedra, tan decorada que no queda ni un resquicio de mármol liso a la vista. Y encima, como reclamo absoluto, una enorme cúpula blanca con detalles en oro que le hacen frente al mismísimo sol.

Para mi sorpresa, y en medio de toda la estupefacción que hasta ha mantenido a la bestia callada, hemos subido hasta la arcada principal, donde cuatro guardias se aferran a sus lanzas con fuerza. De dos zancadas rápidas, me acerco a la *djinn* y me pongo de puntillas para llegar hasta su oído.

—¿No se suponía que teníamos que colarnos? ¿Qué hacemos aquí?

Con un gesto de la mano, me hace callar y yo me obligo a cerrar las manos en puños para no arrearle un guantazo sobre su esculpido pecho.

Los hombres y mujeres que custodian la entrada inclinan sus lanzas hacia nosotros y nos detienen en seco. El que parece ser de mayor rango, con una espesa barba que le oculta medio rostro, espeta cuatro palabras que no comprendo y que hacen que Tahira alce las palmas en gesto conciliador. Ella responde en el mismo idioma y los soldados comparten una mirada de incredulidad. Las armas tiemblan un instante entre sus manos, un gesto apenas perceptible para alguien inexperto, y vuelven a colocarlas en posición vertical. El de mayor rango asiente con la cabeza una única vez y el resto de sus guardias se apartan para dejarnos paso.

Vas a entrar en la boca del lobo.

Sin poder remediarlo, giro la cabeza hacia la derecha y miro al animal, tan cerca de mí que su pelaje negro casi roza mis faldas.

—¿Es seguro? —pregunta Pulgarcita con voz trémula.

—No lo sabremos si no entramos.

Con la vista clavada en el frente y zancadas seguras, pasamos bajo la arcada principal. El interior es frío, tanto que agradezco la especie de manto que llevo sobre el hombro. Nuestras pisadas resuenan en la amplitud de la estancia. Nada más entrar, lo primero que encontramos es otra escalinata que asciende a una especie de pedestal con una pequeña fuente circular. A ambos lados, arcos y más arcos que se abren a distintas estancias y que se pierden en los claroscuros del interior. La luz entra por doquier y, al mismo tiempo, hay recodos ocultos de la vista por sombras extrañas y completamente pensadas para que estén ahí.

Una doncella de rostro oculto por un velo vaporoso, que no sé ni de dónde ha salido, hace que Tahira se detenga después de decirle algo y antes de volver a desaparecer.

—La sultana nos recibirá enseguida.

La *djinn* tiene la mirada fija en el frente, en el goteo incesante de la fuente sobre el altar.

—Tienes demasiadas cosas que explicar, genio —espeto bien cerca de ella.

Lobo se ha sentado sobre sus cuartos traseros en el lado contrario. La *djinn* me mira desde arriba, desde esa altura que le confieren sus largas piernas, pero no me amedrenta lo más mínimo.

Será mejor que te prepares.

Con todo el disimulo que soy capaz de reunir, llevo la mano derecha a la espalda y cierro los dedos alrededor de la empuñadura de mi daga preferida, lista para cualquier contratiempo.

Unas pisadas apresuradas resuenan desde el fondo, más allá de la fuente de mármol. Los músculos de Tahira se tensan, se atusa la coleta sobre el hombro y cruza las manos a la espalda.

«¿De qué va todo esto?».

Y así, sin esperarlo, una magnífica mujer de tez morena y ataviada con las mejores galas que cualquiera podría imaginar hace acto de presencia. Aparece con la respiración entrecortada y algunos mechones del pelo azabache sueltos del intrincado peinado que lleva bajo un velo de tela traslúcida. Sus ropajes son vibrantes, de colores intensos y ribeteados con bordados de oro, perlas y piedras preciosas que brillan tanto que a la luz del sol podrían arrebatarle el sentido de la vista a cualquiera.

Tal es su belleza que el corazón me da un vuelco solo con verla y tengo la sensación de que la bestia aúlla en mi interior. Siento un cosquilleo en el estómago y trago saliva para intentar paliar la incipiente sed. A ella sí que la pintaría, sin duda alguna.

Cuando observo a mis compañeros de refilón, descubro que Pulgarcita se ha quedado atónita, con los ojos como platos y los labios separados unos milímetros. Lobo, por el contrario, parece como siempre y estudia la escena con las orejas alertas.

Mientras la sultana recobra el aliento, me percato de que no es capaz de apartar la mirada de la *djinn*, quien la contempla, a su vez, totalmente embelesada. Ni siquiera la presencia de un lobo casi tan grande como un poni reclama su atención.

Con cuidado y lentitud, baja un escalón y luego otro. Así hasta que queda a la misma altura que nosotros, sin despegar la vista de nuestra compañera, que cada vez se ve más obligada a controlar su respiración. Ahora incluso los ojos le brillan mucho más que antes.

—*Tahira, halli 'antah?*

Se conocen.

Siento un pinchazo en el estómago y todo mi cuerpo se tensa ante la incertidumbre de lo que podría suceder en cualquier momento. Salidos de los distintos pasillos, como si hubiesen surgido de las sombras, ahora hay varios guardias, a la espera de cualquier orden de su sultana para usar sus imponentes lanzas contra nosotros. Con un movimiento muy sutil, encuentro la daga entre los pliegues de estos ropajes. Hasta doy gracias por que la especie de mantón cubra mis intenciones.

Entonces, Tahira da un paso al frente, encierra el rostro de la sultana entre las manos y la besa en los labios con suma dulzura.

Oigo a Pulgarcita soltar un gemido ahogado, Lobo se yergue sobre las patas y yo me quedo completamente de piedra. Miro en derredor y compruebo que los guardias no se han movido lo más mínimo, lo que significa...

—Ni la luz de mil estrellas me impediría encontrar tu fulgor.

La sultana, ante las palabras de Tahira, emite un sonido a medio camino entre una risa y un gimoteo, y me percato de que está llorando. La *djinn* le seca las lágrimas con los pulgares y vuelve a presionar los labios contra los de su amante.

Cuando se separan de nuevo, la sultana carraspea y se seca las lágrimas con cierto disimulo. Sin abandonar la perfecta sonrisa que se ha adueñado de sus labios, ambas centran sus ojos en nosotros.

—Pulgarcita, Axel, Roja, me complace presentaros a Yasmeen, la sultana de Nueva Agrabah.

Aún no me he recuperado de la estupefacción de descubrir que Tahira y Yasmeen comparten un pasado juntas. Aunque tenía la sospecha de que la *djinn* sabía más de lo que parecía demostrar, ni en un millar de vidas habría imaginado que fueron amantes. Mientras esperamos a que nos sirvan el té, me dedico a estudiar a las dos mujeres, que no hacen más que lanzarse miradas furtivas a pesar de estar sentadas hombro con hombro.

No podemos fiarnos de ella. De ninguna. Nos utilizarán en su beneficio.

«Mi idea era utilizar el favor de la sultana en *nuestro* beneficio. Intercambiar uno de los deseos de la lámpara por su ayuda».

No me refiero a eso. Los amantes no son de fiar. Son viles y egoístas, no les importa nadie más.

«Me importa bien poco qué puedan urdir siempre y cuando el Hada Madrina acabe muerta».

La bestia gruñe en mi interior con tantas fuerzas que las tripas me vibran y me llevo la mano a la barriga como acto reflejo. Sin embargo, taparme no evita que los demás oigan el ruido de mi cuerpo y atraigo su atención.

—¿Tenéis hambre? —pregunta la sultana con un marcado acento.

Me limito a negar con la cabeza y a mirar al otro lado, a través de la amplia arcada que abre el espacio de la sala de té a un frondoso jardín que desafía toda ley de la naturaleza. En el centro del patio ajardinado, una fuente tan majestuosa como imponente ameniza el momento con su borboteo incesante.

Las amplias compuertas dobles a nuestra izquierda se mueven con un molesto sonido de piedra arrastrada y varias doncellas se adentran en la estancia portando bandejas de plata con un sinfín de dulces y frutas exóticas que me hacen salivar. No obstante, no dejo de juguetear con la daga entre mis manos, un tanto inquieta por toda esta situación.

—Por favor, servíos —dice la sultana con voz dulce.

Pulgarcita, después de lanzarme una mirada de soslayo, salta del botecito que le ofrecieron a modo de asiento y coge un pastelito rebozado en lo que parece azúcar en polvo. Es casi más grande que ella, así que lo levanta del plato con mucho esfuerzo, resoplando y apretando los dientes, y lo coloca sobre una delicada servilleta de tela con bordados en oro. Cuando ha terminado, se seca el sudor de la frente con una media sonrisa y arranca un pedazo del dulce con ambas manos. Ese bollo confitado podría alimentarla el día entero. La sultana sonríe de forma afable y los ojos se le achican de una forma arrebatadora.

Tahira comparte una larga mirada con Lobo y, después, le tiende uno de los pastelillos. El animal abre las fauces y mastica en silencio, complacido con ese gesto mudo en el que tanto se han dicho.

Yasmeen se fija en mí, sus profundos iris negros me escrutan con curiosidad mientras da un sorbo recatado a su vaso de té. El sol incide sobre ella de una forma majestuosa que ensalza toda su presencia. La dota de un aura mágica y magnificente que hace que parezca una diosa caída desde los cielos. La *djinn* la contempla incluso con más admiración que yo, con los ojos de quien bebería los vientos por ella. Un escalofrío se me pierde en la nuca y algo se me retuerce en las entrañas.

«¿He vivido algo así?».

Silencio por su parte.

Miro hacia la derecha y compruebo que el sol está en su punto más bajo. Pronto volveré a estar sola.

—Decidme —comenta la sultana mientras deja su vaso sobre la mesa con decoro—, ¿qué os trae por aquí?

—Veréis, alteza, necesitamos vuestra ayuda.

Una de sus perfiladas cejas se arquea unos milímetros en un claro gesto contenido. No permite que la sorpresa se haga con el control de su rostro, lo que me sugiere que es una persona calculadora.

No te fíes de ella.

Las últimas palabras de la bestia resuenan dentro de mí como una letanía y me aferro a ellas con fuerza. Mi instinto no me ha fallado nunca, y no voy a empezar a desconfiar ahora.

En cuanto los rayos de sol se despiden hasta que regrese la aurora, un chasquido de huesos me crispa los nervios. Aparto la vista con violencia para no presenciar el cambio y me fijo en el pájaro que se afana en añadir un par de palitos más a su nido. La sultana ahoga un grito de horror, al que le sobrevienen pisadas sobre el suelo de mármol (claro indicativo de que los guardias están alerta) y trasteo de vasos entrechocando entre sí. Eso sí que no lo esperaba.

Vuelvo la vista hacia ellos y descubro a Pulgarcita, con su vestido mágico que se adapta a su cambio, sentada en el centro de la mesa baja, con cara de disculpa y entre vasos tumbados.

—Perdonadme, no me percaté de que era tan tarde.

Baja de la mesa con las mejillas coloradas y la trenza deshecha, disculpándose una y mil veces mientras la sultana, mucho más arrebolada que mi compañera, asiente con vehemencia y le resta importancia al asunto.

—¿Podríais darme algo de ropa?

Esa voz grave y profunda me eriza el vello de los brazos y atrae mi mirada hacia él, con puro magnetismo. Se cubre los genitales con las manos, sin rastro alguno de pudor o incomodidad ante su desnudez, y no puedo evitar que mis ojos viajen por su cuerpo de lado, desde de la ancha espalda musculada hasta su trasero. Siento un calor nacer en mi estómago y trago saliva con fuerza. Vuelvo a alzar la vista y me encuentro con que me está observando con una ceja enarcada, pero apenas consigo sostenerle la vista, porque si hay algo que me atrae con mucha más fuerza es el tatuaje que le atraviesa el pecho de un lado a otro.

Tahira le tiende la ropa que compró para él y se viste con presteza, bajo la atenta mirada de la *djinn*, que no se corta ni un pelo en deleitarse con las nuevas vistas. Reprimo una sonrisa al ver que Pulgarcita y Yasmeen no podrían estar más incómodas.

—Decíais... —La sultana carraspea y mira de reojo a Lobo, que por fin ha terminado de vestirse—. Decíais que necesitáis mi ayuda. ¿Y bien? ¿De qué se trata?

Todos esperan a que responda en un silencio sepulcral.

—Queremos matar al Hada Madrina —escupo sin medias tintas.

Pulgarcita se atraganta y hace que el silencio que nos sobreviene sea menos tenso que el anterior. Con solemnidad y lentitud, la sultana se levanta, con el mentón alzado, y se atusa la falda para deshacerse de cualquier posible arruga. Su porte ha pasado de ser dulce a autoritario, y la oscuridad de sus ojos refulge con el brillo de quien se sabe poderoso.

—En Nueva Agrabah no nos inmiscuimos en políticas extranjeras.

—No esperamos que nos ofrezcáis vuestra ayuda sin obtener nada a cambio.

Alargo la mano hacia la mesa, con indiferencia pero sin bajar la guardia, y me llevo uno de los renovados vasos de té a los labios.

—Ningún precio a pagar compensaría el riesgo de exponer a mi pueblo.

—¿Estáis segura? —Sonrío tras el borde del vaso y observo a Tahira.

La *djinn* frunce el ceño y mira a Yasmeen desde abajo, quien, a su vez, gira la cabeza hacia ella.

—Según dicen, estáis en presencia de un diamante en bruto, alteza. No obstante, es algo que no os habrá pasado desapercibido, ¿me equivoco?

Todo su cuerpo se tensa, aunque no es la única que lo hace. Lobo me lanza una mirada de «¿qué diantres haces?» que desestimo de un plumazo. Pulgarcita, por su parte, tiene aspecto de no saber dónde meterse. Los guardias dan dos pasos hacia nosotros y se detienen ante un gesto de la mano de su sultana.

—Por lo que he podido ver de vos, no considero que seáis del tipo de persona que amenaza a una sultana en su palacio, Roja.

—Ni muchísimo menos, alteza. —Dejo el vasito sobre la mesa y le muestro las palmas—. No malinterpretéis mis palabras. Mi intención en todo momento ha sido ofreceros algo que deseáis.

Saboreo la anticipación de un trato bien hecho, porque desde el momento en que he visto sus labios encontrarse he tenido muy claro qué ofrecer a cambio de su ayuda.

—Tenemos una misión muy ambiciosa por delante, una casi suicida, se atreverían a decir. Y está visto que sabéis bien quién es *ella*.

Traga saliva de forma imperceptible. En mis labios nace una sonrisa de satisfacción. No había nada que me hubiera confirmado lo que lleva unas horas rondándome la mente, pero aquí está. Si la lámpara maravillosa estaba en los dominios de Nueva Agrabah y el Hada Madrina controla la Cueva de las Maravillas, Yasmeen debe estar al corriente de todo. Ninguna sultana que se precie dejaría su territorio al desconocimiento.

—No todo el mundo se atreve a traicionar la confianza de esa mujer —dice con acritud—. Así que, decidme, ¿qué os hace pensar que voy a acceder a esas peticiones *suicidas*?

—A cambio de vuestra ayuda os ofrezco algo único. —Los cuatro me observan expectantes—. Uno de los deseos de la lámpara maravillosa: liberar a Tahira de su cautiverio para siempre.

24

Tahira contiene el aliento y a la sultana se le escapa un jadeo. Con un movimiento discreto, Lobo se inclina hacia mí.

—Un deseo es algo muy gordo, Roja —susurra contra mi oído.

Me estremezco al sentir el calor de su aliento contra mi piel, pero lo ignoro de todos modos.

—Os ofrezco un futuro juntas a cambio de que nos brindéis vuestra ayuda.

—No... No veo cómo podría ayudaros.

Intenta que su voz suene serena, pero le tiembla al final. Hace un gran esfuerzo por no mirar a Tahira, que apenas si puede apartar la vista de su sultana con el aliento contenido. A estas alturas ya tengo la certeza de que los *djinn* no necesitan respirar.

—Tomaos la noche para pensar, alteza. Mientras tanto, disfrutaremos de vuestra hospitalidad en el Palacio de las Mil Estrellas.

Me levanto con seguridad y hago una sentida reverencia en dirección a la sultana, que la agradece con un asentimiento de cabeza, aunque estoy convencida de que es más por protocolo que porque de verdad así lo sienta. Alzo la lámpara y la apunto hacia la *djinn*, que le lanza una última mirada suplicante a su amada. Y así, envuelta en un humo rojo, el imponente ser mágico regresa a su jaula de latón. Yasmeen aprieta los labios en un gesto apenas perceptible, aunque Lobo y yo no lo hemos pasado por alto.

Tras unas palabras de la sultana, varias doncellas nos conducen por los intrincados pasillos del palacio. Cuando echo un vistazo sobre mi hombro, lo último que veo es a Yasmeen derrumbándose sobre la mesa de té.

Una vez a solas en una amplia alcoba, y tras asegurarles a las doncellas que por el momento no necesitamos nada, dejo caer la mochila en la que Tahira guardó nuestros ropajes y pertenencias junto a una mesita baja de hierro forjado. Pulgarcita mira el mueble con cierta repulsión y se aleja de ella todo lo que puede. Entonces, sin previo aviso y pillándome desprevenida, Lobo me embiste contra la pared con fuerza. Reprimo un siseo de dolor al sentir el ramalazo incandescente que me sube desde el brazo y me recorre todo el cuerpo.

«¿Qué obsesión tiene con acorralarme contra superficies?».

Aprieto los dientes con fuerza y lo dejo hacer, porque sé que me lo he ganado a pulso.

—¿A qué coño juegas?

—Axel, Roja, ya basta... —suplica Pulgarcita, sin acercarse demasiado a nosotros. Después de que casi matara a Lobo delante de sus narices, ha aprendido que es mejor no interponerse entre dos fuerzas opuestas.

Esbozo una sonrisa socarrona y su palma se estampa contra la pared a apenas unos milímetros de mi cara, un gesto que me trae *flashbacks* de nuestra estancia en la cueva de la Hondonada. Está verdaderamente cabreado.

—¡Responde! ¿Con qué derecho te crees a jugar con nuestras vidas? ¿Qué crees que pasará si la sultana se niega a tu chantaje?

—No lo hará.

—¡No lo sabes todo!

Su brazo me aprieta contra el mármol con más fuerza y respiro hondo.

—¿Qué le impide adornar las lanzas de sus guardias con nuestras cabezas y buscar a otro que le otorgue el poder de la lámpara?

—No creo que sea tan sencillo encontrar a un diamante en bruto —suelto contra su cara.

Hace una mueca y aprieta los dientes hasta que chirrían. Su mirada viaja un instante desde mis ojos a mis labios y de nuevo arriba. Nuestros rostros están tan cerca que respiramos el mismo aire, que su esencia se cuela en mis fosas nasales de forma irremediable; pero que se imponga así sobre mí no me amilana lo más mínimo, sino todo lo contrario. La certeza de su proximidad hace que algo hierva dentro de mí, más aún ahora que soy del todo consciente de que me retiene con la mano sobre las cicatrices que Olivia dejó marcadas en mi carne. Y que la tela de estos ropajes es demasiado fina como para no percibir el intenso calor que desprende su piel.

Colocando las palmas sobre su pecho con lentitud, ante lo que todo su cuerpo se tensa por el contacto, lo aparto de mí de un empujón.

—No vuelvas a ponerme una mano encima sin mi permiso. —Lo amenazo, señalándolo con la daga y gesto serio—. O será lo último que hagas.

A juzgar por cómo viajan sus ojos hasta el arma, no se había dado cuenta de que la había sacado. Una vez más. Se lleva las manos a la frente con violencia y se echa el pelo hacia atrás mientras resopla con exasperación.

—Solo a ti se te ocurriría poner a una sultana entre la espada y la pared.

—Cuanto antes asumamos que estamos muertos, antes dejaremos de preocuparnos por estas nimiedades.

Los dos me observan con los ojos muy abiertos y con cara de no haber entendido lo que estoy diciendo. Para restarle importancia, me limpio la roña bajo las uñas con la punta de mi acero.

—Mirad, todo esto suena muy heroico y todo lo que queráis, pero creo que deberíais aceptar la idea de que es bastante probable que muramos. Si no todos, alguno.

Pulgarcita frunce el ceño y se lleva las manos al pecho, como una chiquilla perdida y sola bajo la lluvia. Lobo, por el contrario, arquea una ceja y se me queda mirando antes de decir:

—Que tú estés dispuesta a morir no significa que los demás lo estemos. Y deberías tener en cuenta eso a la hora de tomar tus próximas decisiones. Bueno, voy más allá: no deberías tomar decisiones tú sola. Somos... —Traga saliva y su gesto se transforma en una mueca similar a la que haría si tragase veneno—. Somos un equipo.

Ahora quien me sorprende es él. Tanto que se me escapa una carcajada tosca.

—¿Tú y yo? ¿Un equipo? Por favor, no me hagas reír. En un equipo debe haber confianza, dependencia y compañerismo. Y lo último que haría sería dejar mi vida en tus manos.

—Te he demostrado en demasiadas ocasiones que yo no pondría fin a tu vida. Aunque no sea recíproco.

Un nudo angustioso me retuerce las entrañas, claro efecto del letargo en el que está sumida la bestia y de que ella no puede protegerme de estos sentimientos ahora. Sin poder remediarlo, la culpa se entremezcla con mi saliva y hace que la lengua me sepa amarga. Porque tiene razón, yo me he mostrado más agresiva con él que él conmigo; a eso hay que sumarle que maté a su hermana gemela. Y, aun así, no puedo olvidar todo lo que nos ha traído hasta aquí y hacer como si nunca hubiera sucedido.

—No me fío de las alimañas —digo, cruzando los brazos sobre el pecho—. Vas a tener que ganarte mi confianza, guapo.

—Me congratula que seas consciente de mi atractivo —farfulla, dándome la espalda, y doy un respingo ante lo natural que me ha salido el comentario.

Se acerca a la enorme arcada que da al balcón, flanqueada por cortinas de gasa vaporosa y que se mecen con la brisa nocturna, y se apoya en el borde. Cierra los ojos y respira con profundidad mientras Pulgarcita, más calmada, se deja caer en una de las varias pilas de cojines. Casi desaparece bajo la tela aterciopelada y de colores vivos.

Me recuesto contra la pared en la que, escasos segundos atrás, he estado inmovilizada y los observo. Primero a ella, que apenas me llega por el pecho, tan pequeña, pálida y menuda, con esa frondosa trenza rubia, sus ojos claros y las pecas sobre la nariz. Dudo mucho que sobreviva a esto. Y, por extraño que me resulte, siento una punzada en mi interior.

Entonces sacudo la cabeza y lo miro a él, tan alto como es, con su espalda ancha y fuerte marcada por estos ropajes exóticos, la melenita negra despeinada hacia atrás y barba incipiente. Un mentón duro y cuadrado que, hacia abajo, precede a un cuello ancho con una nuez prominente. Su postura de medio lado me deja entrever parte de la piel tatuada del pecho que el cuello de la camisa deja al descubierto. Pectorales fuertes y unos abdominales trabajados que no me hace falta ver para saber, a ciencia cierta, que están ahí. Y más abajo, ese trasero musculado que ya he visto un par de veces... Trago saliva de forma involuntaria y siento las mejillas enrojecer como si fuera una cría puberal.

Niego con la cabeza y aprieto los puños hasta que unas medialunas se clavan en mi piel. ¿Qué narices hago fijándome tanto en él? Ni siquiera soy consciente de haber llegado al hilo de pensamientos que me han llevado a quedarme embelesada. Es como un instinto natural que me ha conducido a esa conclusión. Por mucho que lo odie, es innegable que está de muy muy buen ver, y siempre me he sentido atraída por la belleza —motivo por el cual antes pintaba tanto—, pero esto es... chocante. Entonces lo vuelvo a mirar y me lo encuentro girado, con los brazos cruzados sobre el pecho y sus ojos amarillos clavados en mí. Justo con esa mirada, cargada de tantos sentimientos que no sé descifrar, tengo la extraña certeza de que él va a sobrevivir. No hay duda alguna, por mucho que me duela.

—Cuáles son tus planes.

No lo pregunta, simplemente lo escupe de forma tajante. Y aunque me molesta, me obligo a coger aire y a responder con calma.

—Es evidente que Tahira y Yasmeen son amantes.

—No hay que ser demasiado listo para verlo —me interrumpe.

—Creo que esa parte del plan nos había quedado clara... —interviene Pulgarcita con un hilillo de voz.

—Pues... Pues no hay nada más.

—¿Cómo que no hay nada más? —La incredulidad en la voz de Lobo se refleja en el rostro de Pulgarcita.

Me separo de la pared y me siento en una de las sillas de tijera junto a la mesa de té para coger una fruta morada y redonda que no había visto nunca. Su jugo ácido me inunda la boca cuando le doy un mordisco.

—¿Te lo has jugado todo a una carta?

—Como siempre. Quien no arriesga, no gana.

—Pero ¿y si no tiene nada que ofrecernos a cambio? —interviene la chica.

—Estamos en Nueva Agrabah, la Ciudad de las Mil Estrellas. Una urbe que solo aparece durante la noche. Aquí hay magia. Escondido entre todo ese aroma a especias y a picante hay un subtono dulzón, ¿no lo habéis percibido?

Pulgarcita hace un mohín y olfatea el ambiente antes de negar con la cabeza. Lobo aprieta los labios y luego chasquea la lengua, apartando la mirada. Me sorprende que él, precisamente él, no lo haya percibido.

—Además —prosigo—, la Cueva de las Maravillas está en los dominios de Nueva Agrabah. —Saco el mapa de la *djinn* y lo despliego sobre la mesa. Pulgarcita se levanta y se asoma por encima de mi hombro, Lobo prefiere quedarse donde está—. ¿Ves? Aquí. —Doy un par de toquecitos sobre el papiro—. Yasmeen sabe de su existencia. Y Tahira nos dijo que el Hada Madrina custodiaba allí la lámpara, con lo cual todo me sugiere que la sultana tiene cierta relación con ella.

Lobo se frota el mentón, dubitativo, y vuelve a asomarse a la terraza labrada en mármol.

—¿Por qué no le preguntamos a Tahira? —Pulgarcita señala la lámpara que llevo colgada a la cintura.

—Prefiero que se quede donde está.

—¿Por qué? —pregunta él.

—Porque quiero que la sultana sienta qué es quedarse con la miel en los labios. Quiero que haya experimentado la cercanía de su amada, que sienta que la ha recuperado y perdido en tan poco tiempo que apenas ha tenido lugar a saborearlo. Que entienda qué podría tener y qué podría perder.

—Eres cruel... —murmura Lobo sin preocuparse por evitar que lo oiga.

—Nunca lo he negado. Pero si queréis que salgamos vivos de esta —Pulgarcita me mira con tristeza—, tenéis que haceros a la idea de que, por mucho que *ella* sea la mala, por mucho mal que nos haga, no somos héroes. Nuestra misión es matarla. Matarla, ¿me oís? —Miro a la chica para que mis palabras calen en ella—. Los héroes no matan a sangre fría. Así que deberíais quitaros el lastre del héroe de encima y empezar a pensar como supervivientes, porque los supervivientes hacen lo que sea por garantizarse ver un nuevo amanecer.

25

Según avanza la noche, las doncellas vuelven a hacer acto de presencia en nuestra alcoba, portando un sinfín de bandejas que depositan en las distintas mesitas. Traen vino dulzón, pollo especiado picante con distintas guarniciones, bollitos glaseados, té de menta y unas frutas arrugadas que desconozco cómo se llaman. Comemos como si fuera nuestra última cena —que bien podría ser así— y reponemos las fuerzas que los últimos días nos han arrebatado. Pulgarcita se empeña en curarme la herida del brazo de nuevo, que Lobo reabrió un poco con su brusquedad, y termino cediendo, porque lo último que me falta ahora es que se me infecte la herida y me deje el brazo inutilizado.

Aprovecho el momento de después de la cena para comentarles la idea de enfrentarnos al Hada Madrina en luna nueva y, para mi sorpresa, ambos están de acuerdo.

—Es el momento en el que soy más fuerte —comenta Lobo.

—Y yo, es la única noche en la que puedo elegir de qué tamaño ser —añade Pulgarcita entre sorbos, sin fijar la vista en ningún punto.

No me sorprende demasiado descubrir que el hechizo les afecta del mismo modo que a mí, que la dualidad de nuestro ser converge en un mismo momento durante la noche desprovista de luna, aunque sigo preguntándome por qué por las noches yo no muto como ellos, sino que tan solo la bestia se duerme. Lo que en cierto modo me molesta es que accedan a alargar el viaje tanto tiempo. Cuando me embarqué en esta misión, no esperaba que se cumpliera de la noche a la mañana, pero tener la certeza de que nos quedan semanas de trabajo y de compañía tediosa por delante me desagrada demasiado.

No hablamos mucho más, probablemente por la certeza de tener una fecha de muerte marcada en el calendario, así que decido hacer como Pulgarcita y voy a asearme. Solo después de haber pasado por los baños privados me permito descansar.

En la quietud de la alcoba, en la que, a juzgar por su respiración, la chica ha caído rendida al instante, cierro los párpados, tumbada en la enorme cama redonda, e intento dejar la mente en blanco. Sin embargo, y como siempre, me resulta imposible conciliar el sueño. No sé cuánto tiempo pasa, pero cuando vuelvo a abrirlos, me doy cuenta de que Lobo todavía no ha regresado de su baño. Como si el mero pensamiento lo hubiera convocado, la puerta se abre y se cierra sin hacer el menor ruido. Su cabello oscuro mojado le crea ondas en la parte superior del cuello, su piel morena reluce gracias a los aceites de baño y todo él desprende un intenso perfume a jazmín un tanto dulzón que me llega hasta la cama. Mi buena vista me permite apreciar que se ha tomado unos minutos para afeitarse, así que el desconcierto por su tardanza desaparece.

Gracias a la oscuridad de la noche creo que piensa que estoy descansando, o a saber, porque no me presta demasiada atención y lo primero que hace es acercarse a su macuto para guardar algo.

—¿Va todo bien? —pregunto en un susurro.

Distingo la tensión de su cuerpo por el respingo reprimido a medias que da. Asiente y se gira para mirarme. A pesar de la oscuridad que nos rodea, sus ojos se han clavado en los míos como si estuviesen hechos para encajar.

—He ido a tomar el aire —responde en el mismo tono que yo.

Da un par de pasos en mi dirección y me quedo un tanto perpleja por la intención de sus actos.

—¿A dónde crees que vas? —No sé cómo evito gritarlo.

Él suelta un bufido bajo, creo que sus labios se estiran en una sonrisa de medio lado, y planta los puños sobre las caderas.

—¿A dónde crees que voy? —Señala la cama y, ante mi silencio, vuelve a bajar el brazo—. No pretenderás que duerma en el suelo.

—¿Sí?

¿Por qué narices mi voz suena tan estrangulada, maldita sea?

—No.

Da dos pasos más y, como si me hubieran pinchado en el trasero, me levanto y doblo las piernas bajo mi cuerpo para quedarme medio sentada, observándolo. Él se detiene en mitad de la alcoba que, de repente, se me antoja demasiado pequeña.

—Venga ya, yo no puedo acurrucarme en unos cojines como hace Pulgarcita.

Los dos la miramos, porque justo en ese momento se revuelve sobre su pila de almohadas aterciopeladas, tan grandes y mullidas que ha hecho una cama con ellas. Devuelvo mi atención a Lobo, que ahora que está más cerca, veo que me observa con una ceja enarcada.

—Esta mañana apenas he pegado ojo, mucho menos anoche, y antes de eso, en la Hondonada, la cama era tan pequeña que casi ni me pude tumbar. —Calla y aprieto los labios en respuesta—. Por favor.

Algo en la forma en la que vibra su voz grave con esa petición me termina de ablandar, o quizá sea porque es de noche y yo también estoy cansada. Incluso puede que sea porque una parte de mí sabe que tenemos que dejar de enfrentarnos todo el tiempo. Sea como sea, al final termino cruzando los brazos sobre el pecho y recostándome contra el respaldo de la cama. Él entiende ese gesto como un «está bien».

—Gracias —susurra mientras se sienta en el borde del colchón, que se hunde bajo su peso.

Acto seguido, me tenso y contengo el aliento a medida que lo observo levantar la fina sábana y meter las piernas bajo ella. Se recoloca a mi lado, manteniendo toda la distancia que la cama le confiere, y termina de tumbarse. Después, coloca ambas manos bajo la nuca y exhala un suspiro de placer. Su fragancia característica, entremezclada con los aceites esenciales del baño, me acaricia el rostro y me hace salivar.

Cómo puede estar tan tranquilo y cómodo con esta cercanía es algo que escapa a mi comprensión. Estamos en la misma cama. Él. Y yo. Y no es el hecho de compartir cama en sí lo que me turba, porque tengo la sensación de que en otra vida habríamos acabado teniendo sexo sin importarnos que hubiera público, sino el hecho de que no le importe compartir lecho con la asesina de su hermana. Un picor muy extraño se hace con el fondo de mi garganta y entrelazo los dedos sobre el regazo para apretarlos con disimulo y pensar en otra cosa que no sea el recuerdo de Liv.

—Mañana me gustaría hablar con la sultana —susurra, su voz tan cálida que calma los frenéticos latidos de mi corazón por la intensa vorágine de pensamientos en los que me estaba sumergiendo.

Esta vez soy yo la que asiente sin añadir nada, ya que no me veo con fuerzas como para hacerlo sin que la voz me tiemble.

Si lo pienso en frío, y para distraerme como sea, no me extraña que quiera hablar con la soberana después de mi conversación con ella. Cualquier persona medianamente conciliadora preferiría no tener a una sultana en contra, solo alguien con instinto suicida se atrevería a tentar así a la suerte. Y los últimos acontecimientos me han demostrado que él pertenece a la categoría de los primeros y yo a la de los segundos.

En la nueva quietud del dormitorio, me entretengo abriendo y cerrando la mano del brazo herido varias veces, compruebo su fuerza y muevo los dedos aquí y allá, aburrida por el lento paso de las horas. Poco a poco, los ojos me van picando cada vez más y la cabeza se me embota un tanto, sensaciones extrañas que no asocio con mi cuerpo. Irremediablemente, me viene a la mente el desmayo de la cueva, el frío que entumeció mis miembros, el extraño sueño en el que pronuncié *su* nombre... Lo miro de soslayo y sé que sigue despierto, a pesar de su respiración pausada, pero tampoco voy a entablar conversación con él. Suspiro, hastiada, y vuelvo a cerrar los ojos.

Es evidente que me siento más débil, solo hay que ver la herida tan estúpida que me he granjeado por perder la concentración con una conversación más estúpida todavía en medio de un combate. Noto que estoy perdiendo facultades, que la bestia está más calmada (aunque no sé si es fruto de verme rodeada de más gente, algo a lo que no estoy acostumbrada) y que mi aguante ha mermado. Me siento más... humana.

Mi propio pensamiento me resulta tan extraño que mis pupilas se mueven solas hacia Pulgarcita. En vista de los acontecimientos, es evidente que ella no es del todo humana, y así nos lo confirmó en la Hondonada. Y Lobo...

No consigo evitar mirarlo de nuevo, tumbado a mi lado con una expresión de paz absoluta que me aprieta el corazón en un puño. Convertirse en lobo no es muy normal que digamos, y por todos es sabido que los humanos son lo más normal y anodino que existe. La pobre abuelita, sin ir más lejos, a la que la maldición antes solo la afectaba moviendo su mente de época y que, ahora, no hay delimitación alguna, es humana. Yo, por mi parte, siempre me he sentido fuera de lugar, como si no encajase del todo en la cabaña en medio del bosque, apartada de los demás e incomprendida, ni entre los ciudadanos de Poveste. Como si la única capaz de entenderme tal y como soy fuera la bestia.

Cansada de estar sentada, con los hombros agarrotados por la postura y la tensión, termino de tumbarme bajo la delgada sábana, que me acaricia la piel de las pantorrillas cuando la falda se me sube hasta los muslos. Me coloco de costado sobre el hombro bueno (que ya podría ser el contrario para no quedar de cara a él) y meto la mano bajo la tela para intentar bajarme la falda, evitando cualquier movimiento brusco para no «despertarlo» y que este momento se vuelva mucho más incómodo.

Como no podría ser de otra forma, la falda ha quedado arrugada de cualquier manera debajo de mi trasero y no consigo estirarla. Cuando alzo la vista hacia el frente, me encuentro con que tiene los ojos clavados en mí, con los labios entreabiertos y el rostro tan cerca que nuestras respiraciones se entremezclan. La garganta se me seca y, incapaz de sostenerle la mirada, desvío la vista hacia su pecho, medio descubierto por la abertura de la camisa. Me fijo en el colgante de piedra que lleva al cuello y luego en los detalles del tatuaje.

«Es la marca de mi clan», recuerdo que me dijo cuando le pregunté al respecto.

—¿A qué clan perteneces? —pregunto en un susurro apenas audible, incapaz de contener mis ansias de respuestas.

—Contigo no hay tregua, ¿eh? —responde en el mismo volumen. Sus labios se estiran en una sonrisa que me provoca un vuelco en el estómago y devuelve la atención a mis ojos, que antes estaban fijos en mi boca—. ¿Por qué quieres saberlo?

—Porque... —Trago saliva. No quiero decirle la verdad: que ese mismo tatuaje adorna mi columna vertebral y que desconozco qué hace ahí—. Porque no es la primera vez que lo veo.

Un silencio en el que mis palabras parecen calarle y que dedica a pensar sus siguientes palabras.

—¿La recuerdas? —Su susurro va cargado de un tinte amargo y, en cierto modo, me duele que asuma que mi pregunta está relacionada con Olivia, que crea que se lo vi a ella. Un retortijón en el estómago me hace sentir extraña y me obligo a recolocarme sobre la cama, incómoda en mi propia piel.

—No. Solo algunos retazos sueltos, pero no consigo completar el puzle.

—Ya, a mí también me falta algo.

En sus ojos ahora veo un vacío tan profundo que resulta casi doloroso.

—Aún nos queda mucho por descubrir, pero... —se toma un segundo para coger aire y, cuando lo suelta de nuevo, su aliento embriagador me acaricia las mejillas— albergaba la esperanza de que supieras más.

—No, lo siento. —Trago saliva y aguardo.

—Ya... —Chasquea la lengua y se frota la cara con cansancio—. Estoy dispuesto a traspasar una frontera, Roja. —Por cómo ha pronunciado mi nombre, tengo la sensación de que ha hecho un esfuerzo por no llamarme Brianna—. Por el bien de esta misión. —Su mirada adquiere una seriedad que no da lugar a ninguno de mis vaciles característicos—. Necesitamos confiar los unos en los otros, y estoy dispuesto a dar el primer paso.

La garganta se me seca de repente y noto las palmas sudorosas. Mis ojos viajan raudos de los suyos a su boca y, de nuevo, arriba. Siento un burbujeo en las tripas que me trepa hacia el pecho y me hace tomar una amplia bocanada de aire con disimulo. Si lo pienso en frío, que falta me hace ahora mismo, no tengo nada en contra de él más allá del hecho de que intentara matarme sin previo aviso. Y ahora conozco los motivos... El corazón me aletea con fuerza contra las costillas. La decisión que tome ahora, en este preciso segundo, con sus ojos clavados en mí, cambiará el rumbo de los acontecimientos. No necesito escuchar el sexto sentido de la bestia para mantener esa certeza.

«¿Estoy dispuesta a cruzar ese puente?».

—No... —Carraspeo—. No prometo nada.

Por alguna estúpida razón, mi voz sale trémula y me siento enrojecer, lo que provoca una oleada de rabia que hace que mis mejillas se tiñan aún más. Cojo aire con toda la calma de la que hago acopio y trato de serenarme.

—No necesito que me lo prometas. Con que lo intentes basta.

En sus labios nace una sonrisa tímida que enmarca unos colmillos anormalmente puntiagudos y blancos. Estoy a punto de tumbarme mirando al techo, para ignorar el calor que me sobreviene, cuando vuelve a hablar.

—Es la marca del clan de la Luna Parda, mi clan. —Retoma la conversación previa como si no hubiéramos pactado cierta tregua, y escucharlo me provoca un escalofrío—. Somos una comunidad de gente con mi misma... condición.

—¿Quieres decir que hay más lobos?

—Sí, todos los que tenemos este tatuaje llevamos una bestia dentro.

La sonrisa de sus labios modula el timbre de su voz, pero yo no tengo oídos para nada más. Me quedo bloqueada. Clavo la vista en la nada y, de repente, tengo la sensación de que mis manos están manchadas de sangre, con uñas largas como garras. Aunque sé que es fruto de mi imaginación, de igual modo me aterra por un instante.

«Ha sido una casualidad, una coincidencia», me repito una y otra vez, a la espera de que esa voz interna me responda, con los párpados cerrados. Los iris amarillos que tantas veces me han torturado se materializan en la negrura mi mente. Abro los ojos para deshacerme de esa imagen y me percato de que Lobo se ha dado cuenta de que pasa algo, porque se incorpora con expresión ceñuda y dice:

—¿Te encuentras bien? Te has quedado pálida.

Levanta la mano hacia mí, para reconfortarme con una caricia sobre la mejilla. Y me siento tan perdida y confundida que estoy a punto de aceptarla cuando las puertas de la alcoba se abren con un estrépito. Tras ellas, aparece una Yasmeen desaliñada, muy desaliñada.

Lobo se levanta de la cama en el acto, tenso a la par que amenazador. Vuelvo a coger aire con fuerza, gesto que agradecen mis pulmones, y... Dulzor. Un olor tan empalagoso que me hace arrugar la nariz me inunda las fosas nasales y me lleva a mirar a través de la terraza, alarmada.

Salto de la cama al mismo tiempo que recupero las dagas, que descansaban sobre una mesita baja. Pulgarcita pregunta qué sucede, pero la sultana no tiene aliento para responder. Sus ojos se clavan en la lámpara colgada en mi cintura.

«Nos ha vendido. Lobo tenía razón».

Como si él me hubiera leído el pensamiento, intercambiamos una mirada de preocupación y nos sobran palabras para comprender qué debemos hacer. Hasta Pulgarcita ha recuperado su látigo enredadera.

Vuelvo la vista a la sultana y compruebo que no lleva escolta.

«Espera, ¿por qué no lleva escolta?».

—Está aquí... —susurra con voz temblorosa.

—¿Quién? —pregunta Pulgarcita con el rostro perlado por el sudor.

—El Hada —respondemos Lobo y yo al unísono.

—Tenéis que marcharos. Seguidme.

Se da la vuelta con premura y se recoge las telas que le arrastran al andar. Con pasos cortos pero rápidos, nos conduce a través de unos pasillos tallados en el mármol sin ventanas ni apenas iluminación. De no ser por el candil que lleva en ristre, no veríamos nada. Me aferro a las dagas con fuerza para sentirme más segura, para tener la sensación de que poseo cierto poder, aunque nada más alejado de la realidad. Pulgarcita va detrás de mí y Lobo, con las espadas desenvainadas, cierra la marcha.

Ni una sola escolta, ni una sola doncella o sirviente; nadie que nos sugiera que el palacio no está muerto. Ni un alma. Aprieto las mandíbulas y desecho ese pensamiento. No puedo preocuparme por estas personas.

A medida que avanzamos, el intenso olor, algo similar a manzanas, canela y caramelo, se va desvaneciendo. Llegamos a las catacumbas del Palacio de las Mil Estrellas y la sultana gira a la derecha para entrar en una enorme sala abovedada con una claraboya en el centro, justo bajo la estrella que más brilla en el firmamento.

—Por aquí.

—Nos estamos metiendo en la boca del lobo... —susurra él con una sonrisa, tan cerca de mí que su aliento me acaricia la oreja. Por extraño que parezca, ese comentario me hace sonreír también. Pero no hay tiempo para eso.

Yasmeen se detiene y señala una enorme alfombra, de hilo grueso y duro y borlas en las cuatro esquinas, enrollada contra una impresionante escultura de una mujer fuerte tallada en mármol y oro.

—Es...

—¿Tahira?

—Invócala, por favor —suplica la sultana con lágrimas en los ojos—. Acepto. Acepto el trato. Con la condición de que dejes libre a Tahira con tu último deseo. A cambio, podréis usar la alfombra para que os lleve a donde deseéis.

Miro el trozo de tela y enarco una ceja.

—¿Una alfombra?

—Es mágica. Vuela. —Se acerca a ella y la desdobla para dejarla estirada sobre el suelo—. No hay tiempo. Tenéis que creerme.

Frunzo el ceño y chasqueo la lengua.

—Roja... —me reprende Lobo al comprender mis intenciones.

—Convenceré a Tahira para que os ayude en todo lo que pueda sin que tengáis que formular deseos.

Eso me gusta más y, a pesar de la tensión y la premura, un cosquilleo en el pecho me reconforta. Sin embargo, no es eso lo que pronuncian mis labios.

—No es suficiente —digo, ignorando la advertencia de Lobo. Siento los dedos de Pulgarcita alrededor de mi brazo y ni siquiera me molesto en zafarme de su contacto. Su alteza está desesperada. Una alfombra supuestamente mágica no nos sirve de nada contra una dictadora con ansias de encontrarnos—. Necesito más.

Yasmeen se muerde el labio inferior y lanza una mirada a la lámpara.

—Mi gente. El ejército de las dunas os ayudará cuando llegue el momento. Palabra de sultana.

Se lleva los dedos a la frente y vuelve a separar la palma en un gesto solemne, un gesto de promesa.

—Solo Tahira puede controlar la alfombra mágica. Idos ya y no miréis atrás. Os cubriré.

Me azuza para que suba sobre la tela extendida y hace lo mismo con Lobo y Pulgarcita.

—No podré excusar mi retraso si no partís ya.

El dolor que percibo en su voz me termina de convencer. Asiento en su dirección y froto la lámpara. Tahira se materializa entre el humo rojizo y corre a los brazos de su amada, como si estuviese al tanto de todo. Yasmeen se refugia en su pecho con los ojos cerrados y las mejillas surcadas por dos gruesas lágrimas.

—Ayúdalos y te liberarán —le suplica la sultana con voz rota.

—No pienso dejarte aquí. —La abraza más fuerte al percibir que quiere separarse de ella—. No lo permitiré.

—No tenemos otra opción. Es nuestra oportunidad de estar juntas. Para siempre.

Tahira mira por encima del hombro hacia mí y hace una mueca.

—No sería la primera vez que escucho esas palabras.

Yasmeen, de puntillas, encierra el rostro de la *djinn* entre sus delicadas manos plagadas de anillos antes de que sus labios se encuentren con anhelo. Un anhelo que me revuelve por completo al hacerme ser consciente de lo que le estoy haciendo a estas dos mujeres. La sultana no puede dejar de llorar y Tahira le limpia las lágrimas con los pulgares de forma incansable.

—El firmamento y la tierra son testigos de que a ti consagro mi vida, mi luz —murmura Tahira contra sus labios—. Y haré lo que sea por volver a encontrarte.

—En este reino o en el otro.

—En este reino o en el otro.

Sus frentes se encuentran y oigo a Pulgarcita sorber por la nariz.

—Debemos irnos —dice Lobo con tacto.

Tahira da dos pasos hacia atrás, sus manos siguen entrelazadas unos instantes más hasta que, por fin, la distancia las separa. La *djinn* sube a la alfombra, que de repente se levanta un palmo del suelo y hace que todos caigamos sobre ella, y salimos volando a través de la claraboya de las catacumbas.

26

Dicen que quien ríe último ríe mejor. Pues ahora mismo no podría odiar más a quien inventó ese dicho.

Me paso todo el viaje surcando el cielo con la cabeza asomada por un lateral de la alfombra, conteniendo la bilis y las náuseas que me invaden cada cinco minutos. Lobo se divierte con mi malestar, lo sé por la amplia sonrisa que tira de sus comisuras hasta formar un único hoyuelo en la mejilla derecha. Pulgarcita se ofrece a ayudarme (aunque no se le ocurre ninguna forma de aliviar mi situación) y Tahira no se digna a dirigirnos la palabra, aunque tampoco me extraña.

«Maldita la hora en la que me reí de ese animal por su patetismo volando con polvos de hada».

La bilis trepa de nuevo por mi garganta y cierro los ojos con fuerza para sobreponerme a la quemazón que me invade todo el cuerpo. Cuando vuelvo a tener el estómago asentado, escupo saliva, que se pierde en la inmensidad de la noche.

«Ojalá le dé a alguien en la cabeza».

—Aterriza ya... —le suplico con toda la dignidad de la que hago acopio, que no es mucha.

La alfombra se inclina hacia abajo y el viento frío me acaricia las mejillas, los brazos y el abdomen. Aunque ahora agradezco llevar tanta piel al descubierto, no voy a negar que estoy deseando recuperar mis pantalones y mis botas y deshacerme de estos trapos, por mucho que mi camisa esté llena de sangre y le falte una manga.

Aterrizamos en un claro en un bosque, desconozco de qué región (y tampoco me importa demasiado). En cuanto mis pies entran en contacto con la hierba fresca por el rocío de la madrugada, las rodillas se me doblan y las clavo sobre la tierra, al igual que las palmas. Un último retortijón en el estómago me hace vomitar todo lo que no he vomitado entre las nubes.

Con un gesto de lástima, Lobo empieza a desvestirse con calma. Tahira se agacha junto a la alfombra y le da un par de palmaditas en... ¿la espalda? La pieza de tela se yergue sobre las borlas traseras y se masajea lo que en una persona serían los hombros. La impresión de lo que acabo de presenciar me corta el vómito de golpe.

—Yo también te he echado de menos, amiga. —Se funden en un fuerte, y extraño, abrazo. Tahira esboza la primera sonrisa que le he visto en horas—. Siento haber tardado tanto en volver, pero ya sabes que no dependía de mí.

La alfombra hace un gesto con una de las borlas, como para restarle importancia, y le da un apretón en el hombro. Entonces veo a Pulgarcita aparecer de entre unos árboles; ni siquiera me he dado cuenta de que se había alejado.

—Es manzanilla. Si la infusionas, te calmará el estómago.

La chica me tiende unas hierbas un segundo antes de hacerse diminuta y casi desaparecer entre la hierba alta. Miro hacia el lado contrario y descubro que Lobo, en su forma animal, está metiendo la cabeza por el hatillo de su ropa.

Estás hecha un asco.

«No tenía a nadie que cuidara de mí», le respondo, observando el cielo rosado.

—Será mejor que descansemos aquí. Más tarde trazaremos un plan.

—Tú y yo tenemos que hablar —me espeta Tahira. No me pasa desapercibido que su voz está teñida de desprecio y que se han acabado las formas de cortesía.

—Habla —respondo, fingiendo no prestarle demasiada atención.

—Le prometí a Yasmeen que os ayudaría en lo que estuviera en mi mano. En mi *mano*. Si quieres que use mi magia en tu beneficio, tendrás que pagarla con un deseo. Y espero que seas una mujer de palabra y cumplas lo que has pactado con ella. Si algo nos ha enseñado toda esta estúpida situación, es que los deseos se pagan.

—Dalo por hecho.

—Y si queréis usar la alfombra como medio de transporte, se acabó lo de meterme en la lámpara, menos aún sin avisarme.

Qué pesada.

«A ver, alejarla de Yasmeen no ha sido lo más dulce».

Los dulces yo me los meriendo.

Irremediablemente, eso me lleva a pensar en el aroma de la magia.

—¿Qué hacía el Hada en Nueva Agrabah?

—Imagino que buscaros. Ella está al tanto de mi relación con la sultana, así que es lógico que, en cuanto descubrió qué pasó en la gruta y cayó una nueva noche, fuera a preguntar.

—¿Cómo es que está al tanto? —interviene Pulgarcita mientras trepa por el pelaje del animal.

—Cuando mi anterior amo nos... traicionó y vendió la lámpara al Hada, Yasmeen le ofreció la Cueva de las Maravillas para custodiarla. La sultana le permitió apostar guardias naipe allí a cambio de que la lámpara estuviese dentro de sus dominios.

—Axel pregunta que cómo lo sabes.

El animal se sienta junto a la alfombra, quien le rasca la cabeza como si de un perro se tratase. Esto no podría ser más surrealista...

Menuda panda de payasos estáis hechos.

—Porque la lámpara no está hecha de cemento. Oigo todo lo que pasa alrededor de ella. Yasmeen me lo contó.

Te dije que no te fiaras de ella.

Se me eriza la piel y aprieto los puños. No me gusta nada.

—Y si la sultana y el Hada tienen una relación tan estrecha, ¿cómo podemos fiarnos de ella?

—Porque has prometido liberarme. ¿O acaso pretendes no hacerlo?

La fiereza con la que clava los ojos en mí me hace tragar saliva y tensarme más todavía. Tener a una *djinn* de nuestro lado me parecía buena idea, hasta que la he hecho enfadar. Si enfrentarme a la dictadora me parece complicado, no quiero ni imaginarme cómo debe ser luchar contra un portador arcano que, por desgracia, ahora me conoce un poco.

Tienes la lámpara.

La acaricio con las yemas y su tacto frío me reconforta y me da cierta seguridad. Si las cosas se ponen feas, siempre puedo enviarla dentro.

—No es mi intención no hacerlo.

—Bien.

Sin añadir nada más, la alfombra y ella se adentran en la espesura del bosque y desaparecen de nuestra vista.

—Deberíamos montar un campamento. Axel dice que puede buscarnos comida.

—Prepararé una hoguera —comento mientras me froto los brazos por el frío.

Media hora después, ataviada con mis viejos ropajes llenos de roña, sangre y tinta, pero que me protegen mejor de estas temperaturas, me estoy peleando con la hojarasca para encender una hoguera con un brazo medio inútil. Lobo y Pulgarcita regresan con dos conejos y una cáscara de nuez fighu llena de agua para hacerme una infusión de manzanilla.

Mira, creía que no podías llegar a dar más pena. Pero me equivocaba.

«Cállate».

Una cría que no mide más que un pulgar tiene que cuidar de ti.

—Ya me encuentro bien —digo con los dientes apretados y el malhumor exudando por cada poro de la piel.

Me incorporo y muevo el hombro con un siseo de dolor contenido cuando Tahira y Alfombra vuelven desde el cielo. Sin mediar palabra, se agacha junto a mi hoguera infructuosa y la enciende frotando unos palos sin esfuerzo. Recojo los conejos y empiezo a despellejarlos con brusquedad.

Este podría ser él y mírate, preparándole el desayuno.

«Lo necesitamos».

Lo necesitas.

Siento un nudo en el estómago y tiro del pellejo con más fuerza.

Vas a estropear la carne.

«Déjame en paz».

¿Cuál va a ser el siguiente paso?

«Habría que encontrar el primer objeto».

—Estamos aquí —dice Tahira señalando su mapa—. Alfombra y yo hemos dado una vuelta para ubicarnos y estos picos nos quedan al norte, así que estamos en el Principado de Cristal.

—Supongo que por algún lado hay que empezar.

—Nada nos garantiza que los zapatos vayan a estar en palacio —gruño con otro tirón.

—¿De verdad guardarías *eso* en otro lado? —pregunta Tahira con tosquedad—. Teniendo en cuenta que no se pueden destruir, Lady Tremaine los habrá puesto a buen recaudo.

—¿Lady Tremaine?

Pillada.

Lobo se incorpora sobre las cuatro patas y yo me quedo helada. Ellos no lo saben.

Tahira nos mira de hito en hito, con incomprensión, y el silencio que nos sobreviene se torna espeso y tangible. El crepitar del fuego me hace retomar mi tarea.

—¿Cómo que Lady Tremaine? Lady Tremaine... —deja la frase a medias y mira a Lobo, que le está diciendo algo que no verbaliza.

—Lady Tremaine no está muerta —comienzo explicando sin separar la vista del animal entre mis manos.

—Pero eso es imposible...

Frunce el ceño y se masajea las sienes. En su cabeza ahora mismo se está mezclando la sensación de que algo no encaja con la bruma sobre la memoria. Para ella, y para la mayoría de los habitantes de los Tres Reinos, son las princesas las que se pusieron a las órdenes de la tirana para conservar sus palacios cuando el Hada Madrina dio el golpe de Estado. Mucho después de que acabaran con las villanas. Una realidad a medias.

—Dentro de los cuerpos de las princesas viven las conciencias de las villanas. Fue el castigo por negarse a pagar el precio de un deseo concedido. Cuando llegó el momento de saldar la deuda, las princesas debían entregar a sus primogénitos como pago por la magia, pero no fueron capaces. Los príncipes, quienes no habían acordado nada, volvieron atrás en el tiempo, a sus hogares y sin recordarlas. Y las villanas se adueñaron de los cuerpos de sus princesas.

Pulgarcita me observa con la mandíbula desencajada, mientras que Lobo mueve el rabo de un lado a otro, inquieto. Tahira se afana en mantener la hoguera encendida, sin intervenir y sin despegar los ojos del fuego.

—Así que... ¿dentro de Cenicienta vive Lady Tremaine? —Asiento mientras termino de despellejar al segundo conejo—. ¿Y Aurora y Blancanieves?

—Maléfica y Regina.

Aprieta los labios con fuerza y clava la vista en las llamas, digiriendo la noticia.

—Ahora entiendo por qué en los Tres Reinos se ha vivido como se ha vivido.

—Ya... —comento tras chasquear la lengua—. Tampoco se ha podido hacer nada al respecto.

—Hasta ahora.

Cuando levanto la cabeza de mi tarea, me encuentro con su mirada clavada en mí con una solemnidad que me sobrepasa durante un instante, el tiempo que tardo en darle un sorbo a la manzanilla caliente para distraerme del peso de sus palabras.

—¿Y cómo es que tú lo sabes?

Ahora es cuando te toca sincerarte.

Cojo aire despacio para mentalizarme, aunque tampoco voy a decirles mucho más de lo que ya saben.

—Porque la he visto. —Coloco la carne en dos palos que Tahira ha preparado y la acerco a la lumbre—. Un día, después de la llegada de la bruma, estaba de caza fuera de Poveste, cerca de la linde norte del Palacio de Cristal, siguiendo a una cierva. Herida, se coló en los dominios del palacio y, con el trabajo medio hecho, no iba a dejarla escapar, así que la seguí. Fue cuando la vi a través de una ventana, con un pomposo recogido, telas recargadas, maquillaje estrafalario... Muy distinta a como era Cenicienta, pero igualita a como era Lady Tremaine. Entonces desbloqueé el recuerdo, el momento en el que me pidieron ayuda antes de que todo se fuera al traste.

No necesito añadir más para que entienda todo lo que no puedo decir. Trago saliva para intentar pasar el nudo que me atenaza la garganta y parpadeo varias veces para aliviar la sequedad de los ojos por haber tenido la vista fija en el fuego.

—Y teniendo en cuenta lo mucho que han colaborado las princesas con el Hada Madrina desde la llegada de la maldición, no necesité mucho más para deducir lo que pasaba.

—Entonces todo esto va a ser más complicado de lo que pensaba. —Asiento con los labios fruncidos y le doy la vuelta a los palos—. Antes creía que podríamos acabar apelando a su bondad previa, a su buen corazón, para conseguir su ayuda. Ahora...

De nuevo vuelve a clavar sus ojos en mí y siento una responsabilidad mayor de la que debería.

—Ahora entiendo a qué te referías con que estamos muertos. —No puedo evitar que su comentario me arranque una media sonrisa amarga—. —¿Y qué podemos hacer?

Pulgarcita mira a Tahira y a Alfombra, como si así se fuesen a solucionar todos nuestros problemas, pero no creo que la *djinn* esté muy por la labor de colaborar en estos momentos. Lobo se yergue sobre las cuatro patas y mira a la chica fijamente, claro indicativo de que están hablando mentalmente.

—Axel dice que lo mejor será que descansemos hasta que caiga la noche. Después, no sabremos cuántos momentos de paz nos quedarán.

27

Descansar con la tripa llena es de las sensaciones más placenteras que se me ocurren. Si a eso le pudiese sumar el echar una cabezadita, este rato al amparo del bosque habría sido perfecto. De no ser por todos los condicionantes que nos han traído hasta aquí, claro está. Como soy la única que no puede pegar ojo (hasta una alfombra puede dormir y yo no), me encargo de mantener la hoguera encendida para conservar el calor y de estar alerta todo el tiempo.

Parto una de las ramas más anchas y lanzo ambos extremos a la lumbre.

«¿Alguna idea de qué hacer ahora?».

Ni la más mínima.

«Ya, a mí tampoco se me ocurre nada».

Me dejo caer sobre la hierba mullida y me fijo en la danza hipnótica del fuego hasta que los globos oculares se me secan.

Tampoco estás en condiciones como para que se te ocurra algo brillante.

Frunzo el ceño con extrañeza y aprieto las mandíbulas.

Sabes bien que mientras tengas la cabeza en otros asuntos, no llegarás a estar ni remotamente cerca de nuestro potencial habitual.

«Bueno, tampoco tengo muchas alternativas».

Deja de pensar en él.

Lo miro de reojo, tumbado a mi izquierda, con la cabeza apoyada sobre las patas delanteras y durmiendo con placidez.

«No pienso en él».

Menos lobos, Caperucita.

Su comentario me arranca una sonrisa sincera y me recoloco sobre el trasero, para aliviar la tensión de la espalda y del brazo magullado.

«Solo quiero saber quién soy. Nada más».

Despeja la bruma.

«Es muy fácil decirlo».

Ya lo has hecho antes. Siempre en situaciones complejas en las que no querías estar. Persiguiendo a la cierva en terreno peligroso; en la posada de Los Tres Oseznos, con una compañía indeseada, y tras la conversación sobre Olivia.

Aprieto los labios y lanzo otra rama a la hoguera. ¿Acaso estamos frente a un patrón?

«¿Qué sugieres?».

Que sigas tirando de los hilos de tu mente, haciendo preguntas. Pueden darse dos resultados: que descubras la verdad y te centres en seguir con vida, o bien que no descubras nada y puedas centrarte para seguir con vida. Con una mente tan turbia como la tuya no llegaremos a ningún lado.

«Todo el mundo tiene la mente tan enturbiada como la mía».

O eso crees.

Vuelvo a mirar a mis acompañantes y los estudio con curiosidad. ¿Y si es verdad lo que la bestia sugiere? ¿Y si hay más de lo que aparentan a simple vista? Lobo recuerda a su hermana gemela, recuerda a su clan, recuerda muchas cosas. Y yo, por el contrario, solo recuerdo lo de las princesas y a la abuelita, y esto último porque vivo con ella. Ni rastro de cómo fue tener a una amiga como Olivia junto a mí, mucho menos hay rastro de mis padres.

Gruño con frustración y me masajeo las sienes.

Pregúntale.

«Por mucho que le insista en que me diga si recuerda algo más es tan sencillo como mentir. Ya ha habido ocasiones en las que me ha dicho que no sabe nada más».

Pregúntale por ti.

El corazón me da un vuelco y me fijo de nuevo en ese pelaje negro y tupido, en su espalda que sube y baja en una respiración pausada. De forma irremediable, mi mente viaja a ese momento extraño compartido en la alcoba de la sultana, a su proximidad junto a mí en la cama, a sus ojos que bebían de mí, a su dulce aroma. El calor propio de la lujuria me trepa por el cuerpo y aparto esos pensamientos. Lo único en lo que debería pensar es en lo que me dijo, en la información que compartió conmigo. Ojalá pudiera hacerle más preguntas ahora. Ojalá la dichosa maldición desapareciera de un plumazo y todo volviera a la normalidad.

Ojalá... Ojalá...

En parte sabes que esto es normal.

Aparto la vista del animal con brusquedad y me quedo embelesada con las llamas. Me niego a aceptar que esto, lo que me pasa, sea mi normalidad. Sin embargo, Lobo mencionó que en su clan hay más gente como él, que a la luz del sol muta de forma y alberga una bestia en su interior.

Me llevo la mano al pecho y aprieto el puño arrugando la camisa. ¿Y si esta es *su* normalidad? *Nuestra* normalidad.

Sin poder remediarlo, mi mente viaja al primer recuerdo que poseo tras la caída de la bruma, a mi enfrentamiento con una loba de tamaño descomunal que salió de en medio del bosque. A decir verdad, no sería mucho más pequeña que Lobo en estos momentos.

«¿Yo también...?».

Alzo la cabeza para estudiar al animal que nos acompaña, pero mis ojos se encuentran con un destello violeta que me distrae. Tahira, recostada contra un grueso árbol junto a Alfombra, me observa. Nos quedamos así, sosteniéndonos la mirada un tiempo indeterminado en el que a ella, poco a poco, se le van ensanchando más las aletas de la nariz y le va creciendo una arruga entre las tupidas cejas.

Está claro que me odia, y no la culpo lo más mínimo. Yo también me odiaría de estar en su misma situación.

Tú habrías matado a quien te hubiera puesto en esta situación.

Reprimo una sonrisa divertida porque sé que la genio está atenta a cada una de mis facciones, pero la bestia tiene razón. Si algún día llego a amar con la misma intensidad que he visto en los ojos de Yasmeen y Tahira, no dejaría que nada ni nadie se interpusiera en mi camino. Jamás.

Mi propia certeza me hace sentir una punzada en las entrañas, porque aunque no sé si habré tenido a alguien así en mi vida, es algo cálido que me gustaría experimentar: encontrar a alguien que te complemente sin necesidad de verbalizar nada.

Me tienes a mí.

«Según me dices, tú eres yo».

¿Y qué hay de malo en quererse a una misma? Nadie te cuidará ni te protegerá mejor que yo, no lo olvides.

Sus palabras son como una caricia en el pecho y, de repente, siento un estremecimiento. Las mejillas y las orejas se me encienden con calor y, ahora sí, me veo obligada a apartar la vista de Tahira. Es la primera vez desde que todo comenzó que la bestia me trata así, y aunque me complace no tener que estar luchando conmigo misma constantemente, con un instinto animal que me revuelve las entrañas, no estoy acostumbrada a este nivel de dulzura.

Está claro que me estoy muriendo.

Espero a que la bestia me responda con su mordacidad típica, pero cuando me quiero dar cuenta, el sol ya se ha ocultado y el cielo ha adquirido una tonalidad plomiza y turbia, claro preludio de que será una noche tormentosa.

Pulgarcita aprovecha para estirar las extremidades con un bostezo largo y nada recatado mientras Lobo se está anudando las tiras del pantalón de ante. Como atraídos, mis ojos viajan desde su abdomen hasta su pecho, donde el tatuaje que lo cruza de lado a lado se mueve y moldea, de forma hipnótica, según sus movimientos. Un día descubriré la verdad tras las marcas que cruzan nuestras pieles.

—¿Podrías prestarme tu mapa, Tahira? —dice mientras termina de abrigarse con la capa de pelo negro.

La aludida se levanta de su asiento y, con un chasquido de dedos, hace aparecer el mapa enrollado en sus manos. Se acerca a él y lo extienden sobre la hierba, cerca de la hoguera para que su luz ilumine las líneas trazadas sobre el pergamino.

Lobo se agacha y se atusa la barbilla en aire pensativo. Pulgarcita se asoma por encima del hombro y yo me acerco, con curiosidad.

—¿Dónde dijiste que estábamos? —le pregunta a la *djinn* sin despegar la vista de la tinta.

—Por lo que vimos, estas montañas de aquí nos quedan al norte. —Señala un punto y piensa un instante—. Y creo haber visto también este lago.

Tahira mira a Alfombra y esta ¿asiente? No me acostumbro a que una alfombra actúe como una persona, ni siquiera tiene cabeza para asentir, tan solo un doblez en la tela que le habría servido de caperuza extraña.

Con una de sus borlas amarillas, Alfombra señala otro punto con un par de toquecitos y esta vez es la *djinn* quien le da la razón.

—Sí, también sobrevolamos este claro.

—Lo que nos ubica dentro de este triángulo. —Lobo traza la figura con un dedo y sonríe—. Tenía la sensación de que me sonaban estos bosques, y no me equivocaba.

Solo a un lobo podría sonarle un bosque.

—¿Qué tiene de especial que estemos en esta zona, Axel? —pregunta Pulgarcita.

—Pues que por aquí se encuentra la segunda residencia del duque De la Bête y es el lugar perfecto para llevar a cabo mi idea.

28

—Es una soberana estupidez. El peor plan que haya escuchado en mi vida —refunfuño con los brazos cruzados sobre el pecho y con la desconfianza aún latiendo en mis venas.

—Porque no me quieres prestar atención, te cierras en banda a cualquier cosa que salga de mi boca.

Sin poder remediarlo, mis ojos viajan hasta las curvas de sus labios entreabiertos. A estas alturas, no tengo la certeza de si me cerraría a *cualquier* cosa que saliera de ahí. No obstante, no es eso lo que digo:

—Puede que en eso tengas razón —concedo—, pero esta en concreto sigue pareciéndome una idea de lo más absurda. ¡Nadie nos seguirá!

—Tú dale al pueblo una excusa para vestir de gala y te digo yo a ti que se meten hasta bajo unas enaguas.

Pulgarcita ríe por lo bajito y niega con la cabeza, como si no se pudiese creer la conversación que estamos manteniendo. Pero es que yo tampoco. Máxime teniendo en cuenta que la desconfianza se ha vuelto a abrir paso en mi pecho al descubrir lo que nos ha ocultado y que, perfectamente, podría haber compartido conmigo anoche, cuando le pregunté a la vuelta del baño.

—Lo siento, Roja —admite con cierto temblor en la voz y una

franqueza que me pilla desprevenida, en parte porque parece que me hubiera leído la mente—. Apenas he tenido tiempo siquiera de pensar, no creí que fuera importante. Siento no habéroslo contado cuando la encontré, pero era tarde, teníamos que descansar... Y en los baños pensé en hablarlo esta mañana, no solo con vosotras, sino también con la sultana. Pero las cosas cambiaron de rumbo demasiado rápido como para explicaros nada.

Cruzo los brazos sobre el pecho y aprieto los labios, y automáticamente me siento una niña pequeña teniendo una pataleta. Entiendo a la perfección su toma de decisiones, yo misma habría hecho lo mismo, pero ¿por qué diantres no hice yo lo mismo? ¿Por qué no salí a investigar el palacio y me quedé tan ricamente descansando? Por un instante, aguardo a que la bestia responda cualquiera de sus mordacidades habituales; sin embargo, lo que obtengo es silencio. Y en cierta medida eso calma parte de mi enfado. Porque no tengo ese runrún constante que me recuerda que de un tiempo a esta parte estoy siendo más inútil de lo que me gusta admitir.

—No perdemos nada por intentarlo, ¿no? —comenta Tahira para cambiar de tema, mucho más dispuesta a ayudarnos ahora que parece abrirse un posible camino hacia su libertad.

Lobo y yo nos miramos un segundo más, uno muy intenso en el que casi me veo reflejada en sus iris ambarinos, y termino por claudicar un poco.

—A ver, lo de colarnos en el interior de una cueva maravillosa y custodiada por naipes no me parecía del todo mal. Pero estás proponiendo allanar una casa.

—Una vacía.

—No puedes saberlo... —murmuro de mal humor.

—Tú eres la menos indicada para tener reticencias en meterte donde no debes.

Hago un mohín y chasqueo la lengua, porque tiene razón.

Sin embargo, no es el hecho de entrar en la segunda residencia del duque De la Bête lo que me echa para atrás, sino todo lo que viene después.

—¡Es una segunda residencia! —continúa—. ¿Qué probabilidades hay de que un duque acomodado decida viajar a su segunda residencia justo cuando queremos usarla nosotros, en pleno invierno? ¡Que vive en la Comarca del Espino, por toda la magia!

Lobo se echa el pelo hacia atrás, desesperado. Cree tener la mejor idea del mundo, y yo solo veo que su plan hace aguas. No obstante, no tenemos nada mejor a lo que aferrarnos, así que, con un suspiro y una mirada a un cielo que está a punto de partirse en dos, termino por acceder. De perdidos al río.

Apenas una hora después, Alfombra nos deja a los pies de la imponente verja de hierro forjado que delimita el terreno de la propiedad. Nos quedamos mirando el metal como si fuera el mayor obstáculo al que nos hemos enfrentado y en un silencio roto por un búho cotilla.

—Bueno, ¿qué? ¿Entramos? —digo, señalando la entrada con una ceja enarcada.

Lobo se inclina hacia delante con las manos entrelazadas y me ofrece sus palmas para impulsarme el pie y que pueda trepar. Sin poder remediarlo, espeto una carcajada que nace desde lo más profundo de mi ser.

—Por favor... Hazte a un lado.

Doy varios pasos hacia atrás y encaro la verja. Si salto lo suficientemente alto, podré encaramarme a media altura y trepar. Está todo tan oxidado que no creo que me resbale. Aunque con la perspectiva de la distancia ya no me parece tan absurdo que me hubiera aupado un poco.

Cojo aire y echo a correr. Antes de que pueda darme cuenta, estoy demasiado cerca, y cuando salto lo hago con más patetismo del que me gustaría reconocer. No obstante, consigo cerrar las manos con la suficiente fuerza como para no venirme abajo. Con un gruñido de esfuerzo, flexiono los brazos para tirar de mi cuerpo hacia arriba mientras voy subiendo una pierna tras otra. Definitivamente ha sido una idea muy estúpida, porque el brazo me palpita con violencia y creo que siento la herida reabierta. Termino de subir y queda lo más peliagudo: colar los muslos por entre los remates puntiagudos de los barrotes. Doy gracias a mi delgadez por facilitarme las cosas y tan solo me queda dejarme caer al otro lado.

Mis piernas vibran al encontrarse con la tierra batida y me sacudo las manos con una indiferencia que estoy demasiado lejos de sentir, porque el brazo me quema.

Desde este lado, veo a Lobo ofrecerle su ayuda a Pulgarcita, pero esta no hace más que mirarlo a él y a la verja de hito en hito.

—¡No tenemos todo el día! —les recrimino en un tono no demasiado alto.

Giro el hombro para intentar rebajar la tirantez de la articulación y de los músculos mientras compruebo que los bordes de la herida, para mi sorpresa, no se han separado de nuevo. Aprovecho estos segundos para estudiar el entorno: la vegetación aquí dentro no podría estar más descuidada, así que va a resultar que Lobo tenía razón, después de todo.

—Venga, yo te ayudo. Cuando te dejes caer al otro lado, Roja te cogerá. —Bufo entre dientes, aunque solo me oye él—. Ya verás como es muy fácil.

«Fácil, fácil...».

—Es que no puedo, Axel —confiesa en un murmullo—. Es de hierro.

Y entonces algo en las mentes de todos hace clic, porque las hadas son vulnerables a ese metal y su contacto con él podría ser abrasivo y poco placentero. De hecho, ahora comprendo la mirada de repulsión que no ha dejado de lanzarle.

—Bueno, creo que es el momento de que intervengamos, ¿qué te parece, amiga?

Me fijo en Tahira y me percato de la enorme sonrisa que cruza su rostro, tan amplia que casi desaparecen sus ojos entre arrugas. Alfombra se troncha por la mitad y finge secarse unas lágrimas de unos ojos que no tiene.

—Queríamos ver cómo os las apañabais, pero con hacer esto —chasquea los dedos— estaríais al otro lado.

Y efectivamente, ya están junto a mí por arte de magia.

—Aunque Alfombra también podría habernos dejado al otro lado. —La *djinn* y el trozo de tela comparten una mirada cómplice.

—Muchas gracias, Tahira —dice Pulgarcita con voz suplicante.

—Podrías haberlo hecho antes —me quejo masajeándome el brazo.

—Ha sido divertido verte encaramada ahí cual rana.

Farfullo algo para mis adentros y encamino la marcha en dirección al imponente caserón del duque De la Bête. La fachada de la masía, de dos plantas y tejado a dos aguas, al que le faltan más de tres y de cuatro tejas, está plagada de enredaderas mire donde mire. Hay ventanas con los cristales rajados, o incluso rotos, y las losas del camino principal hacia la vivienda están agrietadas. Esto está más abandonado si cabe de lo que había comentado Lobo.

Los cinco nos detenemos frente a las enormes puertas dobles de roble macizo y nos quedamos contemplando la gigantesca aldaba con forma de león.

—¿Deberíamos llamar? —pregunta Pulgarcita, un tanto cohibida.

—¿Crees que es inteligente llamar a la puerta de la casa que vas a allanar? —respondo con mordacidad.

—Al menos así sabríamos si hay alguien dentro...

—Es noche cerrada. De haber alguien, veríamos algún candil prendido —argumenta Lobo, intentando forzar la cerradura.

Después de un par de minutos desesperados en los que a punto estoy de ofrecerme a hacer su trabajo, la hoja de madera cede y se entreabre con un chirrido de ultratumba que hace que me rechinen los dientes. De no ser porque es imposible, incluso me habría parecido escuchar a Alfombra tragar saliva. Pulgarcita da dos pasos hacia atrás y se esconde tras la imponente figura de Tahira.

El interior del caserón está en penumbra absoluta a falta de una luna oculta por los nubarrones de tormenta. Apenas se ve a un palmo de distancia, así que es Lobo el primero en adentrarse en el recibidor.

—Vamos —murmura con tensión rezumando por cada poro.

Llevo las manos a las empuñaduras de mis dagas, alerta a cualquier estímulo que pueda suponer una amenaza, y sigo sus pasos muy de cerca, tanto que podría mimetizarme con su sombra. Le concedo el privilegio de ir por delante porque su vista de lobo seguro que lo ayuda a discernir los contornos del mobiliario de la vivienda.

Cuando estamos dentro, descubro que frente a nosotros se yerguen dos impresionantes escaleras de mármol, con pasamanos tallado en madera, que se juntan en la segunda planta, en un pequeño corredor que hace las veces de balaustrada para vigilar la entrada de la casa. A la derecha hay un pasillo que se pierde en la oscuridad, y a la izquierda dos puertas delgadas y que llegan hasta el techo, con pomos lacados en oro. La pintura de las paredes, así como de la madera que queda a la vista, parece desconchada. También hay un par de muebles cubiertos por sábanas.

Sin embargo, lo que más llama mi atención es el majestuoso cuadro que hay colgado en la pared de la derecha, un marco con la madera tallada en brocados. La pintura está comida por el paso del tiempo, pero lo que impide ver qué estampa se trabajó con óleo tiempo atrás son las cuatro rajas paralelas que la cruzan de una esquina a otra, como si de un zarpazo se tratase.

—Eso no estaba así la última vez que vine —dice Lobo a media voz, señalando el cuadro con la punta de su espada corta.

—¿Hace cuánto de eso?

—En otoño —me responde con la vista clavada en el pasillo.

Entonces, un relámpago, seguido de un trueno que hace temblar hasta los cimientos, parte el cielo en dos. Pulgarcita se sobresalta tanto que se le escapa un alarido tembloroso de entre los labios. Tanto Lobo como yo la recriminamos con la mirada, pero tampoco podemos culparla de que tenga los nervios a flor de piel. Una lluvia torrencial arrecia con fuerza en el exterior, y Tahira se apresura a cerrar la puerta tras nosotros para que el agua no se cuele dentro.

Espero que todo esto no sea un mal presagio.

—Vamos al salón principal —propone él con un cabeceo hacia la derecha.

Cruzamos el pasillo, plagado de cuadros familiares, a simple vista, y llegamos a una estancia cuyas paredes están forradas de estanterías robustas. El techo es alto, y flanqueando unas ventanas extremadamente alargadas hay cortinas tupidas y pesadas que le dan al lugar un aspecto más lúgubre aún. Me acerco al ventanal que tiene un cristal roto, por el que se cuelan viento y lluvia, y cierro su cortina para aislarnos un poco más del frío del exterior.

Tallada en la pared hay una chimenea recargada que Lobo se afana en intentar encender, pero la poca madera que queda en el hogar está demasiado húmeda. Con un chasquido de dedos, Tahira hace aparecer una impresionante llama azul que, tras la explosión inicial, se va convirtiendo en un fuego normal. Pulgarcita, con pasitos cortos y rápidos, se acerca al calor de las brasas para atemperarse las manos. Alfombra, mientras tanto, estudia los libros que hay desperdigados por el suelo, sin cuidado alguno, y se toma la molestia de ir colocándolos en las estanterías.

Sin poder evitarlo, esta escena me recuerda a la última vez que estuve en la cabaña de la abuelita, con mis libros por todas partes y tirados de cualquier forma; me recuerda a ese primer momento tras decidir que era tiempo de cambio hace una semana escasa.

—Voy a ver si encuentro algo de utilidad —comento para salir de aquí cuanto antes.

Pensar en la abuelita, en si seguirá viva a mi regreso, me provoca una presión en el pecho que no soy capaz de soportar. Y estar aquí me reafirma que la he abandonado a su suerte.

Creo que Lobo emite un gruñido de asentimiento y poco más, pero tampoco le presto la suficiente atención. Giro sobre mis talones y regreso por donde he venido. En mi paseo exploratorio me fijo en mayor detalle en los lienzos colgados de las paredes desconchadas. Hay varios retratos regios, con rostros serios y miradas perdidas; tan realistas que me dan mal rollo. Tengo la sensación de que con cada nuevo cuadro que dejo atrás, más pares de ojos se me clavan en la nuca, atentos a cada una de mis pisadas.

De nuevo en el recibidor, la lluvia golpea los cristales con violencia y el viento aullante hace que vibren con intensidad. Me asomo al exterior y los arbustos, pelados y desprovistos de hojas, se agitan con violencia de un lado a otro, al son de las corrientes invernales. No teníamos suficiente con todo lo que llevamos a nuestras espaldas que tenía que caernos el diluvio universal.

Suspiro con resignación y me doy la vuelta. El aire escapa de mis pulmones en una exhalación ahogada y me quedo petrificada en el sitio al ver una enorme sombra asomada a la balaustrada de las escaleras. Cuando vuelvo a parpadear, ya no hay nada. Trago saliva y me concentro en volver a respirar. Un sudor frío me perla la nuca de repente y aprieto los dientes con fuerza. Me debato entre si lo que he visto es real o si es una jugarreta de una imaginación demasiado creativa y condicionada por un ambiente tétrico.

Una parte de mí, quizá la más racional, la que se distancia de la personalidad de la bestia, me dice que pregunte si es alguno de mis compañeros, que seguro que es Tahira, que se ha materializado en la parte de arriba para investigar el caserón. Pero mi parte más estúpida me dice que, de ser el caso, solo estaría haciendo el ridículo. Así que trago saliva y avanzo un pie por delante del otro, dispuesta a descubrirlo.

Mis pisadas resuenan contra el frío mármol de la escalera con cada nuevo peldaño que asciendo. Las yemas de mis dedos acarician la madera del pasamanos, rugosa, astillada y poco cuidada, pero esa sensación áspera es lo que necesito para recordarme que no estoy soñando. Llego hasta donde hace apenas unos segundos me ha parecido ver la extraña sombra y pongo la mano sobre la balaustrada, en busca de algún signo térmico que me pueda indicar si mi alucinación es tal o no. El frío de la piedra contra mi palma me sobrecoge. Si no me tranquilizo, no llegaré a ninguna parte.

Echo un vistazo por encima del hombro, hacia la derecha, donde se abre un pasillo idéntico al de la planta de abajo, menos por la salvedad de que las cortinas de aquí están hechas jirones.

Hay más cuadros de paisajes surcados por marcas que rasgan el lienzo en cuatro. Me adentro en el corredor, con la vibración de los cristales y el silbido del viento a mi izquierda. Más adelante, unas cortinas se agitan con violencia; los cristales están rotos. Mis botas emiten crujidos según pisan las esquirlas que adornan el suelo. Con cuidado, sigo adelante, sin importarme la lluvia que me golpea el brazo malherido al pasar por delante del ventanal destrozado.

Ignoro el par de estancias cerradas que dejo a la derecha, mis ojos fijos en la puerta del fondo, que se abre y cierra en un ritmo constante, mecida por la corriente. Alzo la mano frente a mí, mis dedos se encuentran con la hoja de madera y la empujo unos centímetros, lo suficiente para permitirme ver la estancia. El agudo chirrido de los goznes oxidados me hace apretar los dientes.

Se trata de una alcoba en infinito peor estado que la biblioteca. En el centro, se encuentra lo que en otro tiempo debió de ser una cama, de la que solo queda el somier de hierro forjado. Encima, un dosel de gasa hecha pedazos sobrevive a duras penas. Me adentro en la sala, sin despegar la mano de las empuñaduras de mis dagas, y me dirijo hacia el amplio balcón de puertas de cristal destrozadas. Están como medio arrancadas de las bisagras, con el marco de madera hecho astillas y cristales por todos lados.

Sin embargo, lo que más llama mi atención es una pequeña silueta que hay sobre una mesita redonda de mármol junto al balcón. Es algún tipo de recipiente tapado por un paño blanco que emite... luz desde el interior. La tela tiene lo que a duras penas reconozco como un bordado. Con cuidado, alargo la mano para rozarla con las yemas. Es suave y está cuidada, a diferencia de todo lo que hay aquí. Un escalofrío y un retortijón en las entrañas.

Embelesada por el extraño fulgor, la embestida que me sobreviene me pilla totalmente desprevenida. Mis pies se separan del suelo, el estómago se me sube a los pulmones y floto por el espacio hasta que mi espalda se encuentra con la pared contraria. Me falta el aire, el corazón se me clava en las costillas, la habitación da vueltas. No, mi cabeza da vueltas. Intento respirar, pero los pulmones no obedecen. Es la conmoción del golpe, de haber volado sin necesidad de alas y que mis huesos se hayan encontrado con el ladrillo y el cemento. Ni siquiera tengo fuerzas para gritar cuando, entre temblores, abro los ojos y veo a una enorme criatura de cuernos retorcidos, pelaje por todo el cuerpo y erguida en dos patas, que me observa en posición amenazadora, con las garras afiladas y preparadas para desgarrarme la yugular.

La adrenalina que corre rauda por mis venas me activa de nuevo, desbloquea mis pulmones, en *shock* por la conmoción, y el aire entra a raudales en mi pecho. El alarido que escapa de las amenazadoras fauces de la criatura me hace chirriar los dientes, pero se ve acallado por un estruendoso trueno que rompe el cielo en dos. A pesar de que la tormenta está por encima de nuestras cabezas, la que tengo frente a mí es mucho más amenazadora que cualquier rayo que pueda caer. El aire está viciado por la estática y el vello de todo el cuerpo se me eriza con la anticipación; es lo que me confirma que sigo viva, que sigo sintiendo y que no pienso dejar que me venza así como así.

Porque por mucha criatura de pesadilla que pueda ser ella, aquí la bestia soy yo.

29

Me incorporo con toda la agilidad que me permiten mis músculos agarrotados y cojo el cajón de una mesita que hay tirado
junto a mí. Se lo lanzo con fuerza; sin detenerme, mi mano ya
está lanzándole el segundo justo hacia la cabeza. El tercero llega
de forma automática. Esquiva los cajones con una gracilidad
monstruosa. Su cuerpo bebe de la anticipación felina y salta de
un lado a otro mientras le lanzo mobiliario, porque acercarme
para utilizar las dagas no es una posibilidad: me dejaría demasiado expuesta a esas garras.

Mi mente repasa la estancia en la que me encuentro y ubico
la puerta de la alcoba a la derecha; el balcón a la izquierda. Dos
posibles vías de escape.

Sigo lanzando los objetos que veo, necesito hacer ruido. Sería una completa necia si pensara que yo sola puedo contra esta
criatura que mide el doble que yo en todos los sentidos. Sus labios
están retraídos para dejar al descubierto unos colmillos tan afilados y largos que casi se los podría clavar en las mandíbulas
contrarias.

Una palangana de metal que vuela, las patas de una silla.
Ruedo por el suelo y llego hasta unos libros. ¿Por qué está llena
de libros la casa? No me importa. Cualquier objeto puede ser

empleado como arma arrojadiza en estos momentos. Para mi sorpresa momentánea, se dedica a moverse de un lado a otro obviando lo que le lanzo, como sopesando mis capacidades combativas. Corro hacia la derecha con todas mis fuerzas, pero cuando de un salto se interpone entre la puerta y yo, hago una finta a la izquierda y me dejo resbalar sobre el suelo polvoriento para zafarme del zarpazo que ha lanzado donde apenas un segundo antes he estado yo. El sudor me perla la frente y cae en surcos por mi espalda. No obstante, mientras no me suden las palmas podré arañar unos segundos más de vida.

El gañido del viento oculta cualquier ruido de combate y no sé qué hacer ya. Entonces, usa mi misma táctica y empieza a lanzarme objetos sin ton ni son. Los mismos que yo le arrojé me son devueltos con una fuerza multiplicada por diez. Los cajones estallan en astillas a apenas un palmo de mí y siento fragmentos pequeños de madera clavados en mis antebrazos cuando me protejo el rostro con ellos. La palangana está tan cerca de acertarme en medio de la cabeza que la única forma de esquivarla es dejarme caer de culo hacia atrás. El temblor que me trepa por la columna con el impacto en la rabadilla me hace apretar los dientes. Gateo por el suelo, resbalando a causa del polvo, y me escondo detrás de la estructura de la cama. Una pata de silla rebota contra el metal y sale despedida por el balcón.

Un segundo de calma en el que me atrevo a mirar por encima del hombro. Está jadeando, justo bloqueando la puerta principal. Me llevo la mano a la cintura y paso las yemas por el relieve de la empuñadura de una de las dagas, un arma demasiado cuerpo a cuerpo como para emplearla contra la criatura. Y arrojársela... No, sería garantizarme la muerte.

Ojalá estuviera la bestia aquí conmigo. Con ella soy más ágil. Letal. E inteligente.

El relámpago que ilumina el cielo parece cosa de magia,

porque esa luz aparece en el mismo instante en el que se me ocurre una idea: estamos encima de la biblioteca. Vuelven a volar distintos objetos por el cielo de la alcoba con la intención de reventarme la cabeza, y no comprendo por qué no se enfrenta a mí directamente, si tiene todas las de ganar. No pierdo el tiempo pensando y me dedico a lanzar lo que tengo a mano por el balcón, con la esperanza de que abajo los vean y vengan a ver qué pasa.

La criatura no es tonta, porque en cuanto el tercer libro cae por la baranda, oigo sus retumbantes pisadas correr hacia mi posición. Esto tiene que alarmarlos sí o sí, porque el suelo entero tiembla. Me agazapo como buenamente puedo, me arrastro sobre el abdomen y paso reptando por debajo de la estructura de la cama, resollando por el esfuerzo y la intensidad de los movimientos.

Me va a matar. Tengo esa certeza. Pero puestos a morir, hagámoslo por todo lo alto.

Con un movimiento ágil, al tiempo que me pongo de pie, suelto el broche de la caperuza y la tela roja cae tras de mí a cámara lenta. En ese momento, desde la oscuridad del pasillo que da paso a la alcoba, una espada corta sobrevuela el espacio en dirección a la criatura y se clava justo donde ha estado esta apenas un segundo antes.

Lobo entra en la alcoba como una exhalación, nuestros ojos se encuentran un instante y un chispazo estático inunda el ambiente. Una sonrisa satisfecha tira de mis comisuras hacia arriba. Un momento de conexión que apenas dura dos segundos, tiempo en el que me he lanzado a la carrera hacia el monstruo que ahora se encuentra bajo el marco del balcón.

Antes de que pueda darme cuenta, una daga ha aparecido en mi mano, la segunda en la otra, y lanzo tajos a diestro y siniestro. Mis músculos se mueven solos, pura inercia controlada para asestar donde tienen que dar: en la carne peluda de la criatura.

En cuanto recupera el arma, Lobo se mueve con una gracilidad sin igual. Sus acometidas son frías y calculadas, meditadas en medio del frenesí de la batalla. Está tan centrado que es capaz de atacar al animal, esquivar mis embestidas erráticas y protegerse de los zarpazos, todo al mismo tiempo. Nuestros ojos se encuentran una y otra vez. Cuando veo un flanco abierto, parece leerme la mente y su espada parte el espacio para aprovechar el hueco, pero apenas roza carne. Entonces, una de mis dagas viaja al hueco que Lobo ha abierto para mí, aunque tan solo consigo arañar a la criatura. Vamos aprovechando las ventajas que el otro nos concede con una maestría que casi podría parecer ensayada. No hay espacio para pensar en el dolor que me atraviesa el brazo con cada movimiento.

Y, sin embargo, es la primera vez que no intentamos matarnos el uno al otro.

Nos convertimos en un torbellino de brazos, filos y golpes. No obstante, la criatura no se está quieta. Sus zarpas, que cruzan el aire que la rodea una y otra vez, a punto están de rasgarme el pecho de lado a lado de no ser por la finta hacia atrás que hago en el último momento. El esquive me deja desprotegida unos segundos muy valiosos, pero ahí está Lobo para cubrir el espacio que ha dejado mi cuerpo. Me levanto trastabillando justo en el momento en que mi compañero flaquea y recibe un golpe que lo tumba hacia atrás. Sobre mí.

Los dos caemos de espalda, pero mi nuca se encuentra con el borde de la mesita de mármol. Profiero un alarido de dolor. Lo siguiente pasa muy rápido: la mesita se termina de tambalear por el golpe, el recipiente oculto por la tela vuelca sobre la mesa y rueda hasta el borde para precipitarse hacia el suelo.

—¡No! —gruñe la criatura.

Lobo estira el brazo, evita que una rosa de cristal luminiscente se haga añicos contra el suelo y la calma se hace con todos nosotros.

Con horror, me llevo la mano rauda al lugar del impacto. Todo me da vueltas, tengo el pelo mojado justo donde mi cabeza se ha encontrado con la mesa, me tiembla la palma cuando me la llevo frente a los ojos. Para mi alivio, no es sangre, sino sudor.

Los tres nos quedamos quietos: la criatura, medio agazapada con el brazo alzado hacia delante, como si hubiese intentado detener la caída del objeto pero desde la distancia a la que estaba; Lobo, tumbado boca arriba, con la respiración agitada, el brazo extendido, la rosa en la mano y todo el peso de sus músculos sobre mí; y yo, debajo de él, medio tirada sobre la mesa, con el mundo dándome vueltas y el relieve de la pata de mármol clavado en los riñones.

Respiro con profundidad, a pesar de que el peso de Lobo sobre mi pecho me dificulte la tarea, y vuelvo a cerciorarme de que no me he abierto la cabeza con la caída. Sigue siendo sudor.

—La romperé... —murmura Lobo, resollando—. Os juro que si no paráis, la romperé.

Ninguno nos atrevemos a movernos por si esta extraña paz se quiebra en cualquier instante. El olor dulzón de la magia inunda mis fosas nasales y, cuando me quiero dar cuenta, Tahira se ha materializado arrodillada junto a mí, comprobando el mismo punto en el que no hago más que poner la mano, porque me extraña mucho que mi cráneo esté intacto. Me pregunto si su preocupación será genuina o si se debe a que necesita mi tercer deseo para ser libre.

La criatura se incorpora hasta quedar erguida, todo lo alta que es; sus cuernos retorcidos casi acarician el techo. La *djinn* imita sus movimientos y también ocupa mucho más espacio que

Lobo y que yo. Ahora mismo son como dos animales midiéndose las fuerzas desde la distancia. La criatura emite un gruñido y suelta aire con violencia por la nariz.

—Marchaos.

Su voz es gutural, de ultratumba, tan grave que se me clava en las costillas y reverbera en ellas. Una voz humana encerrada en un cuerpo animal que no está preparado para hablar. O, al menos, que no está acostumbrado.

—Nos marcharemos... —empieza respondiendo Lobo— después de que hayamos terminado lo que hemos venido a hacer.

Entonces sí siento una fuerza liberadora cuando su cuerpo se incorpora y deja de aprisionarme contra el suelo. De entre los labios se me escapa un jadeo y respiro con profundidad. Me levanto con cuidado de no marearme y los tres nos quedamos en el sitio, enfrentándonos a él.

Otro relámpago que ilumina la estancia y hace que los contornos de la criatura sean más nítidos: su pelaje es marrón, los cuernos que le adornan la cabeza parecen los de una cabra; en el rostro, un enorme hocico a medio camino entre el de un lobo y un león. Un ser de pesadilla.

—Esta. Es. ¡Mi casa!

Las paredes tiemblan con el rugido con el que pronuncia esas dos últimas palabras y me aferro con fuerza a las dagas, a pesar de saber que con Tahira aquí se ha acabado la diversión.

«Un chasquido de dedos y todo habrá acabado». La miro de reojo. «Si ella quiere».

—Voy a hacer una cosa —dice Lobo con la respiración más calmada y tono conciliador—. Voy a dejar esto en el suelo, entre ambos. —Hace lo que dice y le enseña las palmas en un gesto pacífico—. Y vamos a hablar como seres racionales.

La criatura clava la vista en la rosa de cristal, que brilla con un hipnótico fulgor rojo, y luego vuelve a mirarnos. Lobo le sonríe con una sinceridad admirable, sus dientes blancos enmarcados por unos labios carnosos. Un vuelco en el estómago.

—Necesitamos vuestra ayuda, duque. —Una chispa de humanidad cruza sus ojos animales—. Y creo que vos queréis que esto siga intacto.

«¿Acaba de decir... "duque"?».

La tormenta parece desaparecer en los segundos tensos que nos sobrevienen, a pesar de que, con toda certeza, sigue rugiendo con fuerza en el exterior.

Tahira da un paso al frente y se coloca entre nosotros. La criatura, el duque, retrae los labios para mostrar aún más sus colmillos.

—Me llamo Tahira, y soy la *djinn* de la lámpara maravillosa. —Señala hacia atrás, a la lámpara de aceite que llevo colgada del cinto, y siento los ojos de la criatura clavados en mí. La genio se dobla hacia delante y recoge la rosa del suelo—. Tomad, es vuestra.

—¿Qué?

—¡No! —decimos Lobo y yo al unísono.

—Hemos entrado en vuestra propiedad y, además, mis compañeros os han atacado. Lo lamentamos profundamente.

Extiende el brazo hacia él y me abalanzo hacia delante. Salvo porque mi cuerpo se encuentra con el brazo de Lobo, que me retiene. La sangre vuelve a bullir en mis venas y siento las puntas de las orejas arder.

—¡Tahira!

La *djinn* se encoge un poco sobre sí misma y aprieta con fuerza el puño libre. Siento un retortijón en las entrañas, como si un hilo invisible que nos conecta a ambas tirase de ella hacia mí. Sacude la cabeza, vuelve a alzarla con solemnidad y se enfrenta a la criatura, embelesada con el fulgor de la rosa de cristal.

—Tahira... —intenta mediar Lobo. Me revuelvo entre sus

brazos, pero me aprieta con fuerza contra su pecho y casi me levanta del suelo—. Piensa lo que estás haciendo.

—Las amenazas nunca traen nada bueno. —Pronuncia cada palabra con mordacidad y dolor en cada sílaba. Mira por encima del hombro y sus iris rezuman ponzoña violeta. De nuevo, encara al duque—. Cogedla, es vuestra.

Él se queda muy quieto, como una alimaña acorralada y amenazada que no comprende qué está sucediendo. La *djinn* da un paso más hacia él, y cuando un nuevo relámpago ilumina la estancia, veo una sonrisa cálida en sus labios y unos ojos brillosos.

—Suéltame, Lobo. —Vuelvo a revolverme y me aprieta con más fuerza. Las costillas se me constriñen y el brazo izquierdo me arde con un latigazo. Siento su corazón desbocado contra mi espalda—. La lámpara.

Entonces parece entender que no quiero continuar con la pelea, que no tenemos gran cosa que hacer contra esta criatura en un combate cuerpo a cuerpo y que esa dichosa rosa es lo único que podrá garantizarnos su ayuda en ese estúpido plan que nos ha traído hasta aquí. Me suelta con rapidez y llevo la mano hasta la lámpara. Justo antes de empuñarla hacia ella, la *djinn* vuelve a mirar por encima del hombro y dice:

—Prometí ayudaros.

La solemnidad de sus palabras me hace dudar un segundo, tiempo que tarda la criatura en recuperar el extraño objeto luminiscente y atesorarlo como un niño con un dulce.

El cielo truena, los cristales vibran una vez más. Es como una salva fúnebre que nos acaba de condenar a todos.

La criatura, muy despacio, levanta la cabeza y mira a la *djinn*. Ella ha rehecho el camino que había avanzado hacia atrás, hasta quedar junto a mí. Y a punto estoy de clavarle una daga en la yugular cuando el duque, con esa voz salida de la caverna más angosta, habla.

—Estoy en deuda contigo, *djinn* de la lámpara maravillosa.

Tahira hace un leve asentimiento con la cabeza y nos volvemos a quedar en silencio. Ahora sí que no comprendo nada. ¿Ha funcionado?

Los ojos de Lobo y los míos se encuentran de forma automática, como si buscásemos la respuesta a esa pregunta en el otro. Y en cuanto me doy cuenta de esa inercia que no sé de dónde ha salido, vuelvo a clavar la vista en la criatura.

De tres zancadas de sus enormes patas llega junto a nosotros, que nos apartamos automáticamente, alertas, se agacha y levanta la mesa de mármol como el que lo hace con una de ratán. Con una delicadeza totalmente inesperada en un cuerpo como el suyo, coloca la rosa de cristal justo en el centro y vuelve a cubrirla con el paño bordado.

—¿Qué queréis a cambio? —le pregunta a Tahira, ignorándonos por completo.

La *djinn*, por su parte, nos mira de soslayo como pidiéndonos permiso. Pero ¿a cuento de qué? ¿No acaba de desobedecerme a niveles que creo que han transgredido las reglas de la magia? Aun así, asiento, porque es gracias a ella que tenemos una mínima posibilidad de seguir adelante. Después, coge aire lentamente y vuelve a mirar a la criatura a los ojos.

—Tenemos un baile al que asistir.

30

Pactamos una tregua tácita después de que Tahira se disculpara por nuestra intromisión en su residencia y de que el duque expresara que su intención no era matarme, solo quería echarme de su hogar. Y yo tendría que haberme dado cuenta, porque que una criatura como ella te lance mobiliario a la cabeza no es la forma más efectiva de acabar contigo. Irremediablemente, eso me hace pensar en Olivia, en lo mal que entendí la situación hasta acabar matándola.

En la quietud de la biblioteca, nadie habría dicho que hace apenas diez minutos hemos intentado matarnos. Salvo por las heridas superficiales que nos hemos causado unos a otros. Pulgarcita no hace más que mirar de un lado a otro, de forma frenética y con los nervios crispados, mientras nos cura a Lobo y a mí, aunque yo le he dicho que no lo necesitaba. Con lavarme un poco las heridas de las astillas y los raspones de resbalar sobre el suelo voy bien.

—¡Ay! —La miro con el ceño fruncido cuando sus manos rozan la herida que me abrieron en la Cueva de las Maravillas.

«Creo que mi brazo opina lo contrario».

—Tienes que dejar de forzar tanto —murmura muy cerca de mí, como si no quisiera que la criatura nos oyera.

—¿Qué querías que hiciera? —susurro con cierta violencia—. ¿Que me dejara matar?

Pulgarcita abre la boca un par de veces, como con intención de rebatirme, pero no hay argumento válido para esa pregunta. Porque cuando tu vida depende de tus facultades, no puedes permitirte que un brazo malherido te sentencie. ¿Tripas que se salen? Está bien, eso sí puede llegar a ser un impedimento. ¿Un corte en un brazo? Miro la herida de reojo. Bueno, si me hubiese desmembrado, sí podría ser un problema. Pero esto no. Si apenas llegó a verse el hueso cuando me lo hicieron, venga ya.

Pero te quejas igualmente.

Al alzar la vista de nuevo, Pulgarcita está de pie sobre el reposabrazos de la butaca en la que estoy sentada y Lobo, junto a la ventana, se lame el pelaje del pecho, donde las zarpas de la criatura lo arañaron. Sigue tan nublado que ni siquiera me he dado cuenta de que estábamos rozando el alba.

«Que no sea una herida mortal no significa que no escueza».

Quejica.

Hago un mohín con los labios y giro la cabeza hacia un lado, como si así me fuese a librar del incordio que supone la bestia. Y entonces mis ojos se encuentran con algo que me deja helada y boquiabierta: la criatura sigue exactamente igual, con sus cuernos retorcidos, su hocico mezcla de lobo y león, el pelaje por todas partes y sus garras como cuchillos. La garganta se me seca y me obligo a cerrar la boca.

—¿Roja? ¿Me oyes?

Vuelvo a mirar a Pulgarcita, que me observa con los brazos en jarras, y niego ligeramente.

—Que te apliques el astringente en el brazo. El resto se curará pronto.

Alargo la mano hacia el botecito, sin poder dejar de observar a la criatura mientras se enrosca un vendaje en el peludo brazo derecho. Él ha acabado igual de mal que nosotros.

Tendría que haber acabado peor.

«Suficiente que no me degolló».

Ay, si tan solo hubiera estado despierta... Hasta Lobo habría acabado mal parado.

Un cosquilleo me recorre la columna y giro el rostro hacia el animal, que me mira fijamente. Hemos luchado con una sincronización y una maestría que no recuerdo haber experimentado nunca. Y, sin embargo, es la primera vez que combatimos codo con codo de verdad, ayudándonos mutuamente y sin limitarnos a salvar el propio pellejo. Siento un pinchazo en el estómago y se me ruborizan las mejillas de tal modo que clavo los ojos en el chisporroteo de la chimenea. Tahira y Alfombra también me vigilan, si es que un trozo de tela puede observar algo.

—¿Qué miráis? —espeto de mala gana mientras me levanto.

Lo hago con tanto ímpetu que la butaca se tambalea y Pulgarcita se queja por mi brusquedad.

—Estamos esperando —dice la *djinn* en tono monocorde.

—¿A qué, si puede saberse?

—A que le expliques al duque en qué consiste el plan maestro —añade Pulgarcita con voz dulce, en un intento de que el ambiente deje de estar tan tenso.

—La idea es de Lobo, así que...

—¿Qué? —Las palabras de la genio vienen acompañadas de una risa seca—. ¿Pretendes que Axel se ponga a hablar?

Lo señala con la palma extendida y me niego a que mis ojos se encuentren con los ambarinos del animal.

A veces me sorprende tu estupidez. Aunque solo a veces.

Aprieto los dientes y los labios para armarme de paciencia. Lo último que me faltaba después de haber luchado por mi vida contra una criatura salida de lo más profundo de las pesadillas es tener a la bestia incordiando. ¿Es mucho pedir disfrutar de un mísero descanso?

Con un suspiro exasperado, me dejo caer sobre la butaca mientras me masajeo el puente de la nariz. ¿Por dónde empiezo? Si, además, soy la primera a la que toda esta idea le parece una pamplina. ¿Cómo voy a defender un plan que considero un chiste? Miro a la criatura por encima del hombro y vuelvo a suspirar. No me va a creer. O, peor, se va a reír de mí.

El mero hecho de pensar en esa posibilidad me hace apretar los puños con fuerza.

—Tahira.

La *djinn* se tensa ante la crudeza de mi voz. Y es lo mínimo que debería hacer.

Me gusta cuando te pones chulita.

«Cállate».

—Tú has pactado con él, tú se lo explicas.

Al alzar de nuevo la cabeza, sus ojos violetas y los míos se encuentran con una brusquedad que hace saltar chispas. Y, acto seguido, vuelvo a sentir esa presión en el pecho, como si una mano se cerrara en un puño sobre mi ropa y tirase de ella hacia mí. Sé que no son imaginaciones mías cuando la veo reprimir dar un paso hacia delante.

Este es el poder de la lámpara maravillosa. Yo soy su ama. Yo ejerzo cierto influjo sobre ella. Y si bien podría jugar la carta de retarme a que pida deseos, sé bien que su lealtad hacia la sultana, que la promesa que se hicieron en el último momento, pesa más que su código mágico.

La tensión de su cuerpo tira hacia arriba de las comisuras de mis labios y me arranca una sonrisa satisfactoria que intento ocultar de su vista. Para ello, me levanto y paseo por la habitación. La criatura clava sus ojos en mí y me observa moverme de un lado a otro, hasta que me detengo junto a una de las ventanas que aún conservan sus cristales para contemplar el exterior. Bajo la cenicienta luz de un día plomizo, los arbustos desprovistos de hojas parecen garras que se empeñan en abrirse camino desde el suelo terroso y embarrado. La lluvia no ha dado nada de tregua desde anoche.

La época perfecta para una celebración: el invierno. Cuando nadie quiere estar en la calle o en sus roñosas viviendas.

«No me digas que te parece un buen plan».

Un silencio por su parte, creo que Tahira se ha acercado a la criatura para hablar con ella. Me giro para contemplarlos y cruzo los brazos sobre el pecho reclinándome contra la pared.

No es que me parezca un buen plan en sí. Pero tampoco es malo.

Algo en su forma de pronunciarlo me provoca un retortijón, como una punzada que nace en mi estómago y me sube hasta el pecho con la misma intensidad que un calambrazo. Miro al animal de reojo, que está sentado a la derecha, lo suficientemente lejos de mí como para no tener que tragarme su tufo a chucho. No pierde detalle de la conversación que están manteniendo el duque y la genio.

Quizá tú también deberías prestar atención.

Vuelvo la vista hacia ellos y espiro con profundidad.

—Sabemos que suena a locura, pero vinimos aquí con la única intención de usar vuestro papel y vuestra tinta. Nada más. Os doy mi palabra.

La *djinn* se lleva el puño al pecho, justo encima del corazón, y lo mira con solemnidad. Durante un instante, la estancia se carga de una intensidad que me abruma un segundo. Es como si se estuvieran echando un pulso de poder solo con los ojos, unos violetas contra otros de un azul tan profundo que parecen dos piedras preciosas. La forma que tienen de mirarse no es nada comparado con lo imponentes que resultan sus figuras. La criatura apenas le saca una cabeza a Tahira, mientras que a mí casi me saca un tercio de altura. No me quiero ni imaginar cómo se debe de sentir Pulgarcita a su lado.

«Qué estúpida he sido...», me doy cuenta con la perspectiva de la distancia.

Nada nuevo.

De lo imprudente de mis actos. ¿Cómo diantres se me ocurre amenazar a una *djinn*? ¿Tantas ganas tengo de morir? Y bien podría haberlo hecho enfrentándome a ese monstruo de cuernos retorcidos que ahora resulta ser nuestra única esperanza.

Siempre nos han gustado los retos.

Sí, aunque retar a la muerte es como bailar en el borde de un precipicio: te enfrentas a una caída muy larga si mueves mal un pie.

Entonces asegúrate de seguir bailando de día, preciosa.

—No.

Esa voz cavernosa retumbaría contra las paredes de no estar atestadas de estanterías con libros y más libros.

—Ni siquiera os hemos explicado cuál es nuestro plan.

—No.

—Por favor, la vida de innumerables personas depende de esta empresa.

—No.

Aunque no me gustan las negativas de la criatura, nunca imaginé que llegaría a ver a Tahira suplicar por algo. Es tan... antinatural.

—Podemos ayudaros con vuestra maldición. —Por como lo pronuncia, sabe que es su última baza.

La criatura a punto está de repetir el monosílabo, pero la palabra se le atraganta en la boca y toma una bocanada de aire en su lugar. Y Tahira sabe que ha encontrado un flanco por el que colarse, porque empieza a hablar a toda velocidad:

—Si conseguimos entrar en el Palacio de Cristal, tendremos una oportunidad de recuperar una de las tres reliquias que acabarán con el poder del Hada Madrina y, así, con el embrujo que controla a los Tres Reinos y los ancla a una densa bruma.

La criatura frunce el ceño, su pelaje se pliega con tanta profundidad que casi aparece un cráter de entre sus facciones. Entonces, los labios se le retraen hacia atrás, mostrando unos colmillos que casi se clavan en las mandíbulas contrarias, y se ríe. Se ríe. Y ese sonido que parece provocarlo sus costillas al frotar entre sí me hace rechinar los dientes.

—Ella no es el único mal de Fabel.

Tahira aprieta los puños, pero su rostro no se demuda lo más mínimo, mantiene esa sonrisa cordial y servicial que tan bien ensayada tiene.

—¿No ves que mi dolencia no es la misma que la suya?

Levanta la zarpa con rapidez, lo que provoca que todos nos tensemos al instante; sin embargo, tan solo pretende señalar a Pulgarcita y a Lobo.

—Aunque antes sí me afectara, ahora yo soy más como ella. —Me señala a mí.

—Permíteme dudarlo... —murmuro contra mi hombro.

Siento los ojos de todos clavados sobre mí, incluso los de la alfombra, y de repente me siento extraña en mi propia piel. Porque a pesar de que llevemos una semana compartiendo viaje, creo que es la primera vez que se cuestionan por qué motivo yo no me transformo en otra cosa con la llegada de un nuevo día.

Trago saliva para intentar ahuyentar la sensación pegajosa que me trepa por la nuca gracias a esta atención repentina, y nada deseada, y carraspeo. Tahira, despacio, vuelve a centrarse en el duque.

—Puede que esta no sea la maldición que os atormenta, duque, pero os garantizo que todo embrujo tiene su salida.

Los iris de la criatura centellean con rapidez hacia la *djinn* y la observa con otros ojos, como si lo que acaba de oír le presentase un sinfín de posibilidades nuevas.

—Te escucho.

Está jodida. A ver cómo sale de esta.

—Puedo brindaros mi ayuda. Cuando todo esto acabe, regresaré para descubrir cómo funciona vuestro maleficio y que podáis ponerle fin.

—¿Y tengo que fiarme?

El escepticismo que rezuman esas palabras casi me salpica en la cara. Pero no es para menos.

«Yo tampoco me fiaría de la palabra de una desconocida. Suficiente ha confiado ya».

Es una djinn.

Estoy a punto de preguntar qué tiene eso que ver cuando la genio clava una rodilla en el suelo y se lleva una mano al pecho en un gesto solemne. Justo por debajo de la palma, un fulgor rojizo intenta abrirse paso entre sus dedos.

—Aquí y ahora, juro con mi vida que mi palabra veréis cumplida.

Con cuidado, levanta la mano de encima de su corazón y una equis bermellón adorna ahora su camisa.

Y no solo la ropa.

Oigo a Pulgarcita contener un jadeo y la veo llevarse las manos a los labios. Lobo se ha puesto de pie en el acto. Y no es para menos. Tahira acaba de sellar un pacto de sangre.

31

El duque nos ha conducido a la sala que se encontraba cerrada a la izquierda de la entrada para abordar el plan como se merece, aunque a mi parecer se merezca acabar en la basura.

Me trago todas mis objeciones, todos los motivos por los que esto puede salir extremadamente mal, y hago de tripas corazón para poner mi mejor cara, que muchos la considerarían cara de asco.

Frente a nosotros, tallado en la misma madera de la mesa de reuniones, el mapa de Fabel nos muestra su sinuosa orografía de una forma que solo había visto en el plano de Tahira. Según De la Bête, la maldición del Hada Madrina recayó sobre los archivos y los cartógrafos, eliminando así cualquier rastro del mundo real del papel. Pero objetos como este, centenarios, quedaron fuera de su alcance o de su imaginación. Estamos frente a una verdadera reliquia.

Paso las yemas por los surcos que marcan el relieve de los Tres Reinos y de más allá, hasta llegar a Agrabah. ¿Cuánto tiempo hará que tallaron esta mesa si ni siquiera presenta el verdadero nombre de la ciudad? ¿Cómo acabaría llamándose Nueva Agrabah?

Miro a Tahira de soslayo, a la derecha del duque, mientras señalan la ubicación del Palacio de Cristal.

Puedes preguntarle, seguro que no le importa contártelo.

Enarco una ceja, fruto de la curiosidad.

Oh, espera, te lo contaría si no te odiara a muerte.

«¿Y de quién es la culpa?».

Mía te garantizo que no.

Pues tiene razón, así que me limito a apretar los dientes con fuerza e intentar reengancharme a la conversación, sin poder evitar que mis ojos viajen una y otra vez hacia la equis que Tahira aún lleva tatuada en el pecho.

—Anoche, Axel consiguió interceptar una misiva en la que se invitaba a la receptora de esta al baile del solsticio de invierno del Palacio de Cristal —comienza explicando Tahira, mucho más tranquila ahora que cuando se enteró de que Lobo había robado una invitación dirigida a su sultana.

Según nos contó la *djinn*, es probable que Lady Tremaine sea dada a invitar a personalidades extranjeras para hacer gala de su opulencia y su nuevo estatus, todo bajo la fachada de una Cenicienta muy poco convincente pero con don de gente, así que a Tahira no le resultó extraño descubrir que esa invitación se extendía a Yasmeen, aliada en parte del Hada Madrina.

Todavía no me termina de hacer gracia que Lobo tuviera la genial idea de investigar un poco sobre el lugar en el que estábamos retenidos de forma velada por mi culpa, algo que tendría que haber hecho yo. Sin embargo, lo que me sorprende aún más es que, en cierto modo, me duela que no me lo contase cuando le pregunté si pasaba algo, sobre todo tras compartir cama y conversar como personas normales. No obstante, si sigo pensando en eso, en el pequeño agujero de traición y desconfianza que ahora se asienta como una mácula sobre mi corazón, terminará por enquistarse. Y después del momento tan... extraño que hemos vivido luchando juntos contra la criatura, lo último que me hace falta es volver a desconfiar del todo de él.

—Nuestra idea era enviar invitaciones a toda Poveste —explica Pulgarcita correteando por encima del mapa— y extender la invitación al baile al pueblo llano.

La criatura aprieta los labios y expulsa una honda bocanada de aire. Está tan poco convencido de todo esto como yo, si no más.

—Estamos convencidos de que Lady Tremaine no podrá negarse a una horda de nuevos invitados bajo la atenta mirada de la nobleza de toda Fabel.

—¿Lady Tremaine? —pregunta el duque con incomprensión.

«Maldita sea, ¿cuánta gente más tiene que enterarse de todo?».

Parece que mucha. Y cuanto antes admitas tus cagadas, antes dejarán de oler.

«Eso no tiene sentido».

Si te acostumbras al olor de la mierda...

Hago un mohín y me lanzo a explicarle a De la Bête todo lo que descubrí, mis sospechas sobre la usurpación de los cuerpos de las princesas y cómo, con el paso de los años, la teoría se ha ido viendo reforzada por los propios actos de las «princesas». Parece encajar la información bien y, para mi sorpresa, decide creerme.

—Es arriesgado —dice el duque después de sopesarlo—. Pero hay pocas posibilidades de que algo salga mal.

En eso tiene razón, si todos han estado de acuerdo en seguir con este absurdo plan, que solo servirá para perder el tiempo, es porque hay ínfimas probabilidades de que alguien salga herido o se vea realmente perjudicado. ¿Qué mal puede hacer que un puñado de aldeanos, ataviados con sus mejores galas, se presenten a las puertas del palacio?

Que se dé una masacre.

«¿Ahora te importan las vidas de los demás?».

No, pero si crees que no vas a estar en primera línea, estás muy equivocada.

Darle la razón a la bestia dos veces de forma tan seguida me crispa los nervios, pero cuando es evidente lo que dice, poco tengo que objetar. A veces me planteo si será la voz de mi conciencia.

—Ahora entiendo la actitud de la princesa en la última recepción que celebró —dice la criatura con cierta indiferencia.

—Tú... ¿acudiste?

Por muy obvia que sea mi pregunta, hasta yo me sorprendo del poco tacto que he tenido con una criatura que podría acabar conmigo de un manotazo. Sus ojos azules se clavan sobre mí con la dureza de quien lucha por no matarte.

—No siempre he sido así. Esta condición... es reciente.

Tahira le coloca la mano sobre el brazo para infundirle ánimos y me resulta interesante comprobar que entre los dos ahora ha nacido cierta complicidad, porque él no se aparta de ella.

—Dice Axel que habrá que replicar una invitación original —comenta Pulgarcita para cambiar de tema.

—Y ha de ser perfecta —apunta Tahira—. Ya habéis llamado la atención del Hada Madrina dos veces. Está claro que va tras vuestra pista, y si alguien intercepta la misiva y descubre que es falsa, las sospechas nacerán antes de lo que nos interesa.

—¿Alguno podría falsificarla? —pregunta el duque.

La carta resbala sobre la mesa y se detiene en el centro. Lobo y Pulgarcita me miran expectantes, como si fuese la única que podría llevar a cabo esta tarea. Pero ni siquiera yo sé si mis dotes picarescas se extienden a la falsificación de documentos oficiales. Mis habilidades artísticas, por otro lado...

Me inclino para recoger el papel envejecido y lo examino en silencio. Aunque ya vi la misiva que robó Lobo, exactamente igual a esta, me detengo unos instantes a examinar todos los detalles mejor. En el bosque, con la única iluminación de una hoguera, apenas pude estudiar la carta. Sin embargo, aquí, bajo el fulgor de los candiles de aceite y con la poca claridad del día, me doy cuenta de que el sello de lacre, que sigue adherido en uno de los tercios de la hoja doblada en tres, es de cera azul cian y tiene el relieve de un delicado zapato de tacón.

—¿Sigue utilizando el mismo sello? —pregunta Pulgarcita para corroborar que ambas misivas tengan la misma procedencia.

—Es lo último que recibí, así que sí.

—¿Por qué habría de cambiar? ¿Para levantar sospechas? Lady Tremaine está muy bien viviendo en el cuerpo joven, esbelto y bello de la princesa como para que nadie se inmiscuya en su situación y quiera devolverla a dondequiera que estuviese antes.

La chica me da la razón y termino por abrir la misiva. Está escrita con una caligrafía delicada y alargada, muy distinta a la mía, redonda y de letras apretadas. Chasqueo la lengua y releo el contenido, que es igual al de la robada. Nada de formalidades ni galanterías, una carta directa en la que se transmite una invitación a palacio para disfrutar de unos refrigerios. Indica código de vestimenta y se despide con una firma bastante escueta y, a mi parecer, poco practicada. Falsificar la firma no debería resultarme un problema, ahora bien, imitar la caligrafía...

—Puedo intentarlo, pero creo que me costará conseguir una buena imitación. Y luego habrá que hacer ¿cincuenta?, ¿cien réplicas? Me llevará tiempo. Todo esto no tiene sentido.

El silencio se instala entre nosotros con la misma densidad que las nubes tormentosas que cubren el cielo.

—Pide un deseo —me reta la *djinn*.

—No pienso malgastar un deseo con un plan que bien podría no funcionar de todos modos.

Pulgarcita chasquea la lengua y corretea hasta llegar junto a mí.

—Yo te ayudaré. Y Axel también. Dice que es buen aprendiz.

Sus ojos, de un amarillo tan denso como la miel, se encuentran con los míos y siento un chispazo en las yemas de los dedos. Me observa con tanta intensidad que sus palabras no pronunciadas casi resuenan en mi mente.

En realidad soy yo, que te estoy hablando, se burla de mí la bestia y vuelvo a contemplar la carta.

—Está bien, pero habrá que trabajar duro. El baile es en dos días y medio, y hay que redactarlas, recrear un sello y enviarlas.

Además, la abuelita ya lleva sola en la cabaña ocho días, no sé cuánto tiempo más aguantará sin que yo esté allí para cuidar de ella. Le dejé algunos víveres y conservas a la vista, para esos momentos de poca lucidez en los que casi no sabe ni dónde está, y le pedí a la vecina más cercana, una vieja amiga, que estuviese pendiente de ella. Pero la certeza de que con cada día que pasa, mayor es la probabilidad de que no me esté esperando a la vuelta me abruma más y más. Y tampoco podemos invertir demasiado tiempo en algo que bien podría no dar resultado. Si tenemos como fecha límite la luna nueva, cada día cuenta. Es ahora o nunca.

Pulgarcita emite un ruidito a medio camino entre la euforia y la incomodidad por mostrarse tan entusiasmada con el plan. Sus mejillas se tornan rojizas e, irremediablemente, me recuerda a aquella hada malhumorada. Entonces, la chica vuelve a corretear sobre la mesa para acercarse a la *djinn* y que pueda oírla bien.

—Tahira, ¿nos harías el inmenso favor de ayudarnos a repartir las misivas? Sin ti, Alfombra no creo que quiera ayudarnos.

Alfombra cruza las borlas frente a sí y niega en un gesto bastante extraño y antinatural, pero se nota a la legua que está de acuerdo con la muchacha.

—Solo eso, de verdad. Nada de magia ni de deseos no pedidos. —Pone la mano sobre el pecho, como la genio ha hecho escasos minutos antes pero sin formular la sentencia del pacto, y parpadea varias veces con esos abanicos que tiene por pestañas—. *Porfiii*.

La *djinn* pone los ojos en blanco y acaba por asentir. Con el plan más asentado, la criatura me acerca pluma, papel y tinta y da comienzo una de las tareas más tediosas a las que me he tenido que enfrentar.

Qué días tan divertidos nos esperan.

32

Me paso los siguientes dos días y medio anclada a la silla, levantándome lo mínimo para comer, ir al excusado y asearme. Por una vez, le veo ventaja a esto de no poder dormir, aunque los ojos se me pegan en distintas ocasiones a causa del cansancio. Lobo ha permanecido conmigo prácticamente todo el tiempo, durmiendo lo mínimo indispensable para que su cerebro no colapsara. Se ha dedicado en cuerpo y alma a tallar la insignia del sello de cera de la forma más fehaciente que le han dejado sus habilidades para trabajar la madera. Que, para mi sorpresa, han sido mucho más refinadas de lo que esperaba. Además, se presentó voluntario para cerrar las misivas con un tono de cera bastante parecido al original, si bien no es el mismo.

En más de uno de los muchos momentos de silencio, he sentido la tentación de preguntarle por el clan, de terminar la conversación que comenzó en la cama de Nueva Agrabah, pero no me he visto con fuerzas para afrontar lo que pueda significar lo que descubriera. Necesito mantenerme centrada en lo que tenemos por delante, en el futuro que nos espera, y dejar el pasado aparcado para que no sea el motivo de mi muerte. No obstante, en estos dos días y medio, he tenido la sensación constante de que él también quería hablar conmigo más allá de las charlas banales que amenizan el trabajo; que, quizá, también sienta esa conversación como inacabada.

Con respecto a los demás, Pulgarcita se ha encargado de abastecernos con todo lo que hemos podido necesitar: comida, mantas, conversación insustancial y bla, bla, bla. Y Tahira... Bueno, se ha limitado a perdonarme la vida, que motivos no le faltan para estrangularme en cuanto cierro los párpados un segundo. Una suerte para mí que no pueda romper la voluntad de la lámpara en esos términos. Aunque he de admitir que ha sido todo un detalle que accediera a repartir las cartas disfrazada de guardia real acompañada de Alfombra y Pulgarcita, sobre todo teniendo en cuenta que tardaron casi un día en completar su parte del plan.

El duque se ha mostrado mucho más receptivo de lo que cualquiera podría haber imaginado en un primer momento, porque no solo nos ha permitido quedarnos en su segunda residencia, cuando podría habernos desterrado a las caballerizas, sino que nos ha dado acceso a parte del ropero de su familia. Según nos explicó, de todo el linaje De la Bête solo queda él, y todo apunta a que será el último dada su monstruosa condición, así que guarda los ropajes por puro hastío. Están tan llenos de polvo y deteriorados que Pulgarcita ha tenido que afanarse en arreglar algunos de los mejores atuendos. Aunque su tarea es todo un misterio para los demás, porque cuando se encierra en el cuarto de la costura, no hay quien pueda entrar a molestarla.

Ahora que el duque ha tenido que volver a la Comarca del Espino para ocuparse del personal de su palacio, el ambiente en esta masía es mucho más distendido. Qué hacía aquí siendo este un caserón medio abandonado y una segunda residencia sigue siendo todo un misterio, porque no me creo que viniera única y exclusivamente a recuperar un viejo espejo de mano, una reliquia ancestral, tal y como nos explicó. Lo que sí sabemos es que ha regresado a su hogar con solo dos de los cuatro caballos con los que vino, para que dichos caballos en préstamo puedan tirar del carromato que lo trajo hasta aquí. Su generosidad ha traspasado todos los límites de la humanidad y me ha hecho pensar que, como Tahira no cumpla su pacto de sangre, no solo perderá ella la vida, sino que los demás acabaremos pagando por sus promesas impulsivas.

Con la desaparición de la tormenta, toda la casa parece estar más dotada de vida de lo que pensé al principio. Las estancias son amplias y luminosas, recargadas de decoración, cuadros y brocados que le dan un aire pomposo y refinado. Cuando terminé de falsificar cartas, estiré las piernas dando un paseo por las habitaciones que el duque ha dejado abiertas para el buen funcionamiento de la misión. Su dormitorio, si es que a esa sala cochambrosa y que se mantiene en pie a duras penas se le puede llamar así, y otras estancias han quedado cerradas. Gracias al ojo de la cerradura de una de ellas descubrí que De la Bête tiene toda una galería de arte y de reliquias. Y si esta, que es de su segunda residencia, tiene tal tamaño que no conseguí verle el final, no me quiero ni imaginar cómo será la de la casa señorial de la Comarca del Espino. Tuve que luchar muy duro contra la bestia para no tumbar la puerta y salir de aquí con los bolsillos más llenos de lo que entraron.

Ahora solo queda esperar a que llegue la hora de partir hacia el palacio. Un cosquilleo me trepa por la nuca y la piel de todo el cuerpo se me eriza por la anticipación de lo que puede pasar esta noche. Hay tantos factores que pueden salir mal, y encima con la luna llena alterando nuestros sentidos...

Levanto la vista de las páginas del libro que estoy hojeando, con la frente apoyada sobre un puño, y clavo los ojos en la última luz del día, que se pierde en la línea del horizonte.

Hasta pronto, preciosa. Buena suerte.

«Vamos allá».

Con un suspiro, cierro las tapas sobre mis piernas y a punto estoy de levantarme cuando las puertas de la biblioteca se cierran con un chasquido lento. Miro en esa dirección y encuentro a Lobo, que ha tenido que vestirse a una velocidad pasmosa para interceptarme habiendo caído la noche hace nada, reclinado contra las hojas de madera cerradas, mirándome.

—¿Ocurre algo? —pregunto con cautela y cierta tensión en los músculos.

Niega con la cabeza en un gesto sutil y clava las pupilas en sus pies. Todo en su lenguaje corporal me indica que está nervioso, pero no es posible, nunca lo he visto así. Comprendo que lo que nos espera es de una magnitud considerable, colarnos en la Cueva de las Maravillas fue una nimiedad comparado con esto. A pesar de todo, sé que hay algo más.

—Quería hablar contigo. —Para mi sorpresa, su voz es monocorde y melosa, nada intimidatoria ni autoritaria. Abandonado queda ese tono sarcástico y chulesco que parecía acompañarnos cada vez que conversábamos a solas. Que... han sido pocas veces—. Llevo estos últimos dos días con varias ideas rondándome la mente y sé... —Coge aire con lentitud y vuelve a clavar sus imponentes ojos ámbar en mí—. Sé que si no lo pregunto, no podré confiar en ti. Y necesito confiar en ti. Lo *necesitamos.*

Ese plural despierta un chisporroteo en mis yemas que obligo a borrar frotando las palmas sobre mis pantalones. Sé que la confianza es clave cuando dependes de otras personas para cumplir un cometido y garantizar tu supervivencia, y sin embargo me sigue resultando tan extraño tender ese puente..., que me genera una sensación rara en el estómago, como unos pellizcos que tiran de mí sin saber bien hacia dónde.

Ante lo que dice, solo me queda asentir y apretar los puños sobre los muslos, a la espera de que diga lo que lleva tanto tiempo carcomiéndolo. En estos dos días hasta yo me he dado cuenta de que hemos desarrollado cierta complicidad silenciosa y tensa; sé que en cualquier momento las cosas podrían haber estallado, pero hemos ido desenmarañando la red de sensaciones que nos transmitimos hasta otorgarnos cierta calma.

Y en más de una ocasión, además de la conversación que dejamos a medias, también he sentido la tentación de preguntarle si sabe qué nos pasa, qué es ese tira y afloja que nos permite sincronizarnos con maestría casi ensayada y, al mismo tiempo, nos arrolla de repente. Y sé que él también lo ha pensado, por cómo me ha mirado, por cómo ha estudiado mis facciones, tanto en su forma animal como en la humana, cuando creía que no lo veía. Con cada nuevo vistazo que hemos compartido, el peso de la culpabilidad de la muerte de Olivia se ha aliviado un poco más y, a la vez, me ha hecho cuestionarme un sinfín de porqués que me arañan por dentro. No obstante, cuando en todas las ocasiones he vuelto a mirarlo y me he encontrado con esos ojos ámbar que creo conocer tan bien, los sentimientos siempre se han entremezclado y me he perdido por completo. Y también la bestia.

Si después de todo por lo que hemos pasado, de todo lo que sé a ciencia cierta que los dos hemos estado sintiendo y no nos hemos sabido decir, me ha ayudado estos días sin rechistar lo más mínimo, al menos ahora le debo la deferencia de escuchar lo que tenga que decir y guardarme mis inquietudes propias para más adelante. Quién sabe, quizá consigamos cruzar el puente sobre el río que atraviesa nuestras vidas.

—No eres como yo. —Me enderezo en el sitio, del todo sorprendida por el rumbo que ha elegido tomar, y siento el músculo de la mandíbula duro. Todo apunta a que no me va a gustar el camino de esta charla. Y, en parte, doy gracias a que la bestia esté dormida, porque habría estado preparada para cualquiera de las posibles conversaciones que acabo de barajar en mi mente; para esta no—. No eres como ninguno de nosotros. Eso lo sé.

Calla para reordenar sus pensamientos y sus ojos viajan de mí al suelo. Se separa de la puerta con un impulso controlado y camina por delante de mí, hasta la ventana que segundos antes he estado contemplando. Se asoma hacia fuera, con el brazo apoyado contra el marco y la mirada afligida. Mis sentidos se ponen en máxima alerta y me fijo en todo lo que su cuerpo me tiene que decir. Su pecho se mueve lento arriba y abajo en una respiración pausada, lo que me sugiere que, a pesar de sus miradas esquivas, está tranquilo, con la situación bajo control. Sin embargo, la mano del brazo apoyado contra la ventana está cerrada en un puño prieto, mientras que con la otra juguetea con el colgante de piedra, y la tirantez de su mandíbula hace que sus facciones sean mucho más duras.

Todo mi cuerpo, tan en tensión que ni un palo de escoba podría estar más recto, me impulsa a que lo haga hablar, que lo presione para que este mal trago pase cuanto antes. No obstante, hay una parte muy pequeña de mí que no hace más que recordar esa misma tensión de su cuerpo cuando luchamos contra el duque mano a mano, en cómo todo su ser se movía para garantizar nuestra supervivencia. *Mi* supervivencia.

De repente, la garganta se me aprieta en un nudo que no me permitiría hablar ni aunque quisiera. Lobo mira por encima del hombro hacia mí y me estudia con cierta curiosidad.

—Tú no mutas. —«Ahí está». Trago saliva para intentar salvar la sequedad, en vano—. Tú... no sufres lo mismo que nosotros.

Aprieto los ojos con fuerza un momento y vuelvo a clavar la vista en él con las cejas temblando para intentar contener las facciones de mi rostro. Porque sí que sufro lo mismo que ellos, e incluso me atrevería a decir que lo que yo tengo dentro traspasa los límites que cualquiera de ellos siquiera podría soportar. Pero ¿cómo van a comprenderlo si no son capaces de verlo? Y tampoco puedo culparlos por su escepticismo.

—Quiero que me seas sincera, Roja. —Se gira del todo hacia mí y el brazo le cae a un lado del cuerpo, sin que me pase desapercibido que ha acariciado el pomo tallado de su espada corta en el camino—. Y sabré si me estás mintiendo.

El corazón me golpea el pecho con fuerza una única vez y sus ojos viajan raudos a mi cuello, a la piel expuesta por la abertura de mi camisa. ¿Qué está sugiriendo? Los puños sobre mis muslos se aprietan más si cabe de forma automática, respondiendo a un instinto primario, hasta que siento las uñas clavadas en la carne. Estoy a dos segundos de que las uñas se abran paso por mi piel.

—Tú... ¿Trabajas para el Hada Madrina? —pregunta con voz trémula.

Y toda la tensión de mi cuerpo se deshace con un barrido. Me quedo congelada en el sitio, con los ojos abiertos como platos, estupefacta. No lo he debido de oír bien, es eso. Pero la fijación de sus ojos en mi cuello, la rigidez del músculo de su mandíbula...

Una carcajada seca y de lo más sincera nace desde el fondo de mi garganta y me veo incapaz de controlarla lo más mínimo. Por acto reflejo, me llevo las manos a los labios, porque no recuerdo la última vez que reí así, de una forma tan plena que todo te pica por dentro. Que Lobo cruce los brazos sobre el pecho con la ceja derecha levantada hace que la risa se me descontrole hasta tal punto que las lágrimas se escapan de mis ojos. Y entonces en su boca nace una sonrisa que tironea de sus comisuras hacia arriba y hace aparecer un maravilloso hoyuelo en la mejilla derecha.

Me quedo sin aliento y sus comisuras se ensanchan aún más. La risa desaparece de golpe y me quedo absorta en el contorno de sus facciones recortadas por el fulgor de la luna llena. En la penumbra que nos rodea, su tez oscura parece irradiar luz propia.

—Voy a pensar que esa carcajada que has soltado era una respuesta, y no una risa nerviosa por haberte descubierto.

Esta vez la que sonríe soy yo, pero me limito a asentir. Lobo cierra los ojos, echa la cabeza hacia atrás y suspira con alivio, y ahora es la tensión de su cuerpo la que desaparece de un plumazo.

—Que a estas alturas me preguntes eso me parece del todo ridículo, Lobo.

Hace una mueca al escuchar el apodo, pero se repone rápido y dice:

—Siempre te muestras reacia a todos mis planes.

—Porque son *tus* planes —respondo con una sinceridad abrumadora.

Sus labios vuelven a elevarse hasta mostrar su perfecta dentadura de colmillos afilados y cabecea para darme la razón. Me resulta extraño y curioso a partes iguales cómo hemos llegado a este punto; en lo natural que me resulta hablar así con él a pesar de aún sentirme en cierta tensión cuando estamos el uno al lado del otro. Como la tirantez de un arco que en cualquier momento se soltará y nos atravesará con su saeta.

—¿Tú sabes por qué te afecta así? —La seriedad vuelve a nosotros lenta, empalagosa y casi puedo masticarla.

Y, aunque creo percibir que su intención no es maliciosa, siento una punzada en el pecho que casi me arrebata el aire. Porque, desde que descubrí que ellos cambian de forma, me he preguntado en varias ocasiones por qué yo no. ¿Qué me hace distinta? Siempre he tenido la extraña sensación de que no soy humana del todo, de que hay algo más porque la bestia no es normal, pero de no serlo..., ¿no me habría estado transformando en otra cosa durante el día, como les ocurre a ellos?

Y ese desconocimiento, esa falta de respuestas, es mucho más arrasadora que cualquier otra incógnita que pueda haber aparecido por la bruma. Porque carecer de la certeza de saber quién eres te arrebata un pedazo de ti y te hace estar alerta con cada nueva inspiración, sobre todo a sabiendas de que Lobo recuperó una parte de sí al oír su nombre y el mío no significó nada para mí. No consigo fiarme ni de mí misma aunque haya ocasiones en las que se lo confíe todo a la bestia y a mis instintos, porque dejarme llevar por ese impulso irrefrenable es mucho más sencillo que asumir que no sé quién soy y que no sé construirme un nuevo yo. Que las piezas de mi puzle no terminan de encajar.

Alzo de nuevo la vista hacia él, que espera paciente con una ligera arruga entre las cejas y los labios apretados.

—No... No lo sé.

Y de repente me siento un poquito más libre, pero también más vulnerable de lo que me he sentido en todo lo que recuerdo. Una culpa desconocida me acecha y se entremezcla con el resentimiento de la muerte de Olivia, me machaca y me martillea contra las costillas con tanta intensidad que creo que va a escuchar los latidos de mi corazón. Sus ojos viajan raudos a mi cuello y me planteo la posibilidad de que bien pueda hacerlo, de que sus sentidos de lobo, más desarrollados que los míos y los de cualquiera, le permitan oír el repiqueteo del órgano contra mi pecho.

No sé si es por la cercanía que hemos compartido en estos días de tregua o porque realmente ya no aguanto más, pero siento que mi castillo de naipes interno se derrumba poco a poco y no consigo atrapar las cartas al vuelo, simplemente caen al vacío que es mi pecho hasta precipitarse hacia lo más profundo.

Trago saliva una vez más, porque el picor de garganta me va a matar, y espero a que él añada algo, porque yo no puedo. No tengo fuerzas para luchar contra todo lo que llevo dentro, contra la incertidumbre de no saber si realmente me estoy muriendo o no, contra la pérdida de facultades, contra el desgaste constante que supone la bestia y contra... la incomprensión de Lobo.

Ser consciente de que no me va a entender, de que no me va a creer, despierta en mí la turbulencia que me domina la mayor parte del tiempo y me hace apretar los puños de nuevo, con fuerza. Me levanto de un respingo y él se sobresalta, respuesta satisfactoria a mi parecer. A pesar de haberme permitido mostrarme débil con una sola respuesta, me sigue respetando y temiendo. Y no puedo dejar que lo olvide.

—Puede que no sea como tú o como Pulgarcita, puede que no sea como nadie en toda Fabel, pero te garantizo que nada hará que no me deje la piel en acabar con esa maldita tirana que nos tiene a todos viviendo en una agonía. Sí, a todos —me adelanto a repetir cuando hace amago de hablar—, porque yo también vivo la maldición en mis propias carnes y dudo que jamás puedas llegar a comprender qué es lo que se siente siendo yo. —Un nuevo intento de decir algo por su parte—. Y no, no necesito tu compasión. Si no quieres fiarte de mí, adelante, pero yo sí me fío de ti y me gustaría recibir lo mismo a cambio.

Sus labios se entreabren un poco y las cejas le caen en un gesto que no consigo descifrar. Solo al ver su reacción soy consciente de lo que he dicho, de la magnitud de mis palabras y de lo mucho que pueden llegar a significar. La cuestión es: ¿realmente significan eso para mí?

El nudo, ahora en el pecho, se constriñe y aprieta tanto que ahoga, porque lo último que me faltaba es tener más preguntas sin responder, más incógnitas que dilucidar en un contexto en el que lo único que no tenemos es tiempo para pensar. Porque como me permita un solo segundo de descanso, como le dé una tregua a mi mente, temo no volver a levantarme.

—Es hora de prepararse, se hace tarde.

Con un último vistazo a la luna llena que se cuela por el ventanal, le doy la espalda siguiendo el compás frenético de un corazón agitado.

33

—No pienso salir ahí fuera con esto.

Pulgarcita hace pucheros muy poco convincentes y me da la vuelta para que me contemple en el espejo. Y ni siquiera me reconozco. Agito la cabeza en una negativa y me alejo de la superficie pulida hacia la que ha sido mi cama estos cuatro días, donde mis sucios y viejos ropajes están estirados sobre el colchón como si un ente informe los hubiese estado vistiendo hace apenas unos minutos.

—Eso. ¿Tú ves eso? —digo, señalando mi camisa destrozada y llena de roña—. Eso me sienta bien, esto no.

—Porque no te ves con mis ojos.

La admiración con la que me contempla me quema en las mejillas y me deja sin palabras. ¿Cómo alguien puede considerar hermoso a quien lleva galas como estas? Me fijo en ella, con su pomposo vestido verde, unos guantes de satén del mismo color hasta por encima de los codos y su espesa melena rubia recogida en un semirrecogido engalanado con joyas prestadas por el duque. Decir que no está despampanante, seductora incluso a pesar de esa apariencia aniñada, sería mentirme a mí misma. Qué diantres, está condenadamente hermosa, a quién quiero engañar. Pero lo mío es harina de otro costal. Parezco... No sé lo que parezco, pero si ya de por sí antes no sabía quién era, ahora que me miro en el espejo ni siquiera termino de reconocer mi apariencia física.

Me resulta extraño verme enfundada en un vestido como este, con forro blanco y cubierto de una gasa roja tan fina que deja entrever el tono de debajo. El corpiño, de un rojo intenso adornado con pedrería formando motivos florales, cuyo entramado continúa de forma dispersa sobre las caderas, apenas me deja respirar. Pero ya he comprobado que, con que coja aire con la suficiente fuerza, los cordones acabarán rasgándose, por lo que podré moverme con comodidad en caso de que sea necesario. El escote de corazón de hombros caídos, que me sirve para tapar la herida del brazo, me resalta los pechos de una forma que incluso a mí me embelesa. Llevo más carne al descubierto de lo que he llevado en toda mi vida, con las cicatrices de Olivia al aire.

Pero lo que realmente me inquieta, y al mismo tiempo me provoca un calor extraño en el bajo vientre, es el degradado de rojo a blanco, desde lo más alto del corpiño hasta los pies, y que me recuerda a la nieve fresca teñida de sangre. Cuanto más me observo, más tengo la sensación de estar viviendo un episodio de desrealización, de no ser capaz de reconocer la figura que me devuelve la mirada en la superficie pulida y, al mismo tiempo, tener la certeza de que soy yo. Es... curioso.

Me paso la mano por el recogido bajo, adornado por una tiara de brillantes, y me maravillo con lo suave que parece mi melena tras haberle aplicado unos potingues que Pulgarcita encontró en un tocador. Y mis labios... Me llevo las yemas a ellos y se tiñen de carmín rojo, un color que hace que el volumen de mi boca aumente de tal forma que hasta a mí me apetece besarlos.

—Toma, ponte esto.

Cuando me giro hacia ella, descubro que tiene un cofrecito, con un cojín de terciopelo, abierto frente a mí.

—Pero luego devuélvelo, por favor.

Sus ojos y los míos se encuentran con velocidad y automáticamente entiende que se ha pasado de la raya. Sin embargo, no necesito añadir nada más, aunque tampoco podría, porque me he quedado totalmente embelesada por el magnífico juego de pendientes de rubíes. Las piedras son tan grandes como mi pulgar, talladas en forma de lágrima con una maestría más propia de la magia que de unas simples manos, y engarzadas a enganches de plata. Me coloco los pendientes casi salivando; soy incapaz de apartar la vista de los destellos que emiten los brillantes al reflectar la luz de los candelabros. Es casi mágico.

Durante toda mi vida he tenido el placer de encontrarme con un sinfín de joyas. Y de saquearlas también. Pero ninguna ha estado manufacturada con tanto mimo como lo que ahora mismo adorna mis orejas. Termino de ceñirme las dagas a los muslos (el frío de la vaina contra mi piel desnuda me arranca un escalofrío) y me anudo los cordones de las botas bien fuerte. Doy gracias por que el vestido sea tan largo que mi calzado no se vaya a ver, porque la tapadera podría venirse abajo muy rápido. Le lanzo un último vistazo a los zapatos de tacón matadores que Pulgarcita había elegido para mí y sacudo la cabeza. Ni en mil vidas sometería a mis pies a semejante tortura.

Culmino el atuendo con dos largos guantes de satén, a juego con el vestido, cojo el antifaz ribeteado con adornos de plata y salgo del vestidor. Ya hemos perdido suficiente tiempo con todo esto. A pesar de que solo haya pasado una hora desde que anocheció, aún tardaremos otras dos en llegar a palacio, lo que nos dejará con unas cuatro horas de maniobra, cinco si la recepción se alarga. Y nos conviene que se alargue.

Con la mano apoyada en la desvencijada baranda de cerezo,

y con cuidado de no matarme por pisar el exceso de tela que precede a mis pies, desciendo las escaleras de mármol en dirección a la entrada principal. Y cuando levanto la vista, mis ojos se encuentran con unos iris de un ámbar tan profundo y oscuro que me arrebatan el aliento.

Al pie de la escalera, esperando junto a las enormes puertas dobles de roble, aguarda Lobo, enfundado en una elegante casaca granate, de forro, puños y cuello negros, adornada con remates en hilo de plata. Bajo esta, viste un chaleco negro ceñido, de tela aterciopelada con arabescos y botones brillantes. Los pantalones, a juego con el atuendo, se pegan a sus muslos como una segunda piel. Y, a diferencia de mí, sus zapatos sí son los apropiados para un baile de estas magnitudes.

Sus ojos terminan de estudiarme y nuestras miradas se encuentran con la tirantez de dos fuerzas magnéticas enfrentadas. Siento una presión en el pecho de repente, que desciende poco a poco por todo mi cuerpo. Y solo entonces soy consciente de que me he quedado plantada a medio camino de la escalera, hechizada y con los labios entreabiertos.

Salgo de mi estupor y desciendo el tramo que me separa de él hasta colocarme a su altura. Lleva la melenita morena peinada con elegancia y su piel brilla gracias a algún tipo de aceite que desconozco de dónde habrá sacado pero que ensalza su esencia a madreselva y a jazmín. El vello se me eriza con un cosquilleo placentero al sentir el calor de su presencia cerca de mi piel al descubierto y me ruborizo al instante.

Carraspeando para intentar aclararme la garganta, me coloco el antifaz sobre los ojos e intento anudarlo en la parte posterior de la cabeza, sin mucho éxito por culpa del tocado.

—Déjame a mí.

Su voz suena grave, tirante y rasgada, y a mí me da un vuelco todo el cuerpo. Cabeceo en señal de asentimiento y me doy la vuelta, con las manos cerradas frente a mí para tratar de contener el nerviosismo tan estúpido que se ha adueñado de mi control. Siento sus dedos sobre mi cabeza moviéndose con una delicadeza que nunca habría asociado con un animal. El nudo que mantiene el antifaz ceñido en su lugar es suave, como la caricia sutil que siento en mi cuello desnudo cuando sus manos terminan el trabajo.

Me tenso y doy un paso hacia delante para alejarme de él, sin siquiera saber si ha sido fruto de una imaginación calenturienta o real.

—Joder, estás... —No me pasa desapercibido el descenso tembloroso de su nuez al tragar saliva ni el improperio primario. Busca mis ojos medio escondidos por el antifaz y, al no encontrarlos, se detiene en mi boca—. No estás mal.

Frunzo el ceño con diversión y las comisuras de los labios se me elevan en una sonrisa socarrona.

—Tú tampoco estás nada mal.

Solo cuando pronuncio esas palabras me doy cuenta de que su nuez no es lo único que tiembla entre los dos.

—¡Ya podemos irnos! —dice Pulgarcita desde lo alto de la escalera—. Por toda la magia, estáis los dos guapísimos. ¡Y anda! No me había dado cuenta de que vais a juego. Qué casualidad.

Lobo y yo nos miramos al instante y apartamos la vista con la misma rapidez con la que nos hemos encontrado.

—¿Casualidad? —farfullo con los brazos cruzados sobre el pecho.

¿Cómo va a ser casualidad si ella ha elegido y arreglado los atuendos?

Desde la librería, Tahira se une a nuestra extraña comitiva vestida con una casaca militar negra, con hombreras de flecos dorados y tachuelas a modo de botones. Varios cordones le cruzan el ancho pecho y lo adornan con una exquisitez digna del ejército. Lleva la larga cabellera negra recogida en un moño prieto y bajo, sin un solo pelo fuera de su sitio. Cuando Pulgarcita llega al final de la escalera, la *djinn* ya está ahí para recibirla y ofrecerle su brazo.

—¿Milady?

Pulgarcita se ríe entre dientes y le da una palmadita juguetona, aunque acepta el gesto de buen grado. Pasan entre nosotros dos y Tahira abre las puertas para mostrarnos el carruaje, que nos aguarda al otro lado.

Lobo y yo compartimos un vistazo tenso de labios apretados y gargantas secas. Levanta el brazo, firme, en ángulo recto, sin dejar de beberme con la mirada, y por un instante tengo la sensación de que las rodillas me van a flaquear. Trago saliva una vez más y mi mano se encuentra con su antebrazo, fuerte incluso a través de las capas de tela que separan el contacto. A pesar de que nuestras pieles no se tocan directamente, tengo la sensación de percibir un chispazo a través del guante. Dejo de contemplar mi mano sobre su brazo y levanto la cabeza. Me encuentro con sus ojos, y el reflejo que me devuelven es tan intenso que vuelvo a sentir las mejillas incandescentes.

No es la primera vez que estamos a una distancia tan corta como esta y, sin embargo, todo mi cuerpo vibra con un nerviosismo nada propio del instinto de supervivencia; con uno que me nace en el pecho y se pierde hacia abajo, hacia muy abajo, y que me impide apartar la vista de esos ojos que antes me atormentaban en pesadillas vívidas y que ahora identificaría incluso en la más oscura de las lunas nuevas.

34

Pasamos las siguientes dos horas prácticamente en silencio a causa de la tensión anticipatoria. Pulgarcita se empeña en mantener una cháchara absurda con Tahira de vez en cuando, aunque intenta incluirnos en ella, pero hasta la chica está inquieta. Y no es para menos: hoy nos la jugamos de verdad, porque cualquier paso en falso puede acabar con nuestra cabeza en una pica. Y no es que colarse en la Cueva de las Maravillas fuera un paseo, pero el nivel de seguridad de allí digamos que no está a la altura de las capacidades de un guardia real. Todos saben que los naipes están un poco tarumba al venir del País de las Maravillas, pero ¿quién no lo estaría después de resucitar de entre los muertos?

Por lo que ha comentado la *djinn*, Alfombra nos sigue desde las alturas y estará pendiente de cualquier movimiento extraño, por si nos vemos en la necesidad de escapar a toda prisa. Y, sinceramente, espero que no se dé esa tesitura. Por una vez, me gustaría que el trabajo fuese limpio y no tener que sacar a relucir el filo de mis dagas. De forma instintiva, aprieto las palmas contra los muslos por encima de las capas de tela del vestido. Sentir el duro tacto de la vaina contra mis piernas me reconforta.

—Irá bien.

Alzo la vista para volver al mundo real, después de haber

estado absorta en mis pensamientos no sé ni cuánto tiempo, y compruebo que Lobo me observa con la misma tirantez en los labios que presentan los míos. Sentado frente a mí en el reducido espacio del carromato, que con total seguridad no está pensado para cuatro pasajeros, nuestras piernas quedan cuasi entrelazadas, así que cuando me revuelvo en el sitio, nuestros cuerpos entran en contacto y él se endereza. No hay quien se prepare mentalmente para lo que se nos viene.

—A juzgar por la tensión de tu lenguaje corporal, no parece que estés muy convencido de eso.

Acto seguido, relaja los hombros y sus labios se estiran en una media sonrisa pícara. Algo malicioso brilla en sus ojos un instante y aparta la cortinilla del ventanuco para asomarse al exterior. Ya hemos dejado atrás el núcleo de nuestra ciudad, Poveste, capital del Principado de Cristal, para recorrer la impresionante ladera plagada de jardines cubiertos de nieve que preceden al palacio. Desde lo más alto, muy muy lejos, la construcción vigila la ciudad a sus pies; en la oscuridad de la noche, con sus antorchas encendidas, parece un faro para guiar a los descarriados.

—Estamos llegando —nos avisa Lobo.

Pulgarcita se envara en el sitio y aprieta los puños sobre las piernas. Tahira se inclina hacia delante y le recoloca el antifaz con cierto cariño.

—No te separes de mí —le dice la *djinn*. La chica asiente y le dedica una sonrisa de lo más tirante.

—Intenta no perderme de vista, que es fácil.

Y esa broma hace que el ambiente dentro del estrecho carruaje sea más distendido. Nos detenemos con suavidad y todos contenemos el aliento al mismo tiempo con mayor sincronización que si lo hubiésemos ensayado. Pocos segundos después, la marioneta que Tahira ha conjurado para que haga las veces de conductor (porque se negó a cumplir ese papel ella misma) abre la puerta del lado contrario al mío. Primero sale la *djinn* y se gira para ofrecerle su ayuda a Pulgarcita, que la acepta de buen grado.

En el interior de la cabina, Lobo y yo nos miramos un segundo y cabeceo en señal de asentimiento. Empieza la prueba de fuego.

Como indica el protocolo, baja él antes que yo y me tiende la mano para ayudarme a descender. Contemplo la palma extendida más de lo que se considera adecuado por lo que realmente tengo que hacer. Cogerlo de la mano. Que nuestros dedos se encuentren. Y doy gracias por que el guante de satén me libre del roce de su piel.

Con toda la falsa delicadeza que soy capaz de reunir, me ajusto bien la elegante capa de terciopelo, acepto el gesto y esbozo mi mejor sonrisa. Que Lobo corresponde. Y el corazón me da un vuelco. Desde detrás de su recargado antifaz plateado veo un destello ambarino. Lo ignoro con una sacudida de cabeza y salgo del carromato. No puedo dejarme distraer por estas nimiedades cuando nuestras vidas están en juego.

De no haber estado en las inmediaciones del palacio con anterioridad, la vista de la magnífica edificación de cristal me habría arrebatado el aliento. Como sí lo ha hecho con Pulgarcita. Con sus cuatro torreones de aguja, el imponente cuerpo central con puertas transparentes y un color que desafía todas las leyes de la física, el Palacio de Cristal es una de las construcciones más magníficas que he visto. La luz de los candelabros del interior intenta abrirse paso por entre las paredes semitraslúcidas, que refulgen en tonos imposibles.

Hay una cola de gente en las escaleras del palacio, más de la que cualquiera podría haber imaginado, a la espera de que les den permiso para entrar. Los ropajes sugieren que la mayoría provienen del pueblo llano, pero entre nosotros también hay gente ataviada con galas que podrían alimentar a familias enteras.

Bien, la nobleza y el pueblo están entremezclados. Reprimo la sonrisa de autosuficiencia que tira de mis comisuras por mantener la fachada.

—No sonrías tanto, que esto es gracias a mí, preciosa.

El susurro de Lobo, a cuyo brazo sigo aferrada, me acaricia la oreja y me despierta un cosquilleo en la nuca.

—No me llames así.

Por el rabillo del ojo veo que quien sonríe ahora es él. Por desgracia, tiene toda la razón del mundo, porque este es su plan y yo no tengo ninguna parte del pastel que quedarme.

La gente congregada bajo las puertas del palacio alza la voz en claro descontento.

—¿Qué sucede, Eric, querido? —le pregunta una señora oronda a un chico demasiado joven que lleva del brazo.

—No lo sé, madre.

—Vaya recibimiento. Cuando encuentre a Cenicienta, se va a enterar. Menuda es... Anda que mezclarnos con la chusma.

La observo de arriba abajo y me muerdo el labio para no escupirle en la cara. Puede que se vea entremezclada con la «chusma», pero aquí hay gente con más estilo que ella, que parece un pastelito espachurrado.

—Deja de mirarla. —Su susurro de nuevo contra mi oído, el jazmín de su cuerpo embriagándome.

—No puedo evitarlo —comento a voz en cuello—. No me gusta la gente. Mucho menos *esta* gente.

—Si no te relajas, vas a levantar sospechas.

Echo los hombros hacia atrás y los muevo en círculos un par de veces. Uno de los tirantes caídos se resbala aún más por el brazo y me lo recoloco, para evitar que se vea la herida. Al alzar la vista de nuevo me percato de que él ha seguido el movimiento de la tela con la mirada y que ahora tiene los ojos fijos en las cicatrices que adornan mi piel. Vuelvo a girar la cabeza, para prestar atención a las conversaciones un tanto acaloradas que se están manteniendo a las puertas del palacio. Cojo aire despacio y lo suelto en varios tiempos, algo complicado teniendo en cuenta la sensación asfixiante que me rodea al verme embutida entre tanta gente.

Hay personas a nuestro alrededor, como es obvio, pero son *demasiadas*. El agobio que sentí en la taberna de Los Siete Cabritillos no tiene nada que ver con la presión que me oprime el pecho con cada bocanada. Sus conversaciones, algunas animadas y otras enfurecidas, me colman los oídos y se convierten en el intenso zumbido de una mosca molesta.

Una pareja se ríe con exageración a un palmo de mí y me tenso. El hombre se echa hacia atrás con la carcajada que parece apoderarse de su cuerpo muy falsamente y choca contra mí. Doy un respingo en el sitio y a punto estoy de sacar una de las dagas. El corazón me martillea con fuerza y creo que me va a partir alguna costilla. El señor se gira para disculparse, pero no lo oigo; tan solo veo sus labios moverse y formar una sonrisa tirante, aunque la mía lo es más. Me quema el punto en el que mi cuerpo ha entrado en contacto con él, siento la piel pegajosa, sucia y con un picor que empieza a treparme desde la extremidad hacia la herida. Tengo que salir de aquí.

Miro por encima del hombro sin ningún disimulo, pero detrás de nosotros han ido llegando más y más carromatos, por lo que la marea de invitados y no invitados al baile supera con creces cualquier expectativa. Es como si toda Poveste hubiera asistido. Estoy atrapada.

Necesito salir de aquí.

Siento un apretón en la mano izquierda, la que tengo entrelazada con el brazo de Lobo, y vuelvo a la realidad de golpe.

Giro la cabeza con tanta violencia hacia él que bien podría haberme dado un latigazo en el cuello. Sus ojos me buscan y, para mi sorpresa, me encuentran con una avidez que denota preocupación.

—¿Estás bien? —Estoy a punto de decir algo, lo que sea, pero las palabras se me atragantan en la boca—. Dime qué necesitas.

—Aire —ruego con los ojos vidriosos.

Su brazo se separa de mí y siento un abismo abrirse bajo mis pies, como si ese contacto hubiese sido lo único que me mantenía al límite del ataque de ansiedad. Y lo que hay detrás de ese pensamiento me genera más ansiedad todavía. Estoy a punto de empezar a hiperventilar cuando lo veo dar un paso atrás y agacharse, propinándole un golpe a la madre oronda y quejica que hace que se aparte dos pasos más de nosotros.

—¡Pero hombre! ¡Un poco más de decoro!

¿Le ha dado con el trasero?

—Mis disculpas, señora —dice él con fingida inocencia mientras hace como si se atara los cordones.

De repente, con esa señora cuya colonia me taladraba el olfato unos pasos más allá y con él en el suelo, la brisa invernal me acaricia las mejillas y mi cuerpo responde tomando una bocanada profunda. Cierro los ojos con placer y suelto el aire en una exhalación temblorosa.

Espacio. Me ha conseguido espacio. En medio de una marabunta de gente, él se las ha ingeniado para concederme lo que necesitaba. Tras los párpados cerrados, los ojos me pican con intensidad y aprieto los labios con fuerza. Siento su cuerpo erguirse de nuevo y acercarse a mí, pero no abro los ojos.

—¿Mejor? —Asiento con sutileza y mi mano, conducida por la suya en un gesto delicado, vuelve a estar apoyada sobre su brazo.

Cuando abro los párpados, unos segundos después en los

que he hecho todo lo posible por centrarme en la respiración, me doy cuenta de que Tahira y Pulgarcita nos miran preocupadas pero sin querer llamar demasiado la atención. Aunque hemos venido juntos, preferimos que piensen que tan solo compartimos carromato, para poder actuar desde dos frentes distintos. Lo que me sorprende es que, por un instante, tan solo hemos estado él y yo en este lugar; no ha existido nada más.

Lobo tira de mí con delicadeza y me doy cuenta de que estamos andando. Parece que por fin han accedido a abrir las puertas para todo el mundo, y menos mal. Pensar en verme envuelta en la lucha por la supervivencia en este momento me revuelve el estómago, porque estoy convencida de que no habría durado más de diez minutos.

Mientras subimos los escalones, ahora un poco más distanciados los unos de los otros y pudiendo respirar con total libertad, miro de reojo nuestros cuerpos entrelazados. Sigo levantando la vista por su brazo, que parece incluso más musculoso gracias a la tela de la casaca, por su hombro, su cuello... Y la cicatriz del rostro que yo misma le causé.

—Gracias —me atrevo a murmurar.

Él frunce el ceño un segundo y luego vuelve a relajarlo. Sus labios se entreabren y se estiran en una sonrisa ladeada que a punto está de marcarle ese hoyuelo que he descubierto.

—Para lo que necesites.

—¿Por qué? —Esta vez no es capaz de disimular la sorpresa tan bien y me mira de reojo con incomprensión—. ¿Por qué lo has hecho?

—Para demostrarte que puedes confiar en mí.

A pesar de que el corazón me da un vuelco, su respuesta no me agrada. No lo ha hecho por mí, sino para ganarse mi confianza, para hacer que me relaje y clavarme la puñalada cuando menos me lo espere. Sabía que no me podía fiar de una alimaña como él, que solo quiere llevarme a su terreno de juego para tenerme donde quiera. Estoy a punto de romper el contacto entre nosotros cuando siento su palma sobre mi dorso.

—No vayas por ahí, Roja. —Esta vez la que frunce el ceño soy yo—. De entre todos los estímulos y sonidos que nos rodean, tu corazón ha bombeado con tanta fuerza que lo he oído a la perfección.

«Sí que puede escuchar mis latidos».

—No hay segundas intenciones en un gesto desinteresado. Parecías al borde del colapso y quería ayudarte, nada más.

Claro. Porque de haberme dado un ataque de pánico, habría montado un numerito y habría llamado demasiado la atención.

—O sea, que lo has hecho por la misión.

Lobo suelta un resoplido y juraría que pone los ojos en blanco, aunque no lo veo bien a causa de la diferencia de estatura y de su antifaz plateado.

—Sí, por supuesto —murmura con un mohín.

La misión es lo único que importa. Es lo único que debería importarme. Y doy gracias por que la bestia no esté despierta, porque me recordaría este momento hasta el fin de nuestros tiempos. Aunque, bueno, a quién quiero engañar, cuando despierte, me lo recordará igual.

35

El personal de servicio, después de pedirnos las ropas de abrigo, nos conduce a uno de los salones principales, cuya pista de baile está llena de parejas que se mueven en círculos y en armonía, siguiendo los mismos pasos, al son de un cuarteto de cuerda y un arpa. Mientras nos reubicamos en un punto discreto de la amplísima sala, me fijo en los rostros enmascarados, en los tocados recargados de unos y en las mejillas chupadas y curtidas por el sol de otros.

Con un simple vistazo, cualquiera sería capaz de dividir a los aquí presentes en dos rebaños. Y, sin embargo, ahora mismo comparten el mismo redil, pensando que las contrarias son las ovejas negras, cuando la única oveja negra en realidad es la imponente figura ataviada con un despampanante vestido azul y moño rubio prieto que nos estudia desde una balconada superior. Lleva un antifaz de mano a juego con sus vestimentas, recargado con plumas y pedrería hasta el último milímetro.

Pulgarcita y Tahira se sitúan frente a nosotros pero al otro lado de la pista de baile, cerca de una mesa llena hasta los topes de distintos canapés y confituras. El plan es mantener contacto visual todo el rato, mimetizarnos con la gente que disfruta de la fiesta y esperar lo suficiente como para que las mejillas empiecen a colorearse por la ebriedad. Entonces, cuando todos nos den por sentado por haber cruzado miradas un par de veces, desapareceremos, robaremos la reliquia y volveremos a aparecer para marcharnos definitivamente a una hora prudencial, unas horas antes del alba. La idea es que nuestra ausencia, en caso de ser notable, pueda achacarse a haber salido a tomar el aire, por lo que la rapidez tiene que ser nuestra mayor virtud.

Por delante de nosotros pasa un camarero, ataviado con esmoquin blanco y antifaz negro, portando una bandeja de plata cargada de bebidas espumosas. Con gracilidad, cojo dos de las copas altas y le tiendo una a Lobo.

—No bebo —dice mientras yo ya tengo la mía en los labios.

Me la termino de un trago.

—No puedes levantar sospechas, tú mismo me lo has dicho antes.

Una sonrisa ladina se perfila en sus labios justo al mismo tiempo que el fino cristal se encuentra con ellos. Le da un sorbo pequeño y reprime un gesto de repulsión que me arranca una risa comedida.

—Venga ya, que no está tan mal.

—Para ser matarratas insuflado con burbujas, no, no está mal. Por mucho que digan que es «de miel», esto es lo menos dulce que he probado.

Con el segundo trago largo, que termina su champán de miel, su cara se agria más si cabe. Es todo un espectáculo digno de ver.

—Tras cuatro o cinco mejorará —comento, haciéndome con otra bebida. Me la termino del tirón.

—¿Sorbos? —pregunta, dejando el cristal sobre la mesa tras nosotros.

—Copas.

Esta vez quien ríe es él, y lo hace con tanta fuerza que atrae las miradas de los curiosos más cercanos a nosotros y a mí me cosquillea en el pecho.

—Chis, que vas a llamar la atención —le digo, alarmada. Alargo la mano para hacerlo callar y él me coge por la muñeca.

—De eso se trata, ¿no?

Sin preverlo, tira de mí con fuerza y mi cuerpo se encuentra con su pecho. Trago saliva y levanto la vista para encontrarme con unos ojos ambarinos que brillan con diversión.

—¿Me concedes este baile? —susurra contra mi rostro. Su aroma, mezclado con el de la miel del champán, es cautivador.

—¿Qué? No puedes estar borracho con solo dos sorbos.

—¿Quién dice que lo esté?

Hago amago de alejarme, pero me retiene rodeándome la cintura con el brazo. Un estremecimiento. No hay ni un resquicio de espacio entre nuestros cuerpos, siento su pecho caliente contra mi piel descubierta y tengo la sensación de que nuestros latidos se funden en uno solo, al igual que hacen nuestros alientos.

—Desde que todo esto empezó, ¿alguna vez te has permitido vivir? —La magnitud de lo que pregunta, en un susurro solo para mí, hace que todos los sonidos a nuestro alrededor se acallen. No existen gentío, cuarteto ni arpa, no existe nada más allá de esas palabras que resuenan en mi mente. La respuesta es sencilla: no. Se muerde el labio por dentro justo antes de añadir—: Porque yo no y, por una vez, aunque sea durante unas horas, me gustaría ser solo un hombre que ha invitado a una mujer preciosa a un baile.

—¿Aunque esa mujer sea yo?

—Sobre todo por ser tú.

Me arrebata la copa de entre los dedos y la deja junto a la suya. No sé si es por las dos bebidas que me he tomado del tirón o si es el resquemor que nos ha acompañado este tiempo, pero lo primero en lo que pienso mientras me arrastra hacia la pista de baile es que lo hace por algún motivo macabro. Para jugar conmigo en cierta manera y vengarse de Olivia.

Y, sin embargo, aunque mi cerebro no hace más que buscar mil formas para que me odie, para odiarnos mutuamente y continuar con la dinámica que nos suele envolver, mi cuerpo se deja mecer al compás de una música que ni siquiera oigo. Sus pies se mueven gráciles sobre la pista, maestros absolutos de una coreografía que yo apenas puedo seguir. Pero no importa, porque él me conduce en todo momento con una elegancia que me deja sin palabras y acalla mi mente.

—Primero izquierda, luego derecha.

Damos dos pasos por cada lado, mirándonos a la cara. Luego acorta la distancia entre nosotros y coloca sus manos sobre mi cintura después de indicarme que coloque las muñecas sobre sus hombros. Giramos despacio, un poco hacia delante y hacia atrás, al ritmo de la música. Sonríe. Sonrío. Se separa con un paso elegante hacia atrás y agarra mi antebrazo para que yo haga lo mismo. Intercambiamos posiciones y me hace una señal para que dé dos pasos hacia atrás. Nos miramos un segundo desde la distancia, hombres a un lado y mujeres a otro, y cuando la música lo pide, volvemos a encontrarnos, todos en una sincronía casi mágica.

Mis brazos se encuentran con su cuello y sus manos con mi cintura, hechos para encajar ahí. Me mece sobre la pista de baile como si volara entre sus brazos, echo la cabeza a un lado en un momento determinado, al mismo tiempo que todas las mujeres, y volvemos a movernos.

Nos separamos y damos una vuelta con las palmas enfrentadas, luego entrelaza sus dedos con los míos y estiramos los brazos. Tira de mí hacia él, nuestros cuerpos separados por el decoro de estos bailes pero sin poder apartar la vista el uno de los ojos del otro. Un nuevo giro y esta vez aparece detrás de mí, su pecho fuerte contra mi espalda medio al aire por el corte del cuello del vestido. Un brazo se enrosca alrededor de mi cintura, sin llegar a tocarme, y encuentra mi mano por delante de mi abdomen, la otra mano entrelazada con la suya en un ángulo lateral recto. Siento su aliento en mi cuello desnudo y sé que se me ha erizado la piel por la sonrisa que me llega desde detrás. El único roce de nuestros cuerpos está en las manos y, aun así, un calor sofocante empieza a extenderse desde mi vientre en todas direcciones y se me encogen los dedos de los pies dentro de las botas. Porque ese espacio que nos separa me quema.

Me hace girar sobre las puntas de los zapatos y de nuevo estoy frente a él. Una vez más, encuentra mis manos sin tener que mirarlas siquiera, porque en ningún momento pierde de vista mis ojos, y describimos un semicírculo con las palmas enfrentadas a unos milímetros de distancia, sin tocarnos. La cadencia cambia y, con una única mano, me conduce por la pista en círculos y más círculos calculados. Y cuando la música está en el crescendo, me hace girar con más fuerza, tanta que la tela del vestido se me enreda entre las piernas y la cabeza se me va. Su brazo se aprieta contra mi cintura y me retiene a medio camino del suelo, con una mano en la nuca y otra en la cintura.

—¿Estás bien? —Aún inclinado sobre mí, con sus labios cerca de mi cuello, su aliento me llega como una caricia contra unas mejillas demasiado sofocadas.

—Sí, solo me he mareado un poco.

Nos incorporamos de nuevo y me conduce a un lateral de la pista, esquivando los cuerpos que siguen moviéndose al unísono y sin llegar a molestarlos. ¿Esas son Pulgarcita y Tahira? Bailan mil veces mejor que nosotros. Seguimos avanzando y dejamos atrás la mesa junto a la que habíamos estado antes para salir a uno de los muchos balcones que tiene el Palacio de Cristal.

El frío contra mis mejillas es cortante y, al mismo tiempo, refrescante. Exhalo una amplia bocanada de aire y el vaho se concentra frente a mí para perderse en la oscuridad de la noche. Solo cuando Lobo suelta mi mano siento el frío que nos rodea. Ni siquiera he sido consciente de que hemos llegado hasta aquí con los dedos entrelazados.

Doy dos pasos, me quito el antifaz y apoyo los antebrazos sobre la baranda, a una distancia prudencial de él, abrazándome a mí misma para entrar un poco en calor. Él se da la vuelta y queda recostado contra la baranda de cristal, este extraño material resistente con el que está construido el edificio, con el antifaz en el bolsillo de la casaca para que la piel respire. Alza la vista para admirar la construcción y su perfil duro queda recortado por las luces y sombras de la noche. La luna llena brilla con intensidad, atrás han quedado los días de tormenta, y la luz que desprende su piel bajo los destellos del astro me deja hechizada.

—... ¿cómo lo ves?

—Divinamente.

Me mira con el ceño fruncido y una sonrisa divertida.

—¿Perdona? —Ríe entre dientes.

Me enderezo al ser consciente de que le he respondido algo que no ha tenido nada que ver con lo que me ha preguntado. Ni siquiera sé qué me ha preguntado, a quién quiero engañar. ¿Qué narices tendrá ese champán de miel que con dos copas no soy capaz de refrenar la lengua? Se me eriza la piel.

«Si no te los hubieras bebido del tirón...».

No tenía suficiente con la bestia que ahora mi propio subconsciente también se mete conmigo. Maravilloso.

Me doy la vuelta para intentar averiguar a qué se refería y señala hacia arriba, donde la aguja de esta torre, plagada de ventanas, se pierde en la noche.

—Son muchas, ¿no?

—Claro, es un palacio —respondo, sin comprender bien por dónde va.

Él resopla y se pasa la mano por la cara con algo de frustración, pero su sonrisa me sugiere que se está divirtiendo a mi costa. Y, por extraño que parezca, no me enfurezco, sino todo lo contrario: me contagia su alegría.

—No me has oído, ¿verdad? —Niego con la cabeza—. Te decía que son muchas habitaciones. ¿Cómo sabremos dónde encontrar los zapatos?

Baja la vista y mira en dirección a la pista de baile, abierta para nosotros desde aquí. Hace un gesto con la mano y me doy cuenta de que Pulgarcita nos saluda con disimulo desde el otro lado. ¿Cuánto llevaremos en el palacio?, ¿media hora?, y ya hemos incumplido lo de estar pendientes los unos de los otros todo el tiempo. Fantástico.

—Los encontraremos.

—¿Cómo estás tan segura?

—Pues... No lo sé, pero seguro que los encontramos.

—Me sorprende tu optimismo.

Volvemos a inclinarnos sobre la baranda para contemplar el vasto jardín cubierto de nieve que se extiende frente a nosotros.

—Bueno, no siempre veo el vaso medio vacío. Suelo calcular las distintas posibilidades y variables y crearme una opinión en base a ellas. Si creo que algo va a salir mal, es porque la estadística está en nuestra contra. Hoy... ya no lo creo.

Me sorprende la sinceridad con la que hablo, con la que las palabras se escapan de entre mis labios sin filtros ni medias tintas. Me quedo absorta en la redondez de la luna, que está excesivamente grande y amarillenta hoy, y me abrazo con más fuerza. Entonces el frío externo desaparece, me embriaga una fuerte fragancia que ya reconozco, y me deleito con la suavidad del forro interior de su casaca. Cierro los ojos con placer y giro la cabeza hacia él. Ahora está en manga de camisa, negra, a juego con el chaleco de arabescos.

—Gracias.

No dice nada, no hace nada, simplemente compartimos espacio en un silencio amenizado por el cuarteto de cuerda de fondo, así que vuelvo a clavar la vista en el frente.

—Lo siento.

Su voz apenas es un susurro pronunciado contra el cuello, pero me llega con total nitidez por lo inesperado de sus palabras. Lo miro sin saber muy bien a qué se refiere ni qué esperar. Estoy a punto de responder un «¿por qué?» cuando se me adelanta:

—Por haberte atacado.

Me tenso de forma automática, como cada vez que las conversaciones derivan a temas más intensos, y esquivo su mirada centrándome en los primeros árboles que delimitan la linde del pequeño bosquecillo entre Poveste y el palacio.

—¿Qué vez de todas? —pregunto en el mismo tono monocorde que él, aunque sé que los últimos encontronazos no pueden considerarse ataques como tal.

Ríe por la nariz y suspira.

—La primera.

«Olivia».

Una punzada me atraviesa el costado y me deja sin aire, aunque lo disimulo.

—Casi... —Traga saliva y coge aire despacio—. Casi te mato.

Cierro los ojos con fuerza y siento el picor que precede a las lágrimas.

—Deberías haberlo hecho. Yo maté a Olivia.

La voz se me quiebra en un quejido lastimero y reprimo un tartamudeo por los pelos; sin embargo, mi tono de voz basta para saber que estoy al borde del llanto. Y ni siquiera sé si puedo culpar al champán de miel por esto. Esta noche tengo todos los sentimientos a flor de piel.

—La maté, Lobo. La maté. —Me llevo las manos a la cara para ocultar la vergüenza y se me escapa un sollozo—. Sentí su sangre sobre mí. Y me gustó. Y era... Era Liv.

La respiración se me atasca entre las costillas y me deshago en lágrimas a medio camino entre el silencio y el llanto descontrolado, al límite de dejarme arrastrar por la pena que me carcome por dentro. Sin embargo, cuando sus brazos me envuelven y me atraen contra su pecho, me rompo como no lo he hecho nunca, con mayor intensidad que si desbloqueara un recuerdo. Siento su mentón sobre mi cabeza y su respiración agitada contra mi cuerpo. No puedo dejar de llorar. Por más que me sienta ridícula por exponerme así ante él, no puedo cesar el llanto. Soy una vasija quebrada en la que no hace más que entrar agua.

—Lo siento —balbuceo con muy poca dignidad—. Lo siento, Lobo. Lo siento tantísimo.

—Chis.

Me aprieta con más fuerza y libero mis brazos, aprisionados contra su pecho por ocultarme del llanto, para devolverle el gesto. Sollozo una vez más, en la que el aire se escapa de golpe de mis pulmones, y consigo que entre despacio. Su respiración se acompasa a la mía, o al revés, no lo sé, pero estamos tanto tiempo así que me parece una eternidad y que, al mismo tiempo, dura un parpadeo.

—No lo entiendo... —consigo decir algo más calmada, escondida contra su pecho.

—¿El qué?

—Por qué no me odias.

Nuestros cuerpos se separan unos milímetros y el pecho me pesa cuando creo que me va a repudiar. Sin embargo, sus dedos encuentran mi mentón con suma delicadeza y me alza la barbilla para mirarlo a los ojos, que brillan por el vidrio de las lágrimas contenidas a duras penas.

—Te odié. Y te he odiado. Pero el odio te acaba comiendo por dentro. Es algo que me ha costado comprender...

Sus ojos se desvían hacia mi boca un instante demasiado largo y siento un tirón que empieza en el estómago y desciende hacia más abajo.

—Y ahora sé que no podré volver a odiarte.

Vacila un momento y el corazón me da un vuelco, sus ojos brillando de un ámbar ardiente. Cada músculo de mi cuerpo se pone en tensión por la anticipación y entreabro los labios en un acto reflejo al mismo tiempo que me pongo de puntillas. Lobo baja la cabeza y cierra los ojos despacio, a la vez que yo. Nuestros alientos se entremezclan y tiemblo de arriba abajo, como sacudida por un terremoto interno. Consigo no venirme abajo por el agarre ansioso sobre su chaleco, que me afianza. Siento el calor de sus labios a un milímetro de mí, pero no me muevo. No me corresponde a mí terminar de acortar la distancia, por mucho que me queme la piel, y no de frío precisamente.

—¡Oh, por toda la magia!

Nos separamos al instante, como repelidos por cargas magnéticas idénticas, roto el embrujo de la noche y el champán de miel. Recupero mi antifaz, que reposaba sobre la barandilla, y me lo coloco de espaldas a quien ha hablado, porque con el ensimismamiento del momento no he captado quién es. La única a la que podrían reconocer es a mí, y bajar la guardia de esta forma ha sido tan... estúpido.

Cuando me giro, me encuentro con Pulgarcita, sonrojada como un tomate y los ojos muy abiertos. Tahira nos observa con los brazos en jarras y el ceño tan fruncido que sus cejas casi se tocan.

—Cenicienta va a dar el discurso de bienvenida —dice Pulgarcita con voz trémula. Ahora sé que ha sido ella la que nos ha interrumpido—. Deberíais entrar.

—Ya vamos. —La voz de Lobo suena dura y seria. Cuando me fijo, tiene la mandíbula apretada con fuerza.

Pulgarcita entra en el salón de baile, pero Tahira nos sostiene la mirada unos instantes más antes de girarse y darnos la espalda. Recostada contra la barandilla, echo la cabeza hacia atrás y cojo aire.

Lobo se acerca a mí y me tiemblan las piernas, como si tuviera quince años y sin comprender mi reacción, porque no ha pasado nada. Na-da. Pero cuando mete la mano en el bolsillo de su casaca, que llevo puesta, mi cuerpo responde con un respingo. Se coloca el antifaz y me deshago del abrigo para devolvérselo.

—Puedes quedártela.

—No la necesito.

Escupo las palabras con más brusquedad de la que cualquiera habría esperado después del momento íntimo que acabamos de vivir; no obstante, cuanto antes olvidemos este desliz que ni siquiera ha llegado a serlo, mejor. Él asiente una única vez, recupera la prenda y se viste, aunque no termino de verlo, porque he vuelto a entrar en el salón de baile.

36

De nuevo en la pista de baile, los invitados esperan de cara a la balconada principal, donde varios guardas están apostados a la espera de que la anfitriona haga acto de presencia. Siento curiosidad por escuchar el discurso que tiene que pronunciar para un público tan variopinto como el que hoy se reúne en el Palacio de Cristal. En el rato que esperamos, manteniendo una conversación tan banal que ni le presto atención, busco una bebida, del tipo que sea, pero los refrigerios empiezan a escasear aunque la fiesta no ha hecho más que empezar. Está claro que no estaban preparados para semejante asistencia, lo que me reconforta y preocupa a partes iguales, porque ahora mismo necesito un trago.

Un camarero pasa junto a nosotros con la bandeja llena de jarras hoscas y de madera, y me falta tiempo para arrebatarle una y llevármela a los labios. Le doy un sorbo largo a la cerveza de jengibre para reprimir la sonrisa suficiente que tira de mis comisuras. Están tan desbordados que están sacando todo tipo de bebidas, sin importar lo poco elegantes que puedan ser. Y con la comida sucede lo mismo. Atrás han quedado los canapés refinados que casi no se puede saber de qué están hechos y empiezo a ver tortas planas, delicias encantadas y todo tipo de víveres más propios de las clases bajas que de las altas esferas.

Cuando vuelvo a bajar la jarra, casi acabada, Lobo me está mirando. Alarga la mano hacia mi cara, doy un respingo hacia atrás y se lo piensa mejor. ¿La confianza que hemos tenido estas últimas horas? Desaparecida de un plumazo. Voy a necesitar un par de tragos más para poder volver a mirarlo a la cara. Se señala el labio superior y frunzo el ceño. Entonces me doy cuenta de que lo que pretendía era indicarme que tengo los morros llenos de espuma. Con cuidado de no restregarme el carmín por toda la cara, me limpio la boca.

—¡Sed bienvenidos al baile del solsticio de invierno! —Las conversaciones se acallan en cuanto la falsa Cenicienta hace acto de presencia, con su mejor sonrisa fingida y el antifaz sostenido sobre los ojos—. Es un honor que estéis hoy aquí. Todos. —Se toma un segundo para mirar a varios grupos de gente que, claramente, no son de la nobleza ni de lejos—. Como cada año, la celebración del solsticio supone un momento de regocijo. A partir de hoy, las cosechas mejorarán, los negocios prosperarán y la vida resurgirá de la noche más oscura. Hoy es un día para despedirnos de lo malo y saludar lo bueno, porque el Principado de Cristal crecerá con el comienzo del nuevo año. Y todo gracias a vosotros.

Alza la copa, pero esta vez su mirada se posa en los grupos de pudientes, como si ellos hicieran lo más mínimo para que los Tres Reinos prosperasen. Si Fabel se sostiene, es gracias a los trabajadores que se dejan la piel en pagar unos diezmos desproporcionados.

La sangre me hierve al ser consciente de lo engañadas que están las ovejas aquí congregadas. Le están rindiendo pleitesía al lobo que piensa devorarlas en cuanto les dé la espalda. Ni siquiera sé cómo no se ha dado cuenta nadie más de que no es la Cenicienta de verdad. Su estilo es mucho más estrafalario, recargado hasta los topes, y su voz es más agria y amarga, marcada por el resquemor y, sobre todo, desprecio. Ni la manzana de Regina estuvo tan llena de ponzoña como este discurso mal improvisado.

Su verborrea continúa, pero no me veo capaz de seguir escuchando, porque mi atención está puesta en los ilusos que la contemplan con pleitesía. Le hemos hecho un favor organizando todo esto. Nuestra misión consiste en reunir las tres reliquias para crear un arma lo suficientemente poderosa como para hacerle frente al Hada Madrina. ¿Y después qué? Necesitaremos el apoyo del pueblo llano para llegar más alto, para poder acercarnos siquiera a ella; sin embargo, ¿quién se va a sumar a nuestra causa después de haber sido invitado por la mismísima princesa Cenicienta al Palacio de Cristal?

Aprieto los dientes con fuerza y necesito desesperadamente otra copa más. La busco con la vista, ávida del efecto embotador del alcohol, pero entonces algo del discurso capta mi atención:

—Disfrutad mientras esperamos a nuestra invitada de honor, una mujer muy especial que está de camino a felicitaros el nuevo año en persona.

El alma se me cae a los pies y me quedo gélida en el sitio mientras los invitados prorrumpen en un estruendoso aplauso y la música se reanuda. Ella va a venir. Está de camino. Y es cuestión de tiempo que todo empiece a oler a fruta podrida.

Cuando me quiero dar cuenta, Lobo me tiene agarrada por el brazo y me arrastra hacia un lateral, adonde nos siguen Pulgarcita y Tahira.

—Suéltame —le espeto cuando vuelvo en mí.

—Te estaba hablando y no te movías.

—¿Qué vamos a hacer? —pregunta Pulgarcita con preocupación.

—Adelantar el plan —sentencia Tahira.

—Creo que estoy borracha.

Los tres me miran con estupefacción y el silencio que nos envuelve en esta pequeña burbuja de fingida normalidad es atronador.

—¿Cómo dices?

—Será broma, ¿no?

El único que no dice nada es Lobo, que se limita a frotarse el puente de la nariz con paciencia.

—¿Has seguido bebiendo? —Asiento con las mejillas enrojecidas y los ojos clavados en los de Lobo—. ¿Cuánto?

—Nada, una cervecita de jengibre.

—¿Una entera?

—Sí, ¿es que no me has oído? —le respondo a Tahira.

—Por toda la magia, esas jarras son de más de medio litro.

—Lo sé.

—Hay que espabilarla.

Ya ni siquiera sé quién dice qué, y tampoco me importa demasiado. Saber que el Hada Madrina está de camino, que volvemos a tenerla pisándonos los talones, ha conseguido que me dé por vencida. Casi que es mejor que pasemos todo esto sin pena ni gloria y busquemos una nueva oportunidad de robar los zapatos de cristal. Con un poco de suerte, el Hada no sabrá que somos nosotros los que hemos robado la lámpara maravillosa y conseguiremos pasar desapercibidos. Sí, será lo mejor.

De repente me están zarandeando y el mundo me da vueltas.

—¿De verdad creéis que es buena idea darle semejante meneo a una borracha? —me quejo separando bien los pies para ampliar mi centro de gravedad.

—Solo a ti se te ocurriría beber tanto con una misión tan importante entre manos —me reprende Tahira con hastío.

—Perdona, pero el plan consistía en mimetizarse y disfrutar del baile durante varias horas. Ho-ras. En plural. Y apenas llevamos aquí una. ¿Qué querías que hiciera? ¿Que me volviera abstemia y llamara más la atención? Por si no te has dado cuenta, mi vestido no es discreto, que digamos.

—Lo siento —murmura Pulgarcita de fondo.

—Y todo el mundo se lanzaba a por la bebida y la comida como si llevasen años sin probar bocado. No hacer lo mismo habría sido una estupidez. ¡Si hasta Lobo ha bebido!

Las dos lo miran con el ceño fruncido, Tahira incluso con los brazos en jarras, y él levanta las manos en un gesto conciliador.

—Solo ha sido una copa.

—Yo no tengo la culpa de que los planes se hayan torcido tanto. Además, en un rato estaré bien. Siempre que bebo me pasa igual, se me pasa rápido. Pero puedo intentar espabilarme un poco antes, aunque necesitaré ayuda.

—¿Qué podemos hacer? —pregunta Lobo.

—Vas a disfrutar —le digo con una sonrisa en los labios mientras lo conduzco hacia el balcón de antes, apartados de miradas indiscretas.

Con disimulo, Tahira y Pulgarcita nos dan algo de tiempo antes de seguirnos.

—Pégame.

—¿Qué? —Los ojos como platos.

—Que me pegues. Dame una bofetada. Fuerte.

—¿Te has vuelto loca?

—No, va en serio. —Nos miramos fijamente cuando Tahira y Pulgarcita llegan junto a nosotros—. Pero ten cuidado con el labio, no me lo partas.

—¿Qué dice? —pregunta Pulgarcita, sin comprender nada.

—Quiere que le pegue. Pero me niego.

—Lo haré yo —se ofrece Tahira.

—No, tiene que ser él.

—¿Por qué, si se puede saber? —insiste la *djinn*.

—Porque a ti no te odio.

Lobo cierra los párpados con fuerza por el insulto y coge aire un segundo. A estas alturas no sé si es real o no, pero necesito aferrarme a eso, a esa ira que a veces me consume por dentro, para despertar en él la rabia, o en mí, no lo sé. Después del momento que hemos compartido antes ya no sé nada.

Cuando abre los párpados de nuevo, sus ojos brillan con un deje de tristeza que achaco a esa insulsa copa de champán de miel que se ha tomado. Aprieta los labios con fuerza y cierra las manos en puños.

—Con el puño no, me abrirás el pómulo y llamaré más la atención.

Su cuerpo se relaja lo mínimo para extender de nuevo las palmas. Me mira con una profundidad que me incomoda y me hace agachar la vista de vez en cuando.

—Hazlo ya, estamos perdiendo el tiempo. No seas cobar...

La quemazón me sobreviene en la mejilla y el impacto me hace girar la cabeza hacia un lado con violencia. Y no me ha tumbado de una sola bofetada porque Pulgarcita me ha sostenido por detrás, si no, entre tanta tela, el alcohol y que de verdad esperaba que tardase un poco más en mentalizarse, podría haberlo hecho. El pómulo me arde y si bien no me ha partido el labio, sí que me he mordido la lengua y el sabor ferroso de la sangre me invade por completo. En cuanto trago saliva, un calor placentero me recorre por dentro y me hace cerrar los ojos con cierta satisfacción. Justo lo que necesitaba.

—¿Suficiente? —pregunta Lobo con voz tensa.

Abro los párpados despacio y giro la cabeza de nuevo hacia él para buscar esos ojos ambarinos que tantas noches me han atormentado, para recordar qué es lo que nos une: el dolor, la sangre, la muerte. Eso somos y por eso jamás podremos traspasar ciertas fronteras, porque juntos somos el caos personificado.

Asiento con un único cabeceo y una sonrisa, aprovechando los minutos de lucidez que me va a conferir la bofetada, antes de acercarme a la baranda y asomarme por ella. Estudio el espacio que nos rodea en busca de algo en concreto, de una ventaja que sé bien que existe y que nos vendría de perlas.

—No vas a usar tu magia para ayudarnos, ¿me equivoco? —pregunto sin siquiera mirarla, buscando entre la oscuridad.

—No te equivocas, no. Si me quieres, pide un deseo.

—Eso te ha quedado muy sugerente, pero no me vas a convencer.

Cuando lo encuentro, me aseguro de estar escondida de la vista para no llamar la atención, y me arrodillo. Con una de las dagas, rasgo los bajos del vestido para dejar las piernas al descubierto y que la tela no me moleste. Siento la mirada de todos clavadas en mis pantorrillas al descubierto, pero la que más me satisface es la de él. Porque a pesar de que el bofetón me haya centrado lo suficiente como para despertarme un poco del estupor del alcohol, por mis venas sigue corriendo ese efecto estúpidamente afrodisíaco de una buena bebida.

—El duque te va a matar —se queja Pulgarcita al ver los restos del vestido en el suelo.

—Puede intentarlo.

Vuelvo a guardar la daga en la vaina del muslo y se me pone el vello de punta. Es el sabor de la anticipación de la adrenalina.

—Seguidme. Y no os matéis —digo con una sonrisa.

De un salto, me pongo de pie encima de la baranda, luego me siento, con las piernas colgando por el otro lado, el viento acariciándome la piel fresca al descubierto.

Y me dejo caer.

37

Pulgarcita ahoga un grito al verme desaparecer en la oscuridad, pero me he agarrado al final de la baranda. Sostengo todo mi peso con los brazos, que en un primer momento se quejan por haber estado adormilados y por la falta de calentamiento, pero no pierdo tiempo y localizo las trepadoras más resistentes de un vistazo antes de encaramarme a ellas.

En la cara norte del palacio, donde nos encontramos y apenas le da la luz del sol, la vegetación es más asalvajada, tanto que este lado de la construcción, el contrario a la entrada principal, está cubierto por una fuerte enredadera que llega hasta media altura, justo por encima de los pasadizos para los criados. Gracias a la oscuridad de la noche, queda oculta totalmente del ojo inexperto, pero no para mí, que ya usé este mismo recurso cuando las princesas me invitaron para solicitar mi ayuda, antes de la maldición. Porque habría sido una estúpida si, después de recibir una invitación oficial a palacio sin un motivo aparente, hubiera entrado por la puerta grande y con confianza plena. Siempre hay que conocer todas las posibles rutas de escape. Y en aquella ocasión esta fue mi ruta de entrada.

Trepo con algo de esfuerzo por culpa del dichoso alcohol y, cuando miro atrás, Lobo se está dejando caer desde el balcón con esa gracilidad tan suya, tan animal. Sigo escalando hacia un lado para salir de debajo del balcón y asciendo por la vertical de la construcción. Aquí, sin el resguardo del saliente, el viento pega con más fuerza y la falda rasgada del vestido me ondea con violencia. Si Lobo mira hacia arriba, que disfrute de las vistas.

Por debajo de mí, oigo a Pulgarcita refunfuñar y a Tahira ofrecerle ayuda constantemente. Les chisto para que se callen y nuestra subida se ve amenizada por la música orquestal que embota los sentidos de quienes disfrutan de la fiesta. Así mejor.

Siento los músculos en tensión, por cada vez que levanto un pie para afianzar el siguiente paso, el brazo herido se me queja con una punzada, pero ya no molesta lo suficiente como para perder fuerzas. O, al menos, no me lo permito. En parte, debo estarle agradecida al alcohol ingerido, porque de haber hecho esto en plenas facultades mentales, hace rato que habría empezado a sudar por el dolor. Ahora, sin embargo, estoy como en una especie de nube que hace que flote con mayor ligereza y que todo me importe tres pepinos.

No sé cuánto tiempo estamos trepando, pero cuando me asomo hacia abajo, descubro que Pulgarcita y Tahira van demasiado por detrás. Y me sobreviene un mareo fruto del alcohol. Está claro que no estoy en plenas facultades.

Chasqueo la lengua y vuelvo a mirar arriba, a lo que realmente debe importarme para no matarme. Ya podría esa dichosa *djinn* hacer aunque sea lo mínimo para que no nos abramos la crisma con el primer traspié. Momento en el cual el pie se me resbala del agarre y ahogo un grito mientras tiro de mi cuerpo con todas mis fuerzas. Antes de que pueda darme cuenta y perder el equilibrio, o que las enredaderas en las que estoy agarrada terminen por romperse, el pie suelto encuentra una superficie mullida en la que apoyarse. Con cuidado de no marearme más por el susto repentino y la embriaguez, giro la cabeza para comprobar, muy a mi pesar, que Lobo ha acortado la distancia entre nosotros para que use su cabeza como apoyo.

Aprieto los dientes con fuerza y ni siquiera le dedico más de dos segundos de atención.

Llego a la altura de una de las primeras ventanas viejas, de las que están tan alto que apenas se ven desde el suelo y que marcan los pasillos del personal de servicio, y me encaramo al alféizar. Está cerrada, así que tengo dos opciones: darle un codazo, y abrirme más heridas, o intentar usar la punta de la daga para abrir el mecanismo de cierre que hay entre ambas hojas. Me decido por la opción que podría granjearme el suicidio.

Con un equilibrio nada propio de una borracha, pero sí de alguien como yo, me pongo de puntillas en el reducido espacio que deja el alféizar de la ventana, de apenas quince centímetros.

—Te vas a matar —sisea Lobo.

Hago caso omiso. Me acuclillo para quedar a la altura correcta y extiendo el brazo contrario, pegado a la pared, para expandir mi centro de gravedad. Tengo que estar en una de las posturas más incómodas en las que me he visto en mucho tiempo, pero lo que sea por ese dichoso zapato. Con sumo cuidado, saco la daga del muslo derecho y trasteo con el filo de la daga entre los dos marcos de madera para intentar levantar el resorte de cierre del otro lado. Me muerdo la lengua en un gesto de concentración y me tambaleo un poco, nada que recolocar los pies no pueda arreglar. Pero en el mismo momento en el que recupero el equilibrio, siento una palma en mi trasero por encima de la falda que me hace dar un respingo que podría haberme matado de verdad.

—¡¿Qué coño haces?! —le pregunto.

—¡Te vas a caer!

—Bajad la voz, Axel —oigo a Tahira desde más abajo.

—Deja de tocarme el culo.

—Ya te gustaría a ti que fueran otras mis intenciones.

Me sonrojo al instante e intento alejarme unos centímetros de su contacto, pero a quién quiero engañar, no tengo a donde ir.

—Estate quieta.

Lobo trepa un poco más hasta que nuestros cuerpos quedan a la misma altura y me envuelve la cintura con un brazo para afianzar mi posición. El calor de mis mejillas viaja rápido a mis orejas y creo que en cualquier momento voy a empezar a echar humo. No sé si quiero que el efecto del alcohol desaparezca ya de una vez o que se magnifique, lo que sea para dejar de ser un cóctel de hormonas revolucionadas.

—¿Puedes?

Su insistencia me exaspera y me hace resoplar con fuerza.

—A tomar por culo —murmuro.

—¿Qué vas a...?

Agarro la daga del revés y le propino un golpe al cristal con la empuñadura. El ruido de los cristales al romperse será claro delator si hay alguien cerca, pero a estas alturas ya todo me da igual.

—¡¿Estás loca?!

—Recuérdame que no te deje beber más. Te vuelves un amargado.

—¡Pero si me has obligado tú!

Lo ignoro. Meto la mano por el agujero, con cuidado de no cortarme, y abro el mecanismo de cierre. Cuando las hojas se mueven hacia delante, doy gracias a todo lo mágico y me precipito hacia el interior sin comprobar siquiera si hay alguien.

Ruedo por el suelo mientras saco la otra daga y las sostengo en posición amenazadora. Por suerte, no hay nadie, aunque la estancia está tan en penumbra que bien podría estar escondido en cualquier parte.

—Despejado.

Lobo entra como una exhalación y se agazapa en posición defensiva para comprobar lo mismo que yo. Una vez se ha cerciorado de que no hay nadie, como si la confirmación de una borracha no le sirviera, se da la vuelta enfundando la espada corta y saca el brazo por la ventana para ayudar a subir a Pulgarcita.

Podría ayudarlos, pero no me apetece, así que me recuesto contra un mueble y observo el espectáculo. Lobo tira de la chica por encima del límite de la ventana y ella se arrastra sobre el alféizar, como una culebrilla serpenteando por el fango, meneando el trasero a un lado y a otro. Lobo la agarra del vestido a la altura de la espalda y tira de ella para meterla dentro. Con un suspiro lastimero, se deja caer cuan larga es (que no es mucho) sobre el suelo, con la mano sobre la frente, y empieza a resollar.

—Venga, tampoco ha sido para tanto.

La mirada que me lanza está cargada de rabia y odio, demasiado para un cuerpecito tan diminuto, todo sea dicho. Tahira entra por la ventana como si nada, aunque tampoco me extraña, con esos enormes brazos que podrían aplastarme la cabeza con mayor facilidad que estrujar una uva.

—Te seguimos —dice Lobo.

—¿Es a mí?

—¡¿A quién va a ser si no?! —se queja Tahira.

—Bueno, está bien.

No tengo ni puñetera idea de dónde estaremos exactamente, por mucho que sepa que estamos en la zona del servicio, ya que aunque recuerdo haber entrado por aquí la última vez, no tengo en la mente la distribución de los pasillos.

Entreabro la puerta con un chirrido y los tres que llevo detrás me chistan, como si pudiese hacer algo para que la bisagra, mágicamente, dejase de gemir. Los ignoro por completo y observo el corredor por la rendija, con el aliento contenido por si acaso. Parece que no hay nadie. Asomo la cabeza al exterior y miro hacia ambos lados para corroborar mis sospechas: están tan hasta arriba de trabajo por la cantidad de invitados inesperados que no hay nadie por aquí.

Les hago un gesto con la mano y cruzamos el pasillo, tan solo iluminado por antorchas estratégicas, en completo silencio. Ni siquiera los gastados tablones de madera del suelo se quejan con nuestro peso. Somos como plumas sobrevolando el espacio.

Tenemos que llegar hasta la escalera de servicio, que comunica con todas las plantas del palacio, para poder movernos entre ellas en busca de los dichosos zapatos. Deambulamos de un lado a otro, en fila de a uno, asomándonos a las distintas habitaciones que encontramos a nuestro paso, pero no hay indicio de que en alguna se guarde un objeto tan preciado.

Poco después, a juzgar por la decoración recargada y las molduras en pan de oro del techo, juraría que hemos llegado al ala personal de la princesa. Entonces, escuchamos unas risotadas escandalosas al otro lado del recodo en el que nos hemos detenido justo a tiempo. Les ordeno que se detengan, nos agazapamos y asomo el ojo apenas unos milímetros para descubrir la procedencia. Maldita sea, son Anastasia y Griselda. ¿Qué hacen aquí? Las veo entrar en unos aposentos entre empujones y risitas maliciosas. Algo están tramando.

—¿Cómo nos libramos de ellas? —pregunta Lobo.

—Las matamos.

Los tres me miran, cada uno con un gesto reprobatorio diferente.

—No vamos a matar a nadie —dice Pulgarcita—. Al menos de momento.

—¿Entonces qué?

—A juzgar por cómo han entrado en tromba —comienzo a explicar mientras me asomo de nuevo— diría que van más borrachas que yo.

—¿Tan pronto? —La mojigatería de Pulgarcita no me sorprende.

—Hay gente a la que le gusta divertirse.

—Pues tú precisamente no parecías muy acostumbrada a ello cuando llegamos aquí.

Me quedo unos segundos en blanco ante la pulla de Lobo, pero la lengua se me traba y no consigo articular nada coherente.

—Me la voy a jugar a una baza. —Tahira se incorpora mientras se estira la ropa para eliminar posibles arrugas y cruza el pasillo—. Deseadme suerte.

—¡Qué haces!

—¡Vuelve! —susurramos Lobo y yo a la vez.

Sin embargo, Tahira hace caso omiso de nuestras quejas y camina hacia la alcoba con porte galán.

—Entre tú y ella me vais a matar de un disgusto —se queja Lobo.

Está a punto de levantarse para ir tras la *djinn*, pero lo detengo agarrándolo del brazo.

—Espera.

Tahira abre la puerta con energía y finge haberse equivocado de sala.

—Discúlpenme, miladies, veo que esto no es el excusado.

Escuchamos las risitas de las dos desde el otro lado, claramente achispadas, no hay duda, y la genio sigue hablando.

—¿Seríais tan amables de indicarme dónde se encuentran? Me temo que he bebido de más y ya no sé qué es arriba ni qué abajo.

Suelta una risotada bastante falsa.

—¿Ha bebido? —le pregunto a Pulgarcita por encima del hombro.

—Ni una gota.

«Así que se le da bien mentir...».

—Pasad, pasad —dice una voz nasal muy molesta.

—No sé si quiero saber qué están haciendo... —murmura Lobo.

Aprieto la palma fuerte sobre una empuñadura, preparada para lo que sea.

—¿Cómo os llamáis? Vais muy guap... —añade la otra. Un segundo de silencio—. Perdonadme, no sé lo que sois.

—¿Hombre, mujer...? —completa su hermana.

La sincronización al hablar de esas dos ratas me pone de los nervios.

—¿Acaso importa? —responde Tahira con una sonrisa ladina y voz seductora.

Madre mía, si hasta a mí se me remueve algo por dentro al verla actuar así. Y mira que me cae mal. De nuevo las risitas, aunque esta vez más picaronas.

—Venid a divertiros con nosotras.

—La verdad es que soy más de disfrutar de un baile en buena compañía. Y hoy no he traído ninguna.

Más risas. Si se ríen una sola vez más, me levanto y las estrangulo.

—¿Me concederían el inmenso honor de acompañarme?

—¿No había usado la excusa del baño? —murmura Pulgarcita.

—Están tan zumbadas que ni se acordarán —respondo con cierta esperanza.

Unos segundos después, Tahira entra en la estancia y sale con una hermana de cada brazo.

—A eso lo llamo yo ligar —comenta Lobo con admiración.

—Sí, porque lo que tú has hecho antes no se puede considerar como tal.

—Perdona, pero te tenía justo donde te quería.

—Oh, por el amor de una madre, dejadlo ya.

Pulgarcita se incorpora y se adelanta para entrar en la habitación, ahora vacía, a investigar. Solo cuando la tengo por delante, caminando medio agazapada y con el trasero en pompa, me doy cuenta de que lleva el látigo disimulado con el enorme lazo de su vestido. Va a resultar que ella también puede ser una caja de sorpresas.

—Es un dormitorio. Creo que han estado probándose vestidos... bastante lujosos.

Llegamos a su altura y echamos un vistazo al interior. Sí que parecen prendas caras.

—Sigamos, no podemos perder tiempo —sugiere Lobo.

Pulgarcita y él se dan la vuelta para continuar por el otro lado del pasillo. Sin embargo, yo me quedo clavada en el sitio, estudiando la alcoba. Cortinas de terciopelo tupido, moradas. Un enorme espejo recargado con marco de oro. Una cama con dosel descomunal, tan impecable que no podría esconder ni un guisante. Y un armario blanco de pared a pared en el que podría vivir una familia entera. Los vestidos finos.

Entro sin siquiera mediar palabra, movida por una sensación extraña, y agarro las telas, tiradas de cualquier forma por todas partes, para estudiarlas. Me quito los guantes para tocarlas mejor y me maravillo con la calidad de estas. Mis sospechas deben de ser ciertas.

Es el dormitorio de Cenicienta.

—¿Qué haces? —pregunta Lobo a medio camino de un susurro desde la puerta.

—Tengo un pálpito.

Revuelvo entre todas las cosas, abro cajones sin ton ni son y miro incluso debajo de la cama. El armario. Me lanzo hacia él y tiro de las hojas de madera para descubrir un ropero que ni en los mejores sueños de cualquier costurera habría lugar. Tela y más tela por todas partes, de distintos colores y cortes, todo vestidos, ningún pantalón. Y en la parte inferior, un estante de lado a lado con cajas y cajas de zapatos.

Siento a Lobo y a Pulgarcita junto a mí, seguro que con caras de que me he vuelto loca, pero estoy convencida de que deben de estar aquí.

—Ayudadme a comprobar los zapatos.

A regañadientes, van abriendo cada una de las cajas, sin cuidado alguno. Yo incluso lanzo los zapatos por encima del hombro cuando he comprobado que no son lo que estamos buscando.

Con cada par que desechamos, la presión en mi pecho crece más y más, porque estaba convencida de que este sería el lugar perfecto para esconder algo preciado. Nadie miraría en un lugar tan a la vista y, al mismo tiempo, Lady Tremaine tendría la insignia de Cenicienta en la palma de la mano.

Cuando abro la última caja y compruebo que está vacía, la rabia trepa por mi garganta y la lanzo contra el espejo con fuerza. Lobo se agacha con unos reflejos magistrales para esquivarla, pero en lugar de reprocharme la brusquedad, como cabría de esperar, clava la vista en la puerta, con los ojos entrecerrados y la mandíbula tensa.

—Viene alguien —murmura poniéndose en pie. Acto seguido, desenfunda su arma.

—¿Y si es Tahira? —sugiere Pulgarcita con voz atragantada.

—No lo creo, suena a varias personas. Salgamos de aquí.

No sé muy bien cómo ha podido escuchar siquiera a alguien acercándose, cuando lo único que mi oído ha captado es el estruendo de la caja contra el cristal. Entonces se oye el rumor de una mujer diciendo: «No tardaré, quiero estar presentable para cuando ella llegue. Mira que avisar de que viene en el último momento...».

«Viene en el último momento...».

El temor se me instala entre los dientes y corro hacia la ventana justo cuando la puerta se abre. Transcurren dos segundos en los que nos quedamos muy quietos, frente a una Cenicienta enfundada en ese vestido estrafalario completamente pasmada. Y lo primero en lo que me fijo es en sus pies. Después, deslizo la vista hacia los guardias que la escoltan.

Lo siguiente sucede tan rápido que apenas sé qué está pasando, puede que en parte por culpa del alcohol. La falsa princesa se lleva algo a los labios y sopla con fuerza, descubro que es un silbato.

—¡Quitadle los zapatos!

Lobo ya está a medio camino de correr hacia los guardias y Pulgarcita hace restallar el látigo. La de reflejos lentos soy yo esta vez, pero no tardo ni tres segundos más en lanzar una daga hacia el guardia más cercano a Lady Tremaine. Mi puntería es infalible y la clavo directamente en su garganta; la sangre mana a borbotones y se atraganta con ella. Otros dos soldados están ocupados con Pulgarcita y Lobo. Y el cuarto... Sonrío con malicia.

Ruedo por el suelo y recupero la daga ensangrentada al mismo tiempo que lanzo la otra con violencia, haciendo que el vestido de Lady Tremaine quede apresado contra la jamba y que no pueda huir tan fácilmente. Sin perder ni un segundo, detengo una acometida del cuarto guardia con un movimiento amplio de brazo, me agacho cuando su espada describe un arco donde habría estado mi cabeza y le propino tal patada en la espinilla que cruje con un chasquido que me suena a cántico glorioso.

No me molesto en rematarlo, mientras se retuerce con un grito agónico, porque lo único que me importa es recuperar los zapatos.

Justo cuando Lady Tremaine consigue rasgar el vestido lo suficiente como para soltarse, la agarro por el moño rubio y tiro de ella hacia atrás, lejos del pasillo por el que iba a huir. Trastabilla y cae al suelo, arrastrándome por el camino.

Forcejea conmigo, ambas enterradas entre capas y capas de sofocante tela. Siento un arañazo en la cara mientras me recoloco sobre su cuerpo para inmovilizarla con una llave. Oigo el látigo de Pulgarcita cruzando el aire y se me eriza la piel. Lobo lucha con movimientos expertos. Y yo parezco un pulpo en una trastienda mientras intento quitarle los dichosos zapatos.

—¡Roja, te necesitamos! —grita Lobo cuando más guardias entran en tropel.

Sus palabras me generan un cosquilleo placentero, pero no puedo hacer mucho más ahora mismo.

Con uno de los rodillazos que intenta propinarme en la cara, un zapato sale despedido. Lo sigo con la mirada y doy gracias a que el suelo esté enmoquetado. ¿Servirá con uno? No estamos en posición de arriesgarnos, así que le muerdo el tobillo con tanta fuerza que la boca me sabe a sangre, espero que suya. El alarido que profiere Lady Tremaine me hace rechinar los dientes, pero el dolor la ha bloqueado lo suficiente como para poder arrebatarle el segundo zapato.

Me levanto de nuevo, recupero mi daga y corro hacia el que había salido despedido. Sostengo ambos entre las manos y voy a guardarlos en mi morral cuando me doy cuenta de que no lo llevo.

—¡Maldita sea! —gruño de rabia.

Solo voy a disponer de una mano para luchar, así que me preparo con la dominante y empuño la daga con fuerza para bloquear, justo a tiempo, el tajo que me ha lanzado uno de los nuevos guardias. Abro el brazo en un movimiento circular para apartarla de mí y me reprendo por haber elegido las dagas como arma predilecta, porque eso me hace estar siempre demasiado cerca de mi oponente.

Antes siquiera de que pueda darme cuenta, Lobo está a mi

lado, luchando conmigo codo con codo. Pulgarcita se mueve hacia la retaguardia para protegerse con nuestros cuerpos. Un guardia alza el brazo para atacarme mientras termino de degollar a otro. Cuando quiero proteger mi flanco expuesto, el hombre se ha quedado sin arma gracias al látigo de Pulgarcita y Lobo le ha atravesado el muslo con una espada.

Seguimos así, sobreviviendo como buenamente podemos, con los rostros perlados de sudor y las respiraciones agitadas. Nos obligan a retroceder hacia más adentro, cuando lo que necesitamos es llegar a la salida desesperadamente. Lady Tremaine pide ayuda a voz en grito y llegan guardias y más guardias.

Aprieto los dientes con fuerza cuando esquivo un barrido de pierna y me veo obligada a lanzar mi daga en dirección a Pulgarcita, donde, agazapada, estaba teniendo problemas con otro atacante. Le doy de lleno al hombre en la espalda. No me detengo a comprobar si la chica está bien, ni siquiera sé si murmura un agradecimiento escueto o un quejido. No tengo tiempo para pensar.

Desarmada, ruedo sobre el suelo, protegiendo los zapatos con mi cuerpo, y, aún agachada, detengo otra acometida con la otra daga. Mi nuevo acero vibra con fuerza y a punto estoy de perderlo también. Salvar los dichosos zapatos me va a costar la vida, porque están coartando mi libertad de movimiento.

Salto con todas mis fuerzas y le propino una patada en el pecho a mi atacante, que trastabilla hacia atrás y se encuentra con una de las espadas de Lobo.

«Benditas botas».

Rebano un tendón, que hace que mi oponente esté a golpe de tajo para segarle la vida. La sangre me salpica las piernas y aparto la cara para que no me entre en los ojos. Aprovecho el momento para recuperar la daga perdida y la guardo en una funda, porque perder armas no es una opción ahora mismo.

Cuando me doy la vuelta para encarar la lucha, seguimos

entre la espada y la pared. Literalmente. A pesar de estar resistiendo sus ataques, ellos cada vez son más y nosotros solo somos tres. Estamos acorralados.

Retrocedemos, con las respiraciones agitadas y prestando atención a los atacantes, que nos acorralan con sonrisas en los labios, sabedores de que tienen las de ganar; como depredadores listos para darse un festín. Mi espalda se topa contra el borde de la ventana y lanzo un rápido vistazo por encima del hombro.

Sin darme tiempo siquiera a pensar, la abro de par en par y subo al alféizar.

—¡Saltad!

Para mi sorpresa, confían ciegamente en mí y obedecen. En menos de dos segundos, los tres, con Pulgarcita a la zaga, nos precipitamos al vacío. El viento sube mis faldas hacia arriba y me despeina por completo, el estómago me asciende hasta la garganta y los ojos se me secan.

—¡Alfombra! —grito.

Y doy gracias por estar a semejante altura, porque llega a tardar tres segundos más y habríamos acabado hechos puré, aplastados contra el suelo.

La sacudida de nuestros cuerpos al encontrarse con la dureza de la alfombra nos arranca un quejido a los tres, pero acto seguido estallo en una carcajada de júbilo.

—¡Sí, joder! —grito de pura adrenalina.

—¿Los tienes? Dime que los tienes —pregunta Lobo.

Con una sonrisa de oreja a oreja, les muestro los zapatos de cristal, que desprenden un fulgor azulado bajo la luz de la luna llena. Él prorrumpe en una risotada y alza el puño al cielo en un gesto victorioso.

Y por primera vez siento el enorme peso de la esperanza llenarme el pecho.

38

Un trayecto que nos tomó un par de horas hacer en carruaje lo salvamos en apenas quince minutos en alfombra voladora, y me pregunto por qué no viajamos así la primera vez. Luego recuerdo que teníamos una tapadera que mantener.

En cuanto llegamos a la masía del duque, Alfombra reemprende la marcha hacia el Palacio de Cristal para esperar a Tahira, que no puede huir como si nada si aún está en compañía de las hermanastras, y Pulgarcita se excusa alegando que está cansada. Sinceramente, estoy tan motivada por la adrenalina aún latente en mis venas que me importa bien poco que desaparezca en su alcoba.

Con una sonrisa de júbilo en los labios, me dejo caer sobre el mullido diván de la sala de estar mientras me deshago del antifaz y contemplo los zapatos, un poco manchados de sangre, desde todos los ángulos posibles. Me resultan tan sumamente hermosos... y eso que en la vida podría haberme interesado por unos zapatos de tacón.

—¿Contenta? —Alzo la vista y me encuentro con Lobo, que se ha acercado a encender la chimenea de la salita.

Abrazo los zapatos una última vez mientras asiento con la cabeza y los dejo a un lado, sobre el suelo.

—Ha salido mejor de lo que imaginé —confiesa con la vista clavada en el fuego.

—Era tu plan, ¿y no le tenías mucha confianza?

—No es eso. —Sus labios se elevan hacia arriba y se incorpora—. Pero estaba muy cogido con pinzas, eso he de admitirlo.

Sus palabras me hacen sonreír.

—O sea, que al final yo tenía razón. —Cruzo los brazos sobre el pecho en un gesto exagerado.

—No del todo, porque funcionar ha funcionado. Tú decías que fallaría.

Nos retamos un instante, con diversión y complicidad, fruto de una batalla bien resuelta, de la compenetración tan única que hemos demostrado tener. Siento un vuelco en el estómago al pensarlo y, con un suspiro, voy hacia el mueble bar del duque, plagado de telarañas, y me sirvo una copa. En el último momento lleno una segunda, cojo ambas y extiendo el brazo para ofrecerle una.

—¿Aún no has aprendido que soy mal bebedor? —bromea mientras se acerca a mí con paso lento y aire distendido.

—Creo que he demostrado con creces que ese título me pertenece.

—Lo has dicho tú, no yo.

Sonrío desde detrás de mi copa y me maravillo con que seamos capaces de mantener una conversación normal. ¿Podría seguir siendo así a partir de ahora? Le doy un sorbo comedido a la bebida. Y menos mal, porque esto sabe a sapos y culebras. Reprimo el gesto agrio lo mejor que puedo para disimular.

—¿Qué tal está? —pregunta antes de beber.

—Bien, se nota que es caro.

Su sorbo es el doble de grande que el mío y se da cuenta del error demasiado tarde, cuando el líquido ya ha descendido por su garganta. Prorrumpe en una tos muy exagerada y yo me parto de risa hasta el punto de que los ojos me lagrimean. Cuando se ha recuperado, Lobo también se une a mi carcajada.

Pasado el momento cómico, nos quedamos en silencio, sin saber qué decir por falta de práctica. Me recuesto sobre el mueble bar, cuyas copas tintinean bajo mi peso, y apoyo los brazos sobre este en aire relajado. Lobo acorta la distancia, estira el brazo para dejar la copa en el aparador tras de mí y siento su cuerpo tan cerca que me embriago con su olor, entremezclado con un tinte de sudor nada desagradable. No retrocede.

Alzo la vista y repaso sus facciones hasta terminar en sus ojos, que me observan con curiosidad. Movida por un impulso irrefrenable, levanto la mano despacio y, con los dedos, acaricio el borde de su máscara plateada, que aún lleva sobre la cara. Se queda quieto y tiro de la prenda con suavidad para que el nudo ceda y se deshaga.

—Gracias.

Niego con la cabeza para restarle importancia y callamos de nuevo, el uno perdido en los ojos del otro.

—¿Puedo tocarte? —murmura con voz ronca.

El corazón me da un vuelco al recordar que hace apenas unos días, en nuestro último encontronazo en el palacio de la sultana, lo amenacé con la daga por embestirme contra la pared. Que ahora me pida permiso para entrar en mi espacio personal hace que algo se remueva inquieto dentro de mí y doy gracias por estar apoyada contra el mueble, porque creo que me estarían temblando las piernas.

Aparto cualquier pensamiento de la mente y asiento despacio, incapaz de pronunciar palabra y con la garganta seca. Ahora quien mueve la mano es él, con una lentitud que me quema, para limpiarme la mejilla, no sé si una lágrima de risa o una mancha de sangre.

El roce de su piel cálida contra la mía me provoca un estremecimiento, pero no me muevo, perdida en la intensidad de sus melosos iris. Su pulgar sigue hacia abajo y marca el perfil de mi mandíbula hasta detenerse bajo mi labio inferior, que acaricia con delicadeza. Sus ojos se mueven hasta mi boca entreabierta y se le escapa un suspiro profundo. Cuando se inclina hacia delante, contengo la respiración en anticipación a lo que sé que va a pasar. Porque ya no puedo negármelo más. Hoy se han traspasado ciertas fronteras que no sabía que necesitaba cruzar y que, al mismo tiempo, ahora me hacen sentir tan bien. Sin poder ni querer refrenarme, soy yo la que se incorpora y termina de salvar la distancia entre nuestros rostros.

Mi boca se encuentra con la suya con avidez. A pesar de no comprender bien cómo hemos llegado a este punto, al mismo tiempo sé que todo me ha empujado hacia él desde el primer momento en el que nos encontramos. Como si nuestros caminos hubieran estado entrelazados.

Con un estremecimiento provocado por mis propios pensamientos, me pierdo en lo carnoso de sus labios, en la maestría de su lengua antes de que pueda darme cuenta siquiera de que la tengo dentro. Le muerdo el labio inferior con la presión justa para arrancarle un jadeo que me eriza la piel y le hace sonreír, juguetón.

Salto hacia arriba, sin necesidad de mediar palabra, y sus brazos están ahí para sostenerme. Enrosco las piernas alrededor de su cintura y lo siento fuerte entre mis muslos. Frunzo el ceño, incapaz de acallar la voz que siempre ronda mi mente y que me dice que esto no es lo correcto, que me voy a odiar por esto. Pero ¿cómo es posible odiar algo que sabe tan bien?, ¿a *alguien* que sabe tan bien? ¿Cómo no va a ser correcto que conectemos de este modo?

Se aparta del mueble y mi espalda se encuentra contra la pared acolchada. Me arqueo de placer cuando sus labios besan mi mentón, el hueco del cuello, la clavícula, y un cosquilleo me recorre todo el cuerpo. Jadeo con fuerza al sentir su lengua sobre el nacimiento de mis pechos y él gime en respuesta.

Le entierro los dedos en el pelo, alborotado por el viaje en alfombra, y me maravillo con lo sedoso que es, con lo bien que huele siempre. Sin que se lo espere, tiro de sus cabellos hacia atrás para que separe la boca de mi cuerpo y mis labios buscan los suyos con necesidad.

Da la vuelta sobre los talones y, con una suavidad y delicadeza nada en consonancia con lo pasional de nuestro beso, me recuesta sobre el diván de terciopelo. La piel, sensible por la excitación, se me eriza al contacto con la tela y Lobo sonríe de medio lado entre beso y beso, visiblemente satisfecho con mi reacción.

Cuando se acomoda entre mis piernas y siento la dureza de su miembro en mi punto más sensible, se me escapa un gemido. Me agarra por la cintura y me recoloca más cerca de él, como si eso fuera posible, hasta que no queda ni un solo hueco entre nuestros cuerpos. Mis caderas se acoplan a las suyas tan bien que, por un segundo, un pensamiento me cruza raudo la mente, porque es como si estuviésemos hechos para encajar. Y ese mero pensamiento despierta dentro de mí una vorágine de sentimientos que no sé ni por dónde empezar a manejarlos.

Pero tampoco tengo ocasión a analizarlos porque, despacio, empieza a moverse contra mí mientras su boca planta un camino de mordiscos desde el borde de mi mandíbula hasta mis pechos. Desde abajo, me mira para pedirme permiso y respondo jadeando al frotarme contra su entrepierna, porque la perspectiva de su cuerpo al servicio del mío me hace retorcerme de placer. Se le escapa un resoplido y descubre mis pechos casi con reverencia, como si llevase demasiado tiempo esperando este momento. Y por cómo mi cuerpo reacciona a sus caricias, por lo mucho que está elevando la temperatura de mi piel, creo que yo también. El frío de la noche al quedar mi pecho expuesto me hace temblar.

Sonríe. Sonrío. Un nuevo gemido cuando su lengua se encuentra con mi pezón describiendo movimientos circulares.

Arqueo la espalda de forma involuntaria y Lobo me encierra entre sus dientes. Aprieto un puño con fuerza y clavo las uñas en su hombro. Tira de la tela del vestido hacia abajo para dejar mi abdomen al descubierto. Besa cada una de mis pequeñas cicatrices con deleite, sin necesidad de tener que buscarlas por la escasa luz que confieren la chimenea y la luna llena, pero tan solo es el pretexto para continuar con el descenso.

No me pide permiso cuando su mano entra en mi ropa interior y me derrito de placer con el contacto de sus dedos, ni tampoco cuando sus labios se encuentran con mi muslo y luego con mi ingle. Tiro de su pelo hacia arriba para buscar su boca, porque no aguanto quieta más. Algo dentro de mí me empuja hacia él, me impulsa a jugar con él del mismo modo que hace él conmigo. Con necesidad y algo de violencia, aparto las solapas de la casaca para intentar desnudarlo, pero chasquea la lengua en un gesto reprobatorio.

—Aún no —dice en un tono grave y ronco, autoritario y profundo. Y el simple hecho de notar su voz entre los labios me hace estremecerme de placer una vez más.

Despacio, llega la presión de un dedo dentro de mí, luego un segundo, y me contoneo con el placer rítmico de sus manos expertas. Siento las mejillas enrojecer y un intenso cosquilleo descender desde mi bajo vientre. Saca la mano de debajo de mi ropa interior y, con un tirón, termina de deshacerse del vestido, lleno de sangre ajena y sudor propio. Lo lanza a un lado sin dejar de mirarme a los ojos y me vuelvo a estremecer solo por el fuego que brilla en su mirada, como un instinto animal que me acelera el pulso a niveles inhumanos y en el que me veo reflejada.

Me da igual lo que diga.

Me incorporo hacia delante, retrocede siguiendo mi ritmo y me siento a horcajadas sobre él, su miembro duro contra el pantalón y mi propia entrepierna. Me deshago de su casaca, le sigue el chaleco y me entretengo con los cordones de la camisa. Todo sin dejar que nuestros labios estén quietos. Primero se encuentran nuestras lenguas, luego él me besa la clavícula. Tiro de la tela de su camisa hacia arriba y la lanzo lejos, dejando el colgante al descubierto, que brilla de un intenso azul. Me quedo un segundo sin aire al ver el tatuaje de su pecho.

Con la respiración agitada, lo observo durante un rato, en el que Lobo se queda quieto, fruto de la curiosidad. Paso las yemas por encima y su piel se eriza por el contacto. Y la mía también, porque a pesar de llevar tocándome un rato, es la primera vez que mis dedos se encuentran con una zona más privada de la suya.

Con una mano, me retiro el pelo sobre un hombro y le doy a entender que mire hacia atrás. Estira el cuello para seguir la dirección que le marco y se queda absorto en la tinta que me decora la espalda, con todas las fases de la luna grabadas en negro sobre mi piel. Idénticas a las suyas.

Su mano traza el camino del tatuaje y gimo con un placer diferente, uno que nace del reconocimiento mutuo. El ritmo de nuestras caricias se ralentiza de forma automática y natural. Me recoloco para notarlo bien contra mí y sus manos, fuertes y grandes, se acoplan a mis caderas. La presión de mi pecho por haberme dejado llegar a esto se deshace con la facilidad de la nieve bajo el sol. Y así de cálidas son sus caricias, como un rayo capaz de calentarme incluso en el día más frío.

Sus labios buscan mi cuello con calma y deleite hasta encontrarse de nuevo con mis pechos, despacio, y empiezo a moverme sobre él al ritmo que ha dictaminado. Atrás ha quedado la pasión irrefrenable y desbocada, y siento un ápice de temor colarse entre mis costillas. Sin embargo, no hago nada por volver a lo de antes, a los mordiscos y los arañazos, a la lujuria desmedida, porque sienta bien besarlo con sus manos sobre mis mejillas, como acunándome, y permitiéndome saborear cada milímetro de su piel.

Cuelo mi mano entre nuestros cuerpos y la paso por encima de su pantalón. Apenas es un roce, pero su jadeo es profundo y gutural, casi animal. Con delicadeza, me sostiene contra su cuerpo y vuelve a tumbarme. Lo ayudo a desabrocharse el pantalón y se deshace de él con maestría.

Cuando sus ojos se encuentran con los míos de nuevo, lo hacen con puro deleite. Mutuo. Porque en la vida había visto a nadie más hermoso de lo que lo está él en este momento.

Me muerdo el labio inferior con excitación y me paso las manos por el cuerpo antes de atrapar su miembro y describir movimientos ascendentes. Lobo cierra los ojos y echa la cabeza hacia atrás en un gesto de placer que tensa los dedos de mis pies y los contrae a un mismo tiempo.

Con un tirón sutil, lo conduzco hacia donde quiero que esté, hacia donde quiero que entre, y abre los ojos con rapidez. Nos quedamos quietos un segundo en el que ambos sabemos que esto podría romperse muy rápido, porque no podemos darle pie a la cordura. A pesar de que mi cordura esté perdida en la profundidad de sus ojos y tema no volver a recuperarla.

—¿Tomas precauciones? —le pregunto en voz queda para no permitirme pensar en otra cosa.

Porque esto es lo que deseo y lo que mi cuerpo necesita en este preciso instante. Lo quiero a él.

Asiente para confirmarme que toma el tónico anticonceptivo y se recoloca sobre mí, con su pene a escasos milímetros de mí. Me acaricia la frente con la mano y me aparta un mechón sudado de la cara. Levanto la cabeza para buscar sus labios al mismo tiempo que siento toda su dureza en mi interior, fuerte y caliente. Y me deshago en un gemido de placer puro. Lobo jadea contra mi boca y se mueve despacio al principio, pero, según la intensidad de mi agarre sobre sus hombros aumenta, va acelerando cada vez más, sin dejar de besarnos.

Nos movemos con una maestría sin igual, con movimientos casi ensayados que hacen que mis caderas conecten con las suyas de un modo perfecto y mágico, por mucho que sus embestidas sean duras y pasionales. Siento la tensión de mi cuerpo concentrándose en mi abdomen, en un nuevo nudo cada vez más prieto que me acelera la respiración y me arranca gemidos, e incluso su nombre se me escapa de entre los labios, a lo que responde con una acometida mayor.

Si me maravilló nuestra sincronía la primera vez que luchamos juntos contra el duque, esto está a otro nivel. Me da lo que necesito antes de pedirlo y yo le doy el placer que él tanto busca sin necesidad de mediar palabra. Sus manos son expertas sobre mi cuerpo, parecen conocer cada punto débil y cada cicatriz, cada recoveco sensible que hace que el nudo se apriete más y más hasta hacerme perder el juicio. Le araño la espalda y jadea de placer. La intensidad de nuestros cuerpos encontrándose aumenta y gimo con fuerza, sin importarme quiénes puedan oírnos. Porque ahora mismo solo estamos él y yo bajo la atenta mirada de la luna llena, y es lo único que me importa.

Cierro los ojos por la intensidad del éxtasis. Estoy a punto de deshacerme, de dejar que el nudo se deshaga por fin, cuando pronuncia mi nombre contra mis labios.

—Brianna...

Se me corta la respiración y algo dentro de mí se quiebra con la intensidad de un recuerdo desbloqueado al mismo tiempo que se evapora la tensión de mi cuerpo y me libero en un orgasmo placenteramente doloroso. A través de los párpados cerrados vislumbro una cabaña de madera, distingo el olor de la leña quemándose y de un puchero al fuego. Es Lobo quien está sobre mí, pero no es ahora. Y al mismo tiempo lo es. Los recuerdos se mezclan con el tiempo presente y me hacen soltar el mayor gemido que haya salido jamás de mi boca. Clavo las uñas en su carne y bien podría haberla atravesado cuando dejo de retorcerme de placer y dolor al mismo tiempo.

Abro de nuevo los ojos y descubro que su rostro está relajado, intentando acompasar la respiración a un ritmo más natural. Cuando alza la vista hacia mí, frunce el ceño como acto reflejo y sale de mí con rapidez. En el estrecho espacio que nos concede el diván, consigue tumbarse de lado para acunarme entre sus brazos y me dejo hacer, sin saber muy bien por qué. Su pulgar acaricia mi mejilla y descubro que estoy llorando.

—Perdóname —murmura contra mi frente—. Lo siento.

Niego con la cabeza y me recoloco contra su cuello para ocultarme de todo lo que hay fuera y controlar las oleadas de dolor que me siguen sobreviniendo como coletazos descontrolados y esporádicos, espasmos involuntarios.

—¿Te encuentras bien?

Asiento con un nudo en la garganta y sin poder controlar las lágrimas de este llanto doloroso, oculta de su vista gracias al amparo de su propio cuerpo.

—¿Qué sucede?

—No quiero hablar.

La voz me sale trémula y vuelve a acariciarme la frente antes de darme un sentido beso que me sabe a hogar y a inframundo. Tumbada sobre su pecho, me quedo dormida pensando en cómo voy a explicarle que no es la primera vez que nos acostamos juntos.

39

Me despierto sobresaltada y en una cama, desconcertada por no tener ni el más mínimo recuerdo de cómo he llegado aquí y con las sábanas revueltas. Está claro que no he dormido bien. Miro a mi alrededor y descubro que es mi alcoba, pero las espesas cortinas no dejan pasar nada de luz, así que tampoco estoy del todo convencida.

Me siento en el borde del colchón y apoyo los codos sobre las rodillas desnudas. De entre los labios se me escapa un suspiro medio desesperado. Malditos sean el alcohol y la luna llena. Todos los meses igual, el embrujo del astro redondo me hace cometer las estupideces más grandes, y normalmente suponen acabar encamada con alguien, da igual si es hombre o mujer. Pero lo de esta vez se lleva la palma. No obstante, algo en mi fuero interno me dice que no puedo achacarle toda la culpa a la desinhibición del alcohol y la lujuria de la luna.

Me froto la cara con frustración y miro hacia atrás por encima del hombro. Doy gracias por no estar acompañada, y no sería la primera vez que pasara, porque los remordimientos ya me pesan lo suficiente como para despertar compartiendo lecho.

De repente me bloqueo. El aire escapa de mis pulmones y siento un frío gélido en el pecho. Un temblor se apodera de mis manos y me las llevo al pelo con nerviosismo. Me levanto y camino de un lado a otro.

«He dormido».

Has dormido.

«¿Por qué coño he dormido?».

¿Tan bueno fue el sexo? Ahora me da lástima habérmelo perdido, por mucho que fuera con un perro.

«No estoy para bromas».

No estoy bromeando.

No comprendo nada. Llevo desde que recayó la maldición sobre nosotros sin pegar ojo. Y desde hace unas semanas a hoy, sobre todo desde que estamos metidos en esta misión, me he ido sintiendo cada vez más débil, cada vez más fría, cada vez de peor humor. Hasta el punto de desmayarme. ¿Y ahora me duermo? Definitivamente me voy a morir.

¿Y no has pensado que quizá te estabas debilitando por la falta de sueño?

«Dímelo tú, eres la experta».

El día que recuerdes que yo soy tú, montaremos una fiesta en honor a tu inteligencia.

—Maldita sea... —masculло.

Me dejo caer sobre la cama, con la mano sobre el pecho apretada en un puño, desconcertada por completo. La brusquedad del movimiento me arranca un dolor en las ingles que sirve como recordatorio de lo que pasó anoche. De con quién he pasado la noche, a juzgar por la disposición de las sábanas y por el sutil olor madreselva y jazmín entremezclado con perro mojado. Retengo el aire en el pecho mientras un cosquilleo intenso vibra en mi bajo vientre y sacudo la cabeza.

«Es que no puedo ser más estúpida».

Lo has dicho tú, no yo.

De nuevo un vuelco en el corazón, porque anoche Lobo

pronunció esas mismas palabras. ¿Por qué todo me conduce a él? ¿Por qué tenemos que encontrarnos una y otra vez de forma irremediable? ¿Por qué en pleno orgasmo desbloqueé un recuerdo que le da la vuelta a todos mis esquemas?

Creo que tienes demasiados frentes abiertos.

«¿Cómo puedes estar tan tranquila?».

Porque, por lo general, la que se enfrenta a estas mierdas eres tú, no yo. Así que no es mi problema.

«Sí es tu problema, porque tú eres quien me lleva a chocar con él una y otra vez. Cuando tú no estás, cuando estás tranquila, todo es mucho más fácil».

Demasiado, por lo que veo.

Me llevo la almohada a la cara y grito con tanta fuerza que me hago daño en la garganta, pero mejor eso que sentir el débil resquemor de una noche de buen sexo. Porque no sé qué me da más vergüenza, si que *con él* el sexo haya sido bueno o que me haya dejado temblando.

Poco a poco, la vorágine de sentimientos de mi pecho, dispersa por todas partes, se va centrando en un punto muy concreto que me constriñe las costillas.

El recuerdo de mi nombre pronunciado de sus labios con tanta necesidad y anhelo me anega los ojos de lágrimas, pero no permito que caigan. No sé cuánto de lo que vi era recuerdo o realidad. Fue un momento de tanta intensidad que las dos experiencias convergieron en el mismo momento. Sin embargo, ahora sé bien que no era la primera vez que nuestros cuerpos se unían buscando placer carnal.

Con las yemas, recorro las distintas cicatrices que el paso de los años me ha granjeado y recuerdo cómo él parecía conocer su ubicación exacta. De todas y cada una de ellas. Incluso a pesar de la falta de luz. La veracidad de lo que eso puede significar me arranca un sollozo desprovisto de lágrimas, porque necesito que algo en mi vida sea real; encontrar un ápice de verdad al que aferrarme para saber quién soy, para entender por qué siempre me ha acompañado un sentimiento de soledad y abandono que ni la presencia de la bestia ha conseguido arrancarme.

Y al mismo tiempo siento pavor. Miedo por lo que pueda significar todo lo que mi pasado me esconde. Miedo por una posibilidad que ahora se abre en mi mente y que no estoy dispuesta a plantear, porque de ser así, no serían los recuerdos desbloqueados los que me romperían, sino yo misma. Porque si cualquiera de las posibles respuestas que ahora mismo ronda mi mente es cierta, Olivia no habría sido solo una amiga más.

No, me niego.

Sacudo la cabeza con fuerza y me pongo en pie. Me visto con premura, con ropa prestada del duque, y me abrocho el cinturón para que los pantalones no se me caigan.

—Joder, hasta el pelo me huele a él.

Y esa sensación me provoca rechazo y atracción al mismo tiempo.

«¿No vas a decir nada?».

Silencio.

Frunzo el ceño y me acerco a la ventana para descorrer las cortinas. Para mi sorpresa, sigue siendo de noche. ¿Es que acaso he dormido apenas una hora? ¿Por qué no está Lobo en la cama entonces?

La incertidumbre se abre paso en mi pecho y desdibuja cualquier otra preocupación de un plumazo, porque sé que algo no va bien. Porque la bestia me ha estado hablando; no han sido imaginaciones mías. Eso significa que acaba de anochecer.

Abro la puerta casi con necesidad y bajo a la planta principal saltando escalones. Cuando entro en la sala de estar, donde la luz de la chimenea y los candelabros me sugiere que hay alguien, me encuentro con Lobo derrumbado sobre una butaca, con gesto cansado y la frente apoyada en el puño. Sé que acaba de transformarse porque tan solo lleva unos pantalones puestos, y juraría que son los del traje de anoche.

Con la vergüenza tiñendo mis mejillas, miro a mi izquierda, hacia el diván, donde los restos de lo que sucedió ayer me señalan con dedos acusatorios. Tengo que deshacerme de las pruebas. ¿Acaso quiero, en realidad?

Doy un par de pasos hacia él, con el corazón en un puño, porque debería haberme oído a estas alturas; sus sentidos están muchísimo más desarrollados que los míos. Cuando estoy casi junto a él, lo primero que hago es fijarme en si su pecho sube y baja, y al ver el ligero movimiento, la presión que me oprimía se deshace un poco, aunque sigo estando en alerta.

—Por fin has despertado.

Su voz suena cansada, con palabras arrastradas y mal pronunciadas. No cambia de posición, no alza la cabeza para mirarme, y el nudo vuelve a apretarse, salvo que esta vez se traslada a la garganta.

—¿Qué ha ocurrido?

Coge aire despacio y de forma profunda para luego soltarlo a un ritmo más lento si cabe. Se recoloca sobre la butaca y clava los ojos en el chisporroteo de la chimenea.

—¿Por dónde empiezo?

Con un quejido de cansancio, se levanta para mirarme a la cara. Y no puedo evitar quedarme sin respiración al verlo recortado por el contraluz de las llamas, con el pecho descubierto y el tatuaje a la vista en todo su esplendor. Un fogonazo de anoche me atraviesa la mente a la velocidad del rayo, pero lo desecho con la misma rapidez.

—Tienes buena cara.

«¿Y a mí qué narices me importa la cara que tengo? Quiero saber qué ocurre».

Consigo morderme la lengua a tiempo, porque todo en su expresión corporal sugiere que está derrotado, que ha pasado un día de perros y que no puede más.

El terror atenaza mis huesos de repente y miro a mi alrededor, en busca de los zapatos que anoche dejé junto al diván. No están. Y el miedo se me cuela entre las costillas hasta el punto de que creo que me voy a asfixiar.

El cuerpo derrotado de Lobo, sus ojos cansados, la falta de los zapatos. Nada de lo que logramos anoche ha servido para nada. Y lo peor de todo es que he estado dormida mientras mi mundo se derrumbaba sin siquiera ser consciente de ello.

La rabia trepa por mi garganta en forma de un gruñido que consigo retener cuando Lobo dice:

—Los zapatos están a buen recaudo. Ese no es el problema.

Su confesión me hace fruncir el ceño, fruto de la incomprensión.

—¿Entonces? —espeto con impaciencia.

—Sígueme.

Pasa junto a mí, sin molestarse en recuperar la camisa siquiera y sin importarle lo más mínimo el frío de esta época del año, y sube las escaleras, descalzo. Caminamos por el mismo pasillo en el que se encuentra mi alcoba y nos detenemos en la contigua. Es la de Pulgarcita.

Un nuevo miedo, extraño y desconocido, trepa por mi columna y se me clava en la base del cráneo. Porque anoche no pronunció palabra en el trayecto desde el Palacio de Cristal hasta llegar aquí. Porque anoche no se quedó a celebrar la pequeña victoria de ningún modo, sino que se encerró en su cuarto directamente. Porque no ha habido rastro de ella desde entonces.

Con una premura que no sé de dónde nace y que no reconozco, agarro el pomo de la puerta y abro con ímpetu.

La luz mortecina que arroja la chimenea medio consumida

dota a la alcoba de un aspecto cetrino y lúgubre. Hace frío, las cortinas están medio abiertas y los rayos de luna se cuelan por las rendijas, dibujando sombras extrañas, fruto de las ramas raquíticas al otro lado de la ventana, que hacen que parezca que acabamos de entrar en una pesadilla. Pero lo que más me preocupa es ese olor oxidado y viejo, el hedor típico de la muerte.

A la izquierda, en la enorme cama con dosel, se entrevé la pequeña figura de la chica, enredada entre las sábanas y con aspecto demacrado. No levanta la cabeza cuando nos oye llegar, aunque que Lobo me haya traído hasta aquí me sugiere que sigue con vida.

Me acerco a la cama con un temblor en las piernas que, para mi desgracia, no puedo achacar al sexo y me siento en el borde. Con cuidado, retiro las sábanas lo suficiente como para estudiar qué dolencia puede padecer y, con horror, descubro unos vendajes mal trabajados que le rodean el abdomen.

Giro la cabeza hacia atrás y Lobo asiente en señal de confirmación: anoche la hirieron y no nos dimos ni cuenta. Hago un barrido rápido con la vista y, para mi sorpresa, descubro que Tahira no está por ninguna parte, y eso hace que un nuevo temor se me clave en los dientes, porque la *djinn* no se ha separado de Pulgarcita en ningún momento.

Intentando hacer el menor ruido posible para no molestarla, me levanto y salimos del dormitorio. Estoy a punto de empezar a increpar y a maldecir cuando Lobo me hace callar con un gesto y me indica que bajemos.

—Es mejor no molestarla.

La incertidumbre me reconcome por dentro en el corto paseo entre el dormitorio y la sala de estar, así que no me contengo más en cuanto cruzamos las puertas de la estancia.

—¿Qué ha pasado? —Él cierra tras de mí con un suspiro hastiado y luego se frota los ojos—. Quiero saberlo *todo*.

Cuando pronuncio esa última palabra, sus ojos se encuentran con los míos y comprende, a la perfección, qué estoy queriendo decir.

—Te dormiste. Entre mis brazos.

«Bueno, a lo mejor no quiero saberlo todo».

—Estuvimos así un buen rato, no sé cuánto. Me empezó a dar frío, así que intenté despertarte para ir a la cama. No pude.

Cruza la sala hasta la chimenea y se acuclilla frente a ella para calentarse las palmas. Teniendo en cuenta el calor intenso de su piel anoche, y que sigue sin camisa, creo que es un gesto nervioso más que por la necesidad de templar las manos.

—Creía que tú no dormías.

Mira por encima del hombro hacia mí y me veo obligada a tragar saliva.

—Yo también lo creía.

—Entiendo. —Vuelve a clavar los ojos en el fuego—. Te llevé a la cama y me quedé dormido.

Un estremecimiento me recorre el cuerpo ante la confirmación de que hemos pasado la noche juntos. Durmiendo. Algo que considero mucho más íntimo que sucumbir a los placeres de la carne.

—Me desperté al amanecer y salí a cazar algo para comer. Estaba lloviendo, así que me costó un rato encontrar un rastro fiable. Cuando volví, pensé que ya estarías despierta, pero no te encontraba. Descubrí que seguías durmiendo y pensé que la noche te había dejado... exhausta.

A pesar de no estar viéndole el rostro, sé perfectamente que ha pronunciado esa palabra con una sonrisa en los labios. Y automáticamente siento las mejillas enrojecidas. Ahora comprendo el ligero olor a perro mojado cuando me desperté, porque entró a buscarme en forma de lobo.

—Entonces recordé que no estábamos tú y yo solos en el

caserón. —Ahora su voz suena dura, como cargada de remordimientos—. Fui a buscar a Pulgarcita, porque comprendí que siendo tan diminuta le costaría moverse por la vivienda, como siempre. Y la encontré moribunda entre un revoltijo de sábanas demasiado grande para ella.

El silencio que se instaura entre nosotros es pesado, empalagoso, con el regusto amargo de la culpabilidad.

—Se había puesto unos vendajes. Según ella, nos oyó... entretenidos y no nos quiso molestar. Que no era grave —dice acompañado de una risa tosca—. Por poco se le salen las tripas por el tajo. Y... ni siquiera me di cuenta de cuándo fue.

Entonces recuerdo el momento en el que lancé una de mis dagas a la espalda de un soldado para ayudarla, recuerdo su lenguaje corporal atemorizado y se me revuelven las entrañas. No le presté demasiada atención a Pulgarcita por el frenesí de la batalla y el alcohol en sangre, y por ese mismo motivo ambos olvidamos que no sabemos gran cosa sobre ella, que somos desconocidos y bien podría no tener experiencia previa en combates de este tipo. En la Cueva de las Maravillas se defendió bien, pero el acceso de los naipes estaba acotado por una entrada estrecha, iban llegando en grupos de dos o de tres. Lo de anoche... fue una carnicería.

—Yo tampoco —reconozco con cierto pesar.

—Como buenamente pude, la ayudé a preparar algunos remedios, pero sanar a otros es más fácil que hacerlo contigo mismo. Y en mi forma animal tampoco podía servirle de mucha ayuda.

—¿Y por qué no lo ha hecho Tahira?

—Ese es el segundo problema. —Se levanta despacio y se gira para quedar frente a mí—. Tahira no regresó del Palacio de Cristal anoche.

40

Un estremecimiento me recorre la columna por el temor de lo que eso pueda significar. Si Lady Tremaine ha atrapado a Tahira y ha hablado más de la cuenta... También cabe la posibilidad de que se pillase la cogorza de su vida, después de tantos años encerrada en la lámpara de aceite. Aunque, conociéndola, es del todo improbable.

—¿Y Alfombra?

—Ha estado yendo y viniendo desde anoche, sin éxito. Tampoco sé mucho más, lo de comunicarme con trozos de tela no lo llevo al día.

Trata de que su comentario suene divertido, pero la tensión de la situación hace que cualquier intento se quede en eso, un mero intento.

Nos quedamos unos minutos en silencio, con las vistas perdidas en ninguna parte frente a frente, con el chisporroteo de la chimenea de fondo. Barajo distintas posibilidades de encontrarla a tal velocidad que casi no me da tiempo ni a entenderlas. Si la bestia estuviera despierta, seguro que daría con una forma de rescatarla. Porque está claro que esta misión no llegará a buen puerto sin la *djinn*; sus deseos son demasiado preciados como para abandonarla a su suerte.

Me paseo de un lado a otro como una fiera enjaulada y me llevo la mano a la barbilla.

—¿Tienes hambre?

—¿Qué?

Me detengo de repente, sorprendida por su pregunta.

—Que si tienes hambre. No has comido nada desde anoche y..., bueno, gastamos mucha energía.

Siento el intenso rubor de la vergüenza trepar raudo hacia las mejillas, pero sacudo la cabeza en un gesto negativo mientras retomo mis cavilaciones.

—Voy a preparar algo de todos modos.

—Entonces ¿para qué preguntas?

—Mera cortesía. A Pulgarcita le vendrá bien tener el estómago lleno.

—Ni siquiera sabemos si sigue teniendo estómago con semejante herida.

—Es una forma de hablar. —Se frota la cara con exasperación y recoge la camisa de camino a la salida—. Aunque apenas quiere comer, no sé cómo va a recuperar fuerzas.

—Si hace falta, yo misma le meteré la cuchara por el gaznate, no te preocupes por eso.

Se detiene unos segundos con la mano a medio palmo del picaporte, ya con la camisa sobre su torso perfecto, y me estudia con un gesto en el rostro que no sé descifrar.

—Luego me gustaría hablar contigo.

—No hay nada de lo que hablar —miento como una bellaca, porque ya no es solo por el sexo en sí, sino por el recuerdo desbloqueado y que, en el fondo, sé que debería compartir con él.

—Lo dudo mucho. Si se te ocurre algo para encontrar a Tahira, avísame.

Sale de la habitación y me deja a solas con mis pensamientos. Me siento en la butaca en la que Lobo estaba cuando llegué y clavo la vista en la danza hipnótica del fuego. Maldita sea, hasta esto huele a él.

Entierro los dedos en el pelo y resoplo con fuerza.

Estamos jodidos, bien jodidos.

Pero ¿cómo es posible que Lady Tremaine haya podido atrapar a una *djinn*, un ser mágico que puede hacer, literalmente, lo que quiera? De repente, la respuesta cruza mi mente como un fogonazo y me siento estúpida por no haber caído antes. La única forma de doblegar a un genio es con magia. Y la única persona con la suficiente como para someter la voluntad férrea de un ser de la lámpara es el Hada Madrina.

La lámpara.

Me levanto con tanta energía que tumbo la butaca hacia atrás. Salgo de la estancia como una exhalación y oigo a Lobo preguntar si todo va bien de fondo, pero no me detengo. Subo los escalones de dos en dos y entro en mi dormitorio arrasando con todo lo que se cruza en mi camino, que en este caso creo que es un mueblecito con un jarrón que se hace añicos.

Me tiro al suelo y rebusco entre los pliegues de mi capa y dentro de mi morral hasta que doy con el objeto metálico.

—¿Qué ocurre? —pregunta Lobo desde el umbral con la respiración acelerada por la carrera.

Sin responder, froto la lámpara con desesperación y necesidad, porque cada segundo que la *djinn* pase con esa tirana es un segundo más que tiene para sonsacarle información.

Espero y espero lo que me parece una eternidad y, sin embargo, no sucede nada. Frustrada, suelto un gruñido y doy un golpe sobre la cama.

—¿Y ahora qué te pasa?

—¡Que nada sale como me gustaría!

—Bienvenida al mundo real.

Me levanto con energía y con ira mal contenida.

—Ni se te ocurra vacilarme ahora. —Lo señalo con el índice en un gesto de advertencia.

—Habría preferido que sacaras las garras anoche, no ahora —comenta con una sonrisa socarrona en los labios.

Le lanzo la lámpara con tanta fuerza que se ve obligado a agacharse, con una velocidad sobrenatural, para que no le abra la cabeza.

—Podrías haberme hecho daño.

—Era mi intención.

Nuestras palabras chocan con la misma intensidad que lo harían nuestros aceros en un combate físico, y ganas no me faltan para buscar mis dagas y jugar a tiro al blanco con su cabeza. Entonces, al otro lado del pasillo, la lámpara empieza a vibrar sobre el suelo, varios metros por detrás de Lobo, y a dar tumbos, como si estuviera viva. Los dos nos acercamos a ella corriendo, olvidada de golpe la rencilla, y aguardamos con las respiraciones contenidas.

Las puertas de la masía se abren con un estruendo y nos asomamos sobre la barandilla de la segunda planta. Desde la calle, una enorme masa de humo rojo sube las escaleras a toda velocidad y se materializa en Tahira, derrumbada sobre el suelo con la respiración agitada.

—Ya era hora, joder. Seré inmortal, pero creí que me mataría.

Tiene el moño de anoche completamente deshecho, con mechones oscuros pegados al cuello y rostro a causa del sudor. La ropa se presenta hecha jirones y la piel al descubierto está sembrada de moratones y heridas que supuran un líquido dorado.

Lobo pasa junto a mí con ímpetu y se agacha para ayudarla a incorporarse.

—¿Estás bien?

—He estado mejor —le responde con un quejido lastimero.

Con un gesto de la cabeza, él me indica que lo ayude y salgo del estupor momentáneo. Me paso un brazo de Tahira por el hombro y reprimo un gesto descortés por lo mal que huele, pero tampoco me extraña. Cualquier otra persona en su pellejo ya habría muerto.

—¿Por qué habéis tardado tanto? —pregunta mientras la dejamos caer en su cama.

—Roja no despertaba.

—No sabíamos qué hacer —decimos al unísono.

Tahira nos mira de hito en hito, como debatiéndose entre a quién creer, pero claramente se decide por Lobo.

—¿Es que te ha pasado algo?

Que se preocupe lo mínimo por mí estando ella en su estado me deja con una sensación pegajosa, así que me limito a negar con la cabeza.

—¿Ha sido el Hada Madrina? —Asiente mientras traga saliva para recobrar el aliento. Luego suelta un suspiro lastimero y se sostiene las costillas con el brazo para recolocarse sobre la cama.

—Creo que me han perforado un pulmón.

—¡¿Qué?!

La alarma de Lobo se transforma en furia en cuestión de un segundo, lo sé por la tensión del músculo de la mandíbula y por la fuerza con la que aprieta los puños.

—Tranquilos, en unos minutos empezaré a sanar.

—Entonces..., ¿no hay de qué preocuparse? —pregunto con cautela.

—No hay temor real, no. Aunque doler duele igual.

—¿Te han estado torturando todo el día? —interviene él.

—Y lo que llevamos de noche.

—¿Qué les has contado?

—¡Nada!

—Algo habrás cantado. —Cruzo los brazos sobre el pecho.

—¿Tengo que recordarte que no soy una simple mortal? —escupe con acritud—. Mi aguante traspasa cualquier frontera que puedas siquiera imaginar. Hace falta mucho más para hacerme hablar.

—¿Y no te ha amenazado con ir a por Yasmeen?

—La *sultana* —remarca la palabra para dejar clara su posición— tiene los suficientes medios como para defenderse, si es que realmente llega a cumplir sus amenazas. El ejército de las dunas es de las mayores fuerzas de todo Fabel. Sería muy imprudente enfrentarse a ella.

—Entonces ¿no le has hablado de nosotros? —inquiere Lobo.

—No, aunque me dio la sensación de que sabía más de lo que me hacía creer.

—Y si no le has dicho nada, ¿por qué no te ha matado directamente? —espeto de mala gana—. Eres una genio, tenerte en nuestro bando nos confiere una ventaja desproporcionada.

—El Hada no puede matar —dice él como si tal cosa.

Tahira ladea la cabeza muy despacio y frunce el ceño.

—¿Y tú cómo sabes eso, Axel? —Sus palabras suenan secas cuando abandonan sus labios.

Lobo se acerca a la palangana de agua y moja un paño un par de veces.

—Rumores —responde después de unos segundos, la voz monocorde y seria.

Durante un instante me quedo desubicada ante la nueva información, totalmente desconocida para mí.

—Explícate —le exijo.

Noto todo el cuerpo de Tahira en tensión y no es por las palizas que le han estado propinando. Algo se me está escapando, pero no sé el qué. Él suspira y se gira hacia nosotras con el paño entre las manos.

—Dicen que su magia no puede emplearse para interferir de forma directa en la mortalidad de los demás.

—¿Y qué más dicen?

—Habladurías sin sentido.

Lobo alarga el brazo hacia Tahira para ofrecerle el trapo mojado y ella frunce más el ceño un segundo antes de aceptar la tela empapada. Con un gruñido de dolor, se la pasa por las heridas abiertas. A pesar de tener la certeza de que está sangrando, no puedo evitar maravillarme con ese extraño color dorado sobre su piel aceituna. Es la ejemplificación perfecta de lo que significa la magia.

—¿Por qué no lo habías dicho antes? —pregunto en apenas un susurro.

Lo que acaba de confesar es... clave. Descubrir que es información que conocía, por mucho que no estuviese seguro de ello, y que no ha querido compartirlo conmigo me turba más de lo que estoy dispuesta a admitir. Dentro de mí hay algo que se remueve y me araña las costillas, y sé que es la anticipación de la desconfianza. Porque por mucho que hayamos tendido un puente entre nosotros, seguimos viviendo en una maraña de mentiras y desconocimiento que acabará por asfixiarnos. Por asfixiarme.

—Porque son solo rumores —responde sin sostenerme la mirada—. No quería que os aferrarais a esa posibilidad por si no era cierta.

Deambula por la habitación hasta detenerse junto a la ventana.

—¿Y tú por qué no nos lo dijiste? —le increpo a ella.

—Porque no creí que estuvierais listos para saberlo. —Deja el paño a un lado cuando se ha teñido del color del oro y las heridas empiezan a revertirse a un ritmo lento y que genera un hedor a carne quemada—. No es lo mismo enfrentarse a la muerte sabiendo que las posibilidades de morir son menores que hacerlo con toda la convicción que sea posible. Creo que os habríais esforzado menos.

—«Esforzado menos»...

Hago un mohín con los labios y chasqueo la lengua.

—Puesto que Lobo solo ha oído rumores —Tahira lo mira de soslayo según hablo—, ¿puedes explicarnos qué supone eso para la misión y cómo funciona?

Me cruzo de brazos y hago acopio de toda la paciencia que encuentro para no gritarle, porque lo más probable es que no podamos contar con Pulgarcita en un tiempo, así que no nos conviene volver a tenerla en nuestra contra ahora que parece que habíamos enterrado un poco el hacha de guerra.

—El Hada Madrina es una hechicera poderosa —comienza explicando la *djinn*—, pero su magia funciona, mayormente, con trueques. Ella tiene el don de conceder deseos, pero con un intercambio de por medio. No es como un *djinn*, supeditado a un amo. Ella hace magia por voluntad propia, pero necesita nutrirse de ofrendas para que su poder crezca. Como ella no puede matar, muchas veces pide vidas a cambio.

—Por eso se enfadó tanto cuando las princesas se negaron a entregar a sus primogénitos —deduzco.

Asiente con la cabeza antes de proseguir:

—La sangre pura es poderosa, más si son de sangre azul.

—Y si no obtuvo lo que quería a cambio de los deseos y, por consiguiente, no creció su magia, ¿cómo consiguió lanzar un hechizo tan poderoso como el de la bruma?

—Porque los tratos siempre tienen cláusulas traicioneras. Ella siempre gana, es el precio de la magia. Cumplas el pacto o no, su poder crece igual, solo que hacia una vertiente u otra, blanca o negra. La ira por ser engañada condujo su magia por el camino oscuro.

—No estarás sugiriendo que antes de todo esto era buena...
—comenta Lobo, apoyado en el marco de la ventana.

—Ni mucho menos, solo que su poder era menos negro y se enturbia con cada trato incumplido.

—Entonces todo es culpa de las princesas.

Los dos me observan unos segundos demasiado largos.

—¿Es que no habías llegado a esa conclusión ya? —interviene él.

No. Hasta ahora estaba convencida de que esto era mi culpa por no haber ido a por el Hada Madrina mucho antes de que la bruma cayera sobre todos nosotros. Ahora tengo la certeza absoluta de que no podría haber hecho nada de todas formas, porque su poder es mucho mayor por ese incumplimiento de trueque.

—¿Dónde está Pulgarcita? —pregunta Tahira para cambiar de tema.

—Con un poco de suerte, aún seguirá viva.

41

Dejamos a Tahira en la habitación de Pulgarcita para que la cuide. La chica, al ver el rostro magullado de la *djinn*, se ha preocupado tanto que a punto ha estado de abandonar la cama para curarle las heridas. Aunque la genio no puede hacer gran cosa para salvarla, porque no puede interferir a esos niveles en la mortalidad ajena sin deseo mediante, ha prometido que se encargará de velar por ella y su bienestar en la medida de lo posible.

Cuando entramos en la sala de estar, me deshago en un suspiro hastiado y me dejo caer sobre el diván. La piel de mis antebrazos, descubiertos por la camisa remangada, se eriza cuando se encuentra con la suavidad del terciopelo.

Paso las yemas por la tela y evoco lo vivido anoche sobre este mueble, su perfecto cuerpo sobre el mío, sus labios carnosos besando mi piel y mis cicatrices y el estremecimiento de placer final, aderezado con unas dolorosas dosis de recuerdos desbloqueados.

Siento la presencia de Lobo en la estancia sin necesidad de abrir los ojos. Cojo aire con fuerza y lo retengo en los pulmones, porque sé lo que se avecina. La butaca frente a la chimenea chirría cuando la mueve para quedar de frente a mí. Será mejor que me siente, porque no se me ocurre forma alguna de evitar esta conversación.

—Pide un deseo. Sálvala.

—¿Qué? —Había esperado muchas conversaciones menos esa.

—Te quedan dos, gasta uno con ella.

Me quedo un segundo en blanco, con los labios entreabiertos, estupefacta.

—No.

Lobo suspira con un deje de decepción que se me clava en el pecho. Niega con la cabeza y se frota el puente de la nariz en un gesto derrotado.

—Tienes la posibilidad de hacer el bien y no lo aprovechas. ¿Por qué eres siempre así?

Sus palabras me atraviesan con la misma fuerza que un puñal abriéndose paso por mi carne.

—Porque Tahira dejó muy claro que no puede resucitar a los muertos. Y si no está muerta ya, confío en que su cuerpo medio mágico se sobreponga a esto.

—No disfraces tu egoísmo de esperanza, porque no me lo trago.

Aunque sus palabras suenan amargas, como si le costara pronunciarlas, son un claro ataque y siento que me está juzgando. Pero no sé de qué me sorprendo, porque no nos conocemos. Acto seguido, el regusto amargo del recuerdo desbloqueado me cruza la mente como un rayo. Sí nos conocemos, solo que no nos recordamos.

—Necesitamos un deseo para forjar el arma de las reliquias —me defiendo, cruzando los brazos sobre el pecho.

—Te quedaría un tercero.

—Se lo prometí a Yasmeen.

—Si se te presentara la más mínima posibilidad, traicionarías a la sultana en tu propio beneficio. Así que no me cuentes cuentos.

Aprieto los dientes, porque me ha calado a la perfección, por mucho que me pueda doler que me considere tan retorcida. A fin de cuentas, es la pura verdad. A la sultana no le debo nada.

—¿Y si lo necesitamos para algo más importante? —Intento llevar la conversación por otro lado más convincente.

—Querrás decir «si lo necesitas».

Estoy a punto de replicar, pero me está dejando sin palabras. No considero que la situación sea de la magnitud suficiente como para gastar uno de los dos deseos que nos quedan en intentar salvar a una persona que bien podría no servirnos para nada. O que podría morir en el siguiente paso.

—Tahira puede curarla con su propia magia si quiere. Dejó muy claro que *a mí* no me ayudaría sin pedir deseos. A mí. Si no ve necesario emplear sus poderes, por algo será. A quien tienes que pedirle explicaciones es a ella, no a mí.

Nos batimos en una especie de duelo de miradas durante unos segundos y acaba perdiendo él, porque la clava en la chimenea y resopla con frustración.

—Perdona, es que todo empieza a superarme.

Comprendo que estar en tensión constante pueda minar la moral de cualquiera, pero tengo la sensación de que hay algo más que no me está contando. Y no sé si es por la certeza de que ya nos conocemos o por la noche tan intensa que compartimos, pero acabo preguntando:

—¿Estás bien?

Mi pregunta lo pilla por sorpresa y percibo una ligera tensión en sus hombros que se deshace cuando vuelve la vista hacia mí.

—Eso debería preguntártelo yo. —Nos quedamos unos segundos en silencio, tiempo en el que me pierdo en esos ojos amarillos cuya miel podría beberme ahora mismo—. Has dormido.

—Sí, he dormido —reconozco con cierta vergüenza, aunque desconozco de dónde sale.

—¿Por qué?

Esta vez soy yo la que aparta la mirada y la clavo en mis dedos, que juguetean entre sí. Desde que todo esto empezó, nuestra relación ha sido tan extraña que dentro de mí conviven sentimientos encontrados. Sé que el odio que le profesaba debería estar más que enterrado, que la culpa de que me quisiera matar nada más despertar tras el encantamiento es toda mía, y, sin embargo, algo en él me hace estar siempre en tensión, siempre alerta.

No obstante, después de las últimas conversaciones, sobre todo tras los tres últimos días, hay algo en él que no es igual. O algo en mí. Lo miro a los ojos y no veo la turbieza previa, no veo el resquemor que me hace hervir la sangre. No veo nada más que una admiración que no merezco y en la que no me reconozco. Y todo nos lleva hasta este preciso momento en el que tengo la verdad de mi parte y no sé si estamos preparados para enfrentarnos a ella.

Imagino que, después de todo, quien no arriesga no gana.

—No lo sé —confieso con un suspiro rendido—. Pero anoche..., pasó algo.

Su rostro se pone en alerta y, antes de que pueda darme cuenta, está sentado a mi lado, en el diván. La calidez de su cuerpo junto al mío me reconforta y, al mismo tiempo, me oprime el pecho.

¿Y si no me cree? ¿Y si piensa que me lo estoy inventando? ¿Acaso estoy del todo convencida de que sea real, de que no me lo imaginé? ¿Qué consecuencias podría haber entre nosotros?

Demasiadas preguntas, demasiados frentes abiertos y demasiadas posibilidades.

La cabeza me da vueltas por la incertidumbre y creo que se

me ha agitado la respiración; de repente, sus manos grandes y fuertes envuelven las mías en un apretón cómplice y me veo obligada a levantar la vista hacia sus ojos.

—Siento haberte hecho daño anoche —susurra tan cerca que su aliento me acaricia el cuello.

Frunzo el ceño por la incomprensión y estudio sus facciones en busca de alguna pista sobre a qué se refiere. Entonces caigo en la cuenta y sonrío con diversión.

—No me hiciste daño. Tú no. —La expresión dolida de su cara se suaviza y me provoca un vuelco en el corazón—. Pero... recordé algo.

—¿El qué?

No sé bien qué es, si sus dedos juguetando con los míos de forma involuntaria, el chisporroteo de la chimenea o la luz brillante de una luna que ayer estuvo llena, pero algo en todo lo que nos rodea me empuja a liberarme de esa carga, a compartir el peso de la incertidumbre, y el nudo de mi estómago se afloja un poco cuando, sin miedo, digo:

—Tú y yo compartimos un pasado juntos.

Aprieta los labios con fuerza y parpadea un par de veces. Para mi sorpresa, calla y eso me empuja a seguir hablando.

—Ahora lo sé. Anoche... Cuando pronunciaste mi nombre, lo que vivíamos se entremezcló con un recuerdo, uno en el que también estábamos teniendo sexo. Antes de la bruma.

Sus dedos se detienen y se quedan un tanto inertes entre los míos. Sin poder remediarlo, la presión se instaura con fuerza en mi pecho de nuevo y tengo la sensación de haber cometido un error. Estoy a punto de apartar la mano cuando me la retiene.

—Y... —Traga saliva para paliar el ligero temblor en su voz—. ¿Qué crees que significa?

—No lo sé, pero por cómo lo recuerdo, no creo que fuese algo puntual y pasional. Había complicidad, mimo.

Me ruborizo solo de recordarme tan abierta, con los sentimientos a flor de piel. Es vergonzoso.

—Y anoche besaste cada una de mis cicatrices con reverencia, como si ya supieras que estaban ahí.

Mira hacia otro lado y me sorprende que él pueda sentir vergüenza con esto, cuando siempre se ha mostrado más cómodo que yo.

—¿Tú no lo recuerdas?

Sus ojos se clavan en los míos con intensidad y me ahogo en ellos, porque me observa con tanto sentimiento que hasta le brillan.

De repente me doy cuenta de que no quiero escuchar la respuesta. No puedo escuchar que no lo recuerda, que no *me* recuerda del mismo modo que ahora yo sí nos recuerdo, aunque tan solo sea en parte. Porque eso significaría que no soy tan importante como para que los fragmentos de su mente se encuentren y recobre un pedazo de su ser.

Él entreabre la boca para hablar y darme la respuesta que me partirá en dos, así que hago lo único que se me ocurre: lo beso.

Ni siquiera cierra los ojos cuando mis labios se encuentran con los suyos en un gesto un tanto torpe. Se queda rígido, quieto, pero me niego a separarme tan pronto y que la conversación vuelva a su cauce.

Despacio, la tensión en sus comisuras se relaja y abre la boca para buscarme con la misma necesidad que acaba de nacer en mí al comprobar que es correspondido. La caricia de su piel contra la mía es como un bálsamo para mi corazón maltrecho. Encierra mis mejillas entre las manos y el calor de su cuerpo me reconforta tanto que se me escapa un jadeo placentero. Mueve el pulgar de un lado a otro sobre mi pómulo y un escalofrío se pierde en mi nuca.

Nos besamos despacio, con la calma de quienes se saben expertos, y me empapo de él. De su fragancia tan característica, del tacto áspero de unas manos trabajadas, del sabor dulce de sus labios. Nuestras lenguas ni siquiera se encuentran, porque no hay necesidad de más, no nace en mí el impulso lujurioso y carnal que me invitaría a arrancarle la ropa, como me pasa siempre desde que recayó la bruma. Nada, tan solo la necesidad de sentirlo aquí, de sentirlo conmigo, de beberme de él, de mecernos en los labios del otro. Y me sorprende que él tampoco necesite nada más que eso y se conforme con empaparse de mí.

Escuchamos la puerta de la salita abrirse y nos separamos con lentitud, mirándonos a los ojos y aún con sus manos sobre mis mejillas. El momento no se ve roto por la vergüenza de lo que hemos hecho; no sentimos que nos hayan pillado haciendo algo que no debíamos, como cuando Pulgarcita nos interrumpió en el Palacio de Cristal, ni están el influjo del alcohol o la luna llena de por medio.

Y esa sensación tan cálida de ser reconocida, y no oculta, me llena tanto por dentro que creo que podría echarme a llorar.

Cuando nos separamos del todo, escucho a Tahira bufar, aunque no hace mención alguna a lo que acaba de presenciar.

—Necesito que uno de los dos salga a buscar unas hierbas.

Me ofrezco voluntaria, en parte porque necesito que el frescor de esta noche de invierno calme mis nervios. Cuando estoy a punto de abandonar la salita, después de que Tahira me diga lo que necesita, echo un último vistazo hacia atrás y compruebo que Lobo tiene la mirada clavada en las llamas y gesto meditabundo.

Y, de nuevo, regresa esa estúpida incertidumbre.

42

Pasamos los siguientes tres días en una quietud extraña de alientos contenidos cada vez que Tahira nos informa del estado de salud de Pulgarcita. Aunque va recuperándose, el camino será largo y arduo, y ella sola no puede brindarle la ayuda que necesita al mismo tiempo que continuamos con el plan.

Cada minuto cuenta, y estos tres últimos días en los que no hemos hecho más que esperar y esperar pesan sobre mis hombros.

Para colmo, después de aquel beso robado que se tornó en necesitado, Lobo y yo apenas hemos hablado. En más de una ocasión lo he pillado observándome con intensidad, o estudiándome con un gesto indescifrable que me constriñe por dentro, pero ninguno de los dos hemos sido capaces de dar el paso que terminaría por abrir nuestros sentimientos al otro.

Y no puedo ignorar que tengo miedo. Que me aterra la posibilidad de estar negando todo lo que siento por dentro por temor al qué pasará y acabar perdiéndome algo mayor. Pero yo no estoy hecha para sentir. Soy frío y rabia irrefrenables contenidos en un cuerpo menudo y calculador. Soy potencia y acero cortante, soy una bestia indomable que arrasa con todo a su paso. O así me veo. No puedo permitirme ser otra cosa porque, entonces, acabaré mal parada.

Solas estamos mejor.

Suspiro con exasperación y me recuesto más en la butaca, con las piernas extendidas tan cerca del fuego que podría quemarme las suelas de los zapatos. Porque desde que nos acostamos la noche del solsticio, y después del consiguiente beso, el frío ha vuelto a echar raíces en mis huesos, como una enredadera negra que trepa dentro de mí hacia la profundidad de mi pecho. Lo que me da más miedo es que, desde esa noche, no he vuelto a poder dormir. Y eso siembra en mi mente una idea que termina por confundirme y de enmarañar mis pensamientos con una turbiedad más densa que la de la bruma.

Me muerdo el labio inferior con fuerza para sentir algo físico, que lo prefiero mil veces a la incomodidad de una mente consternada.

No necesitas a nadie más. Ahora no.

«Pero he llegado a un punto en el que estar con él me sienta mejor que estar apartada».

Y eso te hace débil. Dependiente. Además, está visto que él no quiere saber nada de ti.

Esa certeza me araña por dentro y me hace apretar los dientes. Porque, al final, aunque mi beso fuera una evasiva para que no respondiera a eso que me daba tanto miedo oír, no he necesitado de palabras para saber qué iba a decir. Ha levantado un nuevo muro entre nosotros, uno que no sé si estoy dispuesta a golpear para derrumbar.

Sin poder remediarlo, las comisuras se me elevan en una sonrisa.

Cuánto han cambiado las tornas, ¿eh?

Al principio era yo la de la voluntad férrea e inquebrantable, la que ni siquiera se molestó en preguntar el nombre de sus acompañantes. Y mírame ahora, preocupada por Pulgarcita y con una opresión en el pecho por la indiferencia de Lobo.

Patético.

«Los viejos hábitos nunca cambian. Sigo siendo igual de patética, ¿no?».

Aunque la corriente cambie su curso, el agua sigue fluyendo igual.

Agradezco estos momentos de tregua en los que los insultos de la bestia son velados y podemos llegar a cierta paz y complicidad, momentos en los que me siento más yo, más completa y normal, ajena a todos los quebraderos de cabeza de la bruma y sus consecuencias.

A pesar de que la imagen de la abuelita cruza mi mente un segundo, desecho la idea por temor a que la presión del pecho termine por partirme en dos. Espero, con todas mis fuerzas, que esté bien, que despierte cada mañana pensando que he vuelto a casa de mis padres después de hacer los recados y esté tranquila. Solo pido eso para ella, tranquilidad.

Estará bien...

Las palabras de la bestia me calman un poco y refrenan esa necesidad, que a veces me resulta casi incontrolable, de abandonarlo todo y volver con ella. Es lo único en lo que las dos estamos siempre de acuerdo, en proteger a la abuelita.

La puerta se abre y me recoloco sobre el asiento antes de asomarme hacia atrás esquivando el enorme respaldo de la butaca orejera. Tahira entra seguida de Lobo, que se sienta sobre los cuartos traseros cerca de la entrada. No puede poner más distancia entre nosotros porque se quedaría fuera de la estancia.

—He estado hablando con Pulgarcita y creo que lo mejor será que la lleve con las suyas.

—¿A la Hondonada? ¿Tan grave está?

El temor me pincha por dentro y, para mi sorpresa, sentir preocupación por ella ya no me resulta tan repugnante.

—Espero que no —confiesa con un suspiro. Con un gesto un

tanto derrumbado, se deja caer sobre el diván y clava los codos en las rodillas, negando con la cabeza—. Pero quiere estar con su gente, despedirse de su pareja en caso de que sea necesario.

La voz le pesa y arrastra las palabras con tristeza.

—No sabía que tuviera pareja...

Según admito ese detalle, caigo en la cuenta de la complicidad que parecía tener con esa hada malhumorada y de mejillas encendidas, en cómo se miraban al hablar. Y, en cierto modo, me puedo reconocer en eso. O al menos reconozco la parte de mí desbloqueada por el recuerdo.

—Es que no sabéis nada de ella. No os habéis molestado en preguntar.

Nos mira a Lobo y a mí de hito en hito con gesto reprobatorio, pero razón no le falta. Desde el principio, en todo esto hemos estado solos él y yo, nuestro odio tan magnificado que no había lugar para nadie más. Y, sin embargo, ha sido una parte tan importante que no estaríamos siquiera aquí de no ser por ella. Porque fue quien nos llevó a la Hondonada, con Gato, cuando no nos conocía de nada. Confió en nosotros plenamente y yo solo he sido consciente de su presencia cuando su vida ha pasado a estar en verdadero peligro.

Soy un despojo de persona.

Eres lo que debes ser para ser más fuerte. Y no todo fue altruismo, ella se presentó voluntaria para salvar su propio pellejo. Confió porque no le quedaba remedio.

«Pero confió igualmente, qué más dan los motivos. Yo no empecé a confiar hasta mucho después».

Y sigo pensando que nos va a explotar en la cara.

—Te acompaño.

Lobo se pone en pie, con las orejas alertas, pero no sé qué quiere decirnos. Sin la presencia de Pulgarcita, comunicarse con él durante el día es del todo imposible. Lo que, a la larga, terminará complicándolo todo mucho más. La bestia, por su parte, emite un gruñido, claramente disconforme, que rebota contra mis costillas.

Tahira niega con la cabeza y se levanta de nuevo.

—No, es mejor que te quedes aquí. No puedes perder de vista el objetivo de todo esto, y Pulgarcita no quiere que perdáis más tiempo por ella. Empleaos a fondo para dar con la forma de conseguir las dos reliquias restantes.

Asiento con la cabeza y me noto un poco incómoda, porque todo esto me sabe a despedida cuando ni siquiera es real, ni siquiera tendría que estar despidiéndome de ella, sino de la chica.

Se encamina hacia la puerta y se detiene en el umbral, junto a Lobo, a quien dedica una mirada extremadamente larga antes de terminar por marcharse hacia el piso de arriba.

Pasado un rato, nos encontramos en la entrada de la masía, reunidos para despedirnos de nuestra compañera aunque sea durante un tiempo. O eso espera una gran parte de mí.

Y si se muere, una preocupación menos.

Aunque pueda tener razón, algo dentro de mis entrañas se revuelve ante la posibilidad de perder a alguien en todo esto. A pesar de tener por seguro que no todos llegaremos vivos al final de esta empresa.

Tú vivirás, yo me encargaré de eso.

Tahira sostiene a Pulgarcita entre las manos, envuelta en un hatillo de telas que la protegen del frío del exterior. Su piel, cetrina, está perlada por una fina capa de sudor, aunque eso no impide que su radiante sonrisa habitual tire de sus comisuras hacia arriba.

—Tened cuidado —dice con voz trémula.

—Cuídate —respondo, no demasiado cómoda con esta situación.

Gira la cabeza hacia el animal y asiente con una sonrisa más ancha si cabe. A saber qué le habrá dicho; supongo que palabras de aliento.

—Volveré a buscaros.

Tahira hace una mueca que queda oculta de la vista de Pulgarcita, pero no me pasa desapercibida, porque ha sido la ejemplificación clara de lo que los tres pensamos. Sin poder remediarlo, me acuerdo de la Hondonada, de aquella conversación breve en la que le di la oportunidad de abandonar todo esto y dejárnoslo a nosotros, de su negativa y su compromiso con la causa. Trago saliva para paliar los nervios y las observo con un nudo extraño en la garganta.

—Te estaremos esperando —digo en su lugar.

Mentirosa.

—Más os vale.

Intenta que la voz le salga juguetona y divertida, pero le sobreviene una tos que la dobla por la mitad y le hace emitir un quejido lastimero. Se lleva la mano a su diminuto abdomen para que las tripas no se le salgan por la herida y una sensación extraña me recorre el cuerpo. Será un milagro si sobrevive a esto.

—Podemos irnos.

Tahira asiente y coloca a Pulgarcita, con su montón de telas para que el viaje le resulte más cómodo, sobre Alfombra, que levita a unos centímetros del suelo. Se gira hacia nosotros y clava los ojos en Lobo antes de dedicarme toda su atención.

—Lleva la lámpara siempre contigo. Si me necesitas, en cualquier momento, no dudes en reclamar mi presencia. Y no pierdas de vista a Lobo.

Sus palabras me dejan muda, anonadada, porque es la primera vez desde que la obligué a unirse a todo esto mediante el chantaje a Yasmeen que parece estar dispuesta a brindarme su ayuda, de brindárnosla a ambos. Solo que desconozco con qué.

43

Después de que Tahira se lleve a Pulgarcita volando sobre Alfombra, Lobo desaparece en la espesura del bosque y no vuelvo a saber nada de él. Y, sinceramente, casi que lo prefiero así.

Cuanto más lejos, mejor.

«No comprendo a qué viene esa enemistad que me has impuesto».

No todo es culpa mía.

Examino la mesa con el mapa tallado y me acerco a la parte del Bosque Encantado.

«Pero yo ya he dejado las rencillas atrás, y tú me sigues empujando a chocar con él».

El mal temperamento que puedas mostrar de noche no es culpa mía. Me reitero: no todo es culpa mía.

En eso tiene razón. Achaco mis impulsos más turbios a la bestia una y otra vez, pero en el fondo sé que una parte de mí es así, que no puedo refrenar esa sed de confrontación que bulle en mis venas. Y me pregunto si se debe a haber vivido aislada todo este tiempo, si el llevar dos semanas en compañía constante será el motivo por el que mi nivel de tolerancia ha aumentado de forma considerable.

Pasan las horas y el día se dilata entre planos y más planos que encuentro en los archivos cartográficos del duque. Estudio las líneas delimitadas en el papel, la ubicación de ríos y demás enclaves de interés que podrían servirnos para recuperar la segunda reliquia, que creo que debería ser la manzana envenenada. El Bosque Encantado queda relativamente cerca de aquí; en unos dos o tres días de caminata intensa podríamos llegar a las inmediaciones del palacio, pero habría que añadir un día más para estudiar el edificio bien y descansar antes de lanzarnos a la aventura.

Me sirvo de las herramientas del duque para medir las distancias en los diferentes mapas y comparar las escalas para hacer una media y tener una idea más clara de a qué nos estamos enfrentando.

Y cuanto más me entierro en la orografía de Fabel, más me enfada tener que estar haciendo esto yo sola. Se supone que todos tenemos la misma prisa, que la fecha límite está marcada con una cruz enorme en el día de luna nueva, y aun así me ha dejado completamente tirada. A él se le da mejor el rastreo, tiene un olfato y un oído que ya me gustaría tener a mí. Seguro que conoce cómo es el terreno, si es fácil caminar por él o si, por el contrario, son tierras complicadas. Yo no me he movido tanto por los bosques del reino envenenado, tengo ligeras nociones que me han otorgado mi interés por el conocimiento, pero la información de los atlas no siempre es fiel a la realidad. Y, además, son solo intuiciones, porque ni siquiera recuerdo haber estado allí.

Me dejo caer sobre una de las butacas de la sala de mapas y me froto la sien, con la vista un tanto nublada de tanto centrarla en líneas y curvas.

Hasta que no estéis allí, no vas a saber realmente a qué enfrentarte.

«Lo sé. Y el desconocimiento me pone de los nervios».

Lo mejor es que vayáis de día. Así me tendrás para ayudarte.

Hago un mohín con los labios y clavo la vista en la pila de planos y mapas desparramados sobre la mesa con relieve. Sí, durante el día tengo a la bestia, pero no a Lobo. Y a estas alturas no sé qué compañía prefiero.

Eso duele.

Un aullido agudo y lejano me pone la piel de gallina y me lleva a estar alerta al instante. Es él. Y tener la certeza de reconocer su aullido me eriza el vello de la nuca. Me levanto del asiento con premura, salgo de la estancia y abro las puertas de la entrada a la masía con ímpetu.

El crepúsculo ya casi ha llegado a su fin, las últimas luces del día apenas tienen fuerzas para iluminar la linde del bosque, más allá de las verjas que delimitan el recinto de las tierras del duque. Salgo del caserón hasta la verja de metal y la abro con un chirrido escalofriante.

No me alejo demasiado, si bien mis ojos se mueven frenéticos en busca de esos iris amarillos que tanto me gustan. Estoy convencida de que algo no va bien, de que ese aullido tiene un significado, y me aferro a la empuñadura de una daga hasta que la fuerza hace que me clave su relieve en la palma.

Escucha.

Es el último consejo de la bestia antes de dormir y abandonarme a lo incierto. Y le hago caso. Presto atención a todo lo que me rodea, a la brisa que trae aroma a lluvia desde alguna parte, a una ardilla que salta de un árbol a otro en su regreso a casa.

La noche cae rauda sobre mí en esta época del año y cuando ha terminado de desaparecer la claridad, lo oigo: el crujir de un tronco grueso partiéndose por la mitad, solo que no es madera, sino hueso mutando. Me parece escuchar un quejido ahogado y me pongo en guardia.

De entre la espesura aparece Lobo, únicamente ataviado con

el colgante de cuarzo y arrastrando a un animal desde su cornamenta. Me ruborizo al instante al contemplarlo en todo su esplendor, pero cuando alzo la vista hacia sus fuertes abdominales me doy cuenta de que algo no va bien: está sangrando.

Con rapidez, envaino la daga y llego junto a él. Me paso uno de sus brazos por el hombro y se deja hacer con un gemido. Su cuerpo está ardiendo, lo noto incluso a través de la camisa, y todas las alarmas se me disparan. Mientras caminamos hacia la masía con la respiración contenida, echo un vistazo hacia atrás y contemplo el rastro de sangre que dejamos a nuestro paso; la tierra se abre en dos allá por donde el cuerpo del animal se arrastra.

—¿Qué ha pasado? —pregunto con preocupación.

Él niega con la cabeza y traga saliva.

—Luego.

Su voz suena ronca y maltratada. Y aunque estoy alerta a cualquier estímulo, por si el peligro no nos hubiera abandonado, tampoco puedo dejar de pensar en que vamos de problema en problema. El júbilo de la noche del solsticio ha quedado tan eclipsado por las desgracias que ya ni siquiera sé si me alegro de haber robado los zapatos de cristal.

Bajo la vista por su cuerpo en busca de más heridas, pero lo único preocupante a la vista es el tajo horizontal que le atraviesa parte de la faja abdominal derecha, justo el lado contrario con el que arrastra al animal, que ahora descubro que es un venado de enormes astas retorcidas. A juzgar por lo afilado de su cornamenta, diría que es de la variedad de la Comarca del Espino. ¿Cómo ha acabado tan lejos de su hábitat?

Entramos en la masía casi a trompicones, faltos de fuerzas ambos, y se derrumba sobre el diván. Tiene la respiración acelerada y el rostro perlado de sudor. Y eso me asusta.

Me precipito hacia el dormitorio de Pulgarcita, donde espero encontrar algo para tratarle la herida, pero me caigo al tropezar con el maldito animal, que ha acabado en medio del pasillo. No puedo evitar fijarme en sus ojos, abiertos de par en par y desprovistos de vida, y algo se me remueve por dentro.

Me levanto con prisas y subo los escalones de dos en dos. Rebusco entre las pertenencias abandonadas de la chica y encuentro gasas, aguja e hilo. También hay distintas hierbas medicinales, pero no me atrevo a usar ninguna por si empeoro la situación. En el último momento, me llevo una manta conmigo.

Tal y como imaginaba, Lobo sigue en la misma posición, desparramado de cualquier manera y sosteniéndose la herida para intentar contener la hemorragia; sin embargo, la vida se le está escapando, literalmente, entre las manos, teñidas de su propia sangre.

Le cubro parte del cuerpo con la manta para que no coja frío, porque la chimenea de esta estancia está apagada, y me arrodillo junto a su costado.

—Te va a doler.

—Alcohol.

—Te escocerá y quemará.

—Para la herida no, para mí.

Si él me está pidiendo un trago es que sabe perfectamente a lo que se tiene que enfrentar. Con prisa, cojo la botella rancia de la otra noche y se la tiendo. El morro se encuentra con sus labios y le da dos tragos profundos. Su rostro se contrae por el amargor de la bebida rasgándole el gaznate, pero no tose. Se la arrebato de entre los dedos y empapo la aguja para tratar de desinfectarla lo máximo posible.

Entonces contengo el aliento y examino la herida. Con dedos un tanto temblorosos, palpo la carne de alrededor; apenas si veo con la cantidad de sangre que mana de la incisión. No es demasiado profunda, aunque sí aparatosa; se abre en un ángulo un tanto diagonal y su trayectoria parece ser ascendente, aunque tampoco estoy del todo segura. Y algo no debo de estar analizando bien, porque parece un corte limpio.

No estoy acostumbrada a tratar a los demás, me resulta mucho más fácil aguantar mi propio dolor al coserme que pensar en el daño que le puedo hacer, por no mencionar que ni siquiera sé bien lo que estoy haciendo. Así que sé que eso me está traicionando.

Su mano se encuentra con una de las mías y, por un instante, me horroriza el color de su sangre. Si bien hace unas semanas lo único que me importaba era ver su gaznate degollado, ahora me aterra ver su piel oscura bañada por la mancha de la muerte. Me obliga a mirarlo y esboza una sonrisa ladeada que no llega a transmitir con los ojos.

—Tranquila, lo harás bien.

Asiento sin mucha convicción y vuelvo a clavar la vista en la herida. Acerco la aguja a la incisión y clavo la herramienta en un lateral de la carne abierta. Él sisea de dolor y yo intento ignorarlo con todas mis fuerzas. Introduzco la aguja en el lado contrario y, poco a poco, los bordes de una incisión extrañamente precisa se van cerrando para contener la hemorragia.

Mis puntadas son irregulares y torpes, inexpertas, y sé que le va a quedar una cicatriz muy fea a la altura del ombligo, pero una más no creo que le moleste demasiado.

Al terminar, me doy cuenta de que he estado conteniendo el aliento. Las manos me tiemblan y creo que estoy al borde del llanto. Me maldigo por que ahora me importe tanto lo que le pueda pasar cuando hasta hace poco habría dado lo que fuera por arrebatarle la vida yo misma. Me digo una y otra vez que mi preocupación es fruto de la incertidumbre, que sin él todo esto sería más difícil. Sin embargo, no importa las veces que me lo repita, porque sé que a mí misma no me puedo engañar.

44

—Tengo frío —casi tartamudea después de un rato de silencio.

Me levanto con ímpetu para pelearme con la chimenea, pero me retiene del brazo con un agarre lastimero. Cuando mis ojos se encuentran con los suyos, supuran tanto dolor y tanta pena que sé que haré lo que sea para garantizar su supervivencia. Porque si alguien tiene derecho a matarlo soy yo, no un estúpido venado.

Sus labios empiezan a estar amoratados, aunque sigue perlado por una capa fina de sudor, y me doy cuenta de que tiene la piel de gallina. No necesita pronunciar palabra para saber qué hacer.

Sin pensarlo demasiado, acoplo mi cuerpo al suyo para tumbarme en el diván y proporcionarle parte de mi propio calor. Cuando la piel de mi antebrazo entra en contacto con la suya, compruebo que su temperatura es inusualmente alta; no me extraña que cualquier ráfaga de aire le arranque temblores, si parece incandescente. Aun así, aunque el calor que desprende sea sofocante para mí, nos amoldamos hasta quedar perfectamente abrazados, sin espacio entre nosotros, y tiro de la manta para cobijarlo del exterior. En cuanto se calme un poco y su cuerpo sea consciente de su verdadero estado, terminaré de limpiarle la herida y me cercioraré de que los puntos son lo suficientemente prietos.

Se agarra a mi camisa como un crío buscando a su madre y algo dentro de mí se reblandece. Todo su rostro está compungido en una expresión de dolor, pero su respiración es lenta y regular. Le paso la mano por la frente para comprobar su temperatura y apenas puedo mantener la palma ahí, así que la arrastro hacia su pelo, suelto y alborotado, pegado a la nuca por el sudor.

—¿Qué ha pasado? —me atrevo a preguntar pasados unos minutos.

Ni siquiera tengo la certeza de que esté despierto, pero necesito respuestas, porque tengo una extraña sensación, como un nudo en el pecho que me mantiene alerta todo el tiempo.

Coge aire con fuerza y lo suelta despacio, imagino que por sentir la punzada de dolor del costado.

—Salí a dar un paseo para despejarme, para pensar. —Aprieta más los párpados y creo saber en qué necesitaba pensar. La presión de mi pecho aumenta y contengo la respiración para intentar calmar mis latidos desbocados, porque tiene la cabeza justo sobre mi pecho—. Ya que estaba fuera, busqué algo con lo que desfogarme.

Ser consciente de que necesitaba matar para templar los nervios me revuelve el estómago. ¿Tan afectado está por todo? ¿Tanto le repugna saber que compartimos un pasado íntimo juntos? De dónde venimos no sentencia a dónde vamos. En el pasado pudimos ser amantes, pero eso no significa que tengamos que serlo ahora..., ¿no?

Lo miro de reojo y ni yo misma sé cuál quiero que sea la respuesta a esas preguntas.

—Apareció de la nada. —Su voz suena cansada, pastosa y arrastrada—. No lo vi venir.

Un lobo con la guardia baja significa rendirse a la muerte. La presión asciende hasta mi garganta y me constriñe como si una mano me apretara con fuerza. ¿Por qué siento estas irrefrenables ganas de llorar?

—Iba solo y me embistió con fuerza. Me revolví, pero ya me había clavado un asta. En cuanto me recompuse, no tuvo nada que hacer.

—¿Y por qué no lo abandonaste y volviste antes?

Esboza una sonrisa ladina, aún con el ceño fruncido, y se toma unos segundos para respirar.

—Porque soy un estúpido orgulloso.

A pesar de que nos quedamos en silencio, mi mente bulle con mil pensamientos y creo que podría estallarme la cabeza en cualquier momento.

—Voy a ver cómo está la herida.

Asiente débilmente y suelta mi camisa, que tenía apretada en un puño. Cuando me separo de él, el frío de tener su cuerpo lejos de mí me genera una sensación de vacío que intento ignorar centrándome en examinar su herida. A pesar de la cantidad de sangre que le tiñe el costado y que ha manchado la tela del diván, parece que la hemorragia está contenida.

Voy en busca de agua limpia y de un paño y los llevo junto a él para limpiar la zona. Con toquecitos delicados, voy limpiando la sangre seca y los surcos de suciedad. No emite sonido alguno, no se queja en ningún momento, simplemente se rinde a una caricia de la tela que debe de resultarle muy poco placentera aunque necesaria.

Cuando he terminado, me enjuago las manos, intentando hacer desaparecer su sangre bajo mis uñas, y siento la bilis trepándome hacia la garganta. Sin saber muy bien cómo la retengo, limpio sus propias manos y me acerco a la chimenea para que la estancia se caldee. Mientras me peleo con los pocos troncos que quedan, no dejo de lanzarle miradas furtivas para cerciorarme de que su pecho siga subiendo y bajando a un ritmo regular.

—Voy a prepararte algo de comer.

—No tengo hambre.

—Necesitas recuperar fuerzas.

—Te necesito a ti.

El corazón me da un vuelco y me detengo en el umbral de la puerta. Cuando lo miro por encima del hombro, descubro que tiene la vista clavada en mí. Solo con la intensidad con la que brillan sus ojos como el ámbar, un escalofrío me recorre la columna y nace un nuevo calor en mi pecho. Uno que me empuja a buscar el suyo propio.

Él levanta el brazo con esfuerzo y extiende la mano hacia mí. Dudo un instante, pero despejo esas incertidumbres y decido dejarlas para la Roja dominada por la bestia.

Con paso firme, vuelvo junto a él y tomo su mano. Sus dedos se entrelazan con los míos con naturalidad, una que ya no me resulta tan extraña y a la que creo que podría acostumbrarme.

Mi cuerpo encaja con el suyo cuando me tumbo en el estrecho espacio que nos confiere el diván, pero siento alivio al notar el calor de su cuerpo envolverme de nuevo.

—Estás nerviosa. —No es una pregunta y maldigo a mi corazón desbocado—. ¿Es por mí?

Levanta la cabeza para buscar mis ojos, pero yo los mantengo clavados en el frente.

—¿Estabas preocupada por mí? —inquiere con una sonrisa burlona.

Trago saliva para intentar paliar la incipiente sequedad que me ha abordado, aunque no sirve de nada. Teniendo en cuenta que lo tengo desnudo bajo la manta, pegado a mí, lo menos que puedo hacer es desnudarme yo misma, aunque la desnudez del alma sea mucho más pudorosa.

—Sí.

La sonrisa se esfuma de sus labios, lo sé por cómo ha cambiado la cadencia de su respiración.

—¿De verdad? —Esta vez su voz suena seria y tengo la sensación de escuchar un latido fuerte, aunque no es mío. Me limito a asentir con la cabeza como respuesta—. ¿Por qué?

Frunzo el ceño y ahora sí que lo miro. Siento un chispazo cuando nuestros ojos se encuentran.

—No lo sé, sinceramente. —Vuelvo a mirar a la nada, un tanto azorada por la intimidad del momento.

—Roja... —Clavo la vista en él por lo tembloroso de su voz, con la preocupación naciendo de nuevo. A pesar de que intenta reprimirlo, su rostro denota cierto dolor, y no estoy segura de si es por la herida—. No mentía al decir que te necesito, y no me refería a este momento nada más.

El calor se concentra en mis mejillas y me quedo sin aliento un segundo en el que me pierdo en unos ojos casi febriles. Le paso la mano por la frente y descubro que no está tan caliente.

Con esfuerzo, se incorpora un poco sobre el diván para que nuestras miradas queden a la misma altura y nuestros alientos se entremezclan por la cercanía de nuestros cuerpos. Para mi sorpresa, esta vez no me pongo nerviosa.

—He descubierto que contigo soy mejor persona —confieso en un susurro sincero.

Aprieta los labios con fuerza y los ojos le brillan, aunque no sé descifrar qué quiere decir esa expresión, así que me arrepiento al instante.

«Estúpida, patética», sé que me estaría diciendo la bestia.

Me siento incómoda en mi propia piel y estoy a punto de apartarme de él, pero me retiene de la mano.

—Estos días he comprobado que nos complementamos demasiado bien, que cuando no queremos matarnos, conectamos como dos piezas hechas para encajar. —Se aclara la garganta y se lleva mis nudillos a los labios para besarlos con ternura. El vello se me eriza—. Y me gustaría que dejáramos de enfrentarnos, que encontráramos el modo de apartar todo lo sucedido hasta ahora y centrarnos en el presente.

«Me está rechazando». Me pican los ojos y me siento como una niña estúpida e ilusa, aunque ni siquiera sé con qué estaba soñando.

—En este presente.

No reprime gesto de dolor alguno ni quejido cuando se incorpora aún más hasta mirarnos como siempre, él por encima de mí por la diferencia de altura, totalmente erguidos sobre el diván. Sus labios se encuentran con los míos con delicadeza y me quedo quieta por lo inesperado del gesto. Me besa con suavidad y entreabre la boca para empaparse de mí, para encontrar mi lengua, que acude rauda en su busca.

Con una mano, me retira el pelo de la cara y nos separamos para quedar frente contra frente. Siento los mofletes arrebolados, pero él también está nervioso, a juzgar por la tensión en sus hombros. Me acuna una mejilla con la mano y nos quedamos así unos segundos que me saben a poco.

—Vayamos a por las reliquias cuanto antes. No esperemos a la luna nueva y regresemos a Poveste. Concedámonos el tiempo perdido y empecemos a vivir desde ya.

Lo precipitado de su petición me arranca una sonrisa de medio lado y apoyo la palma sobre su mano en mi mejilla para bajarla. Nuestros ojos se encuentran y sé que habla completamente en serio.

—Podemos hacerlo. Lo sé —continúa—. Quiero que todo esto acabe ya. Quiero tenerte para mí sin tener que preocuparme de si sobrevivirás un día más.

Descubrir que me identifico plenamente con lo que ha dicho me arrebata el aliento. Sin embargo, niego con la cabeza.

—Enfrentarnos a ella en otro momento que no sea la luna nueva sería un suicidio.

—Entonces abandonemos la causa.

El corazón me da un vuelco y, a juzgar por cómo ha desviado la vista hacia mi cuello, lo ha oído.

—Por favor, fúgate conmigo.

Su voz casi suena a súplica y algo dentro de mí se quiebra en fragmentos diminutos. Los ojos se me empañan por las lágrimas y tengo que tragar saliva varias veces para retenerlas.

No obstante, lo que acaba de pedirme me turba sobremanera. Mis dedos deshacen nuestro agarre e intento poner distancia entre nosotros, aunque su brazo rodeando mi cintura, que ni siquiera sé cuándo ha aparecido ahí, me lo impide. Sus ojos brillan con una intensidad febril, son como miel líquida derritiéndose por el calor de su propio cuerpo, que vuelve a estar desatado.

—No puedo... —casi tartamudeo—. No puedo abandonar a la abuelita.

Algo en su gesto se crispa y cierra los ojos con fuerza al tiempo que suelta el aire que estaba reteniendo.

—Perdona, ha sido muy egoísta por mi parte.

Niego con la cabeza para restarle importancia, porque puedo comprender esa necesidad desesperada de olvidar la presión a la que nos enfrentamos día tras día para volver a ser personas normales, ajenas a maleficios y brumas, sin tener que jugarnos la vida a cada paso que damos. Pero es cierto que no puedo hacerlo.

—Entonces concédeme todo el tiempo que nos reste.

Me muerdo el labio, conmovida por el peso de sus palabras, y me empapo de la intensidad del momento. ¿Es esto lo que esperaba que me respondiera el otro día?, ¿cuando le confesé que compartimos un pasado mucho más íntimo del que pensábamos?

Lo beso como respuesta y esta vez son sus labios los que se amoldan a los míos, los que dejan que yo marque el ritmo, y se rinde a mi cuerpo. Cuando intento sentarme a horcajadas sobre él, se recoloca para cederme el control y eso despierta en mí un hambre voraz. No se inmuta por la herida, está tan perdido en mi boca que cualquier otro estímulo queda en un segundo plano.

Solo cuando estoy encima de él, recuerdo que está completamente desnudo y el calor se mueve raudo a mi bajo vientre. Me siento con cuidado y noto la dureza de su miembro entre mis piernas. No creo que esté en condiciones de entregarse a los placeres de la carne, y cuando estoy decidida a decírselo, sus dientes atrapan mi labio inferior y el mordisco me arranca un gemido que lo hace revolverse.

No me corresponde a mí decidir si puede o no puede tener sexo hoy, ahora, así que me aferro a mi parte egoísta cuando mis manos se encuentran con su pecho ardiente. Trazo los contornos de las lunas cambiantes sobre su piel y el vello se le eriza, pero en ningún momento deja de buscar y encontrar mi lengua con avidez. Con un movimiento ágil, me obliga a apartar la cabeza y estiro el cuello para darle pleno acceso a donde quiera.

Mientras su boca me besa la mandíbula, el cuello, la clavícula, mis manos descienden sobre sus abdominales y todo él se tensa cuando me detengo bajo su ombligo. Sin poder remediarlo, mis ojos viajan hasta la herida, que ha adquirido un extraño tono burdeos y parece en muchísimo mejor estado del que habría cabido esperar.

—¿Qué...? —balbuceo.

—Nos curamos rápido —murmura entre beso y beso.

Por eso no ha habido quejas y se ha rendido tan rápido al placer.

—Mañana ya estaré bien.

Siento sus manos sobre mis caderas y un apretón fuerte sobre la cinturilla de este pantalón prestado que me queda tan grande. Sus manos juegan con mi piel, con cada curva de mi cuerpo anguloso. Marcan la silueta de mi cintura y se cuelan por debajo de la camisa, que me ha sacado de dentro de los pantalones. Siguen subiendo y los callos de sus dedos me acarician el cuerpo a medida que ascienden hasta encerrar mis pechos con fuerza. Se me escapa un gemido involuntario y siento sus labios estirarse en una sonrisa incluso contra mi propia boca.

Me obliga a separarme de él y tira de la camisa por encima de mi cabeza. Cuando la tela acaba en el suelo, se queda contemplándome unos segundos en los que me siento empoderada y especialmente hermosa, porque todo su cuerpo está reaccionando con una lujuria que yo misma le estoy provocando. Y eso me excita.

Como si algo tirase de mí hacia él, busco sus labios con avidez y me empapo de su sabor dulce.

—Quiero todo el tiempo que tengamos —murmura con voz ronca.

—Es tuyo —jadeo contra su boca.

Me rindo a sus encantos de manera irrevocable y, desde ese mismo instante, sé que he quebrado el instinto de supervivencia que siempre ha reinado en mí. Porque todo esto es una estupidez, muy placentera, pero estupidez igualmente.

Él gruñe de placer, un sonido gutural y animal que me revuelve por dentro y que ahora siento que me pertenece, que es mío y solo mío. Encierro su labio entre mis dientes y aprieto, él emite un siseo y abandono su boca para encontrarme con su cuello, donde le planto otro mordisco y se remueve entre mis piernas. Sigo hasta su pecho. Sus manos regresan a mi cintura a medida que voy bajando la cabeza por su cuerpo, arrancándole jadeos y gemidos mal contenidos según mis labios van dejando un sendero de besos sobre su piel incandescente.

Llego hasta debajo de su ombligo y, con un rápido vistazo, le pido permiso. Se muerde el labio inferior como respuesta, en un gesto que inicia una reacción en cadena en todo mi cuerpo, una tensión anticipatoria clave.

Termino de acortar la distancia con su miembro y me lo introduzco en la boca, despacio, juguetona. Él suspira y echa la cabeza hacia atrás, rendido al placer. Me muevo arriba y abajo, describiendo círculos con la lengua, y todo su cuerpo se tensa más si cabe. Siento sus manos enterradas en mi pelo y lo aparta hacia un lado, sobre mi hombro, para dejar el tatuaje al descubierto.

—Ven aquí...

Obedezco y me besa con necesidad, sin importarle que mi boca esté inundada de su propio sabor, y eso me excita más todavía. Con un tirón hábil, se deshace del cinturón y los pantalones quedan sueltos. Se incorpora sobre mí y me hace retroceder sobre el diván para tumbarme y quitarme los pantalones.

Vuelvo a fijarme en su herida y descubro que la carne ahí casi tiene su tono de piel oscura de siempre, sin parecer enfermiza.

Me pilla observándolo de nuevo y sonríe contra mis labios.

—Es el calor, acelera la cicatrización.

—Entonces tendré que calentarte más.

Suelta una risa divertida que me contagia, pero de nuevo vuelve a centrarse en lo que tiene entre manos, que soy yo, y me acaricia el cuerpo entero. Empieza por los pechos, encierra un pezón con la boca, muerde y lame, dolor y caricia, una y otra vez, y creo que en cualquier momento me voy a volver loca.

Me hace llegar al límite para luego destensar la cuerda, relajarme y volver a tirar de mí, con la habilidad de un maestro arquero aunque nunca lo haya visto empuñar un arco. Así una y otra vez, en un tira y afloja que me hace gemir, bufar y buscarlo con avidez. Siembra un camino de besos en dirección descendente, pasando por encima de todas mis cicatrices, donde la carne es más sensible, y me hace arquear la espalda de placer.

—Ahora me toca a mí... —murmura contra mi ombligo.

Antes de que pueda darme cuenta siquiera, me abraza el muslo para abrirme bien de piernas y siento su lengua sobre mi zona más sensible y caliente. Me arranca un jadeo sorprendido y entierro los dedos en su pelo para obligarlo a subir de nuevo.

Nunca antes he dejado que nadie llegue a besarme ahí, me hace sentir vulnerable y expuesta, algo demasiado íntimo que no puedo compartir con cualquiera. Él adivina mis pensamientos, porque me obliga a apartar las manos y me pide, por favor, que me relaje.

Y mi cuerpo obedece irremediablemente, porque sentir su lengua sobre mí me hace llegar a un nivel de placer que supera cualquier cota. E imagino que, a estas alturas, él no es cualquiera.

La tensión de mi cuerpo, que se concentra justo debajo de mi ombligo, me hace retorcer los dedos de los pies y aferrarme al diván con fuerza.

Respiro de forma agitada, entre gemidos de placer que, al mismo tiempo, lo hacen gemir a él. Está disfrutando de mí, y el simple hecho de pensar en eso, en cómo se está deleitando con mi cuerpo y dándose un festín que me hace pensar que la magia no es nada comparado con esto, hace que la tensión de cada músculo se suelte con la fuerza de un arco disparado. Me dejo llevar y me libero por completo. Me rindo a las sacudidas de mi propio cuerpo por el placer que él, y solo él, ha sabido provocarme en todos mis años de disfrutar del sexo.

Cuando levanta la cabeza de entre mis piernas, sus ojos brillan con fiereza y sus comisuras se estiran en una sonrisa picarona.

Me siento azorada por la intensidad con la que me contempla, como si frente a él tuviera a la presa más suculenta. Y lo peor de todo es que entiendo bien ese sentimiento, porque yo lo veo a él del mismo modo.

Al volver a encontrarse con mi boca y sentir mi propio sabor en él, algo dentro de mí se enciende de nuevo.

—Quiero más —jadeo entre sus dientes.

Él se revuelve con un instinto animal. Con fuerza, encierra mi cuerpo entre sus brazos y me levanta del diván. Ahora sí emite un gemido de dolor, pero en ningún momento se separa de mi boca mientras subimos las escaleras para terminar con lo que hemos empezado en mi dormitorio.

45

Me despierto abrazada a él, con la cabeza sobre su pecho, que sube y baja a un ritmo lento. El corazón se me aprieta en un puño al sentir los ojos pesados y soñolientos. Dos noches he pasado con él, dos veces que he dormido. ¿Acaso era esto lo que me faltaba para poder dormir?

Y el simple hecho de pensarlo me aterra sobremanera.

Mi mente empieza a dar vueltas y más vueltas según repaso todo lo que hemos hecho, primero en el diván, y luego en la cama. Los dos mejores polvos que he tenido en mi vida tuvieron lugar aquí anoche. Las mejillas se me encienden y, de forma irrefrenable, pienso en que todo esto va demasiado rápido; en que, aunque hayamos compartido un pasado juntos, estoy saltando desde un precipicio sin comprobar si hay agua debajo. Su mano sube y baja por mi espalda en una caricia cómplice que me indica que está despierto.

Estoy siendo estúpida e inconsciente, no estoy teniendo en cuenta las posibles consecuencias, los posibles daños. Sin embargo, cuando alzo la cabeza ligeramente hacia arriba y mis ojos se encuentran con los suyos, todo mal desaparece.

Ese brillo moteado y amarillento parece valerlo todo, porque es como oro sumergido en ámbar líquido. Son los ojos que he estado viendo cada vez que cerraba los párpados antes de vernos envueltos en todo esto. Aunque cuando descubrí que había matado a Olivia llegué a pensar que quizá la veía a ella por la culpa, ahora tengo claro que me equivocaba, que mi cuerpo me estaba diciendo que lo necesito a él a mi lado, que es mi pieza perdida por la bruma.

Paso la mano por la herida que yo misma le curé ayer y me maravillo con el hecho de que esté completamente cicatrizada, aunque un poco rojiza aún. Quitarle los puntos va a ser un problema, a pesar de que parece no importarle.

—¿Cómo es posible?

No baja la mirada, no se mueve; sabe bien a qué me refiero.

—Los licántropos tenemos un metabolismo más acelerado. Nos regeneramos antes gracias a la capacidad de mutar de un cuerpo a otro, nuestras fibras y células se adaptan a la adversidad y se activan con el calor. Por eso nuestra temperatura corporal es más alta por lo general. Al cerrar tú la herida, todo se aceleró al no tener que completarse parte del proceso.

—Es...

—¿Raro?

—Impresionante.

Sus labios se estiran en una media sonrisa, aunque no hay ni rastro de ese hoyuelo que hace tiempo que no le veo.

—Tú también deberías haberlo notado.

—¿Por qué?

Aprieta los labios apenas un segundo y traga saliva.

—Bueno, tenemos el mismo tatuaje. Eso significa algo.

Asiento con lentitud y clavo los ojos en su herida. Sí es cierto que rara vez enfermo, por eso me extrañó tanto el debilitamiento en la cueva hasta el punto de desmayarme, y el corte del brazo ya está olvidado. Mi cuerpo resiste mucho más que el de los demás y las heridas se me curan relativamente rápido, pero yo no soy una licántropa, no muto como él. ¿Entonces qué soy?

—Tendríamos que hablar. —Su voz, apenas un susurro, suena ronca.

Cojo aire con fuerza y lo suelto mientras me estiro, como un gato desperezándose.

—Ya lo estamos haciendo.

—De qué hacer a partir de ahora, de la segunda reliquia. —Un silencio denso se instaura entre nosotros mientras piensa, y yo le concedo ese tiempo—. Me gustaría ir hoy a por ella.

Me incorporo sobre el cabecero de la cama y busco su mirada, pero él la tiene fija en el frente, en la ventana con las cortinas abiertas.

Mi cuerpo se escapa de debajo de la manta un segundo y el frío de la estancia me acaricia la piel y me eriza el vello. Él, no obstante, tiene todo el tronco fuera y ni se inmuta. Las maravillas de ser un licántropo.

—Creo que es un poco precipitado.

—No podemos perder más tiempo.

—Sigo pensando que no es buena idea no enfrentarse a ella en luna nueva.

—Olvídate de eso. —Lo pronuncia con demasiada dureza y suspira—. Perdona, es que apenas falta una semana y media y estoy un poco de los nervios.

—Ya, yo también.

Siento el instinto de darle un apretón en la mano para infundirle ánimos y fuerza, pero la forma en la que ha pronunciado esas últimas palabras no me ha terminado de gustar y ha vencido la desconfianza. Me marea estar siempre así, tan al límite y dividida entre lo que siento que voy cambiando de un bando a otro en todo momento. Espero que cuando hayamos acabado con ella desaparezcan todas esas incertidumbres estúpidas. Y que sobrevivamos.

—Es solo que cuanto antes reunamos las tres reliquias y forjemos el arma, más tiempo tendremos para organizar la batalla, ¿no crees?

En eso tiene razón.

—¿No deberíamos esperar a Tahira?

—No sabemos cuándo va a volver, sería arriesgarnos demasiado.

Me arrastro hasta el borde de la cama y saco las piernas para vestirme bajo su atenta mirada, que no pierde detalle de mi cuerpo desnudo.

—Pues aprovechemos las pocas horas que quedan de poder comunicarnos para trazar un buen plan.

Coge aire con fuerza, lo retiene y sale de la cama con un suspiro. Al igual que ha hecho él, no me corto ni un pelo y me deleito con lo perfecto de sus músculos.

—Hay que conseguirte unos de tu talla —dice cuando llega junto a mí mientras me pongo otro de los pantalones del duque.

—¿Por qué? Si se me caen solos, todo es mucho más fácil, ¿no?

Mi comentario le arranca una sonrisa ladina y me aprieta contra su cuerpo con fuerza. Su calor me reconforta y me entran ganas de enterrar la cara entre sus brazos, pero me quedo como estoy, sosteniendo su mirada picarona.

—Pero me gusta desnudarte yo.

Sin preverlo, me da un rápido beso en los labios y sale de la habitación.

—Te espero abajo.

Me llevo las yemas a la boca para terminar de saborear su caricia y me abrocho el cinturón antes de bajar a la planta inferior. Primero, paso por la cocina y nos sirvo dos cuencos de la sopa que preparé ayer y que, al final, terminé comiéndome yo sola.

En la sala de reuniones, el caos de mapas sigue tal y como lo dejé. Lobo acepta el cuenco cuando se lo tiendo y le da un par de sorbos hondos.

—¿Con quién te estuviste peleando aquí?

—Conmigo misma —respondo después de un trago.

—¿Y quién ganó?

—Yo.

Ríe entre dientes y se termina la comida antes de coger un plano para examinarlo, luego lo cambia por otro y compara diferencias.

—Según mis cálculos, tardaríamos un par de días en llegar a Omena, tres a lo sumo —le explico.

Doy unos cuantos sorbos más y abandono el cuenco en una esquina desprovista de papeles. Lobo tiene la vista clavada en la capital del Bosque Encantado.

—Es mucho, yo puedo llevarte más rápido.

—¿Cómo que puedes llevarme?

Baja el mapa que estaba estudiando y me mira con gesto divertido.

—¿Qué no has entendido? Te subes encima de mí y te llevo.

—¿Siendo un lobo?

—Claro. Podría llevarte a caballito, pero tardaríamos más de tres días —bromea.

De repente, la idea de subirme en su lomo me impone más de lo que habría deseado. Si bien he montado a caballo cientos de veces, no es una experiencia que me termine de agradar al no depender de mí al cien por cien. Prefiero moverme con mis dos piernas. Pero hacerlo encima de él...

—No pienses guarradas —me advierte con un dedo levantado y diversión.

Las mejillas se me encienden de forma automática y me escondo tras un mapa.

—¿Se consideraría zoofilia? —piensa en voz alta—. Aunque, claro, yo seguiría estando ahí dentro.

—Lobo, por toda la magia, para ya. —Porque esa idea sí que me ha repugnado.

—Solo bromeaba —dice con una sonrisa pícara—. ¿Cuándo vamos a empezar a llamarnos por nuestros nombres?

Me asomo por encima del mapa y lo observo para descubrir si habla en serio o no.

—No me siento cómoda con mi nombre. No lo elegí yo.

—¿Y Roja sí? Juraría que es un mote por ir con esa roñosa caperuza a todas partes.

—Caperuza que elegí vestir yo.

—Vale, tú ganas. ¿Y a mí por qué no me llamas por mi nombre?

Aprieto los labios con fuerza. No sé si estoy lista para decirle que para mí, Axel y Lobo no son la misma persona, porque pensar en él de otra forma que no sea por el mote me aterra por todo lo que podría conllevar, por ese pasado que compartimos juntos. Creo que hasta que todo esto no termine, no me veré capaz de olvidar a Lobo para reencontrarme con Axel.

—Porque no te lo has ganado —bromeo en su lugar, cruzando los brazos por el pecho.

La picardía trepa hasta sus ojos y se acerca a mí observándome con una lascivia que me retuerce los dedos de los pies.

—A eso le podemos poner remedio... —Su voz es tan sugerente que me estremece.

—¿No querías acabar con esto cuanto antes? —pregunto entre risas con su boca a milímetros de la mía.

—En eso tienes razón —dice después de darme un beso fugaz—. Bueno, entonces, ¿cómo lo hacemos? Apenas quedará media hora para que amanezca.

—No tengo ni idea.

—Siempre podemos ir dando un paseo largo. Aunque esta vez preferiría ir acompañado para que me protejan.

Ese comentario me arranca una sonrisa bobalicona.

—Primero habría que trazar la ruta. —Extiendo uno de los planos frente a ambos—. Estos son los límites de la fortaleza de Blancanieves. Bueno, de Regina. Pero no he encontrado ningún mapa en el que se refleje dónde empiezan los muros.

—Eso es porque no los tiene.

—¿No? —pregunto con curiosidad.

Él niega con la cabeza mientras habla.

—El Bosque Encantado forma parte de la fortaleza, no hay murallas que separen territorios y delimiten ciudades. Todo es bosque hasta que deja de serlo. En las colonias pasa lo mismo.

—¿Has estado allí?

Calla un instante e imagino que le pasará como a mí, que sabe cosas sin saber bien cómo, al igual que sucedió en la Cueva de las Maravillas.

—Sí.

—¿Tiene mucha seguridad?

—No especialmente. Bueno, imagino que dentro sí, pero es complicado proteger unas inmediaciones que no tienen fin. Además, Blancanieves era muy dada a dejar las puertas abiertas y permitir la entrada a todo el mundo. Imagino que Regina lo habrá mantenido en mayor o menor medida para no levantar sospechas.

—¿Y dónde crees que puede estar la manzana?

—¿«La»? Querrás decir «las». No hay una única manzana, están por todas partes.

—¿Entonces qué dificultad tiene?

—Yo diría que ninguna, el problema puede estar en encontrar el árbol envenenado en medio de un bosque sin fin.

—¿Por qué no se desharían del árbol después del maleficio de Regina?

—Probablemente Blancanieves y Froilán no supieran dónde está.

—¿Y qué te hace pensar que lo encontraremos?

—Pues que nosotros no somos ellos. Mi sentido del olfato está mucho más desarrollado que el de cualquier persona. Y por lo que vi cuando buscábamos los zapatos, tú tienes un instinto sobrenatural. Juntos, creo que será fácil encontrarlo.

—No perdamos más tiempo entonces.

Recojo un par de planos y los enrollo para guardarlos en mi morral, que ayer dejé aquí. Me llevo las manos a los muslos y me percato de que no llevo mis dagas. Cruzo el pasillo hasta la salita y recupero mis dagas de los pantalones abandonados de anoche.

Cuando salgo en dirección a la entrada de la masía, me topo de frente con el venado muerto y me lo quedo mirando con cierta repulsión. Lobo, descamisado y con los pantalones medio desabrochados, aparece en mi campo visual y reclama toda mi atención.

—Habría que deshacerse de esto —digo señalando al animal.

—Luego.

Salgo de la casa para darle algo de intimidad y el frío vespertino me acaricia las mejillas. Termino de abrocharme la caperuza alrededor del cuello y estiro bien los guantes de cuero, que me llegan hasta los codos. Escucho un par de chasquidos escalofriantes desde el interior y después silencio.

No estoy conforme con tu toma de decisiones.

«Llegas tarde».

Nunca es demasiado tarde para nada.

«Dile eso a la muerte».

Lobo sale de la masía y me mira un instante antes de dar un pequeño cabeceo en dirección a su lomo.

No lo hagas.

«Mírame».

Ignorando por completo los refunfuños de la bestia, sin tirones incesantes, me aúpo y me subo sobre el animal. Si creía que Lobo estaba caliente en su forma humana, esto se lleva la palma. Su pelaje es suave y largo y me envuelve como la manta más tupida. Asiento bien las piernas a ambos costados y me inclino hacia delante, para quedar pegada a su cuerpo y no ejercer resistencia contra el viento.

—Cuando quieras —susurro cerca de su oreja.

Entonces echa a correr y un extraño cosquilleo de júbilo me trepa por las entrañas.

46

Para cuando el sol está en su punto más alto, cruzamos la frontera con el Bosque Encantado y Lobo ralentiza la marcha, resollando y con la lengua fuera. Me bajo de su lomo, con las piernas tan temblando que bien podrían estar desprovistas de huesos, y él se sienta a recobrar el aliento. Prácticamente no hemos parado en ningún momento, lo cual es toda una proeza.

Estudio un poco el paisaje que nos rodea, en busca de pistas que me sugieran que hay una fuente de agua cerca, y las encuentro.

—Ven por aquí.

«*Ven por aquí*», me imita con retintín.

Lo que me faltaba, tener que soportar a una bestia adolescente. La verdad es que me ha dado un viaje bastante tranquilo, pero la velocidad y la concentración ha sido tal que apenas si he tenido tiempo de pensar siquiera. Un mal movimiento encima de Lobo y podría haber acabado abriéndome la cabeza contra el suelo.

Él obedece y se levanta para seguirme, con paso lento. A menos de un kilómetro empieza a escucharse el bajar de un riachuelo; después aparece frente a nosotros. Me agacho junto al agua, me quito los guantes y bebo como si hubiese sido yo la que se ha pegado la carrera de su vida. Él da un par de tragos y para, luego vuelve a repetir lo mismo. Así varias veces hasta que sacia su sed sin propasarse.

Aún no me he acostumbrado a estar cerca de un animal de este tamaño y que, además, sea inteligente. Es casi tan alto como un caballo, con el pelaje negro azabache, tupido y denso, y unos grandes ojos amarillos y profundos, los mismos que tiene en su forma humana.

Y ahora viene lo complicado: buscar la dichosa manzana.

Me incorporo y vuelvo a ponerme los guantes antes de mirar a mi alrededor.

Es fácil reconocer que estamos en el Bosque Encantado por la frondosidad de los árboles, de copas más redondeadas que en el Principado de Cristal. Las ramas son tan densas que al sol le cuesta atravesar las capas y capas de hojas y estamos en una especie de penumbra, por mucho que al otro lado de los árboles no haya ni una nube en el cielo.

Hay que encontrar un rastro.

«De manzanas».

No creo que huelan tanto como para encontrarlas.

Caminamos sin rumbo fijo en busca de cualquier esencia que nos pueda conducir a nuestro objetivo, y no sé cuánto tiempo estamos así, pero empiezo a desesperarme.

«Esto es una pérdida de tiempo».

Pues piensa una forma de que no lo sea.

«Encontrar una manzana en un bosque es como buscar una aguja en un pajar».

Primero tendrás que localizar el pajar.

«Localizar el pajar... Eso es el árbol».

¿Y cómo se encuentra algo mágico?

«Por el olor».

Me giro hacia Lobo y hago que se detenga; él me mira con ojos curiosos y las orejas le rotan.

—Necesito que te concentres en los estímulos y que ubiques una única esencia. ¿Podrás hacerlo?

No responde al instante, pero cuando lo hace es con un cabeceo de confirmación.

—Olfatea con tranquilidad y analiza las distintas fragancias. ¿Hay alguna que sea muy muy dulce?

Se sienta sobre los cuartos traseros y cierra los ojos para oler a nuestro alrededor. Durante el tiempo que se pasa concentrado, me siento para descansar y cierro los párpados para concentrarme yo también, aunque sepa que su olfato es mucho más sensible que el mío.

Huele a humedad y tierra mojada por el arroyo, a perro mojado por haber metido las patas en el agua, a campo floral mecido por el viento. Pero buscamos una fragancia muy característica.

Se levanta y lo sigo, deteniéndonos cada poco rato para olfatear lo que la brisa arrastra hasta nuestras narices, con calma y en silencio.

—Tiene que ser dulce, como a caramelo.

Ladea la cabeza al mirarme y vuelve a girarse hacia la espesura. Después de olfatear unos segundos, las orejas se le mueven hacia atrás y respira con fuerza.

—¿Has encontrado algo? —Asiente—. Guíame.

Me agarro a su pelaje y corro junto a él a un ritmo intenso. Entonces vemos una especie de túnel de ramas retorcidas y secas y nos detenemos antes de entrar. No necesito que él me dé indicación alguna, porque lo huelo incluso yo. Estamos cerca.

Me adelanto y Lobo me sigue. La quietud aquí es escalofriante. No se escucha a un solo animal, ni un solo crujir de pájaros trabajando en sus nidos ni el zumbar de las abejas. Absolutamente nada, como si nos estuviésemos metiendo en la mismísima garganta de la muerte.

Tras atravesar el túnel enramado acabamos en un lago de aguas tranquilas con una pequeña isla en el centro. En medio de ella, un enorme manzano de ramas retorcidas y raíces gigantescas. Es descomunal, tanto que hay que alzar la vista hacia arriba para ver el final de su copa.

Nos acercamos a la orilla y estudiamos el paisaje en busca de cualquier amenaza, pero no parece haber nada.

«¿Cómo han podido no encontrar este sitio? ¿Será cuestión de magia?».

O a lo mejor sabían de su existencia y quisieron guardárselo para sí mismos. Tampoco me extrañaría de Blancanieves.

Me piso los talones para deshacerme de las botas y me desnudo poco a poco, evaluando la posible profundidad y mentalizándome para lo fría que debe de estar el agua en pleno invierno. Cuando me quito la camisa y me quedo en bragas, Lobo clava sus ojos en mí y no puedo evitar pensar en la estúpida broma de la zoofilia.

—Deja de mirarme.

De no ser porque creo que es imposible, juraría que ha sonreído.

—Tú quédate aquí y avísame si presientes algo. No dejes que un venado te sorprenda —bromeo. Pero a juzgar por cómo se mueven sus orejas, creo que no le ha hecho gracia.

Meto primero un pie y luego otro, toda la piel se me pone de gallina y me duelen los pechos de la impresión. Me abrazo con fuerza y voy avanzando con un único objetivo en mente: robar una manzana. La peor parte llega cuando me veo obligada a nadar y que todo mi cuerpo quede bajo el agua. Aprieto los dientes con fuerza para reprimir el castañeteo y doy brazada tras brazada. Cuanto más rápido me mueva, menos desagradable será la sensación de las agujas del frío atravesando mi piel.

Llego al otro lado de la orilla y camino hacia el tronco, tan ancho que necesitaríamos a diez personas para rodearlo con los brazos. Miro hacia arriba y descubro que las ramas están plagadas de un fruto grande y negro que despide un intenso hedor dulzón que me repugna y me hace salivar al mismo tiempo.

Por el amor de una madre, vámonos cuanto antes. Cómo apesta.

«Me doy toda la prisa que puedo».

Camino alrededor del árbol para encontrar huecos por los que trepar, aunque no va a ser sencillo, y no solo por estar prácticamente desnuda. Cuando afianzo el primer pie, la corteza se me clava en la piel y temo abrirme la carne en la escalada, pero no me queda más remedio que subir.

Con fuerza y años de entrenamiento de encaramarme a árboles para espiar, voy ascendiendo por el tronco, con los dientes apretados por el esfuerzo y los músculos en tensión absoluta. Tengo que hacer uso de todo el cuerpo; como una sola parte de mí falle, me caeré sin poder remediarlo.

No pienses en eso.

Aprieto el abdomen cuando levanto un brazo por encima de la cabeza, contraigo los músculos de los brazos para tirar de mí al mismo tiempo que empujo con las piernas. Todo en una cadena de movimientos precisos y repetitivos.

Ahora mismo mi cuerpo es verdadero acero, y más me vale que siga así.

Alcanzo la primera rama y me elevo sobre ella con la fuerza de los brazos y un gruñido de esfuerzo. Apoyo el abdomen sobre la madera y noto la corteza clavada en mi piel desnuda. Me siento y miro hacia arriba. Si me pongo de pie, creo que llegaré a uno de los frutos bajos.

Haciendo uso de todo mi equilibrio, me estiro hacia arriba. Mis dedos rozan el fruto y cae por su propio peso. Se estrella contra el suelo, pero su piel es tan dura que no se abre, sino que rueda hacia la orilla. Deja tras de sí un intenso aroma dulce que me hace arrugar la nariz.

Con el mismo cuidado y esfuerzo, trepo hacia abajo, prestando atención a cada movimiento, porque bajar siempre es más complicado que subir.

Cuando estoy en el suelo, cojo el fruto y lo examino. Tiene toda la apariencia de una manzana, pero es el doble o el triple de grande y de un color rojo casi negro. Su piel brilla, jugosa, y todo me empuja a darle un bocado; es como un magnetismo que me atrae a probar su carne.

Deja de mirarla.

Obedezco y alzo la vista hacia el otro lado, donde Lobo espera sentado, moviendo la cola de un lado a otro. Con un gesto triunfal, levanto la fruta para mostrársela y él aúlla al cielo con regocijo.

Vuelvo a meterme en las aguas gélidas y esta vez tardo más en llegar al tener que sostener la manzana en una mano, por lo que el frío me cala más adentro todavía. Salgo entre temblores y guardo la fruta en mi morral con los dientes como si fueran castañuelas.

Lobo camina rápido para llegar a mi encuentro. Me empuja con el hocico varias veces y me obliga a sentarme antes de envolverme con su cuerpo caliente.

A pesar de que estoy empapada, no se queja cuando el pelaje se le moja al contacto conmigo, tampoco percibo lascivia en esos ojos lobunos ante mi desnudez, sino afán protector y cariño. Tengo los dedos entumecidos y los músculos rígidos, además de la nariz acuosa. Él se recoloca un par de veces a mi alrededor para ofrecerme pelaje seco y, poco a poco, los temblores de mi cuerpo se van calmando.

Apestas a perro mojado.

«Y gracias a ese perro mojado no moriré de hipotermia».

No me gusta.

«No te gusta nadie».

Él menos.

«¿Por qué? Ya nos ha demostrado que es de fiar».

Silencio. Me revuelvo inquieta, porque no me gusta que la bestia tenga que pensar.

Tú pareces haber olvidado que intentó matarnos, pero yo no.

«Y yo también intenté matarlo de camino a la Hondonada. Él me ha perdonado la vida dos veces ya, eso debe significar algo».

Que gestiona la ira mejor que nosotras. Nada más.

Recojo un palito del suelo, haciendo caso omiso de sus refunfuños, y me hago un moño con la melena mojada para que deje de empaparme la espalda. Siento la vista del animal clavada en mi columna, redondeada por la postura que he adoptado para envolverme todo el cuerpo. Suelta un suspiro largo y su aliento me acaricia las mejillas.

—Sí, será mejor que nos vayamos ya.

No sé si ha querido decir eso, pero me siento menos sola hablando con él.

Habla conmigo.

«Contigo no se puede hablar, solo discutir».

Me levanto y Lobo se sienta de espaldas a mí para concederme algo de intimidad. Aunque a estas alturas es ridículo. Me deshago de las bragas empapadas y las guardo en el morral antes de vestirme con la ropa seca. Después, me encaramo a su lomo y reemprendemos la marcha en dirección a la masía. Solo espero que nos dé tiempo a llegar antes de que caiga el sol, porque no me apetece pasar la noche a la intemperie.

47

Llegamos a las inmediaciones del caserón con el ocaso rayando el cielo con pinceladas rosas y naranjas. Apenas hemos salido del bosque frente a las verjas cuando Lobo empieza a mutar entre chasquidos y crujidos que me dejan mal cuerpo. Aparto la vista para no enfrentarme a esa metamorfosis monstruosa que desafía los límites de la realidad.

Rota el hombro un par de veces y me deleito con su desnudez antes de darme cuenta de que no hay ni rastro de los puntos que le di ayer, tan solo una cicatriz con un relieve descuidado.

—¿Y los puntos?

Él se mira el abdomen y se encoge de hombros.

—Se me habrán caído al cambiar de forma. El cuerpo de un lobo y el de un hombre son muy distintos. —Me quedo absorta en la perfección de su pecho, adornado por el colgante de cuarzo y el tatuaje, y en el relieve de sus abdominales, ahora marcados por la carne fresca, más tiempo del decoroso—. Podrías dejar de babear, yo te he dado cierta intimidad mientras merodeabas por ahí desnuda.

Con las mejillas ruborizadas, vuelvo a mirar hacia delante, a la verja que ya queda a la vista.

—¿Te duele?

—Ya te dije que nos curamos mucho más rápido.

—No, me refiero al cambio.

—Ah... —Se queda callado unos segundos y se frota la nuca—. Sí, no te lo voy a negar. Todas las veces. Es como partirse todos los huesos del cuerpo a la vez y bañarse en una piscina de lava.

No consigo reprimir la mueca de horror con la comparación y se me revuelve un poco el estómago. Doy gracias por no tener que enfrentarme a lo mismo cada día.

Cuando entramos en el caserón, lo primero con lo que nos topamos es con el pobre venado muerto en mitad del pasillo.

—Voy a vestirme —comenta al pasar junto a él. Y no puedo evitar fijarme en su perfecto trasero según se aleja de mí.

—Mientras, sacaré esto fuera.

—Déjalo, ahora lo hago yo —dice desde la salita.

No obstante, ya tengo agarrado al animal desde la cornamenta y tiro de él hacia fuera. Pesa una barbaridad y se me escapa un gruñido. Con el segundo intento, cojo aire profundamente por el esfuerzo y entonces lo percibo: un intenso aroma dulzón, como a caramelo.

Mi cuerpo entra en tensión automática y miro a mi alrededor, en busca de una pista que pueda sugerir que ella está aquí, que nos ha encontrado y viene a darnos caza, pero no hay nada que me indique que estemos en peligro. Vuelvo a clavar la vista en el animal y el terror me atraviesa los huesos. Con prisa y torpeza, me arrodillo frente a él y entierro la nariz en su pelaje. A pesar del hedor a muerte, lo que más capto es la fragancia de la magia.

Me levanto con las rodillas temblorosas y examino al animal. Un venado de espino, originario del reino vecino. Lobo dijo que se revolvió contra él, pero no hay ni rastro de dentelladas.

—Puedo explicarlo.

Alzo la vista, con los ojos empapados en lágrimas contenidas, y su expresión de rendición absoluta me atraviesa el pecho con la fuerza de un puñal. Sé que he dejado de respirar porque la cabeza me da vueltas.

—¿Qué significa esto?

Señalo al animal muerto con la voz teñida de dolor y me maldigo por ser tan débil.

Él aprieta los ojos con fuerza y coge aire despacio, como si lo necesitase para serenarse cuando la única que tiene derecho a estallar soy yo. Porque el animal hiede a magia a la legua, solo que no me había dado cuenta al verse eclipsado por el olor ferroso de la sangre de anoche.

—No es lo que crees...

—¿Que no es lo que creo? —pregunto con una risa seca fruto de la incredulidad.

La sangre me hierve de repente. Sin esperarlo siquiera, y antes de ser consciente de ello, estoy encima de él. Ambos caemos sobre el suelo e intento llegar a su cara para propinarle la paliza que, como poco, se merece. Quiero arrancarle la piel a tiras, sacarle las tripas por la garganta y mil cosas más. La ira me ciega y nos convertimos en una maraña de brazos, golpes e improperios. Yo intento con todas mis fuerzas hacerle daño; él solo se dedica a contener mi rabia.

Mi puño se encuentra con su mandíbula en un golpe que creo que me ha dolido más a mí que a él. Me llama por mi nombre y me agarra por las muñecas para refrenar mis acometidas, pero soy más escurridiza que él y ni siquiera ve venir mis puñetazos. Se protege la cara con los antebrazos, intentando mediar, pero apenas comprendo qué está diciendo. No oigo nada, no veo nada, tan solo el rojo palpitando en mis venas.

Cuando se ha cansado de intentar razonar conmigo, se revuelve debajo de mí, me hace una llave y acabo con la mejilla contra el suelo, con el brazo retorcido detrás de la espalda con la fuerza suficiente para inmovilizarme por completo.

—¡Suéltame, joder!

—¡Déjame explicártelo, por favor!

No puedo. No puedo abrirme a la razón cuando mi mente bulle con mil posibilidades y todas ellas implican la traición.

—Trabajas para ella.

Mi voz es gélida al escapar de entre mis labios, tensa y despreciable, teñida de un asco incontrolable. Si le duele mi brusquedad, no deja que salga a la luz. Y mejor así. Que no muestre ápice alguno de humanidad.

Afloja el agarre y su voz suena tensa al hablar:

—Sí.

Algo dentro de mí se fragmenta con tanta intensidad que me arrebata el aire. Me niego a pensar que es mi corazón. Apoyo la frente contra el suelo y me veo obligada a cerrar los ojos con fuerza, a decirme que esto no está pasando y que es una pesadilla, fruto de haberme quedado dormida junto a él. No puede ser verdad. Nada de esto es real.

Siento su cuerpo sobre mí, con todo su peso, sus manos, tan cálidas como siempre, en mi muñeca expuesta, y me resulta insoportable. Me revuelvo bajo él lo justo para sacar una de las dagas y clavársela en el muslo con todas mis fuerzas.

El alarido que se escapa de su garganta es desgarrador y casi me llega al alma. Entonces recuerdo por qué estamos así y se me pasa. Me zafo de él y me arrastro por el suelo para poner distancia entre nosotros, con la respiración acelerada. La expresión de dolor de su rostro, con un bermellón en el pómulo y el labio partido, me desarma un instante, lo suficiente para permitir que se haga un torniquete rápido con el cinturón, sin atreverse a sacar la daga por temor a que la hemorragia se descontrole. Y esta vez no pienso ser yo la que cierre sus heridas, porque él acaba de abrirme a mí más de las que puedo soportar.

Antes de que pueda darme cuenta, y con una fuerza que no sé de dónde sale, lo he levantado y embestido contra la pared; el filo de la otra daga amenaza su garganta, justo por encima de la anterior cicatriz que yo misma le provoqué.

«Debería haberte abierto en canal cuando pude».

—Sí.

Mis ojos se encuentran con los suyos con avidez y me percato de que lo he dicho en voz alta. No debería haber alzado la vista, porque la expresión de derrota absoluta que rezuma por cada poro de su piel hace que las ganas de llorar crezcan. Aprieto los dientes con fuerza y suelto un gruñido desesperado. La daga no flaquea de su posición en ningún momento.

¿Cómo he podido ser tan estúpida de dejarme engañar? ¿Cómo no he visto todas las pistas que he tenido delante de mí? ¿Cómo he podido estar tan ciega? Siempre hemos ido siguiendo sus pasos y sus indicaciones, sus planes estúpidos y sin sentido que han funcionado tan sumamente bien. Joder, si el Hada siempre ha ido un paso por detrás. ¿Cómo era posible que el ser más poderoso de todo Fabel no diera con nosotros? Ahora sé la respuesta.

Aprieto los ojos y gimo, incapaz de contener las lágrimas de frustración pura por haberme dejado embelesar. Por haber sido tan débil y pusilánime de abrirle mi corazón por desconocimiento puro.

Me muerdo el labio inferior para abrirme la carne y que el dolor físico eclipse al mental, como otras tantas veces he hecho, pero esta vez no funciona, porque siento a Lobo contra mi cuerpo, porque su cercanía me sigue reconfortando aunque ahora todo él me repugne.

—Déjame explicártelo.

La daga vibra por la cadencia de su voz y cojo aire con fuerza. Cuando vuelvo a abrir los ojos, una mejilla la tiene cruzada por el camino de una lágrima. Y no sé si es eso o la esperanza de que, de verdad, haya otra explicación, pero algo hace que le conceda el beneficio de la duda y que consiga mantener la rabia bajo control.

—El Hada quiere el arma porque es lo único que puede matarla. Pero ella no tiene el poder para unir los elementos. Lleva años esperando a que alguien entre dos mundos se alce para unir las tres reliquias. Muchos lo han intentado, he ayudado a un par, pero ninguno llegó a descubrir qué se necesitaba para acabar con ella siquiera. Nadie salvo tú.

—El diamante en bruto... —murmuro, desconcertada. Él asiente como respuesta, con cuidado de no clavarse la daga en el gaznate.

—Cuando se enteró de que parecía que se iba a dar otro alzamiento, me mandó a investigar y a ayudar en la medida de lo posible, como siempre.

—¿Y por qué no nos llevaste tú mismo hasta las reliquias? ¿Por qué no me las ha entregado ella para forjar el arma? —pregunto con rabia y sin terminar de comprender nada.

—Porque un diamante en bruto debe demostrar que lo es. No puede darte las reliquias porque dejarías de ser la persona adecuada al no haber probado tu valía. Ya lo intentó en anteriores ocasiones y siempre dio el mismo resultado: la nada más absoluta. Necesita que tú reúnas los elementos y, con un orbe de poder, forjes el arma para luego arrebatártela y que no haya nada que pueda amenazar su existencia.

Hay demasiada información contenida en sus palabras y no sé cuál priorizar. La rabia bulle en mi interior y me empuja a que acabe ya con su vida por la traición, por haberme engañado, pero una parte más fría y calculadora de mí está ávida de la información que termine de arrastrar todas mis dudas.

—Dices que lo has intentado varias veces..., ¿cuánto tiempo llevamos así?

—Cerca de un siglo.

Su confesión me roba el aliento y me deja helada.

—¿Un siglo? —Mi voz suena fría y muerta. El silencio basta como confirmación.

Un siglo anclados en el desconocimiento, cuando a mí me han parecido unos cuantos años malos, tediosos y largos. Ahora comprendo por qué no me he notado débil, por qué no he percibido que se me iba escapando la vida entre las manos hasta que otros me lo han señalado. Hasta que Pulgarcita, quien ha vivido parte del tiempo en la Hondonada, fuera de los límites de la bruma, me lo hizo ver. Porque el tiempo ha estado parado y son nuestros cuerpos los que se han ido estirando muy poco a poco con el desgaste de un siglo.

—Ayer vino a buscarme. Mientras pensaba en todo lo que estaba pasando entre nosotros, me encontró. Gracias a esto. —Se lleva los dedos al cuello y me muestra el cuarzo anudado con cuerda—. Quería saber cómo iba, cuánto te quedaba para recuperar las tres reliquias. Le dije que llevaría un tiempo y no le gustó, porque intuyó por dónde iban los tiros. —Sus palabras suenan tan rápidas, salen tan atropelladas de su boca que apenas si puedo comprenderlas—: Me amenazó con matar a todos mis seres queridos si no te hacía recuperarlos ya. Y había llegado demasiado lejos como para dar un paso en falso y romper el pacto que tenemos sin pensar en las consecuencias. Lo hice todo por ella. El Hada me demostró cómo podría acabar con todo y que disfrutaría con ello. —Sus ojos brillan con temor. La herida, la maldita herida que yo sabía que no encajaba con las astas de un venado y que me negué a ver por la ceguera del..., ¿de qué?, se la hizo ella—. Después, me dejó con una especie de coartada que me supo a advertencia velada: un animal grande y poderoso muerto a mis pies. No podía regresar sangrando y sin una excusa medianamente creíble, así que me llevé al venado conmigo con la esperanza de que te convenciera. Aunque, conociéndote, sabía que acabarías dándote cuenta.

Todo lo que dice pasa por mi mente a gran velocidad. Una mentira tras otra tras otra tras otra. Incesables, incansables. Todo lo que creía cierto no es más que una patraña. Y ni siquiera soy capaz de comprender lo que está diciendo. Salvo una cosa.

—Entonces ¿sí que me recordabas?

Esa es la pregunta que más se me atraganta, la que hace que dos lagrimones enormes abran surcos en mis mejillas. No aparto la mirada de la suya, cargada de un dolor profundo y que supura por sus ojos.

—No.

La presión del pecho se alivia un tanto, porque significa que hay parte de verdad en lo que hemos compartido. Sin embargo, la sensación no dura demasiado, porque sé que me estoy aferrando a un clavo ardiendo.

—Me hiciste recordarlo. Al devolverme mi nombre lo recordé todo. —«El camino hacia la Hondonada»—. Abrí los ojos y te vi encima de mí, intentando matarme, y yo acababa de rememorarlo todo: lo mucho que significabas para mí, nuestra vida juntos. Que te amaba.

Las entrañas se me retuercen y se me escapa un sollozo lastimero que me crispa los nervios y hace que mi mundo dé vueltas y más vueltas.

—Y aun así seguiste adelante con todo —digo con la dignidad perdida—. Me hiciste creer que no te acordabas de nuestro pasado, que no era nadie para ti, para engatusarme y llevarme a donde tú querías. ¿Y luego qué? ¿Entregarme al Hada y que me matara?

—Fue así al principio, cuando vi que seguías odiándome, que

no había forma de romper esa coraza tuya. Creí que era imposible que volvieras a recordarme, porque ni saber tu nombre ayudó. Más tarde comprendí que tú siempre has sabido tu nombre, que la magia no te afectó del mismo modo al no poder robarte lo más importante: quién eres. Porque tú eres Roja y siempre lo has sido, por mucho que te nombraran Brianna al nacer.

—¿Sabes quién soy?

Aflojo el agarre contra su cuello y respira con profundidad con esa tregua inesperada. Hace rato que ha dejado de molestarme que las lágrimas se precipiten sobre mis mejillas de forma involuntaria, pero ahora caen con más fuerza, en un llanto silencioso.

—Tú también lo sabes, porque a ti no te afectó el maleficio. No te fragmentó en dos, con el sol una apariencia y con la luna otra.

—Te equivocas. —Aprieto los ojos con fuerza y cojo aire—. Dentro de mí hay una bestia. Una que me desgarra desde dentro cada vez que pienso y que engulle mi corazón y lo oscurece. Y esa bestia que mora en mi interior aúlla con tanta fuerza que su gruñido rebota en las paredes de mi mente y dejo de saber quién soy. Cuando sale la luna, las sombras se desdibujan y la bestia calla y duerme. Pero domarla a la luz del sol requiere de una voluntad que hace tiempo que no tengo. Yo también sufro por el puto maleficio, Lobo. No te atrevas a ponerlo en duda.

Termino con la respiración acelerada y con los dientes apretados para no morderme la lengua de frustración pura. Él me observa con horror contenido y con reconocimiento al mismo tiempo.

—Siempre has sido así, Brianna —dice con cariño—: impulsiva, temperamental, agresiva, protectora, inteligente, intuitiva. Con un instinto animal vivo dentro de ti. Aunque tú no te acuerdes, yo sí.

—¡¿Y por qué tendría que creerte?!

Le doy un empellón contra la pared y el filo de la daga atraviesa la fina piel de su cuello. Una gota bermellón le tiñe la piel. No puedo confiar en él, no puedo permitirme cometer el mismo error dos veces.

—Estás en todo tu derecho a no hacerlo —concede con voz tranquila—, pero tengo las respuestas que tanto has estado buscando. Somos del mismo clan. Tu madre era humana, tu padre, un licántropo. Eso que sientes por dentro es lo que en mí se manifiesta como un animal y que en ti no tiene forma física, porque no deberías ni existir. Eres la mezcla de dos razas.

«Alguien de dos mundos...», recuerdo que ha dicho.

—Pero Pulgarcita...

—Antes de que desbloquearas mis recuerdos, creí que ella era el diamante en bruto, mitad hada mitad humana. Pero me equivoqué. Sé que hay más gente que transgrede todas las leyes de la naturaleza, que no eres única en cuerpo, aunque sí en espíritu.

No lo soporto más, no puedo con más información, con más mentiras que saben a verdades; con la desesperación de haber vivido en un engaño, de haber compartido mi corazón con él y que lo haya pisoteado.

Todo empieza a encajar con movimientos lentos y pastosos, como empapados por una capa ponzoñosa de embustes que hace que todo tenga un regusto amargo. Los engranajes oxidados giran y giran: la predisposición a ayudarme incluso odiándome; que intentara ganarse mi confianza; que supiera qué hacer en todo momento y tuviera más información de la que debería; que el Hada siempre llegase cuando nos íbamos; que no matasen a Tahira.

La veracidad de la razón me cruza la mente como un latigazo. La *djinn* tenía sospechas de algo, me dijo que la llamara si la necesitaba. Y la última vez se refirió a él como Lobo, cuando siempre lo había llamado Axel. ¿Cómo he podido no verlo? ¿Tan engatusada me ha tenido? ¿Tan a su merced me puse?

Sé lo que tengo que hacer.

Cierro los ojos con fuerza y tomo una profunda bocanada de aire. Muevo el puñal por su pecho hasta apoyar la punta sobre su corazón. Su respiración se acelera, pero no se mueve lo más mínimo. No me atrevo a alzar la vista, a encontrarme con esos ojos que me convencerán de que haga todo lo contrario, a verme reflejada en él como el monstruo que soy. Que somos.

Aprieto la punta sobre su piel, que se abre para mí como si me hubiese estado esperando. Se ha rendido. Se ha rendido ante mí porque siente el puñal atravesándole la carne y no hace nada por remediarlo. Está preparado para abandonar este reino. A pesar de que esté dormida, los ecos de la bestia en mi interior resuenan contra mi mente azuzándome a matarlo, a que haga lo que en otras ocasiones no me he atrevido a hacer.

Me rompo en un sollozo y grito de dolor y frustración, pero sigo empujando, muy despacio, con la duda bullendo en las venas y sin atreverme a hacer eso que antes tanto deseaba. El filo se hunde con lentitud en él y lo siento como si fueran mis propias uñas atravesándole el pecho.

—Siempre he estado dispuesto a morir por ti, recuérdalo.

Sus palabras son un susurro ronco y quebrado por el sabor amargo del llanto: una despedida. Alzo la vista, sus ojos empapados en lágrimas pero con el gesto relajado, con pura admiración y un amor tan profundo que se derrama por sus párpados.

Me detengo de repente, con la daga un par de centímetros dentro de su pecho, y me aparto de él con ímpetu y fuerza. Trastabillo hacia atrás, suelto la daga como si quemara y resuena contra la madera al caer de mis manos. Mi espalda se encuentra con la pared contraria.

—Vete —espeto con voz muerta a pesar de que toda yo sea un mar de lágrimas.

—Roja...

Cojea hacia mí y le muestro los dientes en un gesto amenazador.

—¡Vete y no regreses! Porque si te vuelvo a ver, juro por la tumba de Olivia que acabaré contigo.

Hace amago de hablar, pero lo interrumpo.

—No. No quiero escuchar más mentiras —casi suplico.

Sin mediar más palabras, después de un largo vistazo, llega al umbral de la puerta, agarrándose la pierna a paso lento y tortuoso. Cuando está a punto de salir, se gira hacia mí.

—Si has de creer una sola cosa de lo que hemos vivido estos días, elige lo de anoche.

Entre lágrimas silenciosas que bañan nuestros labios, que con tanto deseo y fervor se han estado buscando hace escasas horas, se marcha.

Lo que él desconoce es que me abandona llevándose consigo mi corazón y sin saber que yo habría matado por él. Que seguiría haciéndolo.

48

Me quedo mirando la entrada de la masía, con el corazón en un puño y la estúpida esperanza de que no me haga caso y se dé la vuelta. Aunque, al mismo tiempo, sé que lo mataría si se presentase ahora mismo ante mí. Me encuentro en la dicotomía de quererlo y odiarlo a la vez, pero esta vez lo odio de verdad, con una rabia visceral que creo que despertará a la bestia en cualquier momento.

Me tiemblan los puños y las rodillas, las lágrimas ruedan por mis mejillas sin mi consentimiento, pero sin ahogarme, y el pecho se me llena con un vacío negro y denso que se expande hasta rebotar contra mis costillas. De repente, no siento nada. Me quedo en blanco, un poco desubicada y desorientada incluso a sabiendas de lo que ha pasado. Es una sensación extraña que me invita a chocar conmigo misma y a estar en perfecta paz.

Con repulsión por mí, por él y por todo, aparto la vista y la clavo en las vetas del suelo. Mis ojos se encuentran con la sangre esparcida sobre la madera y el vacío se remueve inquieto en mi interior. Es poca la sangre que le he extraído del cuerpo. Me miro la mano derecha, con la que lo he apuñalado, y descubro que tengo el canto manchado por su vida. Paso un dedo por encima de su sangre y la estudio con curiosidad. Es él. Lo llevo en mi piel.

Suspiro con resignación y miro más allá, al venado inerte de ojos abiertos y muertos; a su piel perfecta, sin una sola mordedura. ¿Cómo pudo ser tan estúpido de no caer en la cuenta? ¿Acaso los dos estábamos tan cegados por los encantos del otro? No, él no pudo estar cegado por nada mío. Me ha engañado y utilizado para su propia supervivencia. Pero... ¿acaso no habría hecho yo lo mismo en su lugar?

Si me hubieran preguntado al inicio de esta misión, la respuesta habría sido un «sí» rotundo, habría matado antes de preguntar siquiera. Ahora, sin embargo, tengo mis dudas. Lo que sí sé es que a *él* no se lo habría hecho.

El vacío se agita y se remueve con violencia, como si estuviese a punto de entrar en ebullición, y me veo incapaz de apartar los ojos de esa mirada yerma, del pobre animal que se ha visto involucrado en todo esto. La rabia me aprieta las entrañas y me trepa por la garganta con tanta aspereza que no consigo reprimir el grito frustrado que me desgarra las cuerdas vocales.

Recupero la daga del suelo con frenesí y clavo el filo en el costado del animal. Siento el metal atravesando pelaje, piel, músculos; roza hueso y vibra con el contacto. Saco el arma y la vuelvo a empuñar con más fuerza si cabe. Una y otra vez, apuñalo al animal entre gritos descontrolados, cegada por mi propia rabia e ira, incapaz de pensar en nada y pensando en todo a la vez. Y lo único que veo en mi cabeza es su rostro, su estúpido y perfecto rostro de ojos dolidos que lloran.

«Me ha traicionado».

«Me ha engañado».

«Me ha utilizado».

«Me ha manipulado».

«¿Me ha amado?».

Entre grito y grito, un sollozo. Una lágrima más para ahogar mi corazón. Para ahogarme a mí. Para acabar con mi vida. Me rompo con tanta virulencia que la sangre del animal me salpica a la cara, hace que la daga se me resbale de las manos y sigo intentando atravesar su carne con las uñas.

—¡Te odio, Axel! ¡Te odio! —me desgañito al viento.

La mera mención de su nombre en mis labios me atraviesa en oleadas y sé que voy a recordar. Lo noto en la vibración de los dedos de los pies, en las sacudidas internas que me agitan desde abajo hasta la mente. Y, de repente, una sucesión de sonrisas en distintos momentos de mi vida. De nuestras vidas. Unas detrás de otras.

Primero en rostros aniñados, bajo mejillas tiznadas de barro por haber estado jugando. Los rostros crecen, pero su sonrisa no desaparece. Un joven de barba incipiente, sin una sola cicatriz en el rostro, y su primer pendiente en la oreja. Más mayor, más adulto. La misma sonrisa. Su sonrisa tatuada en mis retinas. En distintas posturas, en distintas etapas, siempre la misma. Tan perfecta y tan blanca, con los colmillos inusualmente afilados. Su sonrisa al mirarme. Su sonrisa con mis chistes. Su sonrisa una y otra vez en toda una vida compartida. Se suceden unas tras otras a una velocidad vertiginosa que me arrebata el aliento.

Porque él y yo hemos compartido una vida plena, desde siempre. Y ahora lo recuerdo con intensidad, a sacudidas y oleadas que se me clavan en la memoria como un hierro candente. Tatuadas de por vida sobre mi alma. ¿Cómo he podido olvidarlo? ¿Cómo pude olvidar al hombre con el que me casé?

Y que me ha traicionado.

Cuando me quiero dar cuenta y vuelvo a abrir los ojos, estoy empapada en sangre fría. Y esa sensación pegajosa es mil veces mejor que la que deja la traición a su paso.

Trastabillo hacia atrás, horrorizada por la carnicería inconsciente que he cometido con mis propias manos y, al mismo tiempo, exaltada por la adrenalina corriendo libre por mis venas. Me odio y me gusto a la vez casi con la misma intensidad que lo hago hacia él. Mi espalda choca con la pared y me dejo caer hasta sentarme en el suelo.

Por más que lo intento, no puedo dejar de llorar. La presión en mi pecho crece más y más, con cada bocanada de aire descontrolada que tomo. Con cada parpadeo. Con cada pensamiento me rompo un poco más. Sangre y lágrimas entremezcladas sobre mi piel.

Entierro la cabeza entre las piernas y lloro como nunca recuerdo haber llorado, porque en mi mente se entremezcla el sabor dulce de haber compartido una vida con él y el amargor de la traición y una ruptura ficticia, porque ahora mismo ni siquiera somos nada. Pero lo éramos. Lo éramos todo.

Me convierto en un mar de dudas, de pensamientos divididos, en las dos caras de un mismo real. Mi propia piel me escuece y repugna, pero también sé que he hecho lo correcto, que repudiarlo es lo mínimo que se merece. Aunque mi cuerpo me empuja a salir corriendo tras él, a cerrarle la herida y luego volver a abrirle otra.

Me llevo la mano al pecho e intento respirar, pero mis pulmones no se inflan con cada nueva bocanada. Entreabro los labios; nada de aire. No puedo rendirme a las garras de la ansiedad y, sin embargo, lo estoy haciendo de forma irremediable. Todo a mi alrededor da vueltas. Tiro de la tela de mi camisa como si así fuese a conseguir que entrara el aire.

Me deshago de la caperuza con tirones torpes, intentando encontrar algo de frescor que me permita respirar de nuevo. No sirve de nada. Me arrastro por el suelo, luchando contra el peso del pecho que casi me inmoviliza. Está en mi cabeza. Todo es fruto de mi cabeza. Debo relajarme. Pero no puedo. Estoy vacía por dentro y tan llena al mismo tiempo que solo quiero desaparecer.

Alargo el brazo hacia el morral y mis dedos se encuentran con algo metálico y frío. Empieza a temblar al instante y me derrumbo boca arriba, boqueando como un pez fuera del agua, la vista llena de estrellas negras que me sugieren que estoy al borde del colapso.

El ambiente se llena de un humo rojo y Tahira se materializa junto a la lámpara. Me localiza al instante y sé que habla por cómo mueve los labios. Me incorpora para dejarme sentada y me obliga a doblarme hacia delante, a colocar la cabeza entre las rodillas. Entonces me propina una palmada fuerte en la espalda que hace que el oxígeno entre a raudales en mi cuerpo.

Me quema a su paso y vuelvo a llorar, como si el *shock* hubiese mantenido las lágrimas a raya unos instantes.

—¿Qué te ha hecho? —pregunta con insistencia y preocupación. Mira a nuestro alrededor, al animal muerto, al mar de sangre en el suelo, a mi daga abandonada de cualquier forma—. Pídeme que lo busque y te lo traeré.

—Nos ha traicionado —gruño con rabia, con las lágrimas ardiéndome en los ojos—. Me ha traicionado.

Esa última parte me apuñala el pecho y siento un hueco donde debería haber estado mi corazón. Creo que me estoy muriendo de verdad.

—Tenía razón... —murmura para sí.

—¿Por qué no me lo dijiste?

La miro con dureza, aunque sepa que mi ira no debería ir dirigida hacia ella.

—Porque estabais intimando, y solo tenía sospechas. Que supiera que el Hada Madrina no puede matar con magia me resultó demasiado extraño. Y su excusa..., parca. —Su atención recae de nuevo sobre mí y aprieta los labios—. ¿Quieres matarlo?

Las lágrimas se me congelan al borde de los párpados y contengo la respiración.

—Quiero. —Aprieta las manos en puños y se prepara para la formulación de mi segundo deseo, por mucho que ella no pueda matarlo con su magia—. Pero no puedo.

Suelta el aire que estaba conteniendo y me sostiene por los hombros para ayudarme a ponerme en pie. Sigue hablándome, aunque vuelvo a no oírla. Tan solo puedo escuchar el vacío de mi pecho, porque tengo la sensación de que mi órgano ya no bombea como antes, que ya no late.

Sin dejar que me detenga, me lleva hasta el baño y se deshace de mis ropajes impregnados de sangre, sin importarle mi desnudez lo más mínimo. La bañera se llena de agua al instante y me obliga a meterme dentro. Al principio no quiero, me niego a permitir que su sangre se desprenda de mi piel, por mucho que esté entremezclada con la del animal. Porque es lo único que me queda de él. Sin embargo, cuando la realidad me golpea con la fuerza de un mazazo, casi me lanzo al interior de la tinaja.

El agua está caliente y huele a aceites esenciales que han aparecido por arte de magia y que eclipsan el hedor dulzón del hechizo. Me entran ganas de vomitar nada más olerlo y me doblo sobre el borde de la bañera para soltar todo lo que tengo dentro. Ojalá el dolor se vaya con la bilis; ojalá la bruma recayera de nuevo sobre mí y me hiciera olvidar todo esto; ojalá no lo hubiera conocido.

Tahira hace aparecer frente a mí una infusión que huele a aquello que Pulgarcita llamó manzanilla y los ojos se me anegan de lágrimas de nuevo, aunque no sé cuándo había dejado de llorar. Me froto la piel con insistencia hasta que se vuelve tan roja que parece en carne viva. La *djinn* encierra mis manos entre las suyas para detenerme.

Cuando alzo la vista y me encuentro con esos iris morados, estamos en la sala de estar, con la chimenea y los candelabros encendidos y llevo un albornoz espeso que reconforta la sensibilidad de mi piel.

—¿Qué ha pasado? —A pesar de que intenta sonar dulce, no puede evitar ser dura conmigo.

Se lo cuento todo como puedo, entre sollozos y gritos de rabia, a ratos llorando y a otros maldiciendo. Deshago el nudo de mi pecho y mente a base de tirar de una cuerda que se enreda una y otra vez, si bien un nuevo tirón hace que la madeja se deshaga más y más.

—¿Tú sabías algo de esto? —pregunto con desesperación cuando termino de relatarle los planes del Hada.

—No. Simplemente creí que ella no poseía el poder suficiente como para forjar el arma, si bien en parte es cierto... —Unos segundos de silencio en los que sopesamos nuestras posibilidades—. ¿No te dijo nada más?

—¿Te parece poco?

—Para serte sincera, sí. No sabemos cuáles son las intenciones reales del Hada, si estará dispuesta a venir a por ti ahora que lo has descubierto. Maldita sea, ni siquiera sabemos si Lobo sigue trabajando para ella.

—¿Qué...? —La voz se me quiebra al formular la pregunta.

—¿No lo pensaste? No, claro que no. En cuanto algo te molesta, solo ves el rojo de la sangre y el dolor. —Se levanta, airada, y se pasea por delante de mí—. Te contó la verdad. Toda la verdad que le diste la oportunidad de explicar. ¿Crees que lo habría hecho si hubiera tenido intención de ir contra ti?

—Ha actuado contra mí...

—Lo hizo, sí. Pero tú misma me has dicho que ella lo atacó en el bosque. ¿Quién hiere a sus espías porque sí? Lo hacen para castigarlos, para infundirles miedo y volver a meterlos en el redil. ¿Apuñalarías a alguien que está haciendo bien su trabajo? —Nuestros ojos se encuentran un momento—. Bueno, puede que tú sí que lo hicieras, pero cualquier persona en su sano juicio no. Si ella actuó así es porque Lobo dudó. Muy estúpido por su parte, por cierto.

La llama de la esperanza prende con luz tenue y débil, pero en cuanto siento su calor en el pecho, me arrojo un jarro de agua fría mentalmente. No puedo permitirme ir por ese sendero. No lo soportaría.

—Al menos le habrás arrebatado el colgante para destruirlo, ¿no? Pide un deseo y acabaré con esa piedra.

Abro la boca para hablar, aunque no sale ni una sola palabra. Tahira bufa con frustración y se pasa la mano por el rostro, exasperada.

—Nunca hasta ahora te había visto dejarte llevar por tus sentimientos, Roja. ¿Y tenía que ser esta la primera vez? Tenías que haber sido fría y calculadora, sonsacarle información.

La rabia se concentra en mi estómago y borbotea, murmura que me rebele. Pero no me quedan fuerzas. Me trago todo lo que tenga que decirme y dejo que me arrastre al pozo de mierda que hay bajo mis pies.

Estamos jodidas. Bien jodidas.

49

Como era de esperar, no he pegado ojo. Envuelta entre unas sábanas que aún huelen a él, no dejo de pensar en lo bien que estaba entre sus brazos, sobre su pecho desnudo. Aprieto los ojos con fuerza y aparto el pensamiento de mi mente, aunque sé que va a volver a aparecer en cualquier momento. Ha sido así durante toda la noche.

Deberías sacar el culo de la cama y hacer algo con tu vida.

Me giro hacia el lado contrario y entierro la cabeza en las sábanas.

Por mucho que te escondas, no vas a dejar de oírme.

—Créeme que lo sé.

La has cagado pero bien. Ahora sal de ahí y afronta tus decisiones.

—No decidí nada —murmuro contra la almohada.

¡Muévete!

«No quiero».

Estás actuando como una cría inmadura.

«Déjame en paz».

Te han partido el corazón, ¿y qué? Ni siquiera has tenido tiempo de enamorarte de él. A mí no me engañas.

«Ya estaba enamorada de él. Solo que no lo sabía».

Estabas, así me gusta, en pasado.

Un pinchazo.

¡Que te levantes!

La bestia se revuelve y gruñe dentro de mí con tanta fuerza que el pecho se me levanta del colchón por sí solo.

—¡¿Qué cojones haces?!

Me he sobresaltado tanto que siento los latidos en los oídos. Aunque no es la primera vez que lo intenta, sí es la primera vez que la bestia consigue tomar posesión de mi cuerpo en contra de mi voluntad. Saco una pierna de la cama, luego otra y me obligo a caminar hacia las cortinas para abrirlas de par en par.

Las primeras luces del día arañan la escarcha congelada en forma de gotitas en las ramas del árbol frente a la ventana. Odio que el cielo esté tan despejado y refleje tanta felicidad cuando yo me estoy muriendo por dentro.

—Buenos días, Bella Durmiente —dice Tahira cuando me ve entrar en la sala de reuniones. Sé que está de mal humor.

Me la encuentro empaquetando todo lo que podría servirnos de ayuda en un minúsculo bolsillo mágico. Ahora mismo está ocupada con los mapas. Le doy los buenos días con un gruñido y me dejo caer en una silla.

—Creo que es una estupidez abandonar una base tan buena como esta.

Tahira frunce el ceño y cesa en su tarea un segundo, luego vuelve a guardar trastos.

—Habla tu parte sentimental —me reprende Tahira.

Estoy de acuerdo.

—Te quieres quedar por si él vuelve —prosigue, incansable.

Estoy de acuerdo.

—Y ni siquiera sabemos si eso podría ser bueno o malo.

Estoy de acuerdo.

—El Hada podría presentarse aquí en cualquier momento.

Estoy de acuerdo.

—¿Y cómo te sentaría esa nueva traición?

Te mataría.

—¡Callaos ya!

Tahira se sobresalta por mi grito y mira a nuestro alrededor, como buscando a esa persona que me ha hecho hablar en plural.

—Recojo mis cosas y nos vamos —murmuro con desgana.

Me levanto de la silla, arrastrándola, y salgo de la estancia con las manos apretadas en puños. Lo peor de todo es que, por mucho que una parte pusilánime de mí quiera aferrarse a la posibilidad de que nada de lo de ayer sea cierto y que volverá, sé que esta casa acabaría conmigo, porque solo el recuerdo de la traición impregnado en estas paredes podría asfixiarme.

Con un último vistazo a mi alrededor, me decido a enterrarlo bien profundo. Puede que Axel haya reducido mi corazón a cenizas a una velocidad vertiginosa, *pero incluso las cenizas sirven de alimento para una alimaña como nosotras.*

Para mi sorpresa, cuando salimos de la masía, Alfombra nos está esperando para transportarnos. Al parecer, entre la *djinn* y el trozo de tela volador hay una conexión especial que hace que se encuentren donde sea, salvo si hay magia de por medio, como pasó cuando el Hada secuestró a Tahira.

Alfombra nos lleva hasta la Comarca del Espino en un viaje tortuoso que dura más horas de las que me habría gustado. El trayecto por los aires me revuelve la tripa y vomito hacia el vacío en más de una ocasión. De mí solo salen bilis y babas, porque no he podido probar bocado desde el parco almuerzo que tomamos él y yo ayer, en el Bosque Encantado. Entre los vómitos de ayer, los de ahora, los gritos y el llanto, siento la garganta al rojo vivo, pero es mejor eso que el dolor por los sentimientos.

Tahira intenta distraerme hablándome de la Hondonada, de cómo se encontraba Pulgarcita cuando la reclamé, de cómo las hadas se habían volcado a salvarle la vida a una de las suyas, como una gran familia, a pesar de ser mestiza. Aunque siento alivio por saber que sigue viva, tengo el cuerpo tan descompuesto que esa sensación agradable dura poco dentro de mí.

Le pido a Tahira hacer un alto en el camino para refrescarme la nuca y el rostro con el agua de un arroyo y luego reemprendemos la marcha en un silencio tenso. Porque las dos pensamos exactamente lo mismo: que yo he sido demasiado estúpida y que ella, por desgracia, también lo ha sido.

Cuando las fuerzas me flaquean y creo que me voy a desmayar del malestar, meto la mano en el morral y rozo los zapatos de cristal y la manzana para recordarme por qué estoy haciendo todo esto. Por mucho que por el camino haya podido descubrir parte de mí, todo esto empezó por la abuelita y no puedo olvidarme de ella.

Consigo mantenerme al borde de la consciencia durante el vuelo gracias al odio renovado que burbujea en mis venas, al que le doy rienda suelta con sumo placer.

Cuando todo esto acabe, lo buscaremos. Lo cazaremos.

«Y terminaré con todo de una vez por todas».

Porque si un animal te muerde la mano, hay que sacrificarlo.

La bestia y yo entramos en una sincronía cuasi enfermiza que me maravilla y horroriza a partes iguales. Sin embargo, con su runrún constante, con su azuce hacia la muerte, me siento mucho más cómoda y entera que hecha pedazos por cualquier hombre, por mucho que en un pasado que no recuerdo del todo me decidiera a casarme con él. Su recuerdo se enturbia con cada minuto que pasa desde que nos separamos, su nombre en mi mente me sabe a la bilis concentrada por el vómito; me aferro a cada sensación desagradable para relacionarla con él, porque él me ha hecho esto. Él ha desatado a la bestia.

Permito que ella imagine mil formas de arrebatarle la vida, de sentir su sangre entre mis manos, y me deleito con la idea de cobrarme su traición como se merece. Porque es igual de despreciable que la tirana que ha sometido a tres reinos. Es su sabueso, su perro faldero que ha impedido, durante casi un siglo, cualquier posibilidad de salir de esta. ¿Y todo por qué?

Aprieto los dientes y puños al recordar que desconozco sus motivos, que fui tan estúpida como para dejar que se marchara sin ofrecerme todas las posibles respuestas.

—Estamos llegando —dice Tahira en tono monocorde.

Me incorporo sobre Alfombra, con los cabellos revueltos al viento, y me calo la caperuza para controlarlos. El sol empieza a ponerse sobre la línea del horizonte y, incluso a la enorme distancia a la que estamos, hace que la imponente fortaleza de Aurora quede recortada por el contraluz, con sombras que la dotan de un aspecto tétrico en consonancia con la persona que habita en el interior de la princesa: Maléfica.

Ni siquiera la Bella Durmiente pudo deshacerse del bosque de zarzas que esa bruja hizo crecer en sus años de control sobre este reino. Ni la magia de sus tres madrinas combinada pudo matar lo que ya está muerto, así que el castillo queda rodeado por un laberinto de zarzas y espinos, de árboles raquíticos de ramas puntiagudas y retorcidas, desprovistas de hojas.

No tenemos ningún plan real para enfrentarnos a este peligro, y tan solo estamos Tahira, Alfombra y yo, solas contra el mundo y echándole un pulso al destino.

Descendemos a un claro lo suficientemente alejado de Antaria, porque no podemos presentarnos en la capital de la Comarca del Espino volando, entrar en la fortaleza y robar el huso sin más. Lo del Bosque Encantado fue único y sé bien que no se va a volver a repetir. Incluso ahora tengo las sospechas de que algo nos condujo hasta allí, hasta la manzana, para completar el plan de un ser sobrenatural.

De nuevo, la rabia bulle con fuerza en mi interior al sentirme utilizada. Lo bueno es que ahora sé que intentaban manejarme como a un títere, pero una marioneta deja de serlo cuando ya no hay cuerdas de las que tirar.

—Aunque no me gustaría tener que usar el segundo deseo —digo, llamando la atención de Tahira—, lo haré si es necesario, así que prepárate.

La genio aprieta los puños y coge aire despacio, porque sabe lo que significa eso: que su sultana no tendría el tercer deseo que le prometí.

—Ahora mismo toda Fabel está en juego, así que cuenta conmigo.

Con la muerte respirándonos en la nuca, y la extraña compenetración que provoca que ambas nos sintamos engañadas, la relación entre la *djinn* y yo ha evolucionado hasta el punto de considerarla mi única aliada. Yo, que pensé que jamás podría confiar en nadie, que acabé odiando a la genio y confiando en quien no debía, ahora pondría mi vida en sus manos antes que en nadie más.

Sin darme cuenta, extiendo el brazo frente a mí. Ella lo observa un segundo, como debatiéndose entre qué hacer, hasta que sus ojos violetas encuentran los míos y me estrecha el antebrazo en un apretón fuerte y seguro.

Caminamos en dirección a Antaria en silencio, seguidas de Alfombra, que vuela a ras del suelo, y aprieto la empuñadura del arma que porto a la cintura: la espada corta de Lobo. Él se llevó una de mis dagas clavada en el muslo, y sin haber tenido apenas tiempo a vestirse después de que regresáramos de buscar la manzana, dejó olvidadas sus armas. Solo me llevé la de pomo con forma de lobo, que ahora es un recordatorio de lo que me hizo. Paso los dedos por el pomo tallado en forma de lobo aullando y siento la sangre hervir, a pesar de que la bestia haya entrado ya en letargo.

Esto es por él. Saldré de esta por él. Porque así me garantizaré darle caza cuando todo haya acabado.

Nos detenemos cuando la oscuridad nos impide seguir avanzando y montamos un campamento improvisado para pasar la noche. Con un arco que Tahira me ha proporcionado, y que huele a moras, me adentro en la espesura a cazar algo para cenar mientras ella y Alfombra se encargan de la hoguera.

Es como entrar en las entrañas de una pesadilla, todo está oscuro y la luz de la luna casi ni consigue atravesar las copas retorcidas. Tengo que meditar muy bien cada pisada que doy. Las ramitas muertas crujen bajo mis pies según avanzo, apenas hay ruidos de animales y los que escucho me ponen más alerta. Este bosque está maldito, todos lo saben. Aunque Aurora se esforzó por dotarlo de vida, quienes moran aquí, a las afueras de la capital, son tan nobles como despiadados, una mezcolanza de fauna que cualquiera pensaría que no es sostenible. Y, sin embargo, aquí están.

El ambiente está dotado de un aura verdosa a causa del enorme pantano de este reino, que aún sufre las consecuencias de los años que la princesa pasó dormida mucho antes de la caída de la bruma. Es como una neblina viscosa que revolotea alrededor de mis pies y hace que el ambiente se vuelva húmedo y desagradable.

Mire donde mire, las ramas conforman seres monstruosos que se manifiestan en sombras de figuras retorcidas al acecho. Pero ni siquiera eso me impide avanzar para alejarme lo suficiente de los ruidos de Tahira y Alfombra, que buscan algo para prender la hoguera, porque sé que es fruto de mi imaginación.

Cualquier animal que pueda ponerme en peligro dará una señal de vida antes de atacarme. Y será suficiente para prepararme.

Cuando he encontrado un lugar escondido, tras unos arbustos de ramas raquíticas, aguardo y aguardo mientras el bosque me envuelve y me convierte en una más. Así, agazapada, la niebla me llega por el pecho y respirar se hace más dificultoso por la humedad.

Hace tiempo que no disfruto de la tensión del arco entre mis dedos, del temblor de los brazos cuando esperas a la presa ideal, agachada y escondida de la vista, con el arma lista para matar. Y esa anticipación me excita de algún modo.

Entonces lo veo: un imponente animal de astas retorcidas y puntiagudas, de pelaje naranja y pecho blanco con un porte majestuoso. La garganta se me reseca al reconocer a un venado de espino y los recuerdos acuden a mí con la fuerza de una cascada. Ni siquiera permito que me perturbe la respiración depredadora que domina mi cuerpo. Clavo los ojos en los suyos y, por un segundo, tengo la sensación de que el animal también me está viendo.

Los dedos me tiemblan por la anticipación y a punto estoy de soltar la cuerda antes de tiempo. Después, contengo la respiración un segundo y libero la flecha en toda su potencia hasta impactar en mi verdadero objetivo: un jabato de tres cuernos apenas visible para un ojo inexperto, mimetizado entre el follaje muerto por su pelaje oscuro. Con el alarido del animal, el venado sale corriendo y la presión de mi pecho mengua un tanto.

No voy a arrebatarle la vida a una criatura tan noble por pura rabia, no iba a matar a un pobre venado que ni siquiera podría haber llevado al campamento improvisado para despiezarlo. Solo necesito algo manejable que nos permita llenar las tripas y prepararnos para mañana.

Guardo el arco a la espalda y me acerco a la presa para llevármela cuanto antes, porque este bosque me da mala espina. Los cuentos para no dormir siempre han utilizado este reino como hogar de las pesadillas; aquí habitan criaturas retorcidas que se cuelan bajo las camas, que te susurran en sueños y arañan las ventanas. Seres malvados que roban alientos y monstruos que te retuercen el pescuezo.

Sacudo la cabeza para apartar esos pensamientos y ato las patas del animal para que me sea más fácil transportarlo. Entonces una figura negra, de animal, captada por el rabillo del ojo, atrae toda mi atención. Me quedo muy quieta, estudio mis alrededores y contengo la respiración para no generar ni un solo sonido. Entrecierro los ojos para afinar mi percepción, pero no veo nada.

Me muerdo el labio inferior, con el miedo clavado en los huesos, y me decido a regresar con Tahira y Alfombra cuanto antes. Mi imaginación terminará por volverme loca, porque no he podido ver lo que creo haber visto.

Llego al campamento improvisado guiada por la luz de la hoguera en medio de tanta oscuridad y casi suspiro de agradecimiento al encontrarme con el calor que desprenden las llamas. Me templo las manos antes de ponerme a despellejar al animal de pelaje marrón oscuro, de un color tan parecido al de Lobo que en mi mente a quien despellejo es a él.

50

Pasamos la noche en calma, y aunque Tahira se ofrece a hacer un turno de guardia, declino su ofrecimiento y me quedo todo el tiempo en vela. Total, sabía que no iba a poder dormir. Y así ha sido. He invertido todas estas horas en tallar flechas que sé que no van a servir de mucho por la falta de pluma y porque mis habilidades con el cuchillo nunca han sido muy buenas. Eso era cosa de Lobo, que fue capaz de trabajar la madera hasta convertirla en una escultura de un lobo sentado que me regaló en nuestra boda. Ahora recuerdo que yo pinté para él, y ese pensamiento me genera rechazo. No obstante, aunque estas flechas no vayan a servir como tal, nunca se sabe cuándo puede venir bien un palo afilado.

A lo mejor te sirve para clavárselo en un ojo a Lobo.

«Por ejemplo».

Con las primeras luces del alba, me levanto y estiro los músculos, un tanto agarrotados por toda la noche en la misma posición de guardia y el frío gélido del invierno, aunque en parte doy gracias por que el bosque sea tan frondoso de ramas, ya que nos ha servido para resguardarnos un poco de la intemperie.

Despierto a Tahira con un puntapié en la suela de su bota y responde con un gruñido. Alfombra se desenrolla y sobrevuela a nuestro alrededor. Ahora mismo me recuerda a un perro corre-teando entre nuestras piernas. Ni siquiera sabía que las alfombras necesitaran dormir o descansar, pero estoy tan acostumbrada a tales niveles de ridiculez que no le dedico ni dos pensamientos.

—En marcha.

—¿Has pensado en cómo lo vamos a hacer? —pregunta con un bostezo.

—No, la verdad. Por mucho que tengamos los mapas, hasta no ver la fortaleza de cerca y con mis propios ojos, no sabré cómo abordar la situación. —Pateo la hoguera para apagar las brasas—. Tampoco sé el nivel de seguridad que habrá, porque Maléfica siempre ha sido la más paranoica de todas las villanas.

Echo a andar con el morral bien ceñido y abrazada a mí misma debajo de la caperuza, porque al moverme he descubier-to que hace un frío de mil demonios.

—Tampoco es que le haga falta defensa ajena —añade cuan-do llega a mi altura.

—Imagino que eso sería antes, cuando tenía su propio cuer-po y dominación sobre el reino. Ahora todo es una incógnita.

Hace un mohín con los labios y clava la vista en el frente. No sé cómo no puede tener frío con esas vestimentas propias de Nueva Agrabah. Dejan la totalidad de los brazos al descubierto y el cuello. Las orejas se le van a quedar congeladas.

¿Y a ti qué más te da?

Suelto un gruñidito disconforme y Tahira me mira, con una ceja alzada.

—¿Todo bien?

—Divinamente.

—Te gusta hablar sola, ¿eh? Dicen que es cosa de locos.

—¿Y quién no lo está?

—¿Acaso te has escapado del País de las Maravillas? —pre-gunta entre risas, y me estremezco.

Qué fácil le salen esas bromitas a alguien que no puede morir, ¿no?

—Mira, sé bien que cuando me muera, acabaré allí, porque no merezco ir a parar a otro lugar, pero no es algo en lo que me agrade pensar, así que mejor déjalo.

—Perdona, no sabía que le tuvieras miedo a la muerte.

—No es miedo, es... —*No sabes qué es*—. Respeto. Me gustaría pasar desapercibida cuando me toque bajar al inframundo, y por eso siempre intento equilibrar la balanza.

—¡Ja! —Su risa tosca me sobresalta—. ¿Que la equilibras?

—Sí, no soy tan ruin como te piensas. De serlo, no sería un diamante en bruto.

La observo con una sonrisa ladeada y veo cómo intenta argumentar algo en mi contra un par de veces, hasta que desiste.

Bien jugado.

«Gracias, amiga».

El plan que hemos trazado de camino a las puertas de Antaria es escueto cuando menos. Tahira se hará pasar por una comerciante de telas, para poder camuflar a Alfombra y que venga con nosotras por lo que pudiera pasar, y buscaremos una posada cerca de la fortaleza para estudiarla antes de atacar.

Así que poco antes de llegar a la capital, la *djinn* hace aparecer un carromato cargado de telas, cambia sus ropajes a unos propios de una comerciante exitosa, con boina con plumas incluida, y Alfombra se enrolla sobre el carro para disimular. De ese modo, fingiendo ser quienes no somos, cruzamos la primera de las tres murallas de defensa que protegen la ciudad.

La capital se extiende en anillos alrededor de la fortaleza de la princesa. Cuanto más cerca de la construcción principal, más lujosos son los edificios y casas que componen la urbe. Atrás dejamos las viviendas apiñadas unas sobre otras, con postigos agujereados, tejados desprovistos de tejas y calles llenas de orín.

Nos lleva casi toda la tarde atravesar Antaria desde el muro exterior, a través de la muralla media hasta las puertas de la defensa interna, que solo se pueden cruzar con permiso real. En nuestro camino hasta aquí, distintos paisanos nos han dado el alto, interesados en las telas de vibrante color que Tahira lleva en el carromato del que va tirando a pulso, porque no le hace falta animal alguno para mover su puestecillo ambulante.

Por mucho que estemos a punto de arriesgar nuestras vidas, no puedo negar que me alegra ver el trajín de oro y el intercambio de telas, porque todos esos reales van a parar a mi bolsillo directamente.

A última hora de la tarde, encontramos una posada lo suficientemente cerca de la muralla como para poder invertir la noche en estudiar los alrededores, los turnos de vigilancia, sus recursos armamentísticos y recabar cualquier información que pudiera servirnos de ayuda. Le solicito al mesonero su habitación con mejores vistas a la fortaleza, porque nos gustaría admirar su grandeza, y un buen saco de reales de plata nos la consigue.

Dejamos a Alfombra en los establos, junto al carromato de telas inservibles, y Tahira y yo nos encerramos en la alcoba después de que el mesonero nos ofrezca sus mejores viandas. Con las tripas tan llenas que no tengo recuerdo de haberme sentido tan oronda, empezamos a estudiar la construcción.

Nos quedamos ancladas a la ventana, abierta de par en par sin importarnos demasiado el frío gélido que se cuela por ella, y estudiamos los turnos de guardia por el camino de ronda. Los soldados deambulan de un lado a otro, recorriendo toda la longitud del muro defensivo, parapetados tras los sillares negros. Juraría que en algún momento oí que este castillo era rosa, algo bastante llamativo teniendo en cuenta el paisaje que ahora rodea

Antaria. Pero si llevamos un siglo anclados en esta vida y nadie se ha molestado en limpiar la superficie...

Un suspiro se escapa de entre mis labios por lo tonta que he sido. ¿Cómo pude no darme cuenta del deterioro de los edificios durante todo este tiempo? Aparto esos pensamientos y seguimos estudiando la fortificación.

Las horas pasan lentas a nuestro alrededor. Hay una enorme cantidad de soldados intramuros, y me extraña que la seguridad no se extienda hacia la ciudad, sobre todo me escama no haber visto soldados en el anillo exterior, donde seguro que hay mayor índice de vandalismo. Y si es que Maléfica no se ha preocupado por mantener las apariencias con el pueblo llano, ¿de verdad tampoco lo ha hecho con la zona de la ciudad rica? Ellos sí que se quejarían de la falta de protección, pero no hemos visto guardias patrullando las calles en todo el día.

—Hay algo que no me huele bien —murmuro en voz alta, más para mí que para ella.

Me rasco la barbilla mientras Tahira se acerca a mí y deja abandonados los planos que estaba estudiando. Mira en mi misma dirección y chasqueo la lengua.

—Están todos los soldados intramuros, como si no les importara la protección de la población. Pero nadie sabe que Aurora no es Aurora; nadie sabe que viven bajo un régimen dictatorial, por mucho que las condiciones de vida hayan podido empeorar.

—Bueno, hay gente que lo intuye. Pulgarcita me contó que en Poveste la gente está despertando.

Señalo con el dedo hacia una de las almenas, la más cercana, y Tahira se coloca las manos sobre los ojos para acotar la visión y centrarse en lo que digo. Creo que usa magia para mejorar su vista.

—Tengo la sensación de que aquí convive otro tipo de embrujo. No podemos olvidar que Maléfica es la Maestra del Mal. Por mucho que no tenga su cuerpo físico, los conocimientos mágicos deben de seguir en su mente, ¿no? —Tahira asiente y hace un mohín con los labios—. ¿No te da la sensación de que esos soldados tienen algo extraño?

Estudia el paisaje con interés renovado y contiene el aliento al percatarse de algo que escapa de mi vista.

—¿Qué es?

—No son humanos. —Me agarro al borde de la ventana y me asomo por fuera, como si así pudiese ver mejor—. A simple vista no se percibe, pero sus cuerpos están rodeados de un aura verde que solo percibo si uso mi visión mágica.

Cuando me fijo en ella, me doy cuenta de que sus ojos violetas se han vuelto dorados, como los de Lobo. Y eso me hace apretar los dientes hasta que casi rechinan.

—No sé qué clase de embrujo aflige a los soldados, pero hace tiempo que dejaron de estar vivos, por mucho que lo parezcan. Y si ellos están embrujados, puede que el pueblo también viva en una ilusión.

Suspiro con exasperación y me froto la cara, cansada. Impulsándome con los brazos, me siento sobre el alféizar de la ventana y dejo que la brisa invernal me acaricie las pantorrillas. Me viene bien algo de frescor para despejarme.

—Creía que la magia no podía resucitar —comento pasado un rato.

—Y no puede. Al menos hasta donde yo sé. Hace mucho tiempo corrió el rumor de que Maléfica estaba experimentando con la necromancia, pero dudo que consiguiese resultados reales.

—¿Entonces?

—Están muertos. Literalmente. Son títeres controlados por ese halo verdoso. Mi apuesta es que son muertos en vida y poco más.

La repulsión por lo macabro de la situación me recorre el cuerpo y sacudo la cabeza.

—No le des muchas vueltas. Será mejor que descansemos. Mañana será un día duro.

—Sí, será lo mejor.

Tahira se recuesta en la cama y apaga el candil, por lo que la estancia queda iluminada por el fuego de la lumbre. Yo, sin embargo, me quedo donde estoy, contemplando una luna que, poco a poco, va desapareciendo del firmamento. Esa luna que cuenta las horas hasta que nos enfrentemos a *ella* cara a cara.

Me da rabia pensar en que, hasta ahora, el de los planes era Lobo, que él nos condujo hasta aquí, hasta donde me quería. Pero yo siempre he sido así, de improvisar con una fría precisión antes que pensar.

—¿Cómo vamos a entrar? —pregunta Tahira asomada a la ventana.

Incluso por el día, cuando es más fácil estar alerta ante peligros, las fuerzas de vigilancia siguen siendo igual de exageradas que durante la noche. Va a estar complicado sobrevivir siendo solo dos, y media si cuento a Alfombra.

—Podrías teletransportarnos al otro lado de la muralla e improvisamos desde ahí —digo señalando hacia delante.

—Podría, pero si no conozco el lugar, tal vez acabemos dentro del muro. Debo tener claro el sitio al que vamos, y nunca he estado en la fortaleza, por lo que no es el caso. Pero, si quieres, nos la jugamos.

No, gracias.

—La idea de acabar desintegrada dentro de la piedra no me agrada del todo. —Hago un mohín con los labios y me tomo tiempo para pensar. Chasqueo la lengua—. Creo que lo mejor será trepar y deshacernos de los primeros guardias, los que patrullan por el camino de ronda.

—Ahí sí que nos puedo teletransportar.

Mis ojos se encuentran con los suyos con rapidez. ¿Me está ofreciendo su magia de verdad, sin deseos de por medio? Parece leerme el pensamiento, porque añade:

—No lo hago por ti, lo hago por mí. Me ayudaría a mí misma y no te estaría haciendo un favor a ti. —Recalca mucho los posesivos—. Voy a hacer magia para mí y, por casualidad, tú te vas a ver envuelta, así que no me mires así.

Los labios se me elevan en una sonrisa satisfecha antes de decir:

—Que empiece el juego.

51

En cuestión de un parpadeo, todo lo que me rodea huele a dulce, el mundo a mi alrededor se desdibuja en una neblina borrosa y el estómago se me sube a la garganta. En el siguiente parpadeo, Tahira, Alfombra y yo estamos en la muralla de la fortaleza. Y es en medio del enemigo cuando caigo en la cuenta de que, si ya están muertos, quizás no se los pueda volver a matar. Un terror atroz se me instala en los huesos y aprieto los dientes.

Apenas hay tiempo de reaccionar o de pensar, mucho menos de recuperarme de la sacudida de la magia del teletransporte. Los guardias nos localizan al instante y tenso el arco para deshacerme del que está más alejado de nosotras, que se ha llevado una corneta a la boca para avisar de la intrusión. Antes siquiera de que pueda rozarla con los labios tiene una flecha atravesándole la garganta. Contengo la respiración menos de un segundo, a la espera de comprobar si pueden morir o no. El instrumento cae por el borde de la muralla hacia fuera, igual que el cadáver, y me permito volver a tomar aire.

Por el estrecho pasillo que recorre la muralla, los guardias corren hacia nosotras. Vuelvo a tirar de la cuerda hacia atrás y una nueva flecha atraviesa el espacio hasta clavarse en el hombro de un soldado.

Apunta al corazón.

Aprieto los dientes con fuerza y tenso una vez más, sin tiempo para replicar a la bestia o para pensar siquiera. Con el segundo flechazo cae al suelo.

Tahira corre hacia ellos con dos cimitarras enarboladas por encima de la cabeza en un gesto fiero y amenazador que podría protagonizar las peores pesadillas. El acero entrechoca con fuerza y yo lanzo la cuarta saeta.

Con un gruñido de esfuerzo, la *djinn* lanza a un guardia por encima del borde del muro y se deshace de él. Su grito de pánico se me clava en la raíz de los dientes. Veo a Alfombra sobrevolar a ras de la muralla y llevarse por delante a otro soldado, que cae al vacío justo antes de que un chasquido hueco nos confirme que se ha abierto la cabeza. Ataca a otro hombre y lo arrastra hacia las alturas antes de soltarlo a una muerte segura. Es igual de implacable que la genio.

Después de tres flechas más, en la muralla ya son demasiados como para que Tahira se encargue sola, cuerpo a cuerpo, de la tropa que viene a por nosotras. Guardo el arco a la espalda y desenfundo la espada. Una sensación extraña me recorre el cuerpo al escuchar el entrechocar del metal contra la vaina y recordar que esta no es mi arma. Sin embargo, la memoria muscular de la bestia me sugiere que no es la primera vez que la empuño.

Detengo la acometida de un guardia, que hiede a muerte, le propino una patada en la rodilla que lo postra ante mí y me concede un hueco entre la armadura demasiado preciado como para desaprovecharlo. Clavo el filo en la piel descubierta y arranco la espada de su carne cuando esta se encuentra con su cuello expuesto. De una patada, lo obligo a terminar de tumbarse sobre el suelo y a que no estorbe.

Un segundo guardia salta por encima de su compañero y me ataca con violencia. Mi acero tiembla entre mis manos y aprieto los dientes para controlar mi fuerza. Durante unos instantes, tan solo me veo capaz de detener sus tajos, frenéticos y expertos, con movimientos mucho más ágiles que los míos. En un momento que deja su guardia expuesta, me hago con la daga al muslo, resbalo sobre el suelo y le rajo la pantorrilla. El cuerpo le vence hacia abajo, hinca la rodilla en el suelo y lanzo un corte hacia la axila, punto desprotegido por la armadura. La espada se clava ahí y empujo con fuerza hasta sentir el hueso, luego tiro hacia arriba y casi le he cercenado el brazo. Me acerco y le arrebato la vida al degollarlo. Su sangre caliente, pero un tanto coagulada por falta de riego, me salpica la cara.

Sigue. Más.

La vista se me emborrona y todo lo veo rojo, pero no puedo limpiarme el rostro porque ya tengo encima al tercer guardia sin darme tiempo a recuperar la daga. Su embestida contra la muralla me pilla un poco desprevenida, con la respiración agitada, y siento la piedra clavarse en mi espalda con la fuerza suficiente como para arrebatarme el aire de los pulmones. Ambas espadas quedan entre nuestros cuerpos, entrelazadas en un pulso que culminará con la muerte de uno de los dos. El filo vence hacia mí, los brazos me tiemblan y aprieto los dientes para concentrarme.

Ahora.

Le escupo en el ojo, lo que lo obliga a cerrarlo y a aflojar las fuerzas por lo inesperado del gesto, momento que aprovecho para darle un pisotón en el pie. Creo que oigo el hueso partirse antes de que profiera un alarido. La inercia de nuestro pulso, con la falta de un pie de apoyo, hace que él venza hacia un lado y se estampe contra la muralla. Antes de que le dé tiempo a procesar qué ha pasado, le golpeo la cabeza contra la piedra varias veces.

Recupero la espada corta del suelo y mi daga, con la respiración entrecortada, y me limpio la sangre de los ojos con el antebrazo. A los pies de Tahira hay amontonados más cadáveres de los que puedo contar, y sus brazos, tan musculados por el esfuerzo que podrían romper su ropa, están bañados en sangre, igual que yo.

Intercambiamos miradas con la respiración acelerada y sonrío, puro frenesí y éxtasis de la batalla. Si le repugna mi excitación, no da señal alguna de ello.

A pesar de que no han conseguido tocar el cuerno de aviso, está claro que habrá corrido la voz de alarma, porque el ruido de las armaduras en combate y de los aceros entrechocando es demasiado característico como para ignorarlo. Sin embargo, no nos quedamos a comprobarlo.

Con un asentimiento por mi parte, echamos a correr por la muralla para conseguir llegar al interior de la fortaleza. En nuestro camino, vamos deshaciéndonos de los enemigos que tienen la mala suerte de cruzarse con nosotras. A pesar de que nos superan en número, no están muy dotados en inteligencia y habilidad, aunque sí en fuerza bruta, lo que confirma que dejaron de ser humanos hace mucho tiempo, así que van cayendo unos tras otros. Nos convertimos en dos emisarias de la muerte sin necesidad de que la magia intervenga para facilitarnos la tarea.

Llega un momento en el que soy puro instinto, pura rabia concentrada que se manifiesta en tajos ascendentes, acometidas imprudentes y maniobras sumamente calculadas. Todo en un equilibrio perfecto que me hace segar vidas y más vidas. Y sé a la perfección que es la bestia la que está tirando de mí, la que está calculando cada movimiento y llevándolo a cabo sin mi permiso. Mejor así, ella es más hábil que yo.

Me duele el pecho de respirar agitadamente, noto las piernas cargadas por el esfuerzo y tengo un corte en el antebrazo, el pómulo abierto y el labio sangrando, así como alguna costilla magullada, pero eso no impide que siga avanzando con la misma energía con la que empecé. Con cada muerte que se suma a mi contador, el fervor por conseguir otra más crece. Lo necesito. Necesito sentir el poder de la muerte en mis manos, clavar mis uñas en las entrañas y quitar de en medio a esta gentuza que ha colaborado en el plan malévolo del Hada.

Un enemigo menos ahora será un atacante menos en luna nueva.

Conseguimos bajar de la muralla y cruzamos la plaza que separa la construcción defensiva del bloque central de la fortaleza, un imponente edificio de piedra con un torreón acabado en pico. A pesar del sol radiante, el aspecto es tétrico y desalentador y, aun así, nos metemos de lleno en el castillo.

Nos encontramos con varios sirvientes a nuestro paso que, al vernos tan empapadas en sangre, ni siquiera son capaces de proferir alaridos de alarma. No atacamos a los civiles, a lo sumo los reducimos y los dejamos inconscientes. Y no arrebatar esas vidas me supone un esfuerzo demasiado grande. Estoy llegando al punto de que, en cualquier momento, perderé la cordura por completo y me abandonaré a la sed de sangre de la bestia. Ella no distingue entre amigo o enemigo y, en parte, me aterra.

—¡Busca la rueca! —me grita Tahira por encima del hombro mientras mata a otro soldado cuando llegamos a un patio interior.

No ha terminado de acabar con él cuando lanza la cimitarra hacia el siguiente enemigo. Un nuevo sable aparece en su mano por arte de magia. Con un gruñido, degüello al guardia que ha venido hacia mí después de inmovilizarlo con una llave en la que he acabado sentada sobre sus hombros. Ambos caemos al suelo y ruedo antes de ponerme en pie. Podría echar un pulmón por la boca y seguir matando.

—¡¿Cómo?!

Corremos hacia dentro, sin saber bien a dónde; lo único que importa es seguir avanzando.

—Busca su magia. Eres el diamante en bruto, intenta sentirla.

Arrojo la daga hacia el pecho de otro guardia mientras seguimos corriendo, impacto contra él con la rodilla en alto para derribarlo y recupero el arma.

—No sé cómo se hace eso.

Tahira se vuelve hacia mí y me agarra por el brazo con fuerza, tiene el ceño fruncido, la coleta deshecha y el rostro tan lleno de sangre que apenas se ve su tono de piel moreno. Me empuja contra la pared y se enfrenta a mí. El acopio de concentración que tengo que hacer para no clavarle el puñal en el costado repetidas veces es más grande que yo.

—Busca. Llámala, haz lo que quieras. Pero dentro de ti hay una magia especial que liga tu destino a esas reliquias. Úsala.

Me coge una flecha del carcaj y la lanza con tanta fuerza que se clava en el ojo de otro soldado que venía a por nosotras. Su compañero se lo replantea y se da la vuelta, huyendo despavorido. Ese debía de ser humano. Nos quedamos a solas unos instantes en los que el ambiente se vuelve denso y pesado, como si hubiera una fuerza que nos empujara hacia abajo. Tahira se da la vuelta y mira a nuestro alrededor; yo tampoco encuentro la procedencia de ese poder.

Entonces, del edificio frente a nosotras, que conecta con el bloque principal por una pasarela por encima de nuestras cabezas, una silueta sale al patio interior. Es una mujer de imponentes curvas y larga melena rubia, ataviada con un vestido de gasa negra vaporoso, con rostro aniñado y una sonrisa en los labios.

—Maléfica... —susurro con el temor clavado en los huesos.

Apoya la mano contra la piedra y sus uñas despiden un chirrido muy molesto a medida que camina. Me hace rechinar los dientes.

Llega al centro de la plaza y Tahira ya está en posición defensiva.

Mátala.

No me lo pienso dos veces antes de empuñar el arco y disparar varias flechas que esquiva... de un manotazo.

«Tiene magia».

—Pero ¿qué tenemos aquí?

—No podemos matarla —murmura Tahira hacia mí—. Es el cuerpo de Aurora.

Aprieto los dientes con fuerza y me aferro a mis armas, lista para enfrentarnos al que podría ser nuestro último combate, sin importarme si acabamos con su vida o no. No he llegado tan lejos como para preocuparme por eso ahora.

—Déjanos pasar —le dice la *djinn*. La risa aguda que se escapa de los labios de la mujer me eriza el vello.

—Por encima de mi cadáver.

«¿Acaso desconoce los planes del Hada Madrina?».

Si lo supiera, te dejarían pasar. Pero entonces no estarías demostrando ser un diamante en bruto.

Una neblina verde enfermiza se arremolina a los pies de Maléfica al mismo tiempo que alza los brazos en movimientos circulares, invocando un conjuro con las manos. Tahira le lanza una cimitarra que rebota contra una pared invisible. La niebla trepa por el cuerpo de la falsa princesa y la envuelve como una segunda piel al mismo tiempo que todo a nuestro alrededor tiembla. Era ella la de la imponente fuerza mágica, lo confirmo en cuanto sus miembros empiezan a transformarse, con chasquidos de huesos y crujidos de muerte que me recuerdan al cambio de un licántropo, pero a lo grande. Su cuerpo se alarga y muta hasta adoptar la forma de una criatura que hace que me tiemblen las rodillas: un imponente dragón de escamas negras.

Tahira y yo rodamos sobre el suelo, cada una hacia un lado,

para esquivar la llamarada verde que nos lanza en mitad de la transformación. Después, se yergue sobre las cuatro patas y el suelo tiembla tanto que ambas caemos de rodillas. Antes de poder ponerme en pie, su cola me embiste y me lanza hacia la pared con fuerza. Aprieto los dientes para prepararme para el golpe que, casi con seguridad, me partirá varios huesos, pero Alfombra frena el impacto en el último momento y me quedo sin aire unos segundos.

Me retuerzo de dolor sobre el suelo, Tahira gruñe de esfuerzo en un punto lejano, y cojo aire para reunir fuerzas, porque aunque ha evitado que acabe hecha puré contra la pared, el impacto contra Alfombra no ha sido como estar en una nube, precisamente.

Arriba.

«El hombro».

Se me escapa un grito al intentar ponerme en pie y comprobar que se me ha desencajado la articulación. Las lágrimas acuden raudas a mis ojos y me escuece el fondo de la garganta.

Muerde algo.

Me llevo uno de los palos tallados a la boca y clavo los dientes en él. La bestia se hace con el control de mi cuerpo apenas un segundo, me coloca en posición contra una puerta y respiro hondo varias veces. Cuando suelto el aire, golpea contra la esquina para colocar el hueso de nuevo en su sitio justo a tiempo de cambiar la trayectoria de una flecha que venía hacia mi cabeza con un movimiento circular de la daga. Esquivo una segunda mientras me dirijo hacia el atacante y la tercera pasa tan cerca de mí que escucho su silbido en el oído.

Con el dolor del hueso descolocado y recolocado bullendo en mi sangre, le lanzo la espada de Lobo directa al pecho. Tal es mi fuerza combinada con la de la bestia que le atravieso la armadura. Recupero el arma y me giro para descubrir a Tahira subida en Alfombra, volando alrededor de la enorme criatura mientras esquiva llamaradas verdes y le lanza extraños proyectiles de metal.

—¡Búscala! —me grita la *djinn* al verme correr en su ayuda.

Maléfica se da cuenta de a quién le habla y lanza su cola hacia mí de nuevo, pero esta vez la veo venir y ruedo por el suelo un segundo antes de que me aplaste. Con rabia, clavo la espada corta en su piel, pero la coraza de escamas la protege de mí y se me escapa el arma de entre las manos.

Es la señal de que mejor me largo, porque por mucha sed de sangre que pueda sentir, no soy una suicida. Tahira es un ser mágico, una portadora arcana, igual que Maléfica, y aunque la *djinn* no pueda emplear su magia para matar, podrá hacerle frente mejor que yo. Un dragón son palabras mayores, y ahora mismo estorbaría más que ayudar.

Así que recupero la espada, corro con todas mis fuerzas hacia el interior de la fortaleza y la abandono a su suerte.

52

Corro y corro por el laberinto de pasillos de la fortaleza, adornados con blasones de tela con la insignia real: sobre un campo gules, una rosa plata atravesada por una espada sable.

Los sirvientes a mi paso huyen despavoridos, no sé si por mi aspecto ensangrentado o por la fiereza de mis ojos, pero mejor así, porque aunque no me gustaría acabar con vidas inocentes, sé bien que no podría reprimirme.

A pesar del cansancio que palpita en cada músculo de mi cuerpo, sigo avanzando, abatiendo a cada soldado que se cruza en mi camino. Uno me da un tajo en el bíceps, poco profundo pero que me arranca un alarido de dolor; otro me propina tal puñetazo que la cabeza me da vueltas durante unos segundos; un tercero me embiste contra la pared con tanta fuerza que creo que me ha fisurado otra costilla. Y nada de eso impide que acabe con sus vidas ni me detiene.

Arriba. Arriba.

Avanzo a un ritmo implacable marcado por la muerte y sigo los pasos que me indica la bestia, ese instinto innato que tantas veces ha velado por mi supervivencia. No sé qué es lo que me conduce a subir más y más, a continuar corriendo a pesar de que los pulmones me pinchen contra las costillas, a enfrentarme a los interminables escalones en espiral que me separan de la cúspide de la torre del homenaje. Pero sigo adelante.

Me mareo, la caminata ascendente en círculos interminables me hace vomitar en cierto punto, y prefiero pensar que es eso antes que admitir que las fuerzas me están flaqueando a pasos agigantados.

El espacio es angosto y estrecho, apenas iluminado por los escuetos ventanales alargados colocados de forma estratégica; nadie se ha molestado en encender las antorchas a plena luz del día. Y en esa sensación de oscuridad a mi alrededor, el estar sumida en una burbuja nubilosa que me separa, a ratos, de la realidad, mi mente divaga por senderos turbios.

¿Y si Tahira muere? ¿Y si no consigo encontrar el huso? ¿Y si es demasiado tarde para Pulgarcita? ¿Y si Lobo no me hubiera traicionado?

Sigue adelante. No pares.

El suelo retumba con tanta violencia que el pie me falla al subir otro escalón y resbala. Intento agarrarme a las paredes, a donde sea, pero me resulta imposible y caigo hacia atrás, rodando y rondando. Los huesos se me clavan en los salientes de los escalones, mi cuerpo rebota contra las paredes y me protejo la cabeza como puedo. Un chasquido antinatural y un grito desgarrador. Es mío. No me doy cuenta de lo que duele hasta que asocio el dolor con mi propio cuerpo. No sé cómo termino de rodar.

Me quedo tirada sobre los escalones un tiempo, con la vista borrosa, la cabeza dándome vueltas y el lacerante dolor en el hombro izquierdo palpitando con fuerza.

Respira. Tranquila.

No me he dado cuenta de que estoy llorando hasta que la bestia ha hablado. Como puedo, me incorporo y me quedo sentada con la espalda contra la pared. La respiración agitada y las lágrimas apenas me dejan ser consciente de lo que está pasando.

Bajo la cabeza y la visión de mi cuerpo y de mi ropa empapados en sangre me da tal impresión que la bilis trepa hasta mi garganta una vez más.

No es tu sangre.

El alivio infla mis pulmones y me arranca un quejido por la costilla del todo fisurada; ahora no tengo sospechas, lo sé. El hombro está desencajado en un ángulo mucho más horripilante que antes, en el patio. No voy a poder recolocarlo, si es que no está roto. Tiemblo de rabia y de dolor y me permito un segundo para sollozar y desahogarme.

Todo esto me supera. No estoy hecha para esto. No valgo para esto.

Cálmate.

Intento ralentizar mi respiración centrándome en todo lo que puedo perder, en todo lo que puedo ganar; me convenzo de que la muerte no es tan desagradable como mis pesadillas me han hecho creer, que el País de las Maravillas no puede ser peor que todo lo que he sentido en estos últimos días. Cierro los ojos con fuerza y me concentro en coger aire en distintos tiempos, lo sostengo unos segundos en los pulmones y luego lo expulso al mismo compás.

¿No lo sientes?

Frunzo el ceño con incomprensión.

Concéntrate. Ven conmigo.

Sé bien que entrar en la morada de la bestia de forma consciente es peligroso, como jugar con fuego. No obstante, estoy al borde de la muerte, así que casi prefiero que eso suceda en su compañía antes que completamente sola.

Elimino los ruidos de la batalla de mi alrededor; descarto el creciente olor dulzón y denso que me abruma, y que me sugiere que me he golpeado la cabeza con demasiada fuerza; dejo de sentir la palpitación del hombro. Me deshago de cualquier estímulo que me rodee y me retraigo hacia la oscuridad de la bestia, hacia su nido. Camino por un lugar etéreo y negro, casi como flotando por un espacio impreciso, hacia delante. No hay nada a mi alrededor, solo un arrullo que me empuja a seguir moviendo las piernas en los confines de nuestra propia mente. Ella y yo nos fundimos en una y entonces lo noto: un latido profundo que me reverbera en los huesos, pero que no es mío, no es nuestro. Otro pum pum fuerte y vigoroso me hace levantar la cabeza. Viene de arriba, de algún punto indeterminado por encima de mí. Un nuevo latido, más fuerte aún, acompañado de un tirón en las entrañas que me invita a seguir subiendo.

Sigue el instinto.

Me doy la vuelta y reemprendo la marcha por donde he venido, con la esperanza de que la bestia abra sus garras y no me arrastre hacia su abismo, con la esperanza de no tener que enfrentarme a ella también. Para mi sorpresa, no solo me deja ir, sino que me acaricia en la espalda para empujarme y ayudarme a ir más rápido.

Abro los ojos y descubro que mi respiración está más calmada, el hombro no me duele tanto, a pesar de saber que se está quedando sin circulación, y siento el labio, el ojo, el pómulo y las costillas más aliviados; como si haber estado dentro de la bestia hubiese acelerado el proceso de curación. La imagen de Lobo cruza mi mente como un fogonazo.

Otro temblor que lo sacude todo y desprende arenilla del techo en espiral me hace levantarme, con muchísimo esfuerzo y mordiéndome el labio inferior para contener un quejido. Me asomo por una saetera y lo que veo en el exterior me deja sin aliento. Hacia la izquierda, parte de la construcción de la fortaleza ha quedado derruida. Hay soldados lapidados, miembros amputados y personal de servicio muerto por todas partes. Es una auténtica carnicería.

Sin embargo, lo que más me consterna es ver el cielo plagado de diminutas figuras luminiscentes que vuelan de un lado a otro, lanzando frascos de cristal que estallan sobre un dragón negro que intenta protegerse con llamaradas a diestro y siniestro. De ahí viene el aroma dulce.

Tahira, surcando los cielos sobre Alfombra y bañada en sangre, ayuda a las hadas a contener a Maléfica. La *djinn* no va sola: Pulgarcita vuela agarrada a ella, lanzando enredaderas que se enroscan en las extremidades de la bestia, aunque duren más bien poco.

El corazón me da un vuelco al verla tan viva, luchando con uñas y dientes, y aprieto los puños. Hace apenas unos días tenía las tripas casi fuera del cuerpo; si ella ha podido hacer frente a eso para venir hasta aquí acompañada de las hadas de la Hondonada, yo puedo terminar de subir las escaleras y robar el huso de la rueca que, con su magia y desde lo alto de la torre, tira de mí para que lo encuentre.

No sé de dónde saco las fuerzas para seguir subiendo, pero lo hago, con un brazo más largo que el otro y apretándome las costillas para intentar reprimir el dolor. La bestia empuja mis piernas para ayudarme a levantarlas, escalón tras escalón, hasta que llego al final de la espiral.

Me detengo frente a una vieja puerta oscura con una aldaba y, de nuevo, oigo ese latido extraño que retumba dentro de mí; de nuevo siento ese tirón impreciso que me arrastra hacia dentro. No me concedo ni dos segundos para replantearme qué hago aquí y abro la puerta con ímpetu.

Ahí está.

En el centro de una pequeña sala circular, con cuatro ventanas amplias de vidrieras rotas, se encuentra la desvencijada rueca que sumió a Aurora en un profundo letargo, que le concedió el poder absoluto sobre el reino a Maléfica y que, al mismo tiempo, la condenó a morir para que luego resucitara su mente. Ahí está el objeto indestructible que llevó a un reino entero al borde del colapso y que, ahora, se presenta como la posibilidad de salvar no solo a la Comarca del Espino de una nueva tiranía, sino a los Tres Reinos al completo.

Con pasos temblorosos, me acerco al objeto que rezuma magia por todos lados, a pesar de no tener ese olor tan desagradable, y alargo la mano hacia él.

Despierta.

Embelesada por el magnetismo de la reliquia, casi rozo la aguja con los dedos. Desengancho el huso de la rueca y lo guardo en mi morral, junto con los zapatos, que no sé cómo no han acabado hechos añicos en mi caída por las escaleras, y la enorme manzana envenenada.

Una creciente sensación de alivio se instaura poco a poco en mi pecho. Las lágrimas trepan raudas hacia mis ojos y a punto estoy de derrumbarme en el suelo y echarme a llorar. La puerta chirría tras de mí al cerrarse por sí sola. Entonces, como si de una bofetada se tratase, lo huelo: el hedor de las manzanas de caramelo.

—Hola, Roja.

Su voz es melosa y escalofriante al mismo tiempo, aguda y serena, pero autoritaria y mortífera. Los nervios se me crispan, el aliento se me congela y la tensión domina todo mi cuerpo.

Despacio, justo cuando escucho un aullido profundo y desgarrador que asocio con que la bestia está revuelta, me doy la vuelta hacia la procedencia de la voz hasta quedar cara a cara con el Hada Madrina.

53

Es tan hermosa que arrebata el aliento, por mucho que ya la hubiera visto antes en las sentencias por desacato. Su larga melena oscura le cae en ondas sobre la espalda y, a la luz del sol, despide destellos azules. Su piel es pálida como la nieve, sus manos, largas con uñas afiladas lacadas en negro. El vestido de terciopelo burdeos se ciñe a cada curva de su minúsculo cuerpo. Es la belleza personificada, lo divino contenido en un cuerpo de carne. Y esos ojos negros como la noche, moteados con puntitos de plata fundida, inspiran tanto temor como admiración.

La garganta se me seca al instante y no importa cuánta saliva trague para paliar la sensación.

—He de reconocer que me sorprendió descubrir que eres un diamante en bruto. —Su rostro refleja malicia y satisfacción por tenerme donde quiere—. Habría apostado lo que fuera por todo lo contrario, dado tu desplante a las princesas cuando te pidieron ayuda antes de todo esto.

Correcorrecorrecorre, repite la bestia como un eco maldito.

A pesar de que lo intento, mi cuerpo no se mueve ni un centímetro. Mis pies están anclados al suelo, pegados a él, y el Hada Madrina sonríe con superioridad cuando se da cuenta de lo que intento.

—No vas a ir a ninguna parte. —Sus comisuras se elevan aún más y dejan a la vista una dentadura perfecta—. No, al menos, hasta que yo te lo permita. Necesito que hagas algo por mí.

Extiende la palma frente a ella y luego la ahueca. Con un destello azul aparece una especie de canica del tamaño de un puño que parece contener todo un universo dentro, como una galaxia en miniatura que se mueve, se mece y baila dentro de la esfera. El mundo en la palma de su mano, como lleva siendo desde hace casi un siglo.

—¿Sabes lo que es esto?

Intento asentir, pero ni siquiera la cabeza se me mueve.

—Un orbe de poder —consigo decir, con la voz casi temblando por la presión del influjo de su magia sobre mí.

—Chica lista. Te propongo un trato, uno que no podrás rechazar. —Camina a mi alrededor, como evaluándome, y chasquea la lengua al fijarse en mis heridas—. Forja el arma para mí y te curaré, te salvaré el brazo.

—Ja.

La risa escapa de entre mis labios sin mi permiso y temo que sea mi sentencia de muerte por haberla ofendido. Luego recuerdo que no puede matarme con magia como tal, pero estoy convencida de que esas uñas como garras podrían servir como arma, o bien podría llevar un puñal escondido en cualquier parte, ese con el que acuchilló a Lobo.

—¿Te ha traído él hasta mí?

—¿Lobo? —Una nueva sonrisa, esta vez de medio lado—. Me ha resultado muy útil, sí. ¿Te dolió descubrir su traición?

Intento apretar los puños y, para mi sorpresa, puedo; siento las uñas clavadas en la carne, pero no le pienso dar la satisfacción de verme rota.

—Era de esperar que trabajara para ti, porque las ratas tienden a vivir en compañía.

Un ataque directo que, para mi sorpresa, le divierte. Termina su escrutinio y vuelve a colocarse frente a mí, con la palma extendida.

—Veo que curarte no servirá para convencerte. Estás tan loca que no te importa tu propia seguridad. Pero ¿y si te ofrezco la salvación de quien tú quieras?

El corazón me da un vuelco y me doy cuenta, demasiado tarde, de que he dejado que reluzca en mi expresión corporal, o puede que en el brillo de mis ojos.

—¿Tu querida y dulce abuelita, tal vez?

«Mierda».

Acepta.

«¿Qué?».

Que aceptes o te matará, nada de esto habrá servido y la abuelita acabará muerta igual. Acepta.

«No puedo aceptar».

Puedes y lo vas a hacer.

—Forja el arma para mí, y para ti y los tuyos todo volverá a ser como antes. Te devolveré la memoria perdida, podrás regresar a tu choza con tu abuela y tener una vida larga, plena y tranquila.

La tentación trepa por mis venas, llega hasta mi pecho y me arrebata el aire un segundo. Paz. Lo que tanto he deseado siempre. Paz para mí y los míos, para mí y la abuelita, porque no necesito a nadie más. Y esa veracidad me retuerce las entrañas.

—Está bien, hagamos este trato: si forjo el arma ahora, me librarás de la maldición, a mí y a mi abuela.

Sus gruesos labios perfilados con carmín rojo se estiran en una sonrisa satisfecha.

—No me equivoqué contigo. Sabía que eras una mujer inteligente con un gran instinto de supervivencia. Me complace comprobar que eres como yo, de las que miran por sus propios intereses. Así, el mundo llegará más lejos. —Chasquea los dedos y la presión que me anclaba al suelo desaparece con tanta rapidez que casi me doblo hacia delante—. Trato hecho.

Acorta la distancia entre nosotras y nuestros cuerpos quedan a escasos centímetros. El corazón me bombea con fuerza contra el pecho, el peligro me late en los oídos y la bestia gruñe y se revuelve en mi interior.

—¿Qué haces? —me atrevo a susurrar.

—Sellar el trato.

Y sin previo aviso, sus labios se encuentran con los míos en una caricia mortífera que liga mi destino a ese trato. El beso de la muerte.

Se separa de mí con lentitud, como paladeando el momento y la satisfacción de un negocio bien hecho, del poder fluyendo por sus venas y la magia renovada. El pelo se le agita por una brisa antes inexistente y su mirada se vuelve depredadora, altiva.

—Cumple con tu parte y yo cumpliré con la mía.

Me paso el dorso de la mano por los labios para intentar deshacerme de esa sensación pegajosa, como de azúcar derretida, que me han dejado sus labios sobre los míos y me arrodillo frente a ella. Con cuidado de no lastimarme el brazo desencajado, meto la mano en el morral sin mirar, sin ser capaz de apartar la vista del Hada para controlar sus movimientos. Por el tacto, aparto los diferentes objetos que llevo dentro y, una a una, saco las reliquias hasta colocarlas sobre el suelo. Después, extiendo la palma hacia ella para que me dé el orbe de poder con el que ungir los tres objetos para crear uno nuevo.

Está disfrutando con todo esto, con verme arrodillada a sus pies, con tener las tres reliquias a su merced, así que dilata el momento hasta que el orbe cae desde su mano sobre la mía. La esfera pesa más de lo que esperaba para su tamaño. Es como sostener el peso del mundo en mi palma. Un cosquilleo me recorre el cuerpo desde la muñeca y se me seca la garganta.

Noto el tirón que me liga a ella, el momento está cerca.

Vuelvo a mirar al Hada desde abajo, contemplo esa aura de poder que la rodea, de quien se sabe vencedora. Y una sonrisa se hace con mis labios al comprobar que ha olvidado que los zorros no son los únicos animales astutos.

—Deseo que nos pongas a todas a salvo —digo justo antes de recoger las tres reliquias del suelo y desaparecer.

54

Mis rodillas se encuentran con el césped con un golpe seco y el estómago se me dobla por la mitad y me hace vomitar. Una vez más. Entre toses, suelto lo que mi cuerpo tenga que soltar y me tumbo boca arriba sobre la frondosa hierba; el sol del invierno me acaricia la piel y dos lágrimas rebeldes se escapan de mis ojos y ruedan por mis sienes hasta el suelo.

Me llevo la mano al pecho y me centro en respirar, en coger una bocanada más y no permitirme morir. Todo a mi alrededor da vueltas, veo sombras sobre mí incluso a través de los párpados cerrados; gente que se acerca a mí y expresa su preocupación por mi lamentable estado.

Rememoro cada momento que acabo de vivir, con la adrenalina aún latiendo en mis oídos. La bestia me azuzaba a aceptar, a rendirme a una vida fácil y cargada de remordimientos. Y estuve a punto de sucumbir a la tentación, pero no quería tener que enfrentarme a mí misma en el espejo cada día, viviendo durante otro siglo o dos sabiendo de dónde venía y a dónde iba, siendo la única despierta en un mundo dormido.

He elegido muy bien mis palabras; por mucho que mi mente fuera un torrente de pensamientos, lo sopesé y valoré las opciones. «Si forjo el arma ahora, me librarás de la maldición, a mí y a mi abuela», le he dicho. Y eso me ha permitido meter la mano en el morral y frotar la lámpara antes de sacar las reliquias con lentitud para distraerla. Porque con esas palabras bien meditadas, me cubría las espaldas: ella no me ha devuelto mis recuerdos a la espera de ver el arma, por lo que aunque hayamos sellado el trato, no está incumplido y no puede matarme.

Y luego solo tuve que esperar a sentir el tirón del vínculo que compartimos Tahira y yo antes de pronunciar las palabras en un último acto suicida, porque podría haber terminado muy mal. Me la jugué a una carta y tuve suerte de que se tragara el farol.

Cuando me quiero dar cuenta, los párpados me pesan y tengo que luchar contra ellos para abrir los ojos lo mínimo como para saber dónde estoy. A mi alrededor huele a fresco y a frutos del bosque, un aroma dulce que no me desagrada tanto como el olor a manzana de caramelo.

Me remuevo sobre la superficie en la que estoy tumbada, que ha dejado de ser la hierba a juzgar por la suavidad de lo que rozan mis yemas.

—Tranquila, estás a salvo.

Reconocer la voz de Pulgarcita me hace abrir los ojos de golpe. Me acaricia la frente y se lleva un paño para empaparlo y volver a colocarlo sobre mi piel exageradamente caliente.

—Chis, todo va bien.

Sin hacerle caso a lo que me dice, me incorporo sobre la cama y estudio mi alrededor. Estamos en el interior del árbol tallado, donde Gato nos recibió y nos condujo hacia Tahira. Tengo el cuerpo lleno de vendajes, la cara aún me arde y me palpita; sin embargo, el hombro parece intacto y mi piel está perfumada con un dulce olor a rosas: magia. Me han curado con los remanentes de su magia.

Miro a través de la ventana y descubro que es de noche.

—¿Cuánto llevo durmiendo?

—Todo el día.

—¿Y el Hada? —La respiración se me acelera al recordarlo todo—. ¿Y las reliquias? ¿Tahira?

—Calma, ya te he dicho que todo va bien. Pediste el deseo a tiempo, Tahira nos sacó de allí y tú te llevaste las tres reliquias y el orbe. Ya está, Roja. Estamos cerca de conseguirlo.

Su rostro se ilumina con una sonrisa radiante que casi le ocupa toda la cara, pero no me contagia el sentimiento, porque yo he estado con el Hada, he jugado con ella, y sé que acabaré pagándolo caro.

—¿Qué...? ¿Qué hacías en Antaria?

Con un suspiro, se recuesta sobre la silla junto a mi cama y su gesto se vuelve algo más duro.

—Tahira me trajo aquí para despedirme de mis hermanas, de mi familia, pero resultó que estar con ellas me hizo más fuerte. Con sus conocimientos, mis heridas cicatrizaron rápido. —Se lleva la mano al vientre como lo haría una embarazada y sonríe de medio lado con acritud—. O al menos lo suficiente como para aguantar un último asalto. A estas alturas, no podía dejarte tirada, no cuando hay tantísimo en juego. Ya te dije que volvería a buscaros.

Me da un ligero apretón en la mano que no me atrevo a corresponder. La daba por muerta, por mucho que Tahira me dijese que seguía viva. Creí que no volvería a verla nunca. Y no solo la he visto, sino que acudió como la caballería que no sabía que necesitábamos.

—¿Y las hadas? Creía que no salían de la Hondonada.

—Y no lo hacen, pero digamos que a veces puedo ser muy persuasiva. —Su sonrisa se ensancha—. Les expliqué cuál sería el futuro probable en caso de que fracasaras por falta de ayuda y la reina Áine acabó entrando en razón. Al final, por mucho que sean seres mágicos y se libraran de la maldición por recluir-se aquí, se están muriendo poco a poco.

—Imagino que vivir un siglo en el anonimato pasa factura.

Sus ojos se agrandan muchísimo y aprieta los labios con fuerza.

—¿Lo sabes?

Asiento con la cabeza mientras suspiro, ella clava la vista en la nada. Cierro los párpados con fuerza al ser consciente de que he estado rodeada de mentiras todo este tiempo, que he llegado a confiar en unas personas que no han hecho más que guardar-se secretos una y otra vez. Estoy cansada de sentirme como una marioneta, pero ni siquiera me quedan fuerzas para discutir o enfadarme ahora mismo.

—Dime que no todo ha sido una mentira —casi le suplico—. Dime que no has estado actuando todo este tiempo.

Sus ojos se encuentran con los míos raudos, colmados de lágrimas, y niega con un cabeceo sutil. Hace amago de cogerme de las manos, pero un sutil cabeceo por mi parte la disuade.

—No todo. Había cosas que yo no sabía..., como el estado de las princesas, que dentro de ellas viven las villanas, y tampo-co sabía qué hacía falta para acabar con el Hada. Por mucho que me pidieran ayuda, aquí no soy nadie realmente, solo soy una mestiza que convive en armonía con las demás. Esa información se me mantuvo oculta.

Su voz se tiñe de dolor y aprieta los labios con fuerza. Sabe qué se siente al vivir en el desconocimiento. Entonces vuelve a alzar la cabeza hacia mí, con un brillo decidido en la mirada.

—Quise contarte todo lo que sabía, pero Tahira me dijo que quizá esa información podría perturbarte, perjudicarte, y que era mejor que lo descubrieras sola a tu debido momento.

«Ya, por eso de ser el diamante en bruto». Chasqueo la lengua y me fijo en que juguetea con los dedos en un gesto nervioso.

—¿Cómo te has enterado?

—Por Lobo, él me lo dijo.

—¿Lobo...? —Un nuevo cabeceo por mi parte—. A todo esto, ¿dónde está?

—Él... —«Me traicionó», «Me engañó», «Jugó conmigo», «Destrozó mi corazón». Un sinfín de posibles respuestas y ninguna me gusta—. Trabaja para el Hada.

La mandíbula se le desencaja y los ojos se le anegan de lágrimas. Aún no estoy lista para enfrentarme a ver la misma decepción que siento yo reflejada en su rostro, así que decido cambiar de tema:

—¿Tú cómo lo sabes?

—Hace tiempo, desbloqueé todos mis recuerdos. —La miro con estupefacción y asiente con vergüenza. Coge aire para armarse de fuerzas y dice—: Cuando cayó el embrujo, me encontraba de viaje para recolectar suministros para el boticario de la familia, lejos de mi casa, así que desperté sola, en medio de un bosque y sin saber qué estaba haciendo allí. —Eso me suena demasiado bien—. Deambulé por muchas ciudades de los Tres Reinos en busca de respuestas. Había gente tan confundida como yo, pero quienes tuvieron la suerte de perder la memoria cerca de sus hogares lo tuvieron más fácil. Al final, me resigné a empezar una nueva vida. Con lo que llevaba en el zurrón, deduje que trabajaba con plantas, y luego descubrí que sabía mucho sobre ellas de forma natural. Así que me asenté en la última ciudad a la que fui a parar, Poveste, y abrí una botica.

»Tiempo después, apareció por mi puerta una chica enclenque y diminuta que juraba y perjuraba conocerme, pero yo no la recordaba, así que le puse las cosas muy difíciles, e incluso fui mala con ella. —Esboza una sonrisa amarga—. Ella decía que tenía el tiempo en su contra y yo no entendía por qué ni qué tenía eso que ver conmigo, aunque más tarde descubrí que le quedaba muy poca pócima de transmutación, pero acabó devolviéndome todos y cada uno de los pedazos que me faltaban.

—¿Era Campanilla? —me atrevo a preguntar.

Asiente con un cabeceo sutil y los ojos le brillan con entusiasmo.

—A cabezota no la gana nadie, eso está claro. —Sus labios se estiran en una sonrisa cargada de amor—. Las hadas son... somos muy familiares, y no abandonamos a ninguna de las nuestras, por mucho que yo sea mestiza. Y se dejó la piel en combinar conjuros que habían conservado para crear una poción que le permitiera salir en mi búsqueda sin revolotear por ahí con su forma de hada. Por suerte, me devolvió mi nombre y terminó despejando mi bruma personal antes de que se le acabara la pócima.

Entre nosotras se instala un silencio pesado, denso. Ella también ha roto esa parte del maleficio al recuperar su nombre. Y esa sensación me hace sentirme aún más perdida y descarriada por que el mío no suponga nada para mí. Las lágrimas me escuecen en los ojos y aprieto los puños con fuerza. No obstante, no dejo que los sentimientos me obnubilen, no vuelvo a cometer el mismo error de no preguntar e indagar más.

—¿Qué sucede cuando recuperas tu nombre? —pregunto primero, porque necesito comprender, saber en qué punto real estábamos Lobo y yo cuando decidió apuñalarme por la espalda.

—Bueno... —Coge aire, como si le costase elegir las palabras—. Se rompe el maleficio. «Con el sol una apariencia, con la luna otra. Esa será la norma hasta recordar la verdadera forma» —recita con solemnidad—. Tu verdadera forma te la otorga recuperar tu nombre perdido, quién eres. Y con eso, se va el maleficio.

Me quedo helada por lo que realmente implica eso.

—¿Quieres decir...? ¿Quieres decir que no estáis obligados a mutar con el día y la noche?

Su gesto se transforma en una máscara de culpabilidad que me hace hervir la sangre. Dentro de mí hay un sinfín de sentimientos encontrados, aunque todos emponzoñados por las mentiras.

—No. Si has roto el hechizo, nada te obliga a cambiar.

Eso quiere decir que han hecho un ejercicio de conciencia meditado para no levantar sospechas. Tanto ella como Lobo. Que cuando podrían haber sido normales, han fingido vivir en mi mismo estado. Recuerdo a Pulgarcita cuando se transformó sobre la mesa de té de la sultana, justo después de Lobo, y ahora comprendo que fue un despiste, porque siempre tenía calculado cuándo llegaba el cambio salvo en esa ocasión. Me maldigo una vez más por haber sido tan tonta.

—¿Y has mantenido esa farsa todo este tiempo? ¿Por qué?

—Romper la maldición es un secreto muy peligroso. Desde que Campanilla me devolvió mi nombre, he sido así. He luchado por devolverle a todo el mundo su verdadero ser. Y si se descubría en cualquier momento que yo no era como los demás, mi vida podría haber estado en peligro. Y me alegro de haber sido egoísta hacia ti en ese sentido. ¿De qué te habría servido saberlo? ¿Habría cambiado algo? —Se queda unos segundos en silencio y ambas sabemos que la respuesta es «no»—. Imagina lo mal que podría haber salido todo teniendo en cuenta que Lobo trabajaba para ella. ¿Qué habría pasado si se lo hubiera contado? Quizá yo ya no estaría aquí.

Lo último lo pronuncia con amargor y con las lágrimas contenidas a duras penas, porque ella hizo buenas migas con él y se ha visto traicionada de un modo parecido al mío, aunque diferente. No puedo culparla por intentar garantizar su propia supervivencia, porque casi con total seguridad yo habría hecho lo mismo en su lugar. Qué diantres, llevo intentando sobrevivir a costa de lo que sea toda mi vida.

—¿Por qué te presentaste voluntaria entonces? Si tú ya habías roto tu maldición. ¿Por salvar a las hadas y devolverles el favor?

—Por salvarlas a ella y a mi madre. Es... Es humana. Vive en Basna, en el Bosque Encantado, y como yo no estaba allí cuando sucedió..., no me reconoció cuando fui en su busca. —Parece que le cuesta contar esta parte, como si se sintiese culpable por no haber estado junto a su madre—. Sus recuerdos de mí se habían evaporado, como me había pasado a mí, y ahora..., aunque me conoce y pasamos tiempo juntas de vez en cuando, no sabe que soy su hija, no consigo que lo recuerde, porque su nombre no funciona con ella. —Conmigo tampoco y vuelvo a sentirme identificada—. Llevo mucho tiempo buscando la forma de recuperarla.

Sus ojos se vuelven vidriosos y percibo que traga saliva para pasar la congoja. Para mi desgracia, me veo reflejada en ella misma pero a la inversa, porque yo no recuerdo a mis padres, desconozco si siguen vivos o muertos, cómo era mi relación con ellos o si, en caso de que estén vivos, ellos me recordarán a mí. Tan solo tengo ese regusto amargo en el fondo del paladar que me sugiere que alguna vez tuve progenitores, aunque se hayan desvanecido de mi memoria por culpa de la bruma. De no ser por la abuelita, pensaría que nací de una planta.

Y con ella también es así en parte. Después de lo de Olivia, mi instinto me condujo hasta la cabaña, porque no estaba muy lejos de allí, a diferencia de Pulgarcita, y, al encontrar a la abuelita en su butacón de siempre haciendo punto, algo la asumió como parte de mi familia, la reconoció y la abrazó, a pesar de no recordar la vida que compartíamos antes de la caída de la bruma. Tan solo sé lo que ella, en sus momentos de anclaje al pasado, repite una y otra vez. Como que, cuando tenía siete u ocho años, todas las semanas iba desde mi casa a casa de mi abuela y siempre acababa distrayéndome por el camino. Es otro de los motivos por los que sé que, en el pasado, alguien más cuidó de mí.

Con un nudo en el pecho, me aclaro la garganta antes de volver a hablar:

—¿Y Tahira? ¿Está bien?

Hace un mohín con los labios por dejar la otra conversación a medias, pero responde.

—Sí, se recuperó rápido. Y nos trajimos un regalito con nosotras. —Sus labios se elevan en una sonrisa juguetona que casi me contagia—. Ven, te lo enseño.

Con cuidado y reprimiendo algunos quejidos, salgo de debajo de las mantas para ponerme en pie. Para mi sorpresa, llevo un cómodo camisón de algodón que me llega por encima de las rodillas. Teniendo en cuenta el tamaño de las habitantes de esta región, deduzco que la ropa es de Pulgarcita.

Me tiende el brazo para ayudarme a caminar, pero declino su ofrecimiento negando con la cabeza. A mis piernas no les pasa nada, más allá de los rasguños de la caída por las escaleras; la peor parte de todo el combate y la estrepitosa caída se la llevó mi mitad superior.

Salimos del interior del árbol a través de unas escaleras de caracol talladas en el propio tronco, unas que me recuerdan demasiado a las del torreón donde me enfrenté al Hada.

En el exterior, la brisa cálida de un clima controlado me recibe con una caricia en la piel descubierta. En cuanto pongo un pie fuera, las hadas se me quedan mirando, con asombro y... ¿orgullo? Es una sensación muy distinta a la de la primera vez que aparecí por aquí, cuando me estudiaban con repulsión y desconfianza.

A la derecha, Tahira habla con un hada que a su lado parece

mucho más minúscula. Sus ojos se encuentran con los míos y su rostro se ilumina con una sonrisa sincera que me provoca un vuelco en el corazón. Con largas zancadas, acorta la distancia entre nosotras y me estrecha entre sus brazos con fuerza.

—Ay...

—No seas tan quejica —bromea. Su comentario me arranca una risa contenida—. Me alegro de verte en pie.

—Y yo de verte de una pieza. —Le palmeo el brazo y sonríe aún más.

—Lo has hecho muy bien. Jamás se me olvidará la cara de sorpresa del Hada cuando se dio cuenta de que se la habías jugado. —La carcajada que le sobreviene le agita todo el cuerpo. Yo me froto la nuca, un tanto incómoda por ese plan improvisado con más probabilidades de fallo que de éxito. He tenido la mayor de las suertes—. La verdad es que, cuando me reclamaste, me asusté un poco.

—Pues anda que yo, que Alfombra se quedó descolocada por la descompensación de peso repentina y casi nos estrellamos contra el suelo. —Aunque lo dice riendo, los ojos de Pulgarcita relucen algo de temor.

—¿Qué queríais enseñarme?

—¿Se lo has dicho? —Las cejas de Tahira se juntan en un gesto reprobatorio—. ¿Sin mí?

—¡No se lo he dicho! —Esta naturalidad me está poniendo un tanto nerviosa, porque tengo la sensación de que han olvidado de dónde venimos y a dónde vamos. Esto no es un juego. No ha acabado, ni mucho menos—. Solo le he dejado caer que tenemos un regalito.

—¿Qué tal si os dejáis de tanto misticismo?

Cruzo los brazos sobre el pecho, para mi sorpresa sin que me duela el hombro, y cambio el peso del cuerpo de una pierna a otra.

—Anda, relájate un poco. —Tahira me da una palmada en la espalda que casi me dobla por la mitad—. Ya habrá tiempo para las preocupaciones mañana. Date un respiro.

Aprieto los dientes y claudico mientras las sigo entre los árboles de la Hondonada.

—¿Qué ha pasado con Lobo? —oigo que le pregunta a la *djinn* por delante de mí en un susurro.

Tahira mira por encima del hombro hacia mí y pongo los ojos en blanco.

—Luego te lo cuento.

—¿Y por qué no se lo has explicado antes de que despertara? —pregunto desde atrás.

—Porque no se ha querido separar de ti ni un momento y yo he estado haciendo otras cosas —me explica Tahira.

Pulgarcita me dedica una sonrisa sincera y a mí me invade la vergüenza. Cuando ella estuvo postrada en la cama hace apenas unos días, yo no hice gran cosa por ella. Que haya estado velando por mi seguridad todo un día me hace sentir un poco en deuda. Y no me gusta.

Dejamos atrás el lago de aguas resplandecientes y me conducen por un sendero escondido entre la frondosa maleza de este enclave mágico. Caminamos en silencio, guiadas por un rastro de faroles sostenidos en los árboles e iluminados por llamas pequeñas. Me sorprende lo mucho que usan el fuego para encontrarse en medio de un bosque.

Pasados unos minutos en los que Tahira y Pulgarcita se van poniendo al día, llegamos a la falda de una colina, en los límites de la Hondonada, que tiene excavada una entrada en su ladera. Es la misma casita que encontré la primera vez que estuvimos aquí.

Dentro del amplio caserón excavado en el interior de la tierra, hay una congregación de hadas flotando de un lado a otro, todas alrededor de una Aurora amordazada y apresada con cadenas. Tiene los ojos y los oídos tapados y forcejea constantemente para intentar librarse de sus ataduras.

—¿La habéis traído?

—Cortesía de Tahira —dice Pulgarcita con una sonrisa.

—Bueno, tu deseo fue un poco ambiguo —se frota la nuca—, así que me tomé ciertas libertades con respecto a quién implicaba «poner a todas a salvo».

—¿Por qué?

—¿Cómo que por qué? —Todo su rostro denota incomprensión e incredulidad a partes iguales—. Te creía más lista. Eso o tu encontronazo con el Hada te ha dejado más tocada de lo que pensaba.

Creen que el estado lamentable en el que me encontraron me lo provocó ella, y casi que prefiero que siga siendo así antes que dejar que descubran que me caí por unas escaleras. En un acto reflejo, me masajeo el hombro y lo roto varias veces.

—En cuestión de días tendremos que enfrentarnos a ella y a todas las defensas que tenga a su alcance. ¿Crees que sería buena idea dejar que tuviera esto —señala a Aurora— en su poder? Si de por sí será complicado acabar con ella, imagínate si tiene a un dragón en su bando.

Frunzo los labios y me acerco a ella para examinar las ataduras. Las cadenas con las que la mantienen presa son tan gruesas como mi muñeca y tienen grabadas distintas runas, pero lo que más me sorprende es que sean de hierro.

—¿Cómo habéis conseguido apresarla?

—Magia —dice Pulgarcita, como si nada—. La naturaleza nos ayudó a apresarla y luego Tahira usó el hierro en su contra.

—Creía que solo os afectaba a las hadas.

—Es que Maléfica es feérica. ¿Acaso nunca le viste los cuernos?

—Pensaba que era alguna clase de sombrero estrafalario.

Oigo a un hada reírse y me doy cuenta de que es la tal Campanilla. Le lanzo una mirada furibunda y ella alza el mentón.

—Es de las pocas criaturas que quedan originarias del Bosque de la Plata, fuera de los límites de los Tres Reinos —explica Pulgarcita.

—¿Y por qué le afecta el hierro? A fin de cuentas, por mucho que sea Maléfica, está en el cuerpo de Aurora.

—La reina Áine dice que es porque su alma es feérica, por mucho que cambie su recipiente. El hierro no le inflige daño físico, pero sí mental.

—Bueno, hasta que pongamos fin a todo esto —interviene Tahira con voz autoritaria—, Aurora..., Maléfica será nuestra rehén.

—¿Habéis probado a interrogarla? Por si sabe algo del plan del Hada —pregunto mientras salimos de la casa tallada en la ladera.

Pulgarcita niega con la cabeza y cruza los brazos sobre el pecho.

—No, si nos arriesgamos a quitarle la mordaza, podría conjurar algún hechizo y librarse, por mucho que el hierro merme su poder. La reina Áine no está dispuesta a correr ese riesgo aquí dentro. Ya ha sacrificado demasiado por esta empresa.

Nos quedamos unos segundos en silencio y miro a mi alrededor, vacío de vida alguna salvo por las hadas del interior de la casa a tamaño humano. En ningún momento he llegado a plantearme la posibilidad de que, en la batalla, se hayan perdido vidas de nuestro bando, por mucho que viera soldados y personal de servicio mutilado por la devastación del dragón que ahora retienen preso.

—Es hora de que forjes tu destino, Roja —sentencia Tahira con una solemnidad que me hace rechinar los dientes.

Sus ojos se encuentran con los míos y en ellos veo reflejada la inconmensurable responsabilidad que siento sobre los hombros. En el rostro de Pulgarcita hay dibujada tanta emoción y admiración que me veo obligada a apartar la vista.

Trago saliva y aprieto los puños para intentar calmar los nervios que me sobrevienen. ¿Y si, después de todo, no soy la elegida para esto? No puedo hacerlo yo sola.

—Necesito que sea de día. —Clavo los ojos en los de Tahira, que brillan con una chispa de comprensión y asiente.

Por la mañana descubriré si realmente soy la pieza que falta para luchar por acabar con todo.

55

El alba me encuentra despierta, como era de esperar. A pesar de haberme pasado casi un siglo sin pegar ojo, echo de menos la sensación de descansar en una cama, de que mi cerebro desconecte sin necesidad de que sea por una extenuación extrema que me lleve al desmayo. Echo de menos la sensación de dormir abrazada y resguardada por alguien, por mucho que la simple idea de pensar en Lobo así me repugne y me haga echar chispas por los ojos.

El regusto amargo de la traición sigue latente en mi boca, por muchas veces que me la enjuague, coma o escupa. Es un sabor que no me abandona y sé que no lo hará hasta que termine de zanjarlo todo, hasta que rompa todo lo que me liga a él.

O hasta que acabes con él.

Un escalofrío se pierde en mi nuca por lo placentera que me resulta esa idea, aunque al mismo tiempo me repugne. La dualidad de llevar a la bestia dentro se hace más tirante con cada momento que pasa. Y aunque él dijera que yo siempre he sido así, una parte de mí se niega a creer que mi mente siempre haya estado dividida en dos. Si en un siglo no he conseguido convivir con ella, ¿cómo podría haberlo logrado en veintitantos años de vida?

El golpeteo de unos nudillos contra la puerta me hace apartar la vista de las ascuas de una chimenea ya extinta.

—Adelante.

El rostro de sonrisa sempiterna y ojos empañados de Gato se cuela por el hueco que deja la puerta abierta. Se queda en el umbral y me observa sin llegar a verme.

—¿Preparada?

Cojo aire con fuerza y lo retengo un segundo antes de hablar.

—No, pero creo que nunca lo estaré.

Su sonrisa se ensancha y esos ojos un tanto felinos casi le desaparecen del rostro.

—En ocasiones, prepararse significa no prepararse en absoluto y enfrentarse a los problemas con la mayor resolución posible. Si imaginas las distintas posibilidades antes de que ocurran y te preparas para ellas, matas tu instinto.

Conmigo es imposible.

Los labios se me curvan en una media sonrisa sincera y me levanto de la butaca para acercarme a él. Gato siente mi presencia y alarga el brazo hacia mí para darme un apretón cómplice en el hombro. Desconozco cómo sabe a qué altura agarrarme y empiezo a dudar de que no vea nada.

Durante un instante, me pierdo en su familiaridad, en la sensación cálida y afable que transmite todo su cuerpo, como si fuera un viejo amigo que ha velado por mí toda mi existencia. Es de esas personas que invitan a abrirse, que estarán dispuestas a recoger tu corazón entre sus manos para arrullarlo si hace falta. Por eso, no me da tanta vergüenza hablarle con sinceridad.

—Cuando todo esto acabe, me gustaría hablar de mis padres. Quiero saber quién soy. Y sé que recuperar la memoria cuando el hechizo se rompa no me va a devolver los recuerdos necesarios para encontrar esa respuesta. ¿Me equivoco?

—Me temo que no —dice con un gesto triste—. Por desgracia, tus recuerdos no solo están empañados por la bruma, sino también por la tierna infancia.

—Aún no estoy preparada —lo interrumpo, con temor por el rumbo que podría llevar la conversación. No quiero descubrir algo de mí misma que me impida acabar con todo esto. Prefiero seguir siendo la mujer despiadada que soy a veces antes que volverme débil.

Él asiente con esos ojos velados clavados en los míos y me da otro tierno apretón antes de conducirme a través de la puerta de mi estancia dentro del roble. Aunque Pulgarcita me ofreció una cama en su casita excavada en la colina, no me apetecía estar con ella y Tahira, mucho menos rodeada de hadas escoltas en vigilia perpetua por tener a Aurora presa. Necesitaba un sitio en el que desconectar, en el que olvidarme de todo lo que ha sucedido hasta ahora y, al mismo tiempo, rememorarlo para aferrarme a lo que me ha conducido hasta aquí.

A medida que nos acercamos a la orilla del lago de aguas resplandecientes, que brilla con un efecto hipnótico a la luz del sol, el peso de las reliquias y del orbe de poder en mi morral aumenta más y más. La reina Áine se ofreció a proteger las reliquias con un conjuro y que quedaran bajo su custodia, pero me negué por temor a una nueva traición. La desconfianza ha anidado en mi pecho y tendré que deshacerla ramita a ramita.

Tahira y Pulgarcita me esperan en el centro de una comitiva de hadas que revolotean inquietas de un lado a otro. Aunque no me sorprende encontrarme con la chiquilla a tamaño normal, algo dentro de mí se remueve inquieto. El nudo de impaciencia y nerviosismo de mi estómago se aprieta y las rodillas me tiemblan. Quiero salir de aquí corriendo, es lo único en lo que puedo pensar. Pero no me permito obedecer a ese instinto primario y cobarde. Si he de fracasar, lo haré con la cabeza alta.

Si fallas, estaré ahí contigo.

«Para recordármelo durante el resto de mi vida».

Qué bien me conoces.

No puedo evitar que los labios se me estiren en una sonrisa divertida. Por muy mala que pueda ser la bestia, por mucho que me saque de mis casillas y me lleve siempre hasta el límite, en estos momentos estoy agradecida por su compañía, por haberme acompañado en el camino y haberme dado alas para volar en los momentos en los que creí que caería al abismo.

—¿Tenemos que estar rodeadas de tanta gente? —les pregunto a mis compañeras cuando llego junto a ellas. Gato se aleja para quedarse junto a la reina Áine, que no ha querido perderse el espectáculo.

—No puedes echar a las hadas de su propia casa —responde Tahira, como si fuera lo más obvio del mundo.

Así no se pierden el espectáculo.

Hago un mohín con los labios y resoplo mientras me arrodillo para sacar todos los objetos del morral. Empiezo por los zapatos, que sobre la hierba, bajo el sol y junto al lago resplandeciente adquieren un color azulado con destellos de plata que me embelesa. Según me contó Pulgarcita cuando estuvimos aquí por primera vez, estas aguas revelan en su reflejo tu verdadero ser, y a juzgar por cómo reluce el cristal de los zapatos sobre la superficie del lago, no hay duda alguna de que es un objeto mágico. Están rodeados de un aura extraña y parpadeante.

Aparto la vista del agua para no verme reflejada en ella, porque no quiero volver a ver esos ojos amarillos que no sé qué significan, y saco la enorme manzana con ambas manos. Sigue teniendo el mismo olor empalagoso que cuando la solté del árbol, tan apetitosa que te empuja a clavar los dientes sobre la superficie brillante y mortífera.

Después, con sumo cuidado de no pincharme, mis dedos encuentran el huso de la rueca. Coloco los tres objetos en paralelo frente a mí y cojo aire antes de volver a meter las manos en el morral y sacar el orbe de poder. Todas las hadas del reino contienen el aliento al ver la esfera, con su galaxia en movimiento, su mar embravecido y una mezcolanza de colores imposible. Es un objeto único de una belleza sobrenatural que danza y que, en el reflejo del agua, brilla con haces dorados, platas, negros. Es el todo y la nada al mismo tiempo. Entonces me doy cuenta de que sostengo el poder del mundo en mis manos.

De repente pesa tanto que me veo obligada a dejar el orbe sobre la hierba, frente a mis rodillas, y a coger aire. Tahira se agacha junto a mí y coloca la mano sobre mi hombro.

Es la hora.

—¿Lista? —pregunta Tahira como si me hubiera leído la mente.

—Sí —miento.

—Nunca he hecho esto, así que no sé cómo puede salir.

—Gracias, me estás infundiendo ánimos —me quejo con una mueca.

—Es probable que el orbe se quede con algo tuyo, porque toda magia conlleva un precio.

—¿Qué?

El temor se agarra a mi pecho y el corazón late fuerte contra mis costillas.

—Los orbes de poder son magia ancestral, algunos lo consideran magia de sangre. Conjurarlos requiere de un poder que muy pocos poseen, pero usarlos es algo distinto y desconocido. En los anales de la historia no se menciona a nadie que haya empleado un orbe.

—Porque no han sobrevivido... —me aventuro.

—O porque no han querido contar su historia —interviene Pulgarcita—. Hay gente muy poderosa que prefiere vivir al margen del conocimiento.

Su sonrisa no llega a transmitirse con sus ojos, pero sé que está intentando infundirme ánimos y se lo agradezco con un cabeceo.

—Lo único que sé a ciencia cierta es que es magia impredecible —añade Tahira.

—Y, como siempre, has tenido que esperar al último momento para decírmelo —bromeo para quitarle tensión al asunto. Porque lo necesito.

—Las viejas costumbres nunca mueren, ¿no? —me sigue la broma—. Si hubieses tenido toda la información, habrías salido corriendo a la primera de cambio.

—Tienes razón —confieso con una sonrisa apagada.

La perdonamos solo porque me ha pillado de buen humor.

Asiento para mí misma. Trago saliva para intentar pasar los nervios y despejo mi mente de cualquier pensamiento.

—¿Y qué tengo que hacer? —pregunto cuando me creo preparada.

—No lo sé —confiesa, y percibo cierto deje de temor en su timbre—. Llama al orbe y puede que él te responda.

Estoy en el mismo punto que cuando tuve que buscar la rueca. Con dedos temblorosos, encierro la esfera entre mis manos. La superficie está fría y siento una vibración extraña, como un cosquilleo.

«¿Bestia?».

Ven conmigo.

Su voz suena melosa, sugerente, y me dejo seducir por ella. Cierro los párpados y sostengo el orbe contra mi pecho. Elimino cualquier estímulo del exterior. Estoy sola frente a las aguas, la brisa me acaricia los cabellos ondulados y trae un aroma dulce mucho más agradable de lo habitual. Pero nada de eso importa en el lugar al que voy.

Aprieto los ojos con más fuerza y la negrura me envuelve.

Me visualizo a mí misma, con la caperuza al aire ondeando tras de mí. Mi cuerpo es etéreo, no pesa nada en la inconsciencia de mi mente. Los órganos me suben por la ingravidez y me provoca una sensación de vértigo extraña, pero sigo avanzando.

A lo lejos distingo un puntito luminoso que va cambiando de color con cada zancada.

Sigue adelante.

La voz reverbera a mi alrededor y me hace rechinar los dientes. Sé que estoy acompañada por el aliento cálido que me acaricia la nuca, por la sensación de las uñas sobre mi espalda. Es agradable y tortuoso estar aquí, con el punto justo de dolor para despertar un calor curioso en mis entrañas.

Da la vuelta.

Sigue adelante.

Corre.

Ven conmigo.

La voz de la bestia se entremezcla con otra que no reconozco. Es de hombre y mujer, anciana y de infante. Es un todo y un nada a la vez. Es la voz del orbe, que me insta a abandonar esto. Porque sabe que lo voy a doblegar.

Una fuerza extraña tira de mí al mismo tiempo que me empuja hacia fuera de alguna parte. Aprieto los dientes con fuerza y sigo adelante.

No mires atrás, dice ella, *un pie por delante de otro, como siempre.*

Me veo obligada a doblarme un poco hacia delante para luchar contra la presión que me oprime el cuerpo, como si un vendaval quisiera deshacerse de mí de un solo soplo.

Vas a conseguir lo que te propusiste. Vas a terminar con todo esto para salvar a la abuelita.

Un paso.

Vas a luchar contra el Hada con uñas y dientes.

La luz palpita cerca de mí, irradia calor y es un beso frío.

Te vas a cobrar tu venganza con Lobo.

Alargo el brazo hacia ella. Es fuego gélido.

Y después serás imparable.

«Seremos».

Cierro la mano alrededor de la esencia etérea que contiene el propio mundo y algo tira de mí, me succiona el interior con tanta fuerza que caigo de rodillas sobre la nada. La capa ondea con violencia a mi alrededor, el cabello me da latigazos en la cara y yo sigo consumiéndome. La fuerza vibra en mi mano y tengo que encerrarla con la otra para que no se escape. Ahora que he llegado tan lejos no puedo fallar. La atraigo hacia mi pecho entre temblores, llorando y gritando sin ser consciente de ello. Porque me está consumiendo, lo estoy notando en cómo me flaquean las fuerzas, en lo delgados que encuentro ahora mis brazos, en lo mucho que me arden unas heridas que habían sanado con magia.

Mi vida se apaga ante el fulgor intenso de la magia concentrada y, simplemente, me dejo hacer. Permito que el orbe se haga con cada resquicio de mi esencia, me rindo a ella y entonces, de repente, deja de doler.

—¿Roja? —Es una voz grave, autoritaria.

«¿Quién me llama?».

Silencio a mi alrededor.

«¿Bestia?».

—Roja, reacciona, por favor. —Esta vez el ruego es dulce.

Con el temor atenazado en cada fibra de mi ser, abro los ojos despacio para descubrir que estoy arrodillada sobre el césped, con una masa de agua resplandeciente frente a mí.

«Estoy en la Hondonada», me recuerdo. «Son Tahira y Pulgarcita».

Levanto la vista un poco y compruebo que entre mis manos

ya no sostengo el orbe de poder, sino algo que pesa lo mismo o más que el mundo entero: una espada de plata con empuñadura de cristal y que refulge con un aura verdosa y que huele a maleficio.

Lo he logrado.

A pesar de la estupefacción, soy consciente de que a mi alrededor se desata el júbilo; las hadas festejan el logro, Pulgarcita se abraza al cuello de Tahira y la *djinn* da una sonora palmada de aprobación. Sus ojos brillan con la emoción de estar más cerca de acabar con todo esto, de regresar a la normalidad.

Sin embargo, algo dentro de mí me impide compartir su alegría, porque por más que busco y busco, con ojos frenéticos perdidos en la nada y el puño aferrando mi camisa, en mi interior no encuentro nada. No hay eco malhumorado, no hay garras que atraviesan carne y hueso, no hay palabras mal dichas. No hay nada. Porque el orbe me la ha arrebatado, me ha robado una parte de mí. Se ha llevado a la bestia.

Y por primera vez desde siempre, me siento más sola que nunca.

56

La ausencia de la bestia es un hueco en mi pecho, como si me hubieran vaciado la caja torácica. Respirar se hace denso, incluso pensar se hace denso. Un brazo pasa por debajo de mi axila para tirar de mí y levantarme del suelo. Es fuerte, apenas le cuesta esfuerzo hacerse con mi peso. Esos mismos brazos me envuelven en un apretón y siento una palmada en la espalda.

Los sonidos a mi alrededor están embotados, como si hubiese perdido el sentido del oído y lo estuviese escuchando todo a través de capas y más capas de tela. Veo bocas moviéndose, ojos que brillan por la euforia, haces de luz que revolotean de un lado a otro. Apenas soy consciente del peso que sostengo en la mano, del arma por la que tanto hemos luchado.

Me llevan de un lado a otro para felicitarme por mi hazaña, pero no estoy. Soy yo pero no estoy. Me siento como una cáscara vacía que se pasan de mano en mano.

Alguien tira de mí para sacarme del revoltijo de cuerpos diminutos que me rodea, ansiosos por ver la espada y, supongo, deleitarse con su magnificencia. Me conduce hasta la orilla del lago de nuevo, mis botas se mojan con el agua. No, no es que se mojen, es que tengo los pies dentro. Una mano me inclina la cabeza hacia abajo. Oigo sus palabras huecas, una cacofonía extraña que no consigo reconocer. Giro el rostro para ver quién me habla y descubro que es Gato.

«¿Qué ves?», creo leer en sus labios.

Centro la vista en el reflejo de las aguas y me veo a mí. Pasa un segundo, otro, y nada cambia. No hay destello de ojos amarillos, no hay fiereza descontrolada. No hay nada. El orbe se la ha llevado consigo, al igual que mi capacidad para seguir reteniendo el llanto.

Sin preverlo, algo dentro de mí se rompe con la certeza de que ya no la tengo a mi lado, para velar por mí; que se ha llevado a la única amiga que he tenido en este siglo, por mucho que a veces no congeniásemos. Lloro a lágrima viva, me doblo por la mitad y me dejo caer; mis rodillas se empapan y el frío me atenaza los huesos. Suelto la espada, que se hunde en el lago por su peso, y me abrazo con fuerza.

Soy vagamente consciente de que a mi alrededor se hace el silencio, pero tampoco puedo prestarle demasiada atención, ni aunque quisiera. Grito de forma desconsolada y me agarro el pecho con fuerza, como si así fuese a recuperarla, porque su ausencia duele y quema.

Tahira me advirtió de que algo me sería arrebatado, que toda magia conlleva un precio y que el orbe bebería de mí y, aun así, me he lanzado de cabeza al vacío sin valorar qué podría perder por el camino, como siempre; sin considerar que no estaba dispuesta a perderlo todo, a perderla a ella. Y me he dado cuenta de lo mucho que la necesito demasiado tarde. No sé vivir sin ella, porque ella soy yo, es una parte de mí que me ha sido arrebatada con la fiereza de unas garras, con una succión mágica que me ha dejado huella.

Me sacan del agua casi a rastras, no tengo fuerzas para ponerme en pie. Veo rostros difuminados por las lágrimas, ceños fruncidos y labios apretados por la preocupación. Pero nada de lo que puedan expresar todas esas caras reflejará ni un ápice del dolor que siento por dentro.

Recuerdo las últimas palabras de la bestia y las lágrimas se precipitan de mis párpados con la violencia de una cascada.

«Vas a conseguir lo que te propusiste. Vas a terminar con todo esto para salvar a la abuelita».

Un nuevo sollozo.

«Vas a luchar contra el Hada con uñas y dientes».

Inusuales palabras de ánimo.

«Y después serás imparable».

Una despedida.

No se incluyó en los planes porque sabía qué iba a suceder. Ella lo sentía en su propia conciencia independiente y, aun así, me impulsó a dar el paso. Se sacrificó por todos, por la causa, y nadie sabrá jamás lo que ha hecho.

Solo si permito que caiga en el olvido.

Quiero que si alguien es tan demente como para repetir mis pasos, sepa que puede perderse a sí mismo en el proceso, que puede arriesgar más de lo que va a ganar. La ignorancia no puede condenar a nadie a lo mismo que yo.

Abro los ojos, sin saber bien cuándo se han cerrado, con la resolución a contar lo que ha sucedido, lo que me *sucedía*, para no dejar que la bestia muera con la historia, como sugirió Pulgarcita.

Estoy en la pequeña estancia que Gato me cedió para pasar la noche, rodeada de una oscuridad que ahora me engulle, porque a pesar de que la bestia dormía por las noches, su coraje seguía conmigo. Mi fuerza y mi valentía eran suyas. La chimenea está apagada, aunque la habitación está templada, por lo que se habrá extinguido hace poco. Por la ventana se cuelan los tímidos rayos de una luna pequeñita, con sonrisa cetrina, medio escondida tras unas nubes.

La certeza de que apenas quedan cinco días para la luna nueva se me clava en el pecho como un puñal. Me reclino contra el cabecero y miro más allá, hacia el lago de aguas resplandecientes que me ha mostrado la verdad, tal y como soy ahora, vacía y sola, y un escalofrío me recorre el cuerpo. Aparto la vista de una estampa que hasta esta mañana habría sido evocadora y continúo con el escrutinio de la estancia.

Entonces reparo en él: en una butaca, con el mentón apoyado sobre el puño cerrado, Gato estudia mis movimientos en completo silencio. Junto a él, en una vaina que no sé de dónde habrá salido, hay apoyada una espada. La garganta me pica solo de recordar qué me ha robado ese objeto.

—Veo que estás despierta —murmura, y se recoloca sobre el asiento.

—Yo no duermo. —Una punzada dolorosa.

¿Y si ahora sí duermo? ¿Y si era la presencia de la bestia la que me impedía conciliar el sueño, la que me hacía estar alerta ante todo incluso aunque ella no estuviese presente por las noches? ¿Por qué he conseguido descansar cuando he compartido lecho con Lobo?

Sin poder remediarlo, su imagen desnudo junto a mí, en la cama, aparece en mi mente con tanta nitidez que duele. Veo su sonrisa ladeada, su ceja marcada por la cicatriz, las orejas llenas de pendientes y el tatuaje que le cruza el pecho. El mismo que desciende por mi espalda. La marca de su clan. ¿Será por eso por lo que conseguí dormir?, ¿por sentirme con mi manada? Porque ahora sé que estamos, o estuvimos, casados, y que tengamos el mismo tatuaje me indica que formamos parte del mismo clan. Y los lobos se mueven en manadas.

Sacudo la cabeza para deshacerme de todos esos pensamientos que no tienen importancia ahora. Lobo me traicionó, para mí está muerto de momento. Y cuando todo esto acabe, lo estará de verdad, porque se lo debo a la bestia.

—¿Cómo te encuentras?

—Bien —miento.

Me froto los brazos, incómoda, y rehuyo su mirada. Para mi desgracia, mis ojos se mueven solos hacia la espada y suspiro con cansancio. Me masajeo las sienes para intentar paliar el incipiente dolor de cabeza.

—¿Qué te ha robado? —Su voz suena amable, lo pronuncia con tacto, pero yo lo percibo como un ataque. No obstante, no siento ese impulso irrefrenable que me nacía antes y que me llevaba a ser escueta, directa y, a veces, borde.

—Una parte de mí. La que aparecía con el sol a causa del embrujo.

Asiente con un cabeceo y aprieta los labios.

—Comprendo. —Un silencio denso y pegajoso—. Lo siento mucho.

Los ojos me pican y clavo la vista al otro lado de la ventana. Apenas hay hadas volando de un lado a otro a estas horas de la noche y se respira cierta quietud.

—Quiero hablar de mis padres —murmuro sin atreverme a mirarlo. Él suspira y se recoloca sobre la butaca—. Ahora que he perdido una parte de mí, me gustaría recuperar fragmentos de mi pasado.

—Que te lo cuente no significa que vayas a desbloquear esos recuerdos.

—Lo sé. —Agacho la cabeza y centro la mirada en mis manos, que juguetean entre ellas en un gesto nervioso. Si lo que me cuente Gato no resulta trascendental para mí, si no me traslada a momentos remotos, no recuperaré esos fragmentos, pero al menos sabré un poco más de mí.

Coge aire para reordenar los pensamientos y lo suelta con un suspiro antes de hablar.

—Tu madre y yo nos conocimos cuando éramos pequeños.

Yo era un ladronzuelo de poca monta que robaba para subsistir, ella era la hija del alcalde de Poveste. —Los ojos se me abren desmesuradamente por la impresión—. Un día, la vi en el mercado con tu abuela. Iba tan guapa, estaba tan radiante, que me acerqué a cotillear. Su madre le decía lo que tenían que comprar para preparar el banquete por el solsticio de verano, el que se celebraba para el pueblo, aunque solo los más privilegiados podían asistir. Solo de escuchar todos los ingredientes que debían comprar se me hizo la boca agua, además de despertar en mí una ira que me llevó a robarle el bolsito que llevaba en la muñeca de un tirón.

—¿Le robaste a mi madre?

Asiente con una sonrisa en los labios.

—Así es. Lo que no imaginé es que tu madre fuera más rápida que yo y me diera alcance. Cuando me derribó, con un placaje que me fisuró una costilla, se dio cuenta de que era un muchacho de su edad y le di lástima, aunque ella siempre negó que fuera eso. No me denunció ni me retuvo; es más, me dio las monedas que llevaba en el bolso y le dijo a tu abuela que no me había encontrado.

»Días después, me enteré de que había una chiquilla preguntando por mí en las peores calles de Poveste y volví a encontrármela. Resulta que Mia estaba preocupada por mí, porque se había dado cuenta de que me había hecho mucho daño, y quería saber cómo estaba. Que alguien de más alcurnia se preocupase por un sintecho como yo significó un mundo para mí. Nos fuimos encontrando más veces por casualidad, o eso decía ella, y poco a poco nos hicimos amigos. Se escapaba de su casa para venir a jugar, dábamos paseos por el río e incluso le enseñé a robar alguna que otra cosa...

La sonrisa en su rostro se vuelve cetrina y mira hacia el suelo, como si así fuese más fácil remover unos recuerdos que para él quedan sumamente lejanos. Debe de ser duro haber vivido un siglo anclado aquí, envejeciendo a un ritmo muchísimo más lento y sin que el resto de los Tres Reinos avance.

—Para cuando llegamos a la adolescencia, tu madre estaba tan acostumbrada a ratear como a asistir a bailes y banquetes. Era como una princesa de dos mundos y sabía defenderse en ambos a la perfección.

»Un día, me metí en un lío muy gordo con uno de los clanes, quise robar donde no debía y, aunque ella intentó convencerme de lo contrario, ignoré sus consejos, porque toda esa gente me caía muy mal y debía demostrar que yo era superior a ellos.

»Por aquel entonces, me creía más sabio que nadie, con mi espada hurtada, un sombrero de ala ancha para ocultar el rostro y unas botas nuevecitas que Mia me había regalado por mi último cumpleaños y que no me quitaba ni para dormir. Así que allá que fui, a robar algo que ya ni recuerdo para hacerme el gallito frente a tu madre, a la mismísima colonia del clan de la Luna Parda.

El corazón me da un vuelco al reconocer el nombre del clan que mencionó Lobo en nuestra corta estancia en el palacio de Nueva Agrabah. Gato niega un par de veces con la cabeza y se recuesta hacia atrás, con las manos entrelazadas frente a él.

—Como era de esperar, porque por aquel entonces no era tan bueno en lo que hacía, me pillaron y apresaron. Y, para sorpresa de todos, tu madre fue a buscarme, ella sola. Así fue como conoció a tu padre, negociando con el mismísimo heredero del clan para que me soltara a cambio de algo. Tiempo después descubrí que Mia se había ofrecido a trabajar como costurera, ya que era bastante famosa en la ciudad por sus dotes con la aguja, a cambio de que me liberaran. Cuando accedió a contármelo le dije que había sido un intercambio estúpido, que no tenía sentido que me hubiesen dejado ir por eso. Pero entonces me di cuenta de que Aidan se había quedado prendado de ella y que quería tenerla cerca.

»El tiempo acabó haciendo que ambos se enamoraran y, cuando se casaron en secreto, decidí distanciarme de ella. Viajé por Fabel, gané fama y robé más de lo que me cabía en los bolsillos, aunque seguí pensando en ella. De vez en cuando pasaba por Poveste para ver cómo le iba, qué había sido de ella.

El rostro se le vuelve sombrío y la congoja asciende hasta mi garganta, pero no me atrevo a añadir nada.

—La primera vez que regresé descubrí que tu abuelo había repudiado a tu madre por haberse casado sin su consentimiento y con alguien de las colonias. Tu abuela se llevó a tu madre a una choza en medio del bosque, se desligaron de la vida del alcalde y no volví a verlos juntos.

»La segunda vez que volví me enteré de que ella y Aidan se habían ido a vivir a otra casita en el bosque. Me extrañó que tu madre dejara a tu abuela sola, y fue entonces cuando supe de su embarazo. Me enfadé muchísimo con ella, no solo porque por fin comprendí que lo que yo sentía nunca iba a ser correspondido, sino porque había transgredido los límites de la naturaleza. Los partos híbridos son muy peligrosos. Imagina parir un lobo con un cuerpo de mujer.

Sus ojos encuentran los míos y a mí se me revuelven las entrañas solo de pensarlo.

—Mia y yo discutimos mucho. Fueron semanas de suplicarle que acabara con eso, que no pusiera su vida en peligro. —El nudo del estómago se me retuerce más al pensar en que le pidió que abortara de mí—. Cuando tu padre descubrió qué afligía a tu madre, es decir, yo, me amenazó con matarme si me volvía a ver. A fin de cuentas, siempre nos llevamos como el perro y el gato.

Ha intentado bromear y no me queda más remedio que esbozar una media sonrisa cómplice, aunque luego recuerdo que no la va a ver y desaparece de mi rostro.

—Con la tercera vuelta a Poveste tú ya habías nacido. Te vi tan bonita, tan humana y normal, que todos los enfados se pasaron. Fue entonces cuando te regalé el libro, uno que había conseguido recientemente en uno de mis últimos botines, para que te lo leyera cada noche antes de acostarte.

»Durante los siguientes diez años, regresé al pueblo con más asiduidad. Tu madre y yo nos veíamos a escondidas, fingíamos que todo era como antaño y nos olvidábamos de todo, pero nunca duraba demasiado. La siguiente vez que volví a saber de ella fue a través de una carta de tu abuela en la que me relataba cómo tus padres habían fallecido en un fatídico accidente.

Aunque siento algo parecido a la pena, no tengo la sensación de sentirme afligida realmente por el fallecimiento de unas personas que, si bien me criaron, no están en mis recuerdos. Supongo que antes de la caída de la bruma sí los recordaba, aunque fuesen pocos los momentos compartidos, pero después de un siglo..., no consigo sentirme como debería hacerlo dadas las circunstancias.

—Fue un invierno muy crudo. Los cazadores apenas conseguían alimento en los bosques, los huertos estaban escarchados, nadie tenía casi nada que llevarse a la boca. El alcalde, tu abuelo, con el beneplácito de palacio, emitió un decreto que obligaba a los clanes de las colonias a ofrecer parte de sus subsistencias a modo de diezmo, ya que ellos eran cazadores natos.

»Al principio accedieron, pero cada vez se les fue exigiendo más hasta que los líderes de los clanes, entre los que estaba tu padre, se negaron a seguir con aquello. Los suyos se quedaban sin alimento a cambio de pagar un diezmo injusto cuando siempre habían sido repudiados por los ciudadanos. Y como todo descontento, se acabó llegando a una trifulca.

Carraspea un par de veces para aclararse la garganta y sé que va a llegar a lo más duro de la historia.

—Apelaron a la realeza para que mediara en la injusticia, pero los anteriores reyes no fueron buenos monarcas, a diferencia de Cenicienta. Así pues, ignorados por quienes debían protegerlos, se manifestaron en contra de la medida, interceptaron a los cazadores que se adentraban en sus dominios y les arrebataron sus cazas. El alcalde citó en la plaza de Poveste a los habitantes de las colonias, entre los que se encontraba tu madre, para llegar a un acuerdo. Pero se convirtió en un juicio de odio y en exigencias de compensación hacia los líderes de las colonias, quienes se negaron a pagar.

»La multitud allí congregada se caldeó: llovieron amenazas, puños en alto y, no sé bien cómo, una flecha mal contenida acabó atravesando el pecho de tu madre. Cuando Aidan vio a su mujer morir entre sus brazos, enloqueció, se transformó y se hizo el caos. No sé cómo sucedió el resto, pero tu padre acabó muriendo en aquella trifulca. Tu abuelo le suplicó a tu abuela que volviera con él para «protegerte», para asegurar el legado de la familia, pero ella prefirió criarte con el clan.

El silencio pesa a nuestro alrededor cuando sus palabras mueren en sus labios ajados.

Ahora entiendo por qué nunca me he sentido cómoda en Poveste, entre sus gentes: por el recuerdo latente en el confín de mi mente. Aunque su historia no desbloquea ningún fragmento de mí, sí agradezco haber recuperado un pedacito de quién soy que ayuda a comprender por qué siempre me sentí apartada entre quienes más se asemejaban a mí.

No obstante, aún hay una pregunta más que estoy dispuesta a arriesgarme a hacer.

—¿Y Lobo?

—¿Qué pasa con Lobo? —pregunta con extrañeza.

Sabe que no me refiero a su traición, puesto que ya lo pusieron al tanto de los acontecimientos al llegar, así que cojo aire antes de añadir una explicación.

—¿Qué pinta Lobo en mi vida? Me dijo que él era de la Luna Parda, que pertenecíamos al mismo clan. Pero no recuerdo nada.

Omito lo de que sé que estamos casados, en parte porque me duele reconocer qué nos llevó a acabar así, más allá de haber sido amigos desde pequeños.

Chasquea la lengua y niega con la cabeza.

—Siento no poder aportarte esas respuestas. Recuerdo que tu madre siempre me decía que eras un tanto traviesa, que te escapabas de casa o que te distraías de tus labores con tus amigos incluso teniendo siete años. Como tu padre era el líder del clan, imagino que vuestra relación con ellos sería estrecha.

Nos quedamos callados una vez más y miro hacia la luna, a esa diminuta franja que parte el cielo estrellado en dos cuando las nubes se lo permiten.

—Gracias por contarme la historia de mis padres.

—*Tu* historia.

Sonrío con cierta amargura y me levanto al ver que hace lo mismo.

—Será mejor que descansemos un poco —dice junto a la puerta—. Nos quedan unos días duros por delante.

Cuando me quedo a solas, no puedo evitar repetir lo que Gato me ha contado una y otra vez, con un temor absurdo a que la bruma se lleve también esta parte de mí que acabo de recuperar.

57

Con las primeras luces del sol me permito, por fin, salir del dormitorio. He pasado la noche dando vueltas y más vueltas sobre la cama, repasando toda la información que compartió Gato conmigo por si conseguía desbloquear algún recuerdo nuevo, pero ha sido en balde. Supongo que el fallecimiento de mis padres no es tan relevante ahora, cuando ha pasado casi un siglo y ya llevaban muertos catorce años cuando cayó la bruma. Sigue doliendo, y escuece tener la confirmación de que cuando todo esto acabe, no me esperará nadie más aparte de la abuelita, pero es un dolor soportable.

En el exterior, camino hasta la orilla del lago y me asomo a su reflejo con la esperanza de que lo que me muestre hoy sea distinto a lo de ayer. Sin embargo, al no encontrar ningún destello ambarino en mis ojos, los ojos de la bestia, el nudo de la garganta se aprieta un poco más. En cualquier momento, ese sentimiento de desazón y congoja va a terminar por estrangularme.

Con temor y cuidado, me asomo a la negrura de mi mente; la llamo sin voz y aguardo una respuesta, pero el vacío es tan atronador que no aguanto mucho ahí dentro. Daría lo que fuera por que me apresase con sus garras y no me dejase regresar a la realidad nunca más.

Con un suspiro hastiado, me dirijo hacia la casa de Pulgarcita, con la intención de hablar sobre la situación actual. Debo confesarles que el plan, sea cual sea, se va a tambalear, porque elegimos la noche de luna nueva porque es cuando somos más fuertes, cuando los límites de la maldición se desdibujan y en nosotros conviven las dos mitades fragmentadas. Sin sol ni luna, el acertijo de la maldición se encuentra con un pequeño fallo en el que, en el mismo momento, convergeríamos la bestia y yo, al igual que le sucede a todos los afectados por el maleficio.

Sin embargo, ahora estoy completamente sola; me siento más torpe, más temerosa y creo incluso haber perdido parte de mis capacidades combativas. El orbe me arrebató mi instinto más primario, mi capacidad de supervivencia, mi ferocidad. Me lo ha arrebatado todo.

Llego a la casita de Pulgarcita con las manos apretadas en puño y los ojos vidriosos, pero no se da cuenta cuando levanta la cabeza de la taza de té que sostiene entre las manos.

—Buenos días —dice con una sonrisa.

Tanto ella como la *djinn* están sentadas fuera, en unas sillas que a Tahira le quedan demasiado pequeñas, disfrutando de un desayuno al aire libre, como si no estuviésemos en medio del que probablemente sea el momento más complicado de nuestras vidas, por lo menos de Pulgarcita y mío, porque Tahira ha vivido demasiado como para hacer esa afirmación.

—Buenos días —me limito a responder.

—Espera, que te traigo una silla.

—No hace fal... —Antes de que pueda terminar, la chica ha entrado en la vivienda y aparece con un pequeño taburete—. Gracias —murmuro a voz en cuello.

Aunque ya no tenga a la bestia dentro, me sigue resultando difícil rebajarme a esos niveles que me hacen sentir vulnerable.

—¿Va todo bien? —pregunta Tahira con el ceño fruncido.

Ha dejado su taza sobre la mesita de té de madera y ha entrelazado los dedos frente a ella.

Con un suspiro me dejo caer sobre la butaca y entierro la cara en las manos. Niego sutilmente con la cabeza antes de hablar.

—No, nada va bien.

Pulgarcita ahoga un gemido de preocupación. No me atrevo a mirarlas a la cara para contarles lo que he venido a compartir con ellas, así que me quedo así, en el refugio que mis propias palmas me confieren.

—El orbe me robó algo muy importante. —Pulgarcita contiene el aliento—. Como a todos, el maleficio me dividió en dos. «Con el sol una apariencia, con la luna otra». Me arrebató mi mitad diurna. Dentro de mí habita... habitaba una bestia. Era yo y, al mismo tiempo, no lo era del todo, o eso creía al principio. —La voz me tiembla un poco y me obligo a coger aire para serenarme—. Durante el día compartía consciencia con alguien más, era como mi instinto, que me guiaba en los momentos crudos, que me llevaba al límite en cada combate y hacía primar mi supervivencia. Y esa parte de mí, la luchadora y combativa, ya no está. Solo quedo... yo.

—Pero dices que al principio creías que *eso*...

—La bestia —digo cuando veo a Pulgarcita dudar sobre cómo referirse a ella.

—Oh, vaya, vale. —Traga saliva—. Al principio creías que la bestia no eras tú, lo que significa que al final sí la reconociste como una parte de ti. —Asiento y me atrevo a mirarlas, con temor a ver horror en sus ojos. Para mi sorpresa, no es así: me estudian con comprensión—. Entonces significa que sigues siendo tú; con o sin ella, sigues siendo Roja. ¿Tiene sentido?

Mira a Tahira como buscando apoyo, pero ella se encoge de hombros y Pulgarcita suelta un suspiro.

—Mira, puede que la magia sea capaz de quitarnos recuerdos,

pueden alejarnos de nuestros seres queridos —su voz se endurece por el dolor—, pero jamás podrá arrebatarnos quiénes somos. Siempre encontraremos una forma de recuperarnos.

Sus palabras prenden una chispa de esperanza que me apresuro a extinguir por mi propio bien, porque no estoy del todo de acuerdo con ella. El orbe ha acabado con la bestia y el dolor que siento por dentro es más que confirmación suficiente. Pero ella es así, cargada de optimismo hasta su último aliento.

—Ahora entiendo por qué hablabas sola a veces —interviene Tahira—. No estabas sola, ¿me equivoco?

Niego y suspiro con resignación.

—No, nunca he estado sola. Por mucho que la bestia durmiera durante las noches y no me respondiera, siempre la sentía ahí.

—¿Y crees que, como te falta esa parte de ti, no vas a poder seguir adelante?

Hago un mohín con los labios y me hundo más en mí misma si cabe, porque ha dado en el clavo.

—Tengo la sensación de que me falta la fiereza para hacerle frente a lo que está por venir, que no tengo el coraje para enfrentarme cara a cara al Hada Madrina y matarla. Qué digo, creo que ya ni siquiera sé usar una espada.

—En ese caso —dice Tahira dando una sonora palmada que me sobresalta—, tendrás que entrenar. Tenemos cuatro días para pulir tus capacidades, para demostrarte que sigues reluciendo como el diamante en bruto que eres.

No consigo reprimir una mueca a tiempo y me gano un gesto reprobatorio por su parte, pero no me importa demasiado. En cuatro días nadie obtiene las capacidades necesarias como para convertirse en maestro de espadas. Y es lo que me hace falta.

Sin embargo, termino por acceder, porque es lo único que

me queda. Si he de morir, que al menos sea luchando con las cualidades que ahora tengo a mi mano. Se lo debo a la bestia. Me lo debo a mí misma.

—Incluso las joyas más bellas pueden acabar deslucidas por el peso del tiempo —dice Pulgarcita—. Solo tenemos que volver a sacarte brillo.

Los siguientes días no me dan tregua alguna. Empiezo entrenando yo sola con la Rompemaleficios, nombre que le puse al arma en un arrebato de inspiración poco trabajado, para acostumbrarse a su peso, a su forma, a cómo corta el viento.

Una vez medio dominado el manejo de la espada por mí misma, aunque sigo creyendo que con la bestia la balanza estaría más inclinada hacia mi favor, Campanilla se presta a hablarme de los límites de la magia, a estudiar bien las palabras empleadas para los tratos (aunque eso lo sé, porque yo misma se la he jugado al Hada). Después, Pulgarcita me ayuda a recuperar mi confianza en el arco, aunque no sé si llegaré a usarlo; para mi sorpresa, la chica tiene una puntería pasmosa.

Todos se vuelcan en mí, en ayudarme a recuperar una confianza que creo perdida, aunque me esfuerce en hacer parecer lo contrario. Me abruma tanta atención, me agobia no tener ni un solo segundo para mí misma, para pensar siquiera. Pero comprendo lo que está en juego y me esfuerzo por encima de mis capacidades para empaparme del conocimiento de cualquiera que esté dispuesto a dedicarme parte de su tiempo.

Cuando me siento medianamente segura con el manejo de cada arma en solitario, Tahira se ofrece a luchar contra mí, con su cimitarra y sin darme ningún respiro. La *djinn* es implacable y parece importarle bien poco que yo sea su ama y tenga su poder a mi servicio absoluto. Creo que aprovecha los combates de entrenamiento, con armas reales, para quitarme de encima el temor de la falsa inexperiencia, para resarcirse de cada mala palabra que le he dedicado, de las argucias que la metieron en todo esto. Y, sobre todo, creo que es tan dura conmigo para impresionar a Yasmeen.

La sultana, tal y como prometió, ha puesto a nuestro servicio al ejército de las dunas, que se ha asentado en la seguridad de la Hondonada. Cuando me enfrenté al Hada y la engañé, aquel día que pasé en la inconsciencia y que Pulgarcita estuvo pegada a mí, Tahira se dedicó a avisar a los posibles aliados de que el final estaba cerca. Así que no fue una sorpresa para nadie que dos días después de forjar el arma, el ejército de las dunas se presentara en los límites de la Hondonada, guiados por las directrices de la *djinn*.

Lo que sí fue una sorpresa para mí fue que la reina Áine accediera a que entraran desconocidos en sus dominios, pero creo que por fin es consciente de que las hadas están abocadas a la extinción si no luchan por el cambio. Mire donde mire, hay tiendas y más tiendas de lona fresca en un improvisado campamento que apenas va a durar dos días.

A la mañana siguiente, dentro de una de esas tiendas, la más grande para que cupiéramos todos, nos reunimos en una especie de consejo, formado por la sultana, Tahira, Pulgarcita, Gato y la reina Áine, además de algunos otros dirigentes, para debatir cómo hacer frente a la amenaza. Con el ejército de las dunas y todas las hadas a nuestro servicio, las generales de ambas partes consideran que superaríamos en número a las fuerzas del Hada, que casi con total seguridad reunirá a las guardias de Aurora, Cenicienta y Blancanieves, además de las suyas propias y los naipes.

Entonces me enteré de que hay facciones de la población de a pie que quieren sumarse a la contienda. Pulgarcita niega haber intercedido, pero estoy convencida de que ha hablado con la congregación que me contrató en Poveste. En estos dos días, ha ido llegando gente y más gente de los Tres Reinos, en carretas tiradas por animales, a pie; gentes que han roto su propio maleficio y que no.

Una aguja se me clavó en el pecho al descubrir que muchos venían de Antaria, supervivientes de la masacre de Maléfica en la fortaleza, reducida a escombros en su mayoría. Tal y como sospechábamos, toda la capital de la Comarca del Espino estaba sumida en el propio embrujo de la regente para que no les molestase la situación precaria en la que vivían, la falta de seguridad y de preocupación por el pueblo raso. Y como nos llevamos a Aurora de allí, adiós al maleficio.

Ese mismo día, en la tienda, decidimos cuál sería el mejor lugar para luchar, y la reina Áine convino que debemos usar la Hondonada en nuestro favor. Es el último resquicio de magia de los Tres Reinos y ellas pueden comunicarse y aprovecharse de los bosques colindantes. Ya me lo demostraron la primera vez que luché con Lobo, al desbloquear sus recuerdos tras recuperar su nombre, cuando usaron una planta para estrangularme. La reina está dispuesta a apostarlo todo de una vez por todas, así que al final accedimos a usar la Hondonada como campo de batalla. Solo espero que este remanso de paz no acabe demasiado perjudicado.

Tan solo quedaba decidir cómo descubrir el apellido del Hada.

—Si es algo que conlleva tanto poder, nunca lo averiguaremos —solté, dándome por vencida solo con ese detalle.

—Olvidas que hay gente aquí casi más antigua que el propio tiempo —dijo Gato mirando de soslayo a la reina Áine.

—Ella y yo fuimos amigas hace demasiado tiempo como para recordar cuándo exactamente. Pero nunca podré olvidar eso, y de buen gusto compartiré esa información contigo. —Su voz iba teñida de desprecio y dolor a partes iguales, pero ni yo ni nadie se atrevió a preguntar cómo de entrelazados estuvieron sus destinos.

Esta tarde, la Hondonada se ha sumido en un silencio mortífero. Todo el mundo sentía la respiración de la muerte en la nuca y se han dedicado a disfrutar de sus seres queridos unos minutos más, de arañarle ese tiempo al propio tiempo anclado. Tahira desapareció en la tienda de Yasmeen y no la he vuelto a ver hasta hace unos minutos, cuando todo se ha convertido en el caos previo de preparaciones y nervios de punta; Pulgarcita estuvo con Campanilla bajo un sauce llorón que las escondía con sus ramas y hojas que barren el suelo, puesto que su casa está invadida por Aurora.

Y yo me he quedado sola, con la congoja y el vacío tronando en mi pecho, sentada a la orilla de la laguna de aguas resplandecientes, buscando y buscando el destello de oro, los ojos de la bestia. He revivido una y otra vez todo lo que nos ha traído hasta este momento, todo lo que hemos arriesgado y perdido, y en la balanza, lo que hemos ganado apenas tiene peso. Porque no hemos ganado nada. Desde el principio le hemos estado echando un pulso al Hada, uno que nos ha llevado hasta aquí. Si bien no es donde ella me habría querido, sí he terminado por hacer lo que buscaba: forjar la espada. Y solo rezo por que en unas horas no me la arrebate de entre los dedos y todo esto no haya servido para nada.

Maldigo una y otra vez al destino por considerarme a mí precisamente, de entre todos los seres de los Tres Reinos, el diamante en bruto capaz de doblegarse a su merced. ¿Por qué he tenido que ser yo? ¿Por qué no lo consiguieron todos los que lo intentaron antes que yo, como dijo Lobo? ¿Por qué ni siquiera Pulgarcita se puede considerar como tal? Por mucho que entre

Tahira, Gato y la reina Áine me explicaran que alguien que ya ha roto el maleficio no puede ser quien libere a los demás, porque no ha sufrido lo mismo, no me vale como excusa. Porque no justifica qué hago yo aquí, con tanto por perder y tan poco por ganar. Cualquier otro mestizo tendría más por lo que luchar que yo, que solo me queda la abuelita. Y mi parte racional me dice que precisamente sea eso lo que me convierte en el diamante en bruto: que a pesar de no tener nada, he estado dispuesta a perder lo único que me quedaba.

Ahora, con el cielo a punto de oscurecerse y convertirse en una noche desprovista de luna, no puedo permitirme pensar en todo eso, no puedo dejar que las dudas se me claven en la piel, y solo nos queda esperar que todo lo que me ha conducido hasta aquí, todo lo que he perdido en el camino, no haya sido en vano.

58

Estamos reunidos en la zona externa de la Hondonada de las Hadas, preparados para el combate. El ejército de las dunas de Yasmeen porta su estandarte, el tigre formado por una constelación, y va ataviado con unas imponentes armaduras doradas, cascos emplumados y armas de todo tipo, aunque la que predomina es la cimitarra que Tahira domina con maestría.

Las hadas revolotean de un lado a otro, escondiéndose en los árboles para mimetizarse con el entorno. Ahora Campanilla no es la única vestida de verde para esconderse en la oscuridad y entre el follaje.

También están preparados los habitantes de los Tres Reinos dispuestos a luchar por la liberación del embrujo. Con el cielo desprovisto de luna, algunos aparecen en su forma humana y desconozco de qué manera les afectará el hechizo, aunque otros hacen acto de presencia transformados en seres de lo más variopintos: osos gigantescos, cabras con imponentes cuernos retorcidos, cerdos tan grandes como un poni, ranas de colores extraños. Para sorpresa de todos, el duque De la Bête se encuentra en primera línea de combate y comparte una mirada cómplice con Tahira, supongo que por el pacto de sangre que la *djinn* hizo con él.

Pulgarcita se encuentra a mi derecha, con un arco a la espalda, ropajes de cuero duro a modo de armadura y su látigo de zarzas enrollado en la cadera. A pesar de que su porte es firme y decidido, sus ojos destilan un pavor que solo había visto en las presas antes de ser cazadas.

A mí me han reservado el lugar de honor, en el centro, con la Rompemaleficios en la cadera izquierda y mi daga y la espada corta de Lobo a la derecha.

—Es la hora —murmura Tahira después de echar un vistazo al cielo.

Cojo aire para reunir el coraje que me falta, el que me habría proporcionado la bestia, y me adelanto del resto para quedar un poco aislada de los demás.

Echo de menos el calor de mi caperuza al sentir el frío propio de una noche de invierno, desprotegida por el hechizo que mantiene a la Hondonada en una burbuja cálida, pero luchar en una batalla con ella sería más contraproducente que llevarla, así que tan solo voy ataviada con una armadura de cuero ligera, cortesía de la maestría de Pulgarcita con el hilo y la aguja.

En cuanto me alejo lo suficiente y miro atrás, lo único que encuentro es bosque y más bosque. El hechizo que protege la Hondonada los mantiene ocultos, a la espera del momento perfecto para atacar.

Desenvaino la Rompemaleficios intentando no temblar de pavor y aprieto la mano en torno a su empuñadura, fría como el hielo a causa del cristal de los zapatos de Cenicienta. Busco mi reflejo en el filo de plata de la espada, conformada por el huso, y me quedo un rato absorta en mis ojos, en busca de algún destello extraño que me sugiera que no estoy sola en todo esto. Pero es en vano, lo único que veo es el resplandor verdoso del veneno de la manzana.

—Lady Rumpelstiltskin —digo con mi voz más firme—.

Lady Rumpelstiltskin. —Espero que la reina Áine esté en lo cierto y no haya olvidado su apellido, porque entonces quedaría como una boba. Cojo aire de nuevo—. Lady Rumpelstiltskin.

El silencio que me rodea me arranca un escalofrío. Ni el piar de los pájaros, ni el ulular de los búhos, ni el correr del agua de un arroyo, ni el silbido de la brisa. Absolutamente todos los sonidos del bosque se acallan, como muertos de repente. Y esa ausencia de ruido me hiela la sangre en las venas, porque significa que la reina no erró en el apellido.

Al principio no sucede nada, después siento un temblor en la tierra, primero sutil y, poco a poco, se convierte en un pequeño terremoto que lucha por postrarme de rodillas. Resisto a duras penas. Cuando el Hada Madrina se materializa frente a mí, mi alrededor hiede a manzana de caramelo y no me molesto en ocultar la mueca de desagrado.

Si cuando la vi en la fortaleza de Aurora el Hada me inspiró belleza y hermosura, a la par que autoridad, ahora todo su porte destila malicia, resentimiento y poder absoluto. Su vestido se ha visto sustituido por un traje de una única pieza de algo similar al cuero que se pega a sus curvas y presenta un imponente escote hasta el ombligo. La piel pálida al descubierto está dibujada con runas. Viene preparada para luchar.

—La verdad es que me gustaría saber cómo has averiguado cómo convocarme. —Cada palabra sale de sus labios pronunciada con desprecio y acritud—. Es un privilegio que poseen muy pocos, de mis tiempos en los que concedía tratos sin ton ni son en lugar de buscar yo a las personas adecuadas. Ha sido Áine, ¿verdad?

Clava la vista detrás de mí, como si pudiera ver algo que yo no, porque las hadas se asentaron aquí para que el Hada no las encontrara, por lo que no debería saber qué hay oculto a mi espalda. Aunque imagino que siendo un ser con tanto poder, poco queda oculto a su conocimiento.

—Tú y yo tenemos un trato pendiente —continúa.

—Siento decir que te equivocas. Los términos de mi trato fueron muy claros. «Si te forjo el arma ahora», recuerdo que dije.

El Hada aprieta los dientes y su rostro se transforma en una mueca de repulsión. Yo, por mi parte, sonrío con superioridad. Estoy jugando con fuego, pero estoy dispuesta a quemarme con tal de desatar un incendio.

—Te estoy concediendo unos segundos para que recapacites y me entregues el arma. Hagamos un nuevo trato: si lo haces *ahora*, prometo que tu muerte será rápida. Ahorrémonos pérdidas innecesarias.

Está claro que sabe lo que hemos venido a hacer.

—Tendrás que arrancármela de mis frías manos —escupo con odio.

Me lanzo hacia ella para intentar atravesarle el corazón y acabar con todo esto, pero como si hubiera leído mi mente, se desvanece en humo para reaparecer unos metros más allá. Alzo la espada al cielo y el hechizo que mantenía oculta la Hondonada se deshace frente a sus ojos, como un telón que cayera sobre el escenario.

No necesito luz para saber que su mirada furibunda podría haberme atravesado y acabado conmigo en este momento si no supiera que no puede matarme con magia de forma directa, que no puede conjurar mi muerte. Pero casi esquivo demasiado tarde los extraños dardos que me lanza desde la distancia.

Ruedo por el suelo y veo cómo las masas puntiagudas, viscosas y bermellones se clavan en la hierba, que se pudre al entrar en contacto con los proyectiles.

Alzo la vista de nuevo, con la respiración acelerada por el temor, y la descubro sobrevolando a un par de metros del suelo, con los brazos alzados al cielo y el pelo azotándole el rostro movido por un viento inexistente. Detrás de ella, se convoca un portal verde que se abre y revela una porción de tierra muy distinta a la del bosque, como si fuera el interior de una fortaleza.

Su propio ejército entra en tropel y se enfrenta al nuestro. Son como dos masas de agua contrarias que chocan con violencia. La sangre y la tinta no tardan en regar las inmediaciones y yo misma me aseguro de que el terreno quede bien empapado.

Empuñando la espada en la mano derecha y mi daga en la izquierda, me sumerjo en la batalla. Clavo metal sobre carne, el filo restalla contra algunas armaduras, pero encuentro los huecos por los que arrebatar vidas. A causa de la oscuridad, ni siquiera sé contra qué estoy luchando, humano o inhumano, aliado o enemigo. Lo único que puedo hacer es rezar por que haya más de los últimos que de los primeros.

Desde los árboles llueven frascos diminutos y luminiscentes que estallan en mil pedazos sobre los enemigos: naipes, soldados y, para sorpresa de todos, unos monos alados arrancados de las peores pesadillas.

El cielo se ve tan surcado por flechas en cuestión de un parpadeo que parecen estrellas fugaces que caen del firmamento y que arrebatan vidas en ambos bandos. El silencio previo a la aparición del Hada se ve reemplazado por el estruendo de la batalla, por gemidos de dolor, por alaridos tortuosos, por estallidos de magia y por los chasquidos de los metales enfrentados.

En todo momento intento tener localizada al Hada, y sé que ella hace lo propio conmigo, porque cada vez que giro la cabeza para encontrarla en medio de la poca claridad que otorgan las pócimas de las hadas al estallar, ella ya me está mirando. Siento como si a mi alrededor hubiese una presencia viscosa que me indica que estoy vigilada en todo momento, como una capa de humedad que nada tiene que ver con mi sudor.

Atravieso a otro naipe con la espada, le doy una patada para librar mi arma del cuerpo y siento una flecha rozándome el brazo. Me giro para buscar su procedencia, pero hay tanta gente, tantas amenazas, que resulta imposible saber de dónde ha salido, así que solo me queda enfrentarme a un nuevo enemigo.

En poco tiempo, mis ropajes de cuero están empapados en tinta y sangre que espero sea ajena, porque la adrenalina no me permite reconocer las heridas no perecederas. Y eso puede llegar a ser igual de peligroso que el que te claven un puñal en el pecho.

De repente, el Hada desaparece en una bruma negra y reaparece a pocos pasos de mí, teletransportada por su magia. Arremete con un torrente de dardos mágicos que se me van a clavar en todo el cuerpo, lo sé. Es el final. Me protejo con los brazos en un acto reflejo y, antes de que impacten sobre mí, estoy sobrevolando la batalla. Alfombra me ha llevado hasta los aires y me ha puesto a salvo del ataque del Hada, pero no puedo quedarme aquí. El objetivo de todo esto es atravesarle el corazón con la Rompemaleficios.

El horror se me clava en las raíces de los dientes al descubrir la masacre que nos rodea. Ahí, en medio de la batalla, estás en tu propia burbuja de supervivencia; ves cuerpos caer, aliados morir, brazos cercenados..., pero no piensas que donde no te alcanza la vista sucede igual, y más allá lo mismo. Y así mire donde mire. Y entre todo ese horror, veo una mancha negra que corre entre los cuerpos y que, cuando me quiero dar cuenta, ya no la vuelvo a localizar, mimetizada en la oscuridad.

No necesito hacérselo saber a Alfombra para que me vuelva a dejar en el suelo, en un punto más alejado que me permita valorar mis opciones y decidir cómo y cuándo atacar, aunque no tengo ni la más remota idea de cómo lo llevaré a cabo.

Un mono alado se abalanza sobre mí desde los cielos, me cubro con los brazos para proteger la cara de sus garras afiladas, cuando un hombre salta hacia mí y se transforma en oso en el acto. Creo que era el mesonero de Los Tres Oseznos y algo dentro de mí se remueve y me insta a seguir luchando.

Con cada nuevo espadazo, con cada nuevo tajo de mi daga, llamo a la bestia, le imploro que vuelva conmigo, que no me deje sola y me ayude a sobrevivir, pero es en vano. Ella ya está muerta y tengo que dar todo de mí para garantizar mi supervivencia. Porque se lo debo.

El acero ajeno abre distintas zonas de mi carne, pero no permito que sea en puntos vitales y antes de que mis oponentes puedan revolverse, ya los he matado.

Soy consciente de que las heridas sufridas en la fortaleza de Aurora me están pasando factura, por mucho que sanaran de forma acelerada, así como la sensación de que yo hoy podría haber sido mucho más si se hubieran dado otras circunstancias. Pero en el fervor de la batalla, apenas si tengo tiempo para pensar.

Doy gracias a los fogonazos de luz de la magia embotellada y a las saetas incendiarias por arrojar algo de claridad sobre este combate a oscuras, parcamente iluminado por el fulgor tímido de las estrellas. A estas alturas, estoy convencida de que habré matado a tantos aliados como enemigos, pero no puedo permitir que esa idea me refrene.

Busco al Hada entre la marabunta de gente que lucha por sobrevivir, la localizo al fondo, cerca del portal que sigue abierto y por el que no dejan de salir enemigos y más enemigos. O le pongo fin a esto pronto o estaremos perdidos. No dejo de luchar en ningún segundo, no puedo descansar los brazos, mi mejor defensa en todo esto, y la respiración se me acelera más y más, fruto del cansancio.

A mi alrededor, el caos parece sacado de la peor de las pesadillas.

Los árboles se alzan sobre sus raíces, en una rama veo a Gato sentado, que se deja caer sobre un enemigo y lo aplasta con su peso. Pulgarcita aparece junto a él, restallando el látigo para apartar de su camino a los enemigos que el hombre no consigue aplacar. Lucha con una certeza sin igual y cualquiera negaría que no puede ver. Los árboles alargan raíces y ramas para apresar a enemigos y aplastarlos hasta convertirlos en cáscaras vacías que dejan a su paso. Por entre los soldados a las órdenes de las hadas veo al duque De la Bête, saltando de enemigo en enemigo y clavándoles esas garras como cuchillos.

El ejército de las dunas, comandado por la sultana y su general, lucha a brazo partido, como una masa incansable que arrebata vidas y más vidas. Cuando cae un soldado de las dunas, cinco enemigos ya han muerto. Son una tormenta de arena que engulle a todos y a todo a su paso.

El aire que nos rodea hiede a muerte y destrucción, a magia envenenada, a fluidos corporales, a sangre. El suelo está batido por las pisadas, ahora desprovisto de césped por las carreras de huida de algunos que no tienen el coraje de enfrentar a la muerte de frente, y me dificulta mi avance hacia mi objetivo.

Sigo adelante, ruedo por el suelo, esquivo hacia atrás, doy una patada, me doblo y me agacho. Una sucesión de momentos automáticos que no tengo tiempo a valorar; el mecanismo de mi propio cuerpo abriéndose paso entre la muchedumbre de cadáveres, cuerpos frescos y combatientes de ambos bandos. Tahira pasa corriendo a mi lado y abate a una mujer tan grande como ella de un tajo rápido en el cuello. Al igual que yo, va empapada de sangre y tinta.

Codo con codo, luchamos un rato, nos cubrimos las espaldas y cercenamos cabezas, desmembramos y aniquilamos a quien se cruza con nosotras, no sin sufrir golpes y magulladuras. Vuelvo a tener el labio partido, el ojo medio hinchado me dificulta la visión, una costilla se me clava en el costado. Pero, ante todo, sigo adelante.

Tahira llega hasta el Hada Madrina, quien le lanza un dardo tan negro como el alquitrán. La *djinn* detiene el impacto con el brazo, que despide un humillo verdoso al abrir su carne, y se deshace de él con una sacudida seca. Antes siquiera de que el proyectil acabe en el suelo, enarbola su cimitarra por encima de la cabeza para enfrentarse a ella. Por arte de magia, el Hada detiene el impacto con una espada de oro que hace un segundo no estaba ahí. Ambas aprietan los dientes y se enfrentan en un duelo igualado. Aprovecho el momento para acercarme por la espalda y acabar con esto, porque nadie dijo que tendría que ser un combate justo.

En cuanto llego hasta ella, se gira hacia mí con violencia y me propina una bofetada con tanta fuerza que me lanza por los aires, ruedo por encima de cadáveres, impacto contra algún cuerpo en pie que me refrena y cae al suelo, la espada y la daga se escapan de mis manos. Oigo a Tahira proferir un grito de dolor. La han herido. Pero la cabeza me da tantas vueltas que apenas puedo sostenerla sobre el cuello para ver qué está pasando.

Soy vagamente consciente de que mis aliados me han visto caer y nos protegen a mí y a mi espada con uñas y dientes. Impiden que lleguen hasta aquí, que acaben conmigo o que roben el arma, aunque tampoco tienen tiempo de recogerla y ponerla a salvo. Si ya de por sí la batalla era un caos, ahora adquiere un cariz mucho más crudo e irreal.

Me yergo a cuatro patas, sacudo la cabeza y consigo levantarla hacia delante. El Hada se está acercando a mí, a paso lento, vanagloriándose del momento; está hablando, pero el fuerte golpe me ha dejado los oídos abotargados y no oigo nada.

Gateo hacia la Rompemaleficios, que ha acabado demasiado lejos. Ella mueve los labios con satisfacción y levanta la mano.

Un haz de luz verde sale de su palma y vuela hacia mí en movimientos zigzagueantes, como un rayo cuando rompe el cielo en dos. Cierro los ojos, petrificada por el temor, olvidada la espada, y espero a que me atraviese. Es el fin.

Siento la estática a mi alrededor, percibo cierto retumbar y abro los ojos. La espalda de Tahira me tapa la visión, ha recibido el impacto del maleficio por mí. Me ha protegido con su cuerpo. Grito su nombre al mismo tiempo que se desploma frente a mí, sin oír nada todavía. Me arrastro hacia ella y la zarandeo por los hombros. Tiene la mano en el pecho en un gesto de dolor absoluto, apenas se mueve, pero sí respira.

Alzo la vista con rabia y odio justo a tiempo de ver la misma mancha oscura de antes acercarse a ella a toda velocidad, por su espalda. El animal negro se transforma en humano en un parpadeo y lanza una daga roja que reconozco demasiado bien directamente hacia ella. El corazón se me paraliza en el pecho y contengo el aliento cuando el Hada se desmaterializa un segundo antes del impacto y reaparece delante de él por arte de magia.

Dejo a Tahira abandonada y me arrastro, a duras penas, hacia la espada; mis pensamientos están todos puestos en él y solo en él. Porque antes de que llegue a suceder ya sé lo que va a pasar.

El Hada alarga el brazo y lo sostiene por el cuello para estrangularlo, con esas uñas como garras atravesando su carne. Él se revuelve a medida que ella lo levanta del suelo como si no pesara nada, sus pies patalean en el aire.

Empuño la Rompemaleficios y consigo levantarme para correr hacia ellos, sin importarme quién se cruza en mi camino ni quién me defiende a brazo partido. Él intenta zafarse del agarre con todo su cuerpo, pero no lo consigue.

—¡Axel!

Entre toda la oscuridad, sus ojos se encuentran con los míos con facilidad y me sonríe con dulzura. Todo mi mundo se sacude y niego una y otra vez sin poder dejar de correr hacia ellos, sin conseguir apartar los ojos de lo que está sucediendo. Ella acerca los labios a su oreja, le dice algo con deleite. Justo cuando lo suelta, clavo la espada en el cuerpo del Hada. Él cae inerte a nuestros pies, desprovisto de fuerzas y de vida. El grito que acalla todos los sonidos de la batalla es el mío propio al ser consciente de que, a pesar de todos mis esfuerzos, no he sido suficiente y he llegado demasiado tarde: el Hada Madrina lo ha matado.

59

Es como si el tiempo se hubiera parado a mi alrededor. El fragor de la batalla se mantiene estático, con cuerpos detenidos en posiciones dinámicas, a medio camino de degollar o arrasar. Tahira está tirada en el suelo detrás de mí, con una Yasmeen muy preocupada sosteniéndole la cabeza sobre su regazo. Pulgarcita está un poco más allá, con las mejillas llenas de tierra y sangre marcadas por los surcos de las lágrimas.

Giro la cabeza hacia delante. Aún mantengo la Rompemaleficios en el interior del Hada Madrina, congelada en un gesto de dolor absoluto, con el filo atravesándole el cuerpo y sobresaliendo por el otro lado. Desde aquí, apenas veo la punta de plata.

No quiero verlo, no puedo verlo, y, aun así, mis ojos se ven atraídos hacia el bulto carente de vida que hay a los pies de la tirana, con los ojos cerrados y los labios entreabiertos. El tiempo parece volver a su cauce cuando aprieto los párpados con fuerza y tiro de la espada para sacarla de su prisión de carne y hueso.

Antes siquiera de que el Hada pueda caer sobre sus rodillas, y con un arrebato de ira que nace como un estallido en mi interior, hago un movimiento circular y la decapito. Su cabeza rueda hasta mis pies y me observa con gesto de sorpresa y ojos muy abiertos.

Me derrumbo sobre el suelo, ya incapaz de sostener más mi propio peso. El aire en los pulmones me quema, mi cuerpo se dobla en un sollozo silencioso y desprovisto de lágrimas al pensar en lo que acaba de pasar. Me duele el pecho, me llevo la mano a la camisa y tiro de ella, como si así se fuese a deshacer de esa sensación. Alzo la vista hacia él, hacia su perfecto rostro surcado por una cicatriz que yo le granjeé, a esos labios que tan bien sab... sabían. Y sollozo un poco más.

No puede ser verdad. Lo ha matado frente a mí. Y, a pesar de que yo misma quería acabar con su vida, una parte de mí tenía la esperanza de que nuestros caminos se volvieran a encontrar para arreglar todos nuestros problemas. Y ahora..., simplemente no podremos volver a discutir nunca más, no podremos dejarnos llevar por el enfado para acabar liados entre las mismas sábanas, no podré volver a sentir su palma cálida sobre mi mejilla, esa sensación áspera y callosa y tan reconfortante al mismo tiempo. No podré decirle lo mucho que me gusta su nombre, y que me arrepiento de no haberlo llamado como él quería por mi terquedad; que me habría gustado compartir con él todo el tiempo del mundo. Pero, por encima de todo, lo que me mata es que no podré volver a ver esa sonrisa ladeada, la de verdad, la que tengo clavada en los recuerdos, la que hacía nacer unos hoyuelos preciosos y pícaros y deshacía todos mis males.

Grito con desesperación y golpeo la tierra batida con los puños.

Está muerto. Igual que la bestia. Dos de las tres personas que me han llegado a importar en el último siglo me han abandonado. Y con ninguna he hecho más que ser una mera espectadora mientras me las arrebataban ante mis ojos.

Aún me zumban los oídos, embotados por el golpe en la

cabeza, pero mi sentido se aclara lo suficiente como para tener la sensación de que alguien pronuncia mi nombre, por detrás de mí, con el mismo dolor desgarrador que a mí me atraviesa. Miro por encima del hombro, sin importarme demasiado, porque lo poco que me quedaba de corazón ha perecido en el mismo momento en el que el Hada ha matado a Axel, y descubro a Tahira con medio cuerpo convertido en oro.

Siento una palma en el hombro y miro hacia arriba, hacia el rostro cargado de dolor de Pulgarcita que me contempla con un gesto de súplica. No sé qué quieren que haga yo. Me obligo a levantarme, aunque lo que me apetezca sea romperme en un mar de lágrimas embravecido.

Con una contención que no sé de dónde sale y fingida entereza, me acerco a ellas, olvidada la Rompemaleficios en el suelo, y descubro a Yasmeen con una herida en ese perfecto rostro regio. Casi la dejan sin ojo. Llora desconsoladamente, como si se le derramase el corazón por los párpados, y abraza a su amada mientras la mece adelante y atrás.

—¡Haz algo! —creo que me suplica.

Niego con la cabeza, sin saber bien qué decir.

—Te comprometiste a hacer que estuviésemos siempre juntas. —Ahora escucho con un poco más de claridad.

—Yo no... —balbuceo.

No tengo magia, no sé qué clase de hechizo la está convirtiendo en oro a pasos agigantados, un hechizo que iba dirigido a mí y que ella asumió para salvarme la vida.

Dos lagrimones enormes, de los que me deshago rápido, me surcan las mejillas cuando llevo las manos a la lámpara y la sostengo frente a la *djinn*, que me observa con ojos suplicantes.

—Desconozco el hechizo empleado. —Está tiritando y el oro le llega a la altura del pecho—. Mi magia no puede interferir con su magia, ya lo sabes.

—¿Te estás muriendo? —pregunto con voz ronca.

Pulgarcita se deja caer sobre ella, llorando sin medida, y le coloca una palma sobre la pierna de oro. Ellas dos eran verdaderas amigas, esto la está superando.

Tahira niega con un estertor y coge aire, aunque el oro del pecho le dificulta la tarea.

—La magia no puede matar. Es... como un letargo, la especialidad del Hada y de las villanas.

—No quiero vivir en un mundo en el que tú no estés —susurra Yasmeen mientras se lleva la palma de Tahira a la mejilla, sin poder dejar de llorar.

—Sigue adelante, mi estrella. Olvídate de mí.

Un sollozo se escapa de los labios de la sultana y alza la mirada para clavar sus ojos oscuros en los míos.

—Por favor —me suplica—. Solo quiero estar con ella.

—¿Sea como sea? —pregunto.

—Sea como sea.

Con un asentimiento de cabeza, Yasmeen parece entender lo que estoy a punto de hacer, porque, con mucho esfuerzo, se levanta para tumbarse junto a Tahira, con la cabeza apoyada en su pecho y las manos entrelazadas.

—El firmamento y la tierra son testigos de que a ti consagro mi vida, mi luz —murmura, las últimas palabras que la *djinn* le dedicó en el Palacio de las Mil Estrellas—. Y prometo volver a encontrarte.

—Deseo que conviertas a Yasmeen en oro —pronuncio frotando la lámpara.

La sultana sonríe con dolor y tristeza, pero con la paz brillando en sus ojos. Tahira se resiste, lo noto en el tirón que nos une. No quiere hacerlo, pero no puede negarse a un deseo bien formulado.

—En este reino o en el otro —dice la genio, llorando.

—En este reino o en el otro.

Y así, ambas acaban convertidas en oro en un abrazo que las une y unirá por toda la eternidad.

Con un temblor que me sobreviene, pongo la mano sobre el pecho de Tahira, justo donde se hizo la equis en un pacto de por vida.

—Juro que yo pagaré tu deuda. —Mi voz se quiebra—. Y que buscaré un modo de libraros del hechizo.

Pulgarcita se abraza a ellas y, a duras penas, me levanto. Me doy cuenta de que, a nuestro alrededor, la batalla se ha detenido y nuestros enemigos se han dado por vencidos al ver a su protectora desprovista de cabeza; algunos rinden sus armas, otros, como los naipes y los monos alados, huyen por el portal en el último segundo, antes de que se cierre.

Nos hemos convertido en el foco de casi todas las miradas de los que siguen aquí, incluida la del duque De la Bête, que aprieta esos monstruosos labios en una delgada línea. Campanilla llega volando y consuela a Pulgarcita, que se hace diminuta a su antojo para envolverse en un abrazo sentido con su pareja. La general del ejército de las dunas también está llorando, en un gesto digno y serio.

Pero ahora lo único que me importa es mi propio duelo, mi propio dolor. Dejo que las piernas me conduzcan hasta el cuerpo de Axel y me arrodillo junto a él. Tiro de su cuerpo desnudo e inerte hasta colocarlo sobre mi regazo y lo abrazo con fuerza, en busca de su calor que tanto me ha reconfortado. Solo que está frío, muy frío.

Ahora sí, las lágrimas ruedan por mis mejillas, lentas, y las veo caer desde la punta de la nariz hasta su frente.

—Lo siento... —murmuro solo para él—. Lo siento tanto...

Lloro en silencio, tan rota que ni siquiera soy capaz de dejarme arrastrar por la pena, que no soy capaz de llorarlo con la fuerza que se habría merecido en nuestra vida anterior, pero sin ser capaz de retener el río manso de mis ojos. Nos quedaba tantísimo tiempo por delante, tantas palabras que compartir, tantas preguntas por responder. Y ahora no me importan ni las mentiras ni las traiciones, porque tan solo quiero sentirlo vivo junto a mí. Ya nada de eso importa, eran meras trivialidades que dejamos que nos separaran.

Si le hubiera permitido explicarse, quizá nada de esto habría acabado así. Quizá lo habría tenido luchando conmigo, codo con codo, como tan bien hemos demostrado sincronizarnos. Quizá habríamos sido imparables juntos. Y ahora nunca lo sabré.

—Te perdono... —susurro cerca de su oído, aunque sé que es más para mí que para él.

Porque necesito deshacerme del nudo de desconfianza, de dolor, que se había enredado en mi pecho. Y quiero pensar que, aunque sea tarde, no lo es demasiado. Que, esté donde esté ahora, me escuchará y quedará más en paz.

Lo abrazo más fuerte si cabe, nuestros rostros quedan bien juntos, y siento una mano amplia en mi hombro. Gato se arrodilla junto a mí.

—Déjame... —murmuro—. Ya ha acabado todo. Idos y dejadme. He cumplido con mi destino. Y he pagado por mis actos con creces. Dejadme descansar de una maldita vez.

Me da un ligero apretón en el hombro y oigo cómo se aleja. Un tiempo indeterminado después, nos protegen del frío que empieza a clavarse en mis huesos con mi caperuza roja. Y eso me arranca un nuevo sollozo, el recuerdo de quién era y quién soy entremezclado con el dolor de haber perdido a otra de mis mitades y sostenerla muerta entre mis manos, de saber que ese trozo de tela no le devolverá el calor a su cuerpo.

En un momento de desconsuelo en el que ya no queda nadie a mi alrededor, con la vista clavada en ninguna parte e incapaz de parpadear siquiera, me pregunto cuántas mitades, de todas esas que nos componen, que llegan a nuestras vidas sin poder preverlo, podemos perder antes de dejar de ser quienes somos. Porque creí que con la desaparición de la bestia, una parte de mí había muerto, pero la ausencia de Axel es la que me deja del todo vacía. Y cuántas tuvieron que venir antes de esa para sentirme así.

Mis padres, que dieron la vida por otorgar un futuro digno a los suyos. Olivia, muerta por mis propias manos. Lobo y su traición. La bestia engullida por el orbe. De nuevo Axel al ser asesinado ante mis ojos. Y también he perdido otras partes, piezas más pequeñas de mí que conformaban un todo, como Tahira, que llegó de forma tan inesperada.

El dolor se transforma en sonrisa amarga un segundo al recordar la complicidad entre las dos en los últimos días, cuando nos vimos solas en esta misión que tanto me ha arrebatado. Pero la máscara de la tristeza vuelve a colocarse sobre mi rostro al pensar en la *djinn*, de la que ni siquiera me he podido despedir y cuyas últimas palabras hacia mí han sido una nueva explicación de cómo funciona el mundo; siempre aleccionadora conmigo, como si yo fuera una niña perdida que nunca entiende nada, hasta el último momento.

¿Qué dijo? ¿Algo de los letargos?

Como un fogonazo, una nueva idea aparece en mi mente y reaviva la esperanza. Permito que ese sentimiento se abra hueco en mi pecho, por mucho que después la caída pueda ser mayor y termine acabando conmigo.

—Los letargos... —murmuro con la respiración acelerada.

Sin darme tiempo a pensarlo dos veces, presiono mis labios sobre los de Lobo y lo beso con todo lo que siento por dentro, bueno y malo, con los ojos apretados con fuerza aunque eso no mantenga las lágrimas a raya.

«Te quiero. Te quiero, vuelve conmigo. Encuéntrame, estoy aquí», repito en mi mente una y otra vez. Pasan unos segundos, no sé cuántos, pero no me atrevo a separar mi boca de la suya. Es esto o nada.

Axel se incorpora y me envuelve en un abrazo que me arrebata el aire, se funde en mi beso y lloro con más fuerza. Sus propias lágrimas se entremezclan con las mías y recobramos el aliento cuando nos separamos unos centímetros, aunque mantenemos frente contra frente, sus manos un tanto más cálidas encerrando mis mejillas.

—¿Eres real? —pregunta con voz ronca y cargada de terror. Sus ojos viajan por mi rostro, incansables y nerviosos. Está temblando.

Asiento, pero ese gesto no me parece suficiente.

—Soy real —sollozo contra su boca, con el corazón tamborileando frenético por la cantidad de pensamientos que me desbordan la mente.

—Eres real...

Sus labios encuentran el camino hacia los míos de nuevo y nunca un beso me ha sabido a tanto.

—Un beso de amor verdadero —susurra contra mi boca—. Me has salvado.

Se separa de mí para abrazarme de nuevo y yo apoyo la cabeza contra su pecho, con la mirada frenética y perdida en el infinito. Porque aunque el regocijo y la alegría me inunden por dentro, a pesar de haberme disculpado con él y haberlo perdonado mientras yacía carente de vida entre mis brazos, sé que aún nos queda mucho camino por recorrer, muchos muros que derrumbar y otros tantos por construir. Porque la muerte eclipsa los errores cometidos y los oculta bajo su manto denso, pero una vez esta se ha ido, una vez se ha desdibujado y el terror se ha diluido en mis venas, los resquemores recuperan su lugar en mi pecho.

—Volvamos a casa —dice con voz trémula.

Asiento con un cabeceo sutil, aún incapaz de creer que vuelvo a verlo a mi lado, pero con la certeza de que, por mucho que lo quiera, no voy a poder olvidar todo lo que me hizo y que voy a seguir odiándolo, al menos, un día más. Hasta que consiga sanar.

Epílogo

Han pasado cinco días desde la luna nueva. Cinco días desde que tuvo lugar la Batalla de las Reliquias y todo ha ido de mal en peor. Los Tres Reinos siguen sumidos en el caos y ni siquiera sé por qué no se consideró la posibilidad de que con la muerte del Hada no se rompería el maleficio, que no despejaría la bruma.

Por mucho que el embrujo de la dualidad tenga su forma de deshacerse imbuida en las propias palabras del hechizo, «Con el sol una apariencia, con la luna otra. Esa será la norma hasta recordar la verdadera forma», hay gente que no consigue quebrarlo. Bri entre ellos. Devolverle su nombre no hizo que sus muchas mitades se recompusieran y fueran la luz que hace falta para despejar su niebla. Y ya no sé qué más puedo hacer para devolverle todo lo que le falta. Porque se lo debo.

Ella fue mi faro en mitad de la tormenta, por mucho que el mar embravecido estuviera contenido dentro de su cuerpo y en el filo en mi garganta, aquella noche que peleamos en la Hondonada. Queda tan lejano que parece haber pasado toda una vida.

En los últimos días he intentado acercarme a Brianna, terminar de explicarle lo que no me permitió explicar en la masía, pero se ha vuelto hermética. Nos marchamos del campo de batalla inmediatamente, con ella montada a mi lomo, y la llevé hasta su cabaña a las afueras de Poveste, en los límites de la colonia. Llegamos casi un día después, sin apenas descanso, y no me ha dejado estar con ella desde entonces.

Sé que me quiere por mucho que el odio, el dolor y el resentimiento hayan hecho mella en nuestros corazones, porque de no ser así, el beso no me habría traído de vuelta del letargo. Pero no quiere saber nada de mí, y no la culpo. Si tan solo me dejara contarle qué me llevó a trabajar para la tirana durante un siglo...

Tener la certeza de que fui un títere para ella me quema por dentro, porque gracias a que Bri me devolviera los recuerdos, he vuelto a ser Axel. No me arrepiento de haber hecho un trato con el Hada mediante el cual nos postré a sus servicios, porque lo repetiría mil veces más. De lo que me arrepiento es de no haber conseguido averiguar dónde está *ella* antes de que el Hada muriera.

Aun así, por mucho que intento resarcir mis errores con Brianna, nada parece funcionar. Ha emitido un juicio en mi contra sin siquiera darme lugar a confesar. Porque sí, la engañé, le mentí, traicioné su confianza. Pero quise arreglarlo, quise contárselo en varias ocasiones, pero no fui capaz por temor a perderla. Porque ella es... es lo único que parece quedarme.

En nuestra colonia, no dejamos de construir piras para despedirnos de los miembros más longevos de nuestra comunidad, entre los cuales había un lugar especial para Liana, la abuela de Bri, pero que ella declinó. Prefirió que fuese algo escueto e íntimo, ellas solas, como vivieron desde que Aidan y Mia murieron.

Sé que Brianna quiere olvidar lo sucedido cuanto antes, olvidarme a mí, para poder empezar a sanar, pero ya hemos comprobado que el olvido no borra todo lo que dejamos tras nosotros. Y no puedo abandonarla en un momento así. Y ahora, encima de todo, me he visto obligado a viajar hasta el Bosque Encantado para acudir a no sé qué comité de valoración de riesgos convocado por los tres príncipes.

Lo que más me sorprende es que hayan sabido dónde encontrarme, pero mientras recorro la distancia a la carrera, sintiendo todo lo que me rodea como un borrón neblinoso, lo único que tengo en mente es descubrir quién cayó en combate y quién no. Porque en estos días no hemos tenido noticias de nadie, todo se ha mantenido en una calma convulsa en la que apenas he tenido tiempo ni para ordenar mis pensamientos.

Le pido a Luna, en una plegaria silenciosa, que Pulgarcita y Tahira estén vivas, porque perderlas supondría... No quiero ni imaginarme cómo podría llegar a sentirme si hubiesen muerto por una causa en la que me he visto tan mal involucrado.

Tal y como sospechamos Brianna y yo cuando nos enfrentamos a buscar la manzana envenenada, el palacio de este reino está desprovisto de murallas que cerquen los límites de la ciudad, por lo que adentrarme en sus calles, una vez he cambiado a mi forma humana para no llamar demasiado la atención, me resulta muy sencillo.

A diferencia de la capital de la Comarca del Espino, Omena está plagada de vida exuberante por doquier. Las casitas, apiñadas y pintorescas, están adornadas con maceteros de flores estivales que me arrancan cosquilleos en la nariz a causa de mi olfato más desarrollado. La calle principal está llena de gente acudiendo al mercado, que se celebra en la plaza central, y me veo obligado a recurrir a callejuelas adyacentes para no verme arrastrado por la marea de una gente que está empezando a vivir de nuevo.

Nada más llegar a la descomunal construcción que se alza sobre un peñón, rodeado por las aguas del río que discurre por aquí, me quedo sin aliento. La fortaleza está construida con distintos módulos unos sobre otros y torreones y pináculos llenando todos los espacios libres. A simple vista daría la sensación de que, tan recargado como es el palacio, se desmoronaría por la pendiente del peñón, pero nada más alejado de la realidad: parece desafiar la gravedad con orgullo.

El puente de acceso al castillo, decorado con estandartes que se mecen al viento, está más vacío que las calles de la ciudad y eso me concede unos minutos para pensar en todo lo que ha estado pasando y en cuál puede ser el motivo de que me hayan convocado hasta aquí. Pero nada de lo que se me ocurre cobra la suficiente fuerza como para que se requiera de mi presencia, menos aún si es que saben lo de mi traición, que lo desconozco.

En cuanto entrego la misiva a los guardias de la entrada principal, me dedican un saludo formal y uno de ellos me acompaña por el laberinto de escaleras con el que está conformado el palacio. Cuando llegamos a una de las salas más altas, el guardia apenas puede respirar con normalidad y sonrío de medio lado al verlo usar la lanza como bastón.

—El consejo se celebra aquí.

Con esfuerzo, abre los portones frente a los que nos hemos detenido y me conduce a una amplia estancia circular cuyas paredes están adornadas con estandartes y con un objeto que reconozco, al instante, como el Oráculo, el enorme y majestuoso espejo que usó Regina para ir tras Blancanieves. Y ahí, junto a la descomunal mesa redonda que se hace con casi todo el espacio, se encuentra una chica menuda con los cabellos rubios trenzados sobre el hombro.

El corazón se me comprime cuando se gira hacia nosotros, con la preocupación marcando sus facciones, y sus ojos verdes conectan con los míos. El gesto se le relaja en cuanto me ve entrar y me dedica una sonrisa resplandeciente que hace que el corazón me vuelva a latir con fuerza. Verla así, tan viva, cuando la última imagen que tengo de ella es de cuando estuvo a punto de morir tras nuestra incursión al Palacio de Cristal me quita un peso de encima que no sabía ni que estaba sosteniendo.

—Pulgarcita... —susurro un tanto consternado por la alegría de verla sana y salva.

Me adentro en la sala con pasos vigorosos y la abrazo con fuerza. Ella entierra el rostro en mi pecho unos segundos, pero cuando nos separamos para mirarnos, sus ojos están teñidos con la pátina del recelo y la desconfianza y me queda claro que sabe lo que hice.

Un regusto amargo se instala en el fondo de mi garganta y la suelto carraspeando. Justo entonces me doy cuenta de que no estaba sola y que un hada malhumorada revolotea a nuestro alrededor, aunque no le presto mayor importancia.

—Veo que has recuperado tus recuerdos —comento con voz tensa al ser consciente de que es de tamaño normal a la luz del día.

Ella cabecea de un lado a otro, como diciendo «más o menos».

—Es una larga historia —responde atusándose la trenza que le cae sobre el hombro—. Pero supongo que la tuya también.

Chasqueo la lengua y paseo la vista por la sala, buscando a alguien más para evitar la pregunta.

—No está —dice con voz trémula.

Giro la cabeza hacia ella y me pregunto si será capaz de leerme los pensamientos incluso en mi forma humana, aunque sería la primera vez.

Pulgarcita me hace un resumen rápido de lo que sucedió en la Batalla de las Reliquias mientras yo estuve sumido en el letargo y la congoja me hace un nudo en el estómago. Y descubrir que Brianna se comprometió a devolver a Tahira y a Yasmeen a su estado previo a convertirse en oro no sé si me alivia o si me inquieta más todavía.

—¿Y Roja? —interviene Campanilla con los brazos cruzados ante el pecho.

—¿La habéis convocado? —pregunto con sorpresa. Ella asiente con un cabeceo cansado y suspira—. Pues me temo que no creo que asista.

—¿Por qué?

—Digamos que... ha estado un poco ausente estos últimos días.

Me callo que no quiera saber nada de mí y que su abuela ha fallecido, porque no me corresponde a mí compartir algo así con ella teniendo en cuenta lo recelosa que es Brianna con su privacidad.

—Por lo que sé, nos han convocado a todos los que estuvimos implicados con lo del Hada.

Con la mera mención de la tirana, estoy a punto de pedirle perdón por lo que hice cuando las puertas vuelven a abrirse y entra una comitiva de rostros familiares entremezclados con desconocidos. Según se acercan a la mesa para tomar asiento, Maese Gato me dedica una sonrisa afable y la reina Áine me saluda con una cordialidad tensa. Las otras tres personas que se sientan en esta enorme mesa son los príncipes, o eso deduzco por sus ropajes y porque conozco al del Principado de Cristal.

—Veo que tenemos algunos asientos vacíos —comenta Maese Gato con tiento—. ¿Sabemos algo de la general de Nueva Agrabah?

—Mandó un halcón comunicando su ausencia. Alegaba no poder separarse de su sultana ni un solo momento.

—¿Qué hay del duque De la Bête? —pregunta Pulgarcita.

—No hemos recibido respuesta alguna.

—Imagino que tu presencia sin compañía supone que Roja tampoco va a venir —deduce Gato. Niego con la cabeza y agradezco que no hagan más preguntas al respecto—. Os hemos convocado porque la situación se ha complicado desde la muerte del Hada Madrina.

Creía que la situación no podría ir a peor teniendo en cuenta que hemos vivido un siglo bajo el régimen de una dictadora, pero parece que me equivocaba.

—Y Regina y Lady Tremaine están en paradero desconocido —explica Felipe, monarca de la Comarca del Espino.

—Un momento, ¿cómo que están en paradero desconocido? —pregunta Campanilla mirando a la reina Áine.

El aire se me atasca en los pulmones y me tenso de forma automática por lo que eso puede suponer. Y más vale que mis temores sean inciertos, porque de no serlos, las cosas se van a poner muy feas.

—Las princesas no han regresado —sentencia Florián, soberano del Bosque Encantado, sin tapujos y con el timbre teñido de dolor.

—¿No han recuperado sus conciencias? —pregunta Pulgarcita con temor.

—No —dice... el Príncipe Azul, del que no recuerdo su nombre, con solemnidad y mirada triste—. Con la muerte del Hada, no se rompió el embrujo que mantenía a las villanas en los cuerpos de nuestras esposas.

Mis sospechas quedan confirmadas y a duras penas consigo reprimir un estremecimiento. De repente empiezo a sentirme muy incómodo en mi propia piel, como si mi cuerpo intentase cambiar a la forma de lobo pero sin sentir ese impulso real y tangible de mutar.

—¿Y dónde están? —pregunto con cierto temor.

El silencio que se instala entre nosotros es denso, asfixiante. O quizá sea yo el que se está asfixiando, porque mi respiración se ha acelerado sin motivo aparente y siento el pulso desbocado latiéndome en los oídos, el cuello y las muñecas.

—No lo sabemos —oigo la voz distorsionada, como a través de puertas cerradas, y ni siquiera sé quién habla.

«¿Qué me está pasando?».

Tengo la acuciante sensación de que algo me está acechando. Alguien me está acechando. Y me revuelvo incómodo sobre la silla, que de repente se me asemeja a un potro de tortura.

La garganta se me seca, mi vista pasea frenética por los nudos de la madera en cuanto mi mente desbloquea unos recuerdos que habían permanecido sellados durante los últimos cinco días.

«Tortura».

Alzo la vista con rapidez y la clavo en el espejo justo en el momento en el que la pátina reflectante, que devolvía nuestra imagen, empieza a ondularse, como si de unas aguas embravecidas se tratase. Y parezco ser el único que se ha dado cuenta.

Con un miedo irracional y que no sé ubicar, me levanto con ímpetu y la silla vuelca tras de mí. Creo atraer la atención de los presentes, que me observan con recelo, pero tan solo tengo ojos para esa masa acuosa y cambiante que, poco a poco, va conformando los contornos de una figura que hace que todo dentro de mí se revuelva contra mí mismo.

Quiero huir al mismo tiempo que mis pies se quedan anclados en el sitio, como engrillados a la piedra del suelo. Y cuando lanzo un vistazo fugaz para comprobar si es cierto, por un momento lo creo así, pero después la visión se desvanece y devuelvo mi atención al espejo.

O, mejor dicho, a la despampanante mujer de curvas sinuosas que se muestra al otro lado del reflejo, ataviada con ropajes rojos vaporosos. Apenas hay un ápice de su piel marrón al descubierto, gracias a los guantes por encima de los codos y a la falta de escote en su vestido, pero todo en ella denota una seducción que me perturba. Pero lo que hace que me quede con la vista clavada en ella es la máscara decorada con corazones, enteros y rotos, que le cubre las facciones y que tan solo deja al descubierto dos ojos del color del trigo tostado.

—Yo sí sé dónde están —ronronea con una voz maliciosa cargada de distintos timbres de mujer, graves, agudos, ajados y joviales.

Apoya la palma contra el espejo y hace fuerza. La pátina de plata se hunde con su esfuerzo, como si estuviera luchando contra la materia para cruzar a este lado y dejar atrás su reino, pero tan solo se moldea hasta crear los contornos de una mano de dedos estilizados y uñas decoradas con corazones.

—Y aunque su compañía aquí me resulte agradable, prefiero otras... —Su voz suena melosa y siento el sudor bajarme por las sienes—. Ven a buscarlas, Axel.

Clavo la vista en ella, el terror bombeándome en las venas. Siento un mazazo en el pecho, literalmente, cuando un torrente de recuerdos acuden en tropel a mi memoria. Me llevo la mano al pecho y me aferro a la camisa con fuerza, mientras que con la otra mano me apoyo en la madera para no caerme.

—No me obligues a ir allí a devolvéroslas. Porque lo que os hizo el Hada no será nada comparado con levantar a los muertos en el reino de los vivos. Sé listo y *vuelve conmigo* —paladea con un timbre dulce y melodioso, uno de los tantos que resuenan al mismo tiempo.

Despidiéndose con una risa que me taladra los tímpanos, la Reina de Corazones desaparece del espejo y me devuelve el reflejo de un chico desorientado y perdido en el fondo de sus recuerdos.

Pero lo único en lo que puedo pensar una y otra y otra y otra vez es en lo mucho que me aterra siquiera pensar en volver a poner un pie en el País de las Maravillas, el reino de los muertos en el que mi consciencia estuvo recluida cuando caí en el letargo.

Agradecimientos

Alrededor de la figura del escritor siempre ha estado el mito de que escribir es un proceso muy solitario, y siempre he pensado que es culpa de quienes no se han visto en la tesitura de enfrentarse a la página en blanco. Y aunque somos muchas las escritoras, y escritores, que hacemos hincapié en que nunca estamos solas en todo esto, aún pervive ese estigma.

Como mi caso no ha sido esa excepción solitaria, hay mucha gente a la que me debo y sin la que *Bruma roja* no habría visto la luz.

En primer lugar, como no podría ser de otra forma, gracias a mis padres, a mi hermana y a mi cuñado por permitirme crecer en un entorno en el que explotar mi imaginación y donde la creatividad nunca ha tenido límites. Por arroparme con cada nueva idea y con cada noticia y por emocionarse tanto por mí.

También he de darle las gracias a Nacho, mi marido y compañero vital, por ser el mejor lector cero, por leerte mis novelas capítulo a capítulo, incluso aunque eso supusiese releerlo todo cuatro veces con tal de ayudarme a pulir la historia. Todas mis obras tienen un pedacito de ti, pero esta no sería tal y como es sin tu confianza plena en ella, sin repetirme hasta la saciedad que esto es mejor que lo anterior y que lo siguiente será mejor que esto. Gracias por llevarme de la mano cuando tengo miedo, por acompañarme a todas partes y por entenderme a pesar de mi verborrea emocionada cada vez que te he hablado de *Bruma roja*.

Esta novela tampoco sería la que es sin el apoyo y los consejos de mis impresionantes betas, que no podrían ser mejores. Gracias a Nia Area, por tus descripciones de ropajes de fiesta, sin los cuales ni Roja ni Lobo habrían estado tan guapos en el Baile del Solsticio, por tus consejos en cuanto a la trama y tu visión fresca para atar los cabos sueltos. Pero, sobre todo, gracias por ser una amiga tan excepcional, por llorar conmigo cuando te lo conté todo por teléfono (¡cuando nunca nos llamamos por teléfono!), por creer en mí más incluso de lo que yo misma lo hago y por animarme a seguir luchando un poco más día tras día. Te quiero montañas.

Gracias también a Andrea D. Morales, beta, compañera de letras y amiga incondicional que ni en mil vidas habría soñado tener. Gracias por tus vastos conocimientos históricos, por la infinita paciencia que tienes conmigo cada vez que empleo el término incorrecto y por enriquecer mi propio vocabulario y hacerme crecer como escritora. Sin tu ayuda, *Bruma roja* no tendría el nivel de veracidad que tiene y los personajes de esta novela se habrían asfixiado en un entorno desértico como es Nueva Agrabah. Prometo darte a las bollos islámicas.

Gracias a Adriana Pintado por querer leer todo lo que escribo y hacerlo con la misma ilusión de siempre, por confiar en mí y emocionarte con cada nueva noticia; por tus *aesthetics* y *moodboards*, que me ayudan a plasmar la esencia de mis propios personajes. Gracias también a M. J. y a Estefanía Carmona por acceder a leer esta novela cuando busqué betas por redes sociales, cuando ya no sabía si la trama tenía sentido después de reescribirla por tercera vez. Y a Laura G. W. Messer, por tus apuntes sobre armas, sobre posturas en combate y por dejar comentarios que me han hecho reír y que me han facilitado el primer proceso de corrección.

No me puedo olvidar de Lourdes González, grandísima amiga, por creer en mí y emocionarte con cada paso del proceso a pesar de todos los baches vividos. Con gente como tú al lado, todo es mucho más fácil.

Gracias también a Nira Strauss y a Gabi Weiss, por leer la novela en tiempo récord y compartir vuestras impresiones conmigo, por dedicarle unas palabras tan bonitas y cargadas de tanto cariño.

Un gracias enorme a Pablo Álvarez y a David de Alba, y a todo el equipo de Editabundo, por confiar en mí y en esta historia, por darlo todo en pos de la publicación de *Bruma roja* y por acogerme con tanto cariño. Por ser unos agentes literarios excepcionales, trabajadores y tan comprometidos con lo que hacéis. Gracias por darme la oportunidad entre el millón.

Gracias a Clara Rasero por ser una editora de diez, tan cercana y amable, por escuchar mis teorías y *spoilers* de cara a la continuación de este libro, por vivir *Bruma roja* con tanto entusiasmo y ayudarme a darle el cierre que se merece; por acompañarme en el proceso siempre con una sonrisa en la cara. Es un gustazo trabajar contigo y no podría haber pedido nada mejor. Y gracias también a todas las personas que están detrás de Ediciones B (editores, correctores, diseñadores, revisores, etc.) implicadas en el proceso editorial, por darlo todo en esta publicación y aportar sus conocimientos para que la novela haya llegado de la mejor forma posible.

Gracias a los artistas, cuyo arte retroalimenta el mío: ilustradores, fotógrafos, cantantes, músicos... Sin toda esa creatividad, *Bruma roja* no sería lo que es. En especial, gracias a Lebre de Abril, una tienda de velitas gallegas, cuyos aromas han influido en la escritura de esta novela. Le debo gran parte de la trama a la vela de Hada Madrina (que huele a madreselva y a aliento de dragón). Y también a Booksy Candles, cuya vela personalizada que me regaló mi marido (que huele a madreselva y a pomelo) se ha quedado como fragancia de la protagonista. Se dice que los recuerdos y los olores van de la mano, y me parece cosa del destino que en esta novela se haga alusión a la memoria y que sus velas me hayan ayudado a escribirla.

Gracias también a las ilustradoras a las que les encargué *commissions*, por ponerle cara a mis personajes y representar las escenas más picantes: a Carla (@itscarliart), a Gin (@awildes_) y a Rosa (@golden.rose.art). No las perdáis de vista, porque son unas artistas como la copa de un pino.

Además, gracias a todas esas personas que me dejo en el tintero, que me han apoyado por redes sociales y se han interesado por el proyecto y el proceso de escritura, que han aportado un trocito de ellas mismas para motivarme a seguir adelante. Sois tantas que no hay páginas suficientes para dedicaros.

Y por último, pero no por ello menos importante, gracias a ti, que has llegado hasta aquí, por darle una oportunidad a esta historia. Por adentrarte entre estas páginas y viajar de mano de los recuerdos hasta nuestra más tierna infancia. Espero que esta novela te haya hecho revivir buenos momentos y te haya trasladado al mundo de los cuentos.